文
景

Horizon

社科新知 文艺新潮

夜班经理

THE NIGHT MANAGER

[英] 约翰·勒卡雷——著　何湾岚——译

上海人民出版社

献给

格雷厄姆·古德温

1

一九九一年一月一个风雪交加的夜晚，苏黎世迈斯特皇宫饭店的英国夜班经理乔纳森·派因走出位于前台后方的办公室，在一阵陌生的感觉中走向大厅他平常站立的位置，准备迎接一位姗姗来迟的贵宾。海湾战争刚刚开打。一整天酒店员工都在暗地里传联军轰炸的消息，苏黎世的股票市场弥漫着恐慌的情绪。一月的订房率本来就不高，现在更是跌到谷底。在她漫长的历史中，瑞士再次四面楚歌。

但迈斯特皇宫饭店经得起挑战。这家被出租车司机和熟客亲昵地称作“迈斯特”的饭店，无论从其外形还是传统来看，在全苏黎世都是独树一帜的。这家饭店独自高踞山头，就像一个爱德华时代古板的姨妈，俯视繁忙都会生活里的愚人蠢事。山谷里出现愈多改变，迈斯特愈是秉持原则，绝不屈从，有如一个意欲向邪恶低头的世界里一座文明的堡垒。

乔纳森站在两扇展示橱窗之间狭小的凹处，橱窗展示的都是时髦的女装。班霍夫大街上的“阿黛尔”给女性人体模型披了一条紫貂披肩，除此以外它身上只有一件金色比基尼、一对珊瑚耳环，具体价格得去问礼宾部。在苏黎世，抗议使用动物毛皮的声浪一如在其他西方城市，但迈斯特皇宫饭店对此置之不理。第二个展示橱窗由同样来自班霍夫大街的“凯撒”提供，比较迎合阿拉伯顾客的品位：鲜艳的绣花长袍、贴钻女士头巾，以及镶上珠宝的腕表，整套要价六万法郎。傍着两旁这些奢华圣坛，旋转门在乔纳森面前一览无遗。

他体形结实，态度含蓄谨慎，脸上一抹含着歉意、自我保护的微笑。就连他的英国人身份也鲜为人知。他机灵敏锐、正值壮年。如果你是水手，一定会以为他是同行，识得他深思熟虑的行动秩序、谨慎摆放的双脚，一只手则总是掌着舵。他有一头修剪整齐的卷发和拳击运动员般的浓眉。他淡色的眼睛会吓你一跳。你会料想他将对你做更多高深莫测的盘问。

打手的外形包裹着温和的态度足以使他令人捉摸不透。待在这家酒店期间，你不可能把他错认作别人：比如那个头发梳得油滑光亮的大堂经理斯特里普利先生，或是迈斯特先生那几位仿佛诸神行经星群、在此穿梭走动的德国青年才俊。身为酒店经理，乔纳森非常称职。你不会去猜想他的出身，他是否听音乐，是否有妻儿或是否养了条狗。他看着大门，目光坚定得就像一名神射手。夜复一夜，他都佩戴一朵康乃馨。

即使在一年的这个时节里，如此大的风雪都非常少见。滚滚飞雪就像暴风雨中的白浪扫过灯光通明的前院。服务人员知道将有贵客抵达，期待地望着风雪。罗珀这下来不了了，乔纳森暗忖。就算他们让他的飞机起飞，这种天气下也不可能降落。卡斯帕先生料错了。

但礼宾部领班卡斯帕先生这一生从不出错。当卡斯帕先生通过内部无线电吐出“即将抵达”几个字，只有天生的乐观者才会想象客人的座机拐个弯飞走了这种事。此外，若非为了这只肥羊，卡斯帕先生何必要在这种时刻亲自坐镇？洛林夫人告诉乔纳森，卡斯帕也有过愿意为了两法郎伤害自己、为了五法郎连命都可以不要的日子。但人老了就不同了。现在，只有最有赚头的生意，才能把卡斯帕先生从夜间电视节目的乐趣前诱开。

恐怕饭店已经没有空房了，罗珀先生。乔纳森再次徒劳地演练螳臂当车。迈斯特已经废弃了，一名临时雇员犯了一个不可原谅的错误。不过，我们还是尽力在鲍尔湖滨饭店为您预留了房间。诸如此类。然而这个如意算盘一样胎死腹中。今晚，欧洲没有一家酒店敢说自己有超过五十个的客人。巴哈马首都拿骚的富商理查德·翁斯洛·罗珀正要英勇地降落。

乔纳森手僵掉了，他下意识地转了一下手肘，像是准备上阵迎战。一辆车，从散热器格栅可知是辆奔驰，车辆开进了前院，打转的雪花闯进车头灯的光柱。他看到卡斯帕先生那参议院议员的头抬起来，大厅吊灯的光芒在他抹了发油的卷发上闪耀。然而，只见车子停在前院的另一头。是辆出租车，一辆平凡无奇的城市出租。卡斯帕的脑袋，在亚克力灯管下闪耀，重又埋进手中股票交易的收盘价。乔纳森松了口气，容许自己露出一抹似有若无的、赞许的微笑。那顶假发，那顶将名垂青史的假发：卡斯帕十四万法郎的皇冠，瑞士每个典型酒店服务台人员的骄傲。卡斯帕先生的威廉·退尔[1]假发，洛林夫人这么称呼它；这顶假发胆敢奋起反抗富豪暴君——阿契蒂夫人。

也许是想把这正被扯得四分五裂的注意力集中起来，也许是因为他发现这故事与他的状况有什么隐秘的关联，乔纳森对自己复述一遍这故事，一如房务部主管洛林女士在她的阁楼里第一次为他做芝士火锅时那样的叙述。洛林女士七十五高龄，来自汉堡。她曾是迈斯特先生的保姆，谣传也是迈斯特父亲的情妇。她是这顶传奇假发的保管人，它的第一手见证人。

[1] William Tell，瑞士民间传说中的英雄。——译注，下同

“年轻的乔纳森先生，阿契蒂夫人是当时全欧洲最有钱的女人。”洛林女士宣称，就好像她也和乔纳森的父亲睡过，“世界上每一家酒店都在等她莅临。在卡斯帕表明立场以前，迈斯特一直是她的最爱，之后，她也来，但只是为了显摆。”

阿契蒂夫人继承了阿契蒂超市这笔财富，洛林夫人解释。利滚利让阿契蒂夫人不愁吃穿。在她五十好几时，最喜欢做的就是开着她的英国敞篷跑车，让她的随从和衣柜卡车跟着她跑遍欧洲的大酒店。从汉堡的四季酒店，到威尼斯的奇普里亚尼饭店，到科莫湖的东方别墅，她叫得出每一位服务台人员和侍者领班的名字。她为他们推荐饮食搭配、香草疗法，告诉他们星座命盘。要是他们的服务令她满意，她给的小费多得难以想象。

而甜头就是卡斯帕先生心心念念的，洛林夫人说。卡斯帕先生发现阿契蒂夫人的年度造访可带来高达两万瑞士法郎的收益，更别提她赠送的江湖郎中的生发妙方、放在枕头下治疗他的坐骨神经痛的神奇石头，以及每逢圣诞节与圣人日收到的半公斤白鲟鱼子酱，这些被卡斯帕明智地拿到城里一家熟悉的餐饮广场换了现金。这一切不过是因为他搞定了几张剧院的门票，以及几张他当然照例会收取回扣的晚餐桌。也是为了犒赏那些对仆役王国的女城主阿契蒂夫人忠心耿耿的人们。

直到卡斯帕先生买了他那顶假发。

他买这顶假发不是心血来潮，洛林夫人说。他先是在迈斯特一位做石油生意的客人的相助下，在美国得州买了地。这项投资油水极丰，他赚了一笔。然后，他才决定自己也应该像他的女客人一样，到达了人生的一个阶段时，抹去一些岁月的痕迹。在几个月的衡量和讨论后，东西终于备妥—— 一顶上好的假发，一个艺术模拟的奇迹。为了试戴，他趁年假去了趟米克诺斯，在九月某个星期一的早上重新出现在他的办公桌后面，晒得一身古铜色，只要你不从头顶俯视，会觉得他年轻了十五岁。

确实没人这么做，洛林夫人表示。或者说就算有人这么做了也不会提起。令人震惊的是：完全没人谈到那顶假发。洛林夫人没说，当时的钢琴师安德烈也没说，餐厅贝里总管的前任勃兰特没提，连眯缝着眼睛挑员工毛病的老迈斯特先生也没提过。整个饭店决定静静地分享卡斯帕返老还童的喜悦。洛林夫人自己大胆换上一条夏日低领连衣裙与一双接缝像羊齿蕨的长袜。事情就这样皆大欢喜地持续到某天傍晚阿契蒂夫人再度光临，她每月照例会来小住，她的酒店家人则照例在大厅里排队相迎：洛林夫人、勃兰特师傅、安德烈，以及预备亲自带她上塔楼套房的老迈斯特先生。

卡斯帕先生则戴着他那顶假发，坐镇办公桌后。

一开始，洛林夫人说，阿契蒂夫人禁止自己去注意她宠儿外貌上的添加物。她目光扫过在场人员时，微笑地看着他，但那是一个公主在自己的首场舞会上会立刻对任何人堆出来的笑容。她让迈斯特先生吻她的双颊，让勃兰特吻她单侧脸颊。她对着洛林夫人微笑，小心地拥抱钢琴师安德烈（他咕噜了一声“夫人”）瘦削的双肩。然后，她才靠近卡斯帕先生。

“我们头上戴着的是什么呢，卡斯帕？”

“夫人，是头发。”

“谁的头发，卡斯帕？”

“我的。”卡斯帕很有风度地回答。

“把它脱掉，”阿契蒂夫人下令道，“否则你别想从我这儿得到一个子儿。”

“我不能把它拿下来，夫人。我的头发是我人格的一部分。两者是一体的。”

“那么就解体它，卡斯帕。不急着现在，那样太麻烦了，但明早一定要。否则什么也别想拿到了。你帮我买了哪场戏？”

“《奥赛罗》，夫人。”

“我明早再来看你。什么人演他？”

“莱塞尔，夫人。我们最棒的摩尔人。”

“到时就知道了。”

隔天早上八点，卡斯帕先生又来上班了，办公室的十字钥匙像他西装翻领上的勋章一样闪闪发亮。在他头上，扬扬得意的，是他反叛的徽章。整个早上，大厅里弥漫着一股不确定的寂静。平时骚动如弗莱堡赫赫有名的鹅群[1]的酒店客人呢，洛林夫人说，即使不了解原因，也意识到冲突一触即发。正午时分，阿契蒂夫人登场了，她从塔楼套房出来，手里挽着她的新欢，一位来自格拉兹的颇有天分的理发师，走下楼梯。

“卡斯帕先生今早去哪儿了？”她对着约莫是卡斯帕先生的方向问道。

“他就在桌子后面，一如往昔地等待您的吩咐，夫人。”卡斯帕先生回答的语气，对于在场听到的人而言，将从此在这自由的大厅中回响不坠，“他有摩尔人的票。”

“我没看到卡斯帕先生，”阿契蒂夫人对着身边的随从说，“我看到的是头发。请告诉他，他隐姓埋名，我们想念他。”

“他的命运号角吹响了，”洛林夫人喜欢这么收尾，“打她走进饭

[1] 一九四四年十一月，德国弗莱堡的鹅群因为听到持续不断的空袭警报声而骚动不安、表现古怪，令对警报声漠然的市民都忍不住前往避难所集合，因此拯救了无数人性命。

店那一刻起，卡斯帕先生的命运就注定了。”

今晚，我命运的号角吹响了，乔纳森心想，等着接待世界上最坏的人。

乔纳森担心他的手，它们一如往常地完美无瑕，而且自从在军校里他经常成为指甲突袭检查的对象之后便一直是如此。起初，他让弯曲的手指贴在长裤的刺绣缝边上，就像他在阅兵场上反复被灌输的姿势，然而现在，它们趁他不注意时跑到背后交握，之间还绞着一条手帕，他痛苦地注意到自己的掌心不断冒着汗。

乔纳森把担心转化成笑容，并借着两侧的镜子检查。这是高雅的迎宾笑容，是多年职业磨炼出来的：一种富有同情心，但很谨慎克制的笑容，因为他从经验中得知，客人，尤其是特别有钱的那些，在艰辛的旅途之后都可能非常易怒，抵达时最不想看到的就是夜班经理对着他们露出黑猩猩似的笑脸。

他的假笑还在原处，就算觉得恶心，表情也不曾改变。他的领带（迎接比较高档的客人时，他用这种需要自己打的）结得随兴但讨人喜欢。他的头发（尽管和卡斯帕先生的没得比）是他自己的，而且一如往常整理得宜。

*这不是同一个罗珀，他对自己宣称。整件事完全是一场误会。和她一点关系都没有。有两位罗珀，都是商人，都住在拿骚。*但从下午五点半之后，乔纳森就在这个圈里打转：他进办公室上班，不经意拿起斯特里普利先生夜间抵达的宾客名单，看到从电脑里打印出来的名字“罗珀”以大写的印刷字体对着他尖叫。

R. O. 罗珀。一行十六人，搭私人飞机从雅典出发，预计晚上九点半抵达，下面是斯特里普利歇斯底里的注解：*非常重要的贵宾！*乔纳森从他的屏幕上调出公关档案：R. O. 罗珀，后面还有OBG三个字母，好听一点就是随行保镖[1]，O代表官方，指拥有瑞士政府核发的持枪执照。罗珀，OBG，公司地址是位于拿骚的铁牌土地、矿石暨贵重金属公司，家庭地址处填了拿骚的一个信箱号码；信用担保为某人的苏黎世银行。那么，这个世上到底有多少位罗珀，姓氏以R开头，公司名称叫铁牌？上帝的袖子里到底还能有多少巧合？

“这个R. O. 罗珀到底是什么人？”乔纳森用德语问斯特里普利，假装在忙别的事。

“英国人，跟你一样。”

以英语回答是斯特里普利让人抓狂的一项习惯，哪怕乔纳森的德语还更好一些。

“事实上，他跟我完全不一样。住拿骚、做稀有金属生意，在瑞士银行开户，哪里跟我一样了？”待在一起好几个月下来，两人吵起架来也有一点老夫老妻的味道。

“事实上，罗珀先生是一位非常重要的客人，”外头在下雪，斯特里普利扣上他皮大衣的扣子，慢条斯理地说道，“我们私下说吧，他的消费力排名第五，居所有英国客人之冠。上次他们一行人来，平均每天消费两万一千七百瑞士法郎，小费另计。”

乔纳森听到，斯特里普利不顾风雪，开着发出闷闷的突突声的摩托车蹒跚下山，去他母亲家。他在桌前坐了好一会儿，头埋在小小的手掌里，像等待空袭似的。放轻松，他告诉自己，罗珀优哉游哉，你也可以慢慢来。所以他坐直了身子，带着一个人打算要慢慢来的镇定表情，把注意力转到他桌上的信件。斯图加特的一位室内布艺饰品制

[1] “保镖”英文为bodyguard，缩写为BG。

造商拒绝为他的圣诞晚会支付账单。乔纳森草拟了一封语气带刺的回函准备让迈斯特先生签字。尼日利亚的一家公关公司来信询问酒店的开会设备。乔纳森回信致歉，表示该时段已预订一空。

一位美丽而高贵、曾与母亲一起下榻饭店、名叫西比尔的法国女孩，再次对她受到的对待发出微词，“你为我开船。我们在山间漫步。我们拥有美好的时光。你就非得这么英国人，让我们只能停留在朋友关系吗？你望着我时，我看得出你神色一暗。你觉得我惹人厌。”

感到有需要起身动一动，他往正在动工的北厢房走去——迈斯特先生打算用他从市区一栋遭弃置的珍贵建筑物屋顶抢救下来的阿罗拉松木建造一间烤肉屋。没有人知道迈斯特先生为何需要一间烤肉屋，也没人记得他是从何时开始建造它的。一排排编了号的壁板堆靠在尚未打底的墙边。乔纳森闻到它们的麝香气味，记起苏菲那晚走进他在开罗纳芙蒂蒂皇后饭店的办公室，散发着香草香。

迈斯特先生的建筑工事不该为此负责。自从下午五点半看到罗珀的名字之后，乔纳森就开始回溯开罗了。

他常看到她，但从未和她说过话——悠闲自得的四十岁美女，深色头发，上身偏长，优雅而拒人千里。他曾见她匆匆出入纳芙蒂蒂皇后饭店的精品店，或在一位健硕的司机引导下登上一辆劳斯莱斯敞篷车。她在大厅闲逛时，那位司机兼做她的贴身保镖，紧跟在她身后，双手交叠在下体前方。她在亭园餐厅享用薄荷鸡尾酒时，头发上插着像赛车护目镜的墨镜，法语报纸放在一臂之遥，那位司机在邻座吸着汽水。员工们都喊她苏菲夫人。苏菲夫人为弗雷迪·哈米德所有，而弗雷迪是哈米德家族讨人厌的三兄弟中的老幺，大部分的开罗归三兄弟所有，包括这家纳芙蒂蒂皇后饭店。弗雷迪最为人称道的成就是二十五岁那年，花了不到十分钟便在牌桌上输掉了五十万美元。

“你是派因先生。”她带着一口法国腔说，在他办公桌另一侧的扶手椅坐了下来，头向后仰，斜斜地打量他，“英格兰之花。”

那是凌晨三点。她穿着一套丝绸套装，脖颈间是一块黄玉护身符。可能是醉了，他心想，要小心应对。

“噢，谢谢您，”他优雅地回答，“已经很久没听人这么说了。能为您效劳吗？”

当他小心翼翼地嗅着她身边的气味时，却只闻到她的发香。令人费解的是，尽管那头发乌黑润泽，却散发着金发的味道：那是香草的气息，而且暖意融融。

“我是住三号客房的苏菲夫人，”她接着说，好似在提醒自己，“我经常看到你，派因先生。经常看到。你有双坚定的眼睛。”

她手指上的戒指都是古董。成串不再耀眼的钻石泛出淡金色。

“我也见过您。”他带着时刻预备好的笑容答道。

“你也*开船*。”她说道，像在指控他可笑地偏离了航道。她并没有解释这个神秘的“也”字，“我的保护人上个星期天带我去开罗的游艇俱乐部。我们在喝香槟鸡尾酒的时候看到你的船进来。弗雷迪认出你，向你打招呼，但你正忙着开船，没空理我们。”

“我想我们当时是害怕撞上防波堤。”乔纳森回答，想起一群吵闹的埃及有钱人在俱乐部阳台痛饮香槟。

“那艘插着英国旗帜的蓝色的船很漂亮。它是你的船吗？看起来真有皇家气派。”

“噢，我的天，不是！那是部长的船。”

“你是说你跟着一位神父[1]一起出海？”

“我是说我和英国大使馆的二把手一起出海。”

“他看起来非常年轻，你们俩都很年轻。我很讶异。不知为何我认为上夜班的人都不太健康。你什么时候睡觉？”

“那个周末我休假。”乔纳森机敏地说，因为他觉得他们还不熟，不宜讨论他个人的睡眠习惯。

“你周末不上班的时候，都出海吗？”

“如果有人邀请我去，我就去。”

“那你周末不上班的时候，还做些什么？”

“打打网球。跑步。照看我那不朽的灵魂。”

“它是不朽的吗？”

“我希望如此。”

“你相信吗？”

“高兴的时候就相信。”

“所以你不高兴的时候，就会怀疑。难怪上帝这么善变。我们对他如此没有信心，他又何必坚持不变？”

她不满地对着脚上的金色凉鞋皱起眉，好似它们也不听她话似的。乔纳森在想，她是真的清醒，还是只是想保持特立独行的姿态？也可能，她嗑了一点弗雷迪的毒品，他想，有谣传说哈米德家族进口黎巴嫩的浓缩大麻油。

“你骑马吗？”她问。

“不骑。”

“弗雷迪养了些马。”

---

[1] minister，既有“部长”，又有“神职人员”之意。

“我听说了。”

“阿拉伯马。高贵的阿拉伯马。养阿拉伯马的都是各国精英分子，你知道吗？”

“我也听说了。”

她停下来沉思片刻。乔纳森把握住机会：

“有什么事情我可以为您效劳，苏菲夫人？”

“这位部长……”

“奥格尔维。”

“奥格尔维爵士吗？”

“只是奥格尔维先生。”

“他是你的朋友？”

“只是一同开船的朋友。”

“你们是同学？”

“不。我读的不是那一类学校。”

“你们是同一个阶级的吗？你们或许都不养阿拉伯马，但是你们都——噢，老天啊，该怎么说？——都是绅士？”

“奥格尔维先生和我只是一起开船的伙伴。”他带着自己最含糊的笑容回答。

“弗雷迪也有一艘游艇。一个水上销魂窟。他们不是都这么叫它吗？”

“我很肯定情况不是那样的。”

“我很肯定是那样的。”

她停下来，伸出丝质衣服底下的手臂，审视着腕上手镯的内侧，“我想要一杯咖啡，拜托你，派因先生。埃及咖啡。然后我想请你帮个忙。”

夜班侍者马尔莫德提了一个装咖啡的铜壶过来，礼貌地倒了两杯咖啡。在弗雷迪出现之前，她原本属于一名富有的亚美尼亚人，乔纳森记得，再之前，是一位来自亚历山大市的希腊人，在尼罗河沿岸拥有可疑的特许产业。弗雷迪对她展开围城战，在她最意想不到的时刻拿大捧的兰花轰炸她，睡在自己的法拉利跑车里守在她的公寓外。八卦记者冒天下之大不韪地公开于世。那位亚美尼亚人离城而去。

她想要点支烟，手却在颤抖。他为她把烟点着。她闭上双眼，吸了口烟。岁月的痕迹出现在她的脖子上。而那位弗雷迪·哈米德永远只有二十五，乔纳森想。他把打火机放到桌上。

“我也是英国人，派因先生。”她的口气好像彼此同为天涯沦落人，“我年少轻狂的时候，为了英国护照嫁给一位你们的同胞。结果他非常爱我。他很直接。没有比好英国人更绅士体贴的，也没有比坏英国人更恶毒心肠的。我观察过你，觉得你是好的英国人。派因先生，你认识理查德·罗珀吗？”

“恐怕不认识。”

“你一定认识他。他很有名。很英俊。一个半百的太阳神阿波罗。他养马，跟弗雷迪一样。他们还聊过要一起开养种马的马场。理查德·翁斯洛·罗珀是你们的一位国际知名大企业家。再想想。”

“我对这个名字没印象，抱歉。”

“迪基·罗珀在开罗有很多生意！他是英国人，就像你，非常迷人、富有、有魅力、口才很好。对我们这些单纯的阿拉伯人来说，几乎是太有说服力了。他有一艘非常漂亮的动力游艇，比弗雷迪那艘大两倍！你也会开船，怎么会不知道他？你当然知道了。你在假装，我看得出来。”

“也许就是因为他拥有非常漂亮的游艇，所以不必烦恼酒店的事。

我报纸看得不多，消息不太灵通。真抱歉。”

但苏菲夫人不觉遗憾。她松了口气。她的放松写在那豁然开朗的脸上，她坚定地伸手去拿她的手提袋。

“我想请你帮我复印一些私人文件，拜托了。”

“这个嘛，我们现在在大厅的另一头有个服务柜台，苏菲夫人，”乔纳森说，“通常是阿马迪先生值夜班。”他打算去拿电话筒，但她的声音阻止了他。

“这些是机密文件，派因先生。”

“我相信阿马迪先生绝对靠得住。”

“谢谢你，不过我宁愿用我们自己的设备。”她不同意，瞄了一眼那台位于角落的推车上的复印机。他知道她走过大厅时就打量过它了，一如她早已打量过他。她从手提袋中抽出一沓用皮筋捆着未经折叠的白纸。她从桌子对面把那一沓纸推给他，戴着戒指的手指僵硬地张开。

“恐怕这台复印机太小了，苏菲夫人。”乔纳森提醒她，同时站了起来，“您必须用手喂纸。我能教您怎么做，然后您自己复印？”

“我们应该一起喂纸，拜托了。”她语气有些紧张。

“但如果这些文件是机密——？”

“拜托你一定要帮我。我是机械白痴，会手忙脚乱。”她从烟灰缸里拿起烟，又吸了一口。她的眼睛睁得很大，似乎被自己在做的事吓到了，“你来复印，拜托了。”她命令他。

他只好从命。

他打开机器，将它们放进去——全部十八份文件——在它们重新出现之际很快浏览了一遍。他这么做完全是不经意的。他也没刻意阻止自己这么做。观察者的技巧从未生疏过。

拿骚的铁牌土地、矿石暨贵重金属公司，致哈米德阿拉伯国家饭店及开罗贸易公司，收信日期八月十二日；哈米德阿拉伯国家饭店致铁牌，寄出，私人担保信函。

又是铁牌公司致哈米德，提到货品和我方库存表中的四至七项，终端用户应为哈米德阿拉伯国家饭店负责，以及一起在游艇上共进晚餐如何。

铁牌公司发出的信件签名是紧凑的花体，像衬衫口袋上的字母组合。哈米德阿拉伯国家饭店的复印件则根本没有签名，只在下方的空白处有个字体特大的大写名字萨义德·阿布·哈米德。

接下来乔纳森看到那份库存表，血液自然随着背部的刺痛感涌升，让人担忧起声音会不会在下一句话里露馅：一张白纸，没有签名，没有出处，仅标明“一九九〇年十月一日可提供库存”。每一项都像来自乔纳森不眠的过去里的恶魔之语。

“您确定复印一份就够吗？”他用那种在紧急关头冒出来的额外轻快的语调问道，就像火光之下，视线反倒清晰。

她站在那儿，一只前臂横在腹部前，一手托着手肘，一边抽烟一边看着他。

“你很熟练。”她说。并没有指哪方面。

“嗯，一旦抓到要领，就没那么复杂了。只要不卡纸就好。”

他把原件堆成一摞，复印件堆成另一摞。他已经停止了思考。如果他正在放置的是一具尸体，他也会用同样的方式阻挡自己的思路。他转向她说：“好了。”语气太过随意，带着一种他不可能感觉到的大胆。

“人们会向一家优质的酒店要求任何事。”她表示，“你有合适的信封吗？你当然有。”

信封放在他的办公桌的第三个抽屉，左侧。他选了个黄色信封，A4 大小，沿着桌面推了过去。但是她只是让它平放在那儿。

“麻烦你把复印件放进信封里。然后确保封好它，放在你的保险柜里。也许该用些胶带。没错，粘好它。收据就不用了，谢谢你。”

乔纳森拒绝人的时候，会露出一种特别温暖的微笑，“天啊，我们规定不能代客人保管物品，苏菲夫人。即使是您的东西也不行。我可以给您一个保险箱和您专属的钥匙。恐怕，我只能做到这样。”

他说话的时候，她早已把原件塞回手提袋。她砰的一声合上手提袋，甩到肩后。

“别对我打官腔，派因先生。你已经见过信封里的东西。你也封好了。就在上面写你的名字。这些文件现在是你的了。”

乔纳森对自己的服从性一点也不意外，他从银制笔座上选了一支红色的毡头笔，在信封上以正楷写下派因。

这只发生在你自己的脑袋里，他无声地对她说。我从未要求。我也从未鼓励。

“您想把它放在这儿多久，苏菲夫人？”他问道。

“也许放一辈子，也许放一晚。谁知道。它就像一段恋情。”万千风情离她而去，她成了个恳求者，“保密，好吗？达成共识了。没问题吧？”

他说好。他说当然没问题。他朝她微微一笑，暗示自己有点小惊讶，因为这种问题根本就不需要提。

“派因先生。”

“苏菲夫人。”

“讲到你那不朽的灵魂。”

“怎么样？”

“我们都是不朽的，当然。但要是最后证明我并非如此，请你好心把这些文件交给你的朋友奥格尔维先生。我能把这件事情托付给你吗？”

“如果这是您的要求，当然没问题。”

她仍笑着，依然神秘地和他不合拍，“你的固定岗位是夜班经理吗，派因先生？一直都是？每晚都是？”

“这是我的职业。”

“特别挑的？”

“当然。”

“你自己挑的？”

“还能有谁呢？”

“但你白天的时候看起来精神真好。”

“谢谢您。”

“我会不时打电话给你。”

“那是我的荣幸。”

“跟你一样，我对睡觉有点开始厌烦了。请别送我。”

他为她开门时又闻到了那阵香草气味，渴望着能跟她到床上。

站在迈斯特先生始终无法完工的阴暗烤肉屋中，乔纳森审视他自己。当他有条不紊地处理苏菲夫人的文件时，他只不过是自己那太过拥挤的秘密剧院里的一个龙套角色。就一位训练有素的军人而言，尽管他受训已是很久以前的事，出任务也没什么好讶异的。那不过是机器人的一个摆头动作罢了。

派因站在纳芙蒂蒂皇后饭店里他办公室的门口，盯着空旷大理石大厅另一头、电梯上方的液晶数字，它们正一顿一顿地显示往上到顶楼的客房。

电梯回到一楼时是空的。

派因的手掌刺痛而干燥，派因的肩上很轻。

派因再次打开保险柜。密码——饭店的马屁精总经理设定的——是弗雷迪·哈米德的生日。

派因抽出复印件，把黄色信封折得小小的塞进他的西装内袋准备稍后销毁。

复印机还是温热的。

派因复印了复印件，先调整对比旋钮加深阴影部分以增强清晰度。导弹的名称、导航系统的名称、派因看不懂的技术专有名词、派因念不出来却知道用途的化学物品名称，以及一些同样致命却比较容易念的名字，像是沙林、梭曼和塔崩。

派因将新的复印件夹进当晚的晚餐菜单，然后沿着长边对折，塞进他西装的另一个内袋。菜单里的复印件还温热的。

派因把旧的复印件放入一个和前一个一模一样、无法分辨的新信封中。派因在新信封上写下正楷的“派因”，再把它放回同一个架子上的同一处位置，同样面朝上。

派因再度将保险柜关好、锁上。世界恢复原貌。

八个小时后，派因变成另一种侍者，和马克·奥格尔维部长并肩坐在他狭窄的游艇船舱中，奥格尔维夫人在船上的厨房里，穿着她的名牌牛仔裤准备着烟熏鲑鱼三明治。

“弗雷迪·哈米德在跟罗珀买要命的玩具？”奥格尔维半信半疑地重复道，第二次翻阅手中的文件，“这到底是怎么回事？小孩玩大车可不安全。大使一定会大发雷霆的。亲爱的，你得过来听听这个。”

但奥格尔维太太早就听说了。奥格尔维夫妻档。他们偏爱谍报活动更胜养儿育女。

我爱过你，乔纳森无益地想着。见见你过去式的爱人。

我爱过你，却出卖了你，卖给一个狂妄自大、我甚至不喜欢的英国间谍。

因为我属于他短短名单上的那些一听号角吹响就会有所行动的人之一。

因为我就是“我们之一”——我们即那些毫无疑问的忠诚、谨慎的英国人。我们是好家伙。

我爱你，但那时始终找不着机会说出口。

西比尔信里的句子在他的耳边响起：我看得出你神色一暗。你觉得我惹人厌。

不，不，一点也不惹人厌，西比尔。这位酒店经理急着向他那不受欢迎的写信人做出保证。惹人厌的是我自己。

2

卡斯帕先生再次抬起他那赫赫有名的脑袋。呼啸的风声令轰鸣的引擎声也显得低调。他卷起跌停的苏黎世股票交易报告，用一根橡皮筋把它圈起来，扔进他放投资文件的抽屉，锁上，再对着侍者领班马里奥点点头。他轻轻从裤子后口袋里抽出一把梳子，很快地梳过他的假发。马里奥对巴勃罗绷着脸，巴勃罗则转而对着卢加诺来的学徒、俊美得不可思议的贝尼托（他大概很讨两个人喜欢）露出假笑。三人原本都缩在大厅里避寒，但如今，带着拉丁人的蛮干逞能，他们的斗篷扣到脖子上，顶着暴风雪、抓着伞和推车消失在将人吞噬的大雪中。

这真是前所未见，乔纳森想，同时留意着任何车子接近的信号。前院里只见雪在狂奔呼啸。这是场梦。

但乔纳森没在做梦。豪华礼车真实存在，尽管它飘浮在白色的虚无中。一辆比饭店还长的加长型礼车就停在饭店前门，仿佛码头里塞进一艘黑色邮轮，正当这些披着披风的侍者阔步疾走时，唯独鲁莽的巴勃罗不知哪儿来的灵感，挖出了一把冰刷，优雅地把雪花从红色的地毯上扫掉。就在那讨厌的扫冰即将完成的最后一刻——这是真事—— 一阵暴雪突然遮蔽了一切，乔纳森眼前浮现出一幅画面，一阵浪潮把礼车打回大海，在周遭悬崖峭壁的环抱中沉落，而那位理查德 · 翁斯洛 · 罗珀和他那些登记在案的随行保镖，以及此行十六名其他成员，都因此在一九九一年一月的暴风雪中，于他们自己的泰坦尼克号上为一个人丢掉性命。愿上帝使他们的灵魂安息。

不过这辆礼车还是回来了。身着皮草、身材壮硕的男人们，一名漂亮、亭亭玉立的年轻女了，钻石、金手镯和堆得城堡似的成组黑色行李箱，像掠夺来的战利品从它奢华的内部浮现。第二辆礼车到了，而后是第三辆。一个完整的车队。卡斯帕先生已经在以最适合这一行人行进的速度推动起了旋转门。首先映上玻璃、小心翼翼地转进来的是一个身着不怎么干净的棕色驼毛大衣的身影，衣领上挂着条脏兮兮的丝巾，嘴里叼着湿透的香烟，一副英国上层阶级子弟眼袋下垂的眼神。不是那个五十岁的太阳神。

跟着驼毛男进来的是个二十来岁的男子，穿着海军蓝的西装，为了佩戴枪套方便而穿了单排扣西装，双眼就像颜料一样落在扁平的脸上。随行保镖，乔纳森一边想，一边努力避开他们恶意的瞪视——后面还有一个，如果罗珀害怕的话，还会有第三个。

妙龄美女一头栗色的秀发，身穿一件色彩斑斓、下摆几乎及踝的带衬垫的大衣。不过，她仍然设法让自己看起来没那么招摇。她有点苏菲那种滑稽的味道，她的头发也像苏菲一样落在脸的两侧。她是谁的夫人吗？还是情妇？她专属于某一个人吗？半年多来，乔纳森第一次感受到来自一个女人身上的具有毁灭性且非理性的冲击。这是他只看一眼就想得到的女人。她跟苏菲一样珠光宝气，美艳动人。虽然衣着整齐，却形同裸着身子，让男人想入非非。她脖子上戴着两串耀眼的珍珠项链，带夹层的袖口下露出闪闪发光的钻石手镯。不过，真正让人觉得她美得好似天仙下凡的，是她摇曳生姿的体态、勾人魂魄的笑容和看似不经意的言谈举止。此时，门又被推开了，又一行人鱼贯而入。顷刻间，尚未出现的英国上流社会精英分子都齐聚到大厅中的水晶灯下，光鲜亮丽、容光焕发地站在一起，不约而同地展现出某种气场，好像将世上所有贫病老弱都排除在外。但只有那位身穿驼毛大衣的人不同。脚上破烂的麂皮鞋使他显得与其他人格格不入。

在众人簇拥下，有个男人虽然置身其中，却显得与众不同。唯有此人符合苏菲措辞激烈的描述。他又高又瘦，第一眼给人相当显贵的印象。灰白相间的头发向后梳，轻轻地在耳朵上方弄成小小的尖角。如果跟生了这张面孔的人打牌，你一定会输。他摆出傲慢的英国人最擅长的姿态：一脚微屈，一手支撑着殖民者高贵的臀部。苏菲跟他说过：*弗雷迪很弱，而罗珀很英国*。

罗珀和所有敏捷的人一样，他能一心多用。比方说，他和卡斯帕握手后马上用同一只手拍拍他的上臂，再用那手给埃伯哈特小姐来个飞吻。对方马上涨红了脸，朝他挥挥手，像一位更年期的小粉丝。最后，他用至高无上的眼神定定地注视着乔纳森。那时乔纳森必定正向他走去。虽然乔纳森拿不出十足的证据，但他知道，他眼里所见的"阿黛尔"的假人模特儿被书报摊取代，继而被前台后埃伯哈特小姐羞红的脸取代，现在则变成那个人。苏菲说过：*他天不怕、地不怕，是世界上最坏的人*。

乔纳森想，他认出我了。他等着对方揭发他的身份。他见过我的照片，听过人家是怎么议论我的。他在一分钟内就不会再微笑了。

罗珀把手伸了过来，短暂地握住乔纳森的手，用懒洋洋的语调说："我是迪基·罗珀，我们这群人在这里订了几间房间——其实挺多间的，跟你问个好。"有些含混的贝尔格维亚口音，最富阶级里最土的口音。现在两人已经进入了彼此的私人领域。

"真是幸会，罗珀先生。"乔纳森低声以英国腔回应对方的英国腔，"欢迎再度光临。您这趟远门想必吃了许多苦头。说实话，我从来没见过像您这样上山下海冒险的人。我叫派因，是酒店的夜班经理。”

他听说过我，他心想，等待着。弗雷迪·哈米德曾把我的名字告诉过他。

“老迈斯特这些日子都在做什么呢？”罗珀边问边将目光移到那位美丽女子身上。她站在书报摊旁翻阅时装杂志，一只手的镯子一直滑落到手掌处，另一只手不停地拂着秀发，“是不是整天跟阿华田和书腻在一起？我得说我希望是书，不是别的。杰兹，你还好吗？这么喜欢杂志啊？真是上瘾了。那种东西送我我都不要。”

乔纳森过了一会儿才意识到杰兹即这位女子的芳名。原来他不是在招呼一个叫杰德的男的，而是一位叫杰兹的妙龄女子。她甩开栗色的秀发，让他们看到她的笑容。她的模样既淘气又讨喜。

“亲爱的，我很好的。”她勇敢地回答，露出一副好像刚从挫折中恢复过来的表情。

“迈斯特先生今晚有要事在身，不过，他很期待等您休息好后明早来见您。”乔纳森说。

“你是英国人吗？口音听起来很像。”

“一点也没错。先生。”

“聪明人。”他淡漠的目光再次环顾四周，这次是看向前台。那位穿着驼毛大衣的男子正在填写表格，预备交给埃伯哈特小姐，“你在向那位年轻小姐求婚吗，科基？”罗珀喊道，“这下可有好戏看了，”他压低声音，用讽刺的语调跟乔纳森补充，“他是我的助理，科尔克兰少校。”

“老大，差不多了！”科基慢条斯理地说，抬起穿着骆驼毛大衣的手臂。他双脚分开，臀部翘起，简直像要打槌球似的。无论是天生如此还是刻意为之，他斜翘起来的臀部隐约透露着些许阴柔气质。他的胳膊下还夹着一堆护照。

“老天，科克斯，只要复印几个名字就好，又不是要签五十页的合约。”

“先生，我恐怕这是新的安全规定。”乔纳森向他解释，“瑞士警方坚持要我们这么做，我们只能照办。”

大美女杰兹已经选了三本杂志，可是她还要选。她若有所思地把重心放在轻微磨损的靴子后跟，脚尖向上翘。苏菲也这么做。她应该二十多岁吧，乔纳森暗自猜想。一定是。

“在这儿多久啦，派因？弗里斯基，上次我们来的时候还没有他，对不对？我们可不会漏掉一个到处游荡的年轻人哪。”

“不会的。”那位身穿运动衣的人说。他似乎透过某种假想的瞄准器注视着乔纳森。乔纳森注意到他有一对因长期被殴打而肿胀的花菜状耳朵，一头变白中的金黄色头发。他的双手仿佛斧头。

“我到这儿有六个月了，罗珀先生，差不多刚好六个月。”

“之前你在哪儿？”

“开罗。”乔纳森回答时眼神闪闪发亮，“纳芙蒂蒂皇后饭店。”

时间嘀嗒流动，好像下一秒就要引爆炸弹。但当他提及埃及纳芙蒂蒂皇后饭店时，大厅中那些镶在墙上的镜子并没有碎裂，柱子与大灯完好依旧。

“你喜欢那里吗，开罗？”

“我深爱那地方。”

“如果你这么喜欢，为什么离开那里？”

就是因为你啊，乔纳森心想，口里却说：“我喜欢流浪。您知道的，先生，飘忽不定的生活是这行业最吸引人的地方，不是吗？”

突然之间，一切都动了起来。科尔克兰离开了接待柜台，手上拿着烟，大步向他们走来。美女杰兹也选定了她要的杂志，在那儿等着。她真像苏菲，就知道等着人家为她付钱。科尔克兰说："亲爱的，这算在房钱里。"卡斯帕把一捆信倒在另一位穿运动服的人的怀里，那人正姿态夸张地用指尖翻弄那越来越多的信件。

"也该是时候了，科克斯。你用来写字的手是怎么回事？"

"老是自慰所以手痛吧，老板，"科尔克兰少校说，"手腕都没力了呢。"他又加了一句，用一种意有所指的笑看着乔纳森。

"哎哟，科克斯。"美女杰兹咯咯笑着说。

乔纳森瞥见门房领班马里奥，他推着一堆样式相同的行李快步走向货用电梯。搬运人员总是希望在顾客难以捉摸的心中留下深刻印象。乔纳森看着自己碎裂的镜像，还有身旁的科尔克兰镜中的身影：他一手拿着烟，一手拿杂志；当他看不到杰兹时，不禁有那么一点心慌。但当他转过身，就看见杰兹了。两人互换眼神，她对他笑了笑，他没想到自己又会重新渴望一个女人。他也与罗珀对上眼神，因为她正勾着罗珀的手臂。她用两条长长的胳膊勾着他，挨得近到几乎就要踩到他的脚。他的保镖和这群富人尾随着他。乔纳森注意到一位金发的俊美男子，头发在颈背处绑起，旁边则站着他眉头深锁、打扮朴素的太太。

"机长待会儿就到。"科尔克兰说，"罗盘出了点问题——不是罗盘就是啥烂摊子无法处理吧。我说，你会一直在吗？还是就这么一晚？"

他的吐息里还有白天喝下的酒气：午餐前的马天尼、用餐时喝的酒，以及餐后白兰地。然而，经他的烂法国烟一搅和，什么味道都变了。

“少校，我想做这行的应该都会尽可能一直做下去。”乔纳森回答。稍微修改了一下对这位跟班的讲话态度。

“大家都是这样的，相信我。”这位少校一派热诚地说，“永远的临时工？唉，老天啊！”

这简直像是电影画面。接下来他们就会在《我在茶里加了糖》的曲调中穿过大厅；钢琴师迈克西正弹着这首曲子给两位身穿灰色丝质衣服的老妇人听，罗珀和那女人仍缠在一起。看来你们对彼此还很陌生嘛，乔纳森以眼角余光注视他们，眼神里写满嘲讽。再不然你们就是刚吵过架，刚和好如初。杰兹，他自言自语，重复念着这名字。然而在单人床上他还是需要一点安全感的。

接下来是另一幕电影场景。三个纤长的身影站在迈斯特先生全新塔楼套房的华丽电梯门前方，这队有钱人在他们身后喋喋不休。

“那座旧电梯出了什么事，派因？”罗珀问他，“我还以为迈斯特很迷古老的东西呢。原来一有机会，这些该死的瑞士人会把巨石阵也弄得很现代啊。你说呢，杰兹？”

“罗珀，你还能对电梯大做文章啊。”她有些敬畏地说。

“不信试试看。”

乔纳森觉得好像听到远处有个跟自己很像的声音传来，那声音细数着这部新电梯的种种优点：提升了安全性，罗珀先生，同时也是本酒店与众不同的吸睛之处。它是去年秋天装好的，专为塔楼套房的客人服务……罗珀一边听着乔纳森为他解说，一边用手拨弄着迈斯特先生亲自设计的金色万能钥匙。这把钥匙上装饰着金色流苏，还戴了一顶看起来挺滑稽的金色皇冠。

“我说，你看着这玩意儿会不会想到埃及法老？它好像有些夸张，但那些心思比较单纯的顾客就是爱。”他说，脸上露出前所未见的笑容。

“我喜欢，”少校说了句不该出现在电影里的台词，“但我算是蛮世故的人。”罗珀将那把钥匙放在手掌上掂了掂，像是要估算它的净重似的。他先端详钥匙的两侧，再端详皇冠，接着仔细看着流苏。

“台湾地区制造。”他说出口，并在乔纳森大吃一惊之际将钥匙掷向那位有着花菜状耳朵的金发男子。说时迟那时快，男子叫了一声“我的！”，往身体左侧一弯腰，一下子把钥匙接个正着。

贝瑞塔九厘米自动手枪，保险开着。乔纳森记下了。黑檀木制枪壳，装在右臂腋下的枪套里。左撇子保镖，腰包里还有一份多出来的杂志。

“漂亮！弗里斯基，干得好啊！”科尔克兰拖长了声调，那堆人中传来松一口气的笑声，带头的就是那个女的。她抓紧了罗珀的手臂，说：“亲爱的，你实在是。”从乔纳森的位置听得不太清楚，一开始还以为她是说：“亲爱的，你去死。”

现在每件事都像是以慢动作在进行，一切都发生在水底下。电梯一次运载五人，其他的人只好等着。罗珀一脚踏进电梯，连带也将那女人拉了进去。乔纳森想，真像师出罗丁模特学校，外加一堂苏菲也学过的那种教走路该如何扭腰摆臀的特别课程。接下来是弗里斯基，再来是科尔克兰少校，他没有把烟带进去，最后才是乔纳森。她的头发细柔，是栗色的。她也脱了——或者该这么说，她把她的大衣褪去，像军用外套一样挂在手臂上。她穿着一件男式白衬衫，那件衬衫跟苏菲的一样是宽袖，袖子卷到手肘。乔纳森启动电梯，科尔克兰不屑地向上看，就像男人撒尿时那样。女人的臀部擦过乔纳森的体侧。也许她是用这种方式来表现友谊。然而他想拉下脸对她说：得了吧。

如果你是在对我调情，可以免了；而如果你不是在调情，那就把屁股管管好。她散发的香气不是香草的味道，而是军校在阵亡烈士纪念日时大家身上戴的白色康乃馨香味。罗珀站在她身后，宽大的手掌带着占有意味按在她肩头。弗里斯基不经意向下看，看到她脖子上已经褪色的咬痕，看着她藏在昂贵衬衫里没戴胸罩的双乳。毫无疑问，乔纳森也和弗里斯基一样有股卑鄙的冲动，想用手捧出她一边的乳房。

“不如我带你们四处走走，看看你们上次造访后，迈斯特皇宫饭店又添了什么新玩意儿，如何？”他建议道。

也许你应该放下这些繁文缛节了吧。在某个清晨，苏菲与他并肩而行时这么说了。

他走在前头，将这间套房各种价格不菲的设施一一指出：了不起的节水酒吧、千年的果实，诸如此类。此外还有最新发明——高科技喷射气流卫生设备。除了不能帮你清洁牙齿外几乎无所不能。他不经意地讲出一些古怪的笑话，无非是想讨好这位理查德·翁斯洛·罗珀先生，以及那位身体纤长、面露笑意、美得不可方物的女子。在这个非常时刻，她怎么还能这么美？

迈斯特著名的塔楼就像一座放大版的鸽舍，俯视着这家酒店高低起伏的爱德华式屋顶。塔楼分为上下层，共三间美轮美奂的卧室，乔纳森暗自将住在这里的曼妙体验称为“十四瑞士法郎”。行李送到后，侍者收到了丰厚的小费。杰兹入住那间最豪华的卧室，浴室里开始流泻出水流声和女人的歌声。歌声虽然听不清楚，但一听便知，即使称不上下流，那歌也是挑逗的。穿运动服的弗里斯基站在楼梯平台的电话那边，似乎正小声地对某个他看不起的人下达命令，科尔克兰少校又点了一支烟，但已经脱下了驼毛大衣，在餐厅里讲电话。他的法语讲得慢条斯理，感觉像是另一个人法语太差，他只好放慢速度。他的脸颊像婴儿一样滑嫩，还透着红润。他的法语地道，这毋庸置疑。他脱口说出时语调之自然，就好像是自己的母语。也许法语真是他的母语。从科尔克兰的举止看来，他的出身背景绝对不单纯。

套房中的其他角落里各种对话与动作也正在进行。扎着马尾的高个子叫桑迪。他正用英语跟布拉格一位叫格雷戈里的人通电话，桑迪的太太仍穿着大衣，坐在一张椅子上怒视墙壁。但乔纳森现在已经不把这些次要的人物放在心上了。这些人的确存在，也姿态优雅，却像众星拱月一样保持距离地围绕在那位巴哈马拿骚来的理查德·翁斯洛·罗珀先生周围，像衬托红花的绿叶。乔纳森带他们参观饭店的旅程终于告一段落，他该告退了。他优雅地向他们挥挥手，礼貌地提醒他们“尽情享受饭店为他们预备的一切”。若是平常，他应该直接下到一楼，让客人独自享受每晚一万五千法郎含税的服务及欧陆早餐。

但今晚并不平常。今晚是属于罗珀的，是属于苏菲的。只是苏菲这个角色在今夜由罗珀的女人扮演（这有些不平常）。她的名字对罗珀来说叫杰兹，但对其他人而言只是杰德。罗珀先生向来喜欢让自己的财产看来多些[1]。现在雪还在下，而在这下雪的夜晚，这个世上最坏的人正被雪景吸引，仿佛一个望着飞舞的雪花、想起童年往事的人。他站在这个部署了重重防守的房间正中，面对那几扇落地窗和覆雪的阳台，手上拿着一本打开的绿色苏富比目录，看起来就像是打开了赞美诗，准备高歌一曲，他另一只手高举，像是指挥着一支看不见的乐队。他脸上还戴着老法官戴的那种半月形阅读用眼镜。

---

[1] 杰兹（Jeds）是杰德（Jed）词尾加一个 s，就像是一般名词的复数形态。两个名字均为杰迈玛（Jemima）的昵称。

“士兵鲍里斯和他那伙人说星期一吃午饭的时间没问题。”科尔克兰在餐厅那边喊，“星期一吃午饭的时间可以吗？”

“没问题。”罗珀边说边翻着那本目录，同时透过眼镜看着屋外的雪，“看看外头，一望无际啊。”

“每次下雪我都会对自然心生崇敬。”乔纳森诚挚地说。

“你那朋友阿皮太提斯从迈阿密打电话来说，为什么不住皇冠酒店？他说那儿的食物更好。”科尔克兰又说。

“那儿人太杂了。就在这里吃午餐或是叫份他们家的三明治。桑迪，一幅不错的斯塔布斯[1]骏马图现在要价多少？”

一个脸蛋俊俏、留着马尾的人探头进来，“要多大的？”

“三十乘五十英寸。”

那张俊俏的脸稍微皱了一下，“去年六月苏富比拍卖时有一幅还不错的画，《风景中的摄政王》，有签名，还有日期，是一七七九年的。”

“要价多少？”

“你有没有坐稳？”

“你就说吧，桑迪！”

“一百二十万，不含佣金。”

“英镑还是美元？”

“美元。”

科尔克兰少校在走道另一边发出抱怨：“老板，布鲁塞尔的那些小伙子要一半现款，如果你问我意见，我得说他们太放肆。”

“告诉他们你不会签。”罗珀骂道，板起了脸孔。他的臭脸是特地

---

[1] George Stubbs（1724—1806），英国杰出的动物画家与解剖图画家。

要让科尔克兰离他远点，“上面也是家酒店吗，派因？”

罗珀的目光定在那几扇黑色窗格上，刚刚那副雪花飞舞的童年景象仍在持续。

“那只是一座灯塔，罗珀先生。我想那应该是某种导航设备吧。”

迈斯特珍贵的黄铜钟响起报时的钟声，然而，即使乔纳森练就再敏捷的身手，此时也很难开溜。他穿的那双漆皮皮鞋稳稳钉在客厅地毯，仿佛嵌在水泥地里，寸步难移。他的两道眉毛仿佛拳击手那样粗犷，与柔和的眼神极不搭调。他仍注视着背朝他的罗珀背后，不过只有一半的心思放在他身上。严格上来说，他整个人根本不在这个塔楼套房，而是在开罗的纳芙蒂蒂皇后饭店、苏菲的顶楼客房中。

苏菲当时也背对着他。她很美，就跟他一直知道的那样。雪白的肌肤在雪白的晚礼服衬托下显得更加白皙。她正在凝视着什么。不是窗外的雪花，而是开罗夜空中的点点繁星。她凝视着这座静谧都市上空的下弦月。通向她屋顶花园的门是敞开的，她的花园里只有白色的花，包括欧洲夹竹桃、九重葛和爱情花。阿拉伯茉莉的香味经过她飘进房间。她坐在桌旁，桌上摆了一瓶伏特加——你会说酒瓶是半空的，而非半满。

“你打了电话。”乔纳森扮演着卑微的侍从的角色，用友善愉悦的语气提醒她。也许这是属于我们的夜晚，他这么想。

“是，我打了电话，你也接了。你人很好，我想你人一直很好。”

他一听她这么说就知道今晚与他们两人再无关系了。

“我得请教你一个问题。”她说，“你会老实回答我吧？”

“当然。我一定尽力回答您。”

“你的意思是你可能不会老实回答我吗？”

"我的意思是我可能不知道答案。"

"你一定会知道。我托你保管的那些文件在哪里？"

"在保险箱里，装在信封里。信封上面有我的名字。"

"除了我以外还有没有别人见过？"

"这个保险箱有好几个人共用，主要用来给人在往银行存钱前暂时存放现钞，截至目前，据我所知那个信封原封未动。"

她抖了一下双肩，表现出不耐，但并未转过头来，"你把它拿给什么人看过吗？有没有？请你告诉我。我不是用有色眼镜看你，我只是凭着一时冲动把复印件给了你。如果我做错事，那也不该怪你。就私人情感层面，我认为你是个手脚干净的英国人。"

我也这么觉得，乔纳森想。不过，他根本没想过对此他还有另一种选择。在那个他因为各种神秘理由必须效忠的世界里，对于她的问题只会有一个答案。

"没有，"他说了一遍，又重复了一遍，"没有人见过。"

"如果你告诉我的是实话，我相信你。我多么希望这世上还有可以信赖的人。"

"是实话。我向你保证。没有人见过。"

她似乎没有理会他的否认，又或许她发现他回答得太快，"弗雷迪一口咬定我出卖了他。他把文件交给我保管，因为他不想把文件留在他的办公室或家里。迪基·罗珀还在旁边煽风点火，要弗雷迪别相信我。"

"他为什么要这么做？"

"罗珀是收信方。直到今天，罗珀和弗雷迪·哈米德一直在准备合伙做生意。当他们两人在罗珀的游艇上商量时，我有几次也在场。罗珀看到我在有点不自在，但弗雷迪坚持要带我去炫耀，他就只好让我去了。”

她似乎在等他回应，他依旧保持沉默。

“弗雷迪今晚来看我，比他平常的时间还要晚。只要他在城里，通常会在晚餐前过来。为了表示对太太的尊重，他会搭停车场的电梯上来，在这儿待两个钟头，然后回到家人的怀抱。虽然很悲哀，但我可以自夸，要不是我，他们的婚姻可能早就不保。今天晚上他来得迟，被一通电话耽搁了。看来罗珀已经接到警告了。”

“谁给他的警告？”

“在伦敦的好朋友。”她的语气中散发出一股怨气，“恭喜罗珀啊，这也是合情合理。”

“什么意思？”

“意思就是他和弗雷迪的生意政府部门已经知道了。罗珀在电话里小心翼翼，只说他以前信得过弗雷迪，说他是个小心谨慎的人。但弗雷迪的兄弟就没这么细心了。弗雷迪没把生意的事告诉他们，他希望好好表现给他们看，甚至已经安排好一整批哈米德的卡车车队，也想好要怎么把这些货物运过约旦。他的兄弟不高兴他这么做。现在可好，弗雷迪怕了，什么事情都抖了出来。他失去了罗珀的尊重，也惹毛了他。所以你真的没说？”她仿佛在排练什么似的，眼睛仍望着星空，“绝对没说？派因先生不知道这消息是怎么跑到伦敦的或是怎么传进了罗珀先生朋友的耳朵的。那个保险箱、那些文件，他提都没提。”

“没有，真的没有。我很抱歉。”

讲到这里，她都还没正眼看过他。现在她转过身，好让他看到她的脸。她一只眼睛紧闭，两边脸颊都肿了，简直认不出来。

“我想请你带我去兜风，好吗，派因先生？当弗雷迪的尊严受到威胁，他总会失去理智。”

时间仿佛未曾流动，罗珀依然沉浸在苏富比目录中。没有人将他的脸打个稀烂。那座黄铜钟仍准确报时。说也荒谬，乔纳森拿腕表来对钟，结果终于发现自己的脚能动了。他打开那座钟的玻璃门，移动分针，让它和时针重叠。快去找掩护！他对自己说，趴下。看不见的收音机正在播放阿尔弗雷德·布伦德尔演奏的莫扎特乐曲。现实生活中，科尔克兰又在打电话了。这次他说的是意大利语。比他的法语稍差。

不过乔纳森还不能去找掩护。那名火辣的女子正从楼梯间走下来。一开始，乔纳森没听到她下楼，因为她光着脚，穿着迈斯特先生特别为客人准备的浴袍。等他听到声音，又简直不能望着她。洗过澡后，她的长腿像婴孩那样粉嫩；栗色的头发梳理整齐，垂在肩上，像个乖巧女孩的会梳的发型；她身上的香味从原来那种军校在阵亡烈士纪念日的康乃馨，变成温暖的沐浴乳香。乔纳森看着她，几乎按捺不住。

“欢迎您使用专属的吧台，尽情享用点心和饮料。”他对着罗珀的背说，“纯麦威士忌，迈斯特先生亲自挑选；来自六个不同国家的伏特加，”还有什么呢？“噢，当然了，客房服务是二十四小时的，专属于您，绝无仅有。”

“我饿坏了。”女子不甘寂寞地说。

乔纳森回她一个最为官腔、没有一丝热情的微笑。“好的，有任何要求尽管吩咐他们。菜单只是提供一个大方向，他们极其热切地等您使唤。”他回过身，转向罗珀，鬼使神差地添了一句话，“如果您对战争的消息感兴趣，有英语的有线新闻台。只要按一下那个小盒子上的绿色旋钮，转到九即可。”

“这我都知道了，谢谢。你对雕塑有研究吗？”

“了解得不多。”

“我也一样。这样就不孤单了。喔嘿，亲爱的，澡洗得舒服吗？”

“非常舒服。”

那女人，杰德，她穿过房间，缩进了一把低矮的扶手椅，一边拿起客房服务的菜单，一边戴上眼镜。那副阅读用的金边眼镜滚圆小巧，乔纳森忍不住愤愤不平地认为根本没必要使用这副眼镜。如果是苏菲，大概只会把这种眼镜架在头发上。布伦德尔奏出的完美乐声仿佛流入了大海，接下来，内嵌的四声道收音机宣布费舍尔-迪斯考将演唱一系列选自舒伯特的歌曲。罗珀用肩膀推了推他，而他从眼角余光看到杰德把她那双婴儿般的腿交叠起来，心不在焉地拉起浴袍、盖住双膝，继续看她的菜单。婊子！乔纳森心里有个声音正在呐喊。荡妇！天使！我为什么突然像青少年一样满脑子妄想呢？此时罗珀好看的食指正按在一整页的图片上。

拍卖品二三六号。维纳斯和阿多尼斯的大理石雕像，不连底座高七十英寸。维纳斯的手指抚摸阿多尼斯的脸，以示对他的仰慕。此为当代雕塑家卡诺瓦的作品。作品无签名，原件藏于日内瓦的谷仓山庄博物馆，估价约六万至十万英镑。

这个五十岁的阿波罗希望能买到维纳斯和阿多尼斯。

“这‘罗斯提’到底是什么玩意儿？”杰德问道。

“我想您说的应该是瑞士薯饼，”乔纳森回答的语调隐约透出智商高人一等的感觉，“这是瑞士一种用土豆做成的美味餐点，样子很像卷心菜煎土豆，只不过里头没有卷心菜，是用很多黄油炸出来的。如果真的很饿，吃起来会感到美味无比。而且我得说他们做得很地道。”

“你觉得这些雕塑怎么样呢？”罗珀问道，“挺不错？还是不行？别不置可否，这样对谁都没好处——薯饼这种东西嘛，亲爱的，要吃就在迈阿密吃吧——你怎么说，派因先生？”

“我想那要看雕塑将来放的位置才能说孰好孰坏。”乔纳森谨慎地回答。

“就放在花圃的尽头。屋顶有藤架，尽头是海景。雕像面朝西，可以看到落日。”

“那里是世上最美的地方。”杰德说。

乔纳森心中马上对她生起了一股怒气。你怎么不闭嘴呢？你在房间的那头叨叨，声音却好像就在面前似的。她为什么不好好看菜单，总来插嘴？

“保证有阳光吗？”乔纳森问道，露出他最卑微恭敬的微笑。

“一年三百六十天都出太阳。”杰德得意地说。

“你继续说，”罗珀催促，“我不是玻璃心，没那么脆弱。你的意见到底是什么？”

“那些雕像恐怕不是我的菜。”乔纳森还没来得及思考就紧张地说了出口。

为什么他要这样讲？也许应该怪杰德吧。乔纳森自己是不可能会知道的。他对雕像没什么想法，也从没买卖过雕像，更很少停下来观察——除了那尊可怕的青铜雕像：拿望远镜看上帝的海格伯爵。它矗立在某阅兵场的主席台边，那是他在军营度过的童年时代的回忆。他所做的一切只是想叫杰德保持安全距离。

罗珀英俊的面容没有什么变化，但有那么一会儿，乔纳森怀疑其实他根本就是个玻璃心。“你是在嘲笑我吗，杰迈玛？”他用非常愉悦的笑容问道。

菜单移了下来，那张躲在后头的淘气面孔隔着菜单盯着他们看，“我为什么要笑你呢？”

“我在飞机上把它们指给你看时你好像也没什么兴趣。”

她把菜单放在膝盖上，用两手将那副无用的眼镜取下。现在她身上那件迈斯特皇宫饭店浴袍的短袖也敞开了，呈现一副令乔纳森极为愤慨的景象：一个完美无瑕的乳房尽收眼底。随着她手臂的动作，略微挺起的乳头正向着他微微耸动。在台灯的照耀下，乳房的上半部分显现出金色的肌理。

“亲爱的，”她甜甜地说，“这真是完完全全毫无根据的胡说八道。我觉得她的屁股太大了。但如果你喜欢大屁股的女人，就买下她吧。花钱的是你，买了什么屁股都属于你。”

罗珀咧嘴一笑，手伸出去，抓住迈斯特先生为他预备的香槟王，使劲把瓶盖转开。

“科基！”

“是，老大！”

他迟疑片刻，调整了一下语气，“打个电话给丹比和麦克阿瑟。香槟。”

“遵命，老大。”

“桑迪！卡罗琳！香槟！这两个人到哪儿去了？又吵架了吗？无聊透顶！每次都搞这种事！”他边说边侧过脸看着乔纳森，“别走，派因，派对要开始了。科基，再叫两瓶酒来！”

但乔纳森最终还是走了，他离开的举动多少表示了他的遗憾。当他到达楼梯平台，转身看到杰德以可笑的姿势晃动香槟酒杯跟他道别，他则报以最冰冷的微笑。

“晚安，亲爱的，”科尔克兰和他擦肩而过时喃喃说道，“谢谢你温柔相待啊。”

“晚安，少校。”

一头淡金头发的保镖弗里斯基坐在电梯旁的一张豪华座椅上，正读着一本维多利亚时代背景的平装色情小说。“老兄，你打高尔夫吗？”乔纳森路过时，他开口。

“不打。”

“我也不打。”

费舍尔–迪斯考的歌声传了出来。*我轻而易举开枪射击，我轻而易举开枪射击。*

晚宴的六位客人俯身坐在点了蜡烛的桌前，就像在天主教堂里朝拜。乔纳森跟他们坐在一起，愉悦地享用晚餐。我要的就是这种生活，他对自己说。他要什么呢？半瓶波玛特红酒、牛肝冷盘加三色蔬菜。这酒店的银器虽然老了旧了，却仍在锦缎桌布上对着我熠熠发光。

独自用餐一直是他个人的特殊喜好，而今夜，为了顺应战争带来的物资缺乏，贝里总管将他从传菜入口的独座升级到窗旁那崇高的圣餐台。乔纳森在上方俯视，视线穿过高尔夫球场，看到市区的灯光沿湖岸闪烁。无论如何，他一定要为自己目前为止令人满意的人生完整性庆贺一下。那丑恶的过去早被他抛诸脑后。

*亲爱的乔纳森啊，在那地方应付邪恶的罗珀实在不容易，*学校里的老教官以赞许的语气对他最好的学生说，*我个人认为那位科尔克兰少校不简单，那女的也一样。不过别介意。你没露出任何破绽，处变不惊。做得好。*乔纳森对着映了烛光的窗户，回想他说出口的那些阿谀奉承，种种贪婪下流的思想。他勉力挤出一丝庆贺的

微笑。

突然间，牛肝在他的口中味如嚼蜡，波玛特红酒也生出炮铜味。他的肠子紧缩，视线也模糊了。他在慌忙之中起身离席，含混不清地告诉贝里总管他忘了一件差事，在最后一刻冲进男厕。

3

乔纳森·派因，一位英国步兵中士与一个德国美人的独子。母亲罹患癌症，父亲在英国的一场后殖民时期的战争中以身殉国。父母相继过世后，乔纳森成了孤儿，在各个孤儿院、寄养家庭、养母、军校、训练营颠沛流离，日子风雨飘摇，甚至到过更为多雨的北爱尔兰某特殊军事单位寄人篱下。成年后，他做过服务生、厨师，流动各处担任酒店经理，不断避开人与人之间的情感关系。他当过志愿兵，他收集别人的语言，他是自我放逐的夜行动物，是没有目的地的水手。他坐在这家瑞士酒店前台后方整洁的办公室里，反常地抽了第三支烟。他边抽边想着这家深受景仰的酒店创办人说过的至理名言。那段话与他风度不凡的深褐色相片并排挂在墙上。

过去几个月，乔纳森数度拿起笔，努力想把这位伟人的睿智之语从艰涩的德文句法中提取出来。不过，不管如何尝试，都因为几句怎么也无法移动的从属子句而放弃了。起先他这么写：*真心以待为生命带来的意义，一如美好的厨艺为饮食带来的意义*。曾经有那么一瞬间，他认为自己领悟了那话中的含义，于是他继续写："这句话是说，对于每个正经历着人生各种艰苦的单独个体，他们被交付到我们手上，我们应表示出最基本的尊重。无论他处于何种状态，也无论我们彼此在道义责任上应该……"写到这里，他又一如往常写不下去了。有些东西还是维持原貌好。

他的目光又回到斯特里普利先生那台俗气的电视机上。它蹲踞在他面前，像一只男式手提包。整整十五分钟，这台电视都在播放同样的电子游戏画面。空中的轰炸机瞄准远处地面一栋只有斑点大小的灰色建筑物。镜头拉近后，一枚导弹快速飞向那栋建筑，炸开屋顶，穿过好几层楼。这栋建筑物的底部就像纸袋一样炸开，油嘴滑舌的新闻主播十分满意：正中红心，再发射两枚也不用多花钱。没有人想谈到底死了多少人。从那个高度拍摄看起来就像毫无死伤。伊拉克不是贝尔法斯特。

然后画面换了。乔纳森和苏菲正在开车。

乔纳森握着汽车的方向盘，苏菲戴着丝巾和深色眼镜，半掩肿起的脸。开罗还在沉睡，黎明将烟尘弥漫的天空染红。为了把她偷偷带出酒店，弄到自己的车里，这名卧底军人做好万全准备。他往金字塔群所在的方向开去，却不晓得她心里另有打算。她说："不对，走那个方向。"在开罗城市墓园败破的墓地上方仿佛悬了一个散发恶臭的枕头。一堆一堆的塑料袋和罐头之间阵阵浓烟燃起，衣衫褴褛的游民在垃圾堆中来回捡拾，犹如艳丽的秃鹰。他把车子停在沙地边缘，进出垃圾场倾倒垃圾的卡车呼啸而过留下刺鼻恶臭。

"这就是我当时带他来的地方。"她说。她的一侧嘴角肿得不像话，只能用另一侧嘴角慢慢把话吐出来。

"为什么？"乔纳森问。他的意思是：你现在为什么要带我来这里？

"'弗雷迪，看看这些人，'我这样跟他说，'每次只要有人把武器卖给那些不知名的阿拉伯暴君，这些人就又得挨饿。你知不知道为什么？听我说，弗雷迪。因为拥有一支完美的军队比施舍饥民有意思多了。弗雷迪，你是阿拉伯人。虽然我们埃及人都说自己不是阿拉伯人，但先不要管这个。我们依旧是阿拉伯人，为了实现梦想让你的阿拉伯同胞付出代价，这样真的对吗？'"

"我懂了。"乔纳森一脸尴尬，英国人在谈论政治时总会这样。

"'我们不需要领袖，'我这样说，'下一位伟大的阿拉伯人将会相当谦卑、亲力亲为。他会知道怎么做事。他给人民的是尊严，不是战争。他知道如何治天下，而不是打天下。他会像你一样，弗雷迪，只要你能成熟点。'"

"那他怎么说？"乔纳森问。一看到她被打得不成人样的面孔，他就感到良心不安。她眼睛四周的瘀青已经变得半青半黄了。

"他叫我少管闲事。"他听得出她声音里蕴含的怒气，心往下沉得更厉害了，"我跟他说这与我有关！生死攸关的大事！阿拉伯人都跟我有关！他也跟我有关！"

你警告了他。他心想，不禁一阵反胃。你让他知道你是不可忽视的力量，并非他招之即来、挥之即去的弱女子。你让他开始思考你也会有你的秘密武器，同时威胁他，说要对他使出杀手锏。只是你不知道我已经使出这招了。

"埃及当局不会碰弗雷迪一根寒毛，"她说，"他贿赂这些人，他们睁一只眼闭一只眼。"

"出城去吧，"乔纳森说，"你知道哈米德家族都是些什么人。走吧。"

"不管我在开罗还是巴黎，哈米德一家若要杀我都易如反掌。"

"那么就告诉弗雷迪他得帮你，叫他起身对抗他那些兄弟。"

"弗雷迪怕我怕得要死。他只要一胆小就彻彻底底是个懦夫！你为什么要看着来往的车？”

因为除了你以外我只能看着那些车，不然就得看这可鄙的世界。

不过她并没有等他回答。也许，在这个熟知男性弱点的女人心中，早已摸透了他的羞愧。

“我想喝杯咖啡，麻烦你了。埃及咖啡。”她露出勇敢的微笑，在他的眼里，这比世上所有指责加在一起更令他内疚。

他在街头市场为她买了一杯咖啡，然后开车送她回酒店停车场。他打了电话到奥格尔维的寓所，是女佣接的电话。“他出去了！”她喊着回答。那么奥格尔维太太呢？“也出去了。”他打电话到大使馆，人也不在，他去亚历山大市看赛船了。

他打电话给游艇俱乐部留话。有个好像嗑了药的男人说今天没有赛船。

乔纳森打了电话到卢克索，给一位名叫拉里·克莫迪的美国朋友。拉里，你是不是有间空置的客房？

他又打了电话给苏菲。“我有一位在卢克索的考古学家朋友，他有间没人在住的公寓。”他说，“一个叫‘芝加哥小屋’的地方。你可以去那儿待一两个星期。”两人都没说话，他努力想挤出一些有趣的东西讲，“对于去暂住的访问学者而言，那里就像个闭关修道的地方。那个小房间是在芝加哥小屋后方加盖的，有自己的小空间。没有人会知道你住在那儿。”

“你也会来吗，派因先生？”

乔纳森不让自己有半点犹豫的时间，“你甩得掉贴身保镖吗？”

“他早就跑了。弗雷迪大概觉得我不值得保护。”

他打给一家和酒店有生意往来的旅行社工作人员，接电话的是个讲话带着些许醉意的英国女人斯特拉。“斯特拉，有两位匿名贵宾要在今晚飞到卢克索。费用不是问题，我知道那整个地区都封锁了，也知道今晚没有班机。你能处理吗？”

对方沉默了好久。斯特拉是个很玄的女子，她在开罗待了太久，“我知道你是重要人士，但另外一个女孩是谁？”她发出下流又喘个不停的笑声，待乔纳森挂上电话，那笑依旧在他耳中嗡嗡作响。

乔纳森和苏菲并肩坐在芝加哥小屋公寓的屋顶上，喝着伏特加望着星空。飞机上她很少说话，他拿吃的给她，她碰都不碰一下。他拿来一条披肩披在她肩上。

“罗珀是世上最可恶的人。”她再次用一本正经的语气说。

乔纳森很少碰到恶人。无论发生什么事，他都先认为是自己的问题，之后才会是其他人。

“我想从事他那行的人应该都蛮可怕的。”他说。

“你不用为他找借口，”她不接受他的解释，径自反驳，“他是白人，健康无虞，有钱，命好，受好的教育，风度翩翩。”她将罗珀的优势列举出来，他的罪行也跟着一个个曝光，“他左右逢源，风趣，自信，可是他却把这一切毁了。他到底还缺什么？”她等他回答，他什么也没说，“他怎么会变成这样？他不是露宿街头的混混，是命好的人。你也是男人，说不定你会知道。”

可是乔纳森什么也不知道了。他看着她夜空下的受伤脸庞。*你会怎么做？*他在心里问。*我又会怎么做？*

他关掉了斯特里普利先生的电视。战争结束了。我爱你。当我们保持着一个手臂的距离走在卡纳克神庙间，我依旧爱着你那受伤的脸庞。*派因先生，你说，该让河水逆流向上了。*

凌晨两点。这是迈斯特要乔纳森去巡视的时间。他总是从一楼的大厅开始，今天也一样。他站在罗珀曾经站过的地毯中央，听着酒店即使夜间也不会消停的声响。白天时，这声音淹没在各种动作带来的喧嚣中：暖炉运作时的微微振动，吸尘器的呼啸，厨房里为客人备菜时发出的杯盘碰撞，楼梯后方传来某个侍者的脚步声。他站在他每晚站的地方，想象她步出电梯，面容已完全复原；墨镜插在乌黑的秀发中。她穿过大厅，在他面前突然停步，像是要取笑他似的在他身上找破绽。“派因先生吗？你是英格兰之花，就是你出卖了我。”值夜班的门房是老霍维茨，他就睡在柜台，头发剪得短短的脑袋深埋在臂弯里。霍维茨，不管怎样你还是个难民。乔纳森想。前进，睡觉。前进，睡觉。乔纳森把老先生喝过的咖啡杯从手肘旁移到够不到的地方。

原本值班的前台埃伯哈特小姐已经换班，交给维普小姐。维普小姐头发银白，脸上带着冷淡的微笑，但算是乐于助人。

“维普小姐，可以让我看看今晚比较晚到的客人吗？”

她把塔楼套房的入住名单交给他。亚历山大·兰伯恩勋爵，毫无疑问，又名桑迪。地址：英属维京群岛的托尔托拉岛。职业：根据科尔克兰少校的说法是当地贵族。陪他前来的是太太卡罗琳。上面没提他脖子后面扎的马尾，也没提他除了身为贵族外还干什么。理查德·翁斯洛·罗珀，职业：公司主管。乔纳森快速翻阅名单中的其余部分。西比尔·弗罗比舍，飞行员。麦克阿瑟，名不详；丹比，又是名不详。均是公司高级职员。除了他们以外，其余的人不是助理、飞行员，就是保镖。弗朗西斯·英格利斯，澳大利亚珀斯人，昵称弗里斯基……大概吧。他是体能教练。托拜厄斯·琼斯，南非人，昵称塔比，运动员。还有那个女的。他故意把她放在最后，就像压箱底的宝贝一样。杰迈玛·马歇尔，住址跟罗珀一样，是拿骚的某个信箱号码。职业：女骑师（那位少校用一种特殊的花式字体写下）。

“可以请你把这份名单复印几份吗，维普小姐？我们要查一下塔楼套房的这几位客人。”

“好的，派因先生。”维普小姐边说边接过名单，走到身后的办公室。

“谢谢你了，维普小姐。”乔纳森说。

然而在脑海中他看到的是自己。在纳芙蒂蒂皇后饭店手忙脚乱地操作复印机，当时苏菲站在一旁边吸烟边看他：你很熟练，她说。是，我很熟练，我刺探情报、出卖人，我也会爱，但总是爱得太晚。

担任接线生的是莫桑太太，她是另一个值夜班的人。她的岗哨位于接待柜台旁一个密不透风的小房间。

“晚上好，莫桑太太。”他用德语跟她交谈。

“早安，乔纳森先生。”而她则以英语回答。

他们会用这种方式来相互开玩笑。

“海湾战争一定进行得很顺利吧？”乔纳森瞥了一眼挂在新闻架上的简报，“轰炸没有停过，目前已经出了一千架次的任务。他们说，得出这么多架次才够。”

“光是在一个阿拉伯国家就要花这么多钱。”莫桑太太说，语气里带着不以为然的意味。

他开始整理报告。这是他第一次在学校住宿时养成的习惯，但还没整理好就瞥见了那堆传真。传真纸分别放在两个光滑的盘子里，一个装的是传进来的，预备于早上分发给客人；另一个是外发的留底，预备送还给客人。

“一堆电话打进打出，是不是啊，莫桑太太？全世界的人都在忙着紧急抛售吗？你一定觉得自己成了全世界的枢纽。”

“杜福尔公主一定要打给她在海参崴的表哥。俄国的局势已经好转，她就每晚打电话到海参崴，每次都要和他讲一个钟头。她每次讲电话，线都会断，都得重新接过。我想她一定是在寻找属于她的王子。”

“那塔楼套房里的那些王公贵族呢？”他问道，“他们似乎一住进来电话就没停过。”

莫桑太太轻轻拿着几把钥匙敲啊敲，透过双重焦点的老花眼镜盯着屏幕看，“贝尔格莱德、巴拿马、布鲁塞尔、内罗毕、拿骚、布拉格、伦敦、巴黎、托尔托拉岛、英国某地，又是布拉格，又打去拿骚好几次。都是直接通话。要不了多久大家都会打直通电话了，看来我快失业啰。”

“未来我们都会变成机器人。”乔纳森很肯定地对她说。他斜靠在莫桑太太的柜台前，摆出一副好奇门外汉的表情。

“你的屏幕能显示出他们打的号码吗？”

“当然能。不然客人马上就会发牢骚。平常都会显示的。”

“让我瞧瞧。”

她操作给他看。全世界的坏人罗珀都认识，苏菲说过。

餐厅里，勤杂工博比站在铝梯上努力保持平衡，用长竿上的抹布清理吊灯的吊饰。乔纳森经过时脚步踏得很轻，就怕分了他的心。酒吧里，卡斯帕先生那两位早熟的侄女穿着宽松的罩衫和石洗牛仔裤给盆栽植物浇水。年龄较大的那个女孩一见到他就伸出戴了手套的手，手里握了一大把带着泥的烟屁股。

“男人在家里是不是也会干这种事？”她朝着他高高地挺起胸部，一脸没好气地要他回答，“譬如，把烟屁股塞在花盆里？”

“我想是吧，蕾娜特，男人在斯文外表下总是干些见不得人的勾当。”只要去问奥格尔维就会知道，他想。虽然他有点心不在焉，却莫名被她的无礼举动惹火，“如果我是你，一定会特别小心那架钢琴。如果你把它刮伤，当心迈斯特先生宰了你。”

厨房里，夜班厨师正在为那对住在二楼的德国新婚夫妇准备丰盛的早餐，准备送到房里去给他们享用。鞑靼牛排是给新郎的，烟熏鲑鱼是给新娘的，外加一瓶默尔索酒，重燃两人的激情。乔纳森看着那位奥地利夜班服务生艾尔弗雷德，他正用秀气的手指把餐巾折成玫瑰花，并摆上一碗山茶花瓣，增添浪漫情调。艾尔弗雷德是个失意的芭蕾舞者，然而他在护照上填的是“艺术家”。

“接下来他们就要轰炸巴格达了，”他一边做事一边得意扬扬地说，“给他们一点教训。”

“塔楼套房今晚用餐了吗？”

艾尔弗雷德吸了一口气，背诵他们的菜单。他脸上的笑容跟年龄有些不搭，显得过于稚嫩，“三份烟熏鲑鱼，一份英式炸鱼薯条，四份七分熟的菲力牛排，一份两块的胡萝卜蛋糕加淡奶，也就是你们说的鲜奶油。他说，至高无上的殿下点胡萝卜蛋糕是某种迷信。殿下指示少校给我五十法郎的小费。你们英国人是不是谈了恋爱就会给小费啊？”

“我们真的这样吗？”乔纳森说，“那我得记住这点。”他走上豪华的楼梯。罗珀没在谈恋爱，他只是装模作样。那女的也许是他花钱雇来的应召女郎，真是夜晚无限好。他走到通往大套房的双开门，注意到那对新人连鞋都是新的。男的穿黑色带扣的漆皮皮鞋，女的穿金色凉鞋。脱下的鞋凌乱地放在地上。乔纳森这辈子习惯了顺从，他不自觉地弯下身来，把两双鞋整齐地摆在一起。

到了顶楼，他把耳朵凑到洛林夫人门上，听到房中闭路电视正在播放，也听到英国军事评论者聒噪的声音。他敲了敲门。她把亡夫的睡袍披在睡衣外面出来应门。咖啡炉上的咖啡咕噜响。虽然在瑞士住了六十年，她那口高地德语一个爆破的辅音也没有变。

“他们还都是孩子。但因为在打仗，就成了男人。”她的口音完美得跟他母亲一模一样，她边讲边递给他一杯咖啡。

英国电视台的军事评论者正兴致勃勃地围绕着一个沙盘移动士兵模型。

“今晚住进塔楼套房的都是些什么人？”这位无所不知的洛林夫人问道。

“一位英国富豪和他的随从。叫罗珀，罗珀先生，还有他那群跟班，以及一位年纪只有他一半的小姐。”

“工作人员都说那位小姐很漂亮。”

“这我没注意。”

“举止大方又自然。”

“这他们应该很清楚。”

每次他用漫不经心的语气说话时，她都会仔细地观察他。有时她甚至比乔纳森还要了解他自己。

“今晚你真是容光焕发，都可以照亮一整座城了。你又在动什么脑筋？”

“我想是下雪的缘故。”

“最后俄国人还是站在我们这一边了，不觉得很好吗？”

“这是外交上的一次重大成就。”

“应该是奇迹，”洛林夫人纠正他，“不过就跟我们知道的大多数奇迹一样，没有人会买账。”

她把咖啡端给他，让他安稳地坐在平常坐的那张椅子上。她的电视机体积很大，大过了战场。军队士兵在装甲运师车上兴高采烈挥着手，更多导弹竞相飞向目标，坦克嘶嘶响着前进，布什先生从对他敬爱有加的观众那里获得又一阵如雷的掌声。

“你知道我看到战争时心里有何感想吗？”洛林夫人问道。

“不知道。”他温和地回答。不过她似乎忘了自己刚才要讲什么。

又或者是乔纳森没有听出她的话中含意，因为她刚才明确做出的宣言使他忍不住又想到苏菲。然而爱她时感受到的愉悦，已不复记忆，他甚至连卢克索都忘了。他又回到了开罗，回到那可怕的最后一幕。

他站在苏菲的顶楼客房里，身穿——该死，我穿什么又有什么区别？当时他穿着笔挺的晚宴西装，一位穿着制服的埃及警督和两位便衣助理正用仿佛跟死人借来的目光打量他。屋内墙上、天花板、长沙发，到处血迹斑斑，发出铁锈般的腥味。梳妆台上的血点像酒一样洒过。桌布、壁钟、壁毯；法文、阿拉伯文及英文书籍、香水，女士化妆品，都像是被一个巨大婴孩在盛怒之下摧残殆尽。由于场面太过惊悚，相较之下，苏菲在这场浩劫中反倒显得是一个无足轻重的存在。她的身躯半趴着，可能正朝着那几扇通往她洁白的屋顶花园的落地窗爬去。她躺在地上，呈现被部队急救手册称为“复苏体位”的模样，头靠着伸出的手臂。她的下半身由一条床单遮住，上半身则披着残破的短衬衫或睡衣之类的衣服，颜色已经无法辨识。警察各忙各的，什么话也没说。有人斜靠在屋顶花园的栏杆上，显然是在寻找罪犯。另一个人正在拨弄苏菲房间墙上的保险箱门，铰链早被砸烂，门来来回回地晃动。他们为什么戴着黑色的枪套？乔纳森觉得很奇怪，难道他们也是暗处的人吗？

厨房里，一个男人正对着电话讲阿拉伯语，另有两个警察守着通往楼梯平台的前门，那儿有一群穿丝绸浴袍、脸上涂晚霜的头等客房的住客，他们愤怒地看着那些保护他们的警察。一位身穿制服的年轻男子拿着一本笔记本在做笔录。有个法国人说要打电话给他的律师。

“住在楼下的客人抱怨你们太吵。”乔纳森对那位督察说。但说着说着，他知道自己犯了一个技术上的错误。在发生凶残谋杀的时候解释自己为什么来到现场既不自然，也不礼貌。

“你是这位女士的朋友吗？”督察叼着一根香烟问。

他知道卢克索的事吗？

哈米德知道吗？

既然要说谎，就要说得理直气壮，还要带点桀骜不驯的架势。“她喜欢借酒店做自己的事。”乔纳森答道，仍极力想把话讲得自然一些，“这是谁干的？到底发生了什么事？”

这位督察缓缓地耸了一下肩膀，似乎提不起兴趣。一般来说弗雷迪不会被埃及当局打扰，他会贿赂他们，然后他们就睁一只眼闭一只眼。

“你跟这女的在做那件事吗？”那位督察问。

他们看到我们上飞机了吗？

他们跟着我们到芝加哥小屋去了吗？

他们窃听了那栋公寓吗？

乔纳森总算镇定下来了。他可以应付，情况愈是糟糕，他愈确信自己能冷静应对。他佯装动怒：“如果你们把偶尔喝几杯咖啡也当成有肉体关系，那就算有吧。她有一位贴身保镖，是哈米德先生雇的。他现在在哪里？失踪了吗？搞不好是那位保镖把她杀了。”

督察似乎不以为然，“哈米德？什么哈米德？”

“弗雷迪·哈米德。哈米德先生最小的儿子。”

这位督察皱了皱眉，好像觉得这名字让他很不爽。又或者觉得不相关，或是他根本没听到过。他的两位助理一位秃头，一位是土黄色头发，二人都穿着牛仔裤，短夹克，满脸的络腮胡，正心无旁骛地听他们交谈。

“你跟这位女士都聊什么？政治吗？”

“只是随便聊聊。”

“随便聊聊？”

“餐厅、八卦、时尚，都聊。哈米德先生有时会带她去游艇俱乐部，或是这里的俱乐部，或亚历山大市的俱乐部。我们碰到时顶多相视微笑，或挥手互道早安。”

“你杀了这个女人吗？”

对，他在心里回答。跟你想的那种方式不完全一样，但的确是我杀了她。

“不。”他说。

督察用双手拇指勾住他的黑色背带。他穿的裤子也是黑的，佩了金色纽扣和徽章。他非常宝贝自己的制服。有位助理上前要跟他说话，但他没有理会。

“她告诉过你有人要杀她吗？”督察问乔纳森。

“当然没有。”

“为什么没有？”

“如果有的话，我早就告诉你了。”

“好吧，你可以走了。”

“你跟哈米德先生联络了吗？你们打算怎么办？”

督察摸了摸黑帽顶部，似乎想让他的推论变得更让人信服，“是入室盗窃，疯窃贼，杀了个女的，嫌犯也许嗑药了。”

穿着绿色工作裤和运动鞋、睡眼蒙眬的清洁人员带来担架和一个尸袋。领头的人戴着墨镜。督察把他的烟蒂丢在地毯上踩灭，重新点了一支。一台照相机不停在闪，拍照的是一个戴着橡皮手套的男人。大家都在翻箱倒柜，仿佛想要把自己打扮得和别人不一样。他们把她移上担架，翻过身来，让脸朝上。她一侧雪白的乳房压得扁扁的，从残破的衣服底下露了出来。乔纳森注意到她的脸。脸几乎全毁了，也许是被人踢的，也可能是用枪柄打的。

“她有条狗。”他说，“一条狮子狗。”

他说话的时候看到那条狗在通往厨房的入口。它平躺在地砖上，从来没躺得这么直挺挺。一道深深的切痕从喉部开始一路开膛破肚，直达后腿。一定是两个人干的，乔纳森呆呆地想着，一个人抓住让另一个割，一个人抓住让另一个打。

“她曾是英国公民。”乔纳森说，故意用过去式来惩罚自己，“你最好通知英国大使馆。”

可那位督察已经没在听了。那个秃头助理抓着乔纳森的手臂，领他朝门口走去。霎时间（但对他而言也够久了），乔纳森感到一股反抗的热流横过双肩，直达双臂，进入手中。助理也感受到了，马上像被电击似的往后退了一步。他露出意有所指的危险笑容。乔纳森看到他的笑容，感到惊恐到无法控制——是惊恐，不是害怕，因为一旦失去再也无法复得，而且无处可得慰藉。我爱过你，却从未对你表白，也从没承认过。

莫桑太太趴在她的电话总机旁睡着了。她有时会在深夜打电话给她的女友悄声讲些下流话。不过今晚她没有这么做。有六份给塔楼套房的传真，正等着跟昨晚发出去的原件一起送去。乔纳森注视了文件一下，但没有碰。他聆听着莫桑太太的呼吸，伸出手，试探性地在她合起的双眼前晃了晃。她发出如雷的鼾声。他把那几份传真从盘里小心翼翼地摸走，像个手脚利落的孩子，熟练地从母亲的购物袋里偷东西。复印机还是温热的吗？上了顶楼又回来的电梯里是否空空如也？*是你杀了她吗？*他碰了莫桑太太电脑上的一个按键，再按第二个，接着按第三个。*你很熟练。*电脑闪现影像，惊惶之中他的脑海浮现一副景象：罗珀的女人从塔楼套房的楼梯走下来。那些布鲁塞尔小伙子什么来头？迈阿密的阿皮太提斯是谁？士兵鲍里斯又是谁？莫桑太太转了转头，继续打鼾。在她打鼾的时候，他动手把电话号码全抄了下来。

乔纳森·派因，军人之子，退役低衔军官，曾接受各种气候下的作战训练，他在山坡旁小溪边被白雪覆盖的小径上嘎吱嘎吱地走着，溪水汩汩流入树林。他穿了件带风帽的厚夹克，套在晚宴礼服外，他的脚上穿着蓝黑色袜子和一双轻便的登山鞋。他那双漆皮黑鞋在左手的塑料袋里摆荡。他四周的树上、花园里，以及溪边都是雪花，在湛蓝的天空下散发晶莹剔透的光芒。可是这次乔纳森无心欣赏周遭美景。他直奔位于克罗斯巴赫街的员工宿舍，时间是早上八点二十。他下定决心要好好吃一顿早餐——煎蛋、吐司和咖啡。有时能自己打理这些也算是乐事一桩。也许还可以先洗个澡，让体力恢复。早餐后，如果他还有力气骑个登山车，他就去骑。他把手伸进御寒的夹克，信封还原封不动地摆在原处。我要去哪儿？一个知错不改的人，绝对是个傻瓜。但我为什么会有一股战斗在即的兴奋感？

等他慢慢接近宿舍所在的房子，乔纳森这才发现自己踩着行军的步伐前进。但他没有放慢脚步，还转了个弯往罗莫霍夫车站方向走去，那里有列有轨电车正等着他，车门不祥地敞开着。他登上有轨电车，一如往常未曾多想。那个偷来的棕色信封还抵着胸口。到了火车总站后，他下车，像之前一样随意地走到布莱彻路某栋庄严的建筑物前。好几个国家的领事馆和商务代表处都设在这个地区，包括他的国家。

“我能跟奎尔空军中校通话吗？”乔纳森对那位坐在防弹玻璃窗后方，下巴宽厚的英国女人说。他拿出信封，塞进玻璃下方的开口，“这是私事，我想您可以告诉他我是开罗的马克·奥格尔维的朋友。我们一起开过船。”

乔纳森会断然决定抽身，与在迈斯特先生酒窖中发生的事是不是也有一点关系？罗珀到达酒店前不久，乔纳森刚被关在里面长达十六个小时之久。他只要回忆起这次经验，总会把它当成预先体验死亡的入门课。

在迈斯特先生给他的额外工作中有一项，是盘点每月酒窖中的高级葡萄酒存量。酒窖位于蓝岩深处，正好是酒店最老旧的部分下方。他签的合同是每月初休假六天，以取代一般的周末假日，他通常会在每个月第一个星期一（也就是六天休假的前一天）去地窖清点。意外发生的星期一，他的流程也没有改变。

先前馆方把这些高级葡萄酒的投保金额设为六百五十万瑞士法郎。地窖的安全设施因此极其复杂。要进入地窖前必须先打开一组对号密码锁、两组惯性锁，才能打开第四组弹簧锁。只要有人接近地窖，就会被一台虎视眈眈的摄影机监控。乔纳森成功搞定四道锁后，开始了他例行的盘点工作。首先，他一如往常清点一九六一年的柏翠庄园干红。这种酒今年的售价是每瓶四千五百法郎。他最后盘点的是一九四五年出产、每夸脱售价高达一万法郎的木桐·罗斯柴尔德。就在他盘点的时候，灯光突然熄了。

这一刻，乔纳森憎恶黑暗。为什么会有人选择在晚上工作呢？小时候他读过埃德加·爱伦·坡的作品，对于《一桶白葡萄酒》里受害者所承受的一切感同身受。这故事无关煤矿灾变，也没有倒塌的隧道，没有阿尔卑斯山的登山队员受困于裂缝，却深植在他的记忆中，像一块特别突出的碑石。

他站在那里无法动弹，失去了方向感。他是不是倒下了？难道他中风了？他被炸到了吗？他内心深处的那个登山者准备着接受冲击。他也像是瞎眼的水手，奋力抓住破损的船身，或训练有素的斗士，朝着看不见的敌人缓缓移动，却没有武器能带来安全感。乔纳森像个潜入深海的潜水员，开始沿着酒架摸索，寻找电灯开关。电话。他想起来了。不知酒窖里有没有装电话。此时他善于观察的习惯反而造成某种阻碍。他脑中有太多影像，根本不知从何找起。门呢？门内有把手吗？他搜索枯肠，终于想起有警报器。但这个警报器要有电才会响。

他搞不清楚地窖的结构，开始绕着酒架打转，就像一只困在黑色灯罩里摸黑乱撞的苍蝇。他所受的一切训练都没有一种能用来对付这么糟的状况。无论是耐力行军、徒手搏击或荒野求生，在此毫无用武之地。他还记得金鱼的短期记忆非常短暂，短暂到在鱼缸里每游一圈都像一次全新的体验。他在冒汗，也许也流泪了。他大声喊了几次：“救命！是我！是派因！”但他的声音没有引起任何回应。噢，对，酒，一瓶一瓶的酒！他突然想到，那些酒可以救命！他思索着该如何在伸手不见五指的黑暗中把那些酒瓶拿来丢，好惊动外面的人来救他。但不管他怎么失去理智，他依旧很自制，没有不负责任地拿一瓶瓶柏翠庄园干红来乱砸。毕竟每砸一瓶就等于浪费掉四千五百法郎！

谁会注意到他不见了？酒店同事都以为他已经离开，去享受他每月六天的假期。技术层面而言，清点库存不是他分内的工作，是迈斯特先生用差劲的方式从他身上压榨来的。房东太太应该会以为此刻的他正在酒店过夜。酒店有空房时，他偶尔会这么做。除非有个百万富豪在此时此刻决定订一瓶美酒，否则他就会在根本没人注意到他失踪的状态下命丧于此。然而，在战争迫近的节骨眼上，百万富翁根本懒得出门。

乔纳森努力让自己恢复冷静。他坐在某个摸起来像纸板箱的东西上，用尽全力想将至今为止的人生做个整理，算是咽气前给自己的最后一个交代。那些曾有过的美好时光，吸取的各种教训，他自己个性上做出的改善，以及那些善良的女人——没有，什么也没有。没有好时光，没有好女人，没吸取教训，什么都没有。除了苏菲，而她已经死了。他想看自己有什么能耐，看到的却只是自己的狭隘、失败、可耻与怯懦。苏菲见证了一切。孩提时代，他无时无刻都想成为一个小大人。参加特种部队之后，他用盲目的服从来掩藏自己真实的愿望，仅有几次掩藏失败。作为情人、丈夫甚至是私通之人，他的经验同样乏善可陈：屈指可数的几次偷欢，伴随而来的是长久的折磨与自惭形秽。

渐渐地，他好像看见了一丝曙光，如果在伸手不见五指的黑暗中能有光芒的话。他这一生似乎就像不断进行着某出戏的彩排，然而这排练却从来没有他的份。他此时此刻起要做的——如果他还有下一刻可活——就是不再墨守成规，让自己稍微感受一下混乱的感觉。既然井然有序不等于快乐，也许混乱才是通往快乐的道路。

他将离开迈斯特皇宫饭店。

他将买艘船，这是他自己就能做到的事。

他将找到属于他的那个女孩，用当下的每一分每一秒爱着她，她将成为他不会背叛的苏菲。

他将交很多朋友。

他会去找个家。还有，他一向渴望父母的爱，所以他要养儿育女。

他什么事都要做，也真的什么事都会去做，而不是缩在这个鬼地方。对他而言，他在这里虚掷了自己的生命，也虚掷了苏菲的生命。

前来拯救他的是洛林夫人。她有惯性失眠症。当时他往酒窖走去，她透过住处的窗帘注意到他，并意识到他迟迟没再回来。迈斯特先生戴着发网，拿了一支十二瓦的汽车用照明灯，带了大队人马来解救他。他们在酒窖外喊着："派因先生！乔纳森先生！"乔纳森，正如大家所预料，并未一脸惊惶、满眼血丝，反而气定神闲。

当他们终于带他重见光明，众人面面相觑，认定只有英国人才会有这么镇定的表现。

4

当前军方情报人员乔纳森·派因向空军中校奎尔毛遂自荐，前情报官员伦纳德·伯尔立刻打算招募他。但华盛顿方面的不满节节升高，白厅[1]又急于讨好美国国会山里诡谲多变的各方势力。好几个星期来，伯尔都在相当紧绷地处理白厅内斗，最终才把乔纳森收归麾下。

起初乔纳森在计划里的代号叫“特洛伊”，然后又匆匆地改成“帽贝”，因为有些联合小组成员也许不熟荷马的木马屠城故事，但都知道“特洛伊”是美国最受消费者青睐的安全套品牌之一。“帽贝”就没有这些问题。无论多么困难险阻，帽贝都会紧紧黏附在目标上。

乔纳森可说是来得正巧，没有人比伯尔更清楚这一点。从迈阿密来的第一批报告落在他桌上那一刻开始，他就在不断苦思该如何打入罗珀的阵营，什么方式都可以，在所不惜。可是该怎么做？就连伯尔本人的行动权限都摇摇欲坠。第一次试探计划可行性时，伯尔才发现这点。

[1] Whitehall，伦敦市内的一条街。连接议会大厦和唐宁街，因附近有国防部、外交部、内政部、海军部等政府机关，故被用作英国行政部门的代称。

“伦纳德，说老实话，我的老板有些谨小慎微。”一个叫古德休的官员在机密通话中怯懦地说，“昨天他担心开销问题，今天他又担心会给局势已经很不平静的前殖民地火上浇油。”

周日版报纸曾把雷克斯·古德休称为白厅的塔列朗[1]，而且是个没跛脚的。不过，他们一向会判断有误，这次也不例外。古德休表里不一。如果要说古德休有何与众不同，大概就是他的品德，而非城府。在粗鄙的笑容、扁帽和自行车背后的，其实只是一个道德感强烈、热衷于改革的圣公会教徒。如果你能幸运地一窥他的私生活，可能会发现没有什么不可告人的秘密，只有深深敬爱着他的美丽妻子和聪明伶俐的子女。

“不平静个屁！雷克斯！”伯尔咆哮，“巴哈马是北半球最好搞的地方。拿骚的大亨有哪一个不是沉溺于可卡因？这岛上鸡鸣狗盗的政客和军火贩子比任何地方都多——”

“不要急，伦纳德。”鲁克在房间另一头警告他。罗布·鲁克是退伍军人，年约五十，一头灰发，下巴布满饱尝风霜的细纹。他会在伯尔发飙时劝阻他，可是伯尔现在没有心情听他劝。

“伦纳德，关于你这前提其余的部分，”古德休勇敢地继续下去，“我个人认为，即便你的形容词用得有点过头，陈述还是相当活泼的。我老板说：‘就像是解读茶叶占卜的结果，另外加入一点恳求的成分。’”

古德休口中的“老板”是他的部长，一个年纪不到四十，为人圆滑的政客。

[1] Charles Maurice de Talleyrand-Périgord（1754—1838），法国主教，也是著名的政治家与外交家，曾被派驻英国。

"茶叶？"伯尔愠怒的语气中还带着些许诧异，"他扯茶叶做什么？那是一份引证翔实、经得起检验的报告，是美国执法机构里某个身居高位的线人的报告。斯特雷斯基把它拿给我们看只能说是奇迹！这跟茶叶有什么关系？"

古德休再次等待伯尔发完脾气，"现在，下一个问题——我老板要问的，伦纳德，不是我，两军交战，不斩来使啊——关于什么时候通知我们河对岸的那些朋友，你有什么建议？"

这次他讲的是伯尔以前的工作单位，也就是现在的竞争对手。他们在南岸阴森的高楼大厦为情报局办事。

"想都不要想。"伯尔余怒未消。

"但我认为你应该通知他。"

"为什么？"

"我老板认为你过去的同僚是讲求实际的人。在一个这么小、这么新，又这么——他竟然说这种话——这么理想化的部门，很容易眼光放不远。所以，如果你请得动河岸旁的那些小鬼，他会觉得心里好一点。"

伯尔听到这里再也忍不住了，"你的意思是，你的老板想再看到有人在开罗某栋公寓里被乱棒打死，是这样吗？"

鲁克站起身，姿势活像指挥交通的警察。他高举右手做出"暂停"的手势，示意对方适可而止。古德休在电话中原本轻松的语气变得严厉。

"你在暗示什么，伦纳德？哎，算了，我看你最好还是不要解释。"

"我没暗示什么。我是要告诉你。我曾和你老板说的那种讲求实际的人共事过，雷克斯，我和这些人共处一室，朝夕相处，也和他们一起招摇撞骗。我了解这些人。我了解杰弗里·达克尔，也知道他搞的什么政府采购研究小组。我知道他们在马尔韦利亚买了房，车库里新添了第二辆保时捷，他们对于自由市场经济充满热忱——只要他们自由，别人来承担经济问题就行。这些我都知道，因为我在那儿工作过！”

“伦纳德，我不想再听你讲下去了，你很清楚我不会再听了。”

“我还知道很多见不得人的事，吃里爬外、暗通款曲、监守自盗，对我的行动或我这部门有害无利！”

“够了。”鲁克冷静地说。

伯尔狠狠甩上话筒，一扇上下拉动式的旧窗扣松脱，整扇窗户就像断头台的刀刃一样落下。鲁克耐心地拿了一个用过的棕色信封，折了几折，然后把窗户抬起来，将信封卡进去，固定位置。

伯尔仍然坐着。他的手压在脸上，透过张开的手指说话："他到底想干什么，罗布？一会儿要我去阻挠杰弗里·达克尔和他那些邪恶勾当，一会儿又要我跟达克尔合作。他到底想干吗？”

“他要你回电给他。”鲁克很有耐心地说。

“达克尔是恶棍，这你知道，我也知道，很明显雷克斯·古德休也知道。既然知道，为什么还要假装达克尔是个实际的人？”

不过伯尔还是打了电话给古德休，他的确应该打过去，因为就像鲁克不断提醒他的，古德休是他手中最好的王牌，也是唯一的王牌。

表面上，鲁克和伯尔大不相同：鲁克衣着得体，光鲜亮丽；伯尔则说起话来粗鲁无礼，给人的感觉也不一样。伯尔身上有种凯尔特人的气质，既是艺术家，也是造反者。套用古德休的话：他像个吉卜赛人。每当他为了出席正式场合在穿衣打扮上煞费苦心，结果却往往比不打理还要邋遢。拿伯尔自己的话说，他其实是另一种约克郡人，祖先不是挖矿的，而是纺织工。换言之，他们还能自食其力，不必仰人鼻息。在伯尔长大成人的村庄里，发黑的砂岩建造的房屋建在一座朝南的山坡地上，每间屋子都向阳，家家户户的阁楼窗都向外延伸，好吸收充足的阳光。伯尔的祖先们在自家阁楼奋力织布，女眷则在楼下边聊天边纺纱；男人整天与蓝天为伍，过着单纯的生活。他们的双手日复一日做着粗鄙的机械性工作，思想却自由奔放、不受羁绊。在这个小村落中，诗人、象棋士、数学家的轶事不断。在高阁中工作的漫漫长日里，他们的大脑也逐渐孕育出智慧的果实。伯尔一路念到牛津，仍继续深造，也继承了这群人共有的俭朴美德和神秘主义的信念。

因此，仿佛因缘际会、命中注定，打从古德休把伯尔从河府[1]叫去管理一个经费不足又乏人问津的单位，伯尔就在心中把理查德·翁斯洛·罗珀当成了他个人的异端邪神。

不过，在罗珀之前还有其他人。冷战末期的那几年，古德休根本还没想过要成立新单位，伯尔已经在梦想后撒切尔夫人时代的耶路撒冷，甚至情报局里那些他最受重用的同侪，都开始觊觎别人的敌人和工作。大部分圈内人都知道伯尔最痛恨八十年代那些声名大噪的罪犯。譬如，身穿灰西装、偶尔才现身的亿万富豪“废金属商”泰勒，或那位只讲单音节的字、一律使用公共电话的“会计师”洛里默，或那位惹人厌的安东尼·乔伊斯敦·布拉德肖爵士。这位先生衣冠楚楚，偶尔还担任达克尔所谓的采购研究小组的总决策。他在纽伯里的边缘地带拥有一座巨大的庄园，时常骑着马带着猎狗去打猎，管家则骑马跟随在他身边捧着饯行酒和鹅肝酱三明治。

[1] River House，指代英国秘密情报局，即“军情六处”。1987 年，英国政府批准英国秘密情报局在泰晤士河畔、靠近沃克斯豪尔桥的新址建造情报局大楼。该代称可能取自于此。

但据那些观察过伯尔的人所说，理查德·翁斯洛·罗珀确实是他梦寐以求的敌手。伦纳德想用来让自己的费边主义良知做出让步的理由迪基·罗珀不但都有，而且都效力非凡。罗珀过去的生涯中既无艰困，也无不顺。不管是社会地位或特权，但凡伯尔憎恨的东西，罗珀不费吹灰之力都能到手。伯尔谈到他时还会用特殊的称呼，他会以约克郡口音称他“我们这位迪基”。有时想稍微变化一下，他也会叫他“传说中的罗珀”。

“他在试探上帝，我们这位迪基，上帝有的罗珀都要双份。瞧瞧，他会死得很惨。”

他的执念有时也会失衡。伯尔在他面积狭小的单位里严阵以待时，总觉得放眼望去都是阴谋陷阱。比方说，若有一个档案卷宗不见，或某个公文被压着不批准，在他看来都是达克尔那班人在背地里搞鬼。

“我告诉你，罗布，如果罗珀敢在光天化日之下在英格兰皇家首席大法官面前持枪抢劫，那么……”

“……那么首席大法官就会把撬棍借给他，”鲁克暗示道，“达克尔会把撬棍买给他。好了，吃中饭了。”

在位于维多利亚街的脏乱办公室里，两人会反复思索到深夜。罗珀的卷宗已经积到第十一卷了，此外还有半打秘密附录，做了各种标记和注释。这些卷宗记载了他们的武器交易，记载了他们如何从一路睁一只眼、闭一只眼的灰色地带稳稳滑行到伯尔所说的深黑色地带。

不过，罗珀在国防部、外交部、内政部、英格兰银行、财政部、海外发展局、税务机关还存有其他卷宗。为了在不引起圈内人好奇的情况下获取文件（里面说不定有达克尔的眼线），伯尔除了需要低调，也得靠点运气，偶尔还要获得雷克斯·古德休迂回的默许。他得找几个借口，要几份无用的报告，以混淆视听。

不过，档案库还是慢慢成形了。每天一大早的头一件事，就是由一个警察的女儿（名字叫珀尔）推着一台金属的手推车进来，车上载着偷来的各种记录。这些记录用布裹着、拿绷带绑好，活像战时的伤兵，然后伯尔那一小队的专属助理会再次开始工作。晚上的最后一件事，珀尔把车推回它们原来的档案室。那台手推车的轮子摇摇欲坠，在铺亚麻油地毡的走廊上大老远就能听到它的咯吱声。他们都把这车称为罗珀的囚车。

即便如此艰辛，伯尔也从未忘记乔纳森。他通过保密电话催促奎尔："先不要让他去冒险，雷基。"他焦急地等待着被古德休嘲讽地称作是他老板正式的、最后的"可能答案"，"雷基，他不该去偷传真，或是从钥匙孔窃听人家讲话，他应该沉住气，表现得自然一点。他还因为我们在开罗做的事耿耿于怀吗？除非他确定可以被我们收编，否则我是不会去挑弄他的。我自己也是过来人。"他也对鲁克说："我谁也没讲，罗布。对这帮人来说，他就是一个无名小卒。达克尔和他的朋友奥格尔维已经给了我们一个无法轻易忽视的教训了。"

为以防万一，伯尔为乔纳森开了一个掩护用的假档案，编了个假名。表面上那是一个虚构的情报员的身家调查，他让这个档案散发出一股暗藏阴谋诡计的气息，希望能因此吸引到其他虎视眈眈者的注意。你是不是想太多了？鲁克曾说。但伯尔一再强调，这是合情合理的防范措施。他太清楚了。达克尔为了整垮他的竞争对手不知道会使出什么手段，就算这对手看起来像伯尔一样不起眼。

同时，伯尔还用整齐的字迹在乔纳森的资料中（这些文件愈来愈多了）加上一条条注解，放进一个无标题档案夹，搁在档案室里一个最不起眼的角落。鲁克通过中间人向军方调到乔纳森父亲的资料。彼得·派因中士，他在亚丁因为“在敌军面前展现无与伦比的勇气”，被追授战争勋章，当时他的儿子只有六岁。在一份新闻剪报上可以看到一个仿佛幽魂的孩子将勋章别在蓝色雨衣的胸前，站在白金汉宫的大门前拍照留念。陪着他的是一位流泪的妇人，他的母亲身体状况不佳，无法前来。一年后，她因病去世。

“通常这样的年轻人最喜欢军旅生活，”鲁克简洁地为此事下了结语，“我不懂他为什么半途而废。”

彼得·派因三十三岁时曾在肯尼亚对抗茅茅党[1]，也在塞浦路斯境内追讨过格里瓦斯[2]，还在马来亚和希腊北部打过游击战。没有人说过他闲话。

“他是军人，也是绅士。”作为反殖民主义者，伯尔以嘲讽的语气对古德休说。

伯尔又把注意力放回这个人身上。他翻出了一大堆资料，提及乔纳森待过军队寄养家庭、民间孤儿院，也曾在多佛的约克公爵军校就读。然而那些资料前后矛盾，很快惹怒了伯尔。这份说他“害羞”，那份说他“勇敢”；一下子是“孤僻”，一下子又是“跟大家打成一片”；有时是“内向的男孩”，有时又变成“外向的孩子”；一会儿“天生的领袖”，一会儿又“缺乏领袖魅力”：简直像钟摆一样来回摆荡。还有一份，上面的评语说他“对学习外语兴趣过浓”，仿佛这是某种病态的特征，最好不要太关注。但最让伯尔光火的还是“顽逆不驯”四个字。

“这是谁给的评语？”他愤愤不平地追问，“十六岁的孩子，居无

---

[1] Mau Mau，肯尼亚反英国殖民统治的爱国武装组织。

[2] Georgios Grivas（1898—1974），拥有塞浦路斯血统的希腊军官，通过地下“埃奥卡”组织开展游击战争，以推翻英国人的统治，实现与希腊的政治合并。

定所，连父母的爱都没能感受过，他能乖巧到哪里去？”

鲁克拿下口中叼的烟斗，双眉紧蹙，仿佛要投入一场纯属理论的辩论赛。

“‘cabby’这词是什么意思？”伯尔一边专注地读，一边问。

“小聪明，也可以说爱出风头。”

伯尔马上就火了，“乔纳森才没有小聪明，他根本不聪明。他很容易受人影响。‘roulement’又是什么意思？”

“五个月的旅行。”鲁克耐心地解释道。

伯尔读到乔纳森在爱尔兰的记录。他自愿接受了一系列特种训练课程，接着就被派去北爱尔兰满是流氓土匪的南阿马郡，任务是近身观察。

“什么是‘夜鸮计划’？”

“毫无头绪。”

“得了吧，罗布。我们之中就你是真正的军人。”

鲁克打电话到国防部，他们告诉他“夜鸮计划”的机密等级太高，不能让未经特许的单位过目。

“未经特许？”鲁克怒气冲天，脸色简直比他的胡子还要黑，“他们究竟把我们当什么了，白厅的某个杂货铺吗？老天！”

不过，由于伯尔太全神贯注，没注意到鲁克反常的盛怒。他盯着照片上这个苍白的孩子，他胸前戴着父亲的奖章，任由人拍照。伯尔已在心中勾勒出乔纳森的模样。乔纳森就是他们要的人，他心里非常清楚。不论鲁克怎么说都无法动摇他的决定。

星期五，他和鲁克一起吃咖喱，郑重其事地说：“上帝塑造了迪基·罗珀，深深吸了一口气，打了个冷战，接着就迅速造出乔纳森来维持生态平衡。”

一个星期后，伯尔日夜期盼的消息终于被他盼到了。他们待在办公室里等回复。是古德休叫他们等的。

“伦纳德。”

“怎么了，雷克斯？”

“我们先统一思想：这次谈话从未发生，懂吗？至少在星期一的联合指导委员会前我们没谈过，好吗？”

“随你便。”

“我告诉你底线在哪里好了。我们得给他们一点甜头，不然他们会生气。你也知道财政部的现状。”但伯尔并不知道，“首先，这是执法小组的案子，百分之百。由你全权负责策划和执行，河府提供支援，这一点先不要跟他们杠。我是不是听到欢呼声？我想应该没有。”

“全权到什么程度？”来自约克郡的心思缜密的伯尔提出疑问。

“如果你要用到外面的资源，显然只能有什么就用什么。比方说，你不能指望河府的那些小伙子替你们窃听电话，也不可能指望在他们替你们封好信件时不趁机偷窥里面装了什么玩意儿。明白了吗？”

“明白了。不过我们英勇的美国兄弟会怎么想？”

“弗吉尼亚州兰利总部[1]跟他们泰晤士河对面的对口单位一样，会避免涉入这个魔法阵。他们彼此彼此。这是伦克斯·古德休行动。如果伦敦情报局不准介入，那么那些在兰利的人理所当然也都不准介入。尽管我跟我的老板吵过，但他也听了我的想法。伦纳德……伦纳德？你是不是睡着了？”

“古德休，你真是个该死的天才。”

“第三点——还是第四点？总之，我的老板身为一部之长，名义

[1] 即美国中央情报局。

上会出手支持你，不过他得先戴上厚到不能再厚的手套。因为他最怕丑闻了。”古德休的轻浮语气不见了，换成一本正经的官腔，“因此，你绝对不能直接报告给他，知道吗？伦纳德，接触我的老板只能通过一个方式，那就是我。如果你要我赌上我的名声，你就不准乱来。懂吗？”

“那我的财务预算呢？”

“什么意思？什么财务预算？”

“准了吗？”

可恶的英国笨蛋回答：“噢，老天，当然没有，你这傻子！根本就没有准。这些预算都是从牙缝里挤出来的。我得在三个部里到处拜托才挖到这些，还从婶婶口袋里骗了一点出来。既然由我亲自出手窜改账本，可以麻烦你把自己做了什么坏事，花了什么钱都向我解释清楚吗？”

伯尔实在太兴奋，懒得去考究细节。“所以现在是绿灯，可以放手干了。”他对着自己说，也对着鲁克说。

“不过请你注意一下，还有盏黄灯在中间，谢谢。”古德休在那一端骂道，“不准再对达克尔的采购小组大放厥词，也不准再讲什么特勤人员吃里爬外的蠢话。见到美国执法小组时一定要笑脸迎人，就算心不甘情不愿也要笑，不要让我的老板丢了工作或失了颜面。你打算多久报告一次？每个小时一次？还是一天三餐前？记住，要等到星期一那个磨人的审议结束后才可以透露我们这次谈话的内容。公事公办，绝不宽待。”

直到美国的执法小组真的到达了伦敦，伯尔才觉得自己赢了。这批美国警察一来就让各部门间的龃龉烟消云散。伯尔一见到他们就留下好印象，他们也挺喜欢他的，甚至多过喜欢鲁克。鲁克一坐下就摆出军人架势，挺直了腰杆。伯尔直言不讳，不那么官腔官调，更有亲和力。当他们发现伯尔为了争取挫敌的先机，屏弃了情报局令人不敢恭维的旧思维，就更喜欢他了。对他们而言，不论是兰利还是河府的情报局，都不是什么好东西。情报局的套路是：为顾及别处暧昧不清的利益，对世上最差劲的恶棍睁一只眼、闭一只眼，同时进行到一半的任务会没来由地被放弃，上级会撤回已经发布的命令。它同时也代表那些耶鲁出身、西装笔挺、乳臭未干的小伙子。这些人自命不凡，总以为自己能胜过拉丁美洲那些最冷血的杀手，就算干了错事，也有至少六套无懈可击的说辞可推托。

最先到的执法人员是在迈阿密久负盛名的约瑟夫·斯特雷斯基。他是个下颚紧绷的斯拉夫人，美国出生，穿着训练鞋和皮夹克。五年前，当伯尔初次听闻他的大名，他正在华盛顿领导一个目的未明的运动，对抗非法军火贩。这些人也是伯尔的死敌。在对抗这些人的过程中，他正面杠上那些原本应该跟他站在同一阵线的人。匆匆调离现职后，斯特雷斯基加入打击南美可卡因卡特尔[1]及其在美国的附属集团的行动。这些集团包括吃干股的律师、穿着讲究的大盘商、彼此合作又保持着距离的运输业辛迪加[2]和洗钱贩子，还有他所说的那些自称“什么都没看到”的政客和官僚。这些人帮忙打通关节，从中牟利。

现在斯特雷斯基念兹在兹的就是那些毒品卡特尔。无论是在出租车上、走道上，或喝七喜的时候，他一定会说，美洲国家花在毒品上的钱多过花在食物上啊！伦纳德！我们现在谈的是越战整个打下来的代价，罗布，这些国家可是每年在毒品上的花销就那么大啊！还是不

[1] cartel，指通过统一价格，防止竞争来增加共同利润的企业联盟。与下文的“辛迪加”一样，是垄断组织的形式之一。

[2] syndicate，指同一生产部门的少数大企业通过签订关于销售商品和采购原料的协定而建立的垄断组织。

含税的！讲完这之后，他会喋喋不休地把热门的毒品价格重复一遍，热情可媲美那些满口道·琼斯指数的股票迷。他会从玻利维亚每公斤一美元的古柯叶开始，说到哥伦比亚一公斤两千美元的可卡因底，再到迈阿密两万美元一公斤的批发价格，最后是一公斤二十万美元的街头交易价格。然后，就好像发现别人已经对他厌倦，他会咧嘴一笑，说这个世上绝对不会有人放着一百美元的利润不赚，反而去赚一美元的蝇头小利。不过笑归笑，却一点也浇不灭他眼中冷冷的怒火。

由于这股永不停歇的怒火，斯特雷斯基的身心似乎一直躁动不安。每天早晚，不论晴雨，他都会去皇家公园慢跑，跑到让伯尔都觉得有点恐怖的地步。

“乔，看在老天的分上，吃点梅子布丁吧，静静坐一会儿。”伯尔半嘲讽半认真地劝道，“每次想起你，我们都会吓个半死。”

大家都笑出来了。这些执法人员间有一种球员在更衣室里聊天的热络气氛。只有斯特雷斯基的朋友，一个叫阿玛多的美籍委内瑞拉人，一笑也不笑。他们开会的时候他坐在那儿紧抿着嘴，做出很奇怪的表情，红黑色眼睛平视前方。但星期四的时候他突然笑得像个傻瓜，因为他太太生了个女儿。

斯特雷斯基身边另一位看起来有点靠不住的助手，是个身材肥胖、脸上肉乎乎的爱尔兰人，名叫帕特·弗林，来自美国海关。伯尔兴冲冲地对古德休说，他是那种就连写报告都要戴着帽子的警官。弗林可说是个传奇人物。据说，是他发明了第一个针孔摄影机。针孔摄影机俗称电线杆照相机，可以伪装成接线箱，只要花几秒就可以固定在任何电线杆或铁塔上。在水中窃听船只的技术也是帕特·弗林发明出来的。某天黄昏，斯特雷斯基穿着慢跑装，跟一身邋遢的伯尔在圣詹姆斯公园散步，他告诉伯尔，帕特·弗林还有别的绝活。

“帕特的人脉无远弗届，”斯特雷斯基说，“没有帕特，我们绝对无法和迈克尔老兄拉上线。”

斯特雷斯基说的就是他最崇敬、最敏锐的情报来源，那也是他不可侵犯的圣地。除非斯特雷斯基主动邀请，否则伯尔绝不可能踏入。

如果说执法人员之间关系越发紧密，那么情报局的官员也不会甘于继续当次等公民。双方头一次交火发生在斯特雷斯基漏了口风的时候。他说他的情报单位打算把罗珀关起来，还兴致勃勃地告诉这群人，说他早就看中了一个牢房，“我心里早有了合适之选。伊利诺伊州有个叫马利安的小地方，犯人单独关在一间牢房里，一天关上二十三个半钟头，不许探监，连放风都要戴着手铐脚镣。食物是从牢房一条细长的开口用推盘推着送进去，底层的牢房看管最严，没有窗户，顶楼好一点，但是气味最糟。”

透露的想法遭遇了冷冰冰的死寂。从内阁办公室来的一个律师以尖酸刻薄的语调打破沉默。

“你真的认为我们应该讨论这种事吗，斯特雷斯基先生？”他用一种法庭上的傲慢语气问，“就我个人认为，一个大家公认的恶棍如果能逍遥法外，反而对社会有更大的用处。只要他没有被关起来，你想怎么利用他都可以。譬如，揪出他的同党，揪出他同党的同党，监听他，跟踪他。一旦你把他关起来，就得再找个新的人重新开始玩这些游戏。除非你可以把这类事统统消灭。这里都没人想过这个问题吗？没有吗？”

“先生，依照我的看法，你们基本上可以采取两种方式。”斯特雷斯基露出充满敬意的笑容作为回应，仿佛一个专心听讲的学生，“你可以利用他，或者把他给抓起来。如果要利用他，那后续就有得玩了。这就像是征召你的敌人去抓另一个敌人。之后再征召一个敌人，去抓下一个敌人，不停歇地继续下去。依法逮捕，这就是我们想用来对付罗珀的方法。他是逃避司法管辖的逃犯，依我的标准，你们应该逮捕他，并根据国际武器贸易条例起诉他，把他关起来。如果你们只一味地拿他作饵，利用他，到最后你们必须自问，被利用的到底是谁？是那个逃犯？是公众？还是司法？”

“斯特雷斯基是个特立独行的家伙。”古德休站在人行道上，跟伯尔并肩撑着伞，喜形于色地对伯尔说，“你们两人物以类聚。难怪那些搞法律的人会惴惴不安。”

“我？我才担心那些搞法律的人呢。”

古德休将这条被雨淋湿的街道左右各扫视一遍。他现在心情正好。前一天，他女儿才获得南汉普斯特德学校的奖学金，儿子朱利安也收到了剑桥大学克莱尔学院的录取通知书。“伦纳德，我的老板得了严重的哮吼，他又在到处找人谈话了。他原本害怕的是丑闻，现在却更怕自己像恶霸。有人认为他正在煽动某个庞大的阴谋，让两个大国的政府对付一个只身对抗经济不景气的英国贸易商，所以他非常生气。如果按照他心中对公平竞争的看法，他认为你们这么说太不合理了。”

“恶霸吗，”伯尔轻声重复着这两个字，想起罗珀那整整十一卷的卷宗，还有他是如何拿数以吨计的精密武器对付纯朴的民众的，“到底谁才是恶霸？我的上帝。”

“不要扯到上帝，拜托了。我需要强而有力的反驳。星期一一早就要。要简短，短到一张明信片就写得下，形容词也免了吧。另外，转告你的好伙伴斯特雷斯基，就说我景仰他的歌喉。啊，我们得救了！巴士来了。”

白厅虽是弱肉强食的丛林，但丛林归丛林，它还是有几个饮水的地方，让整日相互厮杀的动物得以在落日余晖中，以互相猜忌、忐忑不安的心聚在一起共饮。“提琴手俱乐部”就是这种地方。它坐落在泰晤士河堤岸一栋建筑的二楼，名字源于以前位于隔壁叫“提琴手的手肘”的酒吧。

“我想雷克斯应该拿了外国政府的钱，你说是不是，杰弗里？”从内阁办公室来的律师对达克尔说。大家不约而同从摆在角落的小桶里拿出一品脱酒，然后在一张账单上签字，“你说是不是？我认为他拿了法国佬的钱来削弱英国政府的力量。干杯。”

达克尔短小精干，很多像他这样大权在握的人都长这样。他两颊凹陷，深沉的双眼中透出坚定神情，他穿着鲜蓝色西装，裤脚折了好几折。今晚他穿的是咖啡色的小羊皮鞋，为他肃杀的笑容添上些许相互较劲的意味。

“罗杰，你怎么这么想？”古德休刻意挤出愉悦的表情，似乎决定不把嘲讽当一回事，“我都揩油揩了那么多年了，哈里，你说是不是？”他顺势把问题丢给哈里·帕尔弗里，“不然我怎么买得起那辆金光闪闪的新自行车呢？”

达克尔脸上仍挂着笑。但他实在没有幽默感，那笑感觉起来似乎带着一点邪恶，甚至有点疯狂。八个人和古德休一起围坐在狭长的桌边：一位外交部官员、一位财政部要员、一位内阁办公室的律师、两位身着晚礼服的来自保守党中间议席的议员、三位情报官。其中达克尔的官阶最高，而哈里·帕尔弗里则最无人问津。屋里空气污浊，烟味弥漫。这地方没有可取之处，唯一的优点是对于三方人马——白厅、下议院，以及达克尔在泰晤士河对岸那座坚不可摧的王国——而言都很方便。

“如果你问我，我会说雷克斯在一边搞分化，一边拿权力，罗杰。”一位保守党议员这么说。他把很多时间都花在秘密委员会上，所以常常被当成政府公仆，“权力狂最喜欢从本质下手。他是故意从内部开始挖墙脚、搞破坏的，是不是，雷克斯？你就承认吧。”

“一派胡言，真是谢谢你。”古德休不温不火地回应，“我的老板只想把情报业务推向新纪元，帮他们卸下长久以来的重担。你应该对他心怀感激才是。”

“我不认为雷克斯有老板，”那位从外交部来的官员反驳，但一讲完就笑了，“有人见过这个可怜虫吗？一定是雷克斯自己捏造的。”

“说到底，我们为什么一讲到毒品就要发火？”财政部的要员抱怨道。他细长的指尖合拢起来就像一座竹编桥，“那只是一种服务业，有人愿买、有人愿卖。对第三世界来说这是多大的利益！还是会有些利润是拿来用于正经事的，一定会有。烟草、酒、污染、天花，我们都不排斥，那为何只对毒品这么假正经？如果有人要下订单买数十亿元的军火，即使他的钞票上沾到一点可卡因，我也不在乎。反正我就是这么想的！”

说笑之间，一个含糊的声音插了进来。是哈里·帕尔弗里。他是河府的一位律师，目前被永久借调给达克尔的采购研究小组。“伯尔是来真的。”没有人逼他这么说，但他用沙哑的声音发出警告。当时他正喝着一大杯苏格兰威士忌，而且不是第一杯了，“他说到就能做到。”

“我的天！”那位外交部官员恐惧地喊，“那我们不就都要受到严厉的处罚了吗？杰弗里，是这样的吧？”

然而，杰弗里·达克尔却只是注视着全场动静，露出阴郁的微笑。

那晚在提琴手俱乐部里的人中，只有那位少有人问津的律师帕尔弗里对古德休这场征战的范围略微知情。帕尔弗里相当颓废。在英国每个机关部门，总有一个像他这样一路沉沦，并把沉沦变成某种艺术的家伙。哈里·帕尔弗里简直是河府里的优秀样板。无论他在前半生有过何种杰出表现，在后半生他都会系统地把它们全部毁掉。被他毁掉的包括他的律师生涯、婚姻，以及他还保有的那么一点自尊。也只有在他带着歉意的微笑里才看得出这最后一点剩余的自尊。达克尔为什么留他？或者说为什么会有人留他？其实说穿了也没有任何神秘之处：哈里·帕尔弗里一败涂地。任何人跟他比起来都算成功。对他而言，没有什么事情太过卑微，让他不屑为之，也没有什么事情过于卑劣、让他下不了手。只要有丑闻，帕尔弗里就会自愿充当代罪羔羊。如果你杀了人，帕尔弗里就会拿着水桶和抹布，先把血迹清洗干净，再替你找三位证人做不在场证明。通晓腐败智慧的帕尔弗里对雷克斯·古德休的故事了如指掌，仿佛是发生在他自己身上的一样。就某种程度而言，的确如此。毕竟多年前他跟古德休有同样的感觉，即便他根本没有胆子得出同样的结论。

所谓的故事，就是在白厅掌舵二十五年后，古德休心中有某个东西悄悄绷断了。也许是因为冷战结束，只是古德休羞于承认。

所谓的故事，就是在某个星期一早晨，古德休一如往常一觉醒来，没有多想，便认为他假借自由之名，为了图个方便而无视良知与原则已经太久。而今，他没有理由这么做了。

但冷战时养成的恶习现在已经没有借口或理由可当托词。如果不走回正途，灵魂就会毁坏。门外的威胁如今不存在了。它们撤退了，消失了。

但要从何处着手？当他在危险的车阵中骑了一趟自行车后，终于得到问题的解答。二月一个阴雨绵绵的早晨——二月十八号，雷克斯·古德休永难忘怀的日子——他骑着自行车从自己在肯地奇镇的家出发，一如往常前往白厅上班。一路上穿梭于繁忙的车流中，而他在那时默默体会到何谓悟道。他要剪断仿佛八爪章鱼的秘密组织的触角，要把权力下放给底下的单位，让他们分担责任；他要解构权力、去集权化，实施人性化的管理。他要先拿最腐败又纠缠不清的三股势力开刀：情报局、威斯敏斯特[1]，以及见不得天日的武器交易，而最后一项的主使者就是河府的杰弗里·达克尔。

那么哈里·帕尔弗里怎么会知道这些事？古德休身为基督徒，遵循特定礼仪与习惯，曾邀请帕尔弗里在夏天到肯地奇镇的家中过周末，在花园里喝皮姆酒，和小孩子玩蠢兮兮的板球。古德休把帕尔弗里粗鄙的笑容看在眼里，心里很清楚他其实处于窘迫的境况。晚餐后，古德休让帕尔弗里和太太单独相处，让他对她倾诉心事。这么安排是因为他知道，一个放荡成性的男人最想要的，莫过于对高洁善良的女士吐露自己的忏悔。

经过这处心积虑又大费周章的招降举动后，帕尔弗里终被收服，自愿成为古德休的线人，为他打探河府里特定几位胡作非为的要员暗地里进行了哪些阴谋诡计。

[1] Westminster，英国伦敦威斯敏斯特特区，为英国议会大厦、唐宁街及许多政府机关所在地。这里指代英国议会和政府。

5

乌云笼罩下，湖边的苏黎世仿佛紧紧蜷缩起来，在彻骨的寒风中瑟瑟发抖。

“我叫伦纳德，”伯尔在奎尔的办公室里，费劲地从椅子抽身，仿佛要在别人的争吵中插一脚，“我净干些坏事。你抽烟吗？来一根，毒害一下自己。”

他把这件事讲得好像某种令人愉快的阴谋诡计，乔纳森一听到就立刻照办。虽然乔纳森平常很少抽烟，抽了以后也总是后悔，但他还是伸手把烟接了过来。伯尔从口袋里拿出打火机，当着乔纳森面前替他点烟。

“你一定认为我们让你失望了，对吧？”他直接点出最严重的问题所在，“离开开罗之前，你和奥格尔维之间还算有点交情，我没猜错吧？”

我认为你们是让她失望了，乔纳森几乎要脱口而出，不过他已经升起了警觉心，因此不动声色地露出酒店经理惯有的笑容，说：“噢，没什么太严重的。真的。”

对于这个瞬间，伯尔事先细细地考虑过了，因此决定以攻击作为最佳防御手段。先别管他是否对奥格尔维在这件事里的作为产生了疑窦，现在不能让他发现伯尔背后的情报单位其实已经各有想法。

“我们领国家的薪水不是单来看个热闹，乔纳森。迪基·罗珀正打算私下将一些高科技的玩意儿运给巴格达的贼头，其中甚至包括一公斤武器级的铀——从某辆俄国的卡车后面‘掉’出来的——弗雷迪·哈米德正在组织运送补给品的车队，想把它们从约旦偷运出来。不然我们该怎么做？归好档后就把这事忘了？”说到这里，伯尔欣慰地看到乔纳森脸上露出那种叛逆中又带着顺服的表情，就像他自己，“就算没有人指着你的苏菲说是她泄密，还是有数不清的方法可以把这件事抖出去。如果她没有对着弗雷迪大吹大擂，那现在还能活得好好的。”

“她不是我的苏菲。”乔纳森回得太快了。

伯尔假装没听到。“问题在于，我们要如何逮捕那个家伙。如果你有兴趣听，我对这件事倒是有几个想法。”他露出和煦的微笑，“这就对了。我看得出来你已经注意到我只是个平凡的约克郡人，而我们的好朋友理查德·翁斯洛·罗珀先生，他可不一般。算他活该吧！”

乔纳森出于礼貌笑了笑，伯尔则暗自庆幸自己没有介入苏菲遭杀害的事件，“好了，乔纳森，我请你吃午餐。雷基，你不介意吧？但我们的时间有限，懂吗？你这个侦察兵做得挺称职的，我会在大家面前为你美言几句。”

匆忙之间，伯尔没注意到他的烟仍在奎尔的烟灰缸中继续燃烧。乔纳森把它给捻熄后带着歉意告别。奎尔喜欢虚张声势，个性有些扭曲。他的衣袖里藏着一条手帕，不时以侍者的姿态抽出手帕，点一点嘴巴，或是莫名其妙从某个免税的花格纹罐里取出饼干招待你。在等待回音的那几个星期里，乔纳森已经对他们这种话题不着边际的诡异会面产生依赖。起身告辞后他才顿悟，而且发现雷基·奎尔也有同样的感受。

“谢了，雷基，”他说，“谢谢你多费心。”

“好家伙！这是我的荣幸！祝你一路顺风，先生，多保重！”

“多谢，你也一样。”

“有交通工具吗？你开车吗？还是叫辆豪华四轮马车？非常好，穿暖和点，后会有期，不见不散。”

“你总是为别人做了他们的分内事向他们道谢吗？”他们走到人行道上时，伯尔问道，“你应该是在你那一行学到的吧。”

“我喜欢礼貌一点，”乔纳森说道，“如果你是这个意思的话。”

只要在执行任务时与人接触，伯尔的行动就会格外小心谨慎。他事先找好餐厅，在前一天晚上到现场勘查。这是坐落在城外湖边的一家小餐馆，不太可能吸引迈斯特那班人的注意。他也选好了一个位于角落的位子，并以约克郡人的谨慎个性多付十块法郎给服务生领班，同时使用工作用的名字“本顿”来订位。无论如何，他不愿冒险。

“乔纳森，你一定知道有种叫‘墨菲定律’的规则吧。如果撞见了什么人，是你认识而我不认识的，千万不要说明我的来历。如果你非得说清楚，就说我是你在肖恩克里夫军营里的老战友，然后把话题转去谈天气。”他说，再一次假装无意间让乔纳森知道，他对他的过去做足了功课。

“最近还爬山吗？”

“爬过几次。”

“哪里？”

“主要是去伯尔尼高地。”

“看到了什么壮观的景象吗？”

“如果你喜欢雪，冰封的韦特洪峰很不错——为什么这么问？你也爬山吗？”

就算伯尔听得出乔纳森回答中的玩笑意味，他也打定了主意不理会。“我是那种连到二楼都要搭电梯的人。你也开船出游吗？”伯尔在窗边瞥见灰色的湖面烟雾弥漫，仿佛沼泽。

“在这附近而已，那纯粹是孩子玩的地方。”乔纳森说，“图恩湖不错，就是冷了点。”

“画画呢？你画水彩对吧？还偶尔玩票，是吗？”

“我不常画。”

“但偶尔会画。你的网球打得如何？”

“不算好，但也不算坏。”

“我是认真问的。”

“我想应该够格加入俱乐部吧。”

“你在开罗应该曾经赢过一些比赛吧？”

乔纳森有些不好意思地脸红了，“那只是打着好玩的，不能当真。”

“我们先把棘手的问题解决如何？”伯尔提议。而他的意思是：我们先点些东西，边吃边谈，“你也会做菜，对吧？”当他们各自藏在那份超大菜单背后时，他趁机问道，“多才多艺，我很欣赏这种人。这种什么都会的通才已经很少见了，现在满地都是专家。”

乔纳森拿着菜单，从肉类翻到鱼类再翻到餐后甜点，心里想的不是吃的，而是苏菲。在开罗绿意盎然的郊区坐落着马克·奥格尔维的豪华司长官邸，他站在奥格尔维面前，宅邸里都是工程部搜刮来的仿十八世纪家具，还有奥格尔维夫人收集的罗伯茨版画。乔纳森穿着晚礼服，在他心里，这件衣服上仍然沾了苏菲的血。他大吼大叫，但自己的声音听在耳里就像声呐的反弹。他不住地诅咒奥格尔维去死，汗水顺着衣袖内侧流出。奥格尔维穿着睡衣，那是一件鼠棕色的衣服，袖子上还有军乐队长衣服上的那种金色饰扣。奥格尔维太太忙着冲茶，这样才能偷听他们的对话。

“你说话小心点，老弟。”奥格尔维边说边指着那盏水晶吊灯，示意他小心藏在灯内的麦克风。

“我为什么要说话小心？你杀了她，你听见我的话没有？你原本应该保护你的消息来源，怎么可以让她被人打死？”

闻言，奥格尔维决定摆出干他这行唯一的标准答案：他从一个银盘中抓起一只水晶玻璃瓶，轻轻用了一下力，塞子便应声而开。

“老弟，喝一点吧，你恐怕找错对象了。这件事跟我们或你一点关系也没有。你凭什么认为她只告诉过你？她也许还跟她十五个好友讲过。你也知道那句老话怎么说的：两人之间可以存在秘密——只要其中一个是死人。这里是开罗。所谓的秘密就是大家都知道，唯独你被蒙在鼓里。”

奥格尔维太太在这个时候拿着茶壶过来插话。“亲爱的，他可能只是觉得发泄一下会比较好，”她的语气十分谨慎，“人在气头上时要是喝点白兰地，就会莫名平静下来。”

“不同行为就会产生不同结果，老弟，”奥格尔维边说边递了一杯白兰地给他，“人生第一课。”

一个跛脚的男子一瘸一拐穿过餐厅里的桌子，往洗手间的方向走去。他两手各拄着一根拐杖，旁边有个年轻的女子搀扶。他的缓慢行进让客人们都无心进食。一直到他安稳地走出了视线范围，大家才终于恢复正常。

“我想，你应该只在我们这位好友到达的那晚见到过他吧？”伯尔说，把话题转到罗珀暂住迈斯特的事情上。

“除去那晚，只有早晚问候而已。奎尔叫我别轻举妄动，我就什么也没做。”

“但他离开之前你还跟他闲聊过一次。”

“罗珀问我滑不滑雪，我说我滑。他又问去哪里滑，我说米伦。然后他问我今年那儿的雪如何？我说蛮好的。他说：‘可惜我们没时间去那里逗留几天，我的女伴很想去，想得都快发疯了。’我们就这样结束了那次谈话。”

“他那个女伴也在场？她叫杰迈玛，还是杰德？”

乔纳森假装搜寻着自己的记忆，却默默在心中赞许她注视他时平静如水的眼神。*派因先生，你是不是真的这么擅长滑雪呢？*

“我想他是叫她‘杰兹’。复数。”

“不管是谁他都有小名可叫。这是他收买人心的方式。”

那一定棒呆了。她说，脸上的笑容足以融化艾格尔山的冰雪。

“他们说她非常漂亮。”伯尔说。

“如果你喜欢她那型的话。”

“什么型的女孩我都喜欢。她是哪一型？”

乔纳森装出无所谓的模样，“我不知道。她的身材很匀称……会戴着松垮垮的黑色软帽，有钱人家的孩子……她到底是什么来头？”

然而伯尔似乎不清楚，或根本不在意她的来历，“某个高级应召女郎吧。念尼姑学校，经常骑马打猎。但不管怎样，你和他谈得来，他不会忘记你的。”

"他谁都不会忘记，服务生的名字他全牢记在心。"

"但他可没有逢人就问他们对意大利雕像有何看法，不是吗？我觉得这倒挺鼓舞人心的。"究竟鼓舞到谁，又或者为什么这算是鼓舞，伯尔并没有说，乔纳森也没打算细问，"他还是把那座雕像买下来了。这世上恐怕还没有人能阻止罗珀买下他想要的东西。"他塞了一大块牛肉到嘴里，继续说，"谢谢你，谢谢你执行了这么多困难的任务。你给奎尔的报告里写到你对他的观察，我至今没见过比那更精辟的分析。譬如，你说他用左手使枪，表戴在右手，吃东西时会两手交替使用刀叉，我得说，真是厉害。"

"弗朗西斯·英格利斯，"乔纳森念诵着，"澳大利亚珀斯来的体能教练。"

"他既不姓英格利斯，也不是澳洲珀斯来的。他是英国籍的前任佣兵，名叫弗里斯基，他这条小命可是有价位的。就是他教伊迪·阿明[1]的手下如何用电动赶牛刺棒套口供。我们这位朋友爱英国佬，更爱那些干过伤天害理之事的。没办法操控的人他是不会要的。"他边说边小心地把小圆面包从中间切开，涂上黄油，然后拿刀指着乔纳森，继续说，"你只不过上个晚班，却连他的访客名单都拿得到。是怎么办到的？"

"那几天不管是谁要上塔楼套房都要先签名登记。"

"你一整晚都在大厅巡逻？"

"是迈斯特先生交代的。我到处巡逻，只要有想知道的，就开口问。我像个幽魂，所以才能来去自如。"

"他的访客里都有些谁，说来听听。"伯尔说，"你提到了那个

---

[1] Idi Amin Dada（约 1923—2003），乌干达的独裁暴君。

‘奥地利人’，他上塔楼套房找了他三次。”

“那是基佩尔博士，维也纳来的，穿着绿色罗登呢大衣。”

“他既非奥地利人，也不叫基佩尔。是个谦卑的波兰人——如果波兰人知道谦卑怎么写的话。他们说他是波兰黑社会新崛起的沙皇。”

“罗珀为什么会跟波兰黑社会扯上关系？”

伯尔露出一个有点后悔的笑。他原本没打算让乔纳森知道这件事，只想逗他一下，“那位穿着闪亮灰西装、灰眉毛、自称拉森的矮胖瑞典男人又是怎么回事？”

“我只知道他是瑞典人，名字叫拉森。”

“他是俄国人，三年前还是苏联国防部的要员。现在呢，他经营一家生意兴隆的职业介绍所，专门替东欧集团的物理学家和工程师拉皮条。一个月两万美元的高薪，有些人就这么加入了。你这个拉森先生两头都赚。除了正职，他还兼走私军火。如果你要从俄国后门买两百辆 T–72 坦克或来点飞毛腿导弹，找拉森准没错。如果情况特殊，他也卖生化弹头——那两位看起来像军人的英国人呢？”

乔纳森想起了那两位身手矫健、穿着英国运动装的男子，“他们怎么了？”

“他们的确是从伦敦来的，但名字不叫福布斯和卢伯克。他们驻扎在比利时，专为这世上首屈一指的疯子提供军用教练机。”

布鲁塞尔男孩，经过伯尔的刻意提点，乔纳森慢慢跟上了他的思路。鲍里斯士兵。那么下一个又会是谁？

“这个人有没有让你想到什么？你没怎么讲到他，最起码没有用那么多的篇幅。但我们这位朋友在一楼会议室见的那些西装笔挺的人中，应该也有他吧。”

伯尔边说边从皮夹里掏出一小张照片，递给坐在对面的乔纳森。

照片中的男人四十来岁，嘴角紧闭，目光忧郁，黑色的头发卷得很不自然，脖子上挂着一条很不搭的金色十字架。拍照的地方阳光很烈，从照片中的阴影看来，太阳应该是在正上方。

“有。”乔纳森说。

“有什么？”

“他的个头只有其他人的一半，但那些人都对他唯命是从。他提了一个黑色公文包，对他来说有点太大了。他还穿了内增高。”

“瑞士人？英国人？给个答案。”

“比较像是拉丁美洲之类的，”他把那张照片还回去，“都有可能，阿拉伯人也有可能。”

“不管你信不信，他叫阿波斯托尔，简称阿波。”那么，他的全名就应该是阿皮太提斯吧。乔纳森边想边忆起当初科尔克兰少校对他的老板讲的悄悄话，“他是希腊裔，第一代移民美国的，以优异成绩获得密歇根大学法学博士，十足的恶棍。他在新奥尔良、迈阿密和巴拿马城都开设法律事务所，名声无懈可击，地位崇高——这些你一定都知道了。记得兰伯恩勋爵吗，那个桑迪？”

“当然记得。”乔纳森回答，想起那位一脸垂头丧气、扎着马尾的美男子和他乖戾的太太。

“他也是个该死的律师。严格说，是罗珀的专属律师。阿波和桑迪·兰伯恩向来联手，接的案子全都获利丰厚。”

“我明白了。”

“还早呢，不过你至少有个轮廓了。噢对，你的西班牙语说得怎么样？”

“还可以。”

“我想绝对不仅仅是还可以，对吧？你在马德里的丽思酒店待过一年半，以你的天分，西班牙语应该讲得呱呱叫了。”

“现在没那么灵光了。”

伯尔往后靠在椅子上，让侍者清理碗盘。在这个空当，乔纳森发现自己再一次有了兴奋的感觉，不禁有些惊讶：那种一步一步，慢慢朝着机密的核心逼近的感觉，那种久违的蓄势待发的感觉。

“你不会不吃甜食吧？”侍者递给他们一人一张塑封好的菜单，伯尔以尖锐的口吻问道。

“老天，当然不会。”

最后，他们点了上面淋着鲜奶油的栗子泥。

“还有科基，就是那位科尔克兰少校，你的战友，他的办事员。”伯尔说，一种最好的当然要留到最后才揭露的语气，“你觉得他怎样？你笑什么？”

“他很有意思。”

“除此之外呢？”

“就如你所说，他是个打杂的，负责处理一切杂事，还负责签名。”

伯尔听到“签名”时突然变得激动起来，好像整顿饭就是在等这两个字，“他在什么东西上面签名？”

“登记入住的表格，账单。”

“不仅如此，但凡各种账单、信函、合约、弃权证书、保证书、公司账户、载货单、支票，”伯尔兴奋地说着，“运货单、运货证明，还有一大堆文件，上头都会这么写：不管他的雇主有何疏漏，都跟理查德·翁斯洛·罗珀一点关系都没有，一切都是他忠心的仆人科尔克兰少校干的。科尔克兰少校真有钱，名下有好几亿的存款，不过呢，他都签字让渡给罗珀了。罗珀没有做过任何一笔肮脏交易，都是科基在上面签了字。‘科克斯，你过来！你不用看，只要在上面签字就好！非常好！好小子，你替自己在兴格–兴格监狱又赚了十年牢饭呢！'"

伯尔中气十足地描述了这个场景，又用他刺耳的嗓音模仿罗珀讲话，让原本轻松的谈话有点变了调。

"没有什么值得一提的书面证据，"伯尔边说边将自己那张苍白的脸凑近乔纳森，"即使往前追溯二十年，除了教会捐献单外大概再也找不出任何一张有罗珀本人签字的文件。好吧，我真恨他。我承认。你也应该恨他，毕竟他对苏菲干出了那种事。"

"喔，我心中没有什么芥蒂。"

"你没有吗？"

"没有。"

"好吧，那就继续维持下去。我去去就回。东西看好。"

伯尔理了理裤带，起身离席去洗手间，乔纳森留在那里，内心莫名得意。他恨他吗？目前为止，他并没有沉浸在仇恨的情感中。他可以去生气，当然也可以去悲痛。但恨意就像欲望，除非有个冠冕堂皇的理由，否则就是一种下等的情绪。罗珀，加上他手中的苏富比目录，再加上那位美丽动人的情妇，算不上什么高尚的理由。但"恨"这个念头因为苏菲的横死而变得高尚，同时，似乎也转变成了某种报复的想法，并频频对乔纳森招手。它像是一份对于遥远的强烈的爱情的承诺，而伯尔让自己成为催生他践行这份承诺的人。

"为什么呢？"伯尔回到座位后很自然地继续说，"这就是我一直在问自己的问题。他为什么这么做？为什么像乔纳森·派因这种杰出的酒店经理会冒着丢工作的危险，偷拿传真、打这位贵客的小报告？先是在开罗，如今到了苏黎世依然故我。尤其是在你跟我们闹得不愉快之后。是吧？但我也跟自家人闹翻了。"

乔纳森装出是第一次想到这问题的模样，“总之我没想什么就做了。”他说。

“不对，你不会。你又不是动物，做什么都出于直觉。你是下定决心后才做的。到底是什么原因让你这么做？”

“可能有什么催化剂吧，我想。”

“什么样的催化剂？这个催化剂什么时候消失的？要怎样它才会再生效？”

乔纳森吸了一口气，但一时之间还是讲不出话。他发现自己怒火中烧，却说不清原因，“如果有人私自向某个埃及恶棍兜售军火，这人是英国人，你也是英国人，你看到一场战争正在酝酿，这个英国人却为你的敌人效劳……”

“而你自己也当过兵……”

“所以想也没想就做了。”乔纳森再次说，觉得自己的喉咙哽住。

伯尔把他面前的空盘子推到旁边，整个人俯身到桌上，“那些拼命往上爬的人都是怎么说的？喂那只老鼠？不就是那只在我们心里啃食的老鼠要我们去冒险的吗？我想你那只老鼠应该是挺肥的，你父亲不也是为了这只肥老鼠才去从军的？他也跟你一样是卧底对吧？这点你很清楚。”

“抱歉，恐怕我并不清楚。”虽然乔纳森觉得胃在翻搅，但还是很有礼貌地回答道。

“他被一枪打死后，他们得让他穿回军服。那些人难道没告诉你？”

乔纳森的职业微笑毫不动摇，他的职业语调温和得不真实，“没有，他们没告诉我。真的没有。真奇怪。你觉得他们会告诉我吗？你真的那么认为吗？”

那是政府官僚顾左右而言他的沟通手段，伯尔听了只能摇摇头。

“我是想说，你刚有些成绩就急流勇退，退得太早了。”伯尔以理性的态度再次开口，合情合理，“不是每个人都会在二十五岁时为了当上夜班的小员工放弃前途无限的军旅生涯，放弃上山下海和各种海外活动的。你到底为什么选择酒店业？你有太多的行业可以选了，为什么偏偏选这行？”

为了认输，乔纳森想。

为了放下那一切。

为了让脑子休息。

所以你别他妈的多管闲事。

“我不知道，”他一边坦承，一边露出并非自我否定的笑容，“我想大概是为了过平静的生活吧。如果我够诚实，我应该会承认自己私下有点贪图享乐。”

“嗯，说老实话，我不相信你，乔纳森。这几个星期来，我一直关注着你，并且深度分析过你这个人。我们再多谈一点部队的事如何？我读过你军旅生涯的一些事迹，印象很深。”

真是太好了，乔纳森想，他的思路变得很活跃。刚才我们谈起了苏菲，所以就说起了仇恨；谈到仇恨，就谈到酒店业；谈到酒店业就谈到部队。非常合逻辑，非常合情合理。

尽管如此，他还是挑不出伯尔的破绽。伯尔说话真诚，这是他最可取的地方。他也许聪明，也许熟悉耍阴斗狠之道；他有一双慧眼，能看穿人的强与弱。但他仍然真诚。古德休知道这点，乔纳森也能感觉到。就是因为这样，他才愿意让伯尔在他的私人领域横冲直撞，也是因为这样，伯尔那股使命感才会像隆隆的战鼓声般在乔纳森的耳中作响。

6

这是一段甜美时光，谈心的时间。他们不约而同点了一杯李子酒，冲淡喝下肚的咖啡。

“我的生命中也有个苏菲。”伯尔回忆起来，但不那么真心，“现在想起来，我当时竟然没有跟她结婚。一般来说，我应该会的。我现在的太太叫玛丽，这个名字总让我有点儿提不起劲儿。但反正我们都已经在一起了，应该有五年了吧。她其实是个医生，全科医生，戴着听诊器的教区神职人员。她的社会责任心就像一颗超大南瓜，似乎还做得不错。”

“希望你们白头偕老。”乔纳森顺着他的话。

“其实玛丽不是我第一任太太，也不是第二任。我不知道我的桃花运是怎么回事，不是眼界太高就是太低，再不然就是根本看歪了，从来不曾正中红心。我曾扪心自问，究竟是我的错还是她们的错？”

“我懂。”乔纳森说。但他虽然嘴上这么讲，心里却警觉起来。他无法自在地谈起女人的事。她们就像封缄起来收进书桌抽屉里的信封。这些女人里有他在孩童时期从未有过的朋友和姐妹、未曾真正熟悉的母亲，甚至有他不应娶为妻子的那个女子，以及他应该全心爱慕，而非背叛她的女人。

“我好像总是能迅速挖到她们的真实面，这让她们很讨厌我。”伯尔抱怨着，再次装出对乔纳森敞开胸怀的模样，并希望对方也以相同的方式回报，“但问题是孩子。我们原本各有两个孩子，现在又生了一个。有了孩子后婚姻中的情趣全没了。你有孩子吗？没有吧？你避掉了小孩带来的麻烦，我得说这是明智之举，非常聪明。”他喝了一口李子酒，“多讲一些你的苏菲的事。”他说，虽然目前为止乔纳森一点都没有告诉他。

“她不是我的苏菲，她是弗雷迪·哈米德的。”

“但你跟她上过床。”伯尔淡淡地指出。

乔纳森在卢克索那间公寓的卧房里，月光从半掩的窗帘斜照进来。苏菲穿着白色睡袍仰躺在床上，双眼紧闭。她稍微恢复了原本滑稽的模样。她喝过一点伏特加，他也是。酒瓶就立在他俩中间。

“派因先生，你为什么要坐在房间的那一头看我？”

“我想应该是出于对您的尊重。”酒店经理的笑容和语调，小心翼翼地组合成某个陌生人说话的方式。

“但我认为你带我来这里是要安慰我的。”

这次，派因默然不语。

“对你来说，我是不是太残破了？还是太老了？”

派因先生平时说起话总是口若悬河，如今却沉默不语。

“派因先生，我为你的尊严感到忧心……又或者我担心的是自己的尊严。你坐得离我这么远，是因为你对某些事情感到难为情吗？希望那件事不是我。”

“我把您带到这儿，是因为这里比较安全，苏菲夫人，您需要喘口气，想想该怎么办、该去哪里。我想我帮得上忙。”

“那么派因先生自己呢？他什么都不需要吗？所以现在是一个身

心健全的人士在帮助一个病弱妇孺吗？谢谢你带我来卢克索。”

“谢谢您愿意来。”在月光下，她的大眼睛直勾勾地定在他身上。她实在不像个对于他的帮忙满心感谢的无助女子。

“派因先生，你的身份如此多重。”她过了好久才继续说下去，“我再也不知道你到底是谁了。你注视着我，用你的眼神来触碰我。而对于你的触碰我并不是一点感觉也没有。不是这样的。”她的音量稍微转小，然后再次挺起身体，似乎想重整旗鼓，“你原本说了某句话，你是那个人，而我被那个人感动了。但后来那个人不见了，被迥然相异的人取而代之。你又说了什么，我又被感动了。这感觉就像卫兵换班，好像在你心中的每个人格都只能容忍我一段短暂的时间，之后就必须离开一下、喘口气。你是用这种态度对待你的女人的吗？”

“苏菲夫人，您不是我的女人。”

“那你为什么会在这里？来做童子军吗？应该不是吧。”

讲完后，她又沉默了。他有种感觉，她似乎在思索到底要不要放下伪装。“我希望你那多面的自我中能出来一个，今晚留下来陪我。派因先生，可以请你安排一下吗？”

“当然。我会睡在沙发上。如果您要我这么做的话。”

“不是，我想要的不是这个。我想要你睡在我的床上，跟我做爱。我希望至少能让你心中的一个自我快乐，并且让其他自我因为他而受到鼓舞。我不能让你感到这么难为情。你太自责了。我们都干过坏事，但你是好人，你心中无数的你都是好人。我的不幸不能怪你。如果你是他们中的一员……”她站起来面对着他，双臂垂在身侧，“那么我希望你不是因为羞愧才来到这里，而是有别的理由。派因先生，你为什么坚持要离我这么远？”

在渐渐黯淡的月光中，她提高了音量，模样更像个幽魂。他朝她走近一步，发现他们之间根本不存在任何距离。他顾虑到她身上的伤，带着些许迟疑向她伸出双臂，小心地把她拉近，双手从她白色睡袍的衣带底下滑进去，张开手掌，平贴在她裸露的背上。她一边的脸紧贴着他的脸。他又闻到了那熟悉的香草味，才发现她的黑色长发出乎意料的柔软。他闭上双眼。他们紧紧拥抱彼此，轻轻倒在床上。当黎明到来，她要他拉开窗帘，这么一来，这位夜班经理就不再只能于黑夜中爱着枕边人了。

“这就是我们所有人了，”他轻轻地在她耳边说，“一整个军团，军官、士兵、逃兵、厨子。没有其他人了。”

“我不这么觉得，派因先生。你一定把增援部队藏起来了。”

伯尔仍在等他回答。

“我没有。”乔纳森继续顽强抵抗。

“为什么？要是我就不会错过。当时你有别的女人吗？”

“没有。”乔纳森脸红了，重复同样的答案。

“你想叫我不要管你的闲事吗？”

“是这个意思。”

伯尔似乎很喜欢听人叫他少管闲事，“那就谈谈你的婚姻吧。其实只要一想到你结过婚我就觉得好笑。这让我很不自在，不知道为什么。你现在是孤家寡人，我可以感觉到。我可能也是吧。所以究竟是怎么回事？”

“我那时年纪轻，她更小——谈这我也不太自在。”

“她是个画家对吧？跟你一样？”

“我是业余乱涂鸦，她则是真正的画家。至少我那个时候认为她是。”

“你为什么娶她？”

“我想是因为爱吧。”

“你想是？以我对你的认识，我看你娶她是出于礼貌吧。那你又为什么要离开她？”

“因为我不想让自己发疯。”

乔纳森再也无法抵抗汹涌而来的回忆，只好放任自己回想那只剩下怒与恨的婚姻生活，他们就这样眼睁睁看着一切枯萎死去：再也不存在的情谊、再也不会回来的温存、曾望着旁人开怀谈天的餐厅、凋萎在花瓶里的花朵、烂在果盘中的水果，还有倚着墙的颜料干涸的画架，以及积了厚厚的灰尘的餐桌，他们在桌子两边，用流干泪水的双眼对望。这团乱连乔纳森都无法收拾。是我的错，不怪你。他不断对她说这话，想去碰她，但当她退缩时，他也跟着退缩了。我成长得太快，错过了跟女性相处的机会。是我的错，跟你毫无关系。

此时伯尔非常好心地岔开了话题。

“那么，是什么把你带到爱尔兰的？”他笑着问，“是想借机离开她吗？”

“是一份工作。如果你在英国的部队——如果你受完训练后想成为一名真正的军人，成为有用武之地的、行走的弹药库，就一定得去爱尔兰。”

“所以你那时是希望能有用武之地？”

“你那个年纪时不这么想吗？”

“我到现在都想。”伯尔意味深长地回答。

乔纳森忽视了这个意有所指的问题。

“你那时希望自己阵亡吗？”伯尔问道。

“别开玩笑。”

“我没开玩笑。你那时婚姻触礁，又还只是个孩子，认为世上一切罪恶都是你造成的。我只是有点惊讶你那时没有玩得更大，也没去参加外籍军团。你到那儿是去做什么？”

“我们接到的命令是要赢得爱尔兰的民心和认同。所以我去向他们道早安，拍拍孩子的头，到处巡逻。”

“那谈谈巡逻的事吧。”

“很无聊的车管。没什么好谈的。”

“恐怕我不太懂这些简称，乔纳森。”

“意思是‘在车辆管制点值班’，随便找个隐秘的山头或角落，突然从沟里跳出来拦住往来的车。偶尔也会遇到一些好事份子。”

“如果遇到呢？”

“就跳到他们的美洲豹车上，指挥官会告诉你该执行哪种流程：拦车搜车，或挥手让他们通过，再不然就是问他们话，指挥官让你做什么，你就做什么。”

“除了定点管制车辆外，还有没有其他的工作？”

乔纳森表现出好像在回忆往事的模样，再次露出放空的神情，“有时会坐直升机到处巡逻。每组人都要负责巡逻一块辖地。你得事先安排好山猫号直升机，随身带一只睡袋，在野外打上几夜的地铺，再回来喝几杯啤酒。”

“那对敌经验呢？”

乔纳森露出一个不以为然的笑容，“他们只要用远距遥控就可以把我们炸死在吉普车里，有什么必要出来跟我们面对面？”

“是啊，为什么呢？”伯尔总是把王牌摆在最后。他啜了一口饮料，摇着头，露出微笑，好像这是某种机智问答，“那么，你负责的都是什么类型的特种任务？”他问，“你接受的那些特种训练有哪些？我光是读一遍就会被烦死。说老实话，每次看你拿起汤匙和刀叉我就觉得恐怖，好像打算把我串起来似的。”

仿佛一辆突然减速的车辆，乔纳森不太情愿地开口说道：“有个叫近身观察组的组织。”

“那是什么？”

“每个军团里都有一组资深成员，特别组成的。”

“里面都是什么人？”

“任何想参加的人。”

“我还以为只有精英才能参加。”

他的句子都简短利落。伯尔注意到这点。讲的时候字字斟酌。眼皮低垂，紧抿着嘴。

“你受了训练，懂得观察，你判断得出谁是好事分子。你知道该藏在哪里，在黑暗中四处穿梭，在阁楼、矮树丛或壕沟待上好几晚。”

“他们都给你们什么武器？”

乔纳森耸了耸肩，意思好像是说：谁会在乎？“乌兹冲锋枪、黑克勒手枪、霰弹枪。他们全都会教，你可以自己选。对外人来说听起来很刺激吧？可是一旦踏进来了，这就只是一份差事。”

“你选了什么武器？”

“黑克勒成功率最高。”

“那就让我们来到了夜鸮行动。”伯尔表示。他的嗓音完全没有异样。他往后一坐，观察着乔纳森脸上也完全没有异样的表情。

乔纳森在沉睡中说着梦话。他的眼睛是睁着，心却在另一个国度。他从没想过，不过一顿午餐，就让他在一生中最糟的几个时期走了一遭。

“我们事先得到密报，说有几个好事分子正越过边界，要进到阿马来，更换武器的藏匿地点。是 RPG[1]。”这次，伯尔并没有问这几个简称代表什么，“我们藏了几天，终于等到他们现身。我们揪出了三个，整组人欣喜若狂。到处都有人小声说着‘三个’，并且对着爱尔兰人竖起三根手指。”

“什么？”伯尔似乎没有听懂，“你说揪出三个是指把他们杀了吗？”

“没错。”

“人是你处理的吗？我的意思是亲手去杀？”

“当然，我也参与了。”

“你在射击组？”

“狙击组。”

“多少人？”

“一组两人，我和布莱恩。”

“布莱恩。”

“他是我的同事，一等兵。”

“那你是？”

“下士，代理下士。我们的任务就是在他们逃跑时去抓他们。”

伯尔发现他的脸拉长了，下颚周围的肌肉一抽一抽。

“完全是运气好。”乔纳森说。语气简短压抑，还有一些漫不经心。

“大家都想过要杀恐怖分子，而我们逮到了机会，只不过是运气非常非常好。”

“你和布莱恩——你们杀了三个人。三个。”

---

[1] 指扛在肩上的火箭筒。

“是。我刚说了，那是运气。”

伯尔发现他的语气有些僵硬——他想佯装轻松，却显得更僵硬了；想要轻描淡写，却更让人注意。

“是你杀两人、他杀一人？还是他杀两人你杀一人？谁杀得多？”

“我们各杀一人，再联手杀一人。起先我们还为这发生争执，后来就同意一人一半。在那种杀得眼红的时候往往很难判定谁赢过谁。”

突然之间，伯尔不需要再刺探，他就全部说出来了。感觉就像是乔纳森第一次下定决心把事情全盘托出……说不定这真是他第一回说。

“那时边境正好就有个破旧的农舍。农舍主人是个接受津贴补助的养牛户。他来回走私同一批牛、运过边界，同时向两边申请补助。他有一辆沃尔沃、一辆全新的奔驰，外加他那个破旧不堪的小农场。根据情报，酒吧打烊之后可能有三个好事分子从南面通过边境上来，连名字都有了。我们埋伏等他们来。他们把武器藏在一间谷仓里，我们躲进矮树丛，距离谷仓有一百五十码[1]远。上级给我们的命令就是躲在藏身处观察他们，但不能被他们发现。”

伯尔听他讲到这里，不禁心想：他喜欢做这种事——在无人注视的地方注视着别人。

“我们那时要让他们进那个谷仓去拿他们的玩具。当他们走出谷仓，我们打算以信号通报他们的方向，同时神不知鬼不觉地离开。另一队会在五英里外设下一个路障，在那儿临检，装成瞎猫碰上死耗子的情况。这么做是为了保护线人。结束后，他们就会把这些人干掉。唯一的麻烦在于：那些好事分子并不打算把武器运到任何地方，只是

[1] 1 码约等于 0.9 米。

要把它们埋在距离我们藏身之处只有十码的地方。他们早已在那里埋了一个箱子。”

他那时正匍匐在南阿马山坡上某块柔软的青苔上，透过枪上的夜视镜注视着那三个绿色的小人使劲地拉着三只绿色的箱子，试图越过一片凹凸不平的绿色地表。左边那人的脚尖缓慢离地，箱子从他手中松脱；他以优雅的姿态转了一圈，伸出手臂，仿佛要被钉上十字架。深绿色的墨水就是他的血。那时，我揪住了他，这个傻子都没有吭一声。乔纳森是先感觉到手中的黑克勒响了一声，才发现自己已经下了判断。

“所以你把他们杀了？”伯尔问。

“如果掌握主动权，就要好好利用。我们各自射杀了一名，然后再一起杀了第三人。前后历时不过数秒。”

“他们反击了吗？”

“没有，”乔纳森笑着，笑容仍是僵硬的，“我想我们是运气好。一枪命中，马上可以打道回府——你想知道的就是这种事吗？”

“之后你回去了吗？”

“爱尔兰？”

“英国。”

“没有，两个地方都没有。”

“离婚怎么办？”

“在英国就办好了。”

“谁去办的？”

“她。我把公寓、我全部的钱和我们共同的朋友都留给了她。而她称之为一人一半。”

“你也把英格兰留给了她。”

“是的。”

乔纳森讲完了，但伯尔还在继续听。“乔纳森，我想，我真正想知道的……”他停顿了一会儿，最后还是说出口，但用的是他在两人大多谈话中的那种淡漠语气，“是你想不想再试一试？我说的不是婚姻，是你的国家。”他听着自己将话说出口，但获得的反应就和对着花岗岩墙壁说话没两样。他招手买单，数了几张瑞士纸币放进一只白色碟子，一边想：管他呢！有时最糟的时机反而是最好的时机。所以，他不管三七二十一就说了。他的个性本就如此。

“假设我要你抛下目前为止人生中的一切，换一个更好的人生呢？”他提议道，“也许对你而言不见得更好，但对你我乐见的‘公众的利益’绝对是更好的。这是一项至高无上、不容置疑的事业。我保证你能改善人类的生活，也薪水颇丰。挥别旧日的乔纳森，走进全新的生活。全部结束后你可以重新安顿，有新的身份，有一笔钱，照样过日子。一定有很多人觉得这项提议很诱人，搞不好我也会呢。老实说，如果我这么做，除了对不起玛丽，其他的都没什么问题。然而，你除了自己外还需要对什么人交代？就目前我所知，你不需要对任何人交代。如果你接受，就要天天在生死边缘徘徊，面对大风大浪，无时无刻不提心吊胆。然而，你就跟你父亲一样，为了报效国家才这么做，不论你心中对爱尔兰或塞浦路斯有什么看法。这么做也是为了苏菲。跟他说我需要收据好吗？名字是本顿。一顿两人午餐，我得付多少小费？再付五块钱吗？其他人可能会要你签一纸合同，但我不会。好了，我们走吧。”

他们沿着湖边走。雪已经消融了，午后的阳光在水汽蒸腾的马路上闪耀，吸毒的青少年裹着昂贵的大衣，盯着逐渐融化的雪发怔。乔纳森把手伸进大衣口袋，仿佛在耳中听到苏菲的声音，赞美着他是个温柔的伴侣。

“我那位英国丈夫也非常温柔。”她边说边爱怜地用手指划过他的脸，“我一直害怕失去贞操，不让他碰我。他花了好几天才说动我别坚持这种想法，迎接更美好的人生。”然后，她好像突然有了什么预感，一把将他拉近，像是寻求保护般挨着他，“要记得，你还有前途，派因先生，不要再放弃了。不要为了我，也不要为任何人放弃。答应我。”

他就这么答应了她，人们恋爱的时候凡事都愿意允诺。

伯尔正在谈正义公理。“如果我来统治世界，”他对着烟气蒸腾的湖水大声说，“我要再搞一次纽伦堡审判。那些军火贩和狗屁的科学家、那些为了做生意赚钱、在疯子背后多推一把的油滑商人，还有满口谎言的政客、律师、会计师和银行家，我要把他们都抓起来，让他们站上被告席，为他们的所作所为付出代价。你猜猜这些人会说什么？他们会说：‘我们不做也会有人做。’你知道我要怎么回吗？我会说：‘噢，我懂了。就算你不强奸那个女的，也会有人强奸她。你们就是用这种借口让强奸合理化。’然后我就要拿凝固汽油对付他们，滋滋燃烧。”

“罗珀干过什么事？”乔纳森问，语调既愤怒又挫折，“除了……哈米德之外还有吗？”

“他现在在干什么比较重要。”

“如果他今天起金盆洗手，他有多坏？到目前为止他犯下的罪到什么程度？”

他想起罗珀无意识地用肩膀抵着他。*屋顶有藤架，尽头是海景。*他还记得杰德说的话：*世上最美的地方。*

“抢劫。”伯尔说道。

“抢谁？在哪里犯案？”

“到处都抢，逢人就抢。如果一桩买卖有利可图，那家伙就会中途杀出，再叫科尔克兰去签字。他有一个表面上很干净的公司，还有铁牌：风险投资、荒地买卖、各种矿石、拖拉机、柴油引擎、生活用品、油轮什么的。但暗地里他干的是巧取豪夺、吃人不吐骨头。他的公司设在拿骚最清白的区域，精明能干的年轻人梳着马桶盖头，整天敲键盘。这就是你在传真里读过的部分，也是最麻烦的部分。”

“恐怕我没读过。”

“你应该要先读的。他去年的营业收入烂透了，今年还会继续烂下去。股票价格从一百六十元掉到七十元，三个月前，他大胆地投资了白金，结果白金价格跌到谷底。现在的他不是忧心忡忡，而是狗急跳墙，”伯尔吸了口气接着讲，“在他那家铁牌公司的大伞底下有各式各样见不得人的肮脏事。加勒比海有五种典型的赚钱法：洗钱、走私黄金、偷运翡翠、砍伐热带雨林的树木，还有军火交易。他跟心术不正的卫生部长勾结，贩卖各种假药，假的急救品；也跟无良农业部长勾结，贩卖假肥料。”伯尔话中的怒意像一阵渐渐增强的风暴，也因为这阵风暴迟迟未爆发，才更显危险，“不过军火还是他的最爱。他管它们叫‘玩具’。如果你热衷权力，那么最能满足贪婪的无疑是军火了。不要听别人说什么那不过是另一种商品、那只是一种服务产业这种屁话。军火就像迷幻药，而罗珀已经上瘾。军火产业最大的麻烦在于大家都认为它永远不会衰退，其实不然。拿伊朗来说，两伊战争中，军火贩子大发利市，他们以为这场仗永远打不完。但从那之后市场一直走下坡。太多军火制造商，太少战争。市场上太多零散的武器倾销。太多和平地区，太少硬性货币。我们这位朋友当然也参与了塞尔维亚和克罗地亚的战争。他通过雅典卖军火给克罗地亚，再通过波兰卖给塞尔维亚。但军火的数量在他控制范围外，要争食这块大饼的人又多。古巴那边的生意没得做了，南非也一样，他们的军火都是自己弄的。爱尔兰那边的生意又不值一顾，否则他一定也会去经营。秘鲁，他在那儿也有生意，他供应武器给光明之路的那些人，还设法怂恿菲律宾南部的叛乱分子。我可以预言他这次可能会拼得头破血流。”

“谁让他这么做的？”乔纳森冷不防一问，伯尔有些措手不及，“有像你这样的人随时紧黏在旁，他要小心的可多了，是不是？”

有那么一瞬间，伯尔挣扎着是否要反驳。其实问题一样，那见不得人的答案也一样。*是河府纵容他，他很想说，是白厅纵容他，是杰弗里·达克尔和他的采购研究小组的人。是古德休的老板掩耳盗铃，放他去乱搞。只要他卖的武器是英国制造，所有人都不会管他。*不过他运气好，勉强岔开了话题——

“该死！”他边叫边抓住乔纳森的手臂，“她爸人呢？”

一个年约十七岁的女孩在男友的注视下卷起牛仔裤的裤管，小腿上出现一块块很像蚊虫叮咬的痕迹。她把针头插进小腿，身体连缩也没缩一下，但伯尔反倒颤抖了一下。因为心生反感，伯尔陷入了沉默，两人因此相对无言地走了好一阵子。在这段时间中，乔纳森暂时忘了苏菲，反而想起杰德用那双像婴儿一样娇嫩的纤长玉腿沿迈斯特富丽堂皇的楼梯走下，以及她和他四目相对时脸上的笑容。

“那他是什么来头？”乔纳森问。

“我已经说过了，他是个混球。”

“他有什么背景？靠什么发迹的？”

伯尔耸耸肩，“他父亲是个游走各郡的二流拍卖商、估价人，母亲是当地一所教会的重要人士，有一个兄弟，读的是普通父母供不起的私立学校——”

“伊顿吗？”

“为什么猜伊顿？”

“听他讲话就知道了。没代词，没冠词，还吐字不清。”

“我只窃听过他打电话。不过也好，因为他的声音是我一听就想吐的那种。”

“罗珀是哥哥还是弟弟？”

“弟弟。”

“他上过大学吗？”

“没上过。大概是一心想搞垮这个世界，没空念吧。”

“他哥哥呢？”

“有——你在耍小聪明吗？他哥哥在他家的公司任职。那家公司在经济不景气时倒了，现在他在养猪。不过这又如何？”他斜眼怒视了乔纳森一眼，“你是想为他找借口吗，乔纳森？”他出言警告，“就算罗珀上过伊顿和牛津，每年净赚五十万英镑，他还是会把这个世界捣得一团乱。他是个恶棍，你最好认清楚，恶魔真的存在。”

“我知道，我知道。”乔纳森边说边安抚伯尔。苏菲也说过同样的话。

“所以，如果你想知道他做过多少坏事——他做的坏事可是罄竹难书，”伯尔再度开口，“有高科技、一般科技、低科技和根本称不上科技的东西。他讨厌坦克，因为坦克的保修期长，但如果卖的价格好，他也可以变通。还有军靴、军服、毒气、集束炸弹、化学品、即食餐，还有惯性导航系统、喷气式战斗机、信号控制装置、光束武器、红磷、手榴弹、鱼雷、订制潜艇、动力鱼雷艇、灭蝇器、导航器、脚镣、流动厨房、铜扣、奖章、军团佩剑、摄影用梅兹闪光灯，还有鸡笼状的间谍实验室。轮胎、皮带、绝缘套、美俄通用的各种口径的炮弹、红外线导弹、某种像刺针飞弹的肩背式发射器，还有尸袋。或许该说这都是过去式了——因为现在我们也只能谈谈供大于求的市场、国家破产，还有某些政府——他们提供的条件甚至连本国的骗子都望尘莫及。你应该看看他的仓库。台北、巴拿马、西班牙港、格但斯克都有。过去他的雇员都在千人上下。而他雇这些人只是想在价格上涨时叫他们把存货打理干净。但价格永远都是往上涨的，不会掉下来。现在他的雇员已经减到六十人，价格也完全跌破了。”

“那他有何对策？”

现在轮到伯尔闪烁其词了，“他正在准备最后一笔买卖，这是他要咬下的最后一口苹果。他打算用这次交易为所有交易划下句点。他要让‘铁牌’翻身，然后金盆洗手。我有件事要问。”

乔纳森到现在都不太习惯伯尔突然转换话题的谈话方式。

“那天早晨在开罗，弗雷迪打了苏菲，后来你带着她开车兜风。”

“怎么了？”

“你不觉得会有人开车跟踪你、看到你和她在一起，然后拿来做文章？”

乔纳森问过自己上千次同样的问题。夜晚的时候，当他为了要逃离自己的内心，在只属于他的黑暗国度中漫步时，他会这么自问；白天的时候，当他无法成眠，把自己放逐到山间林中或扬帆航向未知时，他也会问自己。

“不觉得。”他回答。

“你确定？”

“我非常确定。”

“你没有再带着她冒过别的险吗？到某个可能有人认出你们的地方？”

乔纳森发现，为了保护苏菲而说谎给了他某种神秘的愉悦感，即使现在为时已晚。

“没有。”他斩钉截铁地说。

“这么说来，你是个了无牵挂的人了。”伯尔说，下意识又想起了苏菲。

仿佛被下了沉默的咒语，两人只是一起在这座老城的某家咖啡屋啜饮苏格兰威士忌。这里的白天黑夜没有界线，总有富裕的女士戴着呢帽吃着奶油蛋糕。有时候瑞士这国家对天主教的虔诚会令乔纳森着迷。在这夜色中，他总觉得瑞士人似乎将整个国家漆上了深浅不一的灰色。

伯尔开始讲起那位优秀律师阿波斯托尔博士的某件趣事。起先说得断断续续，感觉像是不经意脱口而出，好像这些思绪是擅自从他脑中窜出来似的。他一开口就知道了：他根本不该讲这件事。不过，当我们酝酿重大秘密的时候，其实什么也顾不得了。

他说，阿波沉迷于酒色。这件事他以前也说过。他说，阿波不管见到什么女人都要沾一沾，不要被他拘谨的举止骗了，他就是那种个子虽矮、但一心一意想证明世上所有高个子的鸟加起来都没他大的人。那些秘书、别人的太太、各个应召站里成打成打的妓女都是他的猎物。

“然后某一天，坏运找上他女儿，她自杀了——而且死得很不漂亮，也不是说真有漂亮的死法。她真的是视死如归。她吞了半瓶漂白剂混五十颗阿司匹林。”

“她为什么要这么做？”乔纳森恐惧地问道。

“阿波买了一只金表给她当十八岁的生日礼物。价值九万美元，在巴尔港的卡地亚精品店买的。世上不可能有比它更好的手表。”

“送她一只名贵的手表哪里不好了？”

“没有哪里不好，只是，他在她十七岁生日时就送过她同样的表，但忘了。我想，那女孩一心一意认为父亲心里没有她，那只表正好是最后一根稻草。”他没有停顿，径自继续，没有提高音量，也没有转换语调。他希望可以把这故事说完，愈快愈好，“你刚刚说‘是’吗？我没有听到。”

然而乔纳森想要继续追问阿波斯托尔的事，伯尔隐隐感到不自在。“那他怎么处理的？”他问。

“阿波吗？他跟所有的父亲一样。他重生了，信了耶稣，数次在鸡尾酒会上痛哭落泪、泣不成声。乔纳森，现在我们到底是要雇用你还是不用考虑你？我一向不是个死缠烂打的人。”

乔纳森又看到那个男孩的脸了。绿色（但其实是鲜红）的液体随着每一声枪响喷溅出来。当他们打死苏菲时，她的脸再次被打得面目全非。他母亲过世的那一晚，她歪斜着脸，下巴大开，直到夜班护士来为她合上嘴，拿了薄纱棉布绑好。还有罗珀的脸，不断迫近，甚至侵入了乔纳森的私人领域。

伯尔也陷在自己的思绪中。他谴责自己不该让乔纳森对阿波斯托尔如此印象深刻。真不晓得自己何时才能学会管好这个大嘴巴。

他们在乔纳森位于克罗斯巴赫街的小公寓中喝苏格兰威士忌和海尼兹矿泉水，但这饮料没有为两人带来任何益处。乔纳森坐在室内唯一的一张扶手椅上，伯尔则在屋里四处晃荡，搜寻线索。他翻了翻登山用具，研究乔纳森那几幅以小心翼翼的水彩笔触勾勒的伯尔尼高地。现在他站在一处凹室，开始着手研究乔纳森的书。他累了，对自己和对乔纳森的耐心都快被磨光了。

“看来你是哈代迷，”他说道，“为什么？”

“大概是因为我从英国被放逐？某种思乡之情。”

“思乡？哈代？少来，哈代老把人写成卑微的老鼠、把上帝写成无情无义的浑账。噢，瞧瞧，还有哪本书？阿拉伯的 T. E. 劳伦斯上校他本人。”他拿起一本灰黄色书封的薄书，像挥舞战利品的旗帜似的挥了挥，“这位孤独的天才只想做个平凡人，他被自己的国家遗弃——重头戏来了——这本书由一位在他过世后才深深爱上他的女子执笔。这是你的英雄是不是？意料之中。他的禁欲主义、努力不懈——虽然有其缺陷——还有他遭到的错待，但他有天分。难怪你会接受埃及的工作。”他看了看扉页，“这是谁的名字缩写？应该不是你的。”但问题一出口他就知道了答案。

“是我父亲的。这是他的书。可以请你把它放回去吗？”

伯尔注意到乔纳森的口气变得尖锐，转过身。“我踩到你的痛处了吗？应该是吧。我从没想过士兵会读书。”他刻意戳了乔纳森的伤口，“我以为书是军官等级的玩意儿。”

乔纳森堵在伯尔面前，把他困在凹室。他脸色苍白，像石头一样没有血色，本能地举起双手，准备有所行动。

“如果可以，请你把书放回架上。那是我的私人物品。”

伯尔从容地把书摆回去，跟架上其他书摆在一起。“再说点别的吧。”他说，又一次大方地改变话题，一面悠悠然走过乔纳森身边，来到房间中央，仿佛两人刚才的对话从未发生，“你在你工作的饭店里经手过现金吗？”

“有时经手。”

“哪些时候？”

“如果深夜有人要退房，付现钞，我们就得处理。前台在午夜到清晨五点不开放，因此夜班经理必须暂时代班。”

“所以你必须把现钞从柜台拿出来，放到保险箱去？”

乔纳森弯身坐进扶手椅，两手在脑后交叠，“有可能会。”

“假设你偷了钱，最快要多久才会被发现？”

“月底。”

“我敢做此假设，你可以在结账日时把钱放回去，这天之后再把钱偷出来，对吧？”伯尔若有所思地说。

“迈斯特在管理上很严格。非常瑞士人做派了。”

“我正在帮你编织一段传奇故事，你发现了吗？”

“我知道你在搞什么鬼。”

“不对，你不知道。我要让罗珀对你印象深刻，乔纳森，我相信你可以。我要你把他引到我这里，否则我永远都逮不到他。也许他已经走投无路，但他依旧不会放下戒心。我可以在他的屁股装个麦克风，安排颗人造卫星在他头顶飞，读他的信、窃听他的电话；我可以嗅到他的气味，听到他说话，监视他；我可以把科尔克兰关上五百年，但我怎么也动不了罗珀。你还有四天才会回迈斯特上班。我要你一早跟我到伦敦去见我朋友鲁克，亲耳听听这个安排。我要从头开始改写你的人生，等我改造完毕，你会爱上你自己。”

伯尔把一张机票丢到床上，站在老虎窗前，掀开窗帘，望着外面的晨曦。外面的雪更大了，天空阴暗低沉，“你不需要花时间考虑这件事。自从你抛下军队和国家，除了大把时间外你什么都没了。你当然可以拒绝，更可以挖个掩体躲在里面度过余生。”

“需要多久？”

“我不知道。如果你不想做，就算一个星期都嫌太长。还要我继续说教吗？”

“不用了。”

“你需要几个小时后再打给我吗？”

“不需要。”

“你考虑到哪个阶段？”

没有什么阶段不阶段。乔纳森一边想，一边打开那张机票，看了里面的起飞时刻。这世上没有什么决定不决定，从来没有。只有运气好的时候和不好的时候。你无论如何要往前走，因为后面什么都没有。你一定要跑起来，因为要是一直站着，你就会跌个狗吃屎。如果不动，就是停滞不前。过去驱使着你向前，军队里的牧师总是说教，说什么懂得服从才得以自由，还有那些抱怨你无情无义的女人，然而她们没有你却活不下去。有座监狱，名叫英格兰；有个被我出卖的女人，她叫苏菲；有个手无寸铁的爱尔兰男孩，在我一枪轰了他的脸的时候，就那样一直看着我；还有一个护照上写了“女骑师”的女孩，我几乎没跟她说过话，却对她愤怒不已，好几个星期以后还是气愤异常。还有一位我永远无法与之相比的英雄，他必须重新穿上军服才能入殓。还有一个汗流浃背的约克郡来的吹笛手，他在我耳边轻声叫我再干一票。

雷克斯·古德休斗志高昂。他先花了半个上午成功拿伯尔的想法说服上头，另半个上午则用来在白厅研讨会中拿滥用保密措施大做文章，最后以和河府来的一个年轻保守分子大声争执画下句点。那孩子年纪之小，恐怕连一个谎都没有撒过。现在，卡尔顿花园里大家都开始用午餐了。太阳低低地照着白色建筑物的表面，他最爱的雅典娜神庙就在几步远的距离之外。

“你那手下伦纳德·伯尔太张扬了，雷克斯。”内政部的斯坦利·帕德斯托露出焦虑的笑容，排到他旁边，“说老实话，我其实不太了解你为什么要我们也加入。”

古德休说：“噢，你这可怜虫。你所谓的张扬是怎么回事？”

帕德斯托和古德休是同一个时期进入牛津的，但古德休对他唯一的印象是他对朴素一点的女孩照顾有加。

“也没什么大不了，”帕德斯托试着轻描淡写，“就是拿我底下的人查档案。说服那位登记员帮他撒谎。把高级警官带去辛普森餐厅吃了三小时的午餐。在他们退缩时，要我们替他担保。”这整段时间他都注视着古德休，却一直无法与他目光交会，“不过无所谓，对吧？只是，毕竟对于这些人，你永远也说不准，不是吗？”

他们暂且停顿，走到身边的一群修女听力范围以外的地方。

“的确，斯坦利，这的确说不准。”古德休说，“不过，我寄了一份详细的书面确认书给你，最高机密，不可外传。”

帕德斯托佯装出轻松的语气，“还有英国西南部那些邪恶的玩闹，总之全部都会提到，对吗？不过你的确认书上似乎没把这点清楚点出来。”

他们抵达了雅典娜神庙的台阶。

“对我而言说得够清楚了，斯坦利，”古德休说，“我记得是在第三段，已经把西南部的那些玩闹彻底讲清楚了。”

“不排除杀人吧？”他们步入神庙时，帕德斯托急切地压低声音。

“哦，我觉得不包括。只要没人受伤，就不需要杀人。斯坦利，”

古德休的声音一变，“这应该算是特别协议，对吧？”他说，“对河府那些人一个字都不要提，除了伦纳德·伯尔，谁都不要说。还有，如果你怕有麻烦就找我好了。斯坦利，这总可以吧？这么要求不算过分吧？”

他们没有同桌吃饭。古德休点了一份牛排和腰子派、一杯俱乐部的红葡萄酒。帕德斯托飞快地吃着，仿佛每一口都要跟时钟竞赛似的。

7

在某个寒冷刺骨的星期五，乔纳森来到特雷休伊太太的邮局小店。他把自己叫作林登。这是伯尔提议他取个假名时他凭空想出来的。他这辈子没有遇到过任何一个叫林登的人，除非他在无意识中回想起他那位德国母亲缠绵病榻的点点滴滴时，想起了她为他念的某首歌或某首诗里提到的内容。

今天的天气阴沉、潮湿，虽然才是早餐时间，天色却恍若日落。这个村落距离兰兹角有好几英里。特雷休伊太太在花岗岩围墙上种的黑刺李在强劲的西南风下往后仰，教堂停车场那些汽车保险杆上的贴纸不断地规劝陌生人快回家。

当你抛弃祖国后又偷偷回来，会有种做贼心虚的感觉。即便当你用了全新假名和全新的身份归来，也一样会感到做贼心虚。你不知道自己偷了谁的衣服，投下的影子是什么模样，是否之前你还作为其他人来到这里。当一个人茫茫然地过了六年自我放逐的流亡生活，再次回归的第一天总会有种意义重大的感受。这种神采奕奕的表情应该或多或少出现在了乔纳森的脸上，因为在特雷休伊太太日后的回想中，她总会说在他身上看到一种不可一世，或者说神采飞扬的气场。特雷休伊太太绝不是个爱幻想的女人，她脑筋灵光，加上高挑的身材与高贵的外表，一点都不像个乡巴佬。有时听她侃侃而谈，你不禁会思考，如果她跟现代人一样能受良好教育，又或者嫁的不是平庸又可悲的老汤姆，今日的她不知会是什么模样。去年圣诞假期时，老汤姆在彭赞斯的共济会会堂里收了太多善款，结果中风，一命呜呼。

“杰克·林登啊，他脑子很机灵。”她会用正经兮兮的康沃尔腔说，“起先看他的眼睛，你会觉得那眼神很友善——我甚至觉得可说是愉悦。可是他会用眼神把你全身上下打量一遍——不是你想的那样，玛丽莲。就那么一眼，就从里到外观察个透，让人忍不住觉得他是不是在进到店里来之前已经偷了什么东西。不过我们现在都知道了，他的确偷了东西——我们现在可是一清二楚。而且，我们现在也知道了很多宁可不知道的事。”

现在是五点过二十分，打烊前十分钟。特雷休伊太太正在用电子计算机清点她的账款，等下要和她女儿玛丽莲一起看电视节目《左邻右舍》。玛丽莲正在楼上照顾她的女儿。特雷休伊太太听到他骑着重型摩托车来到店门口（“这种摩托车真是吵死了”），她看着他用力停好摩托车、脱下头盔，用手抚顺本来就非常平顺的头发。这动作应该算是让自己放轻松的方式，她猜。她认为自己看到他在对着她笑。他是“蚂蚁”，她想，是个看来顺眼的蚂蚁。在西康沃尔郡，“蚂蚁”是“外国人”的意思，而“外国人”泛指所有从泰马河[1]以西来的人。

不过，这只蚂蚁搞不好是外太空来的。她说，当时她很想把门上的告示牌翻过来，表示店已打烊，但他的模样让她改变心意。喔，还有他那双鞋，和她过世的先生汤姆生前的一模一样，擦得光亮如新，在进门前还小心翼翼地把鞋底在踏垫上踩了又踩，跟想象中骑摩托车的人很不一样。

[1] River Tamar，位于英格兰西南部的一条河流，河的西岸是康沃尔郡，东岸是德文郡。

所以她继续算账，而他直接跳过购物篮，径自在货架前四处浏览。男人好像都这样，不论你是保罗·纽曼还是凡夫俗子。进来之前本来只打算买个刮胡刀，离开时东西却塞得满手满怀——即便如此还是懒得去拿篮子装。他走起路来没什么声音，几乎可说是无声无息、轻手轻脚的。一般来说骑摩托车的人不会这么安静。

“亲爱的，你是从内陆来的吗？”她问他。

“啊，不好意思，我的确是。”

“亲爱的，你不用紧张，这里有很多内陆来的好人，多得连我都有点想到内陆去了。”但他没有搭腔，一个劲儿地在拿饼干。此时她注意到他的手，他把手套脱掉了。那双手保养得非常好。她一向很喜欢仔细打理过的手，“那么你是从哪里来的？应该是个不错的地方吧？”

“其实只是个小地方。”他坦承，口气有些冒失。他从架上拿了两包肠胃药和一包普通的薄饼，好像从来没见过商品标签一样直盯着看。

“亲爱的啊，你绝对不可能是从小地方来的，”特雷休伊太太表示反驳，眼神跟着货架旁走来走去的他，“就算你不是康沃尔人，总不可能是凭空冒出来的吧。你到底是打哪儿来的？”

村里的人一听到特雷休伊太太的嗓音变得严肃，都会不再插科打诨。但乔纳森只是笑了笑。“我一直住在海外，”他解释的语气仿佛觉得她会感到有趣，“我就像那些重归故里的流浪汉。”

他的声音就像他的手和鞋子那样。日后她回忆：光滑明亮，一如玻璃。

“孩子，海外哪里啊？”她坚持追问，“海外包括很多国家，即使这儿也有很多不同国家的人。我们没那么乡巴佬，虽然我知道有很多人这么认为。”

她说，自己无论如何还是说不过他。他就站在那儿，面带笑容，自在地拿取茶叶、金枪鱼罐头和燕麦饼，冷静镇定，就像玩杂耍的。而每次她一发问，他的态度总让她觉得自己好像太厚脸皮。

“怎么说呢，我就是那种会去住在兰尼恩某栋小屋的人。这样懂了吗？”

“亲爱的，这就代表你疯了啊，”露丝·特雷休伊很自然地说，“如果没疯，谁会去兰尼恩那个鬼地方，一整天待在那块大石头上？”

然后她又说，他有一种遥不可及的感觉。他是个水手，我们现在知道了，虽说他把这个才能拿来用到了坏的地方。我还记得他审视那些水果罐头时脸上总是绷着一个笑容，好像正把这些东西全暗记下来。*难以捉摸*。他就像浴缸里的肥皂，每次你觉得自己抓住他了，他却立刻从你指缝溜走。他有些特别，我知道的就这么多。

“如果你要住在这儿，我想你至少也要有个名字吧。”特雷休伊太太似乎愠怒中带着一点失望，“还是说你虽然回来了，名字还留在国外？”

“林登。”他边说边掏钱出来，“杰克·林登，”他加上了一句，“不是林顿，是林登。”

她还记得他小心翼翼地把买的东西装进摩托车的车座，这个放到一边，那个放另一边，就像在平衡船的载重那样。装完后，他发动引擎，同时举手道别。于是，她在心中决定把他当成来自兰尼恩的林登，看着他骑上十字路口，利落将车一斜，转往左边。他不可能来自什么小地方。

“我店里来过一位住在兰尼恩的林登，登山的‘登’，”上楼后，她这么对女儿玛丽莲说，“他骑的那辆摩托车比马还要大。”

“他应该结婚了吧。”玛丽莲说。她有个女儿，但从来不提孩子的父亲。

这就是乔纳森的新身份，从他来到此地的第一日，直到消息不胫而走的那一天：来自兰尼恩的林登，那些浪迹天涯的英国人里的一个，像是被地心引力吸引一样一步步往西移动，最后终于来到这个半岛，试图逃离那些秘密过往以及他们自己。

这个镇上的其他人对于他的认识都是一点一滴聚集起来的，而搜集信息的方式极为不可思议，不管是什么样的情报网，铁定会以这个手法为傲。他们说他极度有钱，因为他用现钞付账，而且不等人家来要债就事先付清。他用全新的五元和十元的钞票，像是玩纸牌一样把钞票数好了，放到特雷休伊太太的冷冻柜盖子上。这钱都是怎么弄来的呢？事情很清楚了啊，不是吗？难怪都是现金！

“特雷休伊太太，请告诉我什么时候方便。”乔纳森去付支票之前总会先打电话过去。如果这些支票都不是他的，那就真的太惊人了。不过他们说，钱没有什么铜臭不铜臭。

“林登先生，这不是我的责任，”特雷休伊太太会这样反驳，“那是你的责任。你想付多少我就收多少，不管多少都可以。”在乡下地方，笑话愈多人讲就能传得愈远。

还有，他好像什么外语都能讲，至少德语非常流利。某次有个德国女登山客去找民宿老板多拉·哈里斯，但语言不通。杰克·林登不知怎么知道了这件事，骑着车到那里询问她的情况，而为了不失体统，还请哈里斯太太陪在一旁。他一直待到马登医生到达，一起帮忙把这个女孩的状况翻译给医生听。根据多拉的说法，甚至有些症状还比较私人，但杰克·林登对那些用语了若指掌。马登医生说，他一定对这方面特别钻研过，否则不会知道该怎么说。

还有，他像个晚上失眠的人一样，一大清早在通往悬崖峭壁的小路上疾走。所以，当皮特·霍斯肯兄弟一早出海，从兰尼恩岬的养殖篮收取龙虾时，一眼望去，就看到他在山崖上像个骑兵一样迈开大步跑步，肩上总是背着一个背包。在这个时刻，他那背包里究竟放了什么东西？大概是毒品吧。一定是。这我们也很清楚。

以及，他用十字镐上上下下不停整顿悬崖上的那片绿草地，那架势会让你忍不住以为他是在惩罚那片让他感到厌倦的土地。如果他想，要当个脚踏实地工作度日的人也没问题。他说他在种菜，但他总是待得太短，等不到收获季。

多拉·哈里斯又说，他只吃自己做的饭。只要闻到饭菜香，就可以知道他是个美食家。当西南风徐徐吹过，他做的菜在半英里外就叫她垂涎三尺，就连远在海上的皮特兄弟都闻得到。

还有，他对玛丽莲·特雷休伊极其体贴——或者该这么说，她对他是多么体贴。但该怎么说呢，其实林登对谁都很体贴，但玛丽莲已经眉头深锁了三年，是杰克·林登的出现才让她眉展眼笑。

他们也提起他骑着摩托车，一周替年迈的巴锡·杰戈去特雷休伊太太的店里买两次杂货。巴锡住在通往兰尼恩巷的拐角。他把每个货品干净利落地上到架上，而不是把那些罐子留在桌上让她来整理。他还会跟她聊他的小屋，谈起他如何用水泥糊屋顶，给窗子换新框，在门前铺新走道。

但他也只讲这么多，自己的事只字未提——他住过哪些地方、做什么维生。因此，他们是在无意间知道他在法尔茅斯的一家帆船公司有股份。那家公司叫“海小马”，专营帆船游艇租赁。不过，根据皮特·彭杰利的说法，这家公司在业界的名声不太好，反而比较像水上运动玩家和毒贩的聚集处。某天，皮特要开他的小货车去“海小马”

隔壁的斯帕罗修船厂拿修好的船壳板，正巧看到他坐在“海小马”的办公室里。皮特说，林登坐在桌旁，和一名身材肥胖、满身是汗、留着胡子的家伙讲话。这人一头卷发、脖子上戴着一串金项链，好像是那里的负责人。后来，皮特到斯帕罗修船厂时问了厂长老斯帕罗：“贾森，你隔壁那个‘海小马’出什么事了？他们好像要被黑手党接手了是不是？”

贾森告诉皮特，两人中一个叫林登，另一个叫哈洛。林登是从内陆来的，而哈洛——就是那个留着胡须的胖家伙——是澳洲来的恶棍。贾森说这两人买下这块地方是为了赚点现钱，但除了抽烟、驾船往来出海口找乐子外，什么也没做。不过，贾森勉强承认林登懂得开船，而哈洛——那个胖子，他连屁股和船舵都分不清，更不要说开船了。贾森也说，那两人大多时候都在吵架，至少哈洛一直在骂骂咧咧，吼声如牛。另一个叫林登的人只是笑着。贾森轻蔑地说：这两人可真合得来。

这是他们第一次听到哈洛的名字。林登和哈洛，既是搭档，也是敌人。

一星期后，在“舒适酒馆”的午餐时间，活生生的哈洛出现了。这世上再也不会有比他块头更大的人，足足有一百一十公斤，还是一百三十公斤？他和杰克·林登并肩坐在那个有松木柜的角落，旁边就是射飞镖的靶子，也就是威廉·查尔斯坐的地方。他一个人占满了整张板凳，吃了三块肉馅饼。两个人就坐在那儿，直到下午打烊。两人一起看着一张地图，像海盗似的交头接耳、窃窃私语。现在我们知道了，那是在计划些什么。

如今一转眼的时间，胖子哈洛突然挂了，而杰克·林登一声不响地消失，连声再见也没说。

他消失的速度之快，大多数人都只能从记忆中勉强捕捉他的身影。他消失得如此彻底，要不是舒适酒馆的墙上还贴着剪报，他们可能会以为这个人从来跟他们没有交集。或许，他们也不会相信曾有两个从坎伯恩来的下流年轻警察将兰尼恩谷围上封锁线，或是那几位便衣警察从给牛挤奶的一大清早开始搜遍整座乡镇，直到日落西山。套句皮特·彭杰利的话："坏蛋之多，都可以装满三辆车了。"他们可能也不会相信真有大批记者远从普利茅斯——甚至伦敦——蜂拥而来。有些是女记者，还有的其他人可能曾是记者。这些人拿愚蠢的问题轮番轰炸居民。从露丝·特雷休伊问到只会拘泥于小细节、成天带着德国牧羊犬溜达的"慢条斯理的拉克先生"。那条狗的蠢笨与主人无异，除了牙齿多一些。那些人问的笨问题包括："拉克先生，他穿什么样的衣服？他都说了些什么？他在你面前展现暴力倾向了吗？"

"那才第一天，我们还搞不清警察和记者的不同在哪里。"皮特喜欢回首往事，舒适酒馆的听众也乐于报以阵阵笑声，"我们把记者尊为'长官'，然后叫那些警察滚开。到了第二天，我们叫所有人滚蛋。"

"他绝对不可能干出这种事。"个头缩了不少的威廉·查尔斯在镖靶旁边低吼着说，"他们什么都没查到。没有尸体就没有谋杀。法律就是这样的。"

"但威廉，他们还是找到血迹了。"皮特·彭杰利的弟弟雅各布说。他在学校通过了三门 A-level[1] 科目的考试。

"去他的血，"威廉·查尔斯说，"一滴血能证明个鬼？有些从内陆来的家伙刮胡子时还会割伤脸咧。警察这样就说杰克·林登杀人？

[1] 英国高中课程，也是大学入学考试课程。

操他们的！”

“那他为什么要逃跑？如果他没杀人，为什么要在大半夜逃走？”

“操他们的！”威廉·查尔斯又说一次，好像在说“阿门”一样。

那么，为什么他要离开可怜的玛丽莲？她就像被蛇咬了一样成天望向那条路，期盼着能再看到他的摩托车。她什么都不跟警察说，她说她再也没有这人的消息，谁信啊，她一定能再听到他的消息。

那些令人迷惑的过往回忆交替出现，持续向前流动，偶尔回溯：也许是刚结束农事回家，累瘫在一闪一闪的电视机前时，也许是在雾气消散的夜晚，到舒适酒馆饮下第三杯啤酒，瞪着木地板发呆时。夜幕低垂，雾气飘来，像蒸汽一样沾在窗上，但没有人去呵气。白日的风停了，乌鸦也不叫。在到酒馆之前的那条短短的路上，可以闻到农场飘来的暖暖的奶香，还有石蜡炉、炭火、烟斗，加上青贮饲料的气味，以及兰尼恩飘来的海草味。有架直升机缓缓朝锡利群岛飞去，雾中的海面上，有艘油轮正鸣着响笛。教堂塔上的钟敲响，听在耳里就像是拳击赛开始的锣声。每样东西都独一无二，有各自分明的气味、声音和记忆碎片。踏入巷中的脚步声清晰可闻，恍如脖子一扭发出的声响。

“小子，我告诉你一件事。”皮特·彭杰利似乎想跟全场的人唱反调，非要尖声开口。从刚才到现在已经有好几分钟没人说一句话，“杰克·林登一定有非走不可的理由。杰克做任何事都有理由，如果有反例，麻烦你提出来。”

“就算上了船，他也不会只是个泛泛之辈。”年轻的雅各布勉强承认，他跟他哥哥一样在波斯格瓦拉驾小船出海捕鱼，“某个星期六他跟我们一起出去——记得吧，皮特？他没多说什么，只说要捕条鱼回家吃，我还说要帮他把鱼洗干净，对吧？他就说：噢，我自己来。他把肉和骨分开，又把鱼皮、鱼头、鱼尾和鱼肉都分开，弄得比海豹还要干净。”

“那他开船的技术怎么样？在时速十六英里到三十二英里的强风中，他能独自从海峡群岛驶到法尔茅斯吗？”

“那个澳洲来的坏蛋是罪有应得，”角落传来一个声音，“跟杰克比起来他是个大老粗。皮特，你见过他的手吧？老天，那双手足足有西葫芦那么大。”

往往在这种时候，就会需要露丝·特雷休伊发表些有哲理的谈话，虽然露丝绝口不提与玛丽莲有关的事，而且只要有她在场，凡是想提这件事的人都会被她呵斥。她说：“每个人心里某处都藏了个恶魔。”自从露丝的丈夫过世，她只要逮到机会就会嘲笑在舒适酒馆大放厥词的男人一番，“这里的每一个人心里都起过杀人的念头，只要所遇非人，就可能铸下大错。就算你是查尔斯王子我也不在乎。杰克·林登太有礼貌，这样反而对健康不好。他锁在心里的一切时候到了就会一下子爆发。”

“该死的杰克·林登。”一般而言，露丝·特雷休伊发表完见解后众人都会安安静静，带着满心的敬意，唯独皮特·彭杰利突然发难，而且满嘴酒气，“你这家伙，如果你今晚还在这里，我一定请你喝杯啤酒，而且要跟之前一样好好跟你握握手。”

第二天——又或者再过几星期——杰克·林登就会被遗忘。他令人折服的航海技术将被遗忘，也包括“这件事”——有两个人曾开着路虎车在他逃跑前去兰尼恩找他，而且根据一两位知情人士说，在这之前他们还去找过他好几次。

然而，新闻剪报依旧贴在舒适酒馆的墙上，兰尼恩谷的悬崖峭壁也仍在挥之不去的凄风苦雨中不断郁郁哭泣。金雀花和黄水仙仍在兰尼恩河畔争相吐露芬芳，这些日子来，兰尼恩的河道也不过等同于一般人跨出一个大步的宽度。在那条阴森蜿蜒的街道尽头，杰克 · 林登住的矮木屋仍在原处。渔民如常驾驶着船在兰尼恩岬附近寻找可避风的码头，那儿的棕色岩石就像鳄鱼一样潜伏在浅水中。即便在最风平浪静的时候，海流也能将你吸入水中。年复一年，总有几个从内陆来的傻子带着女友和橡皮艇，想来这里潜水找失事的沉船。运气不好的就会成为水中亡魂，运气好的也只是有机会让卡德罗斯派来的直升机把人安全地拉上岸。

镇上的人说，在杰克 · 林登把那个留胡子的澳洲人做掉以前，早就有许多人葬身兰尼恩湾。

那乔纳森呢?

无论对他自己或对那个小镇，杰克 · 林登都是一个谜团。当他一脚踢开那座小木屋的前门，将摩托车后座的挂包扔到什么都没有的地板上，天空正下着一阵脏兮兮的小雨。他骑了五小时共三百三十英里路才抵达这里。然而，当他用穿着摩托车靴的双脚在一间间空荡荡的房间来回走动、透过那几扇破窗凝视着外头仿佛历经浩劫的景象，却露出了似乎找到理想落脚处的笑容。我迈出了步伐，他想，我迈出了让自己变得更完整的一步。他想起他在迈斯特先生的酒窖中对自己发的誓。我要找到生命中遗失的那部分。而苏菲的事……必须以正确的方式做个了结。

他在伦敦所受的训练藏在心里的另一个角落：记忆训练、摄影训练、通讯训练。伯尔有条不紊、连续不断地面授机宜。你要这样，不要那样；自然地做你自己——但可以再自然一点。他们的计划深深吸引着乔纳森；他们的足智多谋，还有从对立面来推理演绎的做法让他非常喜欢。

“我们认为林登过得了第一关。”伯尔的话透过从鲁克烟斗里冒出来的云雾传来。他们二人正坐在位于利森路的斯巴达训练馆，“之后我们就为你找个新身份。你还会继续下去吧？”

当然，他来这里就是要继续干下去！他带着重新燃起的责任感，兴高采烈地在将会毁了自己的行动中参上一脚，而且还要加上一点他的个人风格，使得这个新身份更让人信服。

“等等，伦纳德，我现在正在逃亡中，警察一直在找我。你说我可以逃往法国，但我是爱尔兰人，在还太引人注意的时候，我认为穿越国境风险太高。”

于是，他们决定听他的。临时先安排了一周极不愉快的躲藏期。他们对这个计划非常满意，不断在他背后提起。

“让他忙一点，”作为负责监督乔纳森的军官，鲁克对伯尔提出建议，“不要惯坏他，按规定给他补给，若无必要，不要到前线去为他加油打气。如果他吃不了苦，我们早点知道比较好。”

乔纳森吃得了苦。他总是在吃苦。他的人生无处不被剥夺。他渴望女人，一个他至今还未遇到的女人；这女人要像他一样心怀使命感，而不是像某个靠着有钱人撑腰的轻浮女骑士。她应该要有苏菲的端庄与善良，还有她与生俱来的性感。当他在山崖一角迂回漫步时，只要一想起这个还不认识的完美女性可能正在某处等着他，乔纳森就会因为心情大好而整个人为之一振，并露出舒心的笑容。噢，乔纳森，是你啊。但若他再仔细一点去检视她的五官，就会发现她竟和杰德有着令人感到不适的相似处：杰德充满野性又完美的体态，还有那淘气的笑容。

玛丽莲·特雷休伊第一次来找乔纳森时是要拿一箱矿泉水给他，这箱矿泉水太大，他的摩托车载不下。她跟她母亲一样，身材玲珑有致，下颌端正紧绷，一头乌黑发亮的秀发，跟苏菲一样。她的双颊是康沃尔人的红润，胸部坚实高挺，一看就知道还未满二十。乔纳森看着她总是独自推着婴儿车走在村里的马路上，或是站在母亲店里的收银机旁。他不知道她是真的在看他，还是只是眼睛看着，心里在想别的事。

她坚持要把那箱子水拿到前门，当他要去接时，她却耸了耸肩，要他让开。于是他只好站在自家台阶，看她进到屋里。她把箱子放到厨房桌上，打量了客厅好一阵子才回屋外。

"让自己陷得深一点，"伯尔曾这么说，"买间温室，弄个花园，交些一辈子的朋友。我们要知道你对这一切难以割舍。如果你可以找到个女孩，离开时还难分难舍，这样会更好。更完美的状况是你把她肚子搞大。"

"真是谢谢你了。"

伯尔听出他语气里的嘲讽，冷不防给了他一记白眼，"怎样？难道你发誓要独身吗？你真的迷上苏菲了是不是？"

几天后，玛丽莲又来看他，这次没有要送任何东西。她没穿她平常穿的牛仔裤和邋遢上衣，而是换上了裙子和外套，打扮得像是要和追求者去约会。她按了门铃，看到他出来应门，便对他说："你会让我进去吧？"他退一步，让她过去。她走到房间中央站好，仿佛想测试他到底可靠不可靠。他看到她衬衫上的蕾丝袖口一颤一颤，心中顿时明白，她是鼓起了极大勇气才跨出这一步。

"你很喜欢这里吗？"她用挑衅的口吻问，"自己一个人生活？"她遗传了母亲锐利的目光，以及无师自通的小聪明。

“我很喜欢，也很擅长这么生活。”乔纳森用酒店经理的职业嗓音回答，躲闪她的问题。

“你平日都做什么？不可能整天看电视吧！你连电视机都没装呢！”

“读书、散步。这里做点事，那里做点事。”好了，你可以走了。他对她露出紧绷的微笑，扬起眉毛。

“你会画画，对吧？”她边说边走到面海的窗前，打量着桌上的水彩画架。

“勉勉强强。”

“我会画画。”她用手抚弄着画笔，试着感受笔的弹性和形状，“我以前很会画画，还得过奖呢！”

“那现在怎么不画了？”乔纳森说。

他只是问问，她却把这当成热情的邀约，他不禁提高了警觉。水瓶放在水槽里，她倒光瓶中的水，重新灌满，然后坐在他桌前选了一张新画纸，一边把头发撩到耳后，专心致志地画了起来。她修长的背向着他，黑发垂在背上，从窗外射进来的阳光照在她头顶，此刻的她就是苏菲，那位不断责怪着他的天使。她来看他了。

他注视了她一会儿，希望这个联想能够慢慢消失，但它没有。因此他走到屋外的花园中挖土，直到日暮。他回到屋内，看到她把桌子擦得干干净净，就像在学校里那样。然后，她突然把尚未完成的画作往墙边一搁。她画的既非大海，也不是悬崖或天空，而是一个正在笑的黑发女孩，张着嘴笑着——就像小时候的苏菲，在为了护照嫁给那位完美的英国绅士之前的苏菲。

“那我明天再过来？”她用生硬挑衅的口吻问道。

“如果你想，当然欢迎。”他又变回酒店经理，像在法尔茅斯一样把一切暗记在心，“我如果要出门，门就不锁了。”

当他从法尔茅斯回来时，他发现那幅女孩的画像已经完工，画旁贴了一张便条纸，直接说她把这幅画送给他。此后，她几乎每个下午都来。她画完后就会隔着炉火坐在他对面的那张扶手椅上，读他的《卫报》。

“这个世界真是乱七八糟，杰克，你说是不是？”她大声地对他说，把报纸翻得沙沙响。他终于听见了她的笑声，这个镇也是初次听闻，“这世界就像个猪圈，杰克·林登，别不相信。”

“我相信啊。”他笑着回应，但语气小心翼翼，避免对她笑得太久，“我绝对相信，玛丽莲。”

然而，他急切地希望她起身离开。她的柔弱让他害怕，他自己的冷漠也让他害怕。我再过一千年都不会对她动心，他在心里向苏菲暗暗发誓。我向你保证。

通常黎明到来，乔纳森就会跟着苏醒。偶尔几次，行动的决心会有彻底崩溃的危险。有那么一个小时，他被过往回忆任意摆弄，甚至回到了远在他出卖苏菲之前的过去。他想起了穿在身上的粗糙制服，还稚嫩的皮肤因此刺痛，也想起了卡其布衣的领口搓磨脖子。他看着自己战战兢兢地睡在营房内的铁制行军床，等待起床号以及那用假音高喊的第一个命令：派因！别给我站得像个该死的管家！肩膀往后收懂吗？再往后收！再收一点！他又经历了一次那无所不在的恐惧。做不好时怕人嘲笑，做得好时又怕人嫉妒；他害怕阅兵场、害怕操场、害怕拳击台；他行窃时——只是为了自我安慰——怕被抓到。他偷小折刀，或某人父母的照片等等。他怕失败，而所谓的失败就是无法让自己开心；他怕迟到、怕早到、怕太干净，也怕不够干净。他怕太吵、怕太静、怕太卑躬屈膝，也怕太厚颜无耻。他还记得自己拼命学习勇敢，以此解决懦弱的毛病。他记得自己做出反击的那天，也记得初次发动攻击的那天。那天，他要自己从软弱变得强悍。他还记得先前的女友，其实就跟后来的没两样。虽然他不断努力想让她们变得跟那位还未出现的女子一样神圣，但她们一个比一个更令人幻灭。

他经常想起罗珀，他只消从记忆的口袋里把他找出来，就能让自己的目的和方向变得更强烈。每每报纸或广播爆出冲突事件，他总无法忽视隐藏在事件背后的罗珀。如果读到东帝汶有人屠杀妇孺，那么一定是罗珀卖给他们的枪支所犯下的罪行；只要有炸弹车在贝鲁特爆炸，一定是罗珀提供的炸弹——搞不好连车子都是。我去过那地方，看过相关的视频，谢了。

罗珀以外，罗珀的人也成为他最喜欢借以燃起怒火的对象。他想起那个叫作科基又名科克斯的科尔克兰少校。他披着脏兮兮的围巾，足蹬鹿皮鞋。科基，一个专门替主子签字的人，一个伯尔随时随地可以把他丢进牢里关上五百年的人。

他还想到弗里斯基和塔比，以及那群已在他脑中变得模糊不清的侍从。那个把金发梳成辫子、绑在脑后的桑迪·兰伯恩；站在楼梯踏板上的阿波斯托尔博士，他的女儿因为一只卡地亚手表自杀；他也想起了麦克阿瑟和丹比，这两个高级职员仿佛孪生兄弟，身穿灰色西装，在整个任务中几乎可以说是站在比较清白的那一边。罗珀的这一大家子在他的眼里变成某种怪物版第一家庭，塔楼里住的还是他的第一夫人杰德。

“她对他的生意到底知道多少？”有一次，乔纳森问伯尔。

伯尔耸耸肩，“罗珀这人既不吹嘘，也不随便透漏口风。他周围没有人会知道不属于自己分内的事。这位迪基·罗珀是不会让他们知道的。”

真是一群高等浪人，乔纳森想。在修道院受教育，背弃信仰，被禁闭的童年，跟我如出一辙。

乔纳森唯一亲密的伙伴便是哈洛。然而，尽管两人行动时互为搭档，也并非无话不谈。“哈洛只是个跑龙套的，”某次夜访兰尼恩时鲁克警告过他，“他去那里只是让你杀死，他不知道目标是谁，也不需要知道。就保持这样吧。”

无论如何，在这个阶段杀人者与被杀者还是盟友，乔纳森努力想与他维持一定的关系。

“大个子，你结婚了吗？”

他们按照计划，在舒适酒馆露个脸回来，然后坐在乔纳森厨房擦净的松木桌前聊天。他遗憾地摇摇头，又灌了一口啤酒。他很腼腆，块头大的男人多半如此。他是演员，也可能是个肺活量奇大、底子扎实的歌剧演员。乔纳森猜想，也许就连他黑色的胡须都是为了这次任务而蓄的。等这次演出结束，他就会迫不及待地把它剃掉。这家伙真的是澳洲人吗？不重要了。反正他四海为家。

“我想要一场隆重的葬礼，林登先生。”大个子一本正经地说，“要有黑色的马匹，要驾一辆金光闪闪的马车，还要有一个九岁变童，戴着高礼帽。嘿，祝你健康。”

“也祝你健康。”

喝下第六杯酒后，大个子拍了拍他那顶牛仔布的帽子，拖着沉重的步伐朝大门走去。乔纳森看着他那辆破破烂烂的越野车摇摇晃晃驶出蜿蜒的巷子。

“那是谁？”玛丽莲问，手上抓着两条青花鱼。

“他是我生意上的伙伴。”乔纳森说。

“我觉得他在夜里看起来就像头大恐龙。”

她原本要用油把鱼下锅煎熟，但他教她把鱼包进锡箔纸，再加上新鲜的小茴香和作料放到火上烤。她一度鼓起勇气拿了围裙帮他围上，他顿时感到她乌黑的头发擦过脸颊，等着香草的气味飘来。离我远点。我背叛。我杀人。快回家吧。

某天下午，乔纳森和大个子坐飞机从普利茅斯飞到泽西，在圣海利尔的小港口现身，佯装检视停在离码头较远的某艘二十五英尺长的游艇。这趟旅程就像他们一起在舒适酒馆露脸一样，都是做给别人看的。当晚大个子就独自飞回去了。

他们看的那艘游艇叫“阿里亚德妮号”。根据船上的航海日志，两个星期前这船才刚由一位名叫勒布雷的法国人从罗斯科夫开回来。到达罗斯科夫之前，船在比亚里茨，那之前则是在公海上。乔纳森花了两天将它打理好，加了燃料和饮水，并准备好航海图。第三天，他把她开到海上，熟悉一下船的状况，顺便亲自定出罗盘的方位。因为不论是在海上或陆上，除了自己，他谁也不信。第四天天刚亮，他就扬帆出海。那个地区的天气预报佳，十五个钟头下来，他一直航行得非常顺利，以四节[1]的速度乘西南风驶向法尔茅斯。但快要傍晚时，海上吹起阵阵强风。接近午夜时，风力增强到六七级，卷起大浪，“阿里亚德妮号”被抛来抛去。乔纳森降下了帆，赶在暴风来临前直奔普利茅斯，以避开狂风暴雨。当他驶过艾迪斯通灯塔，风向转西，风力转弱，于是他再度改变航向，前往法尔茅斯。他顶着西风，沿海岸线而行，以避强风。船进港时，他已经不眠不休地行驶了两天

[1] 节是船和航空器的速度计量单位，1 节相当于每小时 1 海里。

两夜，未曾合眼。有时，他几乎要被暴风雨的声音震聋，有时却连一点风声都没有，感觉像是已经死去一般。横波和卷浪把他像卵石一样卷起又抛下。在海上感受到的孤独令他的身体残破不堪，脑中一片空白。事后回想，在这段艰辛的旅程中，他什么也无法思考。或许，他也只能思考该如何在孤海中奋力求生。苏菲说得没错，他还有未来。

“你去过什么不错的地方吗？”玛丽莲一边看着火，一边问他。她已经把羊毛衫脱了下来，穿着一件无袖的短衫，纽扣开在后面。

“只是去了内陆一趟。”

他突然恐惧地意识到——她等了他一整天。他发现另一幅画立在壁炉架上，和第一幅很像。她带了水果给他，还有小苍兰，打算装在花瓶里。

“谢谢你，”他礼貌地说，“你真的对我太好了。谢谢你。”

“那你想要我吗，杰克·林登？”

她举起双手伸到背后，解开衬衫的头两个扣子，她笑着向他走近一步。她开始啜泣，而他手足无措。他拥着她，带她到她的货车那边，让她独自在车上流泪，直到情绪平稳后，她才开车回家。

在那个夜晚，一股难以解释的不洁感笼罩了乔纳森。他在极其孤单的状态下决定这么想：他即将要犯下的那宗假谋杀，其实算是把他在爱尔兰犯下的真谋杀展现出来了——在爱尔兰的杀戮，以及他导致苏菲死亡的行为。等在面前的严峻考验不过是个小小的预告。他这辈子，都要用来忏悔。

在剩下的时光中，对兰尼恩热烈的喜爱占据了他的心。那座悬崖上美好的一切让他在回想时感到喜悦：不管栖息在何处、永远一派舒适的海鸟，张开翅膀、徜徉天际的秃鹰，与乌云融为一体的落日。当海鸥聚集成群时，浅滩上则聚着小船。当夜幕低垂，船只又会出现，在海洋中央恍若一座小小的城市。时间一小时一小时过去，那股想要融入景物的强烈冲动愈来愈令人无法忍受——他想隐没、藏入其中。

暴风吹起，他在厨房点燃一根蜡烛，隔着火光凝视着远方呼啸旋绕的暗夜。风将窗沿吹得嘎嘎响，就连石板屋顶也仿佛乌兹冲锋枪那样嘎嘎作响。清晨风停了，他冒险走到屋外巡视了一下昨夜被扫得一片狼藉的现场，接着像阿拉伯的劳伦斯一样头盔也没戴就跳上摩托车，骑到山上的一座旧堡垒，俯瞰海岸，直到他找到一处指向兰尼恩的地标。这是我的家。这座山崖接纳了我。我会永远住在这个地方，我将清白无瑕。

但他的誓言形同虚无。他心中的那位军人早就擦亮了军靴，准备踏上征途，奔向那个世上最可恶的人。

在乔纳森还拥有这小屋的最后几天，皮特·彭杰利和他的弟弟雅各布犯了一个错误：他们到兰尼恩“点灯”。

皮特说起这件事时总是小心翼翼。假如有外人在，他就绝口不提。因为若是讲起这件事，总有种告解的意味，还带着那么一点可悲的骄傲。五十多年来，点灯抓兔子是此处一项极为神圣的活动：首先将两辆摩托车的电池放进一个小箱，箱子绑在腰部，拿一只旧的车用大灯做近距离照明，再加上一串备用的六伏特灯泡，就可以催眠兔子，让一大群兔子任你宰割，至今还没有法律可以终止这个活动。曾有一大群妇女穿着短袜、戴棕色贝雷帽，扯着尖厉的嗓门公开声讨，但从未成功。因此，兰尼恩就成了村人代代相传的最佳狩猎场所——至少以前是这样，因为在某个晚上，皮特·彭杰利和他弟弟雅各布带着两人上到那儿后，这活动就永远终止了。

他们把车停在“兰尼恩玫瑰”，然后摸黑沿河床前进。直到今天，皮特都还信誓旦旦说他们那天安静得跟兔子一样，没有点灯，只靠满月照在地上的光摸索着前进。这也是他们选择那个晚上的原因。然而，当他们走到悬崖上，小心翼翼压低身体匍匐前行时，却看见杰克·林登站在上坡只有数步之遥的地方举起了两手，手里空无一物。事后，肯尼·托马斯一再讲起他的那双手，说在月光之下显得极其苍白而且显眼。不过，那只是环境造成的效果。凡是知情者都说杰克·林登的手不大。皮特则比较喜欢提起林登的脸。他说，他的脸在逆光中看起来就像是一块蓝色的淡英斑岩，要是对着它出拳一定会破皮流血。而之后发生的事，众人则都没有异议。

“抱歉，容我冒昧一问：诸位有何贵干？”林登用一贯的礼貌态度问道，但脸上没有笑容。

“来点灯。”皮特说。

“很遗憾，这里不需要点灯，皮特。”林登说。他只见过皮特·彭杰利几次，但他好像从来不会忘记别人的名字，“你知道，这片土地是我的。我虽然没在这儿耕地，但我确确实实拥有这片土地，我希望让它保持这样，也期望别人能这么对它。所以恐怕你们无法在这里点灯了。”

“是吗？是这样的吗，林登先生？”皮特·彭杰利说。

“是这样，皮特·彭杰利先生。我不允许别人在我的地上把狩猎当游戏。这并不公平。不如这样，你们把枪里的子弹都倒出来，回车上，快快乐乐回家去？”

皮特开口了：“臭小子，去你的。”另外三人则围在皮特身旁，四人聚在一起，仰望林登。四根枪管对着一个人，而那人背后除了月光外再无其他。他们都是从舒适酒馆过来的，似乎酒还没有喝够。

“给我滚开，林登先生。”皮特说。

接着，他犯下大错：他烦躁地把枪用手臂夹着，没有对准林登。皮特发誓自己从没这样过，认识皮特的人也都相信他不会这样。但那枪却故障了。皮特死也不可能拿着一把装了子弹又上了膛的枪在夜里行走。然而，正当他一边拨弄那把枪一边表示自己说到做到时，不小心触动了枪的保险——他应该会这样自圆其说。皮特并没有说自己对于发生的事情记得一清二楚，因为那时四周的景象仿佛全都翻倒过来——月亮沉在海里，他的屁股贴到了脸，腿又贴到了屁股。皮特唯一能拼凑出来的有用信息，就是林登站在他上方，把弹匣里的子弹全倒出来。而且，个子大的人如果摔倒，往往摔得比个子小的人重。皮特摔得十分惨烈，而且对方的那一击——不管到底打到了什么部位——不只把他打得气都喘不上，也让他瘫倒在地，连爬起来的意志都没了。

动手打架是有规矩的，这规矩就是接下来要换对方出手，而他们还有三个人。托马斯兄弟一向出拳利落，而雅各布可以从侧面替这两个混混护航——尤其他这人还壮得跟一辆巴士似的。雅各布早就在摩拳擦掌，打算替哥哥出一口气。然而，跌坐在蕨丛中的皮特要他住手。

“你们，不要动他，都不要接近他。他有妖术，都回车上去，我们都回去。”他边说边慢慢站了起来。

“先把你们的子弹都倒出来。”林登说。

在皮特·彭杰利点头示意之后，那三人都把枪里的子弹清空，然后四人鱼贯走回车上。

“我真他妈的想杀了他！”他们一把车开走，雅各布就大声抗议，“看他是怎么对付你的——我真想打断他的腿！”

“不，我的好兄弟，你没机会的，”皮特回答，“但他一定有办法打断你的腿。”

镇上的人都说，那夜后皮特·彭杰利这人就完全变了，虽然这个因果关系的结论似乎下得太早。九月，皮特娶了圣贾斯特一位朴实农夫的女儿，也是因为这样，他才能以旁观者的角度回溯那晚的事件。毕竟，杰克·林登很有可能以对付那个胖澳洲人的方式来对付他。

“我告诉你们，如果杰克真的把那个胖子干掉，铁定会做得干净利落，不留痕迹。”

这件事最后还是有个不错的结果，即使有时皮特闭口不言，好像把这事当成什么宝贝，不能轻易示人。杰克·林登失踪的前一晚，他走到舒适酒馆，用缠着绷带的手按在皮特·彭杰利的肩上，而且还买了一瓶啤酒给皮特！他们谈了将近十分钟，后来杰克·林登就回家了。“他一定是为自己做过的事来道歉，”皮特这么认为，而且相当理直气壮，“哎，你们听我说，杰克·林登杀了那个澳洲人后一定从头到尾地把屋子收拾了一遍。”

他都说对了，除了他的名字并不叫杰克·林登。他们一直无法适应这件事，而且也可能永远都无法适应。在他失踪后几天，那个“兰尼恩的叫林登而不是林顿”的人就这么摇身一变，成为了苏黎世的乔纳森·派因。他在一家颇时髦的酒店任职，一直都是个值得信赖的员工——直到瑞士警方以涉嫌侵吞公款对他发出通缉。《康沃尔人报》上登了一张照片，便是那个叫派因（又名林登）的人。照片旁边写着：“酒店经理驾船潜逃。警方找上法尔茅斯某船商，追查一个失踪澳洲人的下落。‘我们认为这是一起和毒品有关的谋杀，’刑事调查处的主管说，‘那人手上绑了绷带，应该很容易辨认。’”

但派因不是他们认为的那个人。

绑了绷带，没错，还受了伤。受伤和绷带都是伯尔计划中不可或缺的特色。

杰克·林登的手——就是他放在皮特·彭杰利肩上的那只手。除了皮特·彭杰利外还有很多人见过那手上绑了绷带，而那些警察在伯尔的煽动下更是大肆吹嘘了自己一番，然后议论着他是哪只手绑了绷带，又是何时绑的。等他们知道那个人的身份、绑上绷带的时间以及绑的究竟是哪一只手后，作为警察，自然要查究原因。因此，他们将杰克·林登的那些相互矛盾的解释全记了下来：为什么他要在右手上缠那么大块的绷带？绑绷带的手法又是如此专业，指尖全像芦笋一样捆在一起。在伯尔的推波助澜下，警察记下的线索最后以各种渠道流入新闻界。

“我想替我小木屋的窗子换一扇新的玻璃。”在星期四，当杰克·林登最后一次以左手将现金付给特雷休伊太太时如此说道。

一天，杰克和老威廉·查尔斯在澎哈利根的修车厂不期而遇，他告诉威廉：“这让我知道帮助朋友是要付出的代价的。”当时杰克骑着摩托车出来加油，威廉·查尔斯则是出来闲逛，“他要我去他家看看，帮他修修窗户，结果你看。”他边说边伸出那只包了纱布的手给威廉·查尔斯看，就像生了病的狗伸出脚爪一样。无论什么状况，杰克都可以拿来开玩笑。

不过，刺激他们查案的却是皮特·彭杰利。“还用说，他当然是在那间破木屋里弄伤手的啊！”他对那位查案的警察说，“他在兰尼恩那间破屋里切割玻璃，结果切割器一滑，血喷得到处都是呀！他先在伤口上压了一块纱布，把伤口紧紧裹好，然后单手开车去医院。在去杜鲁罗的路上，他整只袖子都沾满了血。这是他告诉我的！我告诉你，没人会编这种故事，这种情况就是会发生。”

然而，就在那位警察尽心尽力检查兰尼恩的那间小木屋时，皮特口中的什么玻璃、切割器和血迹等证据一概没有。

杀人犯都会说谎，伯尔已经对乔纳森解释过了。要是说话太前后一致就会有危险。没有破绽的人就不可能是罪犯。

罗珀是会查人底细的，伯尔也解释过。即使他不怀疑你也会查。所以，我们得把这些杀人犯会使的小招数教给你，因为我们要把假谋杀变成真谋杀。

伤疤落得好，什么证据都可以免了。

不过，在最后几天的某一刻，乔纳森违反一切规定，未经伯尔同意或知情，去找了前妻伊莎贝尔。他想赎罪。

他从彭赞斯的一个电话亭打电话给伊莎贝尔。“我会经过那里，”他撒了个谎，“我们一起找个安静的地方吃午饭好吗？”他骑着摩托车到了巴斯，因为右手包着纱布，所以只有左手戴手套。他把要讲的话在心中一遍又一遍地默念，直到这话仿佛成了一曲英雄的赞歌：伊莎贝尔，你会在报纸上看到跟我有关的报道，那都不是真的。很抱歉，过去我让你过得不快乐，伊莎贝尔，但我们也有过快乐的时光。之后他会祝她幸福快乐，并且想象她也会给予他同样的祝福。

他在男洗手间把西装换上，再度变成酒店经理。他有五年没见她了，所以，当她迟到了二十分钟才进到餐厅，大声抱怨堵车时，他几乎认不出眼前的人是她。过去，她睡前习惯把一头长长的棕发梳齐，垂在光裸的背后。如今长发已剪成干练的短发。她穿了宽松的衣服，掩饰变形的身材，还随身带了一个拉链袋，里面装了一部无线电话。他还记得，在最后的时光，电话是她唯一可以对话的东西。

“老天啊，”她说，“你看起来过得很不错啊。不用担心，我会把电话关掉的。”

她成了一个说话不经大脑的人，他想。他又想起她的先生在当地狩猎队是个挺了不起的人物。

“这么多年了，”她扯着嗓门，“派因下士，你过得还好吗？你这手是怎么搞的？”

“被船碰伤的。”他说。显然这个解释对她而言已经足够。他问她生意如何？毕竟他穿了一身西装，问出这个问题应该也算合理。他听说过她转行做了室内设计。

“糟透了，”她很真诚地回答，“乔纳森，那你现在又是在做什么呢？”当他告诉她时，她说，“你也是在一个休闲产业里。亲爱的，我们真是倒霉——你不会是造船的吧？应该不是吧？”

“不是，我只是中介，经营渡轮。我们一开始其实挺不错。”

“我们？还有谁？”

“一位澳洲的朋友。”

“男的？”

“男的，是个大胖子。”

“你怎么解决生理需求？我一直觉得你是同性恋。但你应该不是吧，对不对？”

离婚前她常用这个问题来责难他，她似乎已经忘了。

“老天，当然不是，”乔纳森用大笑来回答，“迈尔斯过得如何？”

“非常好，非常贴心。他在银行界任职，有份很好的工作，下个月就可以把我透支的款项付清，所以我现在都对他好声好气。”

她点了一份热鸭肉沙拉，一瓶波多矿泉水，点了一支烟。“你为什么不做酒店经理了？”她把烟吹到他脸上，问道，“腻了吗？”

“嗯，只是被新的工作吸引了。”他说。

我们逃吧。叛逆的上尉之女将晶莹的玉体横在他身上，轻轻在他耳边呢喃。如果要叫我再吃一顿军中的伙食，我铁定会单枪匹马去把营房炸掉。上我，乔纳森，让我臣服于你。上我，然后带我去一个能自由呼吸的地方。

“最近画图画得怎么样？”他想起他们有多么崇敬她不凡的天分，他又是如何贬低自己来迎合着她。他在家煮饭、洗衣、打扫，深深相信他的自我否定能让她画得更好。

她哼了一声说：“我上次开画展是三年前的事了。展出三十幅，只卖出六幅，都是迈尔斯有钱的朋友捧场买的。也许我还是需要像你这样的人，让我神经紧绷濒临崩溃——老天，你那时把我弄得心力交瘁。我那时多想成为凡·高啊！你呢？你那时想要什么？除了在部队里当英雄之外你还想要什么？”

我想要你，他想。我要你，但你不在。他什么也说不出口。他希望他可以不这么守礼。无礼就是自由，她过去常这么说。上床是无礼的举动，但跟她争辩这些已经没有意义。他来是为了未来的事求她原谅，与过去无关。

“不管怎么说，为什么你不让我告诉迈尔斯来见你的事？”她以责备的语气问。

乔纳森又堆起一贯的假笑。“我不希望惹他不高兴。”他说。

时间好像又回到了从前。在那不可思议的一刻，面前的她似乎又变回当年在他营队中的军中丽人。那张明艳又叛逆的面容仰着，露出魅惑神情，双唇轻启，眼中隐隐燃着怒气。回到我身边，他在心里呼唤，我们从头来过好吗？

但年轻的幻影一瞬间消逝，年华老去的她又回来了。

“你为什么不用信用卡付账？”她看着他以左手掏钱，不经意地问，“亲爱的，这样比较容易知道钱都花到哪里去了啊。”

伯尔说得没错，他想。我的确形单影只。

8

伯尔弓着身子缩在鲁克车子后座，车驶进康沃尔郡渐渐暗下的暮色。他伸手把大衣的衣领拉得更贴耳朵，思绪又回到迈阿密市郊某座连窗户都没有、只要一关起门就暗无天日的套房。距离现在不到四十八个小时前，负责执行帽贝任务的秘密行动小组刚在这房间里举行过不同凡响的“开工日”。

秘密行动小组通常不允许间谍或只会诡辩的人加入，但伯尔和斯特雷斯基还是成功地挤进了这个小组。这场会议的气氛仿佛假日酒店战时版本的销售会议。会议代表只身与会，表明自己的身份，随即搭乘钢皮电梯往下一层，再一次表明身份后，谨慎地互相打招呼。每个人的西装翻领上都别了姓名和职业，即使有些只是为了今日会议特别取的假名，有的职业标示则含糊不清，即便是老手也得停下来想想才有办法搞清楚。有个名牌写了 DEP DR OPS CO-ORDS，也有一个写的是 SUPT NARCS & FMS SW。这些名牌间夹杂美国参议员、联邦检察官或英国联络处的牌子，清楚明白，简直像一抹清新可人的笑容。

来自河府的代表是一名体形庞大的英国女人，一头漂亮卷发，穿着撒切尔夫人式的套装。众人称她“亲爱的凯蒂”，全名是凯瑟琳·汉迪赛得·杜林夫人，官衔是“英国驻美国华盛顿大使馆经济顾问”。十年来，白厅之所以能与数不清的美国情报机构维持特殊关系，这位“亲爱的凯蒂”是关键人物。从陆军到海军，空军到国务院，再到高层周围的亲信，甚至白宫中那些无所不能的发言人——从脑子正常的，到虽有点疯但不致伤人的人，再到行事危险又荒唐的家伙，美国权力中最机密的上层世界全属于凯蒂的管辖范围。她的职责就是探口风、恫吓威胁、来回交涉，然后以胜利之姿回来设宴庆祝。

“你听到他是怎么称呼我的吗？赛，这畜生、这没人性的家伙。”凯蒂对着一位紧抿着嘴、身穿双排扣西装的参议员大吼，一边用手枪的手势指着雷克斯·古德休的太阳穴，“他说我是女政客！女政客？这应该是你听过最政治不正确的称谓了吧！你这畜生，我可是很胆小的，我是一朵枯萎的紫罗兰！他竟然敢自称基督徒！”

欢乐的笑声在房中此起彼落。对了解的人来说，凯蒂用响亮的大嗓门说出的前卫发言一向是聚会的主调。现在又有一批代表来了。人群散开来，但很快又聚合起来。“啊，玛莎你好！……瓦尔特，嘿……很高兴见到你……玛丽，见到你真是太好了！”

某人发出指示。一声单调的碰撞声传来，在场的代表纷纷把手上的纸杯扔进垃圾袋，三五成群走向放映室。阿玛多领着资历最浅的一组人走向前排。后面较高级的座位上坐的是达克尔的采购研究小组代表尼尔·马乔兰。他正与一位红发的美国间谍谈笑。这名官员的名片上只写了“中美洲基金会”几字。灯光一暗他们也停止了谈笑。有人开玩笑地喊了一声“开拍！”伯尔最后又看了古德休一眼。他正往后靠坐在椅子上，对着天花板露出微笑，像个时常去听音乐会的资深乐迷。此时，乔·斯特雷斯基开始发言。

让乔·斯特雷斯基提供假情报真是太完美，就连伯尔都糊涂了。在耍了十年的欺敌伎俩后，他到今天才发现原来最高明的骗子是最无趣的人。伯尔深深相信，即使给斯特雷斯基从头到脚都接上测谎器，指针也必定一动不动——连指针都嫌他无趣。斯特雷斯基整整讲了五十分钟，待他演讲结束，台下听众也到达忍耐的极限。在他以没有起伏的声调讲了又臭又长的内容后，再吸引人的情报也会化成焦土。他几乎不提“理查德·翁斯洛·罗珀”这个名字。如果是在伦敦，他对于此人根本毫无顾忌。罗珀是我们的目标，罗珀是撒网的中心。不过今天是在迈阿密，而且面对的是一群来自各方的情报局和执法人员，罗珀降格成一个无足轻重的小角色；当斯特雷斯基心不在焉地讲解幻灯片上的各个要角，保罗·阿波斯托尔博士反倒成了目光焦点：就我们所知，过去七年来，他是北半球卡特尔的主要中介和交易人……

此时，斯特雷斯基暂时将以阿波斯托尔作为我们初步调查的中心人物的无趣程序放在一边，刻意提起特工弗林与阿玛多成功的行动，他们在博士位于新奥尔良的律师事务所安装了窃听器。不过，就算是弗林和阿马多只是把男厕漏水的水管修好，斯特雷斯基大概也会这样歌功颂德。他从预先准备好的稿子中念出一个世上最多赘字、几乎没有标点的句子，并且在各种错误的地方强调语气，一路把听众送入梦乡——

“我们之所以决定执行帽贝任务，是因为从各种不同的技术来源收集的情报显示哥伦比亚三个主要卡特尔已经签订互不侵犯协定，以此作为先决条件提供跟他们的经济能力匹配又可以与他们的概念思维里最急迫的威胁相抗衡的军事保护——”他吸了口气，“这些威胁包括……第一……”他又换气，“美国应哥伦比亚政府要求进行的武器拦截。”好，快讲完了，不过还有几句，“第二、主要分布于委内瑞拉和玻利维亚境内、正在茁壮的非哥伦比亚的卡特尔。第三、为自身利益行事但时不时得到美政府各机构插足支援的哥伦比亚政府。”

阿门，伯尔心想。同时在心中对斯特雷斯基涌起无限敬意。

这案子背后的故事显然无法引起任何人的兴趣，可能就是因为这样，斯特雷斯基才要把它拿出来讲。他接着说，过去八年来（这话又让大家的兴趣值降得更低了）——各方人士受到这些卡特尔雄厚的财力与资源引诱，多次尝试说动这些集团定期购买高科技武器；法国、以色列和古巴等国都强推他们的案例，而许许多多的独立厂商及经销商也多在自家默许下不愿落于人后。事实上，以色列在英国佣兵的协助下已经成功售出一些加利利攻击步枪和一整套训练计划。

“不过那些集团，”斯特雷斯基说，“怎么说呢，好像过了一阵子就没兴趣了。”

说到“没兴趣”，这些听众其实颇有共鸣。

阿波斯托尔博士出现在银幕上。他在托尔托拉岛上被人从对街用长镜头望远镜拍到，他坐在专为穷凶极恶之人处理法律公证事务的加勒比律所“兰伯恩、罗森和德·苏塔联合法律事务所”中。还有两个面色苍白的瑞士银行家，他们从大开曼岛过来，坐同一桌。科尔克兰少校就坐在两人中间，而最令伯尔窃喜的是，这个专门签名的人右手正拿着一支拿掉笔盖的自来水笔。坐在他对面的是一位身份不明的拉丁美洲人士。某个坐在他旁边的没什么精神的美男子，头发扎成马尾绑在脑后，不是别人，正是巴哈马首府拿骚的“铁牌土地、矿石暨贵重金属公司”负责人理查德·翁斯洛·罗珀先生的法律顾问、别名桑迪的兰伯恩。

“斯特雷斯基先生，这照片是谁拍的？”黑暗中，一个律师腔十足的美国男子厉声问道。

“我们拍的。”伯尔得意地回答，其他同伴立刻松了口气。幸好，斯特雷斯基探员并没有逾越职权。

不过，此时就连斯特雷斯基都无法压抑语气中的兴奋之情，而且有短暂的一段时间，罗珀的名字更是光明正大地横在他们面前。

“我刚才提过的那个互不侵犯协定直接造成的结果就是：那些集团指示代表去试探北半球一些干非法军火生意的采购商。”他说，“虽然我们只拍到影像，没有录下声音，但根据获得的情报显示，我们在这里所看到的是阿波斯托尔第一次公开与理查德·罗珀的间接中介接触。”

斯特雷斯基一坐下，雷克斯·古德休就猛地站起身。古德休今天倒是直截了当。他不开玩笑，也不使用会让那些美国人听得一肚子火的虚伪说辞。他公开表示英国公民竟介入此事，他相当遗憾——而且介入者中竟然还有一些知名人士。同时，他也对这些人仗着英国在巴哈马和加勒比海的保护关系法逍遥法外而感到遗憾。但是，他真心为美英两国在公事来往时建立的良好关系而受到鼓舞。他一定要血债血偿，而且情报处一定要帮他做到这件事——

“我们的共同目标就是逮到那些作奸犯科的家伙，以儆效尤。”他宣布，像杜鲁门总统一样措辞简练，“我们会在你们的大力协助下彻底执行法律，防范军火在动乱地区任意扩散，同时切断毒品的供应。”“毒品”二字从古德休口中说出，仿佛某种药性温和的阿司匹林，“我们认为，毒品就是用来偿付武器的货币，不管它们被运到哪里都一样。在这个节骨眼上，我们要求情报搜集部门对我们提供完整、毫无保留而且剑及履及的支援与协助。谢谢。”

在古德休之后讲话的是一位联邦检察官，一个有雄心大志的年轻人。他的嗓音铿锵有力，就像赛车在维修区发动引擎时震耳欲聋的咆哮声。他扬言要“在最短的时间内对此事提起公诉”。

伯尔和斯特雷斯基开始回答问题。

“乔，这个案子里有哪些人工情报[1]？”一位女性的声音从大厅后方传来。想不到，英国代表团竟被自家表亲的专业术语弄得答不出话。什么人工情报？

斯特雷斯基几乎整张脸都涨红了，显然是希望她不要问这个问题。他的表情很像那种明明输了却拒绝承认的人，“相信我，乔安妮，我们正在想办法。以人力搜集这类情报必须耐心等待，还得祷告上帝保佑。我们布下了线，也怀抱希望。我们派了人在他们跟前潜伏，也相信那里必定会有人为了获得证人保护计划，很快会出面指认。那些人会找个晚上偷偷打电话给我们，要我们替他安排。一定会这样的，乔安妮。”他信誓旦旦地点头，仿佛就算没人附和他也会站在自己这一边，“肯定会的。”他又说了一次，但跟先前一样没什么说服力。

午餐时间到了。烟雾弹也就位了，虽然他们看不到。没人指出乔安妮其实是斯特雷斯基的得力助手。大伙儿开始朝门口走去，古德休和“亲爱的凯蒂”以及几位情报人员一起走了出去。

“听好了，各位，”凯蒂边走边说，“别想拿两片零脂肪的生菜叶打发我，知道吗？我要吃肉，还要三份蔬菜和梅子布丁，否则我哪儿也不去。雷克斯·古德休，你竟然敢叫我女政客，现在又带着你的碗过来讨饶，我一定要狠狠教训你一顿。”

---

[1] humint，即利用间谍搜索情报的业务。

傍晚时分，弗林、伯尔和斯特雷斯基坐在斯特雷斯基海滨小屋的露天平台，望着返航的游船在月光照出的路径上摇摇晃晃。弗林探员正拿着一大杯布什米尔斯单一纯麦威士忌慢慢啜饮，并且明智地把瓶子留在身边。谈话断断续续，没有人想贸然谈论白天的活动。斯特雷斯基说，上个月他女儿还吃素，这个月就爱上了个屠夫。弗林和伯尔发出敷衍的笑声，另一阵沉默又蔓延开。

“你那小子什么时候可以自由？”斯特雷斯基小声问。

“这周末。”伯尔同样小声回答，“如果上帝和白厅愿意放手。”

“有你的人在里头拉，我的人在外头推，我们这样完全像是闭环啊。”斯特雷斯基说。

弗林放声大笑，在一片昏暗中不断点着他那颗黑色的脑袋，仿佛听不见说不出的聋哑人士。伯尔则问闭环是什么意思。

“伦纳德，闭环呢，就是把猪身上的每一部分都拿来利用，还不准它叫。”斯特雷斯基说。大伙儿坐在那里看海，又陷入沉默。斯特雷斯基再次开口。这回伯尔得凑过去才能听清楚。

“这屋里有三十三个成年人，”他小声地说，“九个不同的情报机构，七个政治人物。他们之中一定会有人告诉那些卡特尔，说乔·斯特雷斯基和伦纳德·伯尔连个像样的卧底情报来源都没有，你说是不是？”

弗林温和的爱尔兰人笑声几乎淹没在海水潮声中。

伯尔虽然没说出口，但依旧不是很能对上司的自负有所共鸣。严格说，情报局的人没有问太多问题，伯尔因此感到惴惴不安。他们问得太少了。

两根覆着常春藤的花岗石柱在浓雾中若隐若现，柱上刻的文字是

“兰尼恩玫瑰”。那里一栋房子都没有。耕田的人恐怕没等到房子盖好就挂了吧，伯尔想。

他们已经开了七个钟头。在花岗岩围篱和黑刺李的上方，天色渐渐转暗，薄暮降临。在那条布满坑洞的小径上，树影摇曳，影响视线。车子在路上颠簸前行，好像不断受到碰撞。这辆路虎是鲁克的心头肉。他有力的手抓着方向盘。他们经过废弃的农庄和某个凯尔特十字架。鲁克把车灯转成大灯又转回小灯。过了泰马河后，除了夜色和滚滚薄雾外他们什么也看不见。

路的坡度往上，雾也散了。霎时间，他们透过挡风玻璃只见白云缭绕的峡谷，一阵大雨突然哗啦哗啦打在车身左侧。车子剧烈地摇了一下，失控滑过路肩，车身转斜，引擎盖直指大西洋的方向。他们拐了最后一个弯，同时也是最陡的一个。一大群躁动的鸟在他们头顶盘旋。鲁克踩住刹车，让车缓缓前进，直到这一阵混乱过去。突然之间，雨又开始下了，雨滴直打在车上。等到骚乱过去，缩在那片发夹形黑色蕨丛中的灰色木屋便映入眼帘。

他一定是上吊自杀了，伯尔如此断定，他看见乔纳森弓背侧身的身影在门廊入口的灯前晃荡。不过，这个上吊的人却举起了一只手臂表示欢迎。他上前一步，先走进了外头的黑暗，随后才打开手中的手电筒。那块由小块花岗岩铺成的地面将就作为停车场。鲁克爬出车外，伯尔听到他们相互问候，仿佛旅人相见。“见到你真高兴！真是太好了！老天，风怎么会这么大？”伯尔心有余悸，坐在车上一动也不动。他对着老天露出一个怪表情，一边勉强把大衣最上面的纽扣扣好。强风在车外肆虐，猛摇天线。

“快出来，伦纳德！”鲁克叫着，“等下再扑粉好啦！”

“恐怕你得爬到车子这边了，伦纳德。”乔纳森透过驾驶座的车窗对他说，“如果可以，你从背风面下车会比较好。”

伯尔用双手抱住右膝，将右腿挪过排挡杆和驾驶座，然后再以同样的动作来移动左膝。他先把一边的脚放到地上，乔纳森拿着手电筒直直照着他，接下来，伯尔脚上那双皮靴和头上的毛线帽终于一起离开车子。

“你过得如何？”伯尔大喊着，仿佛他们数年不见，“身体怎么样？”

“蛮好的，应该吧。”

“好家伙。”

鲁克提着手提箱向前走，伯尔和乔纳森并肩走在他身后，步上了那条马车道。

“事情进行得都还顺利吧？”伯尔问，一边朝乔纳森缠着纱布的手点点头，“他似乎没有不小心把手给切断。”

“没有，还好。割一刀、缝起来、包扎好，整件事情用不了半个小时。”

他们站在厨房里。伯尔的脸刚被风吹过，现在还有些刺痛。他注意到那张松木桌光可鉴人，石板地擦得极亮。铜水壶也是。

“不痛吗？”

“就任务需要而言，可以忍受。”乔纳森回答。

他们腼腆地笑着，像陌生人一样对看。

“我得把这张纸带来给你，”伯尔说。只要他有话要说，从来就是直接讲出来，“你必须在上面签字，我和鲁克作证。”

“纸上写了什么？”乔纳森说。

“谁管它写了什么，”怪官僚体系就好了，很方便，“某种损害控制。这是他们的保单，我们没有逼你，你也不能反告我们，你不能起诉政府玩忽职守、违法乱纪或神志错乱。如果你坠机失事，是你个人的错……诸如此类。”

“他们想反悔了，是不是？”

伯尔接下这个急转直下的问题，给他一个回马枪，“你反悔了吗？重点应该是这个吧？”乔纳森想反驳，但伯尔接着说：“闭嘴，给我听好。明天的这个时候所有人都会想抓你——又或者这样说好了，所有人都不会想跟你扯上关系。认识你的每个人都会说：‘我早就说过了。’而不认识你的人则会仔细打量你的照片，看看你有没有杀人倾向。这可是无期徒刑，乔纳森。你一辈子都躲不掉。”

在卢克索壮丽的景致中，他偶然想起一段与苏菲有关的往事。她坐在某根柱子的底座，双臂环抱膝盖，看着那一根根圆柱构成的长廊。*派因先生，我需要永恒的慰藉*，她说。

伯尔继续说：“我也可以就此打住——如果那是你想要的。这么一来，大概只有我的自尊会受伤。不过，假设你现在反悔，却没有那个胆子讲；又或者，你是为了要在伦纳德大叔面前装乖之类的白痴行为，那我得麻烦你别那么孬，现在就说出来，不要拖到以后。这样我们还可以好好吃顿饭、道再见，然后开车回家，心中毫无芥蒂，以后也是一样。过了今晚，这就是一条不归路，再也没有后悔的空间。”

伯尔想着这事，脸色愈来愈阴沉。即便他盯着你的视线转开，你还是会觉得他的目光停留在你脸上。我们到底孵化出了什么？他又环顾厨房一眼：墙上挂着几张羊毛织画，上面绣了几艘扬帆起航的船；几样木质家具，纽林牌铜制品，还有一只上了釉的瓷盘，上面写着：“见此如见神。”

“你真的不要我留着这栋房子等你回来？”伯尔问道。

“我认真的：不要。把它卖掉就好了，怎么处理方便就怎么处理。”

“等到尘埃落定后，你可能就会想要它了。”

“最好不要有任何牵挂。他还在吧？就是我们的目标？他现在还在从事原来的工作、住在原来住的地方，一切如常？”

“就我所知是，乔纳森。”伯尔露出有点困惑的微笑，“我一直都关注着他。他刚买了一幅卡纳莱托[1]的画——如果这也算是某种方向的话。他买了几匹阿拉伯马用来配种，又买了一只漂亮的钻石颈链给他的女人。我都不知道那东西叫颈链，听起来活像是给宠物狗戴的——不过我想她大概等同于他的宠物吧。”

“可能她也只能是宠物了。”乔纳森说。

他伸出了那只缠着绷带的手。一时间伯尔还以为乔纳森要他来握手，但他很快意识到乔纳森是要跟他拿那份文件。伯尔把手伸进口袋，先找了大衣口袋，再找西装口袋，终于把那厚厚的、封得密实的信封扯出来。

“我是认真的，”伯尔说，“你可以自己决定。”

乔纳森用左手从厨房抽屉选了一把牛排刀，先用刀柄打碎封蜡，才沿口把信封切开。伯尔有点不解他为什么要特地打碎封蜡，难道是想展示他的身手？

“你读一读，”伯尔表示，“把每个该死的字无论读几遍都行。你叫布朗先生——如果你猜不到，我就先说了——你是我们雇用的一个匿名志愿者，在官方文件里你这类人都是布朗先生。”

---

[1] Canaletto（1697—1768），原名吉奥瓦尼·安东尼奥·卡纳尔，意大利画家，善绘威尼斯风景。

这份文件是哈里·帕尔弗里代古德休草拟，交给伦纳德·伯尔，要给“布朗先生”签字。

“千万别告诉我他的名字，”古德休曾如此坚持，“就算我见过也都忘了。维持这样就好。”

乔纳森拿着信，放到油灯下细读。他究竟是什么人物？伯尔看着他刚中带柔的脸部轮廓，心中疑惑了不下百遍。我以为自己很清楚，其实什么也不知道。

“仔细考虑一下，”伯尔要求他，“白厅也很仔细地考虑过。我要他们把这份文件改写了两次。”最后他又说了一遍，“就当是为了我吧，告诉我：‘本人乔纳森，确定无误。’你知道自己要做什么，你都想清楚了，你依然不动摇。”

他再次露出笑容。那表情仍使伯尔心中不安。乔纳森又伸出那只绑了绷带的手——这次是跟伯尔借钢笔，“伦纳德，本人乔纳森心意已决。而且，明天早上我的想法也仍旧不会改变。现在我要签什么名字，乔纳森·布朗吗？”

“约翰，”伯尔回答，“用你的惯用笔迹。”伯尔看着乔纳森一丝不苟地签下“约翰·布朗”，他的眼中一瞬闪过那个负责签名的科尔克兰，以及从口袋掏出来写的自来水笔。

“都签好了。”他爽朗地说，希望能让他安心。

然而伯尔还想要更多。更戏剧化，更隆重的仪式感。他站起来，做出上了年纪的人的吃力模样，让乔纳森帮他脱大衣。在乔纳森的引领下，两人一起走向起居室。

餐桌摆设好了，似乎正要进行什么仪式。亚麻布餐巾。伯尔看着那景象，心中有些怒意——还有三份龙虾沙拉，桌上摆了银盘刀叉，仿佛在三星级餐厅才会出现的场面。一瓶高级的波马特美酒，瓶塞拔掉，酒香四溢。一阵烤肉香传来……他到底想对我怎样？

鲁克背对他们站着，手插口袋，欣赏玛丽莲最近的一张水彩画。

“我得说我比较喜欢这张。”他吐出一句相当少见的奉承话。

“谢谢。”乔纳森说。

在看到他们之前，乔纳森就听到他们来了。不仅如此，当他听见他们逐渐靠近之前，就知道他们的人已经在那儿了。这位近身观察者曾独自来到山崖，学会听声辨位的技巧。风是他的盟友，当雾从山上降下，他似乎只听得到灯塔的呜咽。然而，风把渔夫出海打鱼的谈话声送到他的耳边。

因此，远在路虎车冲下山崖、疾驶到他面前，他早已感觉到引擎的震颤，并且在瑟瑟寒风中等待他们。当车灯亮起，直对着他照来，他也同时在心中瞄准了他们：他一边以电线杆来估算车速，思考着假设前方出现的是一枚火箭筒榴弹，他该在多少距离时瞄准。同时，他的眼角余光始终不离山顶，以防后方还有追兵，或该车仅是诱饵。

然后，鲁克停好了车，乔纳森顶着强风、拿着手电筒微笑着走出来的时候，不禁想象起自己以手电筒的光杀死这两位宾客，接着一不做、二不休把他们泛绿光的脸轰烂。成功处理掉好事分子，也为苏菲报了仇。

但现在他们都走了，他平静下来，看到的事情也变得不同。风暴已息，留下残云片片；天上只剩稀疏星光点缀天际，犹如灰色的弹孔在月亮四周散布开。乔纳森看着路虎的后车灯照耀着他种下鸢尾球茎的草地，一边想着：几个星期后，如果兔子不越过铁丝网，那片草地就会变成淡紫色。他望着车后灯经过那个大养兔场，又忆起某个暖和的夜晚，他刚从法尔茅斯回来，把雅各布·彭杰利和他的女友着实吓了一跳。他俩当时一丝不挂，雅各布正激情地搂着她，而她则像杂要演员一样弯着身躯依偎在他身上。

皮特 · 彭杰利曾对他说：下个月蓝铃花盛放之时，就叫“蓝色月份”。但是呢，杰克，这个月会有金雀花、黄花九轮草，还有野生的黄水仙盛放，所以这个月叫金色月份，而且这金色会愈来愈艳。杰克，你等着看。干杯！

乔纳森一次又一次对自己说：我必须变得完整，我必须找回失去的那部分。

我要成为男子汉，父亲说，军队就是在做这件事：让人成为男子汉。

我要成为有用的人。要正直诚实，甩掉会造成良心负担的一切。

他觉得一阵反胃，走到厨房倒了一杯水喝。门上方挂着一只铜制的船形钟，他想也没想就为它上好发条。然后，他去了那间藏了宝物的客厅。他的宝物是一只外壳用果树的木头制成的老祖母钟，只有一个撞锤。这是在教堂街的达夫妮店低价购得的。他拉了一下铜制的链子，把撞锤拉到顶，然后让钟摆摆动。

“我想去廷茅斯的希拉里婶婶家住一阵子，”玛丽莲说，没再流泪，“在廷茅斯应该可以喘口气，对吧？”

乔纳森也有个叫希拉里的婶婶。她住在威尔士一座高尔夫球场旁。不管他走到房子哪里，她都要跟在后面把灯都关掉，还会在黑暗中大声地对我主耶稣祈祷。

“别去。”当他们等出租车来载他们到卢克索机场时，他用尽各种方法恳求苏菲，“不要去。”上了飞机后他也在飞机上求她。“跟他分手吧，他会杀了你的。别冒这个险。”曾经，他看着她钻进那辆要把她载回公寓、回到弗雷迪 · 哈米德身边的出租车，真心地恳求过她。

“派因先生，我们都有自己的宿命。”她苦笑着对他说，“对阿拉伯女性来说，被爱人痛殴一顿算不上什么奇耻大辱。弗雷迪很有钱，他对我许过一些相当实际的承诺，我已不再青春，这一点我不能不考虑。”

9

乔纳森走进希望镇那天正好是母亲节。在漫长的四百英里路途中，他搭上的第三辆水泥车在工艺大道底的十字路口把他放下。他手上提着第三世界牌的安全气囊沿着人行道一路走，路旁的标语写着“感谢母亲，每一个母亲都会受到欢迎”，还有“属于母亲的中国大餐”。北方的太阳对他而言仿佛灵丹妙药。当他呼吸时，吸入的好像不只是空气，连阳光也一起吸进身体。我回家了。我真的回来了。

下了八个月的雪之后，这座位于魁北克的生活舒适的富饶城市在夕阳余晖中变得生气蓬勃。世界最大的绿岩矿物带上散布了许多城市，其中希望镇以夕阳闻名。这里比西边的安大略省蒂明斯市地势更高，也比东边的瓦勒多或埃默斯高，更比北边那些水力发电工程师这类的白领阶级居住的沉闷住宅区高出一英里。镇上有个白色教堂，铅制屋顶，还有个狭长的尖塔，花园里的黄水仙和郁金香仿佛军人般昂首而立，警察局下方的草坪开满蒲公英，大得跟纸币一样。一整个冬天，它们在雪中等待，现在每一朵花都争相盛开，如这座小镇一样生气勃勃。还有一些店家——目标客户大概只有一夜暴富或对一夜暴富心存念想的人——有着粉红长颈鹿的“贝贝时装”店；店名可能是某个幸运矿工或矿主的比萨饼店；提供催眠疗法和按摩的教徒药店；叫维纳斯或阿波罗、招牌上闪烁霓虹灯的酒吧，以及名称都是消失老鸨的高级应召站；摆了凉亭和塑料卵石花园的日式桑拿房；招牌五颜六色、广告语各式各样的银行。各式各样的珠宝店——在过去，较高级的店会把从矿场偷来的矿石熔化（现在偶尔也会这么做）。此外还有婚纱店，店里的蜡像新娘永远忠贞纯洁；以及波兰熟食馆，那张“超级浪女 ×××”的巨型海报仿佛理所当然属于烹饪的一部分。还有餐厅，二十四小时营业，招揽上晚班的人——就连窗户黑蒙蒙的公证事务所都在初夏的阳光中闪耀生辉。这一切都要感谢母亲，我们来找点乐子吧！

在乔纳森往店家的窗户里窥视时，又或者是以感激的心情仰望头顶上的蓝天，顺便让阳光温暖一下他凹陷的脸时，他看到满脸胡须、戴着深色眼镜的摩托车手在街上穿梭呼啸，疯狂发动引擎，对着人行道上坐在露天咖啡厅里喝可乐的女孩挑动穿着皮裤的屁股。希望镇的女孩总打扮得花枝招展，绚丽一如长尾小鹦鹉。在守旧的邻省安大略，已婚妇女可能会打扮得活像是葬礼上的沙发，但在希望镇，热血的魁北克人每天都过得像在庆祝嘉年华会，棉衣光鲜亮丽，手上戴金色手镯，隔着马路就能看到它在闪耀。

希望镇没有树，因为四周有森林围绕，也正因如此，镇上的人都把开阔的空间当成一件了不起的事。希望镇也没有印第安人——至少没有多到会引起你的注意。除非你能像乔纳森一样注意到某一个人——他，还有他的太太、家人，正把从超市买来的价格不菲的食品往小卡车上堆。其中一人坐在里头看着车，其余人则在车子附近走动。

如果你认为停泊在芭贝特城堡厨房旁那泊船码头、价值七万五千美元的电动游艇不算什么，也认为群聚在邦妮与克莱德酒吧附近的哈雷戴维森摩托车无须放在眼里，那么，这个镇上的居民可能就没什么财富可以炫耀的了。加拿大人——不论是讲法语或是讲其他语言的——不爱炫耀财富也不爱表露感情。当然，只要运气好，人还是可能发财的，不过这只限于那些运气好的人。然而这座城市的居民信仰的就是运气。大家都梦想自家花园里埋有金矿，因为少数走运的人的确就是在自家花园里找到的金矿。这些人头上戴了棒球帽，脚上穿着运动鞋，身罩短夹克，不管到哪里都拿着移动电话在讲话。若在别的城市，他们不是毒贩就是推销员，再不然就是皮条客。但在希望镇，他们是行事低调的年轻百万富翁，而那些年龄更长的人只能当矿工，坐在地下一英里的某处吃便当。

乔纳森初至此处就贪婪地将这一切收入心中。虽然身体疲累，却目光犀利，他将眼前所见一切都牢记在心，而他的确像个到达应许之岸的冒险者一样，胸中涌起一阵感激之情。这里真美。在努力争取之下，它是我的了。

天刚破晓，他就头也不回地离开了兰尼恩，赶往布里斯托避了一周的风头。他已经把摩托车停在一处荒废的郊区，鲁克答应他会派人把那辆车偷走。他搭巴士去埃文茅斯，在那里找了家旅店，是两个爱尔兰的老同性恋者经营，专供海员住宿。根据鲁克的说法，旅社主人素以不与警方合作出名。雨下了一天一夜，到第三天，乔纳森一边吃着早餐一边从当地的广播听到自己的名字和对他的描述：最后被目击出现在西康沃尔地区，右手受伤，目击者请打这个号码……如此这般。他在听的时候，看到那两个爱尔兰人也竖着耳朵听。他们目光相交。乔纳森付了钱，坐巴士回到布里斯托。

污浊的云朵在破烂的工业区上方翻滚。他将手放进口袋（手上的绷带都取下了，换成一张膏药），走过潮湿的街道，进了一家理发厅，坐上椅子。此时他看见有人正在看报，自己的照片就登在背面。这是伯尔的人马在伦敦替他照的照片，不过故意照得不像他。但不管怎样，那依然是他的照片。他仿佛一个鬼魂，在鬼城游荡。无论是在咖啡店或桌球场，他都太苍白、太格格不入；而在时尚一点的街道上衣着又过分褴褛。而教堂……他正打算走进去，却发现门都锁上了。他看着镜子里自己的脸庞，却被镜中充满敌意的眼神吓了一跳。那个大个子的假死刺激着他——虽然此人没死，也没有遭人追杀，搞不好正在某个秘密避难所中饮酒作乐，然后在一些难以解释的时刻现身嘲讽他。但不管怎样，他的另一个人格已经决定要一肩担起这想象中的罪孽。他买了一双皮手套，把纱布给扔了。为了买飞机票，他花了一整个早上调查各家旅行社，最后选定一家最忙碌却也最默默无闻的公司。他付现钞，使用“法恩”这个名字，订了两天后的机票。然后他就搭巴士到机场，把订好的机票换成当晚的机票。只剩一张机票。在离境的大门前，有位身穿深紫红制服的女工作人员要求检查护照。他脱了一只手套，用没受伤的手把护照拿给她。

“你到底是派因还是法恩？”她问。

“你喜欢哪个就是哪个。”他又露出酒店经理式的笑容，她不太情愿地挥挥手让他过去——鲁克也收买了他们吗？

飞到巴黎后，他不敢冒险在奥利机场入境，所以就待在机场的过境区过夜。一早，他搭飞机到里斯本——这次用的名字是戴恩。他会这样做，是因为鲁克叫他要比电脑快一步。到了里斯本后他又去了码头，再度藏了起来。

“这艘船叫‘伯利恒之星号’，是艘破玩意儿。”鲁克曾这么说，“不过你需要的不是别人，就是一个贪婪的船长。”

他看见一个留着半长胡须的男子在雨中拖着步伐，从一家船运公司逛到另一家——这人就是他。他看到这个人付钱给一名女子，请她让他借住一宿。当晚他就睡在她家地板，女子却躺在床上抽噎——她很怕他。如果我跟她一起睡，她会少怕我一点吗？他没有去深究，但在天还未亮时就离开了那名女子，再次沿码头走到停泊在外港的“伯利恒之星号”旁。这是一艘一万两千吨的运煤船，船身肮脏，目的地为新斯科舍的帕格沃什。不过，当他去船公司打听这条船时，他们说这条船的船员已经收满了，夜间涨潮时就要出港。于是乔纳森贿赂了人，上了船。船长是不是已经在等他呢？乔纳森相信是这样没错。

“小伙子，你能干什么？”那个船长问。他是苏格兰人，年约四十，身材高大，声音温和。他身后站着一个赤脚的十七岁菲律宾少女。

“厨师。”乔纳森说。船长当着他的面笑出来，但还是雇他做临时船员，用工资抵船费，好把他付的工资全装进自己的荷包。

现在他成了船上厨房的奴隶，睡最简陋的铺位，被船员欺侮。原本那位厨子是个形容憔悴的印度水手，因为吸食海洛因而骨瘦如柴。很快，乔纳森揽下了两人份的工作。在仅仅几小时的睡眠中，他仿佛囚犯，做了个奢侈的美梦。梦中的主角是杰德，而她褪去了迈斯特皇宫饭店内的浴袍。不久后，某个风和日丽的早晨，水手过来拍了拍他的背，表示他们在海上从来没有吃得这么好。但当他们停靠在码头时，乔纳森仍不会和他们一起上岸。这个近身观察者宁愿带着他预备的口粮，在船底前舱躲藏两天，再想办法偷偷混过港口警察的盘查。

只身一人待在这广袤又陌生的大陆，乔纳森觉得仿佛有另外一种失落感向他袭来，原本坚定的决心几乎一瞬间被这美丽又单调的景色尽数吞没。罗珀只是个概念，杰德也一样，而我也是。我死了，这只是我死后的世界。在他缓慢地沿杂草丛生的公路边缘行进，睡在司机的宿舍或谷仓，四处寻找一份苦干两日却只能拿一天薪水的工作，这个时刻，乔纳森祈祷上苍能将他的使命感还来。

“最适合你去的就是芭贝特城堡，”鲁克曾这么说，“这家旅馆很大，制度松散，是个留不住员工的老太婆开的，绝对可以毫无障碍地混进去。”

“如果你要开始替自己创造一个‘影子’，这里是最理想的地方。”伯尔也说。

所谓的“影子”，指的是“身份”。然而，在乔纳森已等同幽魂的世界，影子同时也是本质。

芭贝特城堡像只羽毛差不多快掉光的老母鸡，在工艺大道上，栖身于让人眼花缭乱的华丽喧闹中，它等同于这座小城的迈斯特皇宫饭店。乔纳森照着鲁克的描述，一眼就认出来。他直直地朝它走过去，但一直保持在对街人行道，以便观察得更清楚。这是一栋高大的木制旅馆，破旧衰败。考虑到它以前是家妓院，现在的模样甚至过于严肃。丑陋的门廊处两侧各有一座石瓮，瓮上的浮雕是一群裸体的少女，在背景的林地跳跃，它神圣的店名笔直印在一块破烂的木板上。乔纳森正要过马路，一阵急吹而过的东风刮得木板嘎嘎作响，仿佛火车在铁道上疾驶而过。沙子吹进他眼中，鼻孔里也闻到一股炸土豆和发胶的味道。

他登上阶梯，自信满满地推开那扇古老的旋转门，走进一片陵墓般的黑暗。一开始他好像就听到了远处传来的男人笑声，闻到隔夜晚餐的臭味。渐渐地，他认出一个带浮雕花纹的铜信箱，又认出一个钟面上装饰花朵的老爷钟（这座钟使他想起兰尼恩），接着看到一个前台，上面堆满信件和咖啡杯，还亮着一盏彩色小灯。他身旁有几个男人的身影，发出笑声的也是这几个人。他到达的同时，正巧也有几个衣衫不整的探勘人员从魁北克来到这里。这些人翌日就要北上探勘某个矿井，今晚先在此轻松一下。他们的手提包和行囊堆在一个宽阔的楼梯间的底部。两个戴了耳环、腰间围着绿色围裙，疑似斯拉夫人的男孩板着脸帮他们挑起行李。

“先生，您是哪位？”有个女人的声音盖过吵吵嚷嚷，用法语对他叫道。

乔纳森认出了这家旅馆的主人拉杜利培夫人女王般的架势。她站在前台后方，头裹淡紫色头巾，妆浓得像水泥。因为要询问来人，她侧着脑袋，在清一色男性观众前做出戏剧化的动作。

“雅克·博勒加德。”他答道。

“亲爱的，您怎么称呼？”

他必须用声音压过喧闹，重复道：“博勒加德。”他喊道，不太习惯提高音量讲话。不过这个名字比“林登”容易说出口。

“没行李？”

“没行李。”

“好，晚上好，祝您在这里玩得愉快，先生。”拉杜利培夫人边把钥匙拿给他边说。乔纳森认为她一定误认他和那群探勘人员是同伙，而他觉得没必要纠正她。

“您今晚要跟我们一起吃晚餐吗，博勒加德先生？”看着眼前这名帅气的男子步上楼梯，她好像突然清醒过来。

乔纳森觉得不必。谢谢您，夫人。他该睡了。

“但空着肚子怎么睡得着呢，博勒加德先生！”拉杜利培夫人反驳，语气中有调情的意味——这依然是说给她那些吵吵闹闹的宾客听的，“只要是男的，都要有些精力才睡得着呀。不是吗，小伙子？”

乔纳森在楼梯中间平台停住脚步，鼓起勇气附和那些笑声，但依旧坚持自己该去睡了。

“好吧，不过真是太可惜啦。”拉杜利培夫人喊道。

他的临时出现或没打理的外表，似乎都没让她感到任何不快。在希望镇，仪容不整反倒使人安心。拉杜利培夫人自命为该镇的文化审议委员，对她来说，邋遢是一种高尚的状态。他不擅交际，而“不擅交际”在她的词典里等同于“高尚”，更何况她在他脸上找到了艺术家的气质。他是一位桀骜不驯的绅士，是她最喜欢的那种男人。从口音听来，她武断地认定：他若不是法国人也一定是比利时人。但她在这方面不是什么专家，她最多只是去佛罗里达度假。她知道的是，他说的法语她听得懂，但当她用法语回答时，他和所有法国人一样：听到拉杜利培夫人讲出自认未受任何影响的纯正法语，会露出局促不安的表情。

不过，就是因为拉杜利培夫人一时冲动得出这样的结论，才会犯下错误（虽然犯错也是合情合理）：她没把乔纳森安置在方便接待女客的楼层，而是放在了她的阁楼。那层楼有四间漂亮的阁楼房间，是她专门预留用来接待她的波希米亚同胞的。只是，有一件事她没考虑到（但话说回来，她为什么会考虑这种事呢），她的女儿伊冯娜，此时正暂住在距离乔纳森仅两扇门之隔的房里。

整整四天，乔纳森都待在旅馆里，除了听拉杜利培夫人谈论她对男住客的强烈兴趣，没有吸引任何人注意。

“但你这样岂不是丢下你那群伙伴了吗？”翌日早晨，他很晚才独自出来吃早餐，她以嘲讽的语气对他喊道，“你不是探勘人员了吗？你辞职了吗？你是要改行当诗人吗？我们希望镇的人都很会作诗的。”

晚上，看到他回来，她问他今天是否写了首挽歌，或画了一幅大作。她建议他去吃点晚餐，但再遭拒绝。

“先生，你在别处吃过了吗？”她又以嘲讽的语气质问。

他笑了笑，摇摇头。

“真是可惜。”她说。这是她的口头禅，几乎什么问题都能用这句回答。

如果不是因为后来发生的那些事，他对她而言就只是三〇六号房的客人，平凡无奇。直到星期四，当他向她要一份工作时，她才开始仔细盘查这个人。“小伙子，怎样的工作？”她问，“你想要在迪斯科舞厅为我们唱歌吗？你会拉小提琴吗？”

她已经有了戒心。她注意到他的眼神，开始重新定义她对这个离群索居者的印象。他好像真的太疏离人群了。她检视他的衬衫，确认是他来时穿在身上的那一件——又一个输得一毛不剩的探勘人员，她想。至少我们还没帮他的伙食买单。

“什么工作都可以。”他答道。

“在希望镇有很多种工作，雅克。”拉杜利培夫人回应。

“我都试过了。”乔纳森边说边回想三天来是如何不断遭到高卢人的拒绝，甚至还有更糟的对待，“我试过餐馆、旅馆、船厂和湖边的船坞，我试过四个矿场、两家伐木公司、水泥工厂、两个加油站和纸厂。他们都不愿意雇用我。”

“为什么不？你长得好看，反应敏捷，雅克，他们为什么不要你？”

“他们要我拿出证明身份的文件，社会保险卡号，加拿大公民证明——我得证明我是个拥有不动产的移民。”

“这些东西你都没有吗？一个都没有？你也太艺术家性格了吧？”

“我的护照在渥太华移民局，正在审核中。他们不相信我。我是瑞士人。”他补充道，仿佛只要这句话就能解释一切。

但此时拉杜利培夫人已经按下按钮，将她的先生请出来。

安德烈·拉杜利培原本不姓拉杜利培，而是姓克维亚柯夫斯基。他太太从她父亲手中继承了这家旅馆后，他才在不得已的情况下同意冠妻姓，以便保有希望镇的贵族身份。他是第一代移民，面貌清秀，前额宽广，不过头发早早就变白了。此人身材短小结实，和一般五十岁的人一样，一辈子都在辛苦工作，却又不知所为何来，此时就难免躁动不安。安德烈·克维亚柯夫斯基童年曾躲在地窖，摸黑偷偷越过覆盖冰雪的山区隘口。他被逮捕，但盘问之后就被放走了。他很清楚站在那些穿制服的人面前心里慌得狂祷告是什么滋味。他看了看乔纳森的住房账单，不禁和他太太一样惊讶：账单中居然没有别的费用？如果他是骗子，一定会使用房间的电话，会在酒吧和餐厅里签名赊账，会趁夜里偷偷溜出去。拉杜利培家族毕竟是经营旅馆，也碰到过不少骗子，但对他们都无可奈何。

账单仍然握在拉杜利培手里。他慢慢上下打量乔纳森，一如他太太先前打量乔纳森的方式。只是，他眼里有一股穿透力。他看到眼前这个流浪者穿的棕靴，靴子虽然有些磨损，却出奇干净，他也看了他的手，他的手小，像工人一样毕恭毕敬地垂在身体两侧，他还注意到他端正的仪态、瘦削的五官和两眼中一闪而过的绝望。拉杜利培先生眼中看到的，是一个努力在更好的世界中寻找栖身之地的人。他起了恻隐之心。

"你会做什么？"他问道。

"做饭。"乔纳森说。

于是，他成了这家里的一员，也和伊冯娜在一起。

她对他仿佛久别重逢——即便是经由她那位令人不敢恭维的母亲牵线的，原本需要长年培养的默契却在顷刻之间建立起来。

"给你介绍我们最近的秘密人物——这位是雅克。"拉杜利培夫人说。她连门都不敲，急匆匆推开阁楼上一间卧房的门。在通道上，这房间离他的房间不出十码。

那么你就是伊冯娜了，他想，心里涌上一股莫名的羞耻感。

地板正中央摆了一张书桌，一盏木制台灯照着她一边的脸。伊冯娜正在打字。注意到进来的是母亲，她便继续将字打完。因此乔纳森只好默默望着她那头没整理的秀发，压下心中的紧绷感，直到她终于抬起头。靠墙的地方有张单人床，洗好的床单塞满了一个个篮子，占去屋内剩余的空间。这房间井然有序，但没有什么摆饰，也没有照片，只在洗手台旁放了一只放盥洗用具的袋子，床上有条肚子部位带拉链的狮子睡衣。看到那东西，乔纳森顿时想起苏菲那条被杀掉的狮子狗，反胃感瞬间涌上。那条狗也是我杀的，他想。

"伊冯娜是我们家的天才，*亲爱的，是不是呀？*她读过艺术、读过哲学——世上的书她大概都读过了。*是吧，亲爱的？*她装成我们的管家，虽然现在过着修女般的生活，但两个月后就要跟托玛斯结婚了。"

"而且她还会打字。"乔纳森说。天知道他为什么讲这句话。

一封信慢慢从打印机上吐了出来。

伊冯娜望着他，他也望着她左侧的脸，所有细节一览无遗。眼神直接、桀骜不驯，遗传自她父亲的斯拉夫眉毛，执拗的下巴，落在颧骨上如丝的秀发，坚挺的颈侧向下延伸进她的衬衫中。她将钥匙链像项链一样戴在脖子上，当她坐直起来的瞬间，那串钥匙落入胸口，铿锵一声。

她站起来——个子高挑，初见有些男子气概。他们握了手——她主动，他没有迟疑。何必呢？这个博勒加德，无论在希望镇或是在自己的人生中都算是初来乍到吧？她的手掌坚实干燥。她穿着牛仔裤，在桌灯的光线中，她左侧的身体再次引起他的注意：紧身的牛仔裤起了褶，从胯部一路延伸过她的左大腿。此外则是她握手的感觉，客套而且精确。

你是一只退役的野猫，当他望着她以冷静的眼神回视他时，心里下了这个结论。你早早就开始谈情说爱，你吸完大麻（或其他更猛的东西）后坐上哈雷戴维森摩托车后座，呼啸而过。现在你二十好几了，来到了冷静期，也就是大家所说的妥协的状态。对乡下人来说，你太世故；对城里人来说，你又太土。你要嫁的人很无趣，你又努力让他变得更无趣。你也是杰德，不过你正在走下坡；你是杰德，但又添了苏菲的庄重。

她为他着装，她母亲就在一旁看着。

员工制服挂在楼梯平台旁一间非常大的更衣室里，要往楼下走到一半的地方，伊冯娜带路。当她打开更衣室的门，他立刻从她的姿态明白，尽管她表现得很热爱户外运动，但她走起路来非常有女人味。既不是男性化的昂首阔步，也不似青春少女搔首弄姿。而是一位窄臀的女子，兼具成熟和性感。

“伊冯娜，雅克要在厨房工作，得穿白色——也只能穿白色——

而且要每天换洗。雅克，这是我旅馆的规矩，所有人都知道。在芭贝特城堡旅馆，你一定要讲求卫生。否则岂不可惜。”

趁母亲喋喋不休时，伊冯娜先拿白色外套抵在他身上比画，再拿有松紧带的白色长裤给他，接着叫他到三十四号房换上衣服。她说话的语气无礼中带有一种嘲讽，也许是要做给母亲看吧。当他回来时，她母亲坚称袖子太长（但其实并没有），而伊冯娜只是耸耸肩，用夹子把袖子卷起来夹住，她的手不经意擦过乔纳森的手，两人的体温相互交融。

“这样可以吗？”她用一种根本懒得理他的语气问。

“雅克什么都可以。他的内在很强大，是吧，雅克？”

拉杜利培夫人还想知道他在工作之余有什么嗜好。雅克喜欢跳舞吗？乔纳森说，他对任何事情都有兴趣，都想试试，只是没有太多机会。那他会唱歌吗？会弹奏乐器吗？会表演、画画吗？拉杜利培夫人向他保证，这些休闲活动希望镇都有。那么他想不想认识些女孩呢？这也是人之常情啊。拉杜利培夫人说。很多加拿大女孩都会想知道瑞士的生活是怎样的。不知怎么，也许是出于礼貌，乔纳森竟昏了头，不自觉地口出惊人之语。

“说真的，我也没办法跑得多远。”他表示，音量之大，他差一点就要笑出声，他的白色袖子还伸在那里，让伊冯娜打理，“像我这样的人到第一个十字路口就会被警察抓起来吧，不是吗？”

拉杜利培夫人发出震耳欲聋的大笑。光听这笑声就知道她一点幽默感也没有。但伊冯娜却打量起乔纳森，她与他四目相对，毫不遮掩自己的好奇心。事后，乔纳森忍不住疑惑：这是一种策略，还是我自己冷酷无情的算计？又或者是某种致命的轻率举动，导致我与她初次见面就说出了自己是在逃嫌犯？

新进员工表现出色，老拉杜利培夫妇喜出望外。乔纳森每展露一个新才能，他们就对他更为热情。作为回报，乔纳森这名极为优秀的军人睁眼的每一秒钟都在努力工作。他人生中有段时间为了逃避厨房工作，不惜一切也想换上一身专供经理的优雅黑色西服，但这样的日子一去不复返了。为了下夜班的员工预备的早餐于六点开始供应。乔纳森早就把一切打点妥当：早餐包括十二盎司[1]的牛腰肉，两只蛋和炸薯条则绝对不可或缺。他把被女主人视为佳肴的冷冻薯片、气味难闻的批发食用油一股脑儿全扔了，换上由他亲自削皮、先煮成半熟的新鲜土豆，再以葵花油和花生油混合炸过——只有最上等的品质才能取悦客人。他用了一个汤锅，不停地煮着高汤，接着装好香料罐，做了砂锅炖菜、炖牛肉和水果布丁。他找到一组弃置不用的钢刀，磨得锋利异常，谁也没法碰。他重新启用一组旧的多炉炉灶——经拉杜利培夫人数度验证，判定它不合卫生、危险又难看（又或者是太昂贵，不能使用）。他用盐时遵守着正统的厨艺规则：手持盐、高举过头，从一定的高度洒下。他的厨艺圣经是一本破烂的《厨艺指南》，他在当地一家二手店中与之不期而遇。

拉杜利培夫人从一旁观察他的厨艺，对他的喜爱简直到了一种着迷的程度。她为他特别定制全新的制服、帽子，同时为了配合两种别针，更替他定制亮黄色的背心、漆皮靴子和 X 形吊裤带。她也买了昂贵的锅具和双层锅给他用，而他也将那些器具发挥得淋漓尽致。当她发现一只普通的工业用喷枪也可以被他拿来喷法式焦糖布丁时，她对他将世俗工具提升到艺术层面的能力更是敬佩不已，极力邀请她的波希米亚女性友人进厨房看他大显身手。

[1] 1 盎司约等于 31 克。

“我们这位雅克真是优雅，亲爱的，米咪，难道你不这么认为吗？他为人低调，长得好看，手艺又好，而且只要他想，完全可以掌控全场。我们这些上了年纪的女人说这些事一点关系都没有，看到好男人时完全不需要像个小姑娘似的涨红了脸。是不是，埃莱娜？”

但她最欣赏的沉默寡言同时也把她逼得心烦意乱。如果她掌握不了他，还有谁能？起先她认为他在写小说。但在勘察了他放在桌上的那堆文件后，却发现都是向渥太华的瑞士大使馆抗议的信件草稿。然而这是他仔细观察后为引她上钩、特意写来让她看的。

“你在谈恋爱吗，雅克？”

“我想没有，夫人。”

“你不快乐吗？你觉得孤独吗？”

“我很满足。”

“但只觉得满足是不够的！你必须放开自我，你每天都要冒一些险，一定要感到无限的喜悦！”

乔纳森说，他的工作让他感到无限喜悦。

每次吃完午餐，乔纳森确实可以在下午休息一会儿。但大部分时间他都会下到地下室，将一箱箱空瓶搬到院子里让拉杜利培先生核对，因为那些服务生或陪酒小姐有时会神不知鬼不觉地私自带酒进来，用跟舞厅一样的价格贩售。

一个星期中会有三天，乔纳森为全家下厨。他们会早早就围着厨房的餐桌吃饭，而吃饭时，拉杜利培夫人会发表一些睿智的讲话。

“你是从巴塞尔来的吗，雅克？”

“离巴塞尔不远，夫人。”

“是日内瓦来的吗？”

“是的，很靠近日内瓦。”

“日内瓦是瑞士首都，伊冯娜。”

伊冯娜没抬头。

“你今天过得如何，伊冯娜？你跟托玛斯说话了吗？你每天都要跟他聊聊。都订了婚，也要结婚了，这样很正常。”

大约十一点，也就是迪斯科舞厅开始喧闹的时候，乔纳森又去那儿帮忙。晚上十一点以前的表演清一色是脱衣舞，过了十一点后，表演变得更加火辣。换场时，舞女已经放弃把衣服穿回去，只围着一件金属光泽的围裙做做样子，或用来装钞票；又或者，也许她们会穿上一件睡衣，却连扣子都不扣。只要给她们五块钱，她们就会把腿张开给你看。这一私人服务会特意到你座位前面的一张凳子上表演，凳子是旅馆特别摆上的。制造出来的效果活像某只夜行动物毛茸茸的小穴被刻意照亮。

“喜欢我们的娱乐表演吗，雅克？你觉得这算得是种文化表演吗？就连你也被它诱惑了，对吧？”

“效果确实不错，夫人。”

“很高兴听你这么说。我们无论如何都不该忽视自己的七情六欲。”

打架其实不常见，只偶尔发生一些小鬼的小争小斗，只有最会惹是生非的才会把事情闹大。通常会是这样：椅子被撞开、一个女孩闪到一旁，拳打脚踢一阵乱响，或是两个人沉默角斗。这时安德烈·拉杜利培就会突然凭空出现，仿佛迷你版的阿特拉斯那样拉开双方，直到两人握手言和。第一次发生这种事时，乔纳森没管，让拉杜利培照自己的方式去做。但有一次，一个块头很大的醉汉对着拉杜利培挥拳，乔纳森从那人身后把他的另一只手扭住，将他揪到屋外去。

“你从哪里学到这几招的？”拉杜利培和他一起清理瓶子时不

禁问。

“在军队里学的。”

“瑞士也有军队啊？”

“在瑞士，参军是义务。”

某个周日晚上，那位天主教的老神父来了。他戴着脏兮兮的教士领，穿着打了补丁的神父袍。舞女停止跳舞，伊冯娜则陪着他吃柠檬派。神父坚持要从某个以皮带缠着的钱包之中掏钱付账。乔纳森站在暗处观察他们。

又一个晚上，一个高大魁梧的男人出现在舞厅，白发剪得极短，穿着肘部是皮制的灯芯绒西装。他太太一脸不可一世的模样，穿着毛皮大衣在他身旁晃啊晃，拉杜利培的两名乌克兰侍者引他到舞池旁的一处座位坐下，他点了香槟和一盘熏鲑鱼，用父亲式的溺爱眼神看着舞池里的表演。但当拉杜利培四处寻找乔纳森，想警告他这位警官可是不拿账单的时候，他发现乔纳森却不见了。

“你跟警察有过节吗？”

“只要护照拿回来就没有。”

“你怎么知道他是警察？”

乔纳森露出的微笑能让人疑虑尽消，但他并没说出什么能让拉杜利培事后回忆起来的答案。

“我们应该要警告他，”拉杜利培夫人在床上辗转难眠，又说了一遍，“她在故意挑逗他。她又故技重施了。”

“可是他们从来没有讲过话，甚至没看对方一眼。”她的先生放下书本表示反驳。

“你难道没搞懂这两个偷偷摸摸的人吗？”

“她已经跟托玛斯订了婚，也一定会嫁给托玛斯。”拉杜利培说，“什么时候清清白白也成了罪名？”他嘴硬地说。

“你每次都这样，一开口简直就是野蛮人。野蛮人哪有什么洞察力。你有没有跟他说不准跟那些舞女上床？”

“他没这种意图。”

“你看你又来了！他如果这么想说不定反而好。”

“他是个运动健将，老天，”这话冲口而出，他的斯拉夫脾气再也按捺不住，“他有别的发泄渠道。他会去跑步，在灌木林里徒步，他也会驾驶帆船，会租摩托车，他会做菜，会去工作，会睡觉。不是每个男人都老想着乱搞。”

“那他就是同性恋，”拉杜利培夫人如此宣布，“我一看到他就知道了。伊冯娜这是在浪费时间，这可以让她吸取教训。”

“他不是！你问那两个乌克兰的小子就知道了！他完全是一个普通人！”

“你见过他的护照没有？”

“他的护照跟他是不是同性恋一点关系也没有！他的护照被瑞士大使馆收了回去，渥太华那边得等新的护照来才会盖章。他现在正在被那些官僚踢过来踢过去。”

“‘被那些官僚踢过来踢过去’！你老这么说！他当自己是谁？维克多·雨果吗？瑞士人才不会那样讲话。”

“我哪知道瑞士人怎样讲话。”

“那你就去问西西！西西说瑞士人很没教养。她先生就是瑞士人，所以她很清楚。博勒加德是法国人，这点我敢确定。他煮菜像法国人，说话像法国人，那自大的样子也像法国人；奸诈像法国人，颓废也像法国人。所以他当然是法国人啦！他就是法国人，也是个骗子。”

她重重地呼吸着，眼神越过她先生盯着天花板，上头贴满了纸做的星星，在黑暗中闪耀。

“他母亲是德国人。”拉杜利培说，语气缓和下来。

“什么？胡说八道！德国人都是金发的。这是谁告诉你的？”

“他自己说的。昨晚，有几个德国工程师在迪斯科舞厅里，博勒加德像个纳粹一样用德语和他们交谈。我问了他，他也会说英语。”

“那就一定要去跟相关机构汇报。博勒加德得有合法的身份，否则就必须离开。这是我的旅馆还是他的？他是非法移民，这点我很清楚。简直太明显了。我很确定！”她转过身背对先生，打开了收音机，板起脸径自注视着星星。

在伊冯娜拿白衣给他穿的十天后，乔纳森租了一辆哈雷戴维森摩托车，前往北上公路旁的速食店接伊冯娜。先前他们在阁楼走廊上碰巧遇到，不过，他们早就听到对方发出的声响。他说他明天休假，她就问他要做什么。他回答说，租辆摩托车。也许，我会去几个湖逛逛。

“我父亲在他自己的别墅有艘小船。”她只提父亲，好像母亲根本不存在。在他们约好之后，第二天她就在那儿等着。她看起来有些苍白，但决心坚定。

一路上的风景有高低起伏的蓝色森林，还有万里无云的天空，景色壮阔。不过，就在他们一路往北方前进时，天却暗了，东风带来绵绵细雨。他们到达别墅后，雨就下来了。他们帮对方褪去衣服。由于乔纳森决定几个月不近女色，这段时间他都没有任何慰藉、任何宣泄，再次见到赤裸的女人他觉得恍如隔世。她虽然抗拒着他，却没有移开目光，只是换了另一种眼神，仿佛完全变了一个人。

“等等。”她轻声说。

她的身体像是发出叹息，落了又起。她拉长了脸，脸色不太好看，但没有哭出来。她发出一声放弃抵抗的呼喊，声音听来却如此遥远，也可能是从环绕他们的濡湿的森林或灰色湖泊的深处传来的。她骑在他身上，两人的快感一同往上爬升，一波接一波，直到完全沦陷。

他专注地躺在她身边看她呼吸，因为她睡着了有些不满。他努力想弄清楚自己背叛的到底是谁，是苏菲吗？或一如往常是他自己？然而我们正在背叛的是托玛斯。她转了身，背对他。她的美丽令他更感孤独。他开始爱抚她。

“他是个好人，”伊冯娜说，“埋首研究人类学，为印第安人争取权利。他父亲是律师，为加拿大克里族的印第安人服务。他想子承父业。”她找到了一瓶酒拿到床上来，头枕在他的胸膛上。

“我一定会很喜欢他。”乔纳森礼貌地说，开始想象一个热情的梦想家，身穿杂色图案套头毛衣，正拿一张再生纸写着情书。

“你是假的，”她心不在焉地吻着他，“你是一个谎言。虽然你很真诚，但依旧是个谎言。我实在不了解你。”

“我正在逃亡，”他说，“我在英国有点状况。”

她爬到他身上，头枕在他的头旁边，“想谈谈吗？”

“我得弄一本护照。”他说，“我说我是瑞士人，那是我瞎编的。我其实是英国人。”

“你说你是哪里人？”

她突然兴奋起来，拿起他的杯子边喝边透过杯缘看他。

“搞不好我们可以偷一本，”她说，“换掉照片。我有一个朋友就是这么做的。”

“搞不好可以呢。”他表示同意。

她抚摸着他，眼睛闪亮。我想尽了办法，他这样对她说。我翻了客人的卧房，查了停放的车子，都没有人把护照带在身上。我还去过邮局，领了表格，详细读过申请手续。我去过城里的墓地，找过在我这年纪过世的人，想着也许可以用他们的名字申请。可是现在，你不知道哪种方法才稳妥。搞不好那些死人的名字都被登记在某个电脑里了。

“你的本名是什么？”她低声问，“你是谁？你到底是什么人？”

突然有一瞬短暂却奇异的平静降临到他身上，他将最后的礼物赠与了她，“派因。我叫乔纳森·派因。”

他们一整天都裸着身体。雨停后，两人划着小船到湖中央的一座小岛上，在满布沙石的湖边裸泳。

“再过五个星期他就可以把论文交了。”她说。

“然后呢？”

“跟伊冯娜结婚。”

“再然后呢？”

“到森林里跟印第安人一起工作。”她告诉他工作的地点。两人游了一段距离。

“你们一起去吗？”他问道。

“当然。”

“去多久？”

“几年吧。得看情况。我们要生小孩，大概生六个。”

“你会对他忠诚吗？”

“当然了……有时忠诚吧。”

“那里有些什么人？”

“主要是克里人。他最喜欢克里人了，他的克里语说得很好。”

“那度蜜月怎么办？”他问道。

“托玛斯吗？他对蜜月的看法就是麦当劳还有去球场打曲棍球。”

“他旅行吗？”

“去西北地区、基韦廷、耶洛奈夫、大奴湖、诺曼韦尔斯。这些地方他都去过。”

“我是说去国外。”

她摇摇头，“托玛斯不爱出国旅行。他说加拿大什么都有。”

“所以都有些什么？”

“生活所需样样都有，全都在这儿。所以为什么还要舍近求远？他说现在人旅行得太频繁。他说得没错。”

“这么说来他应该不需要护照啰。”乔纳森说。

“去你的，”她说，“送我上岸。”

但在他们做晚餐和再次做爱时，她对他言听计从。

无论白天夜晚，他们都在做爱。每天凌晨，当他从迪斯科舞厅上来，伊冯娜都会醒着等他刷过她房门当暗号，他会踮起脚走向她，她则拉着他压在她身上。这是她在走向荒漠之前的最后一次长饮。他们缠绵时几乎没有任何动作。因为这座阁楼仿佛一面鼓，稍有动静就会传遍整栋房子。当她在欢愉中即将达到高潮、忍不住要叫出来时，他会用手捂住她的嘴，她会咬住他的手，在拇指上留下齿痕。

如果被你母亲发现，她会把我赶出去，他说。

管他呢，她轻声说，将他搂得更紧。我要跟你走。她似乎已经把先前吐露的那些未来愿景全都抛诸脑后。

我还需要时间，他坚持道。

为取得护照？

为得到你。他说，一边在黑暗中笑。

她不想让他离开，但又不敢留他下来。拉杜利培夫人随时可能过来突袭检查。

“小心肝，你睡了吗？你快乐吗？距离婚礼只剩四个星期了，我的小宝贝呀，新娘子不可以太累。”

有一回，伊冯娜的母亲突然出现，乔纳森正好躺在她身旁，幸好拉杜利培夫人没把灯打开。

他们曾经开着伊冯娜那辆淡蓝色的庞蒂克跑车去托雷伦斯的汽车旅馆。那回幸亏他先走一步。当时她身上还有他的气味，朝自己车子走去时看见米咪·勒杜克从停在她隔壁的车里对她笑。

“你看了那场秀吗？”米咪摇下了车窗喊道。

“嗯哼。”

“太棒了，你说对不对？你有没有看到那件黑色小洋装？很露吧？很性感吧？”

“嗯。”

“我把它买下来了！你也买一件吧！就当嫁妆啰！”

伊冯娜的母亲去超市时，他们就在空客房或大更衣间里做爱。她尝尽了偷欢的乐趣。冒险对她来说就像毒品。她整天都在思考该如何找到与他独处片刻的机会。

“你什么时候去探访那位神父？”他问道。

“我准备好就会去。”她回答，语气中却带着苏菲那种仿佛另有隐情的严肃氛围。

她决定次日就去。

老萨维尼神父从不曾让伊冯娜失望。她还是孩子时，无论是挂念的事、开心的事还是后悔的事，都会与他分享。她父亲揍她时，是老萨维尼轻敷她乌青的眼睛、试图安抚她；当她母亲快将她逼到走投无路，萨维尼也会笑着对她说，其实她有时只是个傻女人。当伊冯娜开始和男孩子上床，他也从来没有叫她不要冲动。她失去信仰时他很伤心，但每到周日，那场她不再会去参加的弥撒结束后，她仍会去看他，并且必定会带着从旅馆顺手牵来的东西——比如一瓶酒。她今晚则带了一瓶威士忌。

“来来！伊冯娜！来坐。老天，你真是像苹果一样气色红润。你今天带什么来给我？应该是由我来买礼物给新娘子才对啊！”

他举杯祝贺她，往后靠在椅背上，那双昏花的老眼凝视着远方。

“在希望镇，彼此关爱是一种义务。”他表示。这话仿佛是从那些想结为连理的男女的布道中拣出来的。

“我知道。”

“一切就像昨天才发生似的——大家都是陌生人，都思念家人、思念祖国，也都有点畏惧丛林和印第安人。”

“我知道。”

“就是因为如此，我们才会聚在一起，彼此关爱。这是自然而然的，也是必要的。我们把这个大家庭奉献给上帝，我们成为他在这片蛮荒之地的子女。”

“我知道。”伊冯娜又说了一次，却暗暗希望自己没有来这儿。

“现在我们都是这个镇上的好镇民。‘希望镇’成长了，它善良、美丽、虔诚，但也很无趣。托玛斯近来如何？”

“托玛斯很好啊。”她边说边伸手去拿手提袋。

“你什么时候才会把他带来看我？如果是因为你母亲你才不愿意

让他来希望镇，现在也该让他接受火的试炼了！”说着他们笑成一团。有时萨维尼就是如此一针见血，她最喜欢他这一点。“他能够找到你这样的妻子，一定有两把刷子。他追求你时攻势猛烈吗？爱你爱到发狂吗？一天写三次信给你吗？”

“托玛斯有点健忘。”

老神父一边重复着“健忘”一边摇头，他们又不约而同笑了出来。她把她的手提袋打开，从一个透明信封中拿出两张照片，一张递给他，又从桌上取来他那副旧的钢架眼镜递给他，然后静静看他端详照片。

“这是托玛斯？天啊，他长得真好看！你怎么从来没有告诉过我呢？健忘？你说这人吗？他这么耀眼！若是碰到这样的男人，你母亲一定立刻拜倒在他脚下。”

他把乔纳森的照片拿远着欣赏，又把照片倾斜过来，让从窗户透进来的阳光照上。

“我正想给他个惊喜，带他去度蜜月，”她说，“他还没有护照。我准备在婚礼的时候塞一本到他手里。”

这位老人已经在摸着毛衣找钢笔了。她立刻掏出一支，替他把照片翻过来，看着他一张张签上名字。他行使的是魁北克法律赋予他的证婚职权。神父用像小孩的缓慢速度在照片背后签下名字，她则从手提袋抽出蓝色的护照申请表：“*表格A，十六岁以上使用*”，然后指着表上某处，那里必须再签一次名，以证明他和申请人熟识。

“我该说我认识他多久呢？我可从来没有正眼见过这家伙啊！”

“那就写一直都认识好了。”伊冯娜边说边看他填上“*一辈子*”。

汤姆，她当晚就兴奋地发了电报给未婚夫，电报里写：*教会要看你的出生证明。用快递寄到芭贝特给我。要永远爱我哦。伊冯娜上。*

乔纳森轻轻刷过她房门时，她假装睡着，不做回应。但是当他站在她身旁，她又坐直了身体，一把将他抓住，比平日更饥渴。我成功了，她不住地轻声对他说。我拿到了！一定能行！

这事结束后的某个傍晚，拉杜利培夫人拜访了那位身材壮硕的警官的豪华办公室。她穿着一件淡紫色的裙子，也许是因为心情有些低落。

"安杰莉克，"警官边说话边拉来一张椅子，"亲爱的，我随时听候差遣。"

这位警官和老神父一样，都是上了年纪、有丰富人生阅历的人。墙上贴了他的签名照，那是他在盛年拍的照片。那时他身穿厚厚的毛皮大衣，抓着狗拉的雪橇，在树林里追逐骑马的逃犯，犹如孤军奋战的英雄。但这些会勾起回忆的物品对警官而言都只是当年之勇。如今，他白苍苍的下颌把昔日很有男子气概的侧脸给藏起来了，圆滚滚的腹部卡在制服皮带上，活像一颗咖啡色的橄榄球。

"你们的舞女又惹麻烦了吗？"这位警官露出明知故问的笑容问。

"谢谢你的关心，路易，目前为止没这回事。"

"那是有人把手伸进你们的收银机了吗？"

"不是，路易，我们的账目也都很清楚，谢谢。"

警官听出了她话中的含意，起了戒心。

"很高兴你这么说，安杰莉克，毕竟最近这类事情层出不穷。世风日下，人心不古……你要喝点什么？"

"谢谢你，路易，我今天来不是日常拜访，而是希望你能询问安德烈在旅馆雇用的一位年轻人。"

"他做了什么好事？"

“不如说安德烈做了什么好事。他雇用一个拿不出身份文件的人。他一直都太天真了。”

“安德烈心地好，安杰莉克。他的心地真的很好。”

“也许问题就出在他心地太好。这个人已经在旅馆工作了将近十个礼拜，而他的文件至今都没到。他要害我们变成用黑工的雇主了。”

“安杰莉克，我们这儿并不是渥太华，你很清楚。”

“他说他是瑞士人。”

“说不定他真的是。瑞士是个好国家。”

“起先他告诉安德烈他的护照被扣在移民局，然后又说护照在瑞士大使馆等待续签，现在又说护照在别的地方。所以到底在哪里？”

“总之我这里没有，安杰莉克。你也知道渥太华那里，那些家伙光是擦屁股都要花上三个月。”他边说边因为自己的妙语如珠发出得意的笑声。

拉杜利培夫人涨红了脸，但那红色很不好看。她不是因为尴尬，而是因为一股怒气。警官一见，紧张起来。

“他不是瑞士人。”她说。

“安杰莉克，你怎么知道？”

“因为我打过电话给瑞士大使馆，我说我是他母亲。”

“然后呢？”

“我说他们这样把护照扣住不发，我非常生气，我儿子无法工作，欠了一屁股债，现在沮丧得不得了。就算他们不能核发护照好了，也请寄一张存证信函来，说明一切都在依法进行中。”

“你做得很好，安杰莉克，你实在是个厉害的演员，大家都知道。”

“然而他们没有他的记录，没听说过雅克·博勒加德——这个住在加拿大的瑞士人—— 一切都是杜撰的。他是来骗吃骗喝的。”

“你说他是什么？”

“他引诱我的女儿伊冯娜，把她搞得晕头转向。他外表斯文，但实质是个骗子。他刻意拐骗我女儿、刻意想偷走旅馆、偷走我们心灵的平静、我们的满足、我们的……”

她有一长串被乔纳森窃盗的清单。她夜半辗转难眠的时候，就开始瞎编，再把女儿被这偷儿迷得神魂颠倒的证据一样一样加进来。她唯独没有坦承连自己的心也被偷走了。

10

小型机场的跑道是横穿路易斯安那州一处棕褐色沼泽区的一条绿色的带状区域。牛群在一旁吃草，白鹭鸶栖息在牛背上。若从空中鸟瞰，这些鸟儿就像是点点白雪。在这条带状区的尽头矗立着一栋曾被当成飞机棚的破烂铁皮屋，一条红土轨道从主干道路延伸到铁皮屋前，但斯特雷斯基无法确定自己要找的是不是这地方——又或者，他是打心底就不喜欢这里。他使赛斯纳飞机倾斜机身，转了个弯让它滑行，然后再做低空飞行，倾斜着越过沼泽区。伯尔在飞机后座看到小屋旁有架旧的燃油泵，后面则有一扇门，门上装了铁丝刺网。那扇门是关着的，似乎没有活人出没的迹象。一直到伯尔看见草地上有新留下的轮胎痕迹，斯特雷斯基才注意到它们，而且似乎挺满意的——他打开节流阀，让飞机在空中转了一圈，掉头从西边又飞了回去。他一定是在对讲机中对弗林讲了什么，因为弗林原本放在膝上、长满斑点的手掌从小型轻机枪上移开，反常地做了个拉丁式的耸肩。从巴吞鲁日起飞至今，已经过了一个小时。

赛斯纳小飞机发出犹如老人的呼噜声降落，在跑道上颠簸滑行。那些正在吃草的牛连头都没抬一下，那些白鹭鸶也一样。斯特雷斯基和弗林从飞机跳下草坪。这条堤道是通过沼泽地带的通行路，两旁都是冒着蒸汽的沼泽地，还不断发出仿佛咂嘴的啧啧声；肥大的甲虫在地表蒸汽中穿梭进出。弗林带路，朝着铁皮小屋走去。他不断打量左右，观察周围动静，抱在胸前的轻机枪也随着左右晃荡。斯特雷斯基一手提着公文包，另一手拎着一杆自动步枪，跟在他身后。伯尔则走在他们后面，手上什么都没有，只在心里不住祈祷着。他很少接受射击训练，而且讨厌枪支。

这位帕特·弗林到过缅甸北部，斯特雷斯基说。这位帕特·弗林到过萨尔瓦多……这位帕特·弗林竟然是个基督徒……斯特雷斯基喜欢以敬畏的口气提起弗林。

伯尔研究着脚下的胎痕。这些痕迹到底是车子还是飞机留下的？他认为应该有方法辨识，但他其实不知道方法，这令他感到不太好意思。

“我们跟迈克尔说过你是个后台很硬的英国人，”斯特雷斯基说，“差不多像是温斯顿·丘吉尔的姑妈。”

“要更硬一点。”弗林说。

“那是卢肯神父和迈克尔老兄。”前晚，他们坐在劳德代尔那间海滨小屋的露天平台，斯特雷斯基这么对伯尔说，“我们由帕特·弗林来下命令。如果你有事情要问迈克尔，基本上全由这位帕特来执行的。这家伙是个烂人、是个混账。你说是吧，帕特？”

弗林用巨大的手掌盖住嘴，遮住参差不齐的牙齿。“迈克尔眉清目秀啊。”他郑重地说。

“而且很虔诚，”斯特雷斯基说，“迈克尔非常、非常有神性，是吧，帕特？”

“他是个如假包换的基督徒。”弗林再次证实。

在一阵笑声中，斯特雷斯基和弗林向伯尔透露迈克尔老兄信基督教，以及他是如何接受更高的感召，摇身变为大泄密者的故事。斯特雷斯基坚称，多亏弗林探员碰巧在某次大斋期的周末放下妻子去波士顿灵修，并以一箱爱尔兰布什米尔单一麦芽威士忌与几位志趣相投的神学院戒酒人士来治愈他的灵魂，若非如此，这一切根本不会开始。

“我这样讲对吧，帕特？”可能是担心弗林快要睡着了，斯特雷斯基急切地问。

“一点也不差，乔。”弗林表示同意，继续啜饮威士忌，拿了一大块比萨饼塞进嘴里，和蔼地注视从大西洋海面升上来的满月。

然而帕特和他那位可敬的教友连第一瓶威士忌都没喝完，伦纳德——斯特雷斯基继续说下去——阿博特神父点名的时候，径自询问了美国海关特别探员帕特里克·弗林，想知道他愿不愿意到他静僻的个人办公室做个短暂的咨询。

斯特雷斯基说，探员弗林好心地接受提议后，两人进到阿博特神父的办公室，见到长了一对招风耳的瘦长德州小伙子——他就是卢肯神父。他来自新奥尔良的圣母之血修道院，这个地方因为某个只有教皇才知道的原因，归波士顿的阿博特神父管辖。

斯特雷斯基继续说，这位卢肯——这个有招风耳和粉刺的年轻小伙——非常热衷于替圣母拯救迷失的灵魂，方法是私下苦修，以及拿圣母玛利亚的使徒作为范例。

弗林不住地笑，涨红了脸，点头表示同意，然后又像个傻瓜那样猛拉前额的头发。此时斯特雷斯基说，在升华的过程中，卢肯一直在听取某位忏悔者的告解。他的女儿为父亲罪恶放荡的生活及纵情酒色深感羞耻，前阵子以极为病态的方式结束了自己的性命。斯特雷斯基又说，这位悲伤、痛苦的忏悔者对卢肯坦承了一切，这个可怜的孩子当即夹着尾巴一路冲到波士顿去见他的阿博特神父，寻求精神的指导——还需要些嗅盐，因为这位忏悔者可能是卢肯或任何人遇到过的最可怕也最邪恶的无赖……

“伦纳德，那些吸毒者的忏悔就像是一顿用餐时间极短的飨宴。”斯特雷斯基的话透着哲思，弗林冷静地对着月亮微笑，“他自责吗？没人知道。帕特里克逮到他时，迈克尔已经因为自己的一时失误而后悔了，同时拿出了第一及第五修正案和他生病的祖母当借口。还有，不论他说了什么，由于他呈现出神志不清、过度悲痛的症状，他所说的一切都不能记录在案。但我们这位帕特……”弗林听到这里，笑得更开心了，“帕特靠着宗教信仰挽回劣势。他给迈克尔两种选择。第一种是在教养院关上七十到九十年，过不见天日的日子；第二条路是和上帝互助合作，祈求他获得赦免，然后继续在花花世界中追逐声色犬马。迈克尔与造物主沟通了二十秒，又好好问了问自己的良心，最后决定选择第二条路。”

站在铁皮小屋里的弗林让伯尔和斯特雷斯基进来。小屋散发着蝙蝠的臭味，屋子好似壁炉，向他们散发出热气。那张破烂的桌子、木凳和桌子四周那几张折叠起来的塑料椅都沾了蝙蝠粪便。倒吊在铁梁上的蝙蝠就像吓破胆的小丑，三三两两地挨着。一台破收音机摆在发电机旁的墙上，墙壁有一排旧的弹孔。伯尔觉得一定有人砸烂了这个地方。大概有人这么说：如果我们不打算用这个地方，其他人也别想用，于是他们把能砸的都砸烂。弗林到屋外做了最后一次巡视，然后把铁皮屋的门关上。伯尔猜想，他关门的动作会不会也是一种信号？弗林带了绿色的蚊香来。纸袋上的印刷字体写着：拯救地球，今日开始不用纸袋。弗林点燃蚊香，绿色的烟雾开始盘旋升上屋顶，熏得蝙蝠坐立难安。墙上的西班牙文涂鸦则断言美国佬必将灭亡。

斯特雷斯基和弗林坐在那张长凳上，伯尔找了一张破椅，将就着想要坐稳。他确认了方才在地上看到的胎痕是车轮留下的，是四个车轮笔直向前开过留下的痕迹。弗林把机枪横放在膝上，弯起食指扣住扳机，双眼紧闭，听着蝉鸣。斯特雷斯基说过，这条飞机跑道是一群大麻走私犯在六十年代建造的，若打算在现今用它来运货，就规模太小了。现在的毒贩是用贴了民航标识的波音 747 来运毒，把毒品藏在普通的空运货品中，在设备最先进的机场起降。卸货后，他们还会将飞机装满貂皮大衣、飞回去送给那些婊子，高杀伤力的手榴弹则带给伙伴。贩毒者跟干运输业的人一样，不喜欢空机返航。

半小时过去，伯尔被蚊香熏得作呕。热带气候逼出的汗水淋浴似的不断流下，衣衫全湿。斯特雷斯基拿了一个里面装了温水的塑料瓶给他，伯尔喝了一点，又用水将手帕浸湿、擦抹眉毛。伯尔不禁想，那告密的家伙去告密了，我们又被识破了。斯特雷斯基张开原本交叉的双腿，让胯下舒服一些。他抚弄着膝上的四五自动手枪，踝部的铝制枪套里还挂着一把左轮，以备不时之需。

“我们告诉他，你是个博士。”斯特雷斯基说，“我本想告诉他你以前是公爵，但帕特不同意。”

弗林又点了一卷蚊香，按原定计划的动作，轻巧地走向一侧，同时将机关枪瞄准门上方。伯尔没看见斯特雷斯基移动，但一转过身就发现斯特雷斯基紧贴墙上，手握着自动手枪、瞄准屋顶。伯尔则留在原地。要当一个称职的跟班，最好的方式就是乖乖坐好、把嘴闭紧。

门开了，火红的阳光洒进屋内，一个身材瘦长、脸上有刮胡刀痕和粉刺的年轻人探头进来四处打量。他生了对招风耳。伯尔一眼就看出来了。那双流露恐惧的眼睛轮流检视众人，在伯尔脸上停得最久。他缩着头退了出去，门仍然半开着。他们隐约听到有人在喊“哪里？”或“这里？”又有人以安抚的语调低声回应。门被猛地推开，那个愤怒身影正是保罗·阿波斯托尔博士——又名阿波或阿皮太提斯，或迈克尔老兄。他趾高气扬地走进小屋，与其说是个忏悔者，更像个来寻失踪马匹的小小将领。仿佛着了魔似的，伯尔的烦躁不安顿时不见了，他想，这人就是阿波斯托尔——各卡特尔倚为军师之人，是他将罗珀计划的第一手资料带给我们，与罗珀狼狈为奸、共策阴谋，沾他的油水、得他的好处，和他一同在游艇上大放厥词，只要得空就立刻出卖他。

“这位是从英国来的博士。”弗林正色说道，示意伯尔。

“您好，博士，”阿波斯托尔回应，语气不悦，但依旧严肃认真，“若是有点身份地位，一切都会不一样。我十分尊敬贵国。我的祖先有许多位都是英国贵族。”

“我还以为会是希腊恶棍呢。”斯特雷斯基说。阿波斯托尔一出现，他立即把闷在心中的怨恨与敌意发泄出来。

“我母亲这一边是贵族。”阿波斯托尔说，“我的母亲与德文郡公爵有亲戚关系。”

“真的假的。”斯特雷斯基说。

阿波斯托尔没理他。他交谈的对象是伯尔。

“我是个讲原则的人，博士，您身为英国人，应该能够理解。我同时也是圣母玛利亚虔诚的信徒，有幸接受她的指引。我不会妄加论断，而是根据我所得到的事实来判断，根据我的法律知识做出一些假设情况下的建议。话讲完，我就走。”

房里的酷热、恶臭和蝉叫都被忘得一干二净。这是工作，是例行公事。当情报机构的主管在安全屋中找线人了解情报时，举世皆然：弗林一口爱尔兰腔的英语，他做警察时就这么说话；阿波斯托尔措辞精准犀利，一如他在法庭上为人辩护时所做的那样。伯尔想起照片中的阿波斯托尔，对比他现在尖削的下巴和凹陷的眼睛，不禁想，他掉了好些体重。

斯特雷斯基抓着机关枪，一边夸张地做出懒得理会阿波斯托尔的模样，一边留意着敞开的出口和飞机跑道的动静。卢肯紧张地坐在他的忏悔者身旁，头稍抬起，眉毛微扬。卢肯穿着蓝色牛仔布工作服，阿波斯托尔却穿得仿佛就要面对行刑队——白色长袖衬衫，黑色棉质长裤，脖子上有一串金项链，上头还有圣母玛利亚张开双臂的塑像。偏大的黑色波浪形假发很有技巧地歪向一边。伯尔发现他拿错尺寸了。

弗林正在进行情报主管的常规发问：你来参加这次会议以什么做的掩护？你开车出城有没有被人看见？你什么时候得回去？我们下次何时见面？在何处见？你上次说你办公室的安妮特小姐开车跟踪你，她现在怎么样了？

阿波斯托尔此时瞄了瞄卢肯神父，后者一直凝视着前方不远处。

"我记得你讲的那件事。已经解决了。"阿波斯托尔说。

"怎么解决的？"弗林问道。

"那女的对我有好感。我建议她参加我们的祷告团队，她误会了我的动机。后来她向我道歉，我也接受了。"

但卢肯神父显然无法忍受。"迈克尔，你讲的并不是百分之百的事实。"他语气严厉，将手从脸上移开，好方便说话，"帕特里克，迈克尔对她始乱终弃，他先上了安妮特，接着又上了她的室友。安妮特起疑，便想查他的底细。你还干了其他什么？"

“我可以回答下个问题了吗？”阿波斯托尔打断他。

弗林把两台袖珍录音机放在桌上，让它们开始运作。

“迈克尔，黑鹰都还在吗？”弗林问道。

“帕特里克，我没听见这问题。”阿波斯托尔回答说。

“噢，我倒是听见了，”斯特雷斯基反驳，“那些卡特尔他妈的还要不要那些战斗直升机？要还是不要。老天！”

伯尔见过白脸黑脸的游戏，但斯特雷斯基的憎恶实在太逼真了。

“通常，讨论这种事情的时候我不该在场，”阿波斯托尔回答，“罗珀先生说得好，他说他的天赋就是让鞋能合脚。如果对罗珀先生而言，那些黑鹰是必要的，那么就应该要那些战斗直升机。”

斯特雷斯基怒气冲冲地在一本便条纸上涂写了一些什么。“有人知道我们什么时候可以定下这件事吗？”他粗声问，“还是我们要告诉华盛顿，得他妈的再等一年？”

阿波斯托尔发出轻蔑的笑声。“帕特里克，虽然你这位朋友想要立刻表达他的爱国热忱，但可能得先忍一下了，”他说，“罗珀先生强调自己并不急，我的客户也同意他的看法。‘好事多磨。’这句西班牙谚语是经过验证的。身为拉丁裔，我的客户对时间的观念都很成熟。”他瞥了眼伯尔。“圣母玛利亚的信徒都是淡泊且自制的，”他解释说，“很多人诋毁圣母玛利亚，但他们的轻蔑却使得她的谦卑变得更为神圣。”

双方又开始你来我往了。哪些好事分子，哪些会面地点……订购和交付的货物……进出加勒比海洗钱系统的金钱……卡特尔最近在迈阿密市中心的建筑项目……

最后，弗林笑着主动对伯尔提问：“那么，博士，现在有没有什么事是您自己想请教迈克尔老兄的？”

“噢，有，帕特里克，谢谢你，我真的有。”伯尔很有礼貌地说，“我跟迈克尔老兄刚认识——当然，他在这件事情上给我们的协助让我留下深刻的印象——首先，如果可以，我想请教他几个较大范围的背景问题——多是性质问题，不是内容问题。”

“没问题，您尽管问。”弗林还没有回答，阿波斯托尔就友善地插嘴，“能有机会和英国的绅士切磋，是我的荣幸。”

先从大处着手，再慢慢进入核心，斯特雷斯基曾如此建议，利用你的英国特质藏好你的本意。

“帕特里克，我身为罗珀的同乡，对这整件事情一直有一个疑问，”伯尔对弗林说，“罗珀的秘诀到底是什么？为什么可以拿到别人都拿不到的好处？以色列、法国、古巴这些国家都说要向那些卡特尔供应更有效的武器，除了以色列，其他国家都无功而返。如果别人都没有办法劝动迈克尔老兄的客户，让他们组织一支装备像样点的军队，那么理查德·翁斯洛·罗珀又是怎么办到的？”

出乎伯尔的意料，阿波斯托尔瘦削的五官亮起一抹令人难以想象的温暖神采，他的嗓音有一种仿佛歌唱的颤音。

“博士，您这位同乡罗珀先生并非普通商人，他是个魔法师呀！他有见识，有胆量，还能鼓动群众。罗珀先生之所以这么杰出，是因为他突破常规。”

斯特雷斯基低声爆了句粗口，阿波斯托尔仍滔滔不绝地讲下去。

“先生，与翁斯洛·罗珀先生一起打发时间是种特权，更是观看一场盛大的表演。很多人表面上来找我的客户推销武器，实际上却打从心底瞧不起他们。他们摇着尾巴带着礼物来，他们谄媚奉承，可是缺乏诚意。他们是跑单帮的，只想迅速捞一票。而罗珀先生从不会瞧不起客户。他是绅士，不是谄上骄下的势利鬼。罗珀先生会恭祝他们发财，对他们说他们很清楚该怎么利用上天给的财富。他赞扬他们有手腕、有胆量。他说这个世界就是弱肉强食，不是每种生物都能好好活下来，所以优胜劣汰天经地义。唯一的问题在于：到底谁才是强者？当他讲到这里，会请他们看一部片子，一部非常专业、安排得又非常好的影片。不太长，不过于技术性。非常适合他们看。”

而你就在那里——伯尔边想边看着阿波斯托尔，他一边讲一边扬扬得意起来——在某人巨大的牧场或公寓中，四周簇拥着打扮得花枝招展的妓女，还有穿牛仔裤、手持冲锋枪的农家子弟，你懒洋洋地躺在豹皮沙发上，看着超大尺寸的电视，享用纯金鸡尾酒摇酒器摇出来的美酒，和你的客户一起。你们，都被这位恍如贵族的英国魔法师的影片给勾掉了魂。

“他让我们看英国特种部队如何突袭伦敦的伊朗大使馆，或美国特种部队如何在丛林中接受训练——那是美国的‘三角洲部队’。他也放映世界上最新、最厉害的武器的宣传片，接着他会再问一遍：我们之中谁是强者？然后又问我们，如果美国人已经不想再在玻利维亚的农作物上喷除草剂，也懒得在底特律拦截五十公斤毒品，终于决定要把我的客户从睡梦中拖出来、戴上手铐脚镣送到迈阿密，并且按照他们对付诺列加将军[1]的方式，依据美国法律让他们面对公审的羞辱，到那时候，他们要怎么办？他会这样问他们，坐拥如此庞大的财富，却没有受到适当的保护，这正确吗？合情合理吗？‘你不开旧车，不穿旧衣，也不睡老女人。那为什么不用最新的武器来保护自己？你们手下有勇夫，都是忠心耿耿的男子汉，我一看就知道。但我认为一百个那样的人当中连五个有资格参加我要为你组的部队的人也找不出

[1] Manuel Antonio Noriega Moreno（1934—2017），巴拿马政治家、军人、独裁者。

来。’讲完后，罗珀先生就会把他的公司——也就是‘铁牌公司’介绍给他们。他会特别指出这家公司受人推崇的程度、它多元化的经营，它的油轮船队和运输设备，它在矿石、木材和农业机械等方面令人刮目相看的交易纪录。此外，铁牌公司也熟知该如何通过非正式渠道运输某些原料，和世界主要港口那些乐于合作的官员维持着良好关系，同时更善于以巧妙的方式利用离岸公司。这样的一个人完全可以使最黑暗的深渊被圣母玛利亚的信息照亮。”

阿波斯托尔停顿了一下——不过，他只是要拿玻璃杯喝卢肯神父从塑料瓶倒给他的水。

那种用手提箱装百元美钞做生意的时代早已成为历史，他继续说，用橄榄油把安全套润滑后吞下肚、结果在海关被拉到X光扫描屋的日子早就过去了，开着小飞机以身犯险、飞越墨西哥湾的日子也过去了。罗珀先生和他的同僚提供的是没有后患、送货上门的服务。他会把商品直接送到中欧和东欧的新兴市场去。

“毒品！”阿波斯托尔的脱罪之辞说到这儿，斯特雷斯基再也按捺不住，一股脑儿爆发出来，“你客户的商品都是毒品，迈克尔！罗珀拿枪来换经过处理、精炼，纯度他妈的高达百分之九十九点九的可卡因，这些毒品都是用小飞机运输的价格来计算！成堆成堆的破玩意儿！他会把这些毒品运到欧洲到处乱倒，毒死一群小鬼、毁掉他人的人生，赚进亿万财富！是不是？”

尽管他暴跳如雷，阿波斯托尔却似乎充耳未闻，“罗珀先生不指望我的客户先付订金，博士，他会用自己的资源提供客户端做买卖所需的资金。他不会伸手跟人要钱。他给予他们的信任超出了常理，他郑重地对他们表示，如果在交易上不诚实，他们就会破坏他的信誉，害他的公司破产，把他的投资人都吓跑，再难回锅。不过，他对我的客户有信心，他知道这些人都是好家伙。他说，最幸运的事——最能保障他不受干扰、规避风险的方式，就是先从自己的口袋拿钱出来给整个企业，以后再一起结清。他打算这么做，他对他们推心置腹。不仅如此，罗珀先生还强调自己无意和我客户长久以来在欧洲的同行竞争，他会完全按照客户意愿空手进入这条供应链，然后再空手出来。他把货送去给我客户的指定收货人后，就当作自己的任务已经完成。如果我的客户不愿指派收货人，罗珀先生则会很乐意安排一位不知情的第三方。”

阿波斯托尔从口袋拉出一条很大的丝质手帕，擦掉假发底下冒出的汗水。

行了，伯尔趁着这个空当暗想，开始吧。

“迈克尔，那科尔克兰少校会出现在这种场合上吗？”伯尔不经意地问。

阿波斯托尔顿时把眉一蹙，脸上出现不悦的神色。他的口气变得尖酸刻薄，“很明显，科尔克兰少校就像兰伯恩勋爵，是一位重要贵宾，负责播放影片、送往迎来，在场与宾客寒暄。他与女士相处一向措辞得当，无论是为来宾倒酒点烟都很受欢迎。当我的客户半开玩笑地说要拿科尔克兰少校当人质，一直到买卖做成，在场女士都欣然同意。我把大致的合作意向书拟好后，兰伯恩勋爵和科尔克兰少校会发表一通有点滑稽的讲话，再用龙飞凤舞的字体代表罗珀先生签字。我的客户都喜欢听些幽默的话，减轻平日沉重的负担。”他有些愤慨地吸了口气，张开小小的拳头，让大家看他手上握的念珠，“很不幸的是，博士，因为帕特里克和他这位牙尖嘴利的朋友的坚持，我不得不当着我客户的面诋毁科尔克兰少校，让他们对他再无兴趣。这不是基督徒该有的行为，这等同是做伪证。对此我深感遗憾，卢肯神父也有同感。”

“肮脏至极，”卢肯埋怨，“我认为这根本不道德，对吧？”

“迈克尔，你介意告诉我到目前为止，你的客户到底都听到些什么？科尔克兰少校到底因此损失了什么？”

阿波斯托尔像只愤怒的公鸡一样抬起了头，脖子上青筋暴起。

“先生，我的客户从别处听来的消息与我无关，至于我告诉了他们什么……精确地说，我只告诉了他们我的……”他似乎一时语塞，“我以律师的身份把科尔克兰过去的背景告诉我的客户，这些‘过去’若是属实，将会使他再也无法长期担任名义持有人。”

“比方说？”

“我曾不得不告诉他们他的生活不检点，沉溺酒精和毒品。惭愧的是，我也告诉过他们他言行失当，然而这与我认识的少校完全不符。即使喝了酒，他也是最懂分寸的一位。”他怒气冲冲地对弗林点了点头，“我知道这令人不齿的举动无非是为了除掉科尔克兰少校这个中间人，以便能打击到罗珀先生本人。我必须要告诉各位，恕我无法苟同你们在此事中所抱的乐观态度；即使我很乐观，也不认为这种行为符合军人的行为准则。如果科尔克兰少校被证实不胜任，罗珀先生一定会再找一位负责签名的人。”

“就你所知，罗珀先生知道你的客户对科尔克兰少校持保留态度吗？”伯尔问。

“先生，我既不是罗珀先生的管家，也不是我客户的管家。他们不会把内部的讨论内容告诉我。关于这一点，我是绝对尊重的。”

伯尔把手伸进被汗水湿透的西装口袋，拿出一个软绵绵的信封，一边撕开一边听弗林用浓重的爱尔兰口音解释它的内容。

“迈克尔，博士随身携带的是科尔克兰少校受雇于罗珀先生之前一连串不当行为的记录。大部分事件牵涉到乱搞男女关系，少部分则与扰乱公共秩序、酒驾、吸毒、数日逾期不归，再加侵吞部队公款的行为有关。身为客户利益的守护人，你听闻和这个可怜虫有关的谣言，不禁忧心忡忡，因此你私下在英国全境做了谨慎且低调的调查，而这就是你所得到的结果。”

阿波斯托尔没等他讲完就提出抗议：“先生，我在佛罗里达和路易斯安那的律师界可是有头有脸的人物，也是戴德县律师协会的前任主席。科尔克兰少校并不是表里不一的人，我不会为你们利用去陷害一个无辜之人。”

“你他妈的给我坐下！”斯特雷斯基吼道，“你讲的那个什么律师协会都是狗屁。”

“他瞎编的，”卢肯一脸失望地对伯尔说，“他的话不能信。不管他说什么，真正的意思总是相反。假设他说这是真实案例，最后你会发现根本没这回事。我不知道该如何阻止他这种行为。”

伯尔压低了音量请求：“帕特里克，不如这样——我们只谈操作时间就好，行不行？”

他们又走回赛斯纳飞机。依旧由弗林带头，枪横持在胸前。

“你觉得行得通吗？”伯尔问，“你真的不觉得他只是在瞎蒙？”

“别忘了，我们很蠢，”斯特雷斯基说，“我们都是无能的警察。”

“也都是些混蛋。”弗林平静地附和。

11

第一拳打在乔纳森身上时，他好像还在睡梦中。他听见自己的颚骨被击碎，一片昏天黑地，好一段时间眼前金星直冒。他看到拉杜利培一脸扭曲，咬牙切齿地瞪着自己，然后右臂一收，打算再给他来个重重一击。但像他这样仿佛敲钉槌子似的挥出拳头，实在是非常愚蠢的举动，这会让你破绽大开，对方想怎么反击都可以。他听到拉杜利培的问题，同时发现这其实已经是他第二次问了。

“你这牲畜，你到底是什么来历？”

接着他看到那些装空瓶的箱子（乔纳森下午才帮乌克兰人把箱子拿到院子里堆着），他还听到从迪斯科舞厅安全出口传来的脱衣舞表演的音乐；他看到一弯新月挂在拉杜利培的头上，就像一道弯曲的光环。他记得拉杜利培要他出来一下，他也想着自己似乎应该对拉杜利培做出反击，或至少挡住第二拳。但不知道自己是不太在乎，还是出于某种骑士精神，他没还手。因此，第二拳又落在他身上，打在离第一拳不远的地方。一瞬间，他忆起回到孤儿院的那段时期，某一次，他在黑暗中奔跑，结果一头撞上消防栓。但现在的感觉没那么强烈，不是因为他的头已经麻痹了，就是因为那其实并非消防栓。第二拳的力道根本不到第一拳的一半，不过他的嘴角还是被打裂了，温热的血沿着下颚流出来。

“你的瑞士护照在哪里？你到底是不是瑞士人？你给我说清楚你到底是什么身份？你把我女儿的生活搞得一团糟，把我老婆逼疯，还跟我们同桌用餐！你到底是什么人？为什么要对我撒谎？”

就在拉杜利培收手之际，乔纳森朝着他双腿之间的胯下踢去。拉杜利培一个重心不稳，仰面跌倒在地。但乔纳森也很小心，尽可能不让他摔得太重。这里不像兰尼恩，有轻风吹拂过的柔软草地可以当靠垫。这院子地上铺的可是上等的加拿大柏油。但拉杜利培没有就此罢手，反而猛站起身，一把扭住乔纳森的胳膊，强押着他走入旅馆后方那条又脏又臭的巷子。多年来，这里一直是这地区男性贪图方便时的野外厕所。拉杜利培那辆切若基吉普车就停在这条小巷子底。他们靠近那辆车时，乔纳森听见车的引擎正在转动。

“上车！”拉杜利培对他喝令。他打开后车门，想硬把乔纳森推进去，只可惜动作不灵活。乔纳森还是爬进了车里。其实他心里非常清楚，他爬上去的时候只要一个出脚就能把拉杜利培放倒——只要往额上一踢，甚至还可以要了对方的命——拉杜利培那两道粗黑的斯拉夫眉毛高度正好，乔纳森可以轻易踢碎他的太阳穴。在车内灯光的映照下，他看到他那个来自“第三世界”的安全气囊就摆在后座。

“把你的安全带系上！*现在就系！*”拉杜利培大吼，好像觉得只要一系上安全带，乔纳森就会像囚犯一样乖乖听命。

乔纳森言听计从。拉杜利培发动引擎，转眼间，希望镇的最后一丝光亮消失在他们身后。他们驶进加拿大的黑暗夜色，车子持续开了二十分钟，拉杜利培才拿起一包香烟递给乔纳森。乔纳森拿了一支烟，借着仪表盘上的打火机点燃，又替拉杜利培也点了一支。从车子的挡风玻璃看出去，夜空辽阔，繁星点点。

“现在你总该说点实话了吧？”拉杜利培试图维持刚才的挑衅

口吻。

“我是英国人，”乔纳森说，“我和一个人起了冲突，他抢走我的钱，我只好逃到这里。不过我也可能逃到任何地方。”

一辆车超过他们，不过不是淡蓝色的庞蒂克。

“你杀了那人？”

“好像是这样。”

“怎么杀的？”

对着他的脸开一枪，他想。用的是一把要推枪栓的霰弹枪。我出卖了他，将他的狗开膛破肚。

“他们说他的脖子断了。”他跟先前一样，以避重就轻的语气回答，不知为何突然不太情愿再撒谎。

“你为什么就不能放过她？”拉杜利培悲愤地大声质问，“托玛斯是个好人，她有幸福美满的未来等在面前。我的天啊！”

“她人在哪里？”

拉杜利培好像不太清楚，只是猛吸一口气。他们正往北驶，乔纳森不时从后照镜看到一对车前灯。这是有人尾随的迹象，而且每次看感觉都一样。

“她妈妈去报警了。”拉杜利培说。

“什么时候去的？”乔纳森问道，但又想应该先问为什么去报警才对。尾随他们的车靠近了。给我退后，他心想。

“她去瑞士大使馆查过你，而他们根本没听过你这个人——你还会再干一次吗？”

“再干什么一次？”

“像对付抢你钱的人一样扭断别人的脖子？”

“他当时拿着刀朝我冲过来。”

“他们派人来找我，”拉杜利培说，好像觉得这件事对他而言是一桩耻辱，“那个警察想要知道你是怎样一个人。你有没有兜售毒品，是不是打过很多电话到镇外，你到底认识什么人？他们觉得你是黑帮老大，但没有查到你做这些事的记录。他们从渥太华得到一张照片，照片上的人跟你有点像。我请他们等到早上客人都睡下之后再来。”

他们已经开到一个十字路口。拉杜利培把车子驶离大马路。他像跑了很长一段路的信差一样，上气不接下气地说：“这地方的逃犯要不是往北，就是往南，你最好往西，去安大略。别再回来了，懂不懂？你如果又回来，我就……”他吸了几口气才说，“也许杀人的就会换成我了。”

乔纳森拿起了他的袋子爬出车外，走入一片漆黑中。车外正下着雨，从松树林飘散出来的一股松脂味弥漫在空气中。后头那辆紧追不舍的车超过了他们，就在那一秒乔纳森看到她那辆庞蒂克的后车牌。不过，拉杜利培却只是紧盯着乔纳森，没看到那辆车。

“这是你的薪水。”他边说边递了一沓钞票给乔纳森。

她从对面车道把车开回来，切过马路中线掉了个头。他们坐在她车上，车里的灯大开，那个褐色信封就放在她的大腿上。信封并没有打开，一角印着寄信人的姓名：渥太华对外事务部，护照部门。经由芭贝特城堡伊冯娜·拉杜利培转交托玛斯·拉蒙——也就是那个说加拿大什么都有的托玛斯。

“你为什么不还手？”她问。

她的一边脸肿起来了，那侧的眼睛也紧紧闭起。我就是以此谋生的，他想，我总是害人毁容。

“他只是很生气罢了。”他说。

“要我带你到什么地方吗？开车送你一程？或是把你带到什么地点让你下车？”

“接下来交给我就好。”

“有没有什么要我帮你做的？”

他摇了摇头，接着再摇了一次，直到确定她看见了。

她把信封递给他。“哪个比较好？”她有些刻薄地问，“和我上床，还是拿到护照？”

“两个都好。很谢谢你。”

“少来！我一定要知道！哪个比较好？”

他打开车门，下了车。他借着车内的灯光看到她笑得灿烂。

“你差点就骗倒我了，你知道吗？该死，我差点就误会了！如果我们只是厮混一下午，自然不错，但论过日子我绝对会选择托玛斯。”

“很高兴我还算有点用处。”他说。

“所以对你来说这到底算什么？”她咄咄逼人，但脸上依旧挂着笑容，“得了吧，至少评个分，一到九——是五呢、六，还是零？老天，我是说，难道你从不记一下分数吗？”

“谢谢你。”他再说一遍。

他关上车门，借着一点点天光看到她低下了头，又抬起来，挺起胸，然后发动引擎。引擎发动后，她又等了片刻，专注地盯着前方。他觉得自己动不了也说不出话。她把车开上高速公路，在最初的几百码路，车子的大灯都还没有打开。她要不是忘了，就是根本不在乎。她似乎是靠罗盘就这么行驶在夜色中。

你杀了这女人吗？

我没有。不过我的确是为了她的护照才跟她结婚的。

一辆货车驶近，乔纳森上了车。开车的是个叫艾德的黑人，他贷款时出了点问题。五小时的车程中，他不吐不快。他们从一个不知名的地点驶向另一个不知名的地点，路上，乔纳森拨电话到多伦多，一边听着接线员愉快的闲谈，一边等他们把他的电话转接到加拿大东部的森林垃圾堆处理所。

“我叫杰里米，是菲利浦的朋友。”他说。他每周都从不同的公共电话亭打去报到，而且总是说这句话。有时他听得到电话又被转接到别处，有时甚至不知道他打到多伦多的电话是否真的接通了。

“早安，杰里米！还是说你那里现在是晚上？近来过得可好啊，老兄？”

一直到现在，乔纳森都以为对方是个性格活泼的人，但这次跟他对话的仿佛是另外一个奥格尔维，虚假、专横。

“请你告诉他，‘影子’已经处理好，我在路上了。”

“容我代局里恭喜你一声。”那个复制出来的奥格尔维说。

那晚他梦见了兰尼恩，梦见成百上千的凤头麦鸡聚集在悬崖，优雅地鼓起翅膀起飞，然后打了个转，翻滚一圈向下俯冲。直到一阵反常的东风出其不意袭来。他看见五十只鸟死亡，还有更多在海面浮沉。他还梦见是自己召来了鸟儿，却又在他动身去找那个世上最可恶的恶棍时放任它们死去。

安全屋就应该是这样，伯尔不禁这么想。不再是路易斯安那州沼泽区那个住满蝙蝠的铁皮屋，或布鲁姆斯伯里那个客卧两用的房间，充斥着牛奶馊了的酸味以及前任房客留下的烟臭。此时此刻起，若要会见我们的线人，就要在康涅狄格州这几座装了白色挡风板的屋子里，四周有十亩林地，书房内铺皮革，摆满教你如何成为巨富的书籍。屋外还有篮球架、防止野鹿闯入的电篱笆，以及一盏捕蚊灯，会在傍晚发出病态的紫光，把诱捕来的小虫烧得扑哧扑哧响。伯尔坚持要办烤肉大会，买了足以供应好几个军团的肉。他解开领带、脱下西装，将深红色的烤肉酱涂抹在三块巨大的牛排上，乔纳森穿着泳裤，懒洋洋地躺在泳池旁，前一天才从伦敦过来的鲁克则坐在躺椅上抽着烟斗。

“她会说吗？”伯尔问道。没回应，“我刚刚问‘她会说吗’？”

“说什么？”乔纳森说。

“护照的事。你怎么想？”

乔纳森又跳回水中，来回游了几趟。伯尔等他爬出泳池，问了第三遍。

“应该不会。”乔纳森边说边用毛巾使劲地擦头。

“为什么不会？”鲁克透过他制造出来的烟雾问道，“这些人通常都会讲的。”

“她为什么要说？她还有托玛斯啊。”乔纳森说。

这一整天，他们都默默忍受他的缄默不语。早上大半时间他都在森林里独自漫步。他们出去购物时他则坐在车里——伯尔去超市买吃的，鲁克去“全家裤装”替儿子买了顶西部牛仔帽。

“你把神经放松一点好吗？”伯尔说，“要不要倒杯苏格兰威士忌？或别的酒？是我，伯尔啊，我现在只是想做个风险评估。”

乔纳森为伯尔斟满加奎宁水的杜松子酒，也为自己倒了一杯。“伦敦那边如何？”他问。

“还是老样子。”伯尔回他。此时牛排上猛地冒出一阵烤肉的烟。他把牛排翻面，将红色酱汁涂在烧焦处。

“那个老神父呢？”鲁克隔着游泳池喊，“等他发现他根本没签那张照片时，铁定会吓一大跳，是不是？”

“她说过她会打理好这件事。”乔纳森回答道。

“她一定是个了不起的女人。”鲁克说。

“她的确是。”乔纳森说完又跳进水里，在池中飞快地来回，仿佛一个永远洗不净身体的人。

他们在捕蚊灯令人神经紧绷的声响中享用晚餐。伯尔觉得这牛排并没有他们想象的那么差。只要肉好，就算想故意毁掉它最多也只能做到这样。伯尔不时透过烛光偷偷观察乔纳森，此时他正和鲁克谈到在加拿大骑摩托车的事。你正在敞开自我，他松了一口气。你正在恢复过来，其实你只是需要跟我们聊聊而已。

他们挤在那间小屋里，鲁克此时已摩拳擦掌、跃跃欲试。他把烧木柴的炉子点起来，又把两样东西摊在桌上：他为托玛斯·拉蒙所写的推荐信，以及中介用的私人游艇简介手册。

“这船叫‘萨拉曼德号’。”鲁克说。乔纳森站在他身后看着桌上的文件，伯尔则站在屋子的另一头看他们，“全长一百三十英尺，船主是华尔街的暴发户，目前还没招到厨子。这艘是‘珀耳塞福涅号’，不过那些出得起钱买她的人都念不来这个名字，所以船主想把她改名为‘洛丽塔号’……她全长两百英尺，需要十位船员，外加六名警卫、两个厨师和一位总管。目前他们正在物色总管，我们认为你是最佳人选。”鲁克又拿出一张照片，上头的人穿着网球装、咧着嘴笑，看来反应挺快，“这人叫比利·伯恩，在罗德岛纽波特经营一家船只出租与船员中介公司。两位船主都是他的客户，你可以告诉他你会烹饪、开船，再把你的那些介绍信拿给他看，他不会去一一查核的，而且‘写’介绍信的人都在地球的另一端。比利比较在意的是你能否胜任这些工作，是不是他所谓的‘文明人’，还有，你在警方那里有没有前科。而你确实能胜任，是他心中的‘文明人’，而且没有前科记录——我是说托玛斯没有。”

“罗珀也是比利的客户之一？”乔纳森抢在所有人之前发问。

“管好你自己就好了。”伯尔在他待的那个角落出声，大家都笑了。但在开心的笑声背后有着一个众人心照不宣的真相：乔纳森对罗珀和他的生意知道得愈少，就愈不可能会暴露他自己。

“比利·伯恩是你的王牌，乔纳森。”鲁克说，“你一拿到报酬就要送一份佣金给他。当你开始做一件新工作，一定要先通知比利，告诉他你进行得如何。好好跟着那人，他就会为你打开任何一扇你想打开的门。凡是比利疼爱的人全都非常喜欢他。”

“这是你的最后一轮资格赛，”伯尔说，“通过这个回合后，就是决战。”

第二天一早，乔纳森去晨泳，其他人经过一夜休息，也都神采奕奕。鲁克拿出了他的魔法盒：一台设有调幅频率的机密无线电话。他们先走进森林玩捉迷藏，大家轮流藏起盒子，再把它找出来。在给予作战指示的时间外，鲁克会要乔纳森用它打电话到伦敦，并通过它接收来自伦敦的电话，直到他对这套系统了如指掌。他也教他如何换电池，如何给电池充电，以及如何从电源偷电使用。讲解完这台无线电话后，鲁克又拿出他另一个珍藏品：一部超小型的照相机。它长得像芝宝牌打火机，但他说这不只是操作简单，而且真的可以拍照。他们前前后后在康涅狄格州待了三天，比伯尔预定的时间长一点。

“这是我们好好谈这件事最后的机会了。”他一直这样告诉鲁克，好像只要说了，不断推迟就能被合理化。

要谈什么？又要谈到什么地步？事后，伯尔承认，他只是想等到再也不能逃避的那一刻。但每次只要碰上乔纳森，他都不知道该如何开口。

“如果这样说能让你觉得好点——那位女骑师还是倍受宠爱，”他这么说是希望能让乔纳森心情好点，“她还没从马鞍上摔下来。”

然而关于伊冯娜的记忆一定还令他深深挂心，因为乔纳森从头到尾几乎没有露出一丝笑容。

“他在埃及时一定和那个叫苏菲的女人有过一段，一定有。”他们飞回家的途中，伯尔对鲁克说。

鲁克皱了一下眉，不以为然。他并不赞同伯尔天马行空地凭直觉猜测，也不认同伯尔玷污一位过世女子的名声。

“亲爱的凯蒂就跟一只淋湿的母鸡一样疯。”哈里·帕尔弗里在古德休位于肯地奇镇的家中客厅享受威士忌，骄傲地宣布。他今年五十，头发灰白，形容憔悴，酗酒令他嘴唇肿胀，眼神焦虑不安。他穿着律师的黑色背心，从泰晤士河对岸的办公室直接过来，“她会从华盛顿搭协和喷气式飞机回来，马乔兰正赶往希斯罗机场接她。这是拥战党派的聚会啊。”

“达克尔为什么不自己去？”

“他喜欢置身事外。即使他们都是他的代理人——譬如马乔兰——他还是可以说他当时不在场。”

古德休原本想要问些别的问题，想了想又觉得还是不要打断帕尔弗里的诉苦。

“凯蒂说，美国表亲已经开始醒悟，注意到目前的处境。他们认为斯特雷斯基在迈阿密把他们当傻瓜耍了，这正是你和伯尔怂恿他而且帮助他干出来的好事。她说，她光是站在波多马克河河畔就能看见一股浓烟从国会山冒出来。她说，大家都在谈自家后院的新变数和权力真空。但这些是她听来的还是自己编的，我就不得而知了。”

“我的上帝，我真是恨透了那些变数。”古德休再为帕尔弗里倒一杯威士忌，借此争取了一些时间，“今天早上我一直埋在各种公事里，这一天都毁了。我的老板步步高升——不是晋升，不是增加、成长、进步或倍增，就是步步高升！干杯！”

但是，就在古德休吐出这些字眼的当下，他突然打了一股冷战，背后的寒毛都竖起来了，还一连打了好几个喷嚏。

“他们到底要什么，哈里？”他问道。

帕尔弗里把脸皱在一起，活像是肥皂泡沫弄进眼睛一样。他把嘴凑近杯子，喝了口酒。

他说：“他们要帽贝计划。”

12

理查德·罗珀先生的游艇“钢铁帕莎号”于六点整出现在猎人岛东面的外海，划破万里无云的夜空，像一艘攻击快艇，在风平浪静的海面上朝迪普湾疾驶，外形越发清晰。因为不希望有人怀疑她并非帕莎号，船员早已通过卫星无线电话在外港预订好位置，好让这艘游艇长时间停泊。同时，他们在露天平台订了一桌八点三十分入席的十六人餐点、为餐后举行的螃蟹大赛订好第一排位置，连菜单也是经过讨论才定案的。大人都爱海鲜，小孩吃薯条和烤鸡——如果冰块准备得不够，大厨就会发疯。

现在不是旅游旺季，每年的这个时候，除了从拿骚和迈阿密开出的商船，加勒比海上看不到多少大型游艇。不过，如果有游艇想停泊在猎人岛，恐怕不会受到玛玛·罗的热情款待。玛玛·罗喜欢有钱人的游艇，对一般游艇则没有什么好脸色。

乔纳森已经等了帕莎号一个星期，见到这艘游艇的第一反应却是思考自己是否被骗了，还开玩笑似的突发奇想，想逃到内地仅有的一座小镇上，或是抢夺玛玛·罗那艘旧杂货船“海螺号”。这艘船的船尾装有马达，此刻就停在离他远眺帕莎号进港的地点不到二十码外的地方。他在心里一次次复诵：帕莎号装有两具两千马力的柴油引擎，船的后甲板有向后延伸的平台，可供直升机停泊。另外，她还有超大沃斯帕减摇装置和位于船尾的水上飞机发射器。帕莎号的确是艘了不起的船。

尽管事先知道这些信息，他心中的忧虑也并未消除。一直到现在他都以为是自己在向罗珀步步进逼，但其实是罗珀在向他逼近。他先是一阵晕眩，之后又感到饥肠辘辘。接着，他听到玛玛·罗对他大喊，要他这个该死的加拿大白人快点上去，他才稍微觉得好一些。他顺着木头码头跑回去，沿沙路跑上小木屋。他在海边待了几个星期，容貌有了很大的改变。他的步伐有跑海人的闲散，目光变得柔和，脸上也有了健康的光泽。他朝斜坡走去，见到西边日落前的太阳变得巨大，周围也形成一圈带着黄铜的光环。玛玛·罗的两个儿子沿着石子路把那张著名的圆桌滚到露天平台上去。他们分别叫作威灵顿和纳尔逊，但玛玛·罗叫的是他们的小名"狠拳"和"湿眼"。"狠拳"今年十六岁，一身肥肉，现在其实应该在拿骚上学，但他不想去。"湿眼"瘦得像把利刃，吸大麻，讨厌白人。这两个小孩推那个桌子已经推了半小时，嘻嘻哈哈，根本没推多远。

乔纳森走过他们身旁，狠拳表示："要我说，巴哈马会让人变笨。"

"这话可是你说的，狠拳，不是我。"

湿眼看着他，没有任何笑意。乔纳森随意地对他行了个礼，仿佛在抹玻璃似的，并感觉他一路盯着自己走上那条小路。他想，如果我真的一睡不醒，十之八九是湿眼用他常提起的那把弯刀割断了我的喉咙。想到这里，他突然领悟其实在猎人岛上他也不能睡几天了——无论是死了还是怎样。他再次在心中推算帕莎号的位置，她开始掉转船身了，她将需要不少空间。

"拉蒙老爷，加拿大的白老粗！你听到了没有？你是我这倒霉黑人雇过的最懒的白老粗！你什么病也没生，我要跟比利·伯恩说你他妈的就是‘懒’而已。”

玛玛·罗坐在阳台上，旁边有位身材高挑、容貌姣好的黑人女子。她头上戴着塑料发卷。大家只知道她叫阿梅莉亚小姐。他一边拿着啤酒罐喝，一边大声嚷嚷。他老是爱说自己有“二十二颗石头高，四英尺宽，头顶像电灯泡闪闪发亮”。玛玛·罗曾经对某个美国副总统大吼，叫他去死，他在特立尼达和多巴哥有私生子，在佛罗里达也有过成千上万的不动产。他的脖子粗壮，总挂着一串骷髅头金项链。太阳刚落下，他就戴上那顶上教堂用的草帽，帽子边缘有纸做的玫瑰，而整片帽顶还用深紫红色的线绣满了“玛玛”字样。

“你今天晚上要烧青口贝给他们吃吗，拉蒙老爷？”他大喊大叫，声音大得像是乔纳森还在水边，“还是就那样躺在那里吹牛皮、做白日梦？”

“玛玛，你说要吃青口贝，那我就做青口贝。”乔纳森笑着回答。此时阿梅莉亚正温柔地用纤长的玉手轻碰发缘。

“你要该死的去哪里弄青口贝给他们，你想过没有？有才有鬼！你只会满口白人屁话。”

“玛玛，你今天早上不是跟甘姆斯先生买了一篮上好的青口贝吗？还特地为帕莎号买了十五只小龙虾，不是吗？”

“你说我跟甘姆斯先生那头蜜熊买？我买了吗？见鬼，大概有吧。我说，你可要把他们喂得饱饱的，知不知道？我们有上流人士来啊，有几位英国达官贵人，还有有钱人家的小王子、小公主，我们要为他们演唱动听的黑人曲子，让他们体会一下什么叫作地道的黑人风格，是啊，那些混蛋。”说着说着，他又喝了一口啤酒，“狠拳，你到底要不要把那张破桌推上来？你现在就想死吗？”

每天傍晚，玛玛·罗都用这种方式对他的下属说话。在这世外桃源度过一天的磨难后，只要半瓶兰姆酒下肚，外加阿梅莉亚小姐的殷勤伺候，他的幽默感就会回来了。

乔纳森绕道走进厨房后方的洗手间，换上白色衣服，并想起了伊冯娜。每次换上白衣他都想到她。伊冯娜已经暂时取代了苏菲的地位，成为令他唾弃自己的象征。他体内一阵阵的紧张情绪涌动着一股对性的冲动，当他切着培根和大蒜时，指尖总不住刺痛。触电般的期待像电流一样在他背上扩散。这间厨房和船上的厨房一样，干净又整齐，有不锈钢操作面和一台霍巴特钢制洗碗机。乔纳森边工作边透过铁窗看着“钢铁帕莎号”向前航行，同时也注视着她的雷达桅杆和半圆形的卫星通信接收器，还有卡莱尔和芬奇牌探照灯。从他所站的位置，还可以辨识出位于船尾的红色船旗正在飘扬，以及挂在船舱里的金色窗帘。

“你爱的人都在船上。”伯尔曾在电话上这么对他说。电话亭是从迪普湾码头朝海的方向走去，左边数来第三间。

梅拉妮·罗丝在水槽前边削地瓜边跟着收音机唱着福音歌曲。梅拉妮·罗丝在教会学校教书，跟一个叫塞西尔的生了一对双胞胎女儿。这位塞西尔先生三个月前买了一张来回票回到伊柳塞拉岛，至今尚未使用那张回程票。但梅拉妮·罗丝深深相信，塞西尔也许某天还是会回到她身边。同时，塞西尔原本担任的厨师职位就由乔纳森暂代，成为玛玛·罗的第二位厨师。每到星期六，梅拉妮·罗丝就会找奥图尔来安慰自己。奥图尔正在洗鱼桌前清洗鲈鱼。由于今天已是星期五，他俩便热络起来。

“你明天要去跳舞吗，梅拉妮·罗丝？”奥图尔问道。

“一个人跳舞多没意思，奥图尔。”梅拉妮·罗丝用轻蔑的口吻说道。

玛玛·罗大摇大摆走进来，一屁股坐在他的折叠椅上，笑着摇了摇头，仿佛某个萦绕不去的旋律又在脑中响起。一名开船的波斯人最近做了个礼物送他：一串忘忧念珠。这串念珠正挂在他粗大的手指上。太阳差不多要落下了，帕莎号在外海鸣笛致意。

“该死，你倒是挺在行的。”玛玛·罗以钦佩的语气轻声说道，转头透过敞开的门瞪着这艘船，“你这该死的有钱白人，理查德·翁斯洛·罗珀，他妈的罗珀。拉蒙先生，你小心点，今晚得把菜烧好，不然帕莎号的那位罗珀先生铁定会把你宰了吃，我们这群倒霉黑鬼就得吃他剩下的屑屑，捡他盘里剩下的。”

“他那些钱是怎么赚来的？”乔纳森一边努力工作一边问。

“你说罗珀吗？”玛玛·罗难以置信地问，“你是说你不知道吗？”

“我的确不知道。”

“拉蒙先生，我也不知道，而且我很肯定地告诉你，不要去问。他在拿骚有个大公司，虽然现在差不多快把老本赔光了。在不景气的时候还能这么有钱，那他一定是三头六臂的恶棍。”

再过一会儿，玛玛·罗就要开始熬煮龙虾的辣椒酱。到时整个厨房就会陷入一阵令人畏惧的肃穆。目前为止，没有一个厨师助手敢说那些船来猎人岛不是为了玛玛的辣椒酱。

帕莎号进港了，船上的十六个人也很快就会到。当第一批用餐者在少数几张桌前就座时，厨房仿佛充满一种战斗气氛。没有人再谈当年勇，没有人急急忙忙涂上伪装用的迷彩，也不再紧张地检查武器。这组人变成一组沉默的团队，只用眼神和动作相互沟通，像无言的舞者一般穿梭来往。当又一个传奇的夜晚在玛玛·罗的船上揭开序幕，就连“狠拳”和“湿眼”也在紧张气氛中安静下来。阿梅莉亚小姐头上仍戴着塑料发夹，站在收银机前准备收她的第一笔账。玛玛·罗戴着他远近闻名的帽子到处穿梭，一会儿低声用一连串粗话鼓舞工作伙伴集中注意力，一会儿又到前线对他憎恨的敌人虚情假意一番；接着又退回厨房，努力压低他的大嗓门，以更有效率的方式发号施令：

“八号桌，那位漂亮的白人女士——根本是条该死的毛毛虫，什么都不吃，只吃生菜叶。两份‘玛玛沙拉’！奥图尔！六号桌的小混球除了汉堡什么都不要！给他一个儿童汉堡，吐口水在上面！这个世界到底是怎么了，奥图尔？难道他们连牙都没了吗？难道他们连鱼都不吃了吗？湿眼，拿五瓶七喜和两瓶‘玛玛潘趣酒’到一号桌。拿走，拉蒙先生，你就继续煮你的青口贝，再来六打也可以，听好，不管怎样一定要留下给帕莎号的十六人份菜。青口贝直通五脏六腑，这群先生小姐今晚都要吃得尽兴，而且全靠你的青口贝。奥图尔，调味汁在哪里？不会都被你给喝掉了吧？梅拉妮·罗丝，亲爱的，你得翻翻那些土豆了，否则有你后悔的了。”

钢鼓乐队的演奏笼罩一切，这个乐团由六个强壮的猎人组成，在阳台上那座向外伸出的屋顶上热情洋溢地演奏，歌手的脸上汗涔涔的，在缤纷的灯光之下显得神采焕发。他们身上的白衬衫也在频闪闪光灯下熠熠发光。名叫亨利的男孩正在唱卡利普索民歌。亨利在拿骚卖可卡因，坐了五年的牢，出狱的时候看来苍老了许多。梅拉妮·罗丝对乔纳森说，亨利被痛打过后就失去了爱人的能力。她露出悲哀的笑容说：“有些本地人说，也许就是因为这样他唱歌时才那么情绪高涨。”

这晚很忙，是玛玛·罗一周里最忙碌的一晚，而他之所以格外兴奋，也是因为如此。玛玛·罗要准备五十八份晚餐，而他透过眼镜看到十六个人正往山上来——现在还只是淡季呢。乔纳森整整忙了一小时才偷到一点空闲做他想做的事。他拿冷水浇在头上，接着又透过双开式弹簧门上的窥视孔打量顾客。

这是近身观察者的视角：细心、技巧、彻底。在接触之前先对猎物做一次低调的深度研究。以往，乔纳森进行这项任务时可以延续数日——在沟渠里、树篱中、藏身于谷仓，双手和脸颊都涂上伪装迷彩，战斗服缝上真正的树叶。他现在也在做同样的事。我要等到有百分之百把握的时候，才会走到他的面前。

首先是下方的海港，灯光和几艘游艇围成马蹄铁的形状，像是一簇簇营火点燃在光滑如镜的水面，只要稍稍抬起视线，就能看到她："钢铁帕莎号"。她从船头到船尾都灯火通明，装点得金光闪闪，好像要参加嘉年华。乔纳森能分辨出警卫的身形：一个在前，一个在尾，还有一个潜伏在船桥的阴影底下。他们之中没有弗里斯基，也没有塔比。这两人今晚在陆上值班。乔纳森按既定的策略，一步步转移视野。首先上移到沙石地，再向下到浮木拱道。过了拱道就是玛玛 · 罗神圣的王国。他扫过被灯照亮的木槿丛还有在海盗旗两侧晃荡的那几面破烂的巴哈马旗帜，接着，目光停在舞池中，看到一对一把年纪的夫妇紧紧拥着对方，好像十分难以置信地用指尖抚摸对方的脸。乔纳森猜想，他们一定正在流亡，庆幸着自己仍能苟活在世；年轻人则热情地紧紧相依，静静享受音乐与节拍。乔纳森发现有两个年约四十、体形壮硕的男人，在一张靠近舞池的桌旁。两人穿着百慕大短裤，胸膛结实得像摔跤选手，一副盛气凌人、随时准备上演全武行的模样。你们也是吗，他在心里问他们，你们也是罗珀的走狗吗？

“也许他们会用‘香烟号’，”鲁克曾说，“它的船身低，行驶速度非常快，好驾驶，不吃水。”

这两人是黄昏前驾着一艘全新白色汽艇出现的，至于那艘船是不是所谓的“香烟号”，他不知道。不过，他们的确有职业人士的那种沉着感。

他们站起来，拍拍臀部，旅行袋拎在肩上。其中一人对玛玛·罗做出罗马式的挥手。

“先生！这里真好！菜做得好，真是太好了。”

他们高举手臂，大摇大摆地走下沙石路，上他们的船。

乔纳森断定他们只是无名小卒，跟其他人一样普通——或许是，或许不是。

他把目光转移到另一张桌子，那里坐着三个法国人和他们的女伴。他们喝过头了，他想。这些人面前已经放了十二杯玛玛·罗潘趣酒，而且没有人把自己的饮料倒进花瓶。他把视线焦点放在中间甲板上的酒吧，酒吧装饰着游艇的三角旗、蓝色马林鱼头和抢来的领带，里面有两个打扮得很亮丽的黑人女孩坐在高脚凳上，正与两位年约二十出头的黑人男子聊天。搞不好是你们俩，他想，搞不好是那两个女孩。搞不好你们都是。

他从眼角余光瞥见一艘低矮的白色汽艇驶出迪普湾。我的两个嫌疑犯消失了——似乎是这样。

他的目光又向上移到露台，看着世上最坏的恶棍正被侍从、弄臣、保镖和孩童簇拥着，在属于自己的卡米洛宫[1]里饮酒作乐。一如他那艘支配了港口的游艇，理查德·翁斯洛·罗珀先生也支配着他的

[1] Camelot，传说中亚瑟王与圆桌武士的宫廷所在地。

圆桌、露台和这家餐厅。他跟他的游艇不同，没有装点得灯火通明、光鲜亮丽，而是像个随便穿了几件家居服就出来帮朋友开门的人，只是随意罩了一件深蓝色的套头衫。

不过他仍在发号施令——从他犹如贵族的冷静头脑、迅速堆上面孔的笑容和流露出的智慧可以看出；从他自己说话或听人说话时听众对他的全神贯注，还有那张桌子周遭的一切可以看出；从桌上的盘子、酒瓶、绿色吊瓶中的蜡烛，还有孩子的面孔可以看出——这些事物全都以他为中心，有的离得近一些，有的远一些。就连像乔纳森这样的近身观察者也无法忽视这人的魅力。罗珀，他心想，是我啊，派因，就是叫你不要买意大利大理石雕像的那个人。

他思考这些事的当儿，露台上突然爆出哄堂大笑。罗珀带头笑开，众人大笑也正是因为他，他正挥动着古铜色的右手臂指着那个叫人捧腹大笑的笑点，同时，他也对着桌子对面的那位女士抬起头。由于距离太远，乔纳森只能看清楚她那头蓬散的栗色乱发和裸露的背；他马上想起那包裹在迈斯特饭店的睡袍中的吹弹即破的肌肤、修长的美腿，以及戴在她那双手和脖子上的串串珠宝。他感到一阵怒意——一如初次见她时流过全身的冲击以及油然升起的愤怒。为什么像她这样年轻、面貌姣好的女子，会投身罗珀这种恶人的羽翼之下、甘愿作他的俘虏？她笑了，又是那种滑稽的笑容。她嘴角歪斜，笑容古灵精怪，带着嘲讽。

他把她从心中压下，目光移到孩子聚集的桌子。兰伯恩有三个小孩，麦克阿瑟和丹比各有一个，伯尔曾说。罗珀是为了让丹尼尔高兴才带他们一起来的。

最后出现的是丹尼尔本人。他今年八岁，头发蓬乱，脸色苍白，下颌线条坚毅。乔纳森愧疚地把目光停在丹尼尔身上。

“我们就不能用别的人？”他问过鲁克，却碰了壁，一点回旋的余地也没有。

丹尼尔是罗珀的心肝宝贝，鲁克回答，而伯尔望着窗外表示：有最好的为什么不用？

伯尔说，那不过是五分钟的事。乔纳森，对一个八岁小孩来说五分钟算什么？

永生难忘。乔纳森一边想，一边忆起属于他的那几分钟。

此时，丹尼尔一脸严肃地跟杰德讲些什么。杰德低头跟他说话，蓬乱的栗色头发粗略地做了个中分。烛光映照两人脸庞勾勒出金色的轮廓，丹尼尔拉着她的手臂，她站起身，看了舞台上的乐队一眼，好像喊了个她认识的人。她摇曳着轻薄的裙子，两条腿一前一后打着圈跨过石凳，就像个十几岁的少女跳过花园大门。杰德和丹尼尔手拉手，蹦蹦跳跳走下石阶。她是上流艺妓，伯尔说过。没什么案底。乔纳森看着她抱起丹尼尔，心想：那得看你都记录到了什么。

时间暂停了。乐队正以缓慢的节奏演奏着桑巴，丹尼尔抓住杰德的臀部，好像要上她似的。她的姿态优美，近乎犯罪。突然一阵骚动，打断了乔纳森的幻想。丹尼尔的裤子突然发生了状况，杰德抓住他的裤腰，笑着帮他掩饰尴尬。丹尼尔裤子最顶端的那颗纽扣突然松开，杰德灵机一动，从梅拉妮·罗丝的围裙上借了一支特大号的安全别针把它别起来，丹尼尔终于露出笑容。罗珀站在矮墙向下俯视，像个骄傲检阅自己舰队的海军上将。丹尼尔一看到父亲正在看他，便放开了杰德，向他猛力挥手，十足的孩子气。而罗珀则是竖起大拇指回应。杰德向罗珀献上一个飞吻，抓起丹尼尔的双手向后仰，嘴里提示着节奏，让他跟上。桑巴的节奏变快了，丹尼尔渐渐抓到诀窍，稍微放松了一点。杰德袅娜的腰肢几乎可说是破坏公共秩序的。所谓世上最大的恶棍未免也太过幸运了。

乔纳森目光移回露台，大略扫过罗珀那群人中的其他组成分子。弗里斯基和塔比隔桌对坐，弗里斯基比较喜欢左边的精彩节目，塔比则观察着众食客和舞池里的动态。两人似乎都比乔纳森记忆中的更魁梧。兰伯恩勋爵的金发仍在脑后扎成马尾，他正在和一位漂亮的英国小姐聊天，而他那位阴郁的妻子则皱着眉瞪着舞池里的男男女女，他们对面坐着方才跟这对随行保镖在一起的科尔克兰少校。他拿着一顶带有老式伊顿风缎带的破旧巴拿马帽，正对着一个穿高领洋装、举止别扭的女孩献殷勤。她一会儿皱眉，一会儿涨红脸；一会儿傻笑，然后又敛起表情，严肃地吃下一大口冰淇淋。

那位无法行房的歌手亨利站在塔顶，突然开口唱了一首卡利普索民歌，讲的是一个非常困却无法入眠的女孩。舞池中，丹尼尔的胸口贴在杰德的腹部，头倚着她的胸口，双手仍抓着她的臀部。杰德就这样让他贴着自己，静静摇摆。

“六号桌的小姐，她的奶头像小狗一样。”奥图尔表示，一边用装了玛玛·罗潘趣酒的盘子顶了一下乔纳森的脊椎。

乔纳森最后一次注视了罗珀一眼，便转过头面向大海。月影从那艘灯火通明、童话般的游艇那儿一路延伸到海平面。

“拉蒙先生，敲响圣钟吧，先生！”玛玛·罗喊着，一面大手一挥把奥图尔推到一旁。他穿着一条有年头的马裤，戴着木髓遮阳帽，手上还拎着他最出名的黑篮子和马鞭。乔纳森跟着玛玛·罗到阳台上敲响铜钟。无论是他头上戴着的厨师帽还是一身白的厨师服，都令他成为显眼的目标。钟声向外海荡去，罗珀这行人中的儿童一个接一个从露台往小径走去，大人则由兰伯恩和两名家世不错的瘦削年轻人带领，以不疾不徐的步伐跟在后头。乐队开始击出一连串鼓声，四周的火把都熄灭了，各色聚光灯将舞池映照得像溜冰场一样熠熠发光。当玛玛·罗移向舞台正中央，手上的鞭子抽得噼啪响，罗珀和他的随从也开始来到前排预定好的位置就座。乔纳森望向大海。那艘可能是“香烟号”的游艇已在不知不觉间消失。他想，大概是绕过海岬往南去了。

“我站的这地方就是起跑线！要是有哪只黑螃蟹在枪声前偷跑，我就狠狠抽它十鞭！”

玛玛·罗的木髓遮阳帽斜戴在脑后，像个英国殖民地总督一样开始他那远近闻名的表演。

“这就是充满历史异议的圆圈，”他边说边指着脚下的圆形红斑，“这就是终点。这个篮子里面的每一只螃蟹都有一个号码，每只螃蟹都得拼命用力跑，如果不跑，俺要知道为啥。没有跑到终点的螃蟹就会被宰了吃掉。”

又是一阵噼里啪啦的挥鞭声，笑声逐渐沉寂。舞池边，狠拳和湿眼正从玛玛·罗小时候坐过的婴儿车里拿出朗姆潘趣酒，免费分给每个人。大一点的孩子盘腿坐着，那两个男孩两臂交叉，女孩则抱膝坐着；丹尼尔吮着大拇指靠在杰德身上，罗珀就站在她身旁。兰伯恩勋爵用闪光灯拍了张照片，惹得科尔克兰少校不太高兴。“桑迪，老兄，看在上帝的分上，这回就不能留在记忆里就好吗？”他压着嗓音，但声音还是回荡在露天剧场里。月亮像一盏粉红色的羊皮纸灯笼挂在海面上，港口灯光形成一道弧，一闪一闪。在乔纳森站的阳台上，奥图尔双手环抱梅拉妮·罗丝的臀部，她则扭着身体，欲迎还拒。只有戴着发卷的阿梅莉亚似乎置身事外。她的身影映在他们身后那扇亮着白光的厨房窗上，正在专心数钞票。

乐队又击出一阵鼓声，玛玛·罗弯下腰，抓起那只黑色柳条篮的盖子，高高举起，螃蟹都等着他一声令下。狠拳和湿眼抛开他们的婴儿车，手拿票券簿走到观众席中。

“三只螃蟹一起比赛！每只螃蟹赌注都一样！”乔纳森听到狠拳这么喊道。

玛玛·罗不断煽动观众跳进来参与。

“我正在物色！正在物色！”他用他的黑人嗓门尽力叫喊，“我正在物色一位最纯粹、最好的白人基督徒。通过这几只蠢螃蟹，他会知道自己背负什么责任，我要找一个不容他人顶嘴和反抗的人——你，先生！我现在要把我卑微的小小希望放在你身上了！”

他把鞭子对准丹尼尔，丹尼尔发出一声透着笑意的认真叫喊，把脸埋进杰德的裙子，然后又迅速飞奔到观众席后面。此时有个女孩已经自告奋勇跑上前，乔纳森听到那两个有钱人家的男孩对着她鼓掌，大声叫好。

“干得好，萨莉！把他们修理一顿，萨尔丝，太棒了！”

乔纳森仍是从阳台上居高临下俯视着酒吧。酒吧中有两对男女聚在一起，热切地谈着话，完全不管舞池中有何动静。他的视线又回到观众席，回到乐队，再回到这两者中间那弥漫危险气息的黑暗中。

他们一定会从露台后面进来。他们会用台阶旁的小树丛作掩护。你别乱跑，一定要待在厨房的阳台上，鲁克说。

那个叫萨莉还是萨尔丝的女孩拉长了脸往黑色篮子望。鼓手又抡起一阵鼓声。萨莉鼓起勇气，先把一只手伸进黑色的篮子，又把另一只手也伸了进去——最后她整个头都伸进去了，惹得众人一阵惊叫大笑。她头冒出来的时候一手拿着一只螃蟹，把它们并排在起跑点上。兰伯恩的照相机响个不停，镜头不断伸缩，闪光灯也不断闪烁。她又把头伸进篮子，抓出第三只螃蟹放在起跑点上，在那两个富家少爷的喝彩中跳回自己的座位。塔顶的小喇叭手吹起号角，回声萦绕不去。此时，一声枪响划破夜空，弗里斯基全无防备，立刻半蹲伏地，塔比出手推开观众，腾出射击的空间，却不知道该开枪打什么人。

就连乔纳森一时间也茫然搜寻着开枪者，直到他看到玛玛·罗帽檐下冷汗直流，手上那把起跑鸣枪冒烟的枪管正指向夜空。

螃蟹起跑了。

仿佛只是日常流程，事情就这么发生了。

没有模式，没有征兆，没引发骚动，也没听到尖叫，除了罗珀命令弗里斯基和塔比的简短的“不要动，现在什么都别做”之外，什么声音都没有。

真要说有什么令人印象深刻的话，不是声响，而是静寂：玛玛·罗不再高谈阔论，乐队不再演奏，富家少爷也不再大声喝彩。

这份沉寂慢慢扩散开，就像交响乐团在排练时出状况突然叫停一样。即使是乐团里最坚定或最状况外的乐手，在勉强继续吹了几节后声势也会减弱，最后完全停下。在后来的一段时间里，乔纳森注意到的就是猎人岛上的众人不再发出声响后传入耳中的一切：鸟叫、蝉鸣、企鹅岬外海珊瑚水域海浪拍岸的声音、墓地中某匹野马的嘶鸣，以及某个在迪普湾工作到很晚的人修理舷外挂机发出的槌声。再接下来他就什么都听不到了。这阵寂静渐渐扩大，变得极为骇人。而乔纳森，他站在阳台上，拥有极佳的视野，望见那两个身手老练的壮汉。这两人这晚早些时候曾驾着崭新的白色“香烟号”离开，而现在，他们像跟教友收取善款的教会人士一样一排排搜刮来者的手提袋、皮夹、皮包、手表，以及从后裤袋掏出的小额钞票。

噢，还有珠宝——严格说是杰德的珠宝。乔纳森刚巧看到她抬起裸露的双臂，先摘下左耳的耳环，再摘下右耳的，接着再把头发往一边拨开，微微弯身，从脖子上卸下项链，她的动作仿佛准备要上谁的床似的。伯尔说，除非你是迪基·罗珀的女人，不然在巴哈马群岛这种地方没有一个正常人会把珠宝戴在身上。

众人依旧无声无息，大家都懂规矩，没有人反对，没有人抵抗，也没有人表现出不悦的神色。他们对抢匪百依百顺的理由很简单：这两个抢匪中的一人拿着一只塑料公文包收纳众人的献礼，他的同伙推着一辆旧婴儿车，车上载了朗姆和威士忌的瓶子，以及装了罐装啤酒的冰桶。坐在啤酒和酒瓶之间的正是八岁的丹尼尔·罗珀。他就像一个被拿来当活祭品的小活佛，头上顶着一把手枪，正在经历伯尔所说的对于像他这种年龄的孩子来说，根本不算什么的“五分钟”——也许他没说错，因为丹尼尔正面带微笑地跟大家开玩笑，暗自庆幸能摆脱那可怕的螃蟹比赛。

乔纳森无法领会丹尼尔的玩笑。相反的，他看到一丝光芒，仿佛一团艳红怒火从眼中某个不知名的角落冒出。他觉得有一股强烈的召唤，要他加入战斗。当年，他对着在夜视镜里泛绿光、手上没有任何武器的爱尔兰青年清空了黑克勒手枪里的每一发子弹。这是在那夜之后他初次听到这么强烈的召唤，强烈到让他根本不需要思索。他无时无刻、醒着睡着都在准备为这一刻硬起心肠；他得去感受、畏惧、计划此事：如果他们这么做，那么合理的反应应该是这样；如果他们在这里，那么接下来就会到那里。不过，在这一刻以前他没有考虑到自己的情绪——他的第一个反应与他预想的不太一样。

他在阳台上尽可能退避到暗处，脱掉身上的白色厨师帽和厨师服，穿着短裤跑进厨房，快步朝柜台走去，阿梅莉亚小姐正在那儿涂指甲油。他抓起她的电话，把话筒贴近耳朵，对着话筒讲了好久，只是为了证明一个他早就知道的事实——电话线已经切断了。他抓起了一块擦碗布，跳到厨房正中央的桌上，拆掉厨房里照明用的霓虹灯条。同时，他命令阿梅莉亚小姐让柜台原封不动保持原样，并令她现在立刻上楼躲起来——不许发牢骚，不许把钱带走，不然他们就会来追她。借着外面弧光灯的照明，他冲到自己摆放刀架的工作台，挑了一把最锋利的切肉刀跑了出去——不是跑回阳台，而是穿过洗碗间，跑到南边的餐厅员工出入口。

为什么是刀？他边跑边想。为什么拿刀？我拿这把刀是想把谁剁成碎片？想归想，他还是把它握在手上，没有扔掉。手上能握着一把刀，他很欣慰，因为只要手上握有武器——不管是哪一种——总强过两个赤手空拳的人。至少手册上是这么说的。

一出门他就往南跑，一路压低身体，越过那些上百年岁数的仙人掌和海葡萄树，到达可俯瞰鹅脖海峡的崖壁。他气喘吁吁、汗流浃背，但看到了他要找的东西——那艘白色汽艇。它就停在海岬入口的东边，方便那两人逃走。他并没有停下来欣赏风景，而是持刀向后跑进黑漆漆的厨房。尽管来回只花不到一分钟，但已足够让阿梅莉亚小姐跑到楼上躲好。

透过熄灯的厨房中靠北的那扇窗，乔纳森一面观察一面思考那两名抢匪的行动，值得庆幸的是，那瞬间他终于克制住最初那股想杀人的愤怒。他的目标更清楚，呼吸也更稳定，他总算多少能控制住自己的冲动。但那股怒气究竟是哪儿来的？是从他内心深处难以言说的黑暗吧。这股怒气猛地升起，犹如滔滔巨浪那样淹过了他，它的源头仍是未知之谜。他握紧了刀，拇指在上，乔纳森，就跟在面包上涂奶油一模一样……挥动刀子，注视他的双眼……先不要出手太低，用另一只手稍微扰乱他……

科尔克兰少校戴着巴拿马帽，找到了一张椅子跨坐在上面，双臂交叠在椅背上，下颚顶着手臂，望着这两名抢匪，好像觉得他们是在表演一场时装秀。兰伯恩勋爵已经把他的照相机交出去，但那个拿公文包的男子一副看了就讨厌的模样将它扔到一边。乔纳森听见他故意拉长了声音说：“噢，你他妈的。”弗里斯基和塔比两人仿佛被鬼附身，在离他们目标不到五码处动也不动地站着，严阵以待，预备随时出手。但罗珀的右手仍伸在半空中，禁止他们有任何动作，他的眼神则一动也不动地紧盯着丹尼尔和这两名抢匪。

至于杰德，她身上已经一件珠宝都没有了，一个人孤零零地站在舞池边，紧张得不住颤抖，撑开了手指压在大腿上，像是要阻止自己向丹尼尔奔去。

“如果你要的是钱，尽管拿，”乔纳森听到罗珀说，他的语气极为平静，就像是在和帮忙跑腿的小孩说话，“你要十万块美钞吗？我有现金，就在船上，你随时都可以来拿，只要把孩子还给我。我不会要警察去抓你，只要把孩子还我，我一定让你们走。你听得懂吗？你会讲英文吗？科基，用西班牙文跟他们讲讲看？”

科尔克兰开口了，他按照吩咐以纯正的西班牙语把罗珀的话重复给他们。

乔纳森瞄了柜台一眼，阿梅莉亚的抽屉还敞开着，数了一半的钞票一沓沓散在柜台上。他注视着由舞池通往厨房的那条迂回的Z字通道。这条通道不但陡，而且路面铺得粗糙不平，只有脑袋有问题的人才会把一辆装满东西的婴儿车从这条通道推上去。通道也被灯光照得白茫茫一片，因此不管是谁，只要踏进黑漆漆的厨房都会一瞬间目盲。乔纳森从皮带底下抽出刀，冒汗的手掌在短裤后方擦了几下。

这伙抢匪开始往通道上走。抢匪挟持人质的方式对乔纳森而言非常重要，因为这将决定他的行动计划。伯尔称之为“以假乱真计划”。他曾说，乔纳森，你聆听周围时要像个瞎子，观察事物时要像个聋子。然而，截至目前，他印象中还没有人告诉他该如何单凭一把切肉刀就从两个枪手那里救下一个八岁的人质——还要全身而退。

他们一脚踏上了通道，底下那群人一动不动地待在原地，每个人的脸都被弧光灯照得发亮，直直盯着他们看，没有一个人有动作。杰德仍孤单地站在那儿，头发在灯光下泛着黄铜色的光。乔纳森又开始觉得迷失了，幼年时期那些不愉快的记忆在他眼前如洪水涌过——已解决的屈辱过往，还有未得到回应的祈祷。

走在前头的是拿公文包的抢匪，他的同伙则跟在二十码之后，拉着丹尼尔踏上通道。丹尼尔不再开玩笑了。前头那人拎着公文包大步疾行，押着丹尼尔的人走路的姿势古怪又别扭，不断转过身以自动手枪恐吓人群和孩子。他右手持枪。乔纳森把这点记下来。他露出手臂，枪上的保险是打开的。

“你难道不想跟我谈条件吗？”罗珀从舞池那里喊道，“我是他父亲，你们为什么不跟我谈谈？来做个交易如何？”

此时杰德开口了，嗓音中半是恐惧、半是挑衅，像个在下令的女骑师：“你们这些只会欺负弱小的家伙，为什么不抓大人？要抓就抓我们——不如抓我好了。”她的嗓音愈来愈大，害怕与愤怒全混在一起，“把他还回来，你们这些混账。”

挟持丹尼尔的人听到杰德的挑衅，扭着丹尼尔转身面对她，同时用枪抵着他的太阳穴，学电影反派的台词，以沙哑的布朗克斯口音咆哮：

“只要有人敢跟上来，敢上这条路，敢拦我们，我就宰了这孩子，听到没有？我先杀他，再杀你们。我不怕，我可是杀人不眨眼的。你们都给我乖乖地待在底下，不许说话。”

乔纳森伸出双手，臂上血脉偾张，指尖全在颤动。有时，他的双手仿佛有自己的意识，会反过来拉着他行动。急促的步伐传到阳台的木地板上，厨房门猛地被推开，有人伸手进来摸索电灯开关，又扳了几下，但没有用。一个声音上气不接下气地说：“他妈的，老天，到底是在哪里呀？妈的！”那巨大的身影朝着柜台的方向绊了一跤，倏然停步。

“有人吗？谁在这里？他妈的灯呢？他妈的为什么灯不亮？妈的！”

这是那个布朗克斯佬，乔纳森趴在那扇通往阳台的门后，再次暗记在心。即使那人的说话声离他很远，他还是认出了地道的布朗克斯口音。那人又移动了一下，一手将公文包拿在前方，一手摸索方向。

“是谁在这里，给我滚出来！我警告你，孩子在我们手上。要是想乱来我们就把孩子给宰了。不准跟我们玩花样。”

就在此时，他发现柜台上那一沓沓的钞票，就顺便把那些钞票都扫进了公文包。他把钱扫光之后又回到门口。此时，乔纳森和他只有一门之隔。他对着同伙大声喊叫。

“我要下去了，迈克！我要去发动船——你听到没有，靠！搞什么鬼！”他一副全天下人都欠他似的口气。他快步穿过厨房，到达洗碗间的门口，一脚将门踢开，朝通往鹅脖海峡的小径跑去。与此同时，乔纳森听见那个挟持着人质丹尼尔、叫作迈克的抢匪走过来。乔纳森再次在短裤上压了压冒汗的手掌，把汗擦干，接着从腰带上抽出刀，换到左手——刀尖朝上，仿佛要由下而上将某人开膛破肚。就在这时，他听见丹尼尔的啜泣。听起来像一声哽咽，也像闷着哭泣，就那么短短一瞬。他应该是在哭出声前就硬是忍住。半是啜泣，带着一点疲倦、着急、厌倦或挫败——无论穷苦或是富有，任何孩子都可能发出这种声响。他们或许是因为耳朵不太舒服，又或者是因为不肯上楼睡觉要你过来帮他盖被、哄他入睡。

但听在乔纳森耳里就像是他童年的呼喊。它曾在每一道回廊、每一座军营、每一间孤儿院，以及每个“阿姨”给他的客房中回荡。他又克制了一会儿自己，清楚迟一点再发动攻击更有胜算。他觉得自己的心跳慢下来，看见红色雾气凝聚在眼前，身体仿佛没了重量，一无所惧。他见到了苏菲，她的面容完美无瑕，脸上带着微笑。他听见大人沉沉的步伐，后头是小孩不情愿地拖着脚步跟随的声音。他知道挟持丹尼尔的抢匪正拉着他从木制阳台走了两步阶梯，下到了铺瓷砖的厨房地板。在抢匪踏上瓷砖地的瞬间，乔纳森从门后一个箭步窜出，双手扣住那人持枪的臂膀，毫不留情地使劲一扭，力道之大，足以折断他的手臂。同时，他也大叫了一声——这持续的宣泄呼喊是想要换口气，想呼救、要挟，想为太长太久的隐忍画下一个句点。那把手枪啪一声掉在瓷砖地上，被他一脚开。乔纳森抓着那人受重伤的手臂拖到门口，先抓住门，再整个人压在门上，硬将那人的臂膀夹在门和门框之间令他动弹不得。那个叫迈克的男子也吼了起来，但当乔纳森将利刃抵在他冷汗直冒的脖子上时，他立即停止尖叫。

“该死的！”迈克又痛又惊，低声说道，“你搞什么？他妈的！你是疯了还是怎样？我的天！”

“下山去找你妈，”乔纳森对丹尼尔说，“走，赶快走！”

虽然此刻他满腹怒气，但仍格外谨慎地选择自己的措辞，他知道以后可能会持续受到现在说的话的影响——区区一名厨子为什么会知道丹尼尔的名字？怎么晓得杰德不是他母亲、他的生母此刻正远在数千里外的多塞特？但他说话时便发现丹尼尔其实已经听不见了，他凝视着乔纳森身后的另一扇门。一定是那个拿公文包的人听到尖叫，打算回来帮忙。

“那个混账扭断我的手臂！”叫迈克的大吼，“疯子！他妈的放开我的手！杰瑞！他有刀！别惹他。我的手断了，这家伙他妈的扭了我的手两次，没在开玩笑。他疯了！”

但乔纳森依旧揪着他那只可能已经断了的手臂，拿刀抵着这人粗壮的脖子。他仰起头，张着嘴，活像是在看牙医，汗湿的头发披在脸上。而眼前红雾弥漫的乔纳森如有必要可以不择手段，且绝对不会良心不安。

“回到那个台阶，上去，”他故意压低声音，不想吓到丹尼尔，“小心点，快走，快！”

即便再不情愿，丹尼尔还是在他催促下转身离开。他转过头，步伐踉跄地走下阶梯，朝着那排弧光灯和僵在那里的人群跑去，同时在头上高高挥舞着一只手，像要宣告他的成就。在那个叫杰瑞的用枪托揍乔纳森，接着又打了他的右脸和眼睛，在他第三下揍他的时候，这成为乔纳森脑中唯一能慰藉他的画面。他仿佛漂浮在苏菲满地的血泊中。当他躺在地上、等着恢复力气，杰瑞又结结实实地踢了他几脚，然后才抓住迈克没受伤的手臂，将他往厨房对面的房门拖；迈克又是一阵尖声咒骂。乔纳森很高兴地发现那只塞满的公文包就那么掉在不远处，杰瑞显然无法将手臂动弹不得的迈克和赃物一起带走。

又传来一阵脚步声和人声。乔纳森一瞬间以为他们决定要回过头再补踹他几脚。但此时他脑袋已经很不清楚，弄错了声音的方向，此时聚在他身旁看着他的不是敌人，而是朋友。他为了这些人和那两名抢匪打了起来，差点送命。这些人当中有塔比和弗里斯基、兰伯恩和那两个富家子弟，那对跳舞时脸贴着脸的老夫妇，还有从酒吧跑出来的四个年轻黑人，然后是狠拳和湿眼……最后才是罗珀、杰德，与夹在他们中间的小丹尼尔。阿梅莉亚小姐哭个不停，好像乔纳森也把她的手扭断了，玛玛·罗叫阿梅莉亚小姐闭嘴，但她还是不停尖叫着说："可怜的拉蒙！"罗珀听到了，十分不悦。

"她为什么叫他拉蒙？"罗珀侧着头，想把乔纳森埋在血泊里的脸看清楚。

"他是迈斯特皇宫饭店的派因，是那个值夜班的小伙子。英国人。你认得他吗，塔比？"

"是他没错，老大。"塔比一边证实罗珀的话，一边跪在乔纳森身旁，测量他的脉搏。

透过眼角余光，乔纳森看到弗里斯基捡起丢在地上的公文包，朝里头瞥了一眼。

"都在这里，老大。"他松了一口气。人是受了伤，但财物没有损失。不过罗珀还是继续蹲在乔纳森身旁。无论他看见了什么，总之比珠宝首饰更让他感兴趣，他不停地皱着鼻子，好像摆在面前的酒瓶被瓶塞塞住了。杰德觉得丹尼尔已经看够了，带着他静静走下楼梯。

"听得到我说话吗，派因？"罗珀问道。

“嗯。”乔纳森说。

“你能感觉到我的手吗？”

“能。”

“这里呢？”

“嗯。”

“这里呢？”

“可以。”

“塔比，他的脉搏如何？”

“老大，很快，非常快。”

“你还得听得见我讲话吗，派因？”

“嗯。”

“你会没事的。帮手很快就到，我们会给你最好的照料。科基，你跟那边的船联络了吗？”

“正在说，老大。”

在脑海深处，乔纳森似乎可以看见科尔克兰少校拿着一部无线电电话凑到耳边，更显权威地摆出一只手叉腰，手肘抬得老高。

“我们现在就用直升机把他送去拿骚，”罗珀用刚刚对科尔克兰说话时的沙哑嗓音说道，“先告诉飞行员，再打给医院——不是其他不入流的，是另一家——我们去的那家。”

“总院，柯林斯大道。”科尔克兰说。

“替他登记住院。那个自负的瑞士外科医生叫什么？就是那个在温德米尔岛有房、总想把钱打到我们公司的那位？”

“马蒂。”科尔克兰说。

“打给马蒂，让他在那儿等着。”

“没问题。”

“然后，打给海岸警卫队、警察，还有那些饭桶，闹得愈大愈好。罗，你有担架吗？有的话就搬来。派因，你结婚了吗？有老婆或其他亲人吗？”

“我真的没事，先生。”乔纳森回答。

女骑师给出最后一道指令。她大概是在修道院学校学的急救：“尽量不要动他。”她对着某人说，用一种像是飘进他睡梦的声音。

13

乔纳森从他们的监控中消失，据信已死于友善的枪火下。他们一切的计划、监听与盯梢，以及此计划中原本持有的优势，都仿佛停在路边的报废车辆一样完全失效。他们又聋又瞎又可笑。迈阿密那间没有窗户的总部现在就像是一间鬼屋，而伯尔简直像是魔鬼附身，游荡在阴暗的长廊。

罗珀的游艇、飞机、房子、直升机和车都持续受到着监视。“铁牌土地、矿石暨贵金属公司”发号施令的总部设在拿骚一栋外形典雅的殖民时期风格的大厦里，这栋大厦也同样在他们的监视下。此外，监视对象还包括全球各地跟罗珀有联系的号码和传真——从托尔托拉岛的兰伯恩勋爵到楚格的瑞士银行家，到华沙的半匿名合伙人；从里约热内卢某个神秘的拉菲，到布拉格的米沙，甚至是库拉索岛的某家荷兰公证公司，再到巴拿马某个至今身份不明的政府官员——这位别名查理的家伙即使就坐在总统府自己的位子上说话，也像嗑了药似的口齿不清。

至于化名拉蒙的乔纳森，最后的消息是人送进了拿骚总院的加护病房，然而，前述这些人都不曾提到过他。

“他溜了，”透过十指张开的双手，伯尔对斯特雷斯基说，“他先是疯了，然后逃出了医院。从现在开始的一周内，我们会在周日的报上读到他的消息。”

然而每件事都经过完美的策划，没有一件是碰运气的。从帕莎号离开拿骚的那一刻起，到那夜在玛玛 · 罗店里发生的假绑架案，到游艇乘客和他们的孩子：大概十二岁、模样散漫、边吃薯片边谈论赛马会的纯正英国女孩，自信满满、身材瘦削、老是诅咒这世界快点下地狱的男孩，太太眉头紧锁、保姆又太漂亮的兰伯恩一家——阿玛多的人暗中迎接、跟踪、保护并痛恨着他们，然后看着他们上帕莎号游艇。这一切，没有一件是碰运气的。

“你知道吗，这些有钱人家的孩子随便把劳斯莱斯停在路边，只是为了买大麻！”初为人父的阿玛多在电话里向斯特雷斯基发泄满腹闷气，而他的故事也正式成为这次行动中的传奇。

那个跟贝壳有关的故事也一样。在帕莎号离港出海的前一晚，铁牌公司里某个脑筋灵光的年轻小伙子麦克阿瑟——就是在迈斯特皇宫饭店只露脸、没有说话的年轻人——被监听到打电话给城里另一头某个可疑的银行办事员。他在电话里说：“杰里米，帮个忙，现在到底还有谁在卖贝壳？我急需一千个这种鬼东西，我认真的，杰里米。”

监听者一反常态，张口问道：*贝壳？按照字面解释吗？就那个贝壳吗？*像导弹一样的贝壳，他说的应该是海对空导弹吧？在罗珀的武器黑话辞典中，目前还没听到过什么人讲“贝壳”。就在当日稍晚，麦克阿瑟向拿骚精品店的经理解释他的问题时，众人终于从五里雾中解脱：“出海航行的第二天，兰伯恩勋爵的双胞胎女儿生日……老大要找个无人岛举行捡贝壳比赛，比赛结束后，他会颁奖给捡得最多的人。但去年大家连一个贝壳都没找到，所以今年老大不想再冒险。他要他的保镖第一晚就把一千个贝壳埋进沙里，所以拜托你帮帮我，曼齐尼先生，请问我可以从哪里弄到大量贝壳？”

他的故事一讲完，这群人全笑翻了。所以这就是弗里斯基和塔比背着一整个帆布袋的贝壳在人迹罕至的浅滩进行的“夜间任务”？这也未免太扯了吧！

至于绑架，严格来说，过程中每一个步骤其实都是经过反复排练的。首先，弗林和阿玛多假扮成驾驶游艇的人，对猎人岛的环境做了一番实地勘查。回到佛罗里达后，他们到劳德代尔堡的训练基地，那里有特地预留给他们的一片海滨沙丘地，那里复制了当地的地形。他们摆好桌子，以胶带标出各种路径，搭起一间小木屋当作厨房。他们召集一票食客，而杰瑞和迈克这两个反派是他们从纽约找来的职业流氓，受命执行这次任务，任务完成后不得对外透露只言片语。迈克壮硕如熊，杰瑞一脸郁郁寡欢，但身手敏捷。这种绝佳组合恐怕连好莱坞也凑不出来。

“各位，你们都熟悉自己的任务了吗？”爱尔兰来的帕特·弗林注视着右手每根手指都戴了黄铜戒指的杰瑞，问道，“我们只要求你们装个样子，点到为止。最多只是让他受点皮肉伤。接着就漂亮地退场，我说清楚了吗？”

“够清楚了，帕特。”

再来就是撤退路线，以及万一出了其他状况该怎么做。这些他们都考虑到了。万一帕莎号在最后关头没有驶进猎人岛怎么办？万一船进入猎人岛，也停好了，游客最后却决定在船上用餐，怎么办？万一大人上岸用餐时小孩子却留在船上（也许因为捣乱而受惩罚），该怎么办？

“祷告吧。”伯尔说。

“祷告吧。”斯特雷斯基附和。

他们也不是真的一切都诉诸运气。他们知道帕莎号从没有仅经过猎人岛而不入港——虽然他们知道凡事总有第一次，也许这就是第一次。他们也知道玛玛·罗那间迪普湾的修船厂还等着帕莎号去整补，而船长也会坚持去玛玛·罗那儿提货和用餐——因为他一向如此。他们把所有信心放在丹尼尔身上——几个星期前，丹尼尔才跟父亲通过几次电话，在通话中哭诉自己无法适应父母离异的痛苦，同时点名要上猎人岛，说这次一定要在猎人岛逗留游玩。

“今年我一定要把那些螃蟹从篮子里抓出来，”十天前，丹尼尔从英国打电话跟父亲说，“我再也不会梦到它们了，而且妈妈觉得很高兴。”

伯尔和斯特雷斯基都曾在孩子小的时候与他们有过几次沮丧的谈话，他们猜想，罗珀虽然不是那种会把孩子放在首位、百依百顺的英国人，但他也会宁愿自己赴汤蹈火，也不愿让丹尼尔失望。

他们的想法没错，完全正确。当科尔克兰少校通过卫星电话向阿梅莉亚小姐订露台位置时，伯尔和斯特雷斯基差点就没高兴到拥抱彼此了。帽贝小组的人说，他们最近都是这副德性。

直到那天晚上的十一点三十分，他们才警觉出状况了。这次行动预定十一点零三分（也就是螃蟹比赛起跑时）展开。事前排练时，从他们持枪抢劫、上到厨房、下到鹅脖海峡，整个过程从未超过十二分钟。那么迈克和杰瑞为什么没有发出“任务完成”的信号？

于是红色警报亮起，伯尔和斯特雷斯基双手抱胸地站在通讯室中央聆听机器重播科尔克兰的声音。他快速地向船长、直升机驾驶和位于拿骚的总院下令，最后电话还打到温德米尔岛上一个叫鲁道夫·马蒂的医生家中。科尔克兰的语气让人警觉，他在急迫中勉强保持的冷静与镇定。

“马蒂医生，老大知道您不是做急救的，但这位病人的头骨和一边的脸严重开裂，老大认为非整形不可。那家医院需要通过医生引介才肯收病人，老大希望您能在医院里等他来。您因为此事处理的麻烦，他会以丰厚的报酬补偿您。我可以告诉他说您会到那里待命吗？”

头骨和一边的脸严重开裂？整形？迈克和杰瑞到底在搞什么？迈阿密的杰克逊纪念医院打电话来要他们火速赶到，甚至要弗林随车同行，伯尔和斯特雷斯基之间的气氛已经紧张到极点。他们抵达时，迈克还在手术室，杰瑞铁着一张脸在等候室中，穿着深蓝色的救生衣，嘴上的烟一根接一根抽个不停。

“那个该死的家伙把迈克像畜生一样钉在门上！”杰瑞说。

“他把你怎样了吗？”弗林问。

“我吗？他没把我怎样。”

“那你又把他怎样了？”

“我他妈的亲了他——你觉得我会把他怎样？”

弗林把杰瑞从椅子上拽起来，狠狠掴他一耳光——好像把他当成坏小孩在教训——然后又恢复原先散漫的态度将他推回椅子上。

“你打他了吗？”弗林又是一派和善。

“那个狗娘养的根本发疯了，他是来真的。那畜生拿了一把切肉刀抵着迈克的喉咙，还该死的像要劈柴一样把他的手臂压在那扇门上。”

随后，他们及时赶回行动指挥室听到丹尼尔通过帕莎号的卫星通话装置跟在英国的母亲通话。

“妈妈，是我。我没事，真的没事。”

她过了好久才清醒。

“是丹尼尔吗？亲爱的，你还没回英国对吧？”

“妈妈，我在帕莎号上。”

“丹尼尔，说真的。你知道现在都几点了？你父亲呢？”

“我没有去篮子里抓螃蟹，妈妈，我还是不敢。我看了螃蟹就觉得恶心。我很好，妈妈。真的很好。”

“丹尼？”

“嗯？”

“丹尼，你想要跟我说什么吗？”

“我们到猎人岛上了，那个……妈妈，那里有个身上有大蒜味的人抓住我，押着我跟他走；另一个人抢了杰德的项链，但是那个厨师救了我，所以他们就放我走了。”

“丹尼尔，你父亲在吗？”

“嘿，葆拉，很抱歉发生了这种事，不过他坚持要自己告诉你他安然无恙。我们在玛玛·罗那儿被两名歹徒持枪抢劫，丹尼尔当了十分钟的人质，但他毫发未伤。”

“等等。”葆拉说。而罗珀等着她重新整理心情，一如他面前的儿子所做的那样，“丹尼尔被绑架又给放了，然后他现在安然无恙——继续讲下去。”

“他们押着他沿走廊走到厨房——你还记得那间厨房吧？一路走到山上的那间？”

“你确定这些事情真的发生了吗？我们都知道丹尼尔遭遇过什么。”

“我当然确定，我亲眼看着的。”

“被枪抵着？他们拿枪押他上山？押一个八岁的孩子？”

“他们到厨房去是要抢现钞，但那里有个厨师，一个白人。他跟他们打了起来，打伤了一个人的手臂，另外一个人回过头狠狠揍了他，丹尼尔趁这个时候逃走了。要是丹尼尔被他们押走，天知道现在会是什么局面！还好他们没把他绑走。现在一切都结束了，连财物都没有损失。感谢上帝有那个厨师在。来，丹尼尔，跟妈妈说我们要给你发一枚维多利亚英勇十字勋章。现在换他跟你讲。”

清晨五点，伯尔像尊佛陀似的坐在行动指挥室的桌前，动也不动。鲁克抽着烟斗，绞尽脑汁与《迈阿密先锋报》上的填字游戏奋战。电话铃响了几声后伯尔才回过神，拿起话筒。

“伦纳德？”是古德休。

“哈啰，雷克斯。”

“出了什么状况吗？我还以为你会打给我。你听起来好像受了什么惊吓。所以他们上钩了吗，伦纳德？”

“他们上钩了，我可以保证。”

“到底出了什么事？听你的声音不像是大有斩获，反而比较像丧家之犬。到底怎么回事？”

“我只是得弄清楚我们手里是不是还握着鱼竿。”

拉蒙先生正在加护病房治疗中。医院表示，拉蒙先生状况稳定。

但没持续多久。二十四小时后拉蒙先生就消失了。

他是自己出院的吗？医院说是。马蒂医生把他转到自己的诊所去了吗？显然如此。不过他在诊所也只待了很短的时间。当阿玛多假扮成报社记者打电话给马蒂医生时，马蒂医生也说拉蒙先生没留下地址就离开了，不知去向。突然间，各种诡异的猜测在行动指挥室里散布开。有人说乔纳森全盘托出！罗珀对他严刑逼供，然后把他扔进大海喂鱼！根据斯特雷斯基下的命令，拿骚机场的盯梢作业已经完全收手，他怕阿玛多的人太显眼。

“我们试图操纵的是人心，伦纳德，”斯特雷斯基以宽慰的语气说，尽力想减轻伯尔心里的负担，“不可能每次都做到万无一失。”

“谢了。”

夜幕降临。伯尔和斯特雷斯基坐在路旁一家烧烤店里吃肋排和路易斯安那炒饭。他们把移动电话放在腿上，看着吃得白白胖胖的美国人来来去去。电话监听器里传来一通要求，他们连嘴里的东西都没吃完就立刻赶回总部。

科尔克兰打给巴哈马某大报的资深编辑——

“亲爱的，是我啦！是科基，你怎么样？那些舞娘都好吗？”

他们打情骂俏了一会儿才进入正题。

“亲爱的，我跟你说，老大要你们把一篇报道毙掉……理由是那个英雄不需要这样的关注……你知道，丹尼尔很容易紧张……我们一定会非常感激，而且可以把你的退休计划提升到更高档次，能不能换成《整人游戏不慎擦枪走火》？可以这么写吗？”

猎人岛上那起骇人听闻的抢劫案已经埋进土里，这个故事被高层永远地封杀掉了。

科尔克兰打电话给拿骚某资深警官，这人之所以出名，是他对有钱人的一些小过失宽大为怀——

“兄弟，你还好吧？我跟你说，关于那个拉蒙——就是上回你们那个傻头傻脑的手下在总院见到的人……可以把他从名单上划掉吗？你介意吗？老大很想低调一点，他认为这么做对丹尼尔好……就算你找到犯人他也不会想提出指控，他很讨厌那些麻烦事……多谢了……

噢，还有，报上讲铁牌公司股票跌停板的那些废话你可别信……老大正考虑在圣诞节时给我们准备一小份红利，到时就可以好好犒赏自己一番……”

属于法律的那条强有力的臂膀欣然回收利爪。伯尔想，不知道他现在听到的算不算乔纳森的讣闻。

世上的其他角落则是悄然无声。

伯尔应该回伦敦吗？鲁克呢？依照逻辑，如果他们要冒险，在迈阿密或在伦敦没什么不同。如果不考虑逻辑，伯尔无论如何得守着他的人最后被人看到行踪的地方。所以，最后他派鲁克回伦敦，并在同日从原先住的那栋钢筋和玻璃建成的旅馆迁出，搬进城里一个低收入地区的简陋住所。

“等待事态明朗的这些日子，伦纳德的头发都要拔光了。”斯特雷斯基对弗林说。

“苦啊。”弗林说。他还在努力消化自己的情报员被伯尔的年轻手下毁掉的事实。

伯尔的新居坐落在海边，是一间装饰派艺术风格的粉色小屋。他的床头灯是一盏举着地球的铬制阿特拉斯，每当有车驶过，铁制窗框的窗户就会咯吱作响。大厅里有个嗑了药的古巴保安，他戴着墨镜，拿了一把猎象枪。伯尔的移动电话放在另一个枕头上，睡得很浅。

某个黎明时分，伯尔睡不着，便带着移动电话沿一条林荫大道散步。他看见一群卖可卡因的人从起雾的海面冒出，隐约向他迫近。但当他朝着他们走去时，却发现自己走进一个建筑工地，建筑脚手架上色彩鲜艳的鸟儿不停叽喳吵闹，一群拉丁美洲人靠着停放在那儿的推土机酣睡，犹如阵亡一般。

不见踪影的不止乔纳森，罗珀也同样进入了黑洞。不知是有意或无心，他摆脱了阿玛多的跟踪，在拿骚的铁牌公司总部，他们只会说老大到别处卖农场去了。换成罗珀的话，“卖农场”就是“少管闲事”的意思。

弗林立刻去跟消息灵通的阿波斯托尔打听，但没有获得什么值得宽慰的消息。他隐约记得他的客户可能会在阿鲁巴岛举办一次商务会议，但他并未受到邀请。他也不知道罗珀目前人在何处。他是律师，不是旅行代办人。他可是圣母玛利亚的战士。

又到了黄昏，斯特雷斯基和弗林决定让伯尔暂时放下烦心事，接他离开旅馆，让他带着移动电话随着人群在海边的滨海大道散步。他们带他到人行道上的露天咖啡座，招待他喝玛格丽特鸡尾酒，强迫他看看熙来攘往的人群，但一切努力都徒劳无功。他们看着那些身强体壮、肌肉发达的黑人——穿着花衬衫，戴着金戒指，只要吸毒和活着的快感还在，就尽情地以奢华尊荣的方式享受生活；他们的女伴穿着紧身迷你裙和长筒靴，脚步踉跄地被夹在他们中间。保镖理光头、穿着灰色大衣，大衣里暗藏自动武器。一大群溜滑板的海滩男孩争先恐后呼啸而过，聪明的女士赶紧把手提袋藏到安全处；两位头戴草帽、上了年纪的女同性恋没被吓到，反而令她们的贵妇犬朝这些家伙奔去，逼他们不得不换个方向。在这些海滩男孩之后又来了一群脖子纤长的模特儿。她们踏着溜冰鞋，一个比一个花哨。爱看漂亮女孩的伯尔一见到她们的确稍有了精神，可是很快又掉回忧郁状态。

“嘿，伦纳德，”斯特雷斯基边说边鼓起勇气，最后再大胆尝试一次，“一起去瞧瞧罗珀周末到底都是去哪儿买东西的，你说如何？”

在某家大饭店中，某个受到部队人员保护的会议室里，伯尔和斯特雷斯基混迹在来自各国的买家中，听那些衣领上别有名牌、朝气蓬勃的年轻人做交易。他们后方坐着拿着订货簿的女孩；她们背后那个以红绳戒护的神龛中摆放着他们的产品，件件都像奇珍异宝一样擦拭得雪亮，样样都值得它的主人感到自豪。从最物有所值的集束炸弹，到全塑料制、连X光都检验不出的格鲁克自动手枪，再到最新型的手提式火箭发射器、迫击炮和杀伤力极高的地雷。如果你是理论派的，还有标准工具书教你如何在自家后院建造火箭炮，或用装网球的铁筒制作老式消音器。

“要说有哪里美中不足，那就是少了穿比基尼的小妞顶着十六寸野战炮的炮管。”他们开车回行动指挥室的路上，斯特雷斯基开了个玩笑。

无人回应。

一场热带风暴降临这城市，遮蔽了天空，仿佛要削去摩天楼的屋顶；雷电劈下，触动停在路边的汽车的警报器，旅馆摇晃，仿佛要裂成两半，残余的光线尽数消失，就像房间里的总开关坏掉那样。大雨倾泻在伯尔卧室的窗玻璃上，黑色的碎屑随着排山倒海而来的白色雨雾呼啸而过；狂风遍扫棕榈树，卷走阳台上的椅子与盆栽。

然而那部移动电话似乎不受这些干扰影响，仍在伯尔耳边响了起来。

“伦纳德，”电话中，斯特雷斯基压下激动的情绪，“不管用爬的还是用滚的，快点过来。我们总算从破烂中挖出一点消息了。”

这城市的灯光倏然亮起。经过暴风雨洗礼后，闪耀得格外明亮。

科尔克兰打电话给安东尼·乔伊斯敦·布拉德肖爵士。此人最近接下若干被脱手的英国贸易公司，成为他们的无良主席，偶尔供应不公开交易的武器给女王陛下的采购部长。

科尔克兰在铁牌公司某个机灵的年轻人位于拿骚的公寓打电话。他以为在这里就没有人监听。

“托尼爵士吗？我是科尔克兰——就是帮迪基·罗珀跑腿的那位。”

“你他妈的想干吗？”他说话像是嘴里含着东西；有些醉意，听回声又像是在浴室里。

“恐怕又有急事了，托尼爵士。老大需要您鼎力相助。有笔吗？”

伯尔和斯特雷斯基听得一怔一怔，而此时的科尔克兰正在努力地精确传达自己的意思：

“不是，托尼爵士，是派因。‘派’——‘派遣’的‘派’。‘因’——‘因为’的‘因’。对。名字叫‘乔纳森’——就是常见的那三个字，”接着他又讲了些无关紧要的细节，例如乔纳森的出生日期和出生地，以及英国的护照号码，“老大要你从头到脚把他的背景查清楚，托尼爵士，拜托了，最好是一直查到昨天为止。还有——要保密，不可以走漏半点风声。”

“乔伊斯敦·布拉德肖是什么人？”听完两人的对话，斯特雷斯基问道。

伯尔仿佛大梦初醒，容许自己露出一个谨慎的微笑。“乔，那个安东尼·乔伊斯敦·布拉德肖是英国的头号垃圾。他的财务吃紧是目前低迷的经济里最大快人心的事，”他喜不自禁，“这其实一点都不奇怪，他以前就和理查德·翁斯洛·罗珀狼狈为奸。”他愈说愈得意，“事实上，如果你我要组织一队由英国各类垃圾组成的棒球队，安东尼·乔伊斯敦·布拉德肖肯定会在击球员名单上傲视群雄。他还有不少位居高层的英国垃圾庇护，有些人就在距离泰晤士河不远处工作。”讲到这里，伯尔放声大笑，而他原本紧绷的脸也露出放松的神色，“乔！他还活着！你总不会去查个死人吧？不会查他的死活一直查到昨天吧？从头到脚查他的背景，他是这么说的。好！太好了！这些我们早就帮他准备妥当了，而且，没有人比安东尼·乔伊斯敦·布拉德肖更适合把这些资料提供给他了。他们要他！乔！他混进去了！你应该听过他们的谚语吧？就是那些贝都因人常说的——绝对不要让骆驼把鼻子伸进你的帐篷，否则整只骆驼就会跟着进来了。”

伯尔还在兴头上，斯特雷斯基心里已经在策划下一步。

“所以帕特可以行动了？”他说，“帕特的人马可以去埋那个神奇盒子了吗？”

伯尔立刻清醒过来。“如果你和帕特没有问题，我也没有问题。”他说。

他们同意次日晚上立刻行动。

伯尔和斯特雷斯基都辗转难眠，便一起开车到美国一号公路一家叫穆加特罗伊德的二十四小时汉堡店。这家店钉了一块告示牌，牌子上写着：“没穿鞋者勿入。”在被烟熏得模糊不清的玻璃窗外，一群没有鞋子的鹈鹕在月光下，栖息在木板码头的系泊柱上，看上去就像一架架长了羽毛但可能再也无法投掷炸弹的老式轰炸机。银色的海边，白鹭鸶正孤独地看着自己水中的倒影。

清晨四点，斯特雷斯基的移动电话响起，他把移动电话凑到耳边，“说？”接着就听对方要说什么。然后他回：“那你们去睡吧。”他挂断电话。方才的对话只持续了二十秒。

“没问题了。”他郑重地对伯尔说，喝了一口可乐。

伯尔愣了一会儿才相信自己听到了什么，“你是说他们成功了？完成了？藏好了？”

“他们在海滩登岸，找到那间小屋，埋下那个盒子；他们非常安静，非常专业，快速撤离。现在你那小子唯一要做的只剩开口了。”

14

乔纳森好像又回到了军校的铁床上，那时他的扁桃腺才切除不久。只不过，这张床又大又整洁，上面放了两个松软的枕头，枕套绣花边，迈斯特皇宫饭店里用的那种。大枕头旁还有一个装了香草的小枕头，散发出芳香。

他在距离希望镇只要坐一趟卡车就能到的旅馆房间，打电话给一个没有名字的人，告诉对方他已经找到了自己的影子，然后拉起窗帘，治疗受了重伤的下巴，再让自己大量出汗，想办法退烧——只是这回他的头缠着绷带，身上穿的是新换上的棉布睡衣，衣袋上缝着字。他一直想单靠触觉辨别出字样。那不是迈斯特的迈，不是派因的派，不是博勒加德的博，也不是拉蒙或林登。它比较像是长了太多角的大卫之星。

他仿佛置身于伊冯娜的小阁楼，在昏暗中留心倾听着拉杜利培夫人的脚步声。伊冯娜不在，地方仍是阁楼，除了现在这间比伊冯娜的稍微大些，也比卡姆登镇伊莎贝尔上油漆的那间要大。这间阁楼里摆着一只古色古香的代尔夫特陶瓷花瓶，瓶里插了粉红色的花，墙上的壁毯画着绅士名媛出外放鹰的景象，印度式的布风扇从屋梁垂吊而下，稳稳地转动着。

他又像是回到卢克索那栋名为芝加哥小屋的公寓，躺在苏菲身旁，听苏菲畅谈勇气。然而他鼻孔边缭绕的是一种花瓣香，不是香草。他说我得受点教训，她这么说道，但受教训的不该是我，而是弗雷迪·哈米德和他那个该死的迪基·罗珀。

他能分辨出阳光从闭紧的百叶窗缝隙透进来，还有一层层白净精美的平纹细布窗帘。他把头转向另一边，看见迈斯特皇宫饭店供客房服务用的银餐盘，里头站着一罐橙汁、一个用来盛橙汁的雕花高脚杯。餐盘上还盖着一块有蕾丝绲边的餐巾。虽然他视力受损，看得模糊不清，还是能辨认出铺着厚厚地毯的地板，以及浴室宽敞的门；浴室横杆上挂着几条浴巾，依尺寸排列。

他流出了眼泪，整个人弹起来——十岁时，手指被车门夹到，那时他也是这样整个人弹了起来——乔纳森突然领悟，他压在绷带上了。绷带缠在脸上，就是被他们用拳头打烂，又被马蒂医生修修补补的那一边脸颊。所以他先把头转回原先的位置，再重新开始仔细观察。他望着不停转动的布风扇，直到脸上的疼痛一点一点消失。这个卧底的军人体内的陀螺仪开始进行自我修正。

现在是你把自己送进去的最佳时机，伯尔曾说。

他们会记得你做过的好事，鲁克也说过。可你不能就这样在众人的掌声中抱着孩子走向他们。

头盖骨、颧骨裂伤，马蒂医生说。脑震荡，简直是里氏八级强震，得在暗无天日的房里待十年。

肋骨断三根——也可能全断了。

睾丸给重训专用靴踢得严重瘀伤，差点得割除。

看来乔纳森被手枪撂倒后，那人又朝他胯部重踹了一脚，他的大腿内侧除了一片瘀青，还留下一个十分清楚的十二号靴印。护士小姐因此嬉闹了一番。

一道身上有黑有白的人影掠过他视线——白色连身工作服，脸和腿是黑的，袜子则是白的，还有一双橡皮鞋底和维可牢搭扣的白鞋。起先他以为面前应该只有一个人，而且是位女士，现在他知道是好几个女孩一起出现，她们鬼魂似的轮流来访，静悄悄地来打扫周围、为他更换新鲜的花和饮水。其中一位叫菲比，他觉得她很像护士。

“嘿，托玛斯先生，今天感觉还好吧？我叫菲比·米兰达，你再去拿个扫把，这次扫托玛斯先生床下。是的，女士。”

所以我就是托玛斯，他想。是派因，是托玛斯——又或者我其实叫托玛斯·派因。

他又昏睡过去，却醒来发现苏菲的鬼魂穿着那条白裤站在他身旁，把药丸甩进纸杯。后来他认为她应该是新来的护士，接着他又看见那条宽皮带、皮带上的银扣、令人心醉的臀部线条，以及一头蓬松的栗色头发。他听见她如同女猎人的嗓音，精准简洁，不容置喙。

“托玛斯，”杰德坚持，“肯定有一个人非常、非常爱你。比方母亲、女友、父亲、朋友……难道一个都没有吗？”

“真的没有。”他也坚持。

“那伊冯娜是谁？”她把头凑到离他只有几寸距离，边问边把一只手撑在他背后，另一只按在他胸前，要扶他坐起来，“她很迷人吧？”

“她只是个朋友。”他说，同时闻到她头发上洗发水的香味。

“要通知伊冯娜吗？”

“别——不要。”他回答，但答得有点太急了。

她把他的药丸递过去，又倒了杯水给他，“马蒂医生说你会昏睡非常久。所以，除了慢慢地把伤养好，其他的什么都别想。现在……要不要来些消遣呢？读书、听收音机？或是做点别的？现在可能还没办法，不然就过一两天再说吧。罗珀说你叫托玛斯，除此之外，我们对你实在是一无所知。所以，你如果需要什么就直说。主屋里有一间非常大的书房，藏书多到超乎你的想象。科基会告诉你那里有些什么。还有，如果你需要什么东西，只要说一声，我们就会从拿骚空运过来给你。”她的眼睛好大，仿佛会把人吸进去。

“谢谢，我会的。”

她一手放在他额上想量他的体温。“我们真的不知道该怎么谢你。”她说，手依然搁在他额上，“罗珀回来也会这么说，而且会比我表达得更好。说实话，你真的是英雄，真的太勇敢了——该死！”她已经走到了门口，裤子口袋却被门把钩住，于是这个修道院出身的女孩忍不住骂了一句。

他在这时突然醒悟——这不是他来到这里后两人第一次见面，而是第三次。而且前两次见她时他也是清醒的，不是在做梦。

我们第一次见面时你对我微笑，这很好：你沉默，我当时还能思考，我们还说了些别的——你把头发夹在耳后，穿着马裤和牛仔衬衫。我则说：“这是哪里？”你说：“水晶岛，罗珀的岛。也是我们的家。”

第二次，我想我神志不清，把你当作我前妻伊莎贝尔，正等着我带她出去吃晚餐，因为你穿了那件真的非常可笑的套装，翻领上还别着金色纺锤形纽扣。“需要什么就按一下水瓶旁边的铃。”你说。而我回答：“明白了。”但我那时其实是在想：你为什么要扮成童话剧里的男孩？

她父亲为了出人头地，最后却毁了自己。伯尔以轻蔑的口气说。他穷到连电费都付不出来时只好去给人家端酒。他不愿送女儿上秘书学校，认为那有损颜面。

乔纳森侧身面向壁毯，靠着没受伤的那边脸。他看见一个戴宽边帽的女士，毫无悬念地认出她就是唱歌的安妮·鲍尔阿姨。

安妮是个勇敢的女人，歌唱得很好，但她那位务农的丈夫却总是烂醉如泥，谁都看不顺眼。某天，安妮戴上帽子，让乔纳森和她并肩坐在厢式货车内，把他的手提箱放在后座，说他们要去度假。他们一路高歌，直至深夜，一直唱到某个门上方的花岗岩刻了“男孩”的房子前面。安妮·鲍尔开始哭。她把自己的帽子给了乔纳森，保证说很快就会回来拿回帽子，乔纳森就上楼了。楼上是个宿舍，里面都是男孩。乔纳森把帽子挂在他床铺的角落，希望安妮回来时能一眼看出他睡哪张床。但她没有回来。他一早醒来，看见宿舍里的其他男孩把她的帽子一个传一个戴到头上，他跟所有人大打出手，把帽子抢回来卷好，拿报纸包好，没写地址，直接塞进红色邮筒。其实他宁可烧了它，但找不到火。

我来这儿的时候也是晚上，他想。白色机身、内装蓝色双引擎的毕奇飞机。在我的行李内搜查违禁品的不是孤儿院的监护人，而是弗里斯基和塔比。

我是为了丹尼尔才打伤他，他决定这么想。

我打伤他是为了把自己送进去。

我打伤他是因为我受够了等待和伪装。

杰德又到房间来了。这个近身观察者对此有十足的把握，并不是因为闻到了她的香水——她没有抹香水，也不是听到她的声音——她没有出声。他有段时间是无法看见她的，所以也不是因为见到她的身影。那么必定是凭着职业观察者的第六感，没有任何原因，总之就是知道敌人在眼前。

“托玛斯？”

他假装睡着，听她蹑手蹑脚向自己走来。他想象着她身穿淡色衣裳，舞者般的身躯摇曳，秀发披肩。他能听到她把发丝向后拨、好将耳朵凑近他的嘴听他呼吸的沙沙声；他也感觉得到她温暖的脸颊。现在她又站起身——他听见她穿着拖鞋的脚步声消失在走廊，然后……那声音去到屋外，穿过了马场。

他们说她去伦敦时吓坏了，伯尔说。她惹上一群纨绔子弟，整天乱搞。她逃到巴黎想要休养生息，在那里遇到了罗珀。

他听着康沃尔海鸥发出的叫声，以及从百叶窗外传来的一长声回音，他闻到水草咸涩的气味，知道现在正在退潮。有好一阵子，他任凭自己相信杰德已经把他带回兰尼恩，而她正赤脚站在镜子前，做着所有女人上床之前都会做的事。然后他又听到打网球的声音，还有几个语调从容的英国腔互相叫唤，他听出其中一人就是杰德。他听到了一辆割草机的声响，一群孩子在粗鲁地用英语叫骂，他猜那应该是兰伯恩的孩子。他听到电动马达的嘈杂，认为是过滤器清理游泳池水面发出的声音。听着听着，他又睡了过去，后来醒时闻到煤烟味，从映在天花板上的粉红光线得知现在已是日暮时分。他大胆地抬起头，见到杰德望着百叶窗，从窗叶窥视白日的最后一点残存光芒。暮光映照着她身上的网球装，她的身形被描绘得一清二楚。

“托玛斯，你总不能一辈子都不吃东西吧？”她一副舍监的口气。他刚才转头时一定被她听到了，“埃斯梅拉达为你准备了一点牛肉汤、面包和奶油，马蒂医生还要我们帮你准备些烤吐司，但空气这么潮湿，吐司很快就不脆了。我们还给你准备了鸡胸肉和苹果派。说真的，你想要什么都有。”她又一副惊讶的语气，他也逐渐习惯了，“只要喊一声。”

“谢谢，我会的。”

“托玛斯，这真的很奇怪，这世上没有半个关心你的人。我不知道为什么，但那让我充满了可怕的罪恶感。你就不能有个兄弟吗？大家都有的。”她说。

“恐怕不包括我。”

“我有个很棒的哥哥，还有个笨得像猪的哥哥，所以好坏抵销。但无论如何，我还是宁愿有兄弟，就算是笨得像猪也好。”

她穿过房间向他走来。她脸上似乎永远挂着微笑，他警戒地想。她的笑就像电视广告，担心一旦敛起笑容我们就会关掉电视。她是个四处寻觅导演的女演员，下巴上有个小小的伤痕，此外再没有明显瑕疵——也许有人也冲她挥拳，也可能是一匹马。他感到她走近，于是屏住呼吸。她俯身看他，把一块感觉凉凉的、很像膏药的东西贴到他额上。

“得放一下。”她笑得更灿烂，在床沿坐着等。她身上的网球裙叉开，裸露的双腿不经意地交叉，压在另一脚胫骨上的小腿肌肉微微隆起。

“这叫测热计，”她解释，嗓音有如世上最优秀的女主持人，“由于某种不寻常的原因，这整幢房子竟找不到一支像样的体温计。托玛斯，你真像团谜。这就是你所有的家当吗，就这么一小袋？”

“对。”

“就只有这点？”

“恐怕是的。”从我床上滚开！搞清楚状况好吗！把衣服穿好！你他妈的以为我是什么人？

“老天，你真好运！”她说，这次嗓音像个血统纯正的公主，“我们为什么就不能学学你？光是搭个毕奇飞机到迈阿密度周末东西都带不完。”

还真可怜，他想。

她一句接一句，他则万分艰难地记下。她不是在闲聊，是在背诵台词。她说的一切，都是她认为自己这个身份的人会说的话。

“也许你们应该改搭一条大船。”他开玩笑地说。

令他恼火的是她似乎没有被嘲笑的经验。也许漂亮的女人从没被人嘲笑过吧。

“你是说帕莎号？那要花太长时间了，”她高高在上地解释。她伸手从他额头撕下贴布，拿到百叶窗前就着光线检查，“罗珀应该是出去卖农场了。他决定稳扎稳打，我认为这个想法很不错。”

“他是做什么的？”

“做生意。他开了家公司——现在谁不开公司？怎么说呢，至少这家公司是他自己的。”她最后又补了一句，似乎在为自己的爱人从商感到抱歉，“公司是他一手创办的。但最重要的是他是个大家都喜欢的好人。”她将那块贴布状的东西斜拿着，皱了皱眉，“他还有很多块农田，那些东西有趣多了，虽然我从来没见过，因为它们都在巴拿马、委内瑞拉，以及一堆必须带着武装保镖才能去野餐的地方。虽然跟我想的种田不一样，毕竟还是土地。”她的眉蹙得更紧，“嗯，我看它显示数值正常——含酒精的时候它也会说没酒精。科基会帮我们清理的，没问题。”她咯咯笑出声，他见到了杰德的另一面：派对嗨起来以后，她会是第一个脱掉鞋子跳舞的女孩。

“我应该要不了多久就得离开了，”他说，“你们对我真的很好，谢谢。”

随时做出无论如何都不屈服的模样，伯尔说过。不然他们不出一星期就会觉得你是普通人。

“离开？”她喊出声音，嘴巴圈出一个完美的“O”型，维持了好一段时间，“你在说什么？罗珀回来之前你哪里也不能去。况且马蒂医生特别叮嘱过，你一定得休养个几星期，不然身体康复不了。我们至少要让你恢复到原来的状态。总之，我们非常非常想知道你为什么会在玛玛·罗那里，还不顾自己的安危出手救人。毕竟在迈斯特皇宫饭店的你完全不是这样的。”

“我不觉得我有什么不一样。我只是觉得自己的日子过得太一成不变了，也该抛下这样的生活，四处流浪一下了。”

“嗯，我只能说，你能像我们这样惬意一下倒是挺不错的。”女骑师说，她的声音低沉，仿佛勒紧了马鞍。

“你呢？”他问道。

“我就只是住在这儿。”

“一直吗？”

“只要我们不是在船上，也没在旅行，我就都住这儿——没错，我就是住在这里。”

但她的回答似乎令她自己感到迷惘。她又让他躺平，回避他的目光。

“罗珀要我飞到迈阿密住几天，”听她的语气，似乎立刻就要动身，“不过科基已经回来了，而且所有人都恨不得跟你示好，而我们跟马蒂医生的沟通又那么顺畅，所以我想你的伤势不会有问题。”

“这次记得少带点东西。”他说。

“我一向带得少。但罗珀一向坚持要采购点什么，所以我们回来一定就是一堆东西。”

她离开了，他也大大松了口气。然而真正使他精疲力尽的不是他的伪装，而是她的。

他被翻书声吵醒，看到丹尼尔穿着浴袍趴在地上，屁股翘得老高，正就着屋外照进来的阳光读一本很大的书。他就知道现在已经是早上了——因为他床边放着奶油蛋卷、羊角面包、马德拉蛋糕、自制果酱和银茶壶。

“你可以抓到六十尺长的大乌贼，”丹尼尔说，“它们到底都吃什么呀？”

“大概是吃其他乌贼吧。”

“如果你想要，我可以把它们的故事读给你听，”他又翻过一页，“你喜欢杰德吗——我是说真的喜欢的喜欢？”

“当然。”

“我不喜欢，不真的喜欢。”

“为什么？”

“就是不喜欢。她太爱哭了。你救了我，他们都觉得你很了不起。桑迪·兰伯恩还说要发起募捐呢。”

“桑迪[1]？是女士吗？”

“是先生——还是勋爵呢。可是因为你身上还有秘密，他决定等秘密解开再说。也是因为这样，莫洛伊小姐才说我不可以跟你在一起太久。”

---

[1] Sandy，通常为女名。

“莫洛伊小姐是谁？”

“她教我念书。”

“在学校吗？”

“其实我没去上学。”

“为什么没去上学？”

“上学让我不开心。罗珀找了别的小孩陪我，但我就是不喜欢他们。他还为拿骚的人买了一辆劳斯莱斯，但杰德比较喜欢沃尔沃。”

“你喜欢劳斯莱斯吗？”

“才不。”

“那你喜欢什么？”

“龙。”

“他们什么时候回来？”

“你说龙吗？”

“我说杰德和罗珀。”

“你应该叫他老大。”

“好吧——杰德和老大。”

“那你叫什么名字？”

“托玛斯。”

“这是你的姓还是名？”

“你希望是哪个就是哪个。”

“根据罗珀的说法，它两个都不是。这是假名。”

“这是他告诉你的吗？”

“我凑巧听到的。他们大概星期四回来吧。看他们有没有要跟阿波鬼混。”

“阿波是谁？”

“是个讨厌鬼。他在‘椰子林’开了一家妓院，自己也在那里搞女人。那地方在迈阿密。”

然后，丹尼尔为乔纳森读乌贼的故事，接着又径自读起翼指龙的故事。乔纳森打瞌睡时，丹尼尔轻拍他的肩膀，问说他可不可以吃一点马德拉蛋糕，也问乔纳森要不要也吃一点？为了让丹尼尔开心，乔纳森勉强吃了一些。当丹尼尔费力地替乔纳森倒温茶时，他也把茶喝了。

“小托，进展挺顺利的吧？我得说他们真是把你照顾得挺不错的，很专业。”是弗里斯基。他坐在门边的一张椅子上，身穿T恤和白帆布裤，没带贝雷塔手枪，正捧着《金融时报》在读。

伤患休息时，近身观察者运用他的智慧。

水晶岛。翁斯洛·罗珀在埃克苏马拥有的小岛，乔纳森被抬上抬下飞机时，瞥到一眼弗里斯基右手上那块手表的时间，从拿骚飞到这个岛需要一个钟头。他虽然窝在后座，但明白自己很清醒。窗外的白色月光注视着他，他们飞过一片片被侵蚀得像拼图的礁岩。一座孤立的小岛缓缓从面前升起，岛中央是锥形的小丘，他辨识出一条装了泛光灯照明、干净整洁的飞机跑道穿过山丘，跑道旁有供直升机起降的停机坪，还有一个低矮的机库与橙色的通讯杆。鲁克曾说，这里的特征是森林中有一簇一簇破旧的奴隶屋，但尽管他特别留心寻找，仍一无所获。飞机落地了，前来迎接他们的是辆软篷顶的丰田吉普车，司机是个壮硕的黑人。他两手都戴了线织手套，为了方便揍人，指关节裸露。

“他能坐吗，还是我把后座拉出来让他躺？”

“慢一点、开稳一点就行了。”弗里斯基说。

他们沿着一条人迹罕至的蜿蜒小径行驶，路旁的树木逐渐由乔松变成枝叶繁茂的树种，心形叶子大如餐盘。慢慢的，弯弯绕绕的小径变得笔直，借着吉普车的大灯，他看到一块残破不整的标示牌，上头写着“平达乌龟工厂”，标示牌后方砖造的小工厂屋顶已经掀了，窗户也破碎了。路旁的灌木丛挂着一条条破棉絮，犹如用过的绷带。乔纳森把眼前所见依序记下，日后若须逃离此地，就能把顺序倒过来找出路：菠萝田、香蕉园、番茄园、工厂。借着明亮的月光，他看见田地上矗立着一根根木桩，像未完工的十字架，然后他又看见加略山会的教堂，以及另一座木板搭建的高速公路教堂。车子向右转时，他想着，这里是教堂的左边。每件小事都是情报，每个细节都是他为了不往下沉而奋力抓住的稻草。

路中央坐了几个当地人，他们围成一圈拿着棕色的瓶子喝酒。司机小心地绕过去，镇定地挥了挥戴着手套的手向他们打招呼。丰田吉普车颠簸驶过一座木板桥，乔纳森在车上看到月亮转向他的右侧，北极星则高挂在正上方。他看见森林中的火光和木槿，记得书上说过，蜂鸟是从木槿后方而非中央吸取花蜜，但想不起这究竟是说明蜂鸟与众不同，还是木槿与众不同。

他们开过一对门柱，乔纳森想起科莫湖边那几幢意大利风别墅。大门旁边有幢平房，不但有铁窗，还有安全照明灯。乔纳森认为那是门房，因为吉普车一看到大门就把速度放慢，两名黑人警卫则优哉游哉盘查起乘客。

“这就是少校说会过来的人吗？”

“不然呢？”弗里斯基问道，“难道是一匹阿拉伯种马吗？”

“只是问问嘛，我没有要找你麻烦。他们把他的脸怎么啦？”

“整了一下。”弗里斯基说。

根据弗里斯基的手表，从大门走到主房花了四分钟，车子的时速大约十英里，通过减速垄判断可得，丰田吉普车似乎是拐了个左弯，左侧有一池散发甜味的液体，乔纳森据此推算，认为这应是一条长约 1.5 公里、沿某个人工湖或环礁湖开辟的车道。车子往前行驶时，他看到树与树的隙缝透出来自远处的灯光，猜想应该是一条装了卤素灯的围栏，像爱尔兰那样。他还一度在黑暗中听见马蹄声从旁边奔过。

丰田汽车又转了个弯，他看到一栋帕拉第奥式的豪宅，正面被泛光灯照得通明，四根高大的柱子托着大宅中央的圆屋顶和三角墙，光从中央的圆屋顶上几个看来好似舷窗的天窗里透出。此外还有一座小塔，屹立在月光中犹如一座圣祠。塔顶装了风向标，上头是两头猎犬在追逐被聚光灯照亮的金箭。伯尔说，这栋豪宅光是造价就至少一千两百万镑，还在不停升值。光是给屋内的物品上的火灾险就高达七百万镑，但罗珀觉得被盗是不太可能的。

豪宅矗立在一片肯定是后来为此增建、长满了青草的小丘上。一片砾石地上有莲花池与大理石喷泉，一道弧形带扶手的大理石阶由砾石地往上，通往挂着铁制提灯的高高的大门入口。提灯亮着，泉水喷流，双开门是玻璃制的。透过大门缝隙乔纳森瞥见穿白衫的男仆站在大厅的水晶吊灯下。吉普车继续驶过砾石地，经过铺了鹅卵石的马厩，传来一股马匹身上的气味。车子又经过一片桉树林、灯火通明的游泳池，另一头是带有滑梯的儿童游乐天地、两座有照明的红土网球场、一个槌球场，以及一座果岭。接着车子穿过第二对门柱（尽管不如第一对那么有气势，却比较漂亮），停在一扇红木门前。

此时乔纳森不得不闭上眼，他头痛欲裂，腹股沟的伤又让他痛不欲生。而且，差不多也该是他继续装死的时候了。

水晶岛。当他们把乔纳森抬上那座柚木阶梯，他不断在心中重复：水晶岛，一颗像丽思酒店那么大的水晶。

现在，虽然乔纳森人困在这豪华的囚室中，但体内清醒的部分仍继续辛苦地执行着任务，留意、记录着一切特征，以备后用。他倾听着百叶窗外黑人从未消停的闲聊，很快就能说出修缮木制突堤的人叫甘姆斯；在庭园堆砌巨石假山的是厄尔——他是圣基茨足球队的狂热粉丝；造船工匠叫塔尔博特，他会唱卡利普索民歌。他听见车子经过地面，却没听见引擎的喷气声，判定应该是一辆电动车。他听见毕奇飞机在空中不规律地进出，每次飞过，他都想象是罗珀在返航途中，戴着半月形眼镜，拿着一本苏富比目录，身边的杰德看着杂志。他听见远处马在嘶鸣，马场里马蹄踏地。偶尔，还会听到一条看门犬的吠声，还有小得多的狗叫声——可能是一窝毕格尔犬。一点一点，他逐渐看清睡衣口袋上的标识：一颗水晶。他一开始就该猜到的。

他发现，这房间再雅致，都无法逃脱热带湿气的侵蚀。他第一次使用浴室时就发现，虽然女仆每天不断来擦拭毛巾架，但仍在一夕之间出现被盐侵蚀的斑渍。用来托着镜架的三脚架和将它固定在瓷砖上的铆钉也氧化生锈。好长一段时间，空气里的湿气令布扇毫无用武之地，仿佛一件湿透的衣服挂在他身上，慢慢被消磨掉所有意志。

而且他也知道，一个问号也依然悬在他的头顶。

某天晚上，马蒂医生搭乘包机来到岛上。他问乔纳森会不会说法语，乔纳森说会。因此，当马蒂医师检查了他的头部、腹股沟，拿小橡皮锤敲他的双膝和手臂，拿检目镜检查他的眼睛时，乔纳森用法语回答了一堆问题——而且都不是随便问问而已。乔纳森很清楚，马蒂除了检查他的身体，还想了解其他事项。

“你讲起法语有欧洲腔，拉蒙先生。”

“学校就是这么教的。”

“你在欧洲念书？”

“不，在多伦多。”

“哪所学校？——你的老师很优秀吧？”

诸如此类的问题。

好好休息——马蒂医生开的处方就是休息。休息、静候——为了什么呢？等待你揪到我的小辫子？

“托玛斯，你应该觉得稍微舒服一点了吧？”塔比坐在门旁，以关切的语气问道。

“好一点了。”

“那就好。”塔比说。

乔纳森逐渐复原，警卫也更加留心他。

乔纳森试图探索他们安置他的这栋房子，却一无所获。这里没有门铃、电话或传真机，从未传出烹饪食物的香气，或任何谈话声。他闻到蜂蜜味道的家具擦拭剂、杀虫剂、鲜花花香、干花瓣的味道，假使风向正确，他还能闻到马的气味。此外还有鸡蛋花香和修剪过的草香，以及游泳池传来的漂白水味。

然而，由于他曾是孤儿、士兵与酒店员工，也曾经历颠沛流离的生活，他很快有种似曾相识感——这是讲求效率的机构才有的节奏，即使最高领导不在场督导，一切都依照规矩动作：园丁每天早晨七点半开工，乔纳森几乎可以拿来对时；十一点，钟声准时响起，会有二十分钟安静休憩的时间，包括割草机和镰刀都停止作业。一点钟，钟响两声，如果乔纳森在此时竖起耳朵，就能听到员工餐厅里传来当地人的闲聊。

有人敲门。弗里斯基出现，咧嘴笑着。科尔克兰像卡利古拉[1]一样堕落，伯尔曾警告他，而且非常精明。

“亲爱的，”沙哑的声音带着英国上流阶层的腔调，呼出的气息，混着前晚下肚的酒精及今早抽的难闻的法国香烟，“你今天感觉如何？小甜心，我得说，你真是太千变万化了。你的脸不再红得像红色羊毛衣，先是变得像那种蓝脸狒狒，今天呢，又有点像臭兮兮的驴尿黄，都不知道你到底是不是在慢慢康复。”

科尔克兰少校的口袋塞满钢笔和男人会带的杂物，大片汗渍从腋下湿到小腹。

“其实我想快点离开。”乔纳森说。

“当然，你随时可以离开，只要跟老大讲一声就好。他一回来你就可以告诉他——算算也该回来了。胃口还好吧？睡眠对于身体康复最有用了。明天见啊。”

第二天，科尔克兰又来看他。他一边大口吞云吐雾，一边低头望着他。

“你可以滚远点吗，亲爱的弗里斯基？”

“我这就滚，少校。”弗里斯基笑道，顺从地退出房间，科尔克兰悠闲地从阴影中走出来，踱到摇椅前坐下，嘴里还发出一声满足的

[1] Caligula（12—41），全名盖乌斯·尤里乌斯·恺撒·奥古斯都·日耳曼尼库斯，罗马帝国第三位皇帝，以暴虐著称。

“嗯哼”。接下来有好一段时间，他什么都没说，只是抽着烟。

“老兄，不介意我抽烟吧？要是没烟，我的脑子就没法运转——我上瘾的不是吞云吐雾，而是夹着这根小东西。”

他所属的部队受不了他，他于是在军情部待了五年，伯尔说，五年里干的净是些闲差，但也有口皆碑。罗珀很赏识他，并非单纯以貌取人。

“你也抽吗，兄弟？日子过得不错的时候会抽？”

“偶尔。”

“所以都是在什么时候？”

“做饭的时候。”

“什么？”

“做饭的时候。就是酒店的事都忙完了，有空的时候。”

科尔克兰少校此时兴致大增，“我一定要说——字字真心——那天在玛玛·罗那儿你做给我们的东西真是太美味了——就是在你去救那小鬼之前。那些淋了酱汁的青口贝都是你一个人做的？”

“对。”

“好吃到叫人舔手指！那胡萝卜蛋糕呢？告诉你，我们一致给它满分，主厨推荐，一直有人点，对吧？”

“那也是我做的。”

“你说什么？”

“也是我做的。”

科尔克兰一时间说不出话来，过了好一会儿才开口：“你说胡萝卜蛋糕也是你做的？是你亲手做的？亲爱的，你真是太棒了！”他继续抽烟，隔着烟雾对乔纳森露出崇拜的微笑，“八成是从迈斯特偷来的食谱吧？”他摇了摇头说，“太厉害了。”说完他又猛吸一口烟，

"你还从迈斯特那儿弄来了什么，亲爱的？"

乔纳森一动也不动地靠着枕头，装作心里也平静无波。我要马蒂医生，我要伯尔——我要出去。

"说实话，这挺为难的。亲爱的，你在这医院的表格是我填的。在这儿，这就是我的工作——有表格来，我就要填——你可以说我是个专业填表格的。就是那种美国军方格式的表格，我们都知道是怎么回事，对吧？但我那时就觉得，唉呀呀，有点怪啊，他不是姓派因吗？怎么变成拉蒙了呢？他是大英雄，我们都很清楚，但填表格的时候你只能填名字，可不能填'英雄'啊！所以我就填上拉蒙了。托玛斯·亚历山大——希望我这么做没错！——你说你在多伦多哪里出生？见第三十二页上的'直系亲属栏'，但你没有任何近亲？我觉得不必研究下去了，你这个拉蒙想叫自己派因……又或者你是派因，可是想叫自己拉蒙，这都跟我没关系，你喜欢就好。"

他等着乔纳森开口，等啊等。他抽了更多支烟。科尔克兰之所以有耐心等待，是因为他占着审讯者的优势——他有无尽的时间可以耗。

不过最后他还是开口了："但是呢，亲爱的，我们老大的个性跟别人不太一样，他有很多天赋，其中之一就是细致入微。他一向如此。其实他打电话去苏黎世的迈斯特了，是在公用电话亭打的——事实上好像是在迪普湾，他不太介意是否有人在听。老大这么问了：'那位人挺不错的派因最近怎么样了？'老迈斯特被他一问，气得吹胡子瞪眼：'派因，你说派因？老天爷！这该死的家伙一声不响地偷走我的钱！从我保险柜里偷走六万一千四百零二点一九法郎——还有两颗背心纽扣。'幸好他不知道胡萝卜蛋糕的事，否则一定会把你当成商业间谍——你在听吗，老弟？没有觉得很无聊吧？"

再等等，乔纳森告诉自己。他闭上眼睛，躺平。你的头很痛，你很快会觉得想吐。科尔克兰摇椅子的节奏愈来愈快，然后突然停住。乔纳森闻到烟味离他非常近，一睁眼就看到高大的科尔克兰俯身看他。

“亲爱的，你听懂我的意思了吗？说白一点，我觉得你的身体没有我看到的这么虚弱。那寄生虫说你的复原情况超乎常人。”

“我没有要求你们送我到这里，你们也不是盖世太保。我帮过你们，总之把我送回玛玛·罗那里就好。”

“亲爱的，话说回来，你帮了我们一个超级大忙！老大站在你这边，我也是。我们欠你人情——应该说欠你很大一个人情。老大不会欠完人情然后转身就走。在场的人都对你感激不已，每个人都担心你。老大一直都是‘宁愿人负我，不愿我负人’的个性。他这人就是那样，你懂吧？了不起的人都是这样。所以他会报答你。”他将手伸进口袋，在房间里来回踱步，慢慢把事情说清楚，“但他什么事情没见过，难免比较世故。你也不能怪他，是吧？”

“走开，让我一个人待着。”

“迈斯特那家伙跟老大讲了你抢劫他保险箱之后的事情，说你逃到英国，干掉了某个家伙。老大说这都是胡扯，一定是另外一个同名同姓的林登，我们认识的你是个真英雄。但讲归讲，老大还是派出几个他的探子去打听，这是他一贯的作风。结果证明老迈斯特没乱讲。”乔纳森装死的时候，他抽了另一大口烟舒缓心情，“当然了，除了在下本人，老大谁也没讲。世上改名换姓的人多的是，有的人一辈子都在这么做。不过呢，做掉人这种事就比较不足为外人道了，所以老大不会到处去说。但他是有家室的人，自然不愿意在自家养毒蛇——不过话说回来，世上毒蛇根本数不完，你懂吧？你可能是蛇，也许是没毒的那种。老大就派我去打听你了，他和杰德则去忙他们的——杰德可是他的心肝啊。”他解释着，观察乔纳森的反应，“她天生就这么漂亮，你见过她。身材高挑的尤物。”他边说边摇乔纳森的肩，“亲爱的，你醒醒，我是要挺你，老大也是。这里不是英国，我们都见过世面……派因先生，你别睡啦。”

尽管他粗暴地喊个没完，都像是在对死人弹琴。乔纳森已经让自己逃入深沉的睡眠，回到了彼时的孤儿院。

15

除了妻子，古德休谁也没说。

他也没人可说。换一个角度看，这样荒谬的故事需要的是一个同等荒谬的听众，但很可惜，他亲爱的妻子赫斯特是众人心中最一本正经的人。

“亲爱的，你确定没听错？”她怀疑地反问，“你知道自己是怎样的，很多事情你都听得很清楚，但看电视你还是得靠孩子解释电视节目给你听，不然就无法理解。周五高峰时刻的交通状况应该很不好，所以害你无法听清楚，对吧？”

“赫斯特，他说的一切我都一字不漏告诉你了。他说得很清楚，完全盖过嘈杂的车声，直接对着我说。他说的每一个字我都听得一清二楚——他讲的时候我还盯着他的嘴呢！”

“如果你确定没听错，应该可以去找警察了——我知道你一定不会搞错的——就算你没有要采取任何行动，我想你也该去找普伦德加斯特博士谈谈。”

在非常难得地对另一半发了脾气后，古德休以僵硬的步伐走去国会山，想让头脑清楚一些。可是这一点帮助也没有。他对自己重述了一遍故事，就像他之前已经做过的数百次那样。

那周五，天一如往常地亮了。古德休一早就骑着自行车去上班，因为他的上司想在去乡下之前把这周的工作完成。九点钟，他接到上司的私人秘书打来的电话，说原定十点召开的会议因故取消，原因是部长被召至美国大使馆。对于上司不让古德休参加会议，他早已不再讶异。于是他利用早晨加紧赶进度，中午吃三明治当午餐。

三点半，私人秘书又打来，问他可否立刻上楼一趟。古德休遵命照办。上司的办公室弥漫着一股刚开完会的闲适。一场古德休未受邀参加的午宴结束，劫后余生的客人散坐各处，各自喝着咖啡、抽着雪茄。

“雷克斯，干得好。”他的上司语气友好地说，“请坐。这里有你不认识的人吗？都认识？真是太好了。”

古德休的上司足足比他年轻二十岁，财大气粗，结实魁梧，还曾是橄榄球队员。根据古德休的判断，他是参加了橄榄球队才获得学位的。那人双眼无神，眼界也不够远，但他以勃勃的雄心来弥补这点。美国大使馆的芭芭拉·万顿坐在他一侧，采购研究小组的尼尔·马乔兰坐在他另一侧。古德休一直对马乔兰有好感，也许是因为他在海军时的优良记录，他的眼神也令人信赖，一举一动都沉稳可靠。说实在的，古德休一直很不解，像他这样一看就知道不懂得说谎的人，怎么可能在杰弗里·达克尔的手下做事，并存活至今？达克尔手下的另一名高级人员高尔特坐在马乔兰身旁，看起来跟达克尔如出一辙：穿着极度考究，简直像是那种经济势头良好时的房地产经纪人。河府代表团中的第三名成员是位下巴线条坚毅的美人，黑兹尔·邦迪。谣传，她除了是达克尔的工作伙伴，也是他的地下情人。不过古德休坚守自己的原则，从来不听这类流言蜚语。

他的上司向他解释召开会议的目的，口气却太过轻松，“我们有好几个人正在审视英美之间的联络机制，雷克斯。”他说，雪茄在空中比画了一道弧，“说实话，我们得到了几个结论，都相当令人担忧，所以想听听你的看法。你的看法只做私下交流之用，也不会记录在案，不用担责，我们单就原则性问题来讨论，大家随便谈，你觉得可以吗？”

“有何不可？”

“芭芭拉，亲爱的——”

美国表亲驻伦敦的联络站站长芭芭拉·万顿，读的是纽约私立名校瓦萨尔学院，在滑雪胜地阿斯彭过冬、在葡萄酒庄消夏，然而她的声音听来像是被抢劫发出的恐怖尖叫。

“雷克斯，这个‘帽贝’玩意儿已经走样了，”她咆哮道，“我们被小看了。毫无疑问。真正的战场在那里，事情需要上轨道，现在就要。”

古德休肯定是立刻显得一脸迷惑。“芭芭拉觉得我们跟不上兰利的脚步，无法和他们紧密配合。”马乔兰在旁向古德休解释。

“你说的‘我们’指的是谁？”

“嗯，就是我们——河府。”

古德休转过身，质问他的上司：“你刚才告诉我只就原则性问题讨论……”

“等一下、等一下！”他的上司拿雪茄比着芭芭拉·万顿，“芭芭拉没离题啊，老天，还以为你脾气好点了。”

但古德休不打算罢手。“河府在帽贝计划上无法与兰利协调？”他不解地问马乔兰，“河府根本就没有参与帽贝计划，只是提供支援。‘帽贝’是执法小组负责的案子。”

“这就是芭芭拉觉得我们需要讨论的地方。”马乔兰解释，语气疏离，暗示他也并不苟同。

芭芭拉·万顿立刻抢在所有人发言前插话："雷克斯，我们必须来一次全面且彻底的肃清，不仅在兰利，英国这里也是。"她接着讲，听来就像是她早就准备好了讲稿，"我们必须把这个帽贝计划带回到基本面，然后从最底层重新开始。雷克斯，兰利曾经强人所难，但还不至于逼人上梁山。"这一次，马乔兰没有插嘴提出解释，"雷克斯，我们的政客是不会买单的。他们随时会抓狂。雷克斯，我们得面对的是必须极缓慢、审慎地从五十五种角度以上看待的事，而我们看出什么了？这是一次联合行动，一方是一个不足挂齿、新近成立的英国情报单位，抱歉这么说，小而美，但次要。而另一方，是一群迈阿密来的、连地理关系都搞不清楚的美国执法人员。雷克斯，这就像是狗和它的尾巴。狗呢，在这里——"她的手已经举到她的头上——"而尾巴就是这个。此时此刻，尾巴占上风。"

一阵自责席卷了古德休。帕尔弗里警告过，但我没把他当一回事。雷克斯，达克尔打算策动一次叛乱，重新夺回他的失地。他说，这些他都要躲在美国国旗的背后干。

"雷克斯。"芭芭拉·万顿又拔高嗓音，古德休听着她刺耳的声线，赶紧坐在椅子上压压惊。她说："眼前的问题在于，我们自家后院正在进行一场以地缘为基础的政治权力转移——但处理这些事情的却是一群根本没资格参赛的门外汉。这些人在该传球的时候却黏着球，完全不了解问题在哪里——而且卡特尔还把内线情报推来推去。内线消息的问题应该有专人负责处理。这我们已经接受了，雷克斯，而且早就为此付出了沉重的代价。"

"对，非常昂贵的代价，芭芭拉，'大家'都这样说嘛。"古德休阴郁地说。但芭芭拉·万顿在伦敦已经待了四年，对任何讽刺都无感了，所以她继续咆哮。

“雷克斯，那些卡特尔正在推行合纵连横的结盟，相互示好，采购最尖端的材料、训练人马、联合行动——雷克斯，这是一个完全不一样的局。现在在南美洲会这么干的人还不多。在南美洲，只要将力量聚集起来就代表强大。就这么简单。这不是执法小组随便接的任务，不是警方出动抓贼还不小心射伤自己的腿，这叫地缘政治，雷克斯。我们要做的是想办法去国会山告诉他们：‘各位，对于我们在这件事上无可逃避的责任，我们全都接受。我们也跟执法小组谈过，执法小组也愿意退出。执法小组会充分利用时间，做好自己的工作，这是他们身为执法者的权利和义务。同时，这是地缘政治，它不但复杂，还得从许多角度解读，因此它毋庸置疑属于情报局的管辖范围。对于如此复杂的资讯，我们有一套清楚明确的处理方式——通过情报局里专业、可信的人员，根据地缘政治的原则，处理这个问题。’”

显然，她的发言结束了，并且像个对于演出感到满意的女演员，整个人转过去看着马乔兰，表情像是在问：“我刚才讲得如何？”马乔兰听了她这番充满了火药味的谈话，装出一副看似友善、其实轻蔑的神情。

“我认为芭芭拉刚才说的有很多地方都是重点，”他再次露出他那副彬彬有礼但不虚与委蛇的招牌微笑，“显然，我们不会阻碍各部门间重新分配责任的。不过，这本来就不太可能由我们说了算。”

古德休的表情像座石雕，双手毫无生气地摆在身前，拒绝参与眼前的一切。

“没错，”他表示同意，“说了算的不是你，而是联合指导委员会。除了他们谁也无法做主。”

“不过，你的主管就是委员会主席，而你——雷克斯——是秘书、创办人兼主要赞助者。”马乔兰露出单纯的笑容，提醒着他，“除此之外，其实你也是委员会的道德良心。”

但古德休并没有平静下来，就算是像尼尔·马乔兰这样擅长安抚的人也不行。“尼尔，你所谓的责任重新分派绝不是对头机构有权决定的。”他板起脸，“假设执法小组已经准备自愿退出战场——这一点我深感怀疑——其他部门在没有经过联合指导委员会同意前也同样没有权力授权，不能瓜分他们的责任范围。杜绝私下交易不也是联合指导委员会坚持的吗？你去问问——”他望着上司点了点头。

有好一段时间，没有人敢问任何事，直到古德休的上司含混不清地发出“哼”的一声，似乎表示了怀疑和恼怒，外加些微消化不良。

“很明显，雷克斯，”他鼻音很重，声音十分有英国保守党资深议员的腔调，“如果我们的美国表亲要在大洋彼岸接管帽贝计划，根本不问我们同不同意，那么，大洋这边的我们也会这么做的，对吧？我会说‘如果’，是因为这只是非正式的讨论。截至目前，还没有任何消息经由正式渠道传来——没有吧？”

“就算有也还没传到我这里来。”古德休冷冷地说。

“这些狗屁委员会的工作效率实在非常差，如果按照他们的步调，我看圣诞节前都甭想得到答案。我说雷克斯，你想想嘛，我们都达到了法定人数：有你、我，尼尔也在，我想我们搞不好可以自己搞定这件事。”

“你说了算，雷克斯，”马乔兰温和地说，“你来订规矩。如果连你都无法翻盘，还有谁能？是你拟定了双边对等规则——执法人员对执法人员，情报人员对情报人员，各管各的，谁也不许捞过界。我们都叫它‘古德休法则’，也确实如此。你把它卖给华盛顿，内阁也听了进去、飞速通过——《新时代的秘密机构》——你那篇报告不就是以此为标题的吗？只有在逼不得已之下我们才会让步，雷克斯，芭芭拉不是说了吗？不是跳着优雅的舞步，就是不小心撞上对方，如果是我，当然选择跳着优雅舞步。我不想看你惹祸上身，或给自己找什么不必要的麻烦。”

通常这种时候，古德休已经被激怒了。但他现在已经不会意气用事了。他用理智的语气对着桌子对面尼尔·马乔兰那张诚恳的脸说话。他说，联合指导委员会呈给该会主席的推荐方案（此时他又对着上司点了点头）必须由全体与会人员一致通过才成立，而非只由特定的一小群人士决定出来。他又说，根据联合指导委员会记录下的观点，河府这一机构已经太过膨胀，必须再次下放部分工作，而不可再次收回旧有职责。目前为止，身为该委员会主席的部长也始终抱持赞成态度——“除非你在吃午餐时改变了主意，那就另当别论。”他暗示他的上司，对方则蹙着眉头，一直抽着雪茄。

他又说，他个人认为，他宁可扩大执法小组的责任范围，让该小组有足够力量更好地迎接各项挑战，最后，他说，由于这些话不会记录在案，所以他想说，他认为采购研究小组的各项行动已经不符合新时代的需求，亦有负议会的重托。下次联合指导委员会开会时他要正式提议，让委员会对其各项活动进行审查。

说完后，古德休像在教堂祈祷一般双手合十，仿佛表示“话说完了”，静待山洪暴发。

什么都没发生。

古德休的上司边看着黑兹尔·邦迪的洋装，边用下唇把玩着牙签。“好……行。”他避开众人目光，慢条斯理地说，“挺有意思，谢了，非常精辟。”

“的确发人深省，的确。”高尔特开朗地附和。他又朝黑兹尔·邦迪笑了一下，不过黑兹尔没理他。

倒是尼尔·马乔兰，他友善到不能再友善了。那漂亮的五官显出某种精神上的静谧，散发出一股崇高的道德感——他的确就是这样的人。

“雷克斯，你有空吗？”他们离开时，马乔兰低声问。

古德休——老天保佑——正窃喜地想着经过刚刚那番良性交涉、互不相让后，马乔兰终于愿意退一步，让双方都不留下什么疙瘩。

古德休慷慨地邀马乔兰到他办公室一坐，马乔兰却体贴地说：“雷克斯，你需要呼吸一点新鲜空气，消消火。我们散个步吧。”

此时已是阳光灿烂的秋日下午。梧桐树叶在阳光下呈现粉红与金黄相间的色彩；游客自在地在白厅附近的人行道悠闲漫步。马乔兰向他们投去和善的笑容。赫斯特说得一点都没错，星期五的高峰时刻交通真的非常拥挤嘈杂，然而古德休听得很清楚。

“老芭芭拉有点太紧张兮兮了。”马乔兰说道。

“到底是谁让她这么紧张？”古德休说。

“我们告诉过她你不会被说服，但她坚持要一试。”

“得了，是你们怂恿她吧。”

“就算是好了，我们又能怎么办？拎着帽子走到你面前说：雷克斯，把帽贝计划交给我们？看在老天的分上，这只不过是个计划，又不是什么天崩地裂的事！”他们来到了泰晤士河岸，好像本来就是要上这儿，“不懂得转弯最后就是一头撞上去，雷克斯，你太固执，稍微弯一点点都不愿意。你把‘古德休法则’当成心肝宝贝，但犯罪就是犯罪，间谍就是间谍，二者绝不可混为一谈。你太黑白分明了。”

“不，尼尔。我不同意你的说法。我怕的是我还不够黑白分明。如果我要写本自传，书名就会叫作《关于妥协》。我们应该要更坚守原则，不是学着妥协。”

双方的语气仍旧很友善。这两位专业情报人员正在泰晤士河岸分析彼此意见相左之处。

“假使易地而处，我会同意你的做法。”马乔兰赞同地说，“你所说的那些跟新时代有关的言论在各厅赢得了不少好评——古德休，开放社会的推手、传承者……恐怕你自己听到都会觉得恶心。不过我不得不承认，这是你为自己开辟的立足点。你没有不战而败已经挺不错了。所以这些事情对你究竟为什么这么重要？”

他们并肩望着泰晤士河。古德休搭着栏杆，很突兀地戴上了骑自行车会戴的那种手套——最近他的血液循环不好，让他很不舒服。他不是很懂马乔兰突如其来的问题，便转向他，希望他解释得更清楚，却只看到被远处经过的游船反光照耀的神圣不可侵犯的侧脸。但接着马乔兰也转过身了，他们面对面站着，两人相距不过一个手肘，即使来往车声喧嚣不断，古德休也没察觉。

“达克尔有话给你，”马乔兰笑着说，“雷克斯·古德休昏头了，想参与那些他不能知道、不需要知道的事，一些高层决策之类的事。里头全是精英——这种屁话。你是不是住在肯地奇镇？一栋又小又脏的连排房子？还用窗纱？”

“怎样？”

“你刚冒出了一个住在瑞士的远房叔叔，他一直都很赏识你正直的品性。一旦帽贝计划交到我们手上，你的叔叔就会突然不幸逝世，留给你七十五万——英镑，不是法郎，而且免税。这是遗产。哥伦比亚的人都是怎么说的你知道吗？‘你自己选，我们可以让你发大财，也可以让你死得很惨。’达克尔也这么说。”

“不好意思，我今天有些迟钝，”古德休说，“你现在是在威胁杀我，同时贿赂我吗？”

“先毁了你的事业。我认为我们对付得了你。如果不行，就再想办法。如果觉得难堪，可以不用现在回答——或者根本不用回答，去做就是了。‘坐而言不如起而行’——古德休法则啊。”他怜悯地笑着，“没人会相信你的。你那个圈子里的人不会。雷克斯他疯了……而且疯了好长一段时间……我只是没说。如果你不介意，我就不寄备忘给你了。我什么也没讲，这只是某个无聊会议结束后的小小河边散步。周末愉快。”

六个月前共进简单晚餐时，古德休曾告诉伯尔：你这前提真是胡闹。它不但杀伤性强，而且太阴险，我不愿支持你的提议，不许再提这件事。这里是英国，不是巴尔干，也不是西西里。你可以有自己的情报单位，伦纳德，但绝对要放弃那套哥特幻想——什么采购研究小组是个以数百万英镑为单位的走私机构，专门为像杰弗里·达克尔和一些银行家、掮客，以及大西洋两岸的腐败情报员做事。

因为那样做太疯狂了，他必须警告伯尔。

就像今天这样。

跟妻子说完后，足足有一个星期，古德休把秘密深锁在心中。一个连自己都不相信的人不会相信任何人。伯尔从迈阿密打电话给他，告诉他帽贝计划重启的消息，古德休则尽力装出为他高兴的模样。鲁克接掌伯尔位于维多利亚街的办公室。古德休则在雅典娜大饭店请他吃午餐，但并未向他透露自己的心事。

之后，某天晚上，帕尔弗里来访，带来一个小道消息。据说达克尔向英国武器供应商咨询某种高科技设备的供货，是要在“南美型气候”中使用的，供货对象则不得而知。

“哈里，你说英国设备？那么要买的人就不可能是罗珀。他只买非英国制的。”

帕尔弗里动了动，似乎有些不安。他吸了一口雪茄，又多要了一些威士忌，“嗯，雷克斯，其实那有可能就是罗珀想要的——如果他的保密工夫很到家，如果那些真的是英国的——怎么说呢，我们是很能忍的，你懂吧？捂住眼睛、头埋进沙里——如果那真是英国的，我们还可以卖给开膛手杰克。”他窃笑起来。

那晚天气很好，帕尔弗里觉得自己需要活动一下。因此，他们走到海格特公墓的入口，在那儿找到一张安静的长凳。

“马乔兰想收买我，”古德休直接告诉帕尔弗里，“七十五万英镑。”

“噢，他当然会这么做，”帕尔弗里一点也不意外，“他们在国外就是这么做的，国内当然也一样。”

“给了赏，也给了罚。”

“当然，通常都是这样。”帕尔弗里伸手摸出一根新的烟。

“他们究竟是什么人，哈里？”

帕尔弗里皱了皱鼻子，眨几下眼，不知为何似乎难以启齿。

“就是些有点小聪明的家伙。人脉广阔，你知道的。”

“我不知道。”

“他们都是优秀的专案情报员，冷战时代留下来的，人也给弄冷了。他们怕丢工作。你知道的，雷克斯。”

古德休突然意识到帕尔弗里讲的是自己的困境，而且不愿讲下去。

“训练有素，自然是，”帕尔弗里习惯性地用支离破碎的句子继续一些陈腔滥调，“很会操作市场经济，八十年代曾经呼风唤雨、不可一世。在还能捞的时候拼命捞，大家都是这样，因为不知道下次战争会从哪里开打。全副武装，却不知该上哪儿去……就那样。当然了，这些人直到现在都还掌权，没有人会去剥夺他们的权力，问题只是这权力要用在哪里。”

古德休没说话，帕尔弗里也就一直讲下去。

“这些人都不坏，雷克斯，你不能对他们太挑剔。他们只是觉得受到冷落。撒切尔的时代已经远去，也没有俄国佬可打，自家床底的赤色分子也都消失了。在某个时刻他们把这世界塑造成他们要的模样，两脚走路的就是好人，四脚走路的就是坏人，结果第二天一早起来，就……你懂吧……”他耸耸肩当作句号，“没人喜欢真空状态，对吧？连你也不喜欢真空，说句老实话，你其实恨死了吧？”

“真空状态？你说和平吗？”古德休尽可能用最不带刺的方式说。

“严格说是无聊，架空感。这种感觉对任何人都不好，你说对吧？”他又窃笑起来，长长地吸了一口烟，“好几年前，他们还都是最高等级的冷战士兵，情报领域中的第一把交椅……之类的。现在一下子要他们停手太难，一旦像他们那样上紧发条，你就只能一直走下去了。这种情形也很自然。”

“那么他们现在都是些什么人？”

帕尔弗里用手背抹了一下鼻子，像要抓痒，“就是墙上的一只苍蝇。真的，至少我是。”

“我知道你是，那‘他们’呢？”

帕尔弗里有些模棱两可，也许是为了把自己从接下来的评论中排除。“都是支持大西洋另一边的。这些人从来不信任欧洲，因为欧洲是由德国佬统治的巴别塔，美国仍是他们唯一的容身处，华盛顿就是他们的罗马，即使这个恺撒有点冷漠。”他有点腼腆地动了一下，继续说，“他们是拯救世界的英雄，棋局就是这个世界。你想想看，世上的秩序都靠这群小伙子在维持，他们既能留名青史，又能顺便赚点钱，何乐不为？大家不都是这么做的吗？”他又抖了一下，“他们是有点腐败，但也只有一点。不能全怪他们。白厅不知道该怎么把这些人赶走，大家都自认对某个人很有用处，可是没有人能看到全局，所以没有人知道其实没人需要他们。”他又抹了好几下鼻子，“只要能使美国表亲高兴，不要挥霍得太夸张，或在大庭广众斗个你死我活，他们想怎样就怎样，没人会干涉。”

“所以要怎么让美国表亲高兴？”古德休坚持追问，扶额等他回答，一副头痛欲裂的模样，“可以讲清楚一点吗？”

帕尔弗里仿佛在向一个执拗的孩子讲话，语气纵容，但有一点点不耐烦：“美国表亲有他们的法律。监视者完全是贴在他们脖子后面监视。他们私设公堂，把正直的间谍关起来，再把高级的官员抓去审，英国人就没胆子这么做。我想这多半是因为有联合指导委员会在吧。不过其实是因为你们大多还是正派些的。”

古德休抬了抬头，又拿手撑着。

“你继续说，哈里。”

“其实我忘记讲到哪里了。”

“你说到美国表亲和监察机构不愉快时，达克尔怎么取悦他们。”

帕尔弗里好像有点迟疑。

“噢，没错，就是这里——华盛顿特区有个高层对美国表亲说：‘你们不可以帮那个非洲乱党装备军火，那违反规定。’这样懂吗？”

“到目前为止，懂。”

“美国表亲就说：‘好，收到，明白。我们不会帮非洲乱党装备军火。’然后一个钟头后他们打电话给达克尔说：‘亲爱的杰弗里，帮个忙好不好？那个非洲游击队真的需要武器。’运武器给那个游击队当然是禁止的，但只要财政部有进账，谁会管那些？接着达克尔便打电话给一个他们信得过的人——乔伊斯敦·布拉德肖、史派基·洛里默——或任何一个就近能找到的人。‘好消息！托尼，给游击队的武器可以放行，不过你们得走后门，我们则会确保后门没锁上。’接着就是PS了。”

“PS？”

帕尔弗里觉得古德休那么单纯很可爱，灿烂一笑，“附言[1]呀！老弟，一点甜头。‘托尼，身为你多年好友，我顺便说一下，按照目前的行情，介绍费是交易金额的百分之五，付给列支敦士登的恶棍表亲联合银行，账户名称是孤儿寡母采购研究基金。’只要你不是负责人，这完全易如反掌。你听到过英国情报人员被逮住时手是卡在收银机里的吗？或有哪个英国的部长违反自己订的规则、吃上官司的？你在开玩笑吗？没人能动他们。”

“那为什么情报局会想要接管帽贝计划？”

帕尔弗里的机敏眼神扫视一片漆黑的树林，寻找着救援或侦查人员的踪迹。

“这你得自己去找答案了，雷克斯，这超越了我的职权——事实上也不在你的职权内。抱歉了。”

他站起来的瞬间古德休对着他吼了一声。

“哈里！”

帕尔弗里忧虑地张大了嘴，露出他丑陋的牙齿，“雷克斯——看

[1] postscript，缩写为PS。

在老天的分上——你根本不懂得用人。我是个懦夫，你不能再这样逼我，我已经肠思枯竭，接下来就只好乱编了。你回家去吧，睡一下，你就是人太好了，雷克斯，你这样搞，最后会惹来杀身之祸的。”他紧张地瞧了瞧四周，好像突然又心软了，“亲爱的，收买英国人——这是一个线索。难道你对所有的肮脏手段都一无所知吗？”

维多利亚街上，鲁克坐在伯尔的办公桌后方，伯尔则坐在迈阿密的行动控制室。双方各持保密电话与对方通话。

“喂，罗布，”伯尔高兴地说，“已经证实了一遍又一遍，确认无误。开始吧！”

“我们再确认一次行不行？”鲁克的语很特别，仿佛一个再三向平民阐明命令的军人，“就让我再核定一次，不介意吧？”

“把他的名字公布出去，罗布，把它散布出去，把他用的每一个名字都传出去——到处去传。派因，又名林登，又名博勒加德，又名拉蒙，最后露面是在加拿大某地。杀人犯、有多次盗窃、贩毒前科，取得且持有假护照，非法进入加拿大，如果可以再加个非法离境。无论是什么事，只要能增加大家的注意力就一律公布出来。”

“全部说出去吗？”鲁克说，不愿让情绪被伯尔的兴高采烈感染。

“没错，罗布，全部。我所谓的‘到处’就是这意思，你懂吧？针对托玛斯·拉蒙这名罪犯发出国际通缉令。要我把一式三联的通缉令寄给你吗？”

鲁克把话筒摆回去，又拿起来，拨了个电话给苏格兰场。但他一碰到按键，手却有股奇异的僵硬感，像要拆卸尚未引爆的炸弹那样。

等他一过去，我们就烧了桥，伯尔说。

16

“亲爱的，”科尔克兰以试探的语气问，点燃本日第一根令人作呕的香烟，还拿了一只瓷墨水台稳稳地放在自己腿上当烟灰缸，“不如我们来一个个检视真伪吧？”

“老实说，我不希望你离我太近，”乔纳森说，心中早就准备好讲稿，“我没什么好解释，也没什么好道歉。别理我可以吗？”

科尔克兰欣慰地又坐回扶手椅。卧室内只有他们俩，弗里斯基再次被支开了。

“你叫乔纳森·派因，曾在迈斯特皇宫饭店、纳芙蒂蒂皇后饭店，以及其他的商业机构任职。可是你目前却化名托玛斯·拉蒙，还带着一本无懈可击的加拿大护照四处旅行。但其实你可能不是托玛斯·拉蒙本人。有异议吗？你同意吗？”

“我把孩子救回来，你们也帮我治好伤，现在还我护照，让我走。”

“在迈斯特皇宫饭店的乔纳森·派因和加拿大的托玛斯·拉蒙中间，你先是成了雅克·博勒加德，然后又在最偏僻的康沃尔郡成为杰克·林登，你用这个身份把一个同伴——化名艾尔弗雷德的大个子哈洛弄死了。这个开着船到处跑的澳洲人曾经多次走私毒品，罪证确凿。后来你趁他们还来不及将你逮住溜之大吉。”

“普利茅斯警方只是要找我去审问，目前仅此而已。”

“哈洛也是你生意上的伙伴吗？”科尔克兰边说边写。

“你说是就是吧。”

“亲爱的，是贩毒吗？”科尔克兰向上瞟了一眼。

“很单纯，就是商业投资。”

“报纸讲的可不是这样，我们的内线讲的也不是这样。杰克·林登，又名乔纳森·派因，也就是你本人。光你一个人就帮哈洛把一船毒品从海峡群岛运到法尔茅斯，你的做法在运毒小贩眼中简直不可思议。然后呢，你那位同伙哈洛就把你运给他的毒品再运到伦敦，到处贩卖，连你的那一份也拿走，因此你非常火大——这完全可以理解。你就像任何一个被同伙惹恼的人，做了我们都会做的事——弄死他。你本来可以干净利落地处理掉他，毕竟你在这方面的身手没有人会质疑，但你搞砸了。我想应该是哈洛拼命反抗，你们就打起来；最后还是你赢。你赢了，他就死了，太棒了，万岁！”

尽量拖延时间，伯尔说过。总之你不在那里，在那里的是另外两个家伙。先任他对你发动攻击，再狼狈地屈服投降，让他们觉得可以让你露出真面目。

“他们没有证据，”乔纳森回答，“他们找到一些血迹，但一直没找到尸体——看在老天的分上，滚开吧。”

科尔克兰似乎已经忘了重点到底是什么，他望着天空，咧嘴笑开，暂时把所有讨厌的念头搁到一旁，回忆起来，“你知道那个某人想去外交部找工作的故事吗？你知道他们怎么跟那人讲的吗？‘卡拉瑟斯，我得说，我们挺喜欢你这人，但实在无法忽视你肛交、纵火又强暴的行为……’你是真的没听过？”

乔纳森“嗯”了一声。

“‘喔，这件事解释起来很简单，’那个卡拉瑟斯这样说，‘我爱上一个女孩，但她不给我上，我就敲昏她，强奸她，干掉她老爸，烧了她家。’这故事你一定听过吧。”

乔纳森已经闭上眼睛。“‘好吧，卡拉瑟斯，’那个主考官就对他说，‘我们知道你一定会有合理的解释。不如来订个协议吧。只要你离打字间的小姐远一点，不准碰火柴，亲我们一下，我们就雇用你。’”

科尔克兰是真心放声大笑。他脖子上的那圈肥肉变成了粉红色，跟着他的笑声颤动，他笑到连眼泪都沿着脸颊滴下来了。“你竟然躺在床上，我觉得你真是窝囊啊！”他解释道，“还说自己是什么大英雄，干脆用强光灯照你，然后我来当硬汉詹姆斯·卡格尼[1]，拿假阳具把你痛扁一顿。”他用法警的那种夸张语调说道，“‘大家都说这个通缉犯右手上有个明显的伤疤！’手给我看！”语气跟刚才完全不一样。

乔纳森睁开双眼，科尔克兰又来到床边。他一手高举着烟，简直像根肮脏的黄色魔杖，用另一只潮湿的手握住乔纳森的右腕，检视手腕内侧那道弯弯的大疤。

“老天，”科尔克兰说，“就算是刮胡子也不可能——算了，就这样吧。”

乔纳森把手抽回来。“他拿刀攻击我，”他说着，“我不知道他带刀子，他把刀藏在小腿处。我问他船里有什么，那时候我才知道——我早该想到的。他块头太大，我没把握一定能把他撂倒，只能瞄准

[1] James Cagney（1899—1986），以《胜利之歌》（*Yankee Doodle Dandy*）一片赢得奥斯卡影帝。

咽喉。”

“你说喉结吗？你真的挺会打的，是不是？在爱尔兰生活过其实蛮有用的，不错不错。那应该不是你的刀吧？大家都说你偏爱用刀。”

“那是他的，我刚刚说了。”

“哈洛都把那些毒品卖给谁，你知道吗？”

“不知道，我完全不知道。我只是个开船的——你滚行吗？去找别人开刀。”

“骡子。我们的术语就这么说的。骡子。”

乔纳森继续回击：“你们就是这种人是不是？你和罗珀？毒贩？真是太棒了，简直就像是回家一样嘛。”

他往后倒回枕头上，等着科尔克兰的反应，对方突如其来的举动出乎乔纳森的意料。只见科尔克兰灵敏地跳到他床边一把抓住他的头发，相当用力地拽着。

“小甜心，”他语带责备地低喃，“老兄，说实在的，像你这种落到今天这地步的小鬼嘴巴通常都会放干净些。我们可是拿骚的铁牌煤气、照明暨焦炭公司，小疯子，诺贝尔尊敬奖的最终决选者。现在的问题在于，你他妈的究竟是谁？”

他放开了乔纳森的头发。他依旧静静躺着，心脏怦怦跳。“哈洛说那是回收活儿，”他声音沙哑地开口，“他卖了一船的货给一个澳洲人，对方赖账不还，大个子就通过几个朋友跟踪那船到了海峡群岛——他说的。他还说，如果我把船开回普利茅斯，我们就可以把它卖了，摆脱眼前的困境。当时他的提议听起来也没那么不切实际，现在想起来，我竟然相信他的话，真是太蠢了。”

“所以你拿尸体怎么办，亲爱的？”科尔克兰坐回椅子上，换成亲切的语气，“按老法子？像大家说的那样扔进锡矿坑里？”

乔纳森改变说话的节奏，让他去等。声音阴郁绝望。“你们为什么不报警，引渡我，领赏金就好？”乔纳森说。

科尔克兰把那只临时烟灰缸从腿上移开，换了个米色军用档案夹，里面似乎只放了传真稿。

“那老迈斯特呢，他又得罪了你什么？”

“他抢我钱。”

“噢，可怜的小羊！传说中的受害人！不过他是怎么抢你钱的？”

“饭店其他员工都可以分到一份服务费。金额依职位和工作年限发放。每人每月可以领到不少，即使是新进人员也不例外。不过，迈斯特说他没有义务付钱给外国人，而我发现他会付给饭店里的其他外国人，就我没有。”

“所以你就自己去保险柜拿钱。你没把他干掉或拿刀割开他随便哪里，算他走狗运。”

“我为他做牛做马，从早忙到晚，连放假都要替他盘点酒窖库存，结果呢？什么报偿都没有，别说我还带着客人开船到湖上。他收了他们大把大把的钞票，一分都没付给我。”

“有人注意到，你离开开罗也很匆忙。但似乎没人知道原因。应特别注意的是，没有什么使诈的迹象。根据纳芙蒂蒂皇后饭店所说，你没干过什么有损名誉的事——又或者只是他们还没发现？”

乔纳森早就把故事想好了。这是他和伯尔一起编出来的。“我和一个女孩在一起，她有家室。”

“‘她’有名字吗？”

伯尔说，这叫困兽之战。“别想，我不会告诉你。”

“菲菲？露露？图坦卡蒙女士？都不是？她总是可以从你的这些名字里挑一个来用，不是吗？”科尔克兰懒洋洋地翻阅传真，“那位好医生呢，他有名字吗？”

“马蒂。”

“白痴，我不是说那个医生。”

“那是谁？哪个医生？这算什么，科尔克兰？你这样审问我是因为我救了丹尼尔吗？你到底想问什么？”

这次，科尔克兰耐心等待他爆发完。“我说的是在杜鲁罗意外急救中心为你缝合手上伤口的医生。”他解释道。

“我不知道他叫什么名字。他是实习医生。”

“白人实习医生？”

“不是，深色皮肤，印度人或巴基斯坦人之类的。”

“你是怎么去到那儿的，我是说到医院？可怜的手腕还在流血呢。”

“我拿几块擦碗布把手包起来，开哈洛的吉普车去。”

“用左手？”

“对。”

“和你搬尸体到别处去的是同一辆车，这毫无疑问吧？条子确实在车里找到你的血。显然混在一起了。里头也有些大个子的血。”

等乔纳森回答的时候，科尔克兰忙着给自己写笔记。

“送我回拿骚就好，”乔纳森说道，“我没伤害你们，也没跟你们要任何东西。如果我在玛玛·罗的店里没有这么愚蠢地跳出来救人，你们永远也不会知道我的事。我不需要你们的施舍。我没打算要任何东西。不要钱，不要一句谢谢，也不需要你们的认可。让我离开。”

科尔克兰抽着烟，默默思考，他翻了翻摆在他大腿上的文件。“我们换个题目，谈谈爱尔兰如何？”他提议，仿佛“爱尔兰”是某个下雨的午后要玩的一场派对游戏，“两个退伍军人，谈谈过往的愉快时光，不是挺开心的吗？”

来到故事中真实的部分时，不要松懈，伯尔也曾经说过。最好语无伦次，忘了一点什么再回过头纠正自己讲的话。让他们以为他们想找的谎言就在你讲错的点上。

“你到底对那家伙做了什么？”弗里斯基问，好奇是他的职业病。

时间已是午夜。他呈大字形地躺在门另一边的日式床垫上，头旁边是一盏有罩的台灯和一堆色情杂志。

“哪个家伙？”乔纳森问。

“那天‘借走’小丹尼尔的家伙。他叫起来活像是被人用刀刺中的猪。他在厨房里叫的时候搞不好连迈阿密这里都听得到。”

“我应该是把他的手臂打断了。”

“打断？你应该是把他的手臂慢慢拧下来了吧？你该不会是什么业余的日本武术家？”

“我只是先抓再拉而已。”乔纳森说。

“结果他的手差点被你撕烂。”弗里斯基通情达理地说，“这个结果对我们来说再好不过。”

你觉得需要朋友的时候就是最危险的时候。伯尔说过。

谈完爱尔兰后，他们调查了科尔克兰说的“仆人力争上游”的那个阶段，即乔纳森在餐饮学校当上二厨、升上主厨，最后学成毕业，进入酒店业的经过。

谈完后，科尔克兰又要他讲讲芭贝特城堡中那段往事。乔纳森非常小心避免提及伊冯娜的名字，却发现科尔克兰早就知道了。

“老兄，那你又怎么会跑到玛玛·罗这里？”科尔克兰问，又点起一根烟，“这么多年来，玛玛·罗的店一直是老大最爱去的酒吧。”

“我只是觉得可以在那里低调几个礼拜。”

“你的意思是避风头？”

“我之前在缅因州的某艘游艇上工作。”

“主厨兼洗碗？”

“是总管。”

科尔克兰在传真稿里翻找资料，他们的对话暂停了片刻。

“然后？”

“我生病了，必须离船上岸。我躺在波士顿的一家旅馆里，然后打给新港的比利·伯恩。比利帮我找了这份工作。他说，要不你去罗那里待几个月，只要煮菜就好，休息休息？”

科尔克兰舔舔手指，总算找到他要的东西，在灯光下看着。

“天老爷。”乔纳森仿佛睡前祷告似的喃喃抱怨了一句。

“老兄，现在来谈谈这艘让人有点不太舒服的船吧。‘洛丽塔号’，本名‘珀耳塞福涅号’，在荷兰建造，船主叫尼可斯·阿瑟凯利安，娱乐界赫赫有名的人物，但也是个大骗子、恶棍。他的臭气两百英尺外都能闻到。什么尼可斯，我说他是个小矮人。”

“我从没见过他。我们被租出去了。”

“亲爱的，租给谁？”

“四个加州来的牙医和他们的女人。”

乔纳森自动报上几个名字，科尔克兰先将他那本脏兮兮的廉价笔记本平放在大腿上，再把这几个名字记在本子里。

“他们应该很亲切吧，是不是？很开心？”

“他们没伤害过我。”

“所以你也没伤害他们啰？”科尔克兰好意表示，“譬如撬开他们的保险箱？扭断某人的脖子？拿刀子伤害他们？”

“说真的，你去死吧。”乔纳森说。

科尔克兰认真思考了一下，似乎认为这提议不错。他整理好文件，把烟灰缸里的烟灰倒进字纸篓，把篓子里弄得脏兮兮的。他看着镜子里的自己，挤了挤脸，试着用手指把头发拉直——可是怎么也弄不好。

“亲爱的，这真是太棒了。”他说。

“什么太棒？”

“你这故事。我不知道原因，不知道为什么会这样，更不知道发生在哪儿。我想全都是因为你。你让我觉得自己没什么用。”他又使劲拉了一下自己的头发，“但我的确是没用，我只是成人世界里一片微不足道的垃圾，你呢，你是试着要装成一个没用的人，”他晃进浴室小便，“塔比带了几件衣服来给你，很快就会到了，”他在浴室喊道，声音从打开的门传出来，“不是什么名牌，之后他们会拿阿玛尼来包我们的光屁股，”他冲完马桶后又回到卧室里，“交给我就好，老实讲——我会整死你，”他说，拉上裤子的拉链，“我会让你一五一十招出来，我会在你头上戴头罩，绑着脚踝倒吊起来，直到你肚子里所有真相都自然而然掉出来。人生不可能事事如意，你说是不是？”

现在是第二天，丹尼尔似乎认为乔纳森需要放松一下。

“希腊瓮是什么？”

“一种壶，罐子，是古希腊的一种艺术品。”

“猜中的话我一周给你五十美元——乌龟被一辆奔驰车撞到，脑袋闪过的是什么？”

“慢歌？”

“不对，是龟壳。科基正在书房跟罗珀讲话。他说他能问的都问了，如果你不是干净得毫无瑕疵，就是基督徒中最厉害的骗子。”

“他们什么时候回来的？”

“天一亮就回来了。罗珀总是天一亮就飞回来。他们正在谈你身上的谜团。”

“杰德也在吗？”

“杰德去骑萨拉了。她每次一回来就会去骑萨拉。如果萨拉听到她回来却没看见她，就会很生气。罗珀说她们像女同志。什么是女同志？”

“就是喜欢女人的女人。”

“罗珀和桑迪·兰伯恩在库拉索的时候聊过你。没人会在电话上谈你。老大下令，要大家接到他下一步指示前，不准在使用无线电通信时提到托玛斯。”

“你可能不该这么频繁地偷听别人讲话，会把自己累坏的。”

丹尼尔弓起背，猛抬起头，对着布风扇哇哇叫：“我没有偷听！不公平！我根本没有刻意偷听！我只是忍不住就听到了！科基说你是一个危险的神秘人物，就这样！你才不是！我知道你不是！我很喜欢你！罗珀说要亲自来探你的底，看你到底是什么人！”

天快亮了。

“小托，你知道要让一个人开口的最好方式是什么吗？”塔比躺在床垫上问，给了一个挺有用的招数，“绝对有效、百分之百，从没失败过的？气泡饮料法！把嘴塞住，只能用鼻子呼吸，然后如果可以，弄个漏斗来，把气泡饮料灌进他鼻子。简直像是坐电椅，脑子都要烧起来了。这招可残忍了。”

早上十点。

乔纳森犹豫地走在科尔克兰旁边，穿过水晶岛上的砾石地。他清楚记得那天的情景。他牵着德国姨妈莫妮卡的手穿过白金汉宫的大庭院，去领过世父亲的奖章。他心中一直有个疑问：人都已经死了，奖章对他还有什么意义？人活着的时候在学校拿奖牌，又有什么意义？

有个矮胖的黑人男仆让他们进去。他身着绿色背心，黑色长裤。某个身穿条纹棉背心的老管家前来迎接他们。

科尔克兰对他说："艾萨克，我们来见老大，杰基尔博士和海德先生[1]。他知道我们要来。"

他们的脚步声在偌大的大厅中回荡，像走在教堂里。一座弧型的大理石梯通往小小的圆形屋顶，扶手镀金，三层的楼梯平台都能看见蓝色颜料绘制的天空，脚下是粉红色大理石，阳光映照出玫瑰色光泽。两座真人大小的埃及武士站在石刻拱门旁守卫。他们穿过拱门，进入艺廊，一颗金色的太阳神头像就摆在极为醒目的位置。希腊躯干雕像、大理石头像、手部雕塑和瓮，以及刻着象形文字的石板，有些立着有些横摆，杂乱无章。沿着墙壁是一排黄铜镶边的玻璃橱柜，摆满各种小型雕像。字迹工整的标记则标示了它们的出处：西非、秘鲁、哥伦布登陆前的美洲、柬埔寨、克里特文明、俄国、罗马，还有一箱东西就只写着"尼罗河"。

他会四处劫掠，伯尔说。

弗雷迪就爱卖他偷来的艺术品，苏菲说。

罗珀要亲自来探你的底，丹尼尔说。

[1] 指《化身博士》（*Dr. Jykell & Mr. Hyde*）一书中代表善恶的两个角色。这里，"杰基尔博士和海德先生"指代人的善恶并存的双重人格。

他们进入图书室。皮面装订的书从地板堆到天花板，旁边有座无人操纵使用的螺旋形楼梯。

接着，他们进入一条通往监牢的通道，两旁都是拱顶的牢房。这些孤零零的牢房里放置了各式各样的旧兵器，在微弱的光线下闪闪发亮：宝剑、长矛、钉头槌、套在木马上展示的盔甲、火枪、戟、炮弹，以及仍粘着藤壶的铜绿色大炮。

他们穿过一间台球室，来到这栋房子的第二个中心地带。几根大理石柱支撑屋顶，湛蓝的室内水池映出两人的倒影。水池旁是铺大理石的大厅，墙上挂着绘有水果、农庄与裸女的印象派作品——这会是高更的真迹吗？一张大理石长椅上坐了两个穿着短袖和二十年代宽松长裤的年轻人，正隔着打开的公文包谈生意。

“嘿，科基，近来好吗？”其中一人慢条斯理地说。

“你好啊。”科尔克兰说。

他们来到一对擦得雪亮的高大青铜双开门前，弗里斯基坐在门前。一位胖妇人走了出来，还拿着一个速记板。弗里斯基伸出一条腿，假装要绊倒她。

“你这傻小子。”妇人乐呵呵地说。

门又关上。

“少校怎么又来了？”弗里斯基开玩笑地喊道，假装现在才发现他们，“各位，今天过得如何？嘿，小托——你们可以往那边走。”

“行。”科尔克兰说。

弗里斯基拿起挂在墙上的内线电话，按了个号码，双开门重又打开，呈现出一间极宽敞的房间，陈设之繁复，每样东西不是沐浴在明亮的光线下就是深藏在黑色的阴影中，乔纳森不是感到抵达了某处，而是上升到某处。一面墙上镶了彩色玻璃，墙外是各式各样奇怪、带遮阳白伞的白色桌子的露台；再过去则是座翠绿色的环礁湖，被狭窄的沙堤和黑色暗礁包围，暗礁后方便是一片开阔的海面，一块块深浅不一的蓝色水域相互辉映。

乔纳森对这房间的第一印象只有壮丽。如果真有任何人住在这儿，他们将迷失在光辉与幽暗之间。就在科尔克兰催促乔纳森前进时，他看到一张以螺旋状旋转的金色桌子，材质是龟壳与黄铜，桌后有张扭曲的宝座，覆着一块织锦，尽管因年代久远而有些磨损，色彩仍瑰丽耀眼。桌旁有张扶手很宽的竹椅，前面还有个放脚的凳子。慵懒地靠在椅子上的就是世上最坏的恶人。他穿着白色厚棉布长裤、帆布便鞋，以及一件短袖海军蓝衬衫，衣服口袋上绣着几个字母。他跷着腿，戴着一副半月形的眼镜，正在读一个皮面文件夹里头的东西。文件夹与他的衬衫上印了同样的字母。他读的时候面露微笑，因为他原本就常常露出微笑。他身后站着女秘书，可能是方才那位女士的孪生姐妹。

“不准任何人打扰，弗里斯基，”他用极度熟悉的声音发号施令，合上了那本皮面文件夹交给秘书，“不准任何人上露台。是哪个混蛋在我的地盘用马达？”

“塔尔博特在修理东西，老大。”艾萨克在他身后说。

“叫他不要再修了。科克斯，拿香槟来。派因，过来，不错，真的不错。”

他起身，眼镜一下掉到鼻尖上，模样有些滑稽。他抓着乔纳森的手把他拉到身边，像在迈斯特皇宫饭店那样，进到了对方的私人领域。罗珀皱起眉，透过眼镜审视乔纳森，然后慢慢将两手手掌举到乔纳森的脸旁，像要给他两巴掌似的，但他就这么停止不动了。手离他的脸那么近，乔纳森几乎能感觉到罗珀散发的体温，而他就在隔着几英寸的地方，从不同角度打量乔纳森直到自己满意。

“真了不起，”他终于开口了，“派因，你干得好，马蒂也干得好，钱也花得值得——就是要花在这种地方啊。抱歉，你到的时候我人不在，我那时有几个农场得处理。哪个阶段最难熬？”他似乎有点心不在焉，转过头去看正捧着一个托盘从大理石地板那边走来的科尔克兰，托盘上的三个银高脚杯里装满了香槟王，“啊，他在那儿。一定是觉得我们渴了。”

“我想，是手术过后吧，”乔纳森说，“复原那阵子。大概是看牙医的痛苦乘以十。”

“等等。最美妙的部分来了。”

乔纳森被罗珀随兴所至的说话方式给弄糊涂了。他没听到音乐，但在罗珀挥手叫大家安静后，他终于听见帕瓦罗蒂高亢的歌声，唱着《女人皆善变》。三人就这么一动也不动地站着，直到音乐终了。罗珀拿起他的高脚杯喝了一口。

“老天，他真是太棒了。每个周日都会放来听，没有一次忘记，对吧，科克斯？祝你健康。”

“也祝你健康。”乔纳森说，喝下一口酒。此时远处的马达声停了下来，瞬间万籁俱寂。罗珀的眼神落到乔纳森右手腕的刀疤。

“科克斯，有多少人在吃午餐？”

“十八个，最多二十，老大。”

“文塞提斯来了吗？我还没听到飞机的声音。他们那架捷克的双引擎飞机。”

“才听说他们在路上了，老大。”

“告诉杰德，准备名牌。还有漂亮点的餐巾。不要拿那种红色的卫生纸。再看一下文塞提斯到底来了没有。那些一三〇保利搞定了没有？”

“他还在等，老大。”

“叫他快一点，不然就别弄了。派因，既然来了就坐下——不是那里，坐这里——坐在我看得到你的地方。还有，叫艾萨克去准备桑塞尔白葡萄酒。阿波把修改稿传来了吗？”

“传来了，就放在你收传真的托盘里。”

“得力的助手。”罗珀指着离开科尔克兰说。

“我相信。”乔纳森很有礼貌地附和。

“很热忱。”罗珀说，用一种异性恋者才会有的眼神扫了一眼。

罗珀摇晃着杯子，微笑注视杯里不停晃荡的香槟。“可以告诉我你想要什么吗？”他问道。

“如果可以，我想回玛玛·罗那儿去，愈快愈好。让我搭个飞机到拿骚就行。我会自己从那儿走。”

“我不是问这个，我问的是更宏观的。关于人生，你想要什么？你有什么计划？”

“我没有计划，目前还没有。我只是到处待着，打发时间。”

“胡扯，我不相信。我认为你这辈子从来没有放松过，我自己可能也从没有放松过，虽然我尝试过了。打打高尔夫球、开开船，什么都碰一碰，游泳、玩女人。但我的发条一直是上紧的，你也一样，从不空转。我就喜欢你这点。”

他还在笑，乔纳森也是，即便他搞不懂罗珀到底是根据什么事实得出这样的结论。

“你要怎么想就怎么想。”他说。

“烹饪、爬山、航行、画画、当兵、结婚、学语言、离婚。在开罗有女人，在康沃尔、加拿大都有，还杀了个澳洲毒贩。绝不能相信说自己一无所求的人。你为什么那么做？”

“做什么？”

罗珀有种魅力，乔纳森绝对不允许自己记在心中。罗珀会把你放在平等的位置，让你知道不管你跟他说了什么，能够笑到最后的依然是他。

“你单枪匹马救了丹尼尔。不久前你才杀了人，然后马上救了我的孩子。你都抢了迈斯特皇宫饭店，现在为什么不来抢我？为什么不跟我要钱？”他简直是委屈的语气了，“我会给你钱。我不在乎你先前做过什么，你救了我的孩子。单就这件事，我付出再多都值得。”

“我不是为了钱。你帮我疗伤，照顾我。对我很好。我会就这么离开。”

“你究竟会讲哪几种语言？”罗珀问，顺手拿起一张纸，扫了一眼就扔到一边。

“法语、德语、西班牙语。”

“语言学家都是蠢蛋。觉得只会用一种语言骂人不够，又去学另一个，然后用那种语言骂人。会阿拉伯语吗？”

“不会。”

“为什么？你在那儿待的时间也不算短。”

“只会皮毛，基本用语。”

“你应该交个阿拉伯女人。搞不好其实你已经有了？你在那里的时候认识弗雷迪·哈米德吗？我的好朋友、有点野蛮的家伙？你一定认识。你工作的那个饭店就是他家的。他还有几匹马。”

“他是饭店的董事之一。”

“我问过他了。根据他的说法，你过的根本是僧侣的生活，而且出了名的谨言慎行。你为什么会去那家饭店工作？”

“完全是巧合。我毕业那天酒店学校的公告栏登了那份工作，我一直想见识一下中东国家，就申请了。”

“弗雷迪有个女友。年纪比他大。很聪明，他有点高攀了人家——我说真的。那女人对他是真心的，还和他一起去过赛马场、游艇俱乐部。她叫苏菲，你见过她吗？”

“她被杀了。”

“没错，就在你离开前不久。你见过她吗？”

“她在酒店顶楼有一间套房，大家都认识她。她是哈米德的女人。”

“是你的女人吗？”

他那双澄澈又精明的眼中出现的不是威胁，只是纯粹的观察。他眼中流露出友谊和理解。

“当然不是。”

“为什么说‘当然’？”

“这太疯狂了，就算她真这么想。”

“为什么不？她是个热情的阿拉伯女人，四十多岁，爱上浪荡的男人、聪明又好看的年轻小伙子——弗雷迪可不是那种会画画的啊。那么，到底是谁杀了她？”

“我离开的时候那件事还在调查，没听说他们抓到嫌犯。好像是有外面的人闯进她的房间，她发现那人，对方就拿刀杀她灭口。”

“那个人是你吗？”清澈又锐利的眼神似乎要他一同分享这个玩笑。海豚一样的笑容。

“不是。”

“确定？”

"有谣言说是弗雷迪下的手。"

"真的？他为什么要这么做？"

"又或者是他叫人干的。据说她不知怎么背叛了他。"

罗珀似乎觉得很有意思，"不是因为你吧？"

"我想应该不是。"

他仍在笑，乔纳森也是。

"你知道吗，科克斯搞不懂你。科克斯这人多疑，总觉得你有问题。说记录里是一个人，实际上是另一个人。你还有什么鬼主意？你的柜子里还有多少死人骨头？你还背着我们、背着警察使了哪些把戏？你还杀了多少人？"

"我不使把戏。事情来了，我随之反应。一向如此。"

"我的天，你的确是随之反应。他们告诉我你去指认苏菲的尸体了，也和警察合作过，对吧？"

"对。"

"那让人挺不舒服的，是不是？"

"总有人要去做。"

"弗雷迪很感激你。他告诉我，如果见到你一定要代他表达谢意。这当然不能留下记录。当时他有点担心必须自己去指认，那就可能会有点麻烦。"

乔纳森心中的恨意是否已经到了临界点？罗珀仍是皮笑肉不笑的表情。科尔克兰不知何时又蹑着脚走进来，回沙发上坐着。此时，罗珀不动声色地换了个态度，开始玩弄他的听众。

"载你去加拿大的船，"他又恢复追根究底的姿态，"船名是？"

"伯利恒之星。"

"注册的名字？"

“南方之盾。”

“你怎么弄到床位的？要在一艘又小又脏的船上弄到床位不容易，你说是吧？”

“我煮东西给他们吃。”

科尔克兰坐在一旁，不禁问道：“用一只手？”他咄咄逼人。

“我戴橡胶手套。”

“你怎么弄到床位的？”罗珀再问。

“我贿赂船上的厨子，结果船长就让我当二厨了。”

“他叫什么名字？”

“格雷维尔。”

“你的经纪人比利·伯恩，船员经纪人，在新港的那个，”罗珀继续说道，“你怎么认识他的？”

“大家都认识他，我们这些人都知道。”

“我们？”

“船员和厨师。”

“科克斯，你拿到比利发过来的传真了吗？那家伙喜欢他，是不是？我记得他讲了他很多好话。”

“比利·伯恩不止喜欢他，简直是爱死他了，”科尔克兰酸溜溜地同意，“拉蒙不可能犯错。厨子不管是对银器还是宾客都只有讨好，不可能讨人厌。你希望他在时他一定在，不需要时绝对看不见人。就连屎都是香的。”

“难道没有再核查过其他资料吗？不可能都是好话吧？”

“有点太夸张了，老大，”科尔克兰勉强承认，“其实我觉得相当空泛。”

“你伪装出来的吧，派因？”

“对。”

“那个手被你打断的家伙，你以前见过吗？”

“没有。”

“从没在罗那儿吃过晚餐？”

“没有。”

“你没替他开过船，烧过菜，或是贩过毒？”

他的语气里没有明显的恶意，语调也没有特别加快。即便科尔克兰在旁怒瞪着眼，抓着耳朵，罗珀仍保持友善的笑容。

“没有。”乔纳森说。

“没替他杀过人？或跟他一起偷东西？”

“没有。”

“替他那个同伴干过什么吗？”

“没有。”

“我们认为你可能最开始是他们的内线，结果半路决定换边站。我们猜想，这就是为什么你会这样揍他。你想让自己看起来比教皇还高尚——你懂我的意思吗？”

“这么想也太愚蠢了吧。”乔纳森尖锐地说，一鼓作气道，“你简直是在侮辱我。”他又改回比较斯文的语气，“我认为你应该把这话收回去。我为什么要演这一出？”

扮演一个勇敢的输家，伯尔说过。不要示弱，否则会被他看扁。

罗珀似乎假装没听见乔纳森的抗议，“像你这种在逃的通缉犯，又用这样一个怪异的名字，不太可能再去犯法。你最好的做法是去巴结某个英国富商，而非绑架他儿子。你懂我意思吗？”

“我跟他们一点关系也没有，我说过了。那天之前我没见过他们，连听都没听过。我不是把你的孩子救回来了吗？我甚至连报酬都不要。我要回去，就这样。让我走。”

“你怎么知道他们会经过厨房？他们可能从任何一条路离开。”

“他们熟悉那里的环境，知道现金放在哪里，显然事先都查得一清二楚。这点毋庸置疑。”

“因为你也帮忙了？”

“我没帮忙！”

“你原本可以躲起来，为什么不躲？这样可以避开麻烦。被通缉的人大多会这么做，不是吗？我从没逃亡过就是了。”

乔纳森刻意让寂静持续下去，什么也没讲。他叹了口气，似乎因为主人的无理取闹决定放弃。“我已经开始希望当时那么做了。”他挫败得整个人瘫在椅子上。

“科基，那瓶酒是怎么搞的？你还没喝吧？”

“在这里，老大。”

他回过头对着乔纳森说：“我要你待在这里享受一下，重新振作，游游泳，恢复体力，再看看该怎么处置你。我们可能会为你安排一份工作，可能是稍微特别一点的差事。不过还是要看情况而定。”他笑得更开了，“帮我们做胡萝卜蛋糕吧，怎样？”

“恐怕不行，”乔纳森回答，“我要的不是这个。”

“胡说什么，你要的当然是这个。”

“你还可以去哪儿？”科尔克兰问，“纽约的卡莱尔饭店吗？还是波士顿的丽思-卡尔顿酒店？”

“我要走我自己的阳关道。”乔纳森说，非常礼貌，也非常坚决。

他受够了。对他来说，目前，假与真已合二为一，他再也分不出两者的差别。我需要有属于自己的空间、自己的时间安排，他这么告诉自己。我不想再当别人的走狗。他站起来，准备离开。

“你讲的是什么屁话？”罗珀大声抱怨，似乎相当惊讶，“我会付钱给你，不会亏待你，我会给你最好的酬劳，也会给你一栋舒适的房子，就在岛的另一边——把伍迪的房子给他吧，科基。你还可以去骑马、游泳，我借一艘船给你，都是你的嗜好。对了，你要用哪本当护照？”

“我自己的护照，”乔纳森说，“拉蒙。托马斯·拉蒙。”他转身对科尔克兰说，“它跟我的东西放在一起。”

一片云飘过来，遮住太阳，房间里射入不太自然的短暂暮色。

“科基，跟他说坏消息。”罗珀命令道，同时伸出手臂，仿佛是要再次开唱的帕瓦罗蒂。

科尔克兰耸耸肩，抱歉地咧嘴一笑，像在说：你可别怪我。“好吧。老兄，你那本加拿大护照，”他说，“已经是过去式了，喂碎纸机了。那时候我觉得这样做蛮正确的。”

“你们到底在说什么？”

科尔克兰正拿一手的拇指搓揉着另一手掌心，犹如在某处发现了一个讨厌的肿块。

“发脾气对你没好处，亲爱的。我们是在帮你。你的假身份早就破绽百出：不过几天前，托玛斯·拉蒙就已经被列在所有西方世界的监视名单上，国际刑警组织、救世军——你讲得出来的单位都有你的资料。如果你要，我可以马上把东西拿给你看。你的护照现在已经是堆蓝色碎片了。很抱歉，但木已成舟。”

“那是我的护照！”

此刻他心中升起的怒火和在玛玛·罗的厨房里那股愤怒如出一辙——无比真实、难以压抑、盲目——或至少很接近了。那是我的名字、我的女人、我的背叛、我的假身份！我为了那张护照撒谎！我为了它到处骗人！我为了它帮人下厨、辛苦工作，为它吃足苦头，抛弃了多少温柔乡！

“我们正在帮你另外弄一本。一本干净点的。”罗珀说，“至少我们可以帮你做到这件事。科基，拿你的拍立得过来，帮他拍一张大头照。现在的照片都要彩色的，最好找个人把那些疤弄掉。别让任何人知道这件事，懂吗？不管是保镖、园丁、仆人，谁都不行。”他故意停顿一会儿，“也不要告诉杰德。这一切杰德都不必知道。”他并没有说清楚所谓“一切”是什么，“在康沃尔郡的那辆摩托车，你把它怎么了？”

“丢到布里斯托外的地方了。”

“为什么不干脆砸烂它？”科尔克兰语气中带着怨恨，“或是把车带去法国？你做得到的，不是吗？”

“它会变成负担。大家都知道我骑摩托车。”

“还有一件事。”罗珀转身背对露台，手指比出手枪的模样对着乔纳森的脑袋，“我的组织纪律严明，我们的确干了些偷鸡摸狗的事，但彼此之间坦坦荡荡。你救过我的孩子，但如果你敢越线，我会让你恨不得自己从未出生在这世上。”

露台上的脚步声令罗珀转过身，打算为有人违背自己的命令大发雷霆，然后看到是杰德正在把名牌放到每张桌子的银架上。她的栗色头发披肩，诱人的胴体优雅地裹在披风里。

“杰兹！过来一下。告诉你一个好消息：托玛斯跟我们已经是一家人了。赶快告诉丹尼尔，他一定会高兴死。”

她愣了一下，然后抬起头，转过身，让众人见识她最动人的微笑。

“老天！托玛斯。这真是太好了，”她扬起眉毛，脸上有着隐隐的喜悦，“这真的是个天大的好消息。罗珀，我们应该庆祝一下，对吧？”

第二天早晨刚过七点，但在迈阿密总部可能还是午夜。同样的霓虹灯在同样一面绿色砖墙上闪烁。伯尔已经对他那间装饰派艺术风格的旅馆感到厌倦，便把这栋建筑当成自己家。

“对，是我，”他小声地对红色话筒说，“我一听声音就知道是你。最近还好吗？”

他说话时，缓缓地举起了另一只手，越过头顶，笔直伸向被遮住的天空。所有皆被宽恕，天父在上。通过那个魔法盒，乔纳森正与他的主管通话。

“他们不可能会要我。”帕尔弗里和古德休坐着出租车巴特西绕着兜圈子，帕尔弗里心满意足地说。古德休在皇家节庆音乐厅接他上车。我们动作要快，帕尔弗里说。

“你说谁不会要你？”

“达克尔的新委员会。他们已经给自己想好代号了：旗舰。如果你不在他们的名单上，‘旗舰’不会要你。”

“名单上都是些什么人？”

“还不知道。这些人的通行码是颜色。”

“什么意思？”

“那些人的通行证上印有一种电子光谱，可用来辨识。他们设了一个‘旗舰’阅览室，只要到那里把通行证塞进去，门就会开。然后他们就坐下来、读读资料、开开会。然后门再打开，这些人又出来。”

“他们读的都是些什么？”

“发展资料，行动计划。”

“阅览室在哪里？”

“不在大楼里，没有人能偷窥。那地方是租来的。他们付现，没有收据。可能是在某家银行楼上。达克尔很喜欢找银行。”他不停说着，想要快点说完走人，“如果你被‘旗舰’接纳，你就是‘水手’。他们有一套根据海洋传说制定的行话。如果什么东西‘有点湿了，不宜流通’，意思就是‘旗舰’必须把它列为机密。又或者可以说这东西对于不是水手的人太专业，或某人‘不懂水’，不是‘懂水’的。他们要用这套术语建构一座暗语城墙，保护内部城池。”

“所有‘水手’都是河府的人吗？”

“情报局的、银行的、公务员、几个议员，外加几个做东西的。”

“做东西？”

“工厂的人。就是武器制造厂啦！老天！雷克斯！”

“这些‘做东西的’都是英国人吗？”

“几乎都是。”

“有美国人吗？有美国水手吗，哈里？有美国‘旗舰’吗？有可以抗衡的组织吗？”

“下一个问题。”

“可以给一个名字吗，哈里？一个让我开始着手调查的入口？”

但帕尔弗里太忙，压力又太大，时间也没了。他跳到路肩上，又钻回出租车拿雨伞。

“去问你的上司。”他轻声说。但他音量太小，有点重听的古德休无法确定自己有没有听错。

17

这儿有一个水晶区、一个城区，尽管两地只相隔军舰鸟飞上半英里的距离，但很可能是不同的两座岛，因为它们之间有座被众人骄傲地称为“玛贝尔小姐山”的小山丘，它是附近一带岛屿中的最高点，这自不待言，她的腰际围着一层薄云，脚边是些破落的奴隶小屋，在她森林间照耀的阳光就像穿透破屋顶的日光般闪耀。

水晶区的如茵绿草跟英格兰中部各郡如出一辙，一簇簇的鸭掌树远望着就像橡树，还有英式牛圈栅栏、英式矮篱笆，连远处的海景都隔着罗珀的拖拉机巧妙塑造出来的英式丘陵起伏的风景。

城区就大相径庭了。它像是光线比较充足的苏格兰，风势猛烈、气氛阴郁。斜坡上有片贫瘠的草地，羊群在那里吃草；还有罐头店，和一座红土飞扬、观众席破烂的板球场。总有强劲的东风狠狠吹向康乃馨湾。

康乃馨湾附近的小屋排成一弯新月，全都漆上柔和的淡彩，每栋的前院都有个花园和一道通往海滩的阶梯。这一座座小屋就是罗珀用来安顿白人职员的地方。在这些小屋中，伍迪小屋毋庸置疑是所有人最想入住的。它那雅致美观的阳台坐拥辽阔的视野，能将康乃馨湾中央的玛贝尔小姐岛的美景一览无遗。

玛贝尔小姐到底是谁呢？大概只有天知道。不过不管她的来历如何，至少还留下这个名字给一座陡峭的山丘、一座无人小岛、一个不再营运的养蜂场、一家经营失败的棉织厂，以及某种网眼蕾丝。如今已经没有人知道该怎么制作这种蕾丝了。当观察力敏锐的乔纳森询问当地居民这个名字的来历，他们只是羞怯地说："她是蓄奴时代一位优雅的老妇人……但过去的事，就让它过去吧。"

不过，伍迪这名字倒是无人不知。他是英国来的伍德曼，科尔克兰的前任，早在罗珀买下这座岛屿前，他是第一批来到这里的人。对当地人来说，他一直相当和蔼可亲，直到某天，老大命人把他锁在房子里，叫保镖问了他一些问题，又让拿骚来的会计人员查账，追查他干的非法勾当。那时整座岛上的居民仿佛都屏住了呼吸，因为不管怎么说这整座岛跟伍迪的勾当都脱不了干系。最后，等了一星期，两名保镖开车送伍迪去玛贝尔小姐山丘上的简易机场，伍迪当时甚至需要保镖扶着他，他自己一个人没办法走路——精确地说，就算伍迪躺在人行道，而他的亲生母亲不小心踩到他，都认不出这是她儿子。伍迪的房子和那座拥有精致纹彩雕饰的露台，以及可以观赏海湾的绝佳视野，就这样人去楼空。直到今天，那里都是给岛民的一个警告：对岛上的善良居民而言，老大是个大方慷慨的雇主兼地主，也是和蔼的基督徒，尤其他还是城区板球俱乐部、城区少年俱乐部及管乐队的捐助人兼终身主席；但对于胆敢在他眼皮底下手脚不干净的人来说，他会把人整得生不如死。

对于一个身兼救世主、在逃的杀人犯、康复中的贵客、苏菲的复仇者外加伯尔的间谍的多重身份的人来说，要想镇定地融合这些角色并不容易。但乔纳森的适应力可说没有上限，应付起来似乎游刃有余。

你让人觉得你好像一直在找寻什么人，苏菲这么说过。但我觉得那个失踪的人就是你自己。

每天一早，他在晨跑和游泳后会穿上一件T恤、运动鞋和宽松的裤子，于十点整到达水晶岛。从城区步行到水晶区只要花不到十分钟时间，每一次他都办到了：他从出发时的乔纳森变成了抵达时的托马斯。他会沿着玛贝尔小姐山较低的斜坡上的一条马道走。这是罗珀在树林中开的无数马道之一，但一年里大多时间它都像条隧道，上方枝叶茂密，只要下一场雨，马道就会啪嗒啪嗒滴上好几天的水。

有时，如果他的直觉正确，他会在途中与晨骑归来的杰德不期而遇。她会骑着那匹叫萨拉的阿拉伯母马，跟丹尼尔、管理马厩的波兰人克劳德，也许还有其他访客同行。起先他会听到林子上方传来的马蹄声和人声，然后他会屏住气息，静待这一行人在蜿蜒的步道上缓步行进，直到他们骑到隧道口。此时，马儿仿佛归心似箭，小步快跑起来。女骑师总是领在前头，克劳德殿后。杰德被风吹起的发丝在阳光的映照下转成金红，与萨拉的金黄鬃毛相互映衬，有一种怪异的美感。

“托玛斯，你不觉得这真是太美了吗？”乔纳森会表示同意，接着她会说，“托玛斯，丹尼尔一直缠着我问你今天会不会带他去海上开船——他真是被惯坏了啊……什么？你真的会带他去？”她似乎原本不抱任何希望，“但你昨天已经花了一整个下午教他画画了！你人真的太好了。我可以告诉他三点出发吗？”

不用再装了，他很想以朋友的立场这么对她说。你想要的已经得到了，所以就不用再这么浮夸，表现得真实一点吧！还是一样，就像苏菲说的：她已经用那双眼睛抚摸了他。

其他时候，如果他早一点到海滩跑步，有可能会碰到穿着短裤、赤脚在海滩散步的罗珀。他有时跑，有时散步，有时停下来望着太阳，做一下运动。但不管他做什么，一律散发着那种支配万物的凌人气势：这是我的水域、我的岛、我的沙滩，也是我自己的步调。

“早安！天气挺不错的，”若是他兴头上来，他会中气十足地跟你道早安，“要不要跑步？还是游个泳？来吧，这对你有好处。”

接下来他们会一起跑步，并肩游上一会儿，随便闲聊几句，直到罗珀突然蹚水上岸，一言不发、头也不回地拾起毛巾，径自朝水晶区大步走去。

“树上的果子你可以随意吃。”科尔克兰和乔纳森坐在伍迪小屋的花园里，观赏玛贝尔小姐岛随着太阳西沉渐渐暗下。科尔克兰对乔纳森说：“这里的女仆、女侍、厨子、打字员、女按摩师、帮鹦鹉修趾甲的女士，甚至访客，你有意思都可以挑。但如果你的手敢动到‘那一位’身上——也就是我们的水晶岛女王——亲爱的，我没有恶意——他一定会杀了你，我也会杀了你。”

“谢了，科基。”乔纳森开玩笑地说，“我真心感谢你。你和罗珀隔三岔五这样威胁我，我真觉得三生有幸。他是怎么认识她的？”他问，又多拿了些啤酒。

“据说是在某个法国马匹拍卖会上。”

原来是这么回事，乔纳森想。你去法国买马，顺便带了个叫杰德的修道院女孩回来。就这么简单。

“那他以前的女人又是谁？”

科尔克兰定定地望着远处黯淡的海平面。“你知道吗？”他以失望又赞叹的语气抱怨道，“我们一路找上‘伯利恒之星号’的船长，就连他都分不出你那张嘴吐出来的是真话还是谎话。”

科尔克兰的警告只是浪费时间。这位近身观察者根本不需要刻意保持距离，因为他就算闭上了眼睛都能看到她。无论是从罗马的宝格丽银汤匙被烛光照耀的凹处，还是从保罗·德拉梅里打造的银烛台上，他都可以看到她的身影。每次罗珀出去卖农场，回来后餐桌上都会摆着这款烛台。甚至，他可以在镀金的镜中想象出她的身影。他厌恶这样的自己，因此无时无刻不在努力寻找她有缺陷的证据。他厌恶她，因此对她无法自拔。他惩罚她，因为她让他屈居弱势，但他也惩罚自己，因为他对她的魅力举双手投降。*你真是跟酒店太像了！*他在心中对她大声嘶吼。*人们想要消费你，你收了钱，他们享受完，然后就离开！*然而，当他拼命抵抗时，却又不断被她吞噬。她会半裸着身躯，踏着悠闲的脚步，走过水晶宫的粉红大理石地板，去游泳池游泳，做日光浴时，把防晒油抹在肌肤上，先抹一边臀部，再转身抹另一边，接着再抹腹部。这种时候，她的一举一动都吸引着他的注意。她有时和来找她的卡罗琳·兰伯恩闲谈，有时又全神贯注地读她那几本逃避主义的圣经——《时尚》《尚流》《嘉人》，或是三天前的《每日快报》，那身影似乎正不屑地嘲笑他。她的弄臣科尔克兰则戴着巴拿马草帽，裤管卷起，坐在离她十英尺处喝飘仙酒。

“科尔克兰，为什么罗珀不带你出去了？”她慵懒地问，声音从杂志后方飘出。乔纳森印象中她的嗓音有好多种，这只是其中之一。然而，无论哪一种都有着强大的毁灭性。“他以前总会带你出去。”她边说边翻了一页，“卡罗，还有什么能比当保守党议员的*情妇*更糟糕？你想得*出*吗？”

“工党议员也很糟糕。”卡罗琳说。她很无趣，而且聪明得不适合开玩笑。

但杰德*笑了*：那是发自心底、仿佛快要呛到的狂笑，她笑得眼睛闭上，表情扭成一团，哪怕她身体的其他部分还努力想维持淑女形象。

苏菲也是妓女，他阴郁地想。不同之处在于她很清楚这点。

他看着她站在电动的水龙头底下洗脚。她先退后一步，翘起涂了指甲油的拇指，压出喷射的水流，然后换另一脚，再换到完美的另一边臀部。这个过程结束后，她没有看任何人一眼，只是走到池边纵身跳入。他一遍又一遍地看着她跳入水中，就连在睡梦中也一再慢速重播她的身体浮上水面的动作：她的身体一动也不动地从水中升起，然后，再倾斜潜入水中，激起的水波之轻微，恍若一声叹息。

“卡罗，你也来嘛，这真是太舒适了。”

他观察着她的各种心境变化和面貌：小丑杰德，瘦长的身体，迈开了双腿绕着打板球的草坪走，用她自己的方式笑着或骂着；水晶宫女主人杰德，坐在自己的餐桌前光芒四射，用她那震耳欲聋的什罗普郡口音陪着三个从城里来的臃肿银行家闲聊，陈腔滥调得恰如其分。

“可是像这样住在香港，却眼睁睁地看着你为这里付出的每一份心血——那些摩天大楼、商店、机场等，都将被劫掠一空，难道不心碎吗？还有，赛马又会变成什么模样？那些马会有什么下场？我是说真的。”

有时，杰德显得太不成熟，一发现罗珀告诫的瞥视便捂着嘴说：“我说完了！”有时，当宴会结束，最后一个银行家醉醺醺地上床休息，她头靠在罗珀肩上，手搭着他的臀部，两人一同步上阶梯。

“我们看起来不是非常登对吗？”她说。

“美妙的夜晚，杰兹，太有趣了。”

“那些人不无聊吗？”她打了一个大大的哈欠，“老天，我好想念念书的时候。我真是受够当大人了。晚安，托玛斯。”

“晚安，杰德。晚安，老大。”

水晶宫宁静的家庭之夜。罗珀喜欢炉火，他的六条骑士查理王猎犬也喜欢，它们懒洋洋地挤在炉火前。丹比和麦克阿瑟从拿骚飞来洽谈生意顺便吃晚餐，翌日一早就离开，杰德装模作样地拿着纸笔坐在罗珀脚边的一张凳子上，还戴了那副乔纳森肯定她根本不需要戴的圆形金边眼镜。

“亲爱的，这次我们还要带着那个俗气的希腊人和他那位拉丁荡妇吗？”她一脸不悦，很明显不愿把保罗·阿波斯托尔博士和他那位情人加入“钢铁帕莎号”的冬季巡航名单中。

“阿波斯托尔？阿皮太提斯？”罗珀一脸困惑地问，“我们当然要带他。阿波是个正经的商人。”

“托玛斯，你知道吗，他们甚至不是希腊人。希腊人才不是这样。他们是土耳其或阿拉伯之类的暴发户。正派希腊人不知道多少年前就绝种了。那就把那间‘桃子套房’给他们吧，他们可以将就一下那淋浴间。”

但罗珀不同意，“不行，他们得住有按摩浴缸的‘蓝色套房’，否则阿波会生气。他喜欢替她抹肥皂。”

“他可以在淋浴间替她抹肥皂。”杰德还想跟他争。

“不行，他没办法。他不够高。”罗珀说。大家一听立刻笑得人仰马翻，因为这可是老大说的笑话。

“阿波不是出家了吗？”科尔克兰从一大杯苏格兰威士忌前抬起头来，“我以为他女儿自杀后他放弃交配了。”

“只在大斋期。”杰德说。

她的风趣与出言不逊有种让人沉醉的吸引力。当她用在修道院学来的英文讲着底层社会的词汇时，连她自己都觉得这滑稽感真是难以抵挡。

“亲爱的，我们是否真要找多纳休斯一家过来？珍妮一上船就醉得不省人事，阿奇也彻底表现得像个浑蛋。”

乔纳森与她四目相对，始终故意显得兴致缺缺。杰德扬起眉毛，回敬他的眼神，像在说：你算老几？乔纳森则以双倍的力道回敬：在今晚这场合你又以为自己算老几？我是托玛斯。你是什么人？

他被迫接受着关于她的碎片画面。在苏黎世，他见过她不经意地露出一边乳房，也曾在她骑马回来、在卧室里对镜换衣服时不小心看见她裸露的上身。她会抬起手臂，双手交叠抱在颈后，做一些应该是从杂志上学来的伸展。至于乔纳森呢，他已经竭尽所能不往那个方向看，但她每个下午都那么做，这位近身观察者能逼自己别开眼神的机会实在是太少了。

他知道她的长腿比例多匀称，背多光滑平坦，她健美的肩膀有多令人吃惊的棱角分明，那是她身上唯一男孩子气的地方。他也知道她双臂内侧的肌肤有多雪白细嫩，还有她骑马时臀部摆动的规律。

还有一个乔纳森几乎不敢想起的小插曲。那天杰德误以为他是罗珀，在浴室里喊他：“该死！快点把浴巾递给我！”他刚为丹尼尔读完吉卜林的《原来如此——给孩子们的故事》，经过他们的卧室准备回自己房间；卧室门刚好半掩着，而她也没喊罗珀的名字，他几乎是真心相信她叫的就是他，而且罗珀总是在卧房另一边的内部办公室（毕竟这是这位近身观察者出于职业上的好奇关注的目标），于是他轻轻碰了一下浴室门，打算走进去，但他在四英尺外就停下了脚步——

她完美无瑕的后背一丝不挂地对着他。她抓着一条洗脸的毛巾，边骂边试着把流进眼里的肥皂泡抹掉。乔纳森心跳加速，赶紧转身离去。第二天早上他做的第一件事就是打开他的魔法箱，对着伯尔足足讲了十分钟，但唯独没提到杰德。

“这里是他的卧室，这里是他的更衣间，更衣间的另外一边是这个小办公室，他的私人文件就放在这里，我很肯定。”

伯尔吓了一跳。也许他在一切尚早的时候就已经感到大难将至。他对乔纳森说：“离那间办公室远一点。这么做太危险了。先打进去，再探虚实。这是命令。”

“舒服吧？”罗珀某次和乔纳森在几条骑士查理王猎犬的陪伴下沿着海滩慢跑时，这么问，“身体都恢复了吧？小毛病都好了？杜鲁迪，给我下来！你这条笨狗！——听说小丹尼尔昨天出海很开心？”

“嗯，他全心投入。”

“你应该不是那些左派分子的同伙吧？科基觉得你可能是亲共人士。”

“怎么可能？我连想都没想过。”

罗珀好像没听到。“你瞧，这个世界由恐惧操纵。白日梦不能拿来卖，好人统治不了世界——现实中绝对不可能。懂吗？”他没有暂停看乔纳森是否了解他的意思，只是接着说，“如果你承诺某人要帮他盖一栋房子，他不会信，可你若是威胁说要把他住的地方烧了，他就会对你百依百顺。这就是现实。”他停了好一会儿又继续说，“如果有一帮人打算发动战争，他们绝对不会听耳根子软又主张废奴的人空谈，因为他们要的就是战争。如果他们不打算发动战争，管他们拥有十字弓还是蜇针，都不重要。这就是现实。如果你听了不舒服，那我很抱歉。”

“并不会。为什么我会觉得不舒服？”

“我告诉过科基他这人根本一无是处，怕自己不得势，这就是他的问题所在。最好对他温柔一点。最糟的就是碰上一个肩膀上沾了碎屑的皇后。”

“我对他一向很温柔。一直都是。”

“是啊。好吧。可能是注定失败的状况。但那又如何，对吧？”

几天后，罗珀又回到这个话题。他要说的不是科尔克兰，而是乔纳森对于某些交易谨慎又保守的态度。那时乔纳森去了丹尼尔的卧室，想找他去游泳，但丹尼尔不在，罗珀正好从他那间皇宫一般的房间出来，便和乔纳森一起走下楼梯。

“有权力斗争的地方就有军火，”他连开场白都省了，“只有有武装的势力才能维持和平，没武装的政权连五分钟都撑不住。这是维持稳定的第一法则。我也不知道为什么要跟你说这个，毕竟你军旅出身，又是军人子弟，但假使你对这一套没兴趣，把你硬拉进来也是没用的。”

“我不清楚你想把我拉进什么里头。”

他们穿过那个宽敞的大厅，往内院走去。

“你从来没有卖过‘玩具’？武器？炸药？或技术？”

“没有。”

“不小心碰见过？在爱尔兰或其他地方？就是这种交易？”

“恐怕没有。”

罗珀突然音量一降，“我们另外找时间谈。”

他看到杰德和丹尼尔坐在内院的一张桌旁，正在玩法国陆军棋。

所以，他不会跟她谈武器交易的事，乔纳森想，觉得受到了鼓舞。不要在孩子面前谈这些。她就像是他的另一个孩子。

乔纳森在慢跑。

他对着比花园还小的“展现自我”美容美发沙龙道早安。他对着曾平定一次小规模叛变的“发言人码头”道早安，如今那个拉斯塔法里派盲人信徒阿莫斯住在他那系了绳的双体船上，上头还有座帮电池充电的小风车。他的牧羊犬博恩斯正安稳地睡在甲板上。博恩斯，你也早。

接着是一块不规则的场地，叫作“流行音乐城录音暨演唱公司”，里面全是鸡、丝兰树和坏掉的婴儿车。鸡，你们也早。

他回头瞥了一眼从树顶露出的圆形穹顶。杰德，早啊。

继续往上，他来到那几间从来无人造访的奴隶小屋。直到跑过最后一间，他的速度都没有减慢，而是笔直穿过那扇已经破损的大门，来到一个横躺在角落里的生锈油桶前。

然后他停下并仔细听，等自己的呼吸稳定下来，拍打双手以放松肩膀肌肉。从桶子里的废料和破布堆里找出一把钢铲后，他抽出来开始挖。那部手持电话就装在一个金属盒里。弗林和他的手下那天夜里偷偷跑到这儿，根据鲁克画定的地点埋藏好。乔纳森先按下白色的按钮，再按下黑色的，并听着一长串仿佛太空时代电子设备合成的鸟鸣，一只褐色的胖老鼠摇摇晃晃出现，活像一个要去上教堂的矮老太婆，跌跌撞撞地爬到隔壁屋去。

“你还好吗？”伯尔说。

问得好。乔纳森想。我还好吗？我很害怕。阳光正好的时候，我被一个智商只有五十五的女骑师迷得神魂颠倒；我一天二十四小时过得如履薄冰，而这似乎都是你承诺过我会发生的事。

他复述了自己得到的消息。星期六，利尔驾着飞机带来一位身材高大的意大利人，名叫里纳尔多，三小时后离去。对方年约四十五，身高约六英尺一英寸，随行有两位保镖和一名金发女子。

“你看到他飞机上的标志了吗？”

这些东西近身观察员不会写下，但会记在心里。

乔纳森说，里纳尔多在那不勒斯海边有座宫殿。金发女子叫朱塔，住在米兰。朱塔、里纳尔多和罗珀三人在避暑小屋里边吃沙拉边聊天，两名保镖则在山下某个听不到他们谈话的地方喝啤酒晒太阳。

接着伯尔又问了一些关于上周五来访的银行高层的问题，他们只知道他们的教名。汤姆是不是很胖、秃头而且爱炫耀？安格斯是不是抽烟斗？沃利是不是一口苏格兰腔？

都没错。

还有，乔纳森是否有印象，他们是在拿骚做完交易才来水晶宫的，还是说这些人只是乘着罗珀的喷气式飞机先从伦敦飞拿骚，再从拿骚飞来水晶宫？

“他们先在拿骚进行交易。拿骚是他们做大生意的地方，水晶宫则是他们销声匿迹的地方。”乔纳森如此答复。

等到乔纳森把水晶宫的访客逐一报告完毕，伯尔才把话题转到与乔纳森本人有关的事情上。

“科尔克兰随时都在暗中监视我，”乔纳森说，“看来他不会放过我。”

“他过气了，嫉妒心重，所以你记住，不要逞强贸进，无论在哪方面都不要，听见没有？”他指的是罗珀卧房后面的那间办公室。凭着杰出的直觉，他判断那仍是乔纳森的目标。

乔纳森把电话放回金属盒，再把盒子埋回原处。他把挖过的地方踩平，再从旁边扫了些尘土盖上，又踢了些树叶、松子和干浆果之类的玩意儿上去。然后，不疾不徐地奔向康乃馨湾。

“嘿嘿！了不起的托玛斯先生，您今天是否平安喜乐？”

是拉斯塔法里派信徒阿莫斯。他拿着他的新秀丽牌公文包。没人会跟他买东西，而他也无所谓。很少人会来海滨这里。他一整天就这么直挺挺地坐在沙滩上抽大麻、眺望远方的地平线。有时他也会打开公文包，展示包里的各种宝贝：贝壳项链、荧光披肩，以及包在橙色卫生纸里的大麻烟卷等。有时，他会手舞足蹈、摇头晃脑、对着天空傻笑。而此时，他的牧羊犬博恩斯就会对他猛吠。阿莫斯一生下来就瞎了。

“托玛斯先生，您今天已经去过那上头的玛贝尔小姐山了，是不？您今天一直在跟巫毒恶灵说话，托玛斯先生，就是您在上头跑步的时候。您一直在传信息给那些巫毒恶灵，就在那好高好高的玛贝尔小姐山上？是不？”可是玛贝尔小姐山也只有七十英尺高。

乔纳森继续微笑——但对着瞎子笑有什么意义？

“是啊，高得跟风筝一样。”

“噢老天！噢你承认了！”阿莫斯边说边跳起一段吉格舞，“我啥也没对别人说，托玛斯先生。我是个穷要饭的，啥坏事也看不见，啥坏事也听不到，啥不吉利的都不会唱，只想把披肩用二十五美元的价格卖给诸位绅士，然后就去做我自己的事。您要买条手工丝巾吗？买个有品位又高雅的东西给爱人吧？您说怎么样？”

“阿莫斯，”乔纳森友好地拍拍他的手臂，“如果我抽的大麻有你抽的那么多，我大概会传信息给圣诞老人。”

他回板球场后，又折回山上，重新把埋在地下的那只神奇魔法盒藏得更密实，才穿过那条阴森的绿色隧道回水晶宫。

注意力集中在那些访客上，伯尔曾说。

我们必须拿到访客名单，鲁克也说过，踏上这座岛屿的每一个人，我们都得拿到他们的姓名和号码。

世上最坏的恶人罗珀都认识，苏菲说过。

来的人各色各样、时段也各有不同：度周末的客人，用午餐的客人，吃完饭待上一夜隔天清早就离开的客人，连水都没有喝上一杯但跟罗珀在海边散步、两边的保镖则保持一段距离跟上，然后就像有要事在身随即飞走的客人。

有的客人坐私人飞机来，有的坐自己的游艇来。两种交通工具都没有的，则搭乘罗珀的喷气式飞机。如果他们住在邻近的岛屿，就搭罗珀的直升机，直升机上有水晶图案，机身呈铁牌标志性的蓝色与灰色。罗珀邀请这些人，杰德接待他们，尽女主人的职责，而她最大的骄傲显然就是她对他们的生意一无所知。

“我有什么必要知道，托玛斯？”两个特别糟糕的德国人离去后，她没好气地拉高了嗓门，“一个家只要有一个人操心就够了。我又不是罗珀的投资人，还要对他说：‘我的钱和我的命你都拿去吧，我告诉你，最好给我好好照顾着。’科基，难道这不是我该有的唯一态度吗？如果我不这样，根本连觉都没法睡。”

“一点没错，甜心，顺其自然，这是我的忠告。”科尔克兰说。

你这愚蠢的小骑师！乔纳森气她，同时又真心同意她的论调。你自己用个特大号的马眼罩蒙住眼睛，现在还来向我寻求认同？

为了记忆之便，他将所有访客分门别类，并且为每个种类添加了一点罗珀风格。

首先是年轻但聪明的丹比和麦克阿瑟一家，又称“麦克丹比”。他们负责营运位在拿骚的铁牌公司业务，找同一个裁缝做衣服，拖长同样无阶级差异的口音。罗珀召他们来他们就来，罗珀要他们交际他们就去交际，为了隔天上班不迟到，离开时总是匆匆忙忙。罗珀对他们毫无耐心，乔纳森也是。麦克丹比与罗珀的关系既非同盟，亦非朋友。他们只是他的掩护，每时每刻都在喋喋不休地谈论佛罗里达的土地交易及东京证券交易所的价格变动，为罗珀建立起一个看来无趣的外壳。

排在麦克丹比之后的是“罗珀的飞行常客”。水晶宫的宴会没有一次不会看到这些“飞行常客”：像是每次都到的兰伯恩勋爵。当他和孩子的保姆贴身热舞时，倒霉的妻子却得照顾小孩。还有那位有着头衔、家世显赫的讨喜年轻马球选手（他的朋友叫他安格斯）和他亲爱的妻子茱莉亚。这对夫妻人生的共同目标除了去萨莉那儿玩槌球、去约翰和布莱恩那儿打网球、坐在游泳池边看女仆看的那种小说，再来就是在拿骚耗着不走，直到觉得可以放心要回他们的地产为止——佩勒姆新月形街道上的房子、托斯卡纳的古堡、威尔特郡那座占地五千英亩的不动产及其传闻中的艺术珍藏，以及昆士兰外海的岛屿。截至目前，上述全部仍是产权不明的公家财产，他们为了打通关节已经花了好几亿美元。

飞行常客有特权，可以带他们自己的客人来。

“杰兹！我们在这里！你还记得阿尔诺和乔治娜吗？他们是茱莉亚的好友，二月还在罗马跟我们一起吃晚餐呢。是在拜伦后面那家海鲜店，记得吗？不要告诉我你忘了啊，杰兹！”

杰德非常保守地皱了一下眉头，先是以有些难以置信的神情睁大双眼，接着再张大嘴巴，但顿了一下，最后才像是终于从又惊又喜的情绪中回过神来，说："天啊！是阿尔诺！宝贝，你瘦了好几磅！——乔治娜亲爱的，你好吗？我的天哪！好久不见！"

然后众人很形式主义地相互拥抱，接着她若有所思地感叹了一声，仿佛沉醉在久别重聚的场景中。愠怒的乔纳森也无声模仿她的感叹，发誓她下次再被他逮到像这样装模作样，他就跳起来大吼："卡！再来一次，杰德。拜托，亲爱的，这次要更发自内心点！"

"飞行常客"之后就是"贵族及古董"：一群乳臭未干的无脑皇室表亲和警察护卫的英国偏远郡区的社交新人；浅色西装外套、雪白衬衫、鞋头擦得黑亮而且老是笑呵呵的阿拉伯人；无足轻重的英国政客，还有在政治生涯末期太骄矜自大而面目全非的前外交官员；带着专属厨师的马来西亚商界大亨；在希腊拥有豪宅、在台湾地区拥有公司的伊拉克犹太人；挺着欧洲人的啤酒肚、老爱骂澳洲人的德国人；来自美国怀俄明州，口音浓厚、开口闭口净是要为自己的客户和自己谋得最佳福利的庸俗律师；靠着他们老兄的那些种植园以及两千万的豪宅慢慢累积财富、口袋深不见底的退休投资客——虚弱的得州老头，双腿细得有如稻草，爬满了蓝色静脉，穿着有鹦鹉图案的衬衫，头戴搞笑的遮阳帽，从小小的呼吸机里猛吸纯氧；他们身边的女人都有一副年轻时未曾拥有过的立体五官、紧致的小腹、挺翘的臀部，毫无眼袋的眼睛闪烁着人工的神采。但这个世上没有一种手术可以拯救她们缓慢艰难的行动。当她们从儿童的入水处下到游泳池里时，双手紧紧地抓住梯子，害怕身上的伪装会裂开，又变回她们冲进马蒂医生的诊所之前的模样。

"我的天，托玛斯！"看着一个头发染成蓝色的奥地利女伯爵上气不接下气地用狗爬式游到安全处，杰德像被勒住脖子似的对乔纳森低语，"你猜她几岁了？"

“要看你说的是她身上的哪个地方，”乔纳森说，“如果看平均值，我猜她十七岁左右。”杰德露出讨人喜欢的笑容——真心的笑——开心的、自由自在的笑。她的双眼再次牵动乔纳森的心。

列在“贵族及古董”之后的一批人，无论是伯尔还是罗珀的爱将都极其厌恶，罗珀将他们称作“必要之恶”。这些人都是从伦敦来的容光焕发的银行家，身上是八十年代流行的蓝色条纹、白色衣领衬衫。这些人有着名门望族常见的双姓，双下巴，衣服是双排扣；说话的口音与用词跟别人不同，他们口中的“学校”除了“伊顿公学”没有别的可能。随侍在侧的则是看起来像流氓的会计师，罗珀叫他们“数豆子的”。这些人看起来就像是来逼供的，满嘴散发外带咖喱的气味，腋下汗湿，说话的语气就像在表示：你从现在开始说的每一句话都会被记录下来，被造假成对你不利的证词。

再接下来是他们的非英国人合作对象：库拉索岛上矮胖的公证人穆尔德，总是笑容灿烂，世故老练；德国斯图加特的施赖伯，始终在为自己矫揉造作的高段英语致歉；法国马赛的蒂里，双唇紧抿，有个小白脸秘书；华尔街来的几个股票交易员，每次出现从不少于四个人，好像人数越多，保险系数真的越高似的；还有勤奋的小个子美籍希腊人阿波斯托尔，一头像黑熊爪子的假发，金项链加金十字架，当饥肠辘辘的两人朝自助餐前进时，不开心的委内瑞拉情妇摇摇晃晃不甚舒适地踩着她一千块美元的鞋跟在后头。发现阿波斯托尔在看他，乔纳森转过头，但迟了一步。

“嘿，我们见过。凡是见过面的人我都不会忘记。”阿波斯托尔边说边摘下墨镜，示意身后的一干人等都停下来，“我叫阿波斯托尔，是上帝忠诚的手下。”

“阿波，你当然见过他啊，”罗珀巧妙而敏捷地插嘴，“我们都见过他。托玛斯。你一定记得托玛斯，阿波！以前是迈斯特皇宫饭店的夜班人员，到西方来试试运气。很久以前就跟我们是朋友了。艾萨克，再给博士加点香槟。”

“很荣幸见到你，先生。不好意思，你是英国人吗？我和很多英国人都有良好关系，我的祖母是威斯敏斯特公爵的亲戚，我舅舅设计了阿尔伯特音乐厅。”

“老天，这真是太了不起了。”乔纳森礼貌地回应。

他们握了手。阿波斯托尔的手冰冷得像蛇皮。两人四目相交。阿波斯托尔的眼神有点焦虑，有点疯狂——但在星光璀璨的水晶之夜，宾客像乐声一样四处流动，谁不会有点疯狂呢？

“所以，你现在是在罗珀先生的麾下？”阿波斯托尔追问，“你加入了他的企业吗？罗珀先生手握的权力和一般人不太一样。”

“我现在只是单纯享受着这个家里和谐的气氛。”乔纳森回答。

“不会有哪里比这儿更好了。你是科尔克兰少校的好友吧？不久前我好像看到你们俩有说有笑。”

“科基和我是老朋友。”

但就在他们继续聊的时候，罗珀悄悄把阿波斯托尔带到一旁。在他们的窃窃私语中，乔纳森听到了“玛玛·罗那里”几个字。

“杰德，那个，基本上而言呢，”他们在明亮的月光下闲散地靠在白色餐桌旁，有个魔鬼（名叫威尔弗雷德）对杰德说，“我们在哈维尔·马维里奇供给迪基的，跟这里的这班无赖提供的是完全相同的服务，差别只在没有无赖。”

“可是威尔弗雷德，这岂不太无聊了？你想想，如果这样，罗珀是要上哪儿去找乐子？”

她再次对上乔纳森的目光，引发了严重的骚乱。这是怎么发生的？是谁先看的对方？这不是在装腔作势，也不是与年龄相仿的人相互调情。他们凝视对方、别开眼神——然后又凝视对方。罗珀，在我们需要你的时候你到底在哪里？

与恶魔共度的夜晚仿佛没有尽头。有时书房里的谈话会因为桥牌或双陆棋而变得激烈起来。饮料皆自行取用，侍者都被遣走，书房入口有警卫看守。仆役都很清楚，此时不要接近豪宅的那一部分。只有科尔克兰可以随意出入，不过这段时间来，他也不是每次都能这么做。

"科基有点失宠了。"杰德私下告诉乔纳森，然后她就咬住嘴唇，不再开口。

杰德也有效忠的对象。她不是轻易跨越界限的人，因此乔纳森也警告了自己。

"你看，那些人主动来找我。"罗珀解释道。

两人再次悠闲地散步。这次是在晚上，他们刚打过一场激烈的网球，没人赢，也没人输。除非是为了赢钱，否则罗珀并不急着得分，乔纳森也没钱让他赢。也许就是因为这样，他们之间的对话自然流畅，没有任何约束。散步时，罗珀走得很近，有意无意地让自己的肩膀碰到乔纳森的，与在迈斯特皇宫饭店如出一辙。他有运动员的那种不拘小节，而塔比和高斯则隔着一段距离跟在他们身后。高斯是最近加入的打手。而说到那些来找他的朋友，罗珀的语调总有点不同。

"'罗珀先生，给我们最高科技的玩具。'"他会很优雅地稍作停顿，好让乔纳森为他的模仿哈哈大笑，"然后我就会问他们：'最高科技的什么？你是拿来跟什么比？’他们不会回答。在这世上有些地方，只要给他们布尔战争[1]时用的大炮，这些人就能称王。”罗珀不太耐烦地做了个把东西移到某处的动作，乔纳森感到罗珀的手肘碰到他的肋骨，“别的国家钱可多了，想要高科技想得要命。其他什么都不要。一定要跟邻国一样——不是和他们一样，要比他们好——还要好上许多。他们想要能钻进电梯的智慧型炸弹，直通三楼、左转、一路清空通道、一气呵成炸飞屋主，却连电视都不会伤到。”说着，他又用手肘轻推乔纳森的上臂，“但他们有一件事情从来没有了解：想用厉害的招数，就要有厉害的后援，还要有懂得办事的聪明手下。光买一台新款冰箱塞进家里，却没电可用，不是枉然？你说是不是？”

“当然。”乔纳森回答。

罗珀双手插进网球短裤的口袋，露出慵懒的笑容。

“我在你这年纪很喜欢供货给游击队，把理想放在金钱前面……人类的自由因此而生。但感谢上帝，这没有维持太久。今日的游击队就是明日的财阀。这些人也算是走运。真正的敌人是那些手握大权的政府。放眼望去，强大的政府都挡在你面前，想要逼谁吞下他们要灌输的任何信息都行，违背自己订的法律、互相残杀、支持错误的那方，同时跟正确的一方修补关系。这就会造成灾难。每一次，像我们这些单打独斗的都会被逼到角落。唯一能做的就是赶在他们前头，先发制人。我们现在能靠的只剩胆识和远见，无论在什么时候，都要突破极限。难怪有的家伙要发疯。这就是个生意场。丹尼尔今天去开船了吗？”

[1] 指英国与南非布尔人建立的共和国之间的战争，历史上有两次布尔战争，第一次发生在1880年至1881年，第二次发生在1899年至1902年。

“绕了玛贝尔小姐岛一周，我一次都没帮他掌舵。”

“很好。最近会为我们烤个胡萝卜蛋糕吗？”

“你吩咐我就做。”

他们往花园的方向拾阶而上时，这位细心的观察者注意到桑迪·兰伯恩进了客房，片刻之后，兰伯恩家的保姆也跟了进去。她年约十九，身材娇小，平时一派保守拘谨，但此刻的她就像马上要去抢银行的女贼一样鬼祟。

有些日子罗珀会待在家里，其他的时间罗珀会出门卖他的农场。

罗珀出门从不通知，而乔纳森只要去到门口就知道当天属于哪种日子。艾萨克是否戴着白手套在巨大的穹顶大厅走来走去？麦克丹比是否在大理石接待室里踱步，一面梳着布赖兹赫德[1]式的油头，一面检查拉链和领带？是这样没错。警卫坐在黄铜大门旁专给门房的座椅上吗？是。他绕到屋后的途中路过那几扇敞开的窗，乔纳森听到这名主事者在发号施令：“不行，妈的！凯特！把最后一段删掉，告诉他生意成交；杰基，给佩德洛写封信：‘亲爱的佩德洛，我们几个星期前才交谈过’什么的，然后就把他扔进洞里。给得太少、要得太晚、粥少僧多——所以只能这样，知不知道？凯特，我告诉你，把这个加上去。”

不过，罗珀没来得及加上所谓的“这个”，反而先中断他自己原本要做的事，打电话到劳德代尔堡给“钢铁帕莎号”的船长，跟他说重漆船身的事，也可能是打给马厩主人克劳德讲饲料账单，再不然就是打给船长塔尔博特，讲康乃馨湾那个烂码头，又或者，打电话到伦

[1] 指伊夫林·沃创作的小说《旧地重游》(*Brideshead Revisited*)中的庄园。

敦给他那位古董经销商，讲下星期会抵达博纳姆的两只惹人怜爱的狮子狗摆饰。如果它们的颜色没有青绿得太难看，也许很适合摆在新温室面海的两个角落。

“噢，托玛斯，太好了！你头不疼吧？没其他状况吧？没有，很好。”杰德在管家的食物储藏室里，坐在一张漂亮的谢拉顿式桌前，正和管家苏小姐及厨子埃斯梅拉达讨论菜单，并且像是正帮一个只存在于幻想中的《住宅与庭院》杂志摄影师摆出各种姿势。乔纳森刚走进来，她立刻觉得他是厨房不可或缺的人。“托玛斯，你老实说，你觉得如何？——海鳌虾、沙拉、羊肉？还是沙拉、海鳌虾、羊肉？……噢，我太高兴了，我们原本就是这样想的，埃斯梅拉达，你说对不对？噢，托玛斯，可能得请你教教我们怎么把鹅肝酱和苏玳葡萄酒搭配吗？老大很爱，但我不爱。然后埃斯梅拉达说了个很有格调的方式——为什么不配着香槟酒一起用呢？噢，托玛斯——”说到这里，她突然压低声音，假装仆人都听不到她的话——“卡罗·兰伯恩很生气，桑迪又在乱搞了。我想，不知道让她搭船出海一次会不会让她高兴点，如果你还有力气做这件事……假设她对你发脾气，不要担心，只要睁一只眼、闭一只眼，好不好呢？还有，托玛斯，等你有空，可否麻烦你去问一下艾萨克，他到底把折叠桌摆到哪里去了？还有，托玛斯，丹尼尔已经决定要为莫洛伊小姐筹办生日宴会，给她一个惊喜，放在18号……信不信随你。如果你有任何想法，我一定会永远爱你……”

罗珀不在家时，菜单就被抛诸脑后。工作人员唱着笑着，乔纳森也在心底偷偷地跟着他们又唱又笑。到处都能听到他们愉快的交谈声。带锯和景观设计工人的推土机发出雷鸣般的噪声，此起彼伏；钻地机的呻吟和建筑工人的敲锤互相应和，大家都想在老大回来前把工作告一段落。杰德则若有所思地陪着卡罗琳·兰伯恩在那几座意大利式花园中散步。有时她在客房卧室的床沿陪她坐着，一坐就是好几个钟头，并小心地与她维持着一定距离。她再也没对乔纳森说自己会爱他，爱一个下午都不行，更别提永远爱他了。

因为兰伯恩的家正被那些丑陋的事搅得天翻地覆。

“伊比斯号”，船龄尚浅，是专供水晶宫访客游乐的豪华小艇，她正停在水中。卡罗琳·兰伯恩坐在船头，回头看了看陆地，脸上有种此后一别、永不再见的神情。乔纳森放下舵柄，懒洋洋地靠在船尾，闭上了双眼。

“我们可以划船，也可以吹吹口哨，”他慢悠悠地对她说，“再不然我们可以游泳。我想我们还是吹口哨好。”

他吹了口哨，她没有。鱼儿扑通跳出水面，但没有一点风。卡罗琳·兰伯恩对着闪烁的地平线发表独白。

“这种感觉非常诡异，一天早上你起床，突然意识到——”兰伯恩夫人就像撒切尔夫人，总能用最出人意料的字眼哼出一些残忍的话，“人活着、睡觉，实际上浪费了多年光阴和自己手上的钱财，供养一个根本对你不屑一顾的人。更何况，在所有那些合法的诈欺行径和伪善的行为背后，他完全是一个坏事做尽的恶棍。如果我把我知道的告诉别人——我只告诉杰德一些，因为她太年轻了——我认为他们连一半都不会相信。搞不好连十分之一都不会。中规中矩的老实人是想象不出的。”

这位近身观察者仍闭着双眼，但在卡罗琳继续讲的时候，他很认真地听着。有时候，伯尔曾说，你思考着上帝是否已打算将你抛弃，他便会在此时转过身，给你一份巨大的、难以置信的奖赏。

回到伍迪小屋，乔纳森睡得很浅，一听到有人在门前拖着脚步走过，就完全清醒了。他披上罩衫，轻手轻脚下了楼，准备好杀掉任何人。是兰伯恩和他的保姆正贴着玻璃窗往里头看。

“介意我们在你这儿借住一晚吗？”兰伯恩拖长了嗓音，“水晶宫那儿有些状况，卡罗琳在发脾气，杰德正在伺候老大。”

乔纳森将就着在沙发上睡睡醒醒，兰伯恩和他的情人在楼上毫不遮掩地偷欢。

乔纳森和丹尼尔并肩趴在玛贝尔小姐山的一条小溪旁。他正在教丹尼尔从溪里徒手捕捉鳟鱼。

“罗珀为什么要放饵给杰德？”丹尼尔轻声问，生怕把鳟鱼吓跑。

“眼睛盯着上游。”乔纳森低声回答他。

“他说她不该听一个被人奚落的女人的垃圾话，”丹尼尔说，“什么是被奚落的女人？”

“你到底要不要抓鱼？”

“大家都知道桑迪骗了所有人，包括他妹妹，为什么要替他掩饰？”丹尼尔问，把罗珀模仿得惟妙惟肖。

一条肥胖的鳟鱼噘着嘴、迷迷糊糊地顺着河游来，他们总算松了一口气。乔纳森和丹尼尔像凯旋的英雄带着战利品回到现实世界。然而，持续酝酿的沉寂仍然在水晶宫内徘徊不去——太多秘密，太多焦虑不安。罗珀和兰伯恩两人已经飞往拿骚，还带着保姆同行。

“托玛斯，这不公平！”杰德被喊来欣赏丹尼尔捕到的鱼，而她的抗议太过开朗了。她脸上写满紧张，眉头紧蹙。他从没想过原来她也有认真沮丧的能力。

“徒手抓的？你怎么办到的？丹尼尔剪头发都坐不住，是不是，亲爱的小丹？而且他非常讨厌那些令人毛骨悚然的生物。小丹，你真是太棒了。干得好！干得漂亮！”

但丹尼尔不满意她装出来的笑容，郁闷地把鳟鱼重新放回盘子。“鳟鱼不是毛骨悚然的生物，”他说，“罗珀在哪里？”

“去卖农场了，亲爱的，他跟你说了啊。”

“我讨厌他去卖农场，为什么他不能买回来就好？如果卖光了怎么办？”他打开那本讲怪物的书，“我喜欢托玛斯跟我们在一起的时候。这种生活正常多了。”

“小丹，这话太不尊重你父亲了。”杰德故意避开乔纳森的眼神，急转过身，继续安慰卡罗琳。

“杰兹！派对开始！托玛斯！让我们把这该死的场子炒热吧！”

罗珀在黎明时分回来。老大总是天一亮就上飞机。厨房员工一整天都在辛勤工作，每架飞机都抵达了，客房也挤满麦克丹比家的人，飞行常客和每个“必要之恶”。灯火通明的游泳池和砾石地都重新整理过，四周点着火把，露台上的音响播放出罗珀那 78 转老唱片中搜集的怀旧旋律。女孩们穿着薄如蝉翼的衣裳，科尔克兰戴着那顶巴拿马帽，兰伯恩身穿白色晚礼服和牛仔裤，这八人换着舞伴，谈话声尖细又拖拉。烤肉滋滋作响，到处都在倒香槟王，仆人带着笑脸匆忙往来于宾客之间。水晶宫的气氛又回来了。就连郁郁不乐的卡罗琳都来凑热闹。只有杰德还无法摆脱心里的忧愁苦闷。

“不妨这样想。”罗珀从来不会喝醉，但一点酒精能让他更加好客。他正在对一位年迈的保守派女士说话，这位英国女继承人曾在拉斯维加斯输掉所有家当，但感谢老天，她的房子仍在托管中，还有——这个世上有个叫迪基的人在。罗珀说：“如果这世界是个巨大的屎堆，你为自己创造了一小块天堂，然后把这样一个女孩放进去，”罗珀伸手搂住杰德的肩，“我认为这就算是给这个地方帮了一个大忙。”

“噢，亲爱的迪基，你已经帮了我们所有人大忙。你为我们的生命带来活力，亲爱的杰德，我说的没错吧？你的男人是个完美的奇迹，而你是个幸运的小女人，绝对不要忘了！”

“小丹，过来！”

罗珀的声音向来能使所有人瞬间闭嘴，就连那几个美国来的证券交易员也停下了交谈。丹尼尔听话地走到父亲身旁，罗珀放开杰德，两手搭着他儿子的双肩，让众人好好地看看他。罗珀这是一时兴起，而乔纳森马上领悟他是在对杰德说话。他想解决一些存在于他们之间、争执不下的事。如果没有一群充满同情心的旁人在，问题永远没有解决的一天。

“邦加-邦加土地上的部落都快要饿死了，是不是？”罗珀质问眼前一张张笑脸，“谷物歉收，河流干涸，医药缺乏，不是吗？然而欧洲和美国各地的谷物是不是堆积如山？我们有一大堆牛奶，自己不用，还一丁点都不拿出来捐给需要的地区，是不是？谁才是谋杀犯？不是制造枪炮的人！是占着满坑满谷的粮食却不肯打开谷仓门的人。”讲到这里，底下的听众一片掌声——然后众人发现，掌声对他的演讲极其重要，掌声就更热烈了，“什么心脏被捧在手中滴着血？还有免费的夹报小册上那堆控诉这世界麻木不仁的宣传语？硬起来好不好！如果你的族人没胆子想办法自救，愈早灭亡愈好！”说到这里，他温和地摇摇丹尼尔的肩膀，“看看这孩子，他算是资质不错。你们知道为什么吗？——小丹，站好，别动——因为他是幸存者的后代。几百年来，只有最强的孩子才能活下来，体弱多病的就只有死。想想那些家里有十二个孩子的家庭。也许吧。就是幸存者和幸存者繁衍下来才有了他。如果不相信，去问问犹太人就知道了，是吧，姬蒂？姬蒂点头了。幸存者，我们都是幸存者，是最优秀的一群，一直都是。”他把丹尼尔转了一圈，指着那栋屋子对他说道，“上床去睡吧，孩子，托玛斯马上就会去念书给你听。”

有那么一瞬间，杰德跟在场的人一样意气昂扬。她也许没跟他们一起鼓掌叫好，但从她脸上的笑容和她轻捏罗珀的手的方式（虽然只有一下子），可以清楚知道他的这番演说已经减轻了她心中的大多罪恶感，或疑虑、困惑，或任何一个在这段时间使她向来充满欢笑的完美世界蒙上乌云的情绪。

但没过多久她就悄悄溜上了楼，再也没下来了。

科尔克兰和乔纳森坐在伍迪小屋的花园里喝着冰啤酒。一片落日红晕笼罩在玛贝尔小姐岛上空，云彩在最后的纷乱中翻腾，随着最后一道光芒一同消失。

“那小子叫萨米，”科尔克兰迷迷糊糊地说，“他的名字就叫萨米。”

“他怎么了？”

“在帕莎号之前还有一条船，叫‘葆拉号’。萨米就是那艘船的船员。”

乔纳森忍不住想，他难道要跟他坦承一段失去的爱情吗？

“萨米是肯塔基来的一个水手，总是在桅杆爬上爬下，简直像是从《金银岛》出来的角色。他为什么要那样？我老是会想，是想炫耀吗？还是想要引起女孩子的注意？还是那些男孩？还是我？他真是个怪人。那阵子老大正在忙商品买卖。他买卖的货品有锌、可可、橡胶制品、茶叶和铀原料，以及任何可以赚钱的东西。他很忙，有时整晚不睡。前台卖出、后台买进，横向波动，低价买进、高价卖出，哄抬价格、抛售货品。当然这都是知道内情的人才会做的，其他人没有必要去冒风险。但萨米这小子却在桅杆上鬼鬼祟祟地爬上爬下，不知在忙什么。后来我终于懂了。我就想，你这小子，我知道你在搞什么，小萨米，浑小子。你做的事跟我一样，你在探听虚实，我在探听你的虚实。我不动声色地等到晚上。我们把船停好、预备过夜，并且像平时一样把船员都送上岸去。之后，我摸出一把梯子，慢慢沿着桅杆往上爬，差点没摔死，但终究让我发现了点什么。我挤进天线旁的一个角落才看到那个玩意。你在地上是看不到的。那是个窃听装置。萨米一直在窃听老大的卫星通信，侦测他在市场上的动作。参与的人除了他以外还有他在岸上的同伴。他们攒了不少积蓄，等到被我们抓住，他们已经把先前投入的七百美元翻成了两万。"

"你后来怎么处置他？"

科尔克兰摇摇头，似乎有些伤感。"老兄，我的问题在于，"他坦承，好像以为乔纳森可以帮他解决这个问题，"每次看到你那双小孩一样单纯的眼睛，我心里就警铃大作，告诉我你就是那个在桅杆上把漂亮的小屁股亮给大家看的萨米。"

第二天早上九点，弗里斯基已经开着车来到城区。为了把气势搞得很夸张，他坐在他那辆丰田里狂按喇叭。

"小托，不要再摸下面，把袜子拉好，你现在是要去游行！老大希望你沉稳些，现在，立刻就把你的手指抽出来！"

帕瓦罗蒂的哀歌充满悲伤。罗珀站在那座大壁炉前，透过眼镜注视着一份法律文件。兰伯恩懒洋洋地平躺在沙发，一手垂在膝盖上。黄铜大门紧闭。音乐停了。

“给你的礼物。”罗珀说，仍盯着文件。

那是一个褐色信封，上面写着“致德里克 · S. 托玛斯先生”，就放在那张龟壳书桌上。乔纳森可以感觉到它的重量，有些不安地想起了伊冯娜。那时她开着她的庞蒂克停在公路旁，脸色苍白地坐在车里。

“你会需要这个。”罗珀说，打断他的注意力，将一把银制裁信刀朝着他推过去，“不要随便乱裁。这东西很贵。”

罗珀没再回去看文件。他持续透过半月形眼镜盯着乔纳森，兰伯恩也看着他。就在这两双眼睛的注视下，乔纳森裁开信封口，抽出一本新西兰核发的护照。护照里有他本人的相片，以及德里克 · S. 托玛斯的详细资料，上头注明他是公司的高级职员，生于南岛的马尔勃罗。护照有效日期是三年。

亲眼见到、摸到这本护照，乔纳森竟然莫名感动。他视线蒙眬、声音哽咽。罗珀在保护我。罗珀是我的朋友。

“我叫他们在这本护照加了几个签证，”罗珀自豪地说，“让它看起来没那么新。”他把手中的文件丢到一边，“千万别相信一本新护照，这是我的看法。要弄就要弄本又破又旧的来。这道理就跟第三世界的出租车司机一样。能够留到今天一定是有道理的。”

“谢谢，”乔纳森说，“真的很谢谢你。它真是太美了。”

“你在体制里面，”罗珀说，可以听得出他对自己的慷慨大方非常满意，“签证是真的，护照也是。不能要求再高了。想换签证，去他们的驻外领事馆就行。”

兰伯恩慢条斯理地说，似乎刻意要跟意气风发的罗珀形成对比，

“最好在这鬼东西上签个名——不过你先在别张纸上试签看看。”

在两人注视下，乔纳森在一张纸上重复签下“德里克 · S. 托玛斯”的名字，一直写到他们两个满意为止。他在护照上签了名，兰伯恩把护照拿过去、合上，顺手交还给罗珀。

“怎么了？”兰伯恩问道。

“我以为护照是我的。可以归我保管。”乔纳森说。

“谁告诉你的？”兰伯恩说。

罗珀的语气就比较温和了，“我们替你找了份工作，还记得吧？把工作做完，你就可以离开。”

“什么工作？你从来没告诉过我。”

兰伯恩打开一个随员用那种的箱子。“我们需要一位证人，”他跟罗珀说，“找个文盲来吧。”

罗珀拿起话筒，按了几下按键，“莫洛伊小姐吗？我是老大。能不能下楼来书房一下？”

“我现在要签的是什么？”乔纳森问道。

“老天！该死！派因！”兰伯恩似乎正竭力压住怒火，他低声说，“我告诉你，像你这种在逃通缉犯哪里有资格挑剔？”

“我们要给你一家公司，让你去经营，”罗珀说，“偶尔出差，偶尔有些刺激，很多时候都需要你守口如瓶。一切完成以后，情况会大不同。所有债务都能还清，还加上利息。”

黄铜大门打开。莫洛伊小姐很高，浓妆艳抹，年约四十。她带了自己的大理石纹塑料笔杆的钢笔，就系在她脖子的黄铜项链上。

第一份文件是弃权声明，内容说的是乔纳森自愿放弃一家登记于库拉索的名叫“商道有限公司”的收入、利润、营收或资产的所有权。他签了字。

第二份文件是乔纳森与该公司签署的一纸合约，乔纳森同意承担所有针对他担任该公司总经理应负的责任、债务与义务。他也在上面签了字。

第三份文件上有乔纳森的前任“兰斯·蒙塔古·科尔克兰少校”的签名。文件上有几段需要乔纳森用姓名的首字母签，还有一个地方需要签全名。

“亲爱的，怎么了？”罗珀问。

杰德走进房间。她一定是对高斯软硬兼施才进来的。

“我接到德尔奥拉斯打来的电话，他在线上，”她说，“他们在阿巴科用餐、留宿、打麻将。我想联络你，但总机说你不接电话。”

“亲爱的，你知道我现在不接电话。”

杰德冷漠地环视在场众人，最后目光停在莫洛伊小姐身上。“安西娅，”她说，“他们想叫你做什么？该不会是逼你签字嫁给托玛斯吧？”

莫洛伊小姐马上涨红了脸，罗珀也隐隐皱了皱眉。乔纳森从没见过他如此茫然。

“托玛斯就要加入了，杰德，我告诉过你。我们正在替他预备资金，让他开创一番事业。你就放过他吧，我觉得我们欠他人情。想想他为小丹做了什么，太多太多了。我们不是谈过了吗？难道你不记得了？你到底怎么回事，杰德？我们现在在谈生意。”

“噢，真是太棒了。恭喜你，托玛斯。”她最后看了他一眼，笑容非常冷漠，但已不再那么不自然，“只是千万小心，不想做的事情就绝对不要去做，好吗？罗珀非常能说动人。亲爱的，我可以让他们来吗？玛丽亚根本疯狂地爱着你，如果我不答应，一定会伤透她的心。”

“还发生了什么其他的事吗？”乔纳森叙述这些事情时，伯尔几乎没有吭声。

乔纳森假装搜寻脑中的记忆，“兰伯恩有婚姻纠纷，但我想那似乎是家常便饭。”

“在那里也不是新闻了。”伯尔说。似乎仍在等待其他方面的消息。

“还有就是丹尼尔要回英国去过圣诞。”乔纳森说。

“难道没有其他的事了吗？”

“目前没有。”

一阵尴尬。两人都在等对方先开口。

“好，保持现状，表面上要自然，”伯尔不太情愿地说道，“不准再说什么要闯入他的圣地之类的话，知道吗？”

“知道。”

双方又停顿了一阵子才挂上电话。

我过我的生活。乔纳森一边跑下山，一边从容地对自己说：我不是傀儡，不是谁的仆人。

18

乔纳森一得知罗珀决定再度外出卖农场，兰伯恩会陪同前去，同时科尔克兰会在拿骚照应铁牌公司的生意，他便立刻开始计划突袭那个重要的房间——虽然他被明令禁止这么做。

他听马厩管理员克劳德说，这几个人离去后的隔天早晨，杰德和卡罗琳打算带孩子去岛上靠海的小路骑马，约清晨六点出发，中午前回水晶宫吃早餐，再赶在正午艳阳高照之前去游泳，于是他的决心更加坚定。

从这瞬间开始，他的部署都改换成战略性的安排。进行突袭的前一天，他首次带着丹尼尔爬上玛贝尔小姐山的北坡，过程相当辛苦——严格来说，他们爬的是山丘陡峭面的一个小采石场，用了三个岩钉和一具缆绳才横越过重重峭壁，成功抵达简易机场的跑道东侧。抵达山顶时，他摘了一把被当地人称为“行船花”的黄色苍兰，芬芳扑鼻。

“你摘这花要送给谁？”丹尼尔嚼着巧克力问，乔纳森顾左右而言他。

第二天，他跟往常一样早起，沿海岸边的小路跑了一圈，确认那些要外出骑马的人已经按计划出发。他在某个迎风面的弯道和杰德及卡罗琳打了个照面，克劳德和那些孩子则跟在她们身后。

“托玛斯，待会儿你要去水晶宫吗？”杰德问，一边侧着身子去拍她那匹阿拉伯马的脖子，模样仿佛在拍香烟广告，“那太好了。可以请你帮个忙告诉埃斯梅拉达，说卡罗琳不能吃含乳脂的食物吗？”

其实埃斯梅拉达很清楚卡罗琳不能吃奶油，因为乔纳森听杰德对她说过。不过这些日子以来，乔纳森正学着习惯杰德的出其不意。她笑的时候总是心不在焉，行为举止比以前更做作刻意，连日常寒暄也显得勉为其难。

乔纳森继续跑，来到他的藏身处。他没有挖出电话，因为他今天决定按自己的意志行事。不过他倒为自己准备了一架伪装成打火机的超小型照相机，并摆上一堆开锁用具（他完全没打算把它们装成别的东西）。他把东西紧紧抓在手里，以免在慢跑时发出声响。他跑回伍迪小屋，换了衣服，穿过那条丛林隧道往水晶宫走去，肩上感到一阵大战将至的刺痛预感。

“你他妈的打算对那些行船花做什么呢，托玛斯先生？”门口的警卫愉快地问，“你又去抢劫可怜的玛贝尔小姐了吗？真该死。嘿，多弗，快点过来，快来靠近闻一下这些行船花。闻过这么香的东西吗？你他妈的铁定没闻过吧！除了老婆你这辈子啥都没闻过。”

走向主屋时，乔纳森不禁感到晕眩，仿佛又回到了迈斯特皇宫饭店。在门口迎接他的不是艾萨克，而是卡斯帕先生。站在铝梯顶端替天花板换新灯泡的不是派克，而是打杂工人鲍比。还有，有气无力地对着那些盆栽喷洒杀虫剂的不是艾萨克的女儿，而是卡斯帕先生性感的侄女。这种种幻觉消逝后，他再度回到水晶宫。埃斯梅拉达仿佛正在厨房主持一场有关环球时事的研讨会，与会者有船长塔尔博特，以及在洗衣间工作的奎妮。

“埃斯梅拉达，可以请你帮我找个花瓶来摆这些花吗？这是给丹尼尔的惊喜。对了，杰德小姐要我提醒你，兰伯恩太太一点乳制品都不能碰。”

他说这些话时不断挤眉弄眼，听到的人都忍不住爆出了笑声。这些笑声伴随乔纳森走上那座大理石阶梯。他捧着花瓶直奔二楼，看来明显是要去丹尼尔的房间。不过，当他抵达那间重要房间门口，他停下脚步。众人愉快的交谈仍在楼下持续着，眼前的房门开了个小缝。他推开门，走进一条墙上嵌有镜子的通道，尽头的门关着，他转了转把手——顿时想起爱尔兰和那里的诱杀装置——他推开门，一脚踏进去，没有任何东西爆炸。他把门关上，四下环视，为自己的过度兴奋而有些不好意思。

阳光透过网状窗帘照进来，看起来像滞留在白色地毯上的一层地面雾。那里有张巨大的双人床，罗珀睡的那一边没有躺过的痕迹，他的枕头也是蓬松的，床头柜上放着当期的《财富》《福布斯》《经济学人》，以及好几本世界各地拍卖场的商品目录。另外还有几本备忘、铅笔和一台口袋型录音机。乔纳森将视线转到床的另一侧，看到她的身体在床褥上留下的印痕，枕头被压得扁扁的，仿佛她辗转反侧，难以入睡。他也看到她黑色的丝质薄纱睡衣、乌托邦杂志，还有那些常会在咖啡桌上看到的家具、豪宅、花园以及名马的书籍……更多关于马的书，关于阿拉伯纯种名马的书。此外有英国菜食谱，如何在八天内学会意大利文之类的书刊。这里充满婴儿的味道——婴儿爽身粉、婴儿沐浴乳。躺椅上杂乱散置着昨天换下的华服，他还看到开着门的浴室里有前一天穿过的泳衣晾在三角衣架上，挂在淋浴间的扶手上。

他的视线加快速度，试着一览全景——她的梳妆台上随意堆放从各种夜总会、别人那儿、餐馆里、马匹身上收集来的纪念品；各种人与人手牵着手、开怀大笑的照片：罗珀穿着三角短裤，男性特征呼之欲出；罗珀按着他那辆法拉利跑车的方向盘；罗珀和他的赛艇；罗珀戴着白色鸭舌帽，穿着帆布裤子站在“钢铁帕莎号”的船桥上——全面打理过的帕莎号，气势非凡地停泊在纽约港内，身后就是曼哈顿的摩天楼。小包火柴。女性友人的手写信从抽屉里溢出。小朋友用的通讯录，封面贴着几条活蹦乱跳的猎犬的照片。几张黄色便利贴，她潦草的笔迹写下提醒，贴在镜子边缘：“买潜水表给丹尼尔当生日礼物？”“打电话给玛莉（萨拉的跗关节）！”“打电话找 S. J. 菲利浦斯（罗珀衬衫袖扣）！！”

他在房里感觉无法呼吸。我虽然是盗墓贼，但她还是个活生生的人。我就像是在迈斯特先生的地窖里，唯一不同之处是灯亮着。在他们堵死我的路之前，我要先冲出去。但逃避不是他来这里的理由。他来就是为了要打进圈子。而且是他们两个人的圈子。他想要罗珀的秘密，更想要她的。他想知道究竟是什么让她离不开罗珀，倘若真有这秘密的话；还有她为何如此夸张矫情：你为什么要那样看我？他把花瓶摆在沙发旁的茶几上，拾起她的一个枕头，凑近脸闻着那像是爱唱歌的安妮婶婶壁炉里烧木材的味道。当然了，这是你昨晚留下的。孩子都睡了之后，你和卡罗琳坐在壁炉前促膝长谈了一整夜。说了这么多，也听了这么多，你说了些什么？你又听了些什么？还有你脸上的阴霾。这段时间，你也是近身观察者，无论看着什么总是看得太久……包括看我。你又变成了一个孩子，每样东西都像初次见到。一切都很新鲜，一切也都无法倚靠。

他推开罗珀更衣室的镶镜门，但一脚踏入的并非她的童年，而是他自己的。我父亲以前不也有这么一个黄铜把手军用箱吗？他不也曾吃力地拉着它穿过塞浦路斯的橄榄树林吗？他不也有过这么一张沾着墨水和饮料残渍、战地专用的折叠桌吗？这对收入剑鞘、悬挂在墙的交叉短弯刀，我父亲不是也有吗？还有，压印了近似军团顶饰的首字母编织图案的拖鞋，他也有——他甚至拥有那种一排排手工缝制，有酒红、黑色和白色的西服与晚礼服。用木头扩鞋器撑好形状的手工皮鞋、白色羊皮鞋、轻便的漆皮无带皮鞋，散发出强烈的军人气息，好像只要一声令下，就会迈步前进。

乔纳森又变回军人了。他检查起恶意装置的踪迹：可疑的电线、接点、探测器，或是一些会让他一命呜呼的危险陷阱——但他什么都没发现，只找到一幅摆在相框里的三十年前的学校团体照、丹尼尔的快照、六种不同货币的零钱、一张贝里兄弟与拉德公司寄来的美酒目录，还有他在伦敦俱乐部的年度账目表。

*罗珀先生是不是常去伦敦？*他们一行人在迈斯特皇宫饭店等着行李搬上礼车时，乔纳森曾经问过杰德。

*哎呀，当然不是。*杰德回答。*罗珀说我们过得够好了，他要在这里长住。总之他不能常去。*

*为什么？*乔纳森问道。

*我也不知道，*杰德随意就脱口而出，*可能是因为纳税之类的问题吧。你怎么不自己问他？*

通往里面办公室的门就在他面前。终于来到最里面的房间了，他想。最后一个秘密就是自己——但到底是哪一个“自己”？是他的自己？我的自己？还是她的自己？门很厚，白色柏木材质，钢材门框。他竖起耳朵小心聆听。谈笑声、吸尘器声，还有地板打蜡机的声音远远飘来。

慢慢来。这位近身观察者提醒自己。从容为上策，没有人会跑上来找你。水晶宫的床单都是中午才更换，因为这个时候洗干净的被单才能放在阳光下暴晒。这是老大的命令，由杰德一丝不苟执行。我们都很听话，杰德和我。我们在教会学校的日子没有虚度。他试着推一下那扇门，门上了锁，是传统的那种，形状像烟斗柄。这个孤立隔绝的位置本身就是一种安全保障。任何人靠近这里都会遭立刻处决。他摸了摸万能钥匙，耳边顿时响起鲁克的声音。*闯空门第一规则：找得到钥匙，就不要去撬锁*。他离开门边，沿着几个书架摸索。他掀开地毯一角，移开一个盆栽，再拍拍身边几套西服和晨袍的口袋。之后，他就近拿起几双鞋子，把它们一一翻过来。去他的，什么也没有。

他展开手中的万能钥匙，拣了看起来最可能的一把——太粗——他又挑了一把，正要插进锁眼时，却像个学生一样心中突然掠过一阵恐惧，担心刮伤擦得光亮如新的锁眼盖。*破坏公物！是谁让你进来的？*他垂下双臂，慢慢喘了几口气，重新恢复执行任务所需的冷静，再试一次。轻轻地插入……稍停……轻轻退回一些……再插进去。爱抚她，不要硬来。在军队里，大家都是这么说的。倾听她，感受她的阻力，屏住呼吸。转一下，慢一点……再退回来一点点……好，现在用力一点转……再多用点力……*你要把开锁工具弄断了！你快把这钥匙弄断在锁眼里了！随时都会折断！*

锁到底还是败下阵来。没有什么断掉，没有人拿着黑克勒手枪对着乔纳森的脸开枪。他把万能钥匙毫发无伤地拔出来，放回皮夹，再一起收回牛仔裤口袋。此刻，他突然听到丰田汽车疾驶到马厩那边发出的刹车声——冷静。*立刻离开*。这位近身观察者蹑手蹑脚走到窗边查看——是翁斯洛·罗珀先生。他非常出人意料地从拿骚回来了。境外的那些好事分子都要来拿武器了，从城区过来只要烤个面包的时间。

至少耳朵够尖，他对自己说。冷静、专注、不慌不乱地仔细听着。你做得很好，没给父亲丢脸。

他在罗珀的地盘。

如果你敢越线，我会让你恨不得自己从未出生在这世上。罗珀说。

不行，伯尔说。鲁克也说不行。他的圣殿若没有他的许可，无人能进入。

简朴。军人式的简朴。一般男性典型的节制低调。没有刺绣的宝座，没有龟壳书桌，没有九英尺长的竹长椅和能把你直接送入梦乡的舒适椅垫。只是一间朴实无华、单纯用来处理生意和钞票的小办公室。朴实的皮革桌面办公桌，档案盒放在摇摇欲坠的架上，只需要拉一下，它们就会向前滑开。乔纳森拉了一下，它们就如此回应他。一把钢管椅。圆形天窗像只无神的眼睛，瞪着属于它的空白天空。两只燕尾蝶——不知怎么飞进来的。一只青蝇，吵得不得了。有封信搁在其他的信件上头，地址是纽伯里的汉普顿大楼，署名托尼。信上主要说的是他困窘的处境。信中的语调有恳求也有威胁。不要读，拍下来。他沉着地把其余几份文件从架子上抽出来摊在桌上，像玩牌一样面朝上，同时取下打火机底盖，装好里面的相机，用迷你的镜头对准。五根手指伸开当作比例尺，拇指对准鼻尖。鲁克这么说。他把拇指对准鼻尖。这是一个鱼眼镜头，所有的文件都在镜头范围内。向上对准，向下对准、按下快门、换下一份。别把汗水滴到桌上。再用拇指顶着鼻子，检查一下焦距。冷静。保持冷静，不要动。他来到窗前，定住。观察，但不必看得太仔细。丰田驶了出去，开车的是高斯。继续工作吧。一步一步来。

他拍完第一层架上的文件、放回去，取出第二层架子的。六页密密麻麻的手写稿，看得出全是罗珀整齐的字迹。这是最高机密，还是他写给前妻跟丹尼尔有关的信？他把文件依序从左至右排在桌上。不，不是写给葆拉的。上头都是名字和数字，很多，用圆珠笔写在方格纸上，左边是名字，旁边是数字，每个数字都小心翼翼地写在方格里。是赌债，还是家用账目？生日名单？别想了，先探查、再思考。他退一步，抹掉脸上的汗水，呼出一口气。就在这时，他看到它了。

那是一根头发——又长又软、又直又美的栗色头发。原本应该出现在某个小盒里或项链上，某封情书中，或某个枕头上的头发，闻起来有壁炉烟熏的气味。有一瞬间他怒不可遏。那感觉就像经历了重重险阻，总算来到仿佛地狱一般的终点，却恨恨地发现自己的死对头煮饭用的锅子正挂在眼前。你骗我！你知道他干的是什么见不得人的勾当！在他的事业版图最肮脏的交易里，你和他狼狈为奸！但下一瞬间他又感到释怀，因为杰德也经历过跟他一样的旅程，只不过没有鲁克或伯尔的帮助，或被苏菲的惨死影响。

接着他开始感到胆战心惊。不是为他自己，而是为她——为她的脆弱、她的笨拙、她的生命安全。你这大笨蛋，他在心里对她说。你居然在翻东西的时候到处留下你的痕迹！你从来没见过漂亮的脸蛋被揍到变形扭曲的女人吗？你没见过可爱的小狗从头到脚被撕成两半吗？

乔纳森把那根泄露了行踪的发丝绕在小指，塞进了他被汗水浸湿的衬衫口袋，再把第二层架上的文件放回去，拿出第三层架子的文件，整个铺开。途中他听到马厩附近传来放慢速度的马蹄声，以及孩子们拉高嗓门抗议、指责的声音。

他有条不紊地把文件都放回原处，然后走到窗前。同时，他听到屋内传来快跑的脚步声，紧接着是丹尼尔从厨房冲到大厅，大吼着叫妈妈，杰德紧跟在他身后，喊着他的名字。他眺望窗外，看到卡罗琳·兰伯恩和她的三个孩子待在马厩，马厩管理员克劳德紧抓着杰德那匹阿拉伯马萨拉的缰绳，马夫多尼戈尔牵着丹尼尔的小马斯摩基。它一副不高兴的模样，似乎已经对这些装腔作势感到厌烦。

一场聪明的战斗。

一场冷静的战斗。

不负父亲名声。父亲是穿着军服下葬的。

乔纳森把照相机塞进牛仔裤口袋，检查了一遍桌面，看是否有不小心留下的痕迹。他先用手帕把桌面擦了一遍，再将文件架的边缘也擦过。丹尼尔的音量比杰德大，但两人到底在说什么，乔纳森一点也听不清楚。在马厩那儿，兰伯恩的孩子觉得似乎也该过来加入抱怨的行列。埃斯梅拉达已经从厨房走出来，告诫丹尼尔不要耍孩子脾气，你知道爸爸会怎样说你吧？乔纳森走进那间更衣室，关上钢框木门，再用万能钥匙锁好。他担心钥匙会把锁眼盖刮坏，用以锁门的时间比预期长一些。走进卧房时，他听到杰德穿着马靴重重踩上楼梯的声音。就像是在对每一个听到的人郑重宣告她这辈子再也不会带丹尼尔去骑马。

他想过要退回浴室或返回罗珀的更衣室，但躲起来不能解决任何事情。他心中涌起一股令人感到舒适的惰性，让他想起做爱的愉悦，还有拖延着不愿结束的欲望。当杰德穿着骑马的装束（没有马鞭和硬帽）、怒气冲冲地出现在门口，乔纳森已经站在沙发旁的茶几那儿，试着把那束行船花插好，刚才上楼的途中，它们已经有些失去了原先的芬芳和美丽。

一开始，她因为生丹尼尔的气，完全忘了要惊讶。乔纳森没想到，愤怒让她像个真实的人。

“托玛斯，我说真的，如果你的话丹尼尔能听进去一句，我希望你能教教他，不小心受伤不需要这样哭得死去活来。他不过是轻轻摔了一跤，除了自尊之外什么也没伤到，他居然这样——托玛斯，你他妈的到底在这个房间里做什么？”

“我给你带了几朵行船花来。我们昨天爬山的时候摘的。”

“你不能把这些花交给楼下的苏小姐吗？”

“我想要亲自为你把花插到花瓶里。”

“你大可以在楼下把花插好，再把它们交给苏小姐！”

她愤怒地望着那张没整理过的床，又看看昨天换下来的那堆乱丢在躺椅上的衣服，再瞥了眼敞开着的浴室门。此时，丹尼尔还在尖叫。“丹尼尔！闭嘴！”她边骂边把目光转向乔纳森，“托玛斯，说真的，不管是不是因为花，你脸皮真的太厚了。”

那是同一把怒火，只是从丹尼尔转到我身上，他想，一边心不在焉、装模作样地整理着那些花。他突然涌上一股强烈的想要保护她的念头。那串万能钥匙就贴在他的大腿上，好像有千斤重，打火机外形的相机几乎就要从衬衫口袋滑出来。他为了应付埃斯梅拉达，拿那束行船花凭空编造一个说法，而这说法也愈来愈站不住脚。但他牵挂的从来不是自身的安危，而是杰德那令人震惊的脆弱。在他等着聆听后续反应之际，丹尼尔的尖叫已经停了。

“你怎么不把那些凶神恶煞叫上来？”乔纳森提议，比较像是在对花儿而非她说话，“你私人用的警报钮就在身边的墙上，为什么不按？不然，如果你想，也可以拿起房间里的电话。只要拨‘九’，我就会立刻为我的厚脸皮付出代价。丹尼尔会把场面搞得这么难看不是因为摔伤了自己，而是因为他不愿意回伦敦，不想跟卡罗琳和她的孩子分享你。他想要跟你独处。”

“你出去！”她说。

他的心情平静下来，对她的关怀依旧不减，这两种情绪让他占了优势。演习和空包弹射击都结束了，该开始实弹射击了。

“把门关上，”他压低嗓音命令她，“这时机不适合谈这些，可是有件事我一定得告诉你，但又不想让丹尼尔听到。他从你们卧室的墙壁偷听到的事情已经够多了。”

她瞪着她。从她的表情，他可以看出她犹疑不决。不过她还是把门关了起来。

“我被你深深吸引。不管怎么做都无法把你的身影从脑中赶走——我的意思不是说我爱上了你。可是我带着你一起入梦、一起醒来。就连刷牙的时候也无法放着你不管。但我大多时候都在跟你争吵。这件事没有逻辑，也没有乐趣。我从来没听你发表过任何有价值的想法，你说出口的东西绝大多数都是装模作样的废话。可是每次我想到什么趣事，我都需要你能真心大笑；我消沉时，我需要你来逗我开心。我不知道你是谁，如果真正的你还存在的话。我不管你是冲着啤酒来的，还是因为疯狂地爱着罗珀——我相信连你自己都弄不清楚。因为你完全一团乱。但我不会因此退缩，完全不会。我只是觉得愤怒，觉得自己傻，觉得想把你的脖子拧断。但这一切都只是冰山一角而已。”

这是他的真心话，他为自己发言，不为其他任何一个人。尽管如此，藏在他心中的那个冷酷无情的孤儿还是忍不住把部分罪责转移到她身上，让她来替他承担。“也许你不该对我这么好，在我软弱时搀扶我，卧床时来我床边。我这么说吧，丹尼尔被坏人绑架是他的错——不对，我这么说好了——我被人揍得鼻青脸肿是自找的。你用那水汪汪的眼睛望着我，就是你的错。”

她闭起那双引人犯罪的眼睛，仿佛稍稍打了个盹。过了一会儿，她睁开双眼，一手捂住脸。他有些担忧自己的话对她打击太大，侵犯到那个他们各自防着不让对方碰触的敏感区域。

“这他妈的是我听过的最莽撞、最无礼的话。”她停顿许久，终于犹疑不决地说出口。

他不搭腔。

“托玛斯！”她说，仿佛乞求着他的援助。

但他仍不打算伸出援手。

“该死！托玛斯……妈的。托玛斯，这可是罗珀的房子啊！”

“这是罗珀的房子！你是罗珀的女人！只要你愿意，想维持这身份多久都可以。但我的直觉告诉我你很快就要忍不下去了。罗珀是个恶棍，卡罗琳·兰伯恩一定已经告诉过你了。他不是什么海盗，不是密西西比河的赌徒，不是浪漫的冒险家，也不是你们注视着对方时你想象的任何一种角色。他是个拥枪自重的恶棍，算得上是杀人凶手。”他豁出去，用这短短的一句话打破了伯尔和鲁克交代的一切规矩，“就是因为这样，你和我最终会开始监视他。”他说，“你在他的办公室里到处留下无法消除的痕迹。‘杰德来过。’‘这是杰德·马歇尔的痕迹，她的头发留在他的文件里。’光凭这个他就可能要你的命。他干的本来就是杀人的勾当。”他停了一下，想观察他挖苦的自白究竟引发了什么效应，她却僵住了。他说：“我还是去跟丹尼尔谈谈好了，他到底把自己弄成怎样了？”

“鬼才知道。”

他离开时，她有个奇怪的反应。在他靠近她时，她仍站在门口，她向后退了一步，让他过去，这可能只是一种表示礼貌的方式。但下一刻，出于连她自己也无法解释的冲动，她抢在他面前转动门把，用力将门推开，仿佛他的两手拿满东西，需要她帮他开门。

丹尼尔躺在他的床上，读着他那本讲怪物的书。

“杰德反应过度啦，”他解释道，“我是故意的，但杰德突然就抓狂了。”

19

同一天，到了晚上乔纳森还活得好好的，天空也依然在原位，在他穿过森林隧道返回伍迪小屋时，也没有在树上守望的大猩猩跳下来扑杀他。蝉以相同的节奏鸣叫，夕阳沉到玛贝尔小姐山后，夜幕低垂。他和丹尼尔及兰伯恩的几个孩子打了网球，又和他们一起游泳、驾船出海。他听艾萨克讲着托特纳姆热刺，听埃斯梅拉达说鬼故事，听卡罗琳·兰伯恩谈论男人、婚姻和她自己的丈夫。

“托玛斯，我最在意的不是他对我不忠，而是他死不承认——我为什么要跟你讲这些？大概是因为你很正直吧，除此之外我想不出别的原因。我不管他怎么说你，我们都有各自的问题，但一个人是不是正直诚恳我还看得出来。只要他对我说‘我跟安娜贝拉有染’——或随便一个他那时搞上的人——‘而且我打算跟她一直这样下去’，我就会说：‘好，如果就是要这么玩下去，那就这样吧。不过既然你对我不忠，就不要奢望我会对你忠诚。’这种事情我忍得下，托玛斯。我们必须要忍，因为我们是女人。我之所以会这么生气，是因为我让他把我的钱全拿走，可以说我养了他那么多年，还让我爸负担孩子的教育费用，结果却是让他把钱虚掷在某些只有一面之缘的野女人身上，搞得我们身无分文——好吧，虽然没那么严重，但也谈不上宽裕。”

那天其余时间他见过杰德两次，一次在凉亭。她那时穿着一件黄色的卡佛坦长袍，正在写信。另一次是她和丹尼尔在浪花拍岸处散步，牵着丹尼尔的手，裙摆抓到腰际。乔纳森离开了水晶宫，刻意从她阳台底下走过，听见她在电话里对罗珀说："没有，亲爱的，他一点伤都没有，只是虚惊一场，他很快就好了，还帮我画了一张漂亮的画：萨拉站在马厩顶盖上。你看了一定会喜欢……"

他听到这儿，不禁想：你接下来还可以说，这就是我说的好消息，亲爱的。不过你要不要猜猜看我上楼的时候看见哪个人在我们的卧室里鬼鬼祟祟……

乔纳森回到伍迪小屋，时间好像从那瞬间开始拒绝流动。他小心翼翼地进了屋子，心想，如果警卫接到警告，最可能做的就是趁他回来之前先进他的屋子。因此他从后门进屋，巡视过楼上和楼下，确定没有可疑之人，才放心地从相机里抽出那卷小型底片匣，再用厨房的尖刀将《德伯家的苔丝》的平装本从内页挖了一个可以装底片的空间，把东西藏进去。

之后的各种事件可说是接连发生，没有任何空隙。

他洗了个澡，心想，此时你大概也在洗澡吧。但没有人会递毛巾给你了。

他拿出埃斯梅拉达给他的剩菜，给自己煮了一碗鸡汤，又想道，现在你大概正和卡罗琳坐在露台上，享受埃斯梅拉达为你们准备的石斑鱼配柠檬汁；又得再听卡罗琳讲她生命中的另一个篇章了，而她的孩子会在丹尼尔的游戏间里嚼薯片，喝可乐吃冰淇淋，看《少年科学怪人》；丹尼尔不喜欢跟他们玩，应该会自顾自地躺在房间里，关上门，看他的书。

他躺到床上——这里应该是在想到她时很适合待着的地方。直到十二点半，这个裸身的近身观察者才静悄悄地下床，摸到地板，从底下抽出一把他藏在下面的钢制拨火棍，因为他听见门口传来一阵鬼祟的脚步声。他们来找我了，他想。她跟罗珀通报了，他们来抓我，就像以前对伍迪做的那样。

然而他心中另一个声音不这样想，自从杰德发现他在她的卧室之后，他就开始听从这个声音。所以，当杰德轻敲他的前门，他早已将那支拨火棍收起来，拿了一件纱笼围在腰间。

她来此也特意装扮了一番：深色长裙、深色斗篷。就算她把斗篷上那个圣诞老人帽翻起来戴在头上，他可能也不会太意外——但她没有。帽兜乖巧地披在身后。她拿了一只手电筒，他把门重新锁上时，她放下手电筒，将斗篷再拉紧一些，在他面前很戏剧化地交叉双手捂着喉咙。

“你不应该来，”他对她说，一边迅速把窗帘拉上，“有人看到你吗？卡罗琳？丹尼尔？值夜班的人？”

“没人看见我。”

“一定有。传达室里的人呢？”

“我很小心。没有人听见我出来。”

他凝视着她，眼神中透着一股难以置信。不是因为认为她在撒谎，而是她的行为实在太鲁莽。“想喝些什么吗？”他的语调隐含着一点这样的意思：既然你都来了。

“咖啡，请给我咖啡吧。但如果没有也不必特别去弄。”

咖啡，请给我埃及咖啡，他想起苏菲这么要求他。

“他们都在看电视，”她说，“我是说传达室里的那些人。我透过窗户就能看到。”

“当然了。”

他放上一个咖啡壶，在壁炉里点燃松木。有段时间她只是发抖蹙眉地看着炉里烧得噼啪作响的木柴。之后，她环视了一下这个房间，想认识这个地方，还有他。她望着他收集的书籍、摆放得井井有条的各种物件——那些花、立在壁炉架上描绘康乃馨湾景色的水彩画，以及一旁那幅丹尼尔画的翼手龙。

“丹尼尔画了一幅萨拉的画像给我，”她说，“他说要跟我道歉。”

“我知道。你在跟罗珀打电话的时候我正好经过你房间。你还跟他说了什么？”

“没有了。”

“真的吗？”

他这么一问，她生气了，“你希望我告诉他什么？‘托玛斯觉得我是一个下贱的荡妇，脑袋里都是糨糊’？”

“我没有这么说。”

“因为你说得更难听。你说我把自己弄得一团乱而他是个杀人凶手。”

他递了一杯咖啡给她——里面没放糖。她喝了一口，双手捧着杯子。“我他妈的怎么会被扯进来的？”她问道，“我指的不是你，是他、这个地方、水晶宫——这一整件乱七八糟的事。”

“科基说罗珀在一个马匹拍卖会上把你给买回来。”

“我的确是在巴黎时跟了他。”

“你本来在巴黎做什么？”

“跟两个臭男人做。我的人生总是这样——每次都跟不对的人上床，错过更适合我的那个。”她又啜了一口咖啡，“他们在里沃利街有间公寓，真把我给吓坏了。他们吸毒、召牛郎、酗酒、玩女人——

玩我——什么都玩。有天早晨，我一觉醒来，看到这间公寓里到处都躺着人，大家都醉死了。”她自顾自地点点头，有一种：对，就是那时，那就是最关键的时刻，“够了，杰迈玛，你也别去取什么两百英镑，走就是了。我连包都没打就离开了。我跨过横七竖八躺在地上的人，到我在《论坛报》上读到的那个拉菲特饭店办的纯种马拍卖会。我去那儿是为了看马。当时我脑子一团乱，唯一想得到的只有马。我们以前一直都从事跟马有关的工作，直到父亲不得不把我们的马全卖掉。我们生活中就两件事：骑马与祷告。我们家是什罗普郡的天主教徒。”她说话时一脸哀伤，似乎觉得说出这段往事就像是某种家丑外扬，“那时我一定是露出了微笑，因为这位英挺的中年男子对我说：‘你要哪匹马？’我回答：‘橱窗里，那匹大的。’我那时觉得……整个人轻飘飘的，非常自在，仿佛在某部电影里。就是那种感觉。我那时是开玩笑，但他就买下了她——我是说萨拉。当时喊价的速度非常快，我根本赶不上。他还带着几个巴基斯坦人，他们好像是集体喊价的。之后，他就转过身来对我说：‘她是你的了。你想把她送到哪里去？’我吓得目瞪口呆，但转念一想，既然都到了这个地步，干脆就豁出去，看看事情最后到底会变成怎样好了。他带我到香榭丽舍大街的一家店里，只有我们两个客人。我们抵达之前，他已经找人把那些闲杂人等请了出去。他买了一万英镑的衣服给我，带我去看歌剧，吃晚餐，然后在吃饭的时候跟我说，有一个叫水晶的小岛。再后来，他就带我到他的酒店，上了我。我当时想，我这么一跳就逃离了火坑。他不是什么坏人，托玛斯，他只是干坏事。他跟司机阿奇很像。”

“司机阿奇是谁？”

好像有一瞬间，她忘了他的存在，只是目不转睛地盯着炉火，啜饮咖啡。她不再发抖了。她有一度缩起身体、收紧双肩。然而使她心烦意乱的不是寒冷，而是记忆中的过往。“天啊，”她轻声叹息，“托玛斯，我该怎么办？”

“司机阿奇是谁？”他又问了一次。

“他在我们村里替医院开救护车。大家都爱阿奇。只要有越野赛马，他就不会错过；如果有人受伤，他也会照顾。他在儿童赛马会攒足了钱，诸如此类的。阿奇是好人一个。后来发生救护车罢工事件，阿奇也去，挡在医院大门口，不放伤患进去，因为他说那些司机会破坏罢工。有个专门替修道院院长打扫的洛克修姆太太就是因为这样，最后不幸过世。”说到这里，她又是一阵颤抖，“你常生火吗？这样好像有点蠢，在热带地区还生火！”

“水晶宫里也生火。”

“他真的很喜欢你，你知道吗？”

“知道。”

“他像是把你当儿子。我一直要他把你赶走，你好像愈来愈靠近了，我却无力阻止。你令人毛骨悚然，而他似乎没看出来。也许是故意视而不见吧。我想都是因为丹尼尔的关系。你救过丹尼尔，但再怎么说，就那么一次救命之恩，不可能永远都管用，不是吗？”她又喝了一口咖啡，“然后我就想，妈的，如果他自己眼底下发生什么事都不肯看清，那是他自己倒霉。科基警告过他，桑迪也是。他理都不理。”

“你为什么要翻他的文件？”

“卡罗琳把他的一切都告诉我了。全是些可怕的事。这不公平。我已经知道了一部分，虽然努力不去深究，但就是忍不住——那些大家在宴会上谈的事、丹尼尔不小心听到的事，还有那些讨厌的银行家的吹嘘——我不该对他人妄下评语，要轮也轮不到我。我只是常想，坐在电椅上受评断的人应该是我，不是他们。但问题在于我们都很直肠子。我父亲就是这样。他宁愿自己挨饿，也不愿意欺瞒税务人员。账单一到他就去缴，从不拖欠。最后会弄到破产就是这个缘故。别人欠他的当然不会还，可他从来都不去管人家还他了没有。”她瞥了他一眼，这一眼延长成了注视。“唉。”她又轻轻地叹了一声。

“你找到过什么吗？”

她摇了摇头，“我找不到。我能找到什么？我根本就不知道要找什么。所以我想，随便了，我干脆直接问他。”

“什么？”

“我突袭他。某天吃过晚餐后，我问他：‘你真的是个坏蛋吗？请你老实告诉我。所有女孩都有了解真相的权利。’”

乔纳森倒抽一口气。“说的是没错，”他露出关切的笑容，“罗珀怎么回答？他供认不讳、发誓不再干坏事，还借口说都要怪他悲惨的童年？”

“他板起脸。”

“然后说了什么？”

“说我最好少管闲事。”

苏菲和弗雷迪·哈米德在开罗公墓前对话的那段往事不断在乔纳森脑中回荡，干扰着他的注意力。

“而你说这确实是跟你有关的事？”他问。

“他说，就算他说了，我也不会懂。对于这些事我最好闭上嘴，不要乱讲一些自己不了解的事。后来他又说，我做的这些不是犯罪，是政治。然后我就说：你做的什么不是犯罪而是政治？最糟糟到哪里？你给我一个底线，让我知道我要承担的到底是什么。”

“罗珀说了吗？”乔纳森问道。

“他说这种事没有所谓的底线。只有我父亲那种人才会以为有底线，就是因为这样，像他那种人才容易受骗上当。他说他爱我，我就应该很知足了。所以我就火了，我说，对爱娃·布劳恩[1]来说也许足够，但对我可不够。我想他会抽我一顿。但他只是表示他听见了。他从来不惊讶，你知道吗？反正就只是一件又一件的事实，有时多一些，有时少一些。最终你能做的就是最符合逻辑的行动。”

他就是按此规则处置苏菲的，乔纳森想着。

“那你呢？”他问道。

“我？”她要白兰地，但他没有，所以就倒了苏格兰威士忌给她。“一场谎言。”她说。

“什么的？”

“我的生活。有人说我是怎样的人，我照单全收，我就是这样子。没办法，我就那么容易相信人。现在你说我这个人一团糟，这跟他说的不一样。他说我是他生命中的美好。他做的一切只为了我和丹尼尔。某晚，他毫不掩饰地当着科基的面这样对我们说。”她又喝了一口威士忌，“卡罗琳说他在贩毒——你知道他贩毒的事吗？大批大批的毒品，用来交换军火和那些天知道是什么的东西。现在讲的可不是什么搭顺风船，或是走旁门左道做生意，也不是什么在宴会里抽几根大麻这么简单的事。这是一场非常成熟、组织庞杂的大型犯罪活动。她还说，我是黑帮老大的情妇。我一直想知道自己的另一个身份到底是什么，现在我知道了。最近这些日子的每一分钟对我而言都惊恐万分。”

她的视线又回到他脸上，直勾勾的，眨也不眨一下。“我陷得太

---

[1] Eva Braun（1912—1945），希特勒的情妇。

深，”她说，“我闭着眼睛走进这一团乱，所以不管下场如何，都是我活该。我只希望你不要说我把自己弄得一团糟。这种话我自己对自己说就可以了。话说回来，你他妈的到底心里打的什么算盘？你也不是什么完人。”

“罗珀说过我心里打的什么算盘吗？”

“他说你遇上了大麻烦，但你是个好人，他在帮你安排。他很反感科基老是说你坏话。但话说回来，他还没当场逮到你鬼鬼祟祟溜到我们的卧室里，不是吗？”她说着，又生气了，“你自己说一下是怎么回事。”

他花了好久才有办法回答。他先是想到伯尔，然后想到自己，还想到那些禁止泄密的章程。最后他说：“我是自愿接下任务的。”

她拉下了脸，“警方？”

“之类的。”

“‘你’这个人有多少是真的？”

“这问题我自己也还在想。”

“他们会把他怎么样？”

“抓起来，送去审判，关起来。”

“你怎么可能自愿接下这种工作？我的天！”

没有一种训练会教如何应对这种意外事件，他给自己一点时间思考。这段沉默就像两人之间的距离一样，与其说是隔开了他们，不如说是将他们拉近了。

“一切都得从一个女孩说起，”他终于开口，但又马上纠正自己，“一个女人。罗珀和另一个男的叫别人杀了她。我觉得我在这件事情上脱不了干系。”

她拱起双肩，斗篷仍披在她脖子上。她环顾了一下四周，视线又回到他身上。

“你爱她吗？那个女孩——女人？”

“爱。”他微笑，“她是我人生中最美好的事物。”

她信了，但不确定是否该表示赞同，“你在玛玛·罗那里救下丹尼尔的事也是骗局吗？”

“八分吧。”

他看着它们进入她的脑海：强烈反感、试图理解，还有她早期受的教育养成的道德观念。

“马蒂医生说他们差点要了你的命。”她说。

“我也差点要了他们的命。我失控了，所以这场戏才会走岔。”

“她叫什么名字？”

“苏菲。”

“我想听听她的故事。”

她的意思是“在这儿，在这屋里，现在马上”。

他带她进卧房，躺在她身边。他只跟她讲苏菲的故事，没有碰她。她听着听着便进入梦乡，他仍注视着她。睡了一会儿，她终于醒了，跟他要苏打水喝。他从冰箱里拿了一些出来给她。清晨五点，天还未亮，他穿起慢跑装，带她穿过那条森林隧道，回到大门边的门房。途中他不准她用手电筒，但让她走在他的左后方，保持一步的距离，仿佛她是乔纳森带上战场打仗的新兵。杰德趁机溜进去时，他把头和右肩卡进门房的窗户，跟夜班守卫马洛闲聊。他希望她没被人看见。

他的焦虑并没有舒缓下来，因为他返回住处时，发现那个拉斯塔法里派教徒阿莫斯坐在门阶上喝咖啡。

"您度过了一个美妙、心灵舒畅的夜晚，是吧，托玛斯先生？"他边问边往杯里加了满满的四匙糖。

"跟往常没什么不同的夜晚，阿莫斯。你昨晚过得好吗？"

"托玛斯先生，在伍德曼先生不再招待他的女友听音乐、送些可爱的小玩意之后，我就没在凌晨一点闻到壁炉里的烧柴味了。"

"从各方面来说，伍德曼先生如果读几本修身养性的书，应该就能表现得更好。"

阿莫斯突然放声大笑，"这个岛上除了您以外只有一个人读过书！托玛斯先生，这个人不但是个抽大麻的笨蛋，还是个睁眼瞎子。"

那晚，一如他所害怕的，她又来找他了。

这次她没有披斗篷，而是穿着骑马的装束。很显然，她认为这身装扮可以给她某种豁免权。他虽然吓了一跳，但也不是特别讶异，因为他已在她身上见到苏菲那种破釜沉舟的决心。他知道他不可能再把她赶走，就像他当时也无法阻止苏菲重返开罗去见哈米德。因此，他平静下来，她也是。她拉起他的手，牵着他上楼。她似乎对他的衬衫和内衣疯狂着迷。他叠得歪歪扭扭，她替他重新叠过。有的东西不见了，她就找出一件重新搭好。她把他拉近，非常坚定地吻了他一下，好像在到这儿来以前就已经想清楚能给他多少的自己。吻过他之后，她又走到楼下，要他站在吊灯下方，用指尖轻触他的脸庞，像在确认真假，以眼神为他摄影，仿佛要把他拍成照片随身带走。但他却很不适时地想起了玛玛·罗的店。在丹尼尔被绑架的那晚，有对在场子里跳舞的外地来的老夫妇，他们用恍如隔世的眼神触摸着彼此的脸庞。

她跟乔纳森要了一杯酒，两人坐在沙发上喝着，品尝从未想过能够共享的静谧。坐了一阵，她起身拉他站起，又吻了他，整个身子靠到他身上，并盯着他的眼睛看了好一会儿，仿佛想从他的目光看出他有几分真心。然后她离开了。如果真像她说的，那么在上帝替他们想办法之前，她也只能做到这个地步。

她一走，乔纳森就上楼，从窗户看着她的身影远去。紧接着他把那本《德伯家的苔丝》放入一个褐色信封，再用笨拙的字迹写下“致成人用品商店”几个字，收信地址则是早先鲁克给他的某个拿骚的信箱号码。他把信封投入海边的邮筒，以便次日由罗珀的喷气式飞机带走、转寄出去。

“亲爱的，很喜欢耍孤僻是吗？”科尔克兰问道。

他又回到了乔纳森的花园，喝着一罐冰啤酒。

“非常喜欢，谢谢你。”乔纳森礼貌地回答。

“大家都听说了。弗里斯基说你爱独处，塔比也说你喜欢，大门那儿负责守卫的弟兄也这么说，我看城区大多数人似乎都认为你喜欢独处。”

“很好。”

科尔克兰又喝了一口啤酒。他戴着那顶伊顿风格的巴拿马帽，穿着那套难看的拿骚西装，对着大海滔滔不绝，“兰伯恩那一家人没有碍着你吧？”

“我们安排了两次外出。卡罗琳有些低落，所以孩子都想要离她远一点。”

“实在够好心。”科尔克兰边思索边说，“这号人物真是被捧在手心的娇客，就像萨米。然后我连根草都没分到。”他把帽檐往下拉一些，喃喃地说，“如果你能弄到手，就算你了不起。”语气与那位擅长悲歌的爵士歌手艾拉·菲茨杰拉德如出一辙，“老大要带话给你，派因先生：攻击时刻已到。准备跟大伙儿再见，离开水晶宫吧。行刑队拂晓集合。”

“我要去哪里？”

科尔克兰突然弹起来，大步沿花园阶梯走向海边，像是再也无法忍受旁边的乔纳森。他不管这副臃肿的身躯是否够灵活，捡起一颗石头朝着渐暗的水面平行掷了出去。

“你要取代我他妈的职位，那就是你要去的地方！”他大吼大叫，“多亏某个对我们很不友善的畜生耍了一些下流的招数，我强烈怀疑你就是那头畜生！”

“科基，你在讲什么鬼话？”

科尔克兰针对这个问题思考了一下。“亲爱的，我可不知道。我倒希望那是鬼话。毕竟这些事可能‘有鬼’呢。你搞不好是一针见血！”他又掷出一颗石子，“我这人，就是所谓‘旷野中的先知’。老大虽然不承认，但他是个彻头彻尾、无可救药的浪漫主义者。罗珀相信隧道走到最后一定能见到光！可问题在于，瞎眼的死蛾也都是那样想的。”他愤怒地咆哮道，又掷出一颗石头，“很不幸，科基我是个彻头彻尾的怀疑论者。以我个人和专业的眼光看来，你是个大祸害。”他又丢了一颗石子，接着又一颗，“我告诉他你是个祸害，他偏偏就不信。他创造了你这个人。你把他的宝贝从熊熊大火中救出来，我科基本人就成了过去式——会这样都要感谢一些不知名的王八蛋，而我怀疑都是你朋友。”他喝光了手中的啤酒，把空罐往沙滩一扔，又低头找起可以拿来丢的石头。乔纳森好心递了一颗给他，他继续说道，“老兄，反正总要面对现实的，做人嘛，都得一点一点变得更成熟，不是吗？”

“我倒认为，其实人活到后来会愈活愈混乱。”乔纳森说。

科尔克兰搓揉双手，想把手上沾到的泥沙揉掉。“天啊，当个罪犯也那么累。”他抱怨道，“那些人，那些议论——那些污秽破败。那些是人都不想去的地方。你不这么想吗？你当然不这么想，因为你在这一切之上。我就是这么一直跟老大讲的。可是他听了吗？听了吗？我看是难如登天。”

“我帮不了你，科基。”

“不用担心，我自己会想出办法。”他燃起一根香烟，惬意地抽着，“现在来谈谈这件事，”他边说边朝身后的伍迪小屋比画了一下，“一连两夜缠绵，我的眼线都告诉我了。当然，我恨不得去跟老大报告——我真的想说死了。但我没办法用这件事伤害水晶宫的女主人。我自己是这样，别人我说不准。总会有人拿这当笑话讲，一定有。”月光下，玛贝尔小姐山成了一块黑漆漆的镂空模板，“这种事晚上不能做——我讨厌偷鸡摸狗的家伙——可早上也做不得。干下这种事就等于敲了丧钟。如果你是我，大概可以爽十分钟吧。还想再上我们的女王一次吗？”

“免了，谢谢。”

启程离开永远都有一堆麻烦。一大早，他们像群难民似的聚在玛贝尔小姐山的简易机场。杰德戴了墨镜，打定主意不想见到任何人，上了飞机后也还是戴着。她曲着身子坐在后座，一侧坐着科尔克兰，另一侧是丹尼尔，弗里斯基和塔比则分别坐在乔纳森两边。飞机在拿骚降落后，麦克阿瑟在海关前来回走动。科尔克兰把所有人的护照都交给他，当然也包括乔纳森的，海关挥手示意大家通过。什么问题都没有。

“杰德要晕车了。”丹尼尔趁大家一一钻进那辆崭新的劳斯莱斯时说。科尔克兰叫他闭嘴。

罗珀的豪宅是一栋灰泥墙的都铎式建筑，爬满蔓生植物，呈现一种乏人照料的景象，令人有些意外。

下午，科尔克兰带着乔纳森到自由城区去大采购，一副阴阳怪气的模样。有几次，他找了肮脏的小酒吧去喝杯酒，旁边的乔纳森则只喝可乐。这里的人似乎都认识科尔克兰，有些人甚至看起来跟他熟得不得了。弗里斯基远远跟在他们后头。他们买了三套非常昂贵的意大利式西服（“改裤子的速度快点，拜托你，亲爱的克莱夫，否则老大会气到发疯”），还买了半打衬衫，与之搭配的袜子和领带，鞋子、皮带、轻便的淡蓝色雨衣、内衣、亚麻手帕、睡衣、一个精致的皮制洗漱用品袋，里面装着一把电动刮胡刀、一对漂亮的发梳，上头镶了白色的“T”（“只要上面没有‘T’的东西，我朋友都不用。亲爱的，你说是不是？”）。他们回到罗珀的豪宅后，科尔克兰拿出一个猪皮皮夹，里面装了好几张有托玛斯署名、主要大银行核发的信用卡、一只黑色的随员用公文包、一块伯爵金表，和一对刻了“DST”姓名缩写的金色袖扣——至此，科尔克兰的魔术完美落幕。

大家聚在客厅品尝香槟王，杰德和罗珀也神采奕奕、姿态轻松。乔纳森看起来完全是个年轻时髦的白领。

“各位，大家觉得他如何？”打造出这身扮相的科尔克兰骄傲地询问在场所有人。

“棒呆了。”罗珀有点心不在焉。

“超强。”杰德说。

喝完香槟王，他们去乐园岛上的恩佐餐厅。那里就是杰德点龙虾沙拉的地方。

也的确如此——一份龙虾沙拉——在点菜时，杰德伸出手臂搂着罗珀的脖子，就连罗珀把她点的菜名告诉老板时她也没有放手。他们紧紧依偎、卿卿我我，因为这是他们相聚的最后一晚，而且大家都知道，他们的感情如胶似漆。

“亲爱的，”科尔克兰举杯向他们敬酒，“天造地设，一对璧人。祝你们百年好合。”说完，他将杯中的酒一饮而尽。那位意大利老板腼腆地走过来，遗憾地告诉他们龙虾沙拉没了。

“小牛肉如何，杰德？”罗珀建议，“通心粉也很不错。鸡肉呢？来份鸡肉吧——啊，还是不要好了，都是蒜味，你会受不了。不如鱼吧，给她来份鱼。你想吃鱼吗，杰德？比目鱼如何？你们这儿都有些什么鱼？”

“什么都有，”科尔克兰说，“我们应该感谢一下壮烈牺牲的鱼。”

杰德点鱼来替代龙虾。

乔纳森也点了鱼，称赞鱼肉美味非凡。杰德说鱼十分鲜美，麦克丹比一家在逼不得已之下也加入，跟罗珀一起大赞。

“我倒不觉得它有什么特别了不起。”科尔克兰说。

“但科克斯啊，跟龙虾比起来这味道可是好太多了。绝对是我的上上之选。”

“可是菜单上明明有龙虾，整个岛都塞满龙虾，他们为什么会没有？”科尔克兰坚持。

“因为他们不负责任，科克斯。不是每个人都像你一样是个天才。”

罗珀有些心不在焉，没有怀抱敌意，只是有些心事。他把手放在杰德腿上。然而，很快就要返回英国的丹尼尔却决定要挑衅无心餐宴的父亲。

“罗珀遇到大麻烦了，”丹尼尔大声宣布，划破这片不祥的死寂，

“他快要搞砸这宗大买卖了，他快要控制不住了。”

“丹尼尔，别再说了。”杰德迅速打断他。

“褐色又黏黏的东西是什么，你们知道吗？”丹尼尔问，没人知道，“是大麻烟。”他说。

“小丹，小鬼，给我闭嘴。”罗珀说道。

然而，那晚科尔克兰才是主掌大局的人。他开始讲述他那位担任投资顾问的人称“肖特韦尔·威尔金斯”的好友的故事。两伊战争开打时，他对他的客户说，六个星期内战争一定会结束。[1]

“他后来怎么了？”丹尼尔问道。

“我想他应该生活得挺滋润吧。大多时候游手好闲，跟朋友拿钱来花。跟我几年后的样子有点像。托玛斯，以后要是你开着名贵的轿车经过，碰巧看到一个熟面孔在扫水沟，我希望你念在往日情分丢几枚硬币给我，好不好，亲爱的？这杯祝您身体健康！托玛斯，长命百岁！愿在座者都长命百岁！干杯。”

“科基，我也敬你。”乔纳森说。

麦克丹比那伙人中有一个人想讲另外一个故事给丹尼尔听，但丹尼尔再度插嘴：“你打算怎么拯救世界？”

“不如你来告诉我，亲爱的，”科尔克兰说，“我很想知道。”

“把人类杀死。”

“小丹，闭嘴，”杰德说道，“讲这种话好可怕。”

“我只说把人类杀死！那是在开玩笑。你连玩笑都听不懂吗？”他边说边举起双臂，摆出拿机关枪的架势扫射在座的每一个人，

[1] 两伊战争从一九八〇年九月打到一九八八年八月，共打了八年，而科基的朋友肖特韦尔（Shortwar）的名字字面之意为“小打一场”。

“砰、砰、砰、砰、砰、砰，都死了！现在这个世界安全了！都没有人了。”

“托玛斯，带小丹出去走走，”罗珀隔着桌子下令，“等他学会一点礼貌再带他回来。”

罗珀讲话时，一个侍者端着一盘龙虾沙拉经过他们的座位——其实丹尼尔不是非走不可，在这个离别之夜，就算是让他使点性子也无可厚非——科尔克兰一看到龙虾立刻跳起来，抓住端菜的黑人侍者的手腕，把他扭到身旁。

“干什么？”侍者惊恐万分地大喊，接下来又害怕地环顾四周，咧嘴笑开，希望他只是走进某个恶作剧的场景。

老板急忙穿过房间走过来。弗里斯基和塔比原本坐在角落，也就是枪手坐的桌旁，此时两人也已站起身、解开外套。在场的人都愣住了。

科尔克兰站在那里，以大得惊人的力道狠狠压住那位侍者的手臂，可怜的侍者身体扭曲，被压得喘不过气，手中的托盘则惊险地倾斜着。科尔克兰脸色铁青，板着脸、抬着下巴对老板怒吼。

“先生，你会讲英语吗？”他怒气冲冲地问，整个餐厅都听见了，“我倒是会讲英语。先生，我们的女主人点了龙虾，你说龙虾卖完了。你是个骗子，冒犯了我们的女主人和她的朋友。先生，明明还有龙虾！”

“这盘是预订的！”餐厅老板抗议道，他声音有力，比乔纳森预想的还要洪亮，“那是特别预订的。今天早晨十点钟就预订好了。如果一定要吃到龙虾，你也得特别预订！放开他！”

在座没有人动。像这种大场面，自然有一股气场。连罗珀一时间似乎也不确定是否该出手干涉。

“你叫什么名字？”科尔克兰质问餐厅老板。

“恩佐·法布里奇。”

“算了吧，科克斯，”罗珀喝令，“别那么讨人厌，你实在是个惹人厌的家伙。”

“科克斯，好啦。”杰德说道。

“法布里奇先生，如果我们的女主人想点一道菜，不管是龙虾、肝脏、鱼肉，或牛排、小牛肉之类的普通菜肴，你都得为我们的女主人把菜端过来。如果你不这么做，法布里奇先生，我就会把这家餐厅买下来。我非常非常有钱，等到那个时候，你就得去扫街了——然后这位托玛斯先生就会驾着劳斯莱斯经过你身边。”

而坐在餐桌另一端、西装笔挺、容光焕发的乔纳森也站了起来，堆了一脸他在迈斯特皇宫饭店里练就的笑容。

“晚宴也该结束了，老大，您认为呢？”他愉悦地走到罗珀旁，“大家舟车劳顿都有些累了。法布里奇先生，我印象中从来没吃过比这更美味的餐点。现在呢，我们最需要的是账单——如果不麻烦的话，请帮我们拿账单来吧。”

杰德站起来准备要走，眼神没有看其他地方。罗珀为她披上披肩，乔纳森替她拉开座椅，她笑了笑，淡漠地表示谢意。那群麦克丹比中有一人去付账，大家还以为事情就到此为止。没想到科尔克兰是来真的，他低吼一声扑向法布里奇。幸好站在一旁的弗里斯基和塔比伸手拦住他，几名餐厅员工正摩拳擦掌，准备为同事抱不平。无论如何，最后众人都走出了餐厅，来到人行道上。劳斯莱斯已经停靠在路边。

我哪里也不去，她捧着乔纳森的脸，望进他寂寞的双眼，热切地说，我以前也这么假装，当然可以再装。我想要装多久都行。

他会杀了你，乔纳森说。他会发现。他一定会。大家都在他背后谈论我们。

然而她就像苏菲，似乎觉得自己可以永生不死。

20

雷克斯·古德休上战场时，白厅外的街上落下无声的绵绵秋雨。他没有作声，面对着个人生涯的秋日，对于自己的目标已有一定把握。没有过度戏剧化的场面，没吹奏号角，也没有高谈阔论。他默默地上了战场。这是属于个人的战争，同时也是一场利人利己的战争。他要对抗的，正是再怎么不想也得承认的“达克尔的势力”。

他没有慌张，只是平静地告诉妻子这是一场殊死战。不是你死，就是我亡。这是白厅的白刃战，一刻都不能闪神。她说，亲爱的，你确定要这么做吗？我确定。他的每一步都经过反复思考。没有仓促慌乱，没有幼稚草率，没有见不得人。他将清楚的信息传给了藏在情报局内的敌人。我宁愿走在明处，让他们听到我、看到我，他说，让他们去颤抖。某种程度上来说，古德休把手上的王牌都亮出来了。

促使古德休起身反击的主因，不仅是上次尼尔·马乔兰的可耻提议。一个星期之前，他骑自行车上班的途中差点被撞死。那天他挑了一条景色优美的路线。这是他最喜欢的一条路。他先向西骑行，穿过汉普斯特德希斯公园那条自行车道，小心骑着，再经过圣约翰伍德和摄政公园，来到白厅。突然间，古德休发现自己被夹在两辆大型箱型车之间。一辆是肮脏的白车，车身上有斑驳到难以辨识的字体，另一辆是绿色的，车身没东西。他只要刹车，两辆车就跟着刹；他踩得用力点，他们也跟着加快速度。他先是困惑，后来变成愤怒。那两个司机为什么要透过后视镜冷酷地看着他，一边靠近、把他夹在中间，还要交换一下目光？跟在后面堵住他后路的第三辆货车又是哪儿来的？

他大吼："小心点！让开！"可是他们忽视了他。尾随在后的那辆车跟得很紧，简直要碰到前两辆车后的保险杆。它的挡风玻璃很脏，叫人看不清司机的脸。他两侧的车离得非常近，他只要转转自行车的龙头，就会碰到左边或右边的车。

古德休从坐垫上站直身子，举起戴了手套的拳头，打了左侧货车的车厢一下，顺势一推，重新恢复平衡。后视镜中那双冰冷的眼睛审视他，但并非出于好奇。对于右侧的车，他同样出拳击打，结果它却靠得更近了。

幸好中途一个红绿灯让他免于被压扁的命运。那两辆货车同时停下，但古德休生平第一次闯了红灯。他迅速擦过一辆奔驰闪亮耀眼的车头时，真的差一点成了车下亡魂。

当天下午，雷克斯·古德休改写了他的遗嘱。第二天，他使用单位内部的一些诡计将那些叫人厌烦的机器全检查一遍——范围包括自己的部门和他上司的私人办公室——并隔离阁楼里几个存放着年代久远的杂物的凌乱房间，那里面满满都是过时的电子设备。这些设备是在英国快被布尔什维思想推翻的时期装设的，用以防止革命叛乱。当然，这个可能性如今已不复存在，但在古德休掌管的部门里，行政部门都还没有接到进一步命令。当古德休申请使用顶楼执行秘密任务时，他们却可以帮上很大的忙。一夜之间，价值数百万英镑的过时设备悉数被运到奥尔德肖特的某个卡车停车场，任其自然生锈、腐蚀。

第二天，伯尔的一小队人马占下了这充满霉味的十二个阁楼房间，此外，还有两间设备故障但异常宽敞的盥洗室，一间设备全被拆除的信号间，一段装了大理石栏杆、铺着蛀了洞的亚麻油地毡的隐蔽楼梯，还有一扇丘伯公司制造，附有土耳其式窥视孔的铁门。第二天，古德休拿电子设备把这地方扫了一遍，移除容易受到河府窃听的电话线路。

至于从部里提取公款的事，古德休在白厅高层的四分之一个世纪可不是白混的，他变成官僚体系中的罗宾汉，专门伪造政府账目，以诱捕那些肆意妄为的公务人员。

伯尔还需要三名人手，他知道要去哪里找这些人吗？雇用他们，伦纳德，快雇用他们。

有线人要通报情报，需要先支付几千英镑？付给他，伦纳德，他要多少就付多少。

罗布·鲁克要带两名监视人员去库拉索岛？罗布，两位够吗？带四位去不是更保险？

一夜之间，古德休那些鸡蛋里挑骨头的反对意见、各种嘲弄，还有故弄玄虚的悄悄话全都消失了——甚至像是从来不曾有过。自此以后，你只能看见他通过那道铁门来到伯尔在阁楼上的新巢，再也不会听到他的那些插科打诨。他每天晚上在公务结束后都会亲自来此“上夜班”——他很谦虚地如此表示。既然长官如此，伯尔也就不得不拿出相同的精神努力干活儿。在古德休的坚持下，他们把最不起眼的那个房间留给了他。这个房间位于一条弃置的走廊尽头，窗外有矮墙，矮墙里住满鸽子。鸽子在里面咕咕叫，你侬我侬，若是精神状态差一点，难保不被逼疯，但是古德休充耳不闻。他决定不去干涉伯尔的行动范围，只有在索取几份报告或想替自己泡杯玫瑰茶，或者与值夜人员进行礼貌性的闲谈时才会现身。讲完话，他便回到自己的办公桌，继续批阅最新的敌方部署报告。

“伦纳德，我打算动用所有人手击沉他们的旗舰行动，”他一边挠着脑袋一边对伯尔说，伯尔从没见他这样做过，“等我收拾完达克尔，我保证他连一艘小船都不会剩，你那个该死的罗珀则会乖乖地被关在监狱里。我说到做到。”

伯尔把他的承诺听进去，但没有把握他会说到做到。他并不是在怀疑古德休的意志力，也不是不相信达克尔的手下会故意出来捣乱、恐吓，甚至不择手段把对手整到进医院。好几个月来，伯尔的一举一动也十分小心谨慎。只要可以，他一定会在早上开车送孩子上学，并且安排下午放学时把他们接回家。但伯尔担心的是，古德休直到现在依旧对这条章鱼的大小毫无意识。单是上周，伯尔就三度被禁止接触几份目前正在流通的文件。他抗议了三次，都无功而返。最后一次他还亲自去了外交部，直接找上那位文件登记员。

“恐怕你收到的消息是错的，伯尔先生。”那位登记员系着殡葬业者的那种黑领带，黑夹克的袖子上还套着黑色护袖，“你询问的那份文件早在好几个月前就已经清出，预备销毁了。”

“你的意思是它被列为机密的‘旗舰’文件，为什么不干脆这么说就好？”

“什么？我想我可能没听懂，可以请你说清楚一点吗？”

“‘帽贝’是我的案子，阿特金斯先生，我现在跟你要的这个档案就是由我亲自开的。当时有六个和‘帽贝’有关的档案，都是由我的部门开设，编列了目录，以便互相对照索引。关于侦查主题、组织状况和人员记录的各有两份。我要的就是其中一个档案。六个档案中没有一个立案超过十八个月。哪有登记人员会在存档十八个月后就授权销毁它？”

“很抱歉，伯尔先生。‘帽贝’可能真的是你的案子，我没有理由怀疑你，先生。但正如登记处的规定，就算你负责这个案子，档案也不见得只有你能处理。”

尽管如此，各项情报仍以不同寻常的速度源源不断传进来。伯尔和斯特雷斯基各有属于他们自己的情报来源。

那笔交易正在稳定进行……和巴拿马的联系已经接上……包租给拿骚铁牌公司的六艘巴拿马集装箱船正穿越南大西洋、前往库拉索，预计五至八天后抵达。途中，他们会顺路把约五百个集装箱运到巴拿马运河……运送的货物五花八门，从拖拉机的零件、农业机械，到采矿设备，再到各式各样的奢侈品……

一批经过严格筛选的军事训练人员（四名法国伞兵、两名以色列前特种部队的少校，六名前苏联反恐部队人员）上周方在阿姆斯特丹市区最好的一家印尼餐厅举办盛大的饯行会。在那之后，他们飞往巴拿马。

罗珀的代理人大举采购各种物资的传言已在军火市场流传了数月之久，但现在又有新说法，说帕尔弗里曾经预测罗珀会更动采购项目，这个传言也已获得证实。斯特雷斯基那位朋友迈克尔——又名阿波斯托尔——一直与一位名叫莫兰蒂的律师保持联系，他们一同替那些卡特尔办事。这位莫兰蒂的办事处设立在委内瑞拉首府加拉加斯。至于莫兰蒂本人则被认为是维系各大卡特尔之间脆弱联盟关系的主要支柱。

“你那位罗珀先生真是愈来愈爱国了，”斯特雷斯基在保密线路中煞有其事地对伯尔说，“他正在大买美国商品呢。”

伯尔心一沉，但一副事不关己的样子，“乔，那才不叫爱国，如果是英国人，就要买英国货。”

“他正打算将一份新的情报卖给那些组织，”斯特雷斯基继续自顾自地说，“如果他们认为山姆大叔是敌人，最好就用山姆大叔的武器。这样他们就可以直接接触到配件、获取敌军的武器、熟悉敌人的技术。英国的‘星光’高速导弹，肩扛式导弹，英国破片手雷，英国的技术，这些还只是冰山一角。不过他们的主流玩具则必须是假想敌的镜像。一些英国佬，其余是美国人。”

“那些卡特尔怎么说？”伯尔说。

“他们爱死了。他们非常爱美国的技术，也非常爱英国技术；也很爱罗珀。他们要最好的货。”

“谁可以解释一下他们这次为何会改变心意吗？”

从斯特雷斯基的声音中，伯尔感到与他自己非常相近的忧虑。

“没，伦纳德，没有人解释过任何该死的事。对执法小组没有，迈阿密那儿也没有。或许在伦敦也没有。”

一天后，这个传言就由伯尔熟稔的某个贝尔格勒商人证实了。安东尼·乔伊斯敦爵士，众所周知他在一个更可疑的市场里担任罗珀的代理人。他前一天刚把一张叫价三百万美元的捷克卡拉什尼科夫枪的试订单改为美国的阿马莱特枪。理论上，这批枪支将运到突尼斯，并在运送途中遗失，再以农业机械的名义改运到格但斯克。他们已经在那儿安排好一艘集装箱船，打算将这批枪支运上船，运往巴拿马。乔伊斯敦·布拉德肖也表达过对英国制造的地对空火箭弹的兴趣。不过，据传他抽的佣金高得离谱。当伯尔一派严肃地提及这一发展时，古德休似乎没抓到重点：

“伦纳德，我不在乎他们要买的是美国枪还是中国玩具枪，也不管他们是否要把英国制造商剥层皮。不管你换多少种角度来看，这就是毒品换武器无误，这个世界上没有一个法庭会赦免这种罪。”

伯尔发现古德休说起这件事时满脸通红，似乎难掩愤怒。

大量情报仍不断涌进。

截至目前，双方对于交换货物的地点仍未达成共识。能预先知道最后细节的只有两名当事人……

那些卡特尔已经把位于哥伦比亚西海岸的布埃纳文图拉港腾出来，作为货物的出境点。按往例，他们也会在同一港口接收下批货物……

装备精良但拙于作战的哥伦比亚军收了卡特尔的钱，被派到布埃纳文图拉为交易提供掩护……

一百辆空置的军用卡车集结于码头边的仓库，斯特雷斯基告诉伯尔，当他要求看卫星照片加以确定之际却碰了壁。兰利的情报人员认为他没有得到过目这些照片的许可。

“伦纳德，可以请你告诉我一件事吗？‘旗舰’在这件事里到底他妈的是什么玩意儿？”

伯尔摇头晃脑。根据他的了解，“旗舰”这代号在白厅里代表双重限制。不仅“旗舰”组织外的人不能够碰触，它还被列为“防护”等级，不让美国人接触。所以，这个美国人斯特雷斯基在驻弗吉尼亚州兰利的情报局高管那里碰了一鼻子灰，他试图接触“旗舰”到底想干什么？

“‘旗舰’只是一道围墙，目的是把我们挡在外面。”几分钟后，伯尔气冲冲地对古德休说，“如果兰利能知道它的底细，为什么我们不行？‘旗舰’把达克尔和他在大西洋两岸的盟友看得一清二楚！”

古德休完全无视伯尔的怒火。他凝视着航海图，一语不发，拿着彩色蜡笔描绘路线，仔细核对罗盘方位、航行中停留的次数，以及船只进出港口的手续。他埋头研究海洋法，跟一个从前一起念书的法律权威争执不下。“布莱恩，你又懂什么？”伯尔听到他在空荡荡的走廊上提高分贝，“你说海面封锁吗？我当然不可能付你这笔不合理的费用！我要在我的俱乐部请你吃顿超难吃的午餐，还要从你太夸张的‘为国家谋福利’时间里偷个两小时。你老婆怎么受得了你这么老粗？麻烦代我转告她我同情她的处境，然后星期四一点钟准时来见我。”

你强势过头了，雷克斯。伯尔想。缓一缓。距离成功，路还远着。

姓名。鲁克说：要有姓名和号码。乔纳森提供了大量的资讯。对于不熟悉内情的人而言，他所提供的情报乍看上去过于琐碎、无足轻重：诸如从餐桌座位牌收集来的绰号、偷听来的只言片话、从罗珀办公桌上放的信件瞥到的内容，或罗珀草草记下，有关人、数量、方式及时间的资料。这些着实不值一提，无法跟帕特·弗林暗中拍摄的照片比较——其中有苏联特种部队出身的佣兵抵达波哥大机场的画面——也比不上阿玛多的报告：科尔克兰私下在拿骚虹灯区犯下的暴行。更比不上从得体正派的金融机构拦截下来的银行汇票，他们正准备寄给位于库拉索与罗珀关系密切的离岸公司，面额值数千万美元。

若是好好拼凑，乔纳森的报告也能像那些惊人的发现一样令人啧啧称奇。一晚过后，伯尔说自己已经被搞得有些晕头转向。两晚过后，古德休表示，就算发现自己的那位普通银行经理带着客户一整个手提箱的现金亲赴水晶宫，他也不会惊讶了。

最让他们震惊的与其说是这条章鱼的触角之多，不如说它居然能把触角伸进最神圣的殿堂里。就连伯尔以为最循规蹈矩的机构居然也牵涉其中。

对古德休来说，这就像是英国的荣华盛景在眼前逐渐凋零枯萎。他在凌晨时分拖着疲惫的身躯回家，总会在途中停下，狂乱地望着停在路边的警车，思忖着日日听到的那些关于警察暴力与贪赃枉法的报道会不会是真的，会不会并不是记者和某些不满现状的人凭空捏造的？三个月前，他走进俱乐部总会看到那些事业有成的银行家或股票经纪人朋友，并跟他们挥手打招呼——现在不会了，他反而会去躲在餐厅另一头，压低眉头暗中观察他们，暗自发问："你也跟他们一伙吗？你是吗？你是吗？"

"我要用新法子，"当他们再度熬到凌晨三点时，他认真地说，"我已经决定了。我要召集联合指导委员会。我一开始就要动员外交部，他们一向擅长对付达克尔那帮人。梅里德会挺身加入我们的，我相信他会。"

"他有什么必要加入？"伯尔问道。

"他为什么不必？"

"如果我没记错，梅里德的兄弟是贾森·沃霍尔公司的高层。贾森·沃霍尔公司上星期才在库拉索公司一口气投入五十万美元，买下五百张不记名债券。"

"老兄，非常非常抱歉。"帕尔弗里细小的声音从那团仿佛永远都包围着他的阴影中传出。

"你抱歉什么呢，哈里？"古德休亲切地问。

帕尔弗里的困扰眼神跳过了他，朝门口瞥去。他坐在北伦敦的一间酒吧（地方是他挑的），位置离古德休位于肯地奇镇的家不远，"我慌了，所以打电话到你办公室，求救信号发得很急。你怎么有办法这么快赶到？”

“当然是骑自行车，哈里，究竟是怎么回事？你好像见到鬼一样。他们不会也威胁你的生命安全吧？”

“自行车啊，”帕尔弗里重复了一遍，喝了一大口苏格兰威士忌，随即用手帕擦了一下嘴，仿佛想把犯罪证据给抹去，“自行车啊，这大概是所有交通工具中最棒的一种了。人行道上的人追不到你，开着车跑的人又得绕道转弯——介意我们到隔壁去谈吗？那儿比较吵。”

他们移到游戏间。房里有台自动点唱机，乐声可以淹没他们的谈话。两个肌肉发达、剃着平头的小伙子正在打台球，帕尔弗里和古德休并肩坐在一张木头长椅上。

帕尔弗里划了火柴，吃力地把点起来的火移到烟头。“情况有些白热化，”他低声告诉古德休，“伯尔变得有点焦躁。我警告过他们，但他们不听。现在应该抛下矜持了。”

“所以你警告他们了，是吗？”对于帕尔弗里这种难以理解的背叛方式，古德休一直都摸不着头绪，“你警告过谁？不会是达克尔吧？你不会是警告过达克尔吧？你真的警告过他吗？”

“老兄，我得扮演双面人啊，”帕尔弗里皱起鼻子，再次紧张地环顾酒吧，“为了生存，这是唯一的办法。不单单要得到你的信赖，两边都必须兼顾，”他露出有点疯狂的微笑，“他们偷听我的电话。”他解释，并指指自己的耳朵。

“谁偷听？”

“杰弗里。杰弗里那帮人。水手。‘旗舰’的人。”

“你怎么知道？”

“没人知道。你没法断定，没有人有办法一口咬定，尤其在现在这种时候。除非我们在类似第三世界的落后地区，又或是有哪个笨手笨脚的警察不小心犯错，否则谁也无法断定。”他又喝了一口酒，摇摇头，“雷克斯，现在大家都知道了，麻烦真的大了。”他又喝了起来，一下一下地啜饮，喃喃着“干杯”，完全忘记他已经说过了，“他们带话来给我。都是秘书，司法部里的那些老朋友。这种事情他们是不会明说的，你懂吗？其实他们也不必，完全不必说什么：‘对不起，哈里，我老板偷听你的电话。’他们只会暗示你。”这时，两名穿着摩托车皮衣的男子开始玩起掷铜板，“你介意我们换个地方谈吗？”

电影院对面有家空荡荡的餐馆。时间是六点三十分，店里那位意大利侍者连看都不看他们一眼。

“这些家伙连我的公寓都不放过，”帕尔弗里说道，窃笑着仿佛是在讲什么下流的玩笑，“他们什么都没找到——房东说我有两个朋友来过，还说我已经把钥匙给他们了。”

“那你给过吗？”

“没。”

“你把钥匙给过什么人吗？”

“你知道的嘛，就是女孩子什么的。但她们大多会把钥匙还回来。”

“这么说，他们的确是在威胁你。我说对了。”古德休点了两盘意大利面和一瓶意大利红酒，侍者摆出继母的面孔，吼声从厨房门传出来。帕尔弗里实在太害怕了，在他开口之前，仿佛有阵风吹过来狠扯他的膝盖、夺走他呼吸的能力。

“雷克斯，其实，要完全坦陈自己的心情并不容易，”帕尔弗里有点抱歉地解释，“我想这应该是长久以来养成的习惯吧。紧绷久了就很难放松警惕。这就是问题所在啊。”他嘴贴杯口，把快溢出来的酒喝掉，“我真的需要人帮一把——你也看到了。真是对不起啊。”

每次跟帕尔弗里谈话，古德休都觉得像在听一个老是出状况的广播，断断续续、语意不清。“我什么都没办法答应你，你很清楚，天下没有免费的午餐，不管是什么，都得付出代价。我相信这个道理，你应该也是。”

“是这么说，可是你胆子大啊。”帕尔弗里反对道。

“而你有头脑。”古德休回答。

帕尔弗里惊讶得眼珠都要从眼眶掉出来了，“达克尔也这么说！一字不差！他说我知道得太多——都是危险的情报。够倒霉的。雷克斯，你真的太厉害了，简直是未卜先知。”

“所以你已经跟杰弗里·达克尔谈过了。谈了什么？”

“严格说，是他单方面找我，我只是听。”

“什么时候的事？”

“昨天。噢，不对，是星期五。他来办公室找我。十二点五十的时候。我刚好在穿雨衣。他问我说：‘你午餐要吃什么？’我还以为他要请我吃午餐。我告诉他：‘我在俱乐部有个约会——不过不是特别约的，可以取消。’他就说：‘好，那就取消吧。’所以我取消了。然后我们开始谈。午餐时间，就在我的办公室里。没有别人，连瓶矿泉水和饼干都没有。这间谍小技巧挺不错的，杰弗里很懂这些小花招。”

他又咧嘴笑了。

“他跟你说了什么？”古德休催他。

“他说——”帕尔弗里深吸一口气，像个准备要潜到水里的人，“该是时候让那些好人来援助他们了。他说，美国表亲想要完全控制帽贝计划。他们可以将他们的执法人员照顾好，但同时也需要我们将我们的人照顾好。他要确定我会加入。”

“你说了什么？”

“我加入，百分之百确定。我真的加入了啊，不是吗？”他抬起了头，轻蔑地说，“你不会是想说我应该叫他闭嘴吧？我的老天！”

“当然不是，哈里。你应该要做对自己最有利的事。我都懂。总之你说你加入，他怎么回答？”

帕尔弗里再次露出带着挑衅意味的阴沉表情，“他要在星期三下午五点钟进行法律上的宣读——内容是河府和伯尔那个单位之间的业务划分协定——就是我替你起草的那份。我答应给他看了。”

“还有呢？”

“就这样。星期三下午五点，我的最后期限。‘旗舰’工作小组将在次日早晨举行一次会议，所以他需要时间先阅读我的报告。我跟他说没问题。”

他讲到最兴奋的一刻突然间停住，扬起眉毛，让古德休愣了一下。从他的经验，他儿子如果也对他露出同样表情，就代表他隐瞒了一些事。于是古德休也对帕尔弗里产生了同样的怀疑。

“就这样吗？”

“有哪里不对吗？”

“达克尔对你还满意吧？”

“说实话，他非常满意。”

“为什么？你只不过答应要服从命令罢了，哈里，他为什么会这么满意？你是不是答应替他做些额外的事？”古德休有种奇怪的感觉，仿佛帕尔弗里希望他更穷追不舍一点，“你是不是告诉了他什么？”他暗示道，脸上堆起笑容，想让对方更容易坦承。

帕尔弗里咧嘴苦笑了一下。

“哈里，你还能告诉他什么？还有什么事情是他不知道的？”

帕尔弗里挣扎许久，仿佛在同一个栏架不断绕圈跑，下定决心无论早晚都要把这个障碍清除掉。

“你没有告诉他我的事吧？”古德休问，“你不可能说的吧。说了根本与自杀无异——你说了吗？”

帕尔弗里摇摇头，轻声回答：“完全没有，我可以用童子军的荣誉向你保证，雷克斯，我连想都没想过。”

“那你讲了什么？”

“只是一个想法，雷克斯。一个推测，仅此而已。假设啊，概率定律，没有秘密，也没讲什么不好的。说一些猜测，都是无用的猜测。闲话家常啊，打发时间。那人就站在我办公室里，又是午休时间，他就站在那儿瞪着我，我非得跟他讲些什么。”

“你刚刚说猜测，那是根据什么做的猜测？”

“根据我为你准备的提交仲裁协议书——就那种用来对付罗珀，却与英国法律相违背的罪案提交仲裁协议书。在你的办公室里草拟出来的。你记得吧。”

“我当然记得。那你的猜测又是什么？”

“多亏美国迈阿密执法小组准备的秘密附件，这份协议书才有办法运作。这是迄今为止我们手上有的证据的集合。斯特雷斯基，不就是这个家伙吗？罗珀起初对那些卡特尔所做的一切宣传、交易所涉及的各种各类的要素，都是层层包裹，是最机密的文件，只有你和伯尔可以过目。”

“你也可以过目。”古德休提醒他，心中升起一股令人厌恶的不祥预感，悄悄拉远了自己和他的距离。

“你懂的，我专门玩这种游戏，当你读到这种报告，你会忍不住参与进去。是吧，我们都是这样的，对不对？这是种本能，怎么也无法阻止自己去……追查究竟是谁告的密。那么长一段时间，房里又只有三个家伙……有时还只有两个。不论他们在哪里，总会有个可靠的消息来源向他们告密。我知道现代科技就像猫须一样灵，但这也未免太荒谬了。”

“这么说来你发现告密者的身份了？”

帕尔弗里的表情相当自豪，就像一个鼓起勇气之后圆满完成当日任务的人。

“然后你告诉达克尔你揪到的人是谁？”古德休说。

“就那个希腊人。他与那些卡特尔走得很近，但只要他们一转身，他就跑到执法小组那儿反咬他们。他叫阿波斯托尔，是个律师，跟我一样。”

当晚，古德休把帕尔弗里是如何轻率失言的事告诉伯尔，伯尔面对的是每个特工主管最害怕的进退两难局面。

他的第一个反应往往发自内心。他草拟了一份紧急的私人信息，传给人在迈阿密的斯特雷斯基，说他有充分理由认为“那些不怀好意的情报人员已经察觉你那位‘迈克尔老兄’的真实身份。”接着又参考美国情报人员的专门术语，把“察觉”改成“知道”，才把信息送出去。他这么做是为了避免自己不慎透露泄密者是英国人。他相信，就算没有明讲，斯特雷斯基还是可以猜出来。完成通知斯特雷斯基的工作后，这位约克郡手摇纺织机工人的后裔一脸坚忍地坐在阁楼房间里，仰望天窗外白厅上方的橘黄色天空。伯尔现在不能只是心焦地等待情报人员捎来信息，他的责任是思考究竟是要撤离人员还是铤而走险，继续与敌人周旋下去。他一边思考，一边在长廊里踱步，他偶尔把手伸进裤袋，在古德休办公室旁的暖气片前驻足。窗外护墙里的鸽子正在叽喳斗嘴。

“要不要推演一下最坏的状况？”古德休询问。

“最坏的状况就是他们押着阿波拿强灯照他，逼他招供，然后他就告诉他们说他接受我们的命令，破坏科尔克兰担任签字人的资格，”伯尔说道，“然后他们就会让我的人来当新的签字人。”

“你这里说的‘他们’指的是谁？”

伯尔耸了耸肩，“阿波的客户。再不然就是情报局。”

“老天，伦纳德，但情报局跟我们是一道的！我们虽然有嫌隙，可他们不会为了争地盘就危及我们的消息来源吧……”

“雷克斯，你错了，他们会，”伯尔和气地说，“他们就是那种人。他们就是会干那种事。”

伯尔又坐在房里独自思索他做出的选择。一盏赌徒的绿台灯。一扇迎向点点星光的织布工的天窗。

罗珀，再过两个星期我就可以抓到你了。我会知道是哪艘船，也会知道有哪些姓名、号码及地点。我会对你提出公诉，你的那些特权，还有消息灵通、足智多谋的朋友，外加法律界最高明的庭辩技巧，都无法使你脱罪。

乔纳森，你是我此生认识的最厉害的线人，也是我唯一破解不出的密码。最初你是一副难以捉摸的表情，现在则成为一个高深莫测的声音：*是，我很好，谢谢，伦纳德——唔，科尔克兰的确在怀疑我，但这可怜的家伙始终找不到任何证据……你说杰德吗？目前为止，我看她依然相当得宠。不过，她和罗珀都是行为主义者，所以很难看出台面下有没有发生什么……*

行为主义者，伯尔阴沉地想。老天，如果你不是行为主义者，谁还可以算得上？假使是这样，你在玛玛·罗那里的失控行径又该作何解释？

美国表亲不会采取任何行动，他不知怎的相当乐观地如此判断。被识破身份的情报员就是被完全掌控的情报员。即使他们成功发现乔纳森的真实身份，也会按兵不动，静静观察他会玩什么花样。

美国表亲一定会采取行动，他又对自己说。这感觉就像是钟摆又朝着反方向摆去。阿波斯托尔是可以被牺牲的筹码。如果表亲想赢得组织的好感，就会把阿波斯托尔拿来当祭品。如果他们认为，我们离成功太近了，应该会干脆地把阿波斯托尔干掉，切断我们的情报来源。

伯尔托着下巴，仰头凝视天窗，看着秋天的晨曦从云朵隙缝透出。

到此为止。他打定了主意。立刻偷偷把乔纳森带到安全处，替他变个脸，改名换姓，让他从此隐姓埋名，返回家园。

然后你就会永远在那边胡思乱想，猜测包租给铁牌公司的这六艘船里到底哪艘载着你这辈子都没见过的庞大军火。

那些货物到底在哪里交换？

那些价值数以亿计——搞不好是数十亿英镑——的无记名债券到底怎么不留痕迹地落入匿名持有人做工精致的口袋里？

高达数十吨的顶级精炼可卡因是如何在简陋的机场售出，接着轻而易举在哥伦比亚西海岸和巴拿马免税区中间某处消失，又在中欧忧郁阴沉的街道上分批出现，而且数量像是特别计算过？

还有乔·斯特雷斯基、帕特·弗林和阿玛多，以及他们那个小组的工作人员。他们这样夙夜匪懈地工作，难道连一点回报都得不到，只能把成果双手奉上、承给情报局？搞不好那根本不是情报局，只是局里某个阴险邪恶的兄弟会组织？

安全线路响起，伯尔抓起话筒。是鲁克，他从库拉索用户外电话打来的。

“那人的喷气式飞机一小时前在此地降落，”他说，连对方的名字都不愿提起，“我们的朋友也一起来了。”

“他看来如何？”伯尔关切地问。

“气色很好。我没看到留下伤疤。西装挺不错的，皮鞋雪亮。左右都有人紧紧跟着，但看起来依旧很体面。如果要我说的话，我会说他情况不错。你让我打电话给你，伦纳德？”

伯尔扫视了一下地图和航海图，又瞧了瞧红笔圈出的丛林小道空拍照，以及堆在旧松木书桌上的那堆卷宗。他回忆数月来的辛劳……这一切如今都悬在一根细线上。

“我们继续。”他说。

第二天，他飞到迈阿密。

21

在乔纳森如今的认知里，他和罗珀之间的友谊经过水晶宫那几个星期的培养，在罗珀的喷气式飞机飞离拿骚国际机场的瞬间，绽放出了美丽的花朵。你甚至可能会认为，这两人根本是协议好，要在这如释重负的一刻才承认对彼此很有好感。

“老天！”罗珀喊着，高高兴兴地解开座位的安全带，“女人！一堆问题！小鬼！托玛斯，有你在飞机上真是太好了！亲爱的梅格丝，给我们来一壶咖啡好吗？现在洗头还太早了。托玛斯，你也来一杯？”

“好啊，”这位酒店经理说完，又体贴地加了一句，“见过科基昨晚的精彩表演后，我再多咖啡都喝得下去。”

“那些说你有辆劳斯莱斯的鬼话究竟是怎么回事？”

“我完全不清楚。那人大概是觉得我铁定会去偷你那辆。”

“混账。你坐过来，不用那么客气坐在走道边。梅格丝，有牛角包吗？红色果酱有没有？”

梅格是飞机上的空乘员，家住田纳西。

“罗珀先生，我什么时候漏掉过牛角包了？”

“咖啡、热牛角包、圆面包、果酱，都拿到这边来。托玛斯，你有时候会有这种感觉吗——自由奔放？孩子、动物、仆人、投资人、客人、爱东问西问的女人——全都不在身边烦你，你再次拥有属于自己的世界，想去哪里就去哪里？你知道，女人就是这样。如果你放任她们，她们就会成为你肩上的重担。梅格丝，你今天快乐吗？”

“这是当然，罗珀先生。”

“果汁呢？你又忘了拿果汁吗？你老是忘记，你被开除了，现在马上，跳下去！”

梅格不以为意，替两人摆好两个早餐餐盘，才把新鲜的柳橙汁、咖啡和热牛角包端来。梅格年约四十，有着兔唇的痕迹。人生应该经历过不少波折，却依旧散发出迷人的风韵。

“托玛斯，你知道吗？”她问道，“他老这样，好像觉得非得这么装模作样才能再赚进下个一百万。做这些红色果酱本来就是我分内的事。我就在家里专门为他做红色果酱。只要飞机没飞，我就得做这些。其他人做的红色果酱罗珀先生都不吃，除了我做的。”

罗珀发出粗鲁的笑声。“下个一百万？你这女人在说什么鬼话啊？就算百万美元也买不到这飞机上的一块肥皂！这是世上最好的果酱。她在这里唯一的原因就是果酱。”他拿了个圆面包捏在手里，全力一握，压得粉碎，“生活无虞是做人的责任，是人生的意义。过得好就是最好的复仇。这话是谁讲的？”

“不管是谁，都是至理名言。”乔纳森忠实地说。

“订出一个高标准，让大家为此努力，这是唯一的办法。财产翻倍，世界就会变得不一样。你在高级饭店工作过，应该很清楚这些——果酱吃完了，梅格丝。来点汽水。托玛斯，你要吗？”

“应该这么说：我恨不得马上喝到。”乔纳森对梅格眨了一下眼，坚定地说。

大家笑成一团。老大心情正好，乔纳森也是。刹那间，他们好像拥有完全一样的一切——包括杰德。此时，云彩衬着金色的花边，日光流泻进机舱。他们可以起飞了。塔比坐在机尾的座位，弗里斯基在机舱前半部找了靠边的位置坐下。麦克丹比家的两名成员坐在中间，正在使用笔记本电脑。

“女人老是问太多问题，是不是，梅格丝？”

“我可没有，罗珀先生。我从来不问。”

“你记得我上过的那个妓女吗，梅格丝？那时我才十六，她已经三十了。你记得吗？”

“当然记得，罗珀先生。她为你上了人生中的第一课。”

“我告诉你，当时可紧张了，根本没经验啊！”他们并肩用餐，不必担心目光交会，“没经验的不是她，是我。”又是一阵大笑，“我对于那档子事一窍不通，只好乖乖当个好学生，而且我认为她的人生一定出了什么状况——可怜的家伙，你到底遇到了什么问题呢？——我想她大概会告诉我她老爸罹癌、老妈在她十二岁时跟水电工跑了。她看着我，不过眼神一点都不友善。她问我：‘你叫什么名字？’那时候的我就像只斯塔福德郡小猎犬——大屁股、身高五英尺。我说：‘我叫迪基’，她说：‘迪基，接下来一切听我的，你可以上我，而且只要花你五英镑，不过你抢不走我的心，因为那是我私人所有。’我从来没有忘记她的话，是吧，梅格丝？她是个了不起的女人，我应该娶她的——我不是说梅格丝，是说那个妓女。”他用肩膀顶了一下乔纳森，“你想知道要怎么做吗？”

“只要不是国家机密就好。”

“掩人耳目。而你，就是那片用来掩人耳目的叶子，或‘稻草人’——那是德国人的说法。好笑的是你甚至连稻草都不是，你不存在——但这样更好。德里克·托马斯，投机商，很寻常，手脚很快，内外兼备，身体强健。商界记录清白，没丑闻，风评好。迪基和德里克。我们以前可能合作过——不是跟别人，是我们自己的生意。我会去找那些小丑——就是那些掮客、见风使舵的银行家——然后告诉他们：‘我这儿认识一个蛮精明的小子，还有一个天衣无缝的计划，可以迅速获利。我要资金——千万别帮我宣传。拖拉机、涡轮机、机械零件、矿物、土地，我们什么都拿来交易。如果你不错，我会把你介绍给他。他很年轻，有门路——不要问是哪些门路，反正他有的是办法。而且他很会搞政治，很会看人。看看，这是千载难逢的好机会。我是不希望你错失良机才说的。最多四个月吧，你投资的金钱就可以翻倍。我要你买的是证券，如果你不买证券就别来浪费我时间。我们现在谈的是无记名债券——无记名、无须大量购买，和包括我的公司在内的其他公司都没有关联。这交易叫作‘反正相信迪基就好’。我参与了，但不出面。公司成立的地区没有什么账目需要预备或申报，它和英国无关，那里也不是我们的殖民地，是别人不要的垃圾。生意一旦做成，公司马上刹车、广告停播、账户关闭，我们再也不见。这种机会很难得，参与的人愈少愈好，无聊的问题不要问，要不要一句话。人数有限，我希望你可以加入。’目前为止都没问题吧？”

“他们都相信你？”

罗珀笑了，“你问错了。你应该问：这说法行得通吗？可以拿来说动那些赌徒吗？他们喜欢你这人吗？在公司章程里，你是个好看的门面吗？只要我们出手出得漂亮，没有一次行不通。”

“你是说还会有公司章程？”

罗珀又放声大笑，“他妈的，你这家伙比女人还糟！”梅格丝再替他斟满咖啡，他满意地对她说：“老是问‘为什么？为什么呢？’不然就是‘该怎么办？什么时候？在哪里？’”

“我从来不问这些，罗珀先生。”梅格丝一脸严肃地说。

“你的确不问，梅格丝，你是很不错的童子军。”

“罗珀先生，你又这样甜言蜜语。”

“不好意思，梅格丝，我大概是忘了自己不在家里。”他又回来跟乔纳森说，“没有，没有什么公司章程。那只是一种说法。如果一切顺利，等到我们把章程印出来，公司早就关门大吉了。”

罗珀回到他的介绍上，乔纳森听他说，从自己另一个沉思默想的茧里回应他。他想着杰德，她在他脑海中是如此栩栩如生，坐在他身旁、与他相距不过咫尺的罗珀居然没有察觉任何异样。她注视他时，他仿佛感觉到她的手在他脸上游走——他也很想知道她究竟看到了什么。他想起在伦敦那家训练中心里的伯尔和鲁克，他听着罗珀描述的那位年轻又精力充沛的“高级经理托玛斯”，意识到自己再次默许了某人任意地操控他。他听到罗珀说，兰伯恩已经先出发去为这次交易清除障碍，于是思索着该不该在此时警告罗珀卡罗琳背着他背弃理想，以换取罗珀更进一步的信任。接着他认为罗珀肯定已经知道了这件事。否则，杰德怎么会去谴责他的罪行？他就像平时一样，翻来覆去地思考罗珀的是非观这个难解之谜，他想起苏菲的话：世界上最坏的人，就是那些完全忽视自己的言行举止，只规范他人言行举止的家伙。他杀戮，他牟得大利，所以他认为自己跟神一样。她曾在盛怒之下这么说。

“当然，阿波一定会认出你，”罗珀说，“他会说你就是他在水晶宫遇到的那个人——过去在迈斯特皇宫饭店工作——而且是迪基的好友。不过我不觉得会有什么问题，反正阿波本来就是对方的人。”

乔纳森迅速转过身，好似罗珀提醒了他什么事。

“我真的很想问，你所谓的‘对方’究竟是什么人？我是说，能卖东西给别人当然很好，但买方到底是谁？”

罗珀发出一个很做作的痛苦叫声，“出现了！梅格丝！怀疑我的人出现了！果然这种事还是发生了！”

“罗珀先生，我倒是一点也不怪他。你兴致来的时候可以非常差劲。我见过，你也知道我见过。差劲又狡猾，还非常、非常的有魅力。”

罗珀打起盹，乔纳森也跟着小憩，听着飞机引擎隆隆作响，夹杂麦克丹比他们在笔记本电脑上打字的声音。后来他醒过来，梅格丝也端上香槟和烟熏鲑鱼等开胃小菜。他们继续谈笑，又再度打起瞌睡。等他再度清醒，便发现飞机在一个被白色云雾笼罩的荷兰小镇上方盘旋。隔着烟雾，他看见炮火冉冉升起——原来这里是威廉斯塔德。数家喷着火光的炼油厂正在燃烧过剩的汽油。

“小托，如果你不介意，你的护照就先摆在我这里。”当他们走过那条闪闪发亮的飞机跑道，弗里斯基低声对他说，“只是保管，行吧？你的现金也给我，好吗？”

“我完全没有现金。”乔纳森说。

“那好，我们就不用担心了。不过科基给你的那些信用卡都只是做做样子，你懂吧？小托，你可能没办法拿那些卡来玩乐，你懂我意思吧？”

罗珀已经精神奕奕地出了海关，正在和一些相当尊敬他的人握手寒暄。鲁克坐在一张橘红色的板凳上翻阅《金融时报》，脸上戴着那副只用来看远的仿角质镜框眼镜。一名独脚男子指挥着一群女传教士用细嫩的嗓音唱着《耶稣，人类所盼望之喜乐》。鲁克一出现，立刻将乔纳森从漫无边际的想象中拉回来。

他们住的酒店位于市郊，是一整列排成马蹄形的红色屋顶房舍，紧邻两块海滩及一家户外餐厅，可眺望波浪起伏、强风不断吹拂的海面。罗珀一行人住的是位于正中央的房间——也就是顶楼最华美、宽敞的其中一间。罗珀住在角落的套房，而德里克·托玛斯——“高级经理”——则住在另一间套房。乔纳森的客厅外有个阳台，摆了一张桌子和几把椅子。卧房里的床足够睡四个人。床上放了几个枕头，没有被木头熏出的烟味。一瓶迈斯特先生也会赠送的免费香槟和一串绿葡萄，但弗里斯基趁他还在安顿之际就一把抓起来吞下肚。此外，他的房间里有电话，这电话可没有埋在两英尺深的地下。乔纳森连行李都还没打理好，电话就响了。弗里斯基看着他拿起话筒。

是鲁克，指名要找托玛斯。

“我就是托玛斯。”乔纳森用最符合高级经理人的语气回答。

“曼蒂要我带话给你，她现在正要上来。”

“我不认识什么曼蒂。她是谁？”

两人的对话突然停止，电话另一端的鲁克先是装出怔住的语气，接着再问了一次：“是彼得·托玛斯先生吗？”

“不是。我是德里克·托玛斯。同姓不同名。”

“哦，对不起。一定是住二十二号房的那个。”

乔纳森挂上电话，嘀咕一声“白痴”。他冲了澡，换过衣服，回到客厅，却发现弗里斯基懒洋洋地躺在一张扶手椅上，看着酒店里的色情杂志培养“性趣”。乔纳森拨了电话给二十二号房，听到电话另一头鲁克的声音。

“这是三一九号房的托玛斯，我有些脏衣服要洗，请派人来取。我会放在门口。”

“马上来。”鲁克说。

他走进浴室，将先前塞在马桶水箱后面的一大串手写字条掏出来，裹在一件脏衬衫中，再放进用来装待洗衣物的塑料袋，连同袜子、手帕和内裤一起，并草草填了张洗衣单塞进去，将袋子挂在套房门外的门把上。关上门时，他瞥见同样在伦敦参加过鲁克训练小组的米莉。她穿着朴素的棉布制服沿着长廊大步走来。衣服上别着一块名牌：“米尔德丽德”。

老大说，下一步命令没到之前自己打发时间，弗里斯基说。

打发时间？这正合乔纳森的心意。弗里斯基还是随身带着移动电话，而塔比则是闷闷不乐地跟着他，觉得多一个人就多一种打发时间的方法。乔纳森从兰尼恩出发，经历了一趟漫长征途，此刻却比任何时候都要放松。古旧的建筑出乎意料的美丽，给了乔纳森一种挺愉快的怀旧心情。附近的流动市集和浮桥确实吸引了他。他就像一个刚出狱的家伙，忍不住溺爱地盯着被太阳晒得满面红光、吵吵闹闹的旅人，或是怀着惊叹的心情听着当地人的帕皮阿门托话混合着语调惊叹的荷兰语。他又回到真实的人群中，回到那群会大笑、会瞪着你看、会上街购物、会彼此推挤、会当街吃甜面包的人群中。不过，这些人对他的真实身份却一无所知。

有一次，他看到鲁克和米莉在路边一家餐厅里喝咖啡，他竟然旁若无人地对他们眨了眼——这种不负责任的举动还是第一次。另一次，他认出一个叫杰克的，他曾在位于里森果园的训练所教他如何使用复写纸做秘密抄写。杰克，你好吗？他环顾四周，但在他想象中反复出现的既不是弗里斯基的脑袋，也不是塔比的脸孔，而是杰德的栗色头发，在微风中轻轻飘动。

我不懂，托玛斯，你会因为一个人谋生的方式而爱上他吗？我可不会。

要是他抢银行呢？

人人都抢银行，银行也在抢所有人。

如果他杀了你妹妹呢？

托玛斯，你真是够了。

我希望你叫我乔纳森，他说。

为什么？

因为这是我的名字。乔纳森·派因。

乔纳森，她说。乔纳森。去他的！这简直像是在比赛时直接被丢回起点，全部重来一遍。乔纳森……我根本不喜欢这个名字……乔纳森……乔纳森。

说不定你会慢慢习惯，他暗示道。

他们回到酒店后，在一楼大厅碰到兰伯恩。他被一群穿着深色西装的有钱人围住，神色有些愠怒。每当他的车姗姗来迟，或有人拒绝他陪睡的提议，他都会摆出这种脸色。乔纳森的和善只会火上加油，让他更加恼怒。

“你有没有看到阿波斯托尔闲晃到哪里去了？”他连打招呼都懒，劈头就问，“那个矮子又不知道跑哪里去了。”

“连个鬼影都没看到。”弗里斯基说。

乔纳森更衣室里的东西都被清出来了。茶几上的冰盘里放着几瓶香槟王，几个动作慢吞吞的侍者把一盘盘开胃菜从手推车上端下来。

“你按一下这块肉，”罗珀曾说，“亲亲这些肉，实在够新鲜的。”

“如果他们过来找我谈生意怎么办？”

“这些蠢蛋还没拿到钱就先忙着数钞票了。”

“可以麻烦你拿几个烟灰缸来吗？”乔纳森问其中一名侍者，“还有，如果你不介意，请把窗户都打开。你们谁是负责人？”

“我。”名牌上写着“亚瑟”的侍者说。

“弗里斯基，请给亚瑟二十块。”

弗里斯基心不甘情不愿地把钱给他。

这是一个没有业余人士的水晶宫，这是环视全场都不会与杰德目光交会的水晶宫，这是一个开门迎客的水晶宫，身居高位的“必要之恶”济济一堂——不过，今晚的主角是德里克·托玛斯。在罗珀和蔼的目光下，这位风光的前夜班经理到处跟人握手，笑容灿烂地与人寒暄、记下客人的姓名，妙语如珠，活跃气氛。

“你好，古普塔先生，近来网球打得如何？赫克托爵士，能再见到你真是太好了！戴尔·奥罗太太，你好吗？你那天资聪颖的儿子在耶鲁表现得如何？”

来自里克曼斯沃思的油嘴滑舌的英国银行家把乔纳森拉到一旁，对他讲述经商在新兴世界的重要性，旁边两个纽约来的债券卖方正面无表情地听着。

“我想我就直说了：我不觉得这有什么丢人。以前我就对那些绅士说过，再讲一遍也无妨。如果是你们说的第三世界，重要的在于他们是如何消费这些东西的，而不在如何制造。利润都再拿去投资。这是唯一的法则。改善你们的基础建设、提高社会标准。如果这些都做到，无论什么事都行得通。我是说真的。布拉德也同意我的看法，还有索尔。”

布拉德说话时嘴唇不太分开，乔纳森一开始完全没注意到他在说话，“你，德里克，有什么专长？呃，你是个工程师，是吗？还是测量人员？就是——呃，做这类的人吗？”

“其实我最擅长的是开船，”乔纳森愉快地说，“不是迪基的那种，是帆船。目前为止，我一直蛮喜欢驾驶六十英尺帆船的。”

“开船吗？我喜欢。他，呃，很喜欢船呢。”

“我也喜欢。”索尔说。

宴会最后在一阵疯狂的握手寒暄中结束。德里克，这还真不错！真的。但现在要小心，真的。德里克，只要你想，菲利那儿随时有份工作给你……德里克，下次你要是来底特律……我说真的……乔纳森站在阳台上，还有些陶醉于自己的表演，微笑着注视天空中的星星，一边嗅着黑暗中海风吹过来的石油味。你现在在做什么？跟科尔克兰和拿骚的那帮人一起吃晚餐？和养锡利哈姆狗的辛西娅在一起？还是那位算命的斯蒂芬妮？又或者，同“钢铁帕莎号”上那位身价极高的当红主厨迪莉娅一起商量冬季出海的新菜单？还是正枕着你光滑如丝的手臂，低声问道：*看在上帝的分上，乔纳森，不然我一个女孩能怎么办？*

“该去喂饲料了，小托，不能让客人等。”

“其实我不饿，弗里斯基。”

“小托，我也觉得大家还不饿，但这就像去教堂，是例行公事，来吧。”

晚宴设在小山丘顶上的古老堡垒中。居高临下，俯视海港。夜里若从此处望出去，威廉斯塔德这样的弹丸之地看起来都几乎跟旧金山一样大，就连炼油厂的蓝灰烟囱也散发着威严的魔力。麦克丹比那伙人占了一张可以坐二十人的大桌子，却只找了十四人。乔纳森肆无忌惮地拿酒会上的事开玩笑，梅格丝和那对英国银行家夫妇笑到肚子都疼了。然而，罗珀的注意力放在别的地方。他凝视着下方的港口，那里有艘大型游轮，甲板上闪着炫目的灯光。游轮正在停泊于港内的货船中穿梭，朝远处一座桥梁的方向驶去。罗珀是不是很想要它？他是否想卖了帕莎号，换艘像样点的船？

“代理律师还在路上，去死，”兰伯恩放下电话，回过头来宣布，“他发誓会准时赶到这儿开会。”

“他们派了什么人来？”罗珀问道。

“是那个加拉加斯的莫兰蒂。”

“那恶棍。阿波怎么了？”

“他们叫我不如去问上帝。好像是在开玩笑！”

“还有谁不来了？”罗珀说，眼神仍盯在那艘船上。

“其他人都一定会来。”兰伯恩简短地回答。

乔纳森听到了他们交谈，鲁克也听到了。他和米莉及阿玛多坐在这群人旁边的一张桌子旁，三人正在翻阅一本岛上的旅游指南，一副不知道隔天要去哪儿的表情。

杰德四处飘荡。每当生活乱了套，她就会这么做。她会一直漂泊，直到找到下一个男人，或下一场疯狂的家庭宴会，或下一次不幸的事件逼得她不得不改变方向。她管逼她做出改变的事件叫命中注定。又或者，她就疯狂逃避，寻找掩护，再不然就成长，或找乐子，又甚至是随心所欲去生活（但最近愈来愈难达成）。她之所以会这样，部分原因是她即知即行。就像她小时候养的那条小灵狗，它坚信只要自己弯转得够快，就一定能追上它要追的东西。狗儿全心全意地相信生活本就是一连串零碎、毫无模式的碎片的组合，而杰德已经纳闷了很久，想知道她生活中的那些碎片究竟要将她带往何方。

因此，打从罗珀和乔纳森离开起，留在拿骚的杰德就一头栽进自己打算忙的事情里。她上美容院，去裁缝店，请大家来家里，还报名参加“温德米尔岛女子网球赛”，什么邀约都接下来。她买了一些档案夹，用来放冬季出航所需的家庭文件，打电话给帕莎号的主厨和管家，拟了菜单和人员配置。虽然她也知道罗珀一定不会让她做主，因为到头来，他铁定会亲自掌管一切事务。

但时间还是过得非常缓慢。

她也为丹尼尔准备了返回英国的一切。她带着他上街购物，约了一些他的同龄人到家里。但丹尼尔不喜欢他们，而且并不掩饰自己的厌恶。不过她还是为他们安排了一次海边烤肉，刻意自我催眠科基和乔纳森一样风趣幽默——真的，丹尼尔，你难道不觉得他很有意思吗？除此之外，她还尽最大努力去忽略一个事实：当他们离开水晶宫后，科尔克兰就像她哥哥威廉一样对她摆臭脸，颐指气使。威廉上了他见过的每个女孩，其中也包括她的朋友，却认为自己的妹妹应该一辈子守贞。

但科尔克兰比威廉更恶劣。他自诩为她的监护人、监督员兼狱卒。每当她收到信，信一拆开他就迫不及待盯着看。他偷听她的电话，用各种方式干涉她的生活。

“亲爱的科克斯，你知道自己非常惹人厌吗？你让我觉得自己像是苏格兰的玛丽女王，处处受到监视。我知道罗珀要你照顾我，但你也不需要这样，可以请你稍微走开一下，自己去打发打发时间好吗？”

但科尔克兰仍固执地守在她旁边。她打电话时，他就戴着那顶巴拿马帽坐在客厅里看报纸；她和丹尼尔做乳脂软糖，或为丹尼尔标记要带回家的行李时，他也寸步不离地在厨房里晃来晃去。

最后，杰德和乔纳森一样躲进了自己内心最深处。她不再跟人聊天——除了和丹尼尔在一起的时候。她也不再汲汲营营，只为了让自己看起来过得很好。她不再计算时间，转而躲进内心最深处的世界寻求避难所。她想起父亲，也想起了父亲的荣誉感。在她看来，那是一种既无用又不合时宜的东西。但她认为，比起那些因为这种荣誉感发生的不幸事件，这情绪本身对她其实有更深远的意义。所谓的不幸事件包括：因为负债累累卖掉家里的房子与马匹；她的双亲被迫迁到那块旧地上的破旧小平房；亨利叔叔和其他财产托管人难以消解的怨恨。

她也想到了乔纳森，并试图揣测乔纳森致力于毁掉罗珀的这一事实对她意味着什么。一如她的父亲，她也在对错之间挣扎。目前她所能想到的只是，罗珀代表她生命中错得最离谱的一大转折，乔纳森对她的强势感则更像一位兄长，和她以往遇到的人给她的感觉都不一样，要是他能肯定她依然有一些优点的话，她甚至可以在被他看穿时也感受到友善的感情，因为她希望能让那些好的方面重见天日，能擦掉上面的灰尘，让它们再次活动。例如，她希望父亲回来，也希望能找回她对天主教的信仰——即便她想到这件事时心里总是波涛汹涌。她想过得脚踏实地，而且这次她已经下定决心为此努力。她甚至愿意好好听喋喋不休的母亲说话。

丹尼尔出发的日子终于来临。这一天她好像盼了一辈子似的。杰德和科尔克兰带着丹尼尔和他的行李开着劳斯莱斯前往机场。一到机场，丹尼尔就要一个人去逛书报摊、买糖果和读物，做些每个小孩回家见可怕的母亲之前都想做的事。所以杰德和科尔克兰就在大厅中央等他。一想到丹尼尔即将离去，两人都不免感伤。尤其丹尼尔眼中还含着泪水，更令人想哭。然而，让她吃惊的是，科尔克兰竟然用有什么阴谋诡计的语调低声对她说：

“你护照带了吗，亲爱的？”

“亲爱的科克斯，要走的是丹尼尔，不是我，你忘了吗？”

“你到底有没有带？快点！”

“我一直都带在身上。”

“那就跟他一起去吧。”他乞求着，还一边拿出手帕，装出擤鼻涕的样子，免得让人发现他在动嘴巴，“走吧！科克斯什么都不会说，是你自己干的。座位还多，我问过了。”

但杰德没有走，她想都没想过要这么做。而她也立刻为自己的决定感到开心无比。过去她总是先走再说，有什么问题都是以后再说。但在这个早晨，她发现自己已经在心里为这个问题找到解答。而且，如果这一走意味着要离开乔纳森，那么她根本不想去任何地方。

电话铃响时，乔纳森正愉快地做着美梦，拿起话筒时梦仍未醒。不过这位近身观察者反应依然敏锐，铃声一响就被他压住。他立刻打开电灯，抓起纸笔，想着鲁克又来指示了。

“乔纳森。”她骄傲地说。

他紧闭双眼，再把听筒紧贴耳朵，想要把她的声音盖起来，不泄露出去。他心中所有直觉都告诉自己要回答：“什么乔纳森？你拨错了。”然后要“砰”一声把电话挂掉。他想对她大吼，你这个愚蠢的傻瓜，我告诉过你不要打电话来，不要试图跟我联络，只能等着——结果你打电话来、要跟我联系，甚至把我的真实姓名直接送到监听人员耳朵里！

“看在上帝的分上，”他轻声说，“挂了电话去睡觉吧。”

但他声音中的指责已经退去，现在再说拨错也为时已晚。所以他干脆把电话放在耳旁，就这么躺下，听她不断重复自己的名字：乔纳森，乔纳森。一次又一次地练习，直到掌握这个名字的所有棱角，这样一来，就不会有人把她送回起点，逼她重新开始。

他们来找我了。

一小时后，乔纳森听到门外传来试图保持安静的脚步声。他坐起身。他听到踏出一步的声音，拖泥带水地走在瓷砖上。他听得出那人光着脚。过了一会儿，换成走在铺在走廊中央的那条地毯上。一个身影悄悄经过他房门，他看到透进锁孔的走廊灯光闪了一下。他猜想此人是从左往右走过去。是弗里斯基准备冲进来抓他吗？他是否已经去找塔比来帮忙了？还是说，米莉把他的换洗衣服送回来了？还是有个打赤脚的擦鞋工来收鞋子，拿回去清理？可是这家酒店不会替顾客清理鞋子。他听见走廊那头传来卧房门锁打开的声音，领悟到那是梅格丝光着脚从罗珀房间走回自己的房里。

他什么也感觉不到。他不想谴责谁，灵魂深处的良知也不觉得松了一口气。罗珀曾说：我四处乱搞。所以这就是所谓的乱搞，那些女人之中为首的便是杰德。

他看到窗外的天空渐渐清朗，一面想象她温柔地将头紧靠在他耳边。他拨了二十二号房的号码，让电话铃响了四响，再拨一次，但没吭声。“你打得正是时候，”鲁克冷静地说，“听好了。”

乔纳森，他一边听鲁克的指示一边想。乔纳森，乔纳森，乔纳森……这成堆的秘密什么时候会当着你的面炸开来呢？

22

公证人穆尔德的办公室里摆设了紫檀木家具，家具上放了一些塑料花，窗上挂着灰色百叶窗，镶了饰板的墙上挂满荷兰皇室成员的照片，照片上的人全都堆着一脸笑，穆尔德也跟他们一起容光满面。兰伯恩和代理律师莫兰蒂坐在同一张桌子前，像往常一样沉着脸，翻阅着文件夹。莫兰蒂像条老猎犬一样稳稳坐在那儿，两道浓眉底下的褐眼定定注视着乔纳森的一举一动。他拉丁裔，六十出头，额头宽阔，头发花白，肤色深黄，一脸麻子。即使他坐在那儿动也不动，还是让整个房间充满不安。他散发出某种专属平民的正义凛然，农民为了生存的挣扎与努力。他甚至发出一声愤怒的吼叫，巨掌猛地往桌子拍下去——其实他只是要伸手把桌上的文件拉过桌面。等他仔细看完，又把文件推回去。还有一次，他头往后仰，盯着乔纳森的双眼不放，好像想要检查一下乔纳森有没有殖民的念头。

“托玛斯先生，你是英国人吗？”

“新西兰人。”

“欢迎你来库拉索。”

相较之下，穆尔德身形滚圆，是一个可笑的世界里的匹克威克式的人物。只要他一笑，脸上就会出现苹果般红润的光泽。要是他收起笑容，你就会忍不住想上前询问自己是不是做错了什么。

他的一只手会发抖。

为什么会抖？谁使它颤抖？因为纵情声色，还是天生伤残？因为饮酒，还是恐惧着什么？关于这点，乔纳森只能胡乱猜测。但这手抖得就像是别人的手一样。当他从兰伯恩手中接过乔纳森的护照，那手颤抖着；当他费劲地在一张表格里誊写杜撰的资料，这手也在发抖。他把护照交还给乔纳森而非兰伯恩，他的手仍在抖。当他把文件放到桌上，手又抖了。当他像是逼乔纳森签卖身契一样，告诉他要在什么哪里签下名字，哪里签名字缩写时，他那根粗短的食指也跟着颤动。

穆尔德不但要乔纳森在所有他知道的文件上签名，就连数份好像听都没听过的文件都要签。他用那只颤抖的手拿来一堆无记名债券，看起来很有分量，这些都是乔纳森拥有的“商道公司”发行的蓝色文件，每张债券都编了号，盖有类似公爵印章的压花，刻上与钞票类似的铜版印。理论上，这些债券就等于钞票，因为它们存在的目的就是要增加债券持有人的身价，却又不暴露其身份。乔纳森看了这些债券，不需任何人提醒就立刻明白了：这些债券是罗珀的独门绝招。套句他的话：是为了要买汽油、筹赌金，还有让那些小丑刮目相看。

在穆尔德单纯善良的点头示意下，乔纳森在那批债券上签字，代表他是这家公司银行账户的唯一签字人。至此，一切还未了结，他又签了一份打好字的简短陈情书给莫兰蒂，再度确认自己依照当地法律，任命穆尔德为商道有限公司常驻库拉索的经理。

短短一瞬间，事情都办完了。接下来大家就要握握那只总算完成那么多艰巨工作的手。他们一一礼貌地跟他握手，连兰伯恩也不例外。而穆尔德——这位面色红润的五十岁小孩——在他们下楼时还挥舞着那只胖嘟嘟的手跟他们道别，还说每周都会写信给他们。

“如果你不介意，我想拿回那本护照。”塔比对他眨了眨眼。

“不过，迪基，我跟德里克已经见过了！”荷兰银行家开心地对罗珀说。罗珀站的地方原本应该摆着大理石壁炉——如果库拉索的银行也有壁炉的话，“我想应该不只是昨晚！我们在水晶宫就已经一见如故。妮蒂，请给托玛斯先生倒杯茶。”

有一瞬间，这位近身观察者想不起这件事——可能是因为心里抗拒——但过了一会儿他就想起，某晚在水晶宫，杰德穿着低胸蓝色缎面裙，胸前佩戴一串珍珠项链，坐在女主人的位置，现在站在他面前的笨拙的荷兰银行家在那晚不断叨念自己和当今政治人物密切的关系，让他的听众都感到十分厌烦。

“当然当然，很高兴见到你，皮特。”作为一位八面玲珑的酒店从业人员，他很自然地说出这句话。虽然晚了一点点，但他还是伸出了那只负责签名的手。乔纳森在不到二十分钟前才跟穆尔德和莫兰蒂握过，现在却像从没见过似的再度和他们握手——乔纳森没有大惊小怪，他们两人也是。他渐渐了解到，在他刚刚步入的舞台上，一位演员可能在同一天中一人分饰多角。

他们围着桌子四边坐下。莫兰蒂看着他们、听他们说话，像个仲裁者；银行家坐在首位，径自讲着。他显然认为自己有责任将一堆无用的信息塞进乔纳森脑中。

库拉索海外公司的股份资金可以用任何货币兑现，这位荷兰银行家说。我们对外国人持有的股权没有限制。

“很好。”乔纳森说。

兰伯恩抬起慵懒的眼神注视着他。莫兰蒂的眼神坚定不移。罗珀则持续仰着脸注视天花板上的荷兰式古典装饰浮雕，暗暗地咧开一个笑容。

这家公司完全免缴资本利得税、预扣税、赠与税和遗产税，银行家说。股份转让也不受限制。不必缴纳转让税和从价印花税。

“太好了，这样我就放心了。”乔纳森依旧一脸诚恳。

法律并没有规定德里克·托玛斯先生必须安排外部审计，银行家正色说道，似乎觉得这句话可以把他提升到更高层次的修道院地位。托玛斯先生随时可以将他公司的所在地迁移到另一个地区，只要确保公司能迈过所选区域的准入门槛就行。

“这些我会铭记在心。”乔纳森说。出乎他意料的是，一向面无表情的莫兰蒂先生居然也露出一个温暖的笑容，说“新西兰”，好像非常确定这里就是最适合的地点。

最少会需要六千美元充作已付股金，不过这个前提已经解决了。银行家继续说。剩下就是让“我们的好友德里克”在一些形式文件上面签个字。银行家指了指笔头向下插在柚木笔座上的黑色钢笔。他脸上的笑意像橡皮筋一样拉得不能再开。

“抱歉，皮特。”乔纳森虽然有些困惑，但仍然维持脸上的微笑，“我不太懂你刚刚讲的内容。到底是什么前提需要获得满足？”

“贵公司的运气很好，现金周转的状况极佳，德里克。”这位荷兰经理人口气相当随兴。

“哇，真不错。我竟然不知道，你可以让我看一下账目吗？”

那位荷兰银行家的眼神没从乔纳森身上移开，只是稍微偏了偏头，询问终于将视线从天花板移回来的罗珀。

“他当然可以看，皮特。这是德里克的公司，文件上是他的名字，生意也是他的。如果他要看账就让他看，有何不可？”

银行家从办公桌的抽屉取出一个未封口的细长橘色信封，从桌子上递给乔纳森。乔纳森打开封口，抽出一份月报表，报表中显示位于库拉索的商道有限公司现金户头维持在一百万美元左右。

“还有人想过目吗？”罗珀问道。

莫兰蒂伸出手，乔纳森递去报表。莫兰蒂审视了一遍报表，把它递给兰伯恩。兰伯恩一脸不耐，看都不看就还给了银行家。

“支票给他，快点了结这件事。”兰伯恩对着乔纳森歪了歪那颗长着金发的脑袋，可还是坚持背对着他。

夹着一个文件夹、一直站在他们身后的小姐拘谨地绕过桌子，来到乔纳森面前。文件夹是皮制，由本地工匠压印，做工粗糙，看来很不起眼。文件夹里放着商道股份公司的账户开给银行的一张支票，票面金额是两千五百万美元。

“来！德里克，签字！”看着乔纳森踌躇的模样，罗珀似乎觉得很有趣，“不会拒付的。这只是我们塞到盘子底下的小费。是不是，皮特？”

兰伯恩以外的人都笑起来。

乔纳森在支票上签了字，小姐把支票收进文件夹，当着大家的面合上。她是个混血儿，长得非常漂亮，一双眼睛大而迷茫，看起来单纯又害羞。

罗珀和乔纳森坐在飘窗上的沙发上，中间隔了一段距离。荷兰银行家和三位律师正各自忙着自己的事。

“酒店还满意吧？”罗珀问道。

“很好，谢谢，管理很上轨道。一旦了解酒店业后，住酒店时实在很不自在。”

“梅格人很不错。”

“梅格真的很棒。”

“真是烂透了——我是说这些繁琐的法律程序。”

“的确是这样。”

“杰德捎来问候。小丹昨天在儿童划船赛赢了一个奖杯，他高兴得不得了，还把奖杯的复制品带回去给他妈妈看。他希望你知道他得了奖。”

“真了不起。”

“他觉得你听到一定会很高兴。”

“我很高兴呀。这是一项荣耀。”

“节省点力气。今晚很关键。”

“又要举行一次庆祝会吗？”

“可以这么说。”

还剩最后一项手续，而这项手续需要一台录音机和一份稿件。刚才那位小姐正在操作录音机，荷兰银行家则教乔纳森如何录音。

“念稿的时候用正常的声线，德里克，我想可以用你今天在这儿讲话的腔调。录下的话我们要作为记录存档。你可以配合吧？”

乔纳森先试读了一遍打好的两行字，接着高声念道：“我是你的朋友乔治，谢谢你撑着没睡，等到这个时候。”

“再来一次，德里克。你可能有点儿紧张吧。放轻松点。”

他又读了一遍。

“请你再录一遍，德里克。还是有点紧张。也许是总额太庞大，吓到你了。”

乔纳森露出最有亲和力的笑容。他是他们的捧在手心的宝，得适时要点小脾气，“皮特，我想我已经尽力做到最好了，就这样吧。”

罗珀也同意乔纳森，“皮特，你怎么像个老太婆一样啰唆？关掉那个讨厌的东西。好了，莫兰蒂先生，该去吃一顿像样的饭了。”

大家再次握手，一一握过来，仿佛亲密好友在新年时相互道贺。

“你怎么看？”罗珀伸开四肢，露出他海豚般的微笑问道。他躺卧在乔纳森房间阳台的一张塑料椅上，“想出来了吗？还是说依然没头绪？”

气氛紧绷。现在要做的是耐心窝在卡车里等候、涂黑自己的脸，跟同伴轻松谈点私事，压下分泌旺盛的肾上腺素。罗珀的双脚搁在栏杆上。乔纳森向前倾身，透过玻璃杯凝视渐趋幽暗的海面。天空中不见月亮，徐徐吹来的海风翻搅着水波，在蓝黑重叠的云层里出现第一批星光。在他们身后那个灯火通明的客厅里，弗里斯基、高斯和塔比正在低声交谈，只有兰伯恩蜷在沙发里看《私家侦探》，似乎完全没感受到这紧张的气氛。

“有一家位于库拉索的公司，叫‘商道’，资本额一亿美元——如果再加两千五百万的话。”乔纳森说。

“只是……”罗珀说，笑得更开了。

“只是它什么都没有，因为它彻头彻尾是一个隶属于铁牌公司的子公司。”

“不对，不是这样。”

“就法律上来说，商道公司是个独立的公司，与其他公司都没关联。但事实上它就是你的公司，没有你，它一根指头都动不了。外人不能看到铁牌公司对商道公司的投资。因此，铁牌便把投资人的钱借给一家听话的银行，这家听话的银行正好拿这笔钱投资商道。于是，这家银行就变成我们的保险开关。交易完成时，商道公司会付给投资者大笔利润。大家高兴地拿钱走人，剩下的钱就都变成你的。”

“有人会因此而受到伤害吗？”

“我。如果事情搞砸的话。”

“事情不会搞砸。除了你之外还有谁会受到伤害？”

乔纳森突然想到，罗珀其实是想从他这里得到赦免。

“有人会受伤，这是一定的。”

“不如我们换个说法。谁会受伤，谁又不会？你都说说吧。”

“我们不是在卖枪吗？”

“所以？”

“所以我们可以假设，一定是因为有人要用，我们才会卖出。既然这是一场经过伪装的买卖，所以我们以此类推，可以假设这些枪支可能会被卖给一些不该拥有枪支的人。”

罗珀耸耸肩，“谁说的？这世上谁有权力决定谁可以杀谁？列强诸国吗？我的老天！”他亢奋得很反常，用力朝渐暗的海景一挥手，“我跟杰德说过。人无法改变天空的颜色。她听不进去。不过这也不能怪她。她和你一样年轻。再给她十年，她的想法就会不一样。”

乔纳森鼓起勇气继续追问：“那买主到底是谁？”他又问了一次在飞机上就问过罗珀的问题。

“莫兰蒂。”

“不会吧，不可能吧。他一分钱都没有付给你。是你投下一亿美元——或者说是那些投资者。莫兰蒂又投资了什么？你把枪支卖给他，他是买主，那他的钱在哪里？还是说他付给你的是比钱更好的东西？卖掉之后可以赚得比一亿美元更多？”

罗珀的脸就像摆在黑暗中的大理石雕像，挂着温和深沉的微笑。

“你也经历过这种事，对吧？你跟那个被你干掉的澳洲佬？哦对，我记得你不承认。我觉得也没关系。那是你自己的麻烦。但我认为呢，你可以看得很严重，也可以不当一回事。无论如何，你还是个聪明的小伙子。可惜我们没能早点认识。不然就可以在更多领域合作了。”

他们身后房间里的电话响了。罗珀猛然转过身，乔纳森及时顺着他的目光望去，发现兰伯恩站在那儿，耳边贴着话筒，边说边看手腕上的表。他把电话挂上，对着罗珀摇摇头，又回沙发翻阅《私家侦探》。罗珀坐回他的塑料椅中。

“还记得以前的中国贸易吗？”他怀念似的说。

“那应该是十九世纪三十年代的事吧。”

“你读过相关资料了是不是？我觉得你大概什么东西都读过吧？”

“是。”

“记得那些在香港的英国人溯河而上，运了什么东西去广东吗？他们避开中国的海关、替大英帝国和自己大赚了一笔？”

“鸦片。”乔纳森说。

“用来换茶叶，用鸦片换茶叶是以物易物。他们回到英国后，都成了行业的一方霸主。爵位、荣耀加身，要什么就有什么。他们那时做的事跟我们现在做的有什么不同？如果你想要这些，去做就对了！这才是最重要的。美国人都知道，我们为什么不知道？那些穿着紧身制服的牧师只会在星期天的早晨站在讲道台上嘶声呐喊，上了年纪的妇女只知道参加什么茶会、吃油饼、八卦某某夫人死于某个毛病。去他的，那根本比监狱还惨。你知道杰德怎么问我的吗？”

“问什么？”

“‘你到底有多坏？把你做过最坏的事告诉我？’我的老天！”

“你怎么说？”

“我告诉她：‘我还不算多坏。’我说：‘我是这样，而世界则是丛林。’我跟她说：‘街角没有警察站岗，戴着法官假发、熟读法律的年轻律师不会主持公理正义。什么都没有。我还以为你就喜欢这样。’虽然她有点吓到，但她很受用。”

兰伯恩敲着玻璃杯。

“那你为什么要出席会议？”乔纳森说。他们都站了起来，“为什么要养一条对着自己叫的狗？”

罗珀大笑出声，在乔纳森的背上拍了拍，“我养狗就是因为我不信任狗，朋友，我的狗群——不管是你、科基或桑迪，只要你们在空荡荡的鸡舍里，我就都不信任。没有要针对谁，我就是这个脾气。”

酒店前院的木槿花被灯光照亮，两辆车正停在那儿等大家上来。第一辆是沃尔沃，高斯驾驶，兰伯恩坐在前座，罗珀和乔纳森坐在后座；塔比和弗里斯基则坐在丰田上，尾随在后。兰伯恩提着一个手提箱。

他们的车开过了一座高高的桥，看到脚下万家灯火。漆黑一片的荷兰水路交错其间。他们开下一处陡坡，行驶之际，老旧的房舍逐渐消失，次第出现的是一栋栋简陋的棚屋。四周的黑暗突然间给人一种危险的气氛。车子行驶在平坦的道路上，右方是水道，左方列着被泛光灯照亮的集装箱，四个一组，高高地堆叠起来。集装箱上标着西兰德、渣华，还有蒂夫克等名字。向左转后，乔纳森看到一个低矮的白色屋顶，还有几根蓝色柱子，猜想那应该是海关办公室。这时车轮发出吱吱的响声，应该是路面状况变了的缘故。

“停在门旁，关掉车灯，”兰伯恩命令道，“把车灯全关了。”

高斯把车停在门旁，熄掉车灯。丰田上的弗里斯基照着做。前方严禁通过的白色入口处的旁边有荷兰语及英语的警告文字。接着大门四周的灯也熄灭了，紧接着黑暗而来的是一片沉寂。乔纳森看见弧光灯照亮的起重机、叉车与大船隐约的轮廓，三者形成一副超现实的景象。

“让他们看清楚你们的双手，大家都不要乱动。”兰伯恩命令道。

他的声音里有着必要的权威感。不管接下来要上演什么，这里都由他主导。他把自己的车门打开一小寸，然后这么做：在车里低调地闪了两次灯。他关上车门，众人再次坐在黑暗中。他降下了窗户。乔纳森看到有只手伸进车窗。属于白人男性的强壮手臂。男人穿着短袖白色衬衫，露出赤裸的前臂。

“一个钟头。”兰伯恩在黑暗中仰起头说。

“太久了。”一声粗哑又口音浓重的异议。

“我们说好是一个钟头。不要拉倒。”

“好吧好吧。”

这时兰伯恩才从敞开的门窗递出一个信封。小手电筒发出强光，迅速清点了内容。白色的大门敞开，沃尔沃依然没有开车灯，径直向前开去，紧接着是丰田汽车。他们经过嵌在水泥里的古锚，进到一条由各种颜色的集装箱隔出的小巷，每个集装箱上都标着一组字母和七位数字。

“这里，左转。”兰伯恩说。他们左转，丰田跟上。某辆吊车的橘色吊臂突然一降，乔纳森低下头。

“现在向右转，从这儿。”兰伯恩说。

他们向右转，看见油轮的黑色船身从海中升起。他们又向右转，绕过六艘一排停靠在岸边的轮船。六艘船中有两艘是最近才重新漆过的大船，其余则是肮脏破旧的集装箱货船。每艘船与码头之间都接着一座有灯光照明的舷梯。

“停车。”兰伯恩指示。

他们停车，四周仍是一片黑暗，丰田殿后。这次他们只等了几秒，挡风玻璃外便出现另一支强光手电筒；它先发出红光，接着是白光，最后又转回红光。

“车窗全打开，”兰伯恩吩咐高斯。他又担心起大家的手来，“放在仪表板上他们看得到的地方。老大，把手伸到前面的座位。还有你，托玛斯。”

罗珀一反常态地听话照办了。空气冰凉，飘着点油味，还掺杂了海水与金属的气味。乔纳森仿佛回到爱尔兰。他正藏在帕格沃什码头肮脏的货轮上，想趁夜色找机会偷渡上岸。过了一会儿，两道手电筒的白光自车身两侧照进车内。先扫过每个人的双手和面孔，再扫过车辆底板。

“托玛斯先生和他的伙伴。”兰伯恩表示，“来检查几辆拖拉机，并支付另一半货款。”

“哪一个是托玛斯？”一个男人的声音说。

“我。”

对方停顿了一下。

“行。”

“大家慢慢下车，”兰伯恩下令，“托玛斯，跟上，单一纵列。”

他们的向导又瘦又高，年轻得不像可以带着在他身体右侧晃荡的黑克勒步枪。舷梯很短，乔纳森登上甲板，越过墨黑的水面望向城市的灯火，以及炼油厂中的团团火焰。

船又旧又小，乔纳森猜测最多不超过四千吨，是改装过的，隆起的舱口内是敞开的木头舱门。里面，一盏舱壁灯照亮了一道螺旋状钢梯。向导再次走到队伍前头。他们的脚步声回荡，犹如一队绑着铁链的囚犯。借由昏暗的灯光，乔纳森将带头那人的面貌看得更清楚：他穿着牛仔裤和运动鞋。一头金发落在额前，如果头发挡住视线，他便用左手轻轻往后挥。他的右手仍握着黑克勒，食指紧贴扳机。这艘船的面目同样也愈来愈清晰了。她混装货物。六十个集装箱左右的容量。她是艘老船，身经百战的滚装式集装箱船，已经到了快退休的年纪。她是出了事就可以抛弃的船。

一行人停下脚步。面前站着三个男人。都是白人，全都年轻英俊。他们背后是道钢门，门关着。乔纳森凭直觉猜他们是瑞典人。这三人也跟向导一样，身上都背着把黑克勒。从向导自如的状态、与他们站在一起时的姿态，以及那副老手的危险笑容可见，向导显然是他们的头儿。

“你们这些贵族这阵子过得如何，桑迪？”他说。乔纳森一时间猜不出他的口音。

“哈啰，佩佩，”兰伯恩开口，“还很勇健，谢了。你呢？”

“你们都是学农业的吧？你喜欢拖拉机吗？还是机器零件？还是说你要拿这些机器来种东西喂穷人？”

“我们还是来谈谈正经事吧，”兰伯恩说，“莫兰蒂呢？”

佩佩抓住钢门并把它拉开，莫兰蒂同时也从暗处现身。

兰伯恩勋爵迷恋武器，伯尔说过……在好几次见不得人的战争中，他都担任绅士士兵……他为自己高明的杀人技巧感到自豪……闲暇时也有收藏癖，这点跟罗珀相同……想到自己成为了历史不可或缺的一部分，他们会觉得乐趣无穷。

船舱内大部分空间都是用来装货的。佩佩带头，兰伯恩和莫兰蒂走在他两侧，乔纳森和罗珀跟在他们身后，紧接着是弗里斯基、塔比和船上那三名拿着黑克勒的帮手。甲板上有二十个用链条拴住的集装箱。乔纳森看到绑集装箱的带子上标了不同的转运点：里斯本、亚速尔群岛、安特卫普和格但斯克。

“我们管这叫沙特阿拉伯箱，”佩佩得意地宣布，“他们把集装箱开口做在旁边，好让沙特阿拉伯的海关进去闻有没有酒味。”

海关会用交叉拴起的钢针封住集装箱，而佩佩的手下则用切割器将它们斩断。

“别担心，我们有备用插条，”佩佩低声告诉乔纳森，“明天一早这些就都会恢复原样。海关不会啰唆的。”

集装箱侧板缓缓放下。枪支散发出独有的静谧气息，一种召唤死亡的寂静。

兰伯恩解释给莫兰蒂听：“伏尔甘[1]，那是加装高科技附件的加格林机关枪。六支二十厘米枪管，一分钟可发射三千发子弹。最新的科技结晶，现有的弹药也可使用，存货充足。每颗子弹都有指头那么大，一开枪，简直就像倾巢而出的杀人蜂。拿它来对付直升机和轻型飞机，对方连逃命的机会都没有。都是全新的，一共十支，满意吗？”

莫兰蒂不发一语，只是不易察觉地点了点头。他们来到第二个集装箱前。里面的货满到底层，也就是说他们只看得到最前面的东西，但无所谓，这样就很够了。

“夸德五十机枪，”兰伯恩宣布，“四挺同轴装置的点五〇机枪，这个设计可以让你针对单一目标同步发射所有子弹。只要一发，天上不管飞什么都会被打下来。卡车、运兵车、轻型装甲车，这玩意儿都能轻易摧毁。只要装在两吨半的炮架上就能到处跑，杀伤力惊人。这

[1] Vulcan，罗马神话中的火与工匠之神，朱庇特之子，在西方被视为象征权力的权神。

也是全新的。”

在佩佩的带领下，他们穿过甲板来到右舷。两名男子正小心翼翼地从一根玻璃纤维筒中抽出一枚雪茄形的导弹。这次，乔纳森不需要兰伯恩的专业知识了。他见过展示视频，也听过种种传说。如果爱尔兰佬拿到这些武器，你一定没命。一名一谈到炸弹就眉飞色舞的军士长笃定地告诉他。而且他们一定弄得到。他还愉快地加了这句。他们会从德国境内的美军武器储备站偷出这些导弹；他们会投下巨资，从阿富汗、以色列或巴勒斯坦人手中——或任何一个美国人认为合适的国家手中购买武器。这些是超音速导弹，可携带，三枚一箱，名叫“刺针”，非常棘手，名副其实……

导览继续进行。轻型反坦克炮、野战无线电、医疗器具、各式制服、火药、干粮、英国星纹导弹、伯明翰制造的储藏箱、曼彻斯特制造的钢制霰弹筒。然而不是每件货物都可以检验，东西太多，时间太少。

“喜欢吗？”罗珀轻声问乔纳森。

他们的脸贴得很近。罗珀一脸热切，还有一股诡异的胜利感，仿佛他的看法获得某种认证。

“都是好货。”乔纳森说。除了这个他不知道自己还可以说什么。

“分批到货，每次一小部分。这就是秘诀。要是丢了一艘，至少只是损失一小部分，不是一大部分。这是常识。”

“也是。”

罗珀没听见乔纳森说什么，径自沉浸在这番成就中。他完全被自己感动了。

“托玛斯？”开口的是兰伯恩，他站在船舱尾部对着乔纳森喊，“来这里，该签名了。”

罗珀跟着他一起走过去。兰伯恩拿着一个附夹子的军用写字板，上头夹了一张打好字的收据，另外还有一张表单，列出涡轮机、拖拉机零件和重型机械等各式货物。收据上写：本次货品由商道有限公司总经理德里克·S. 托玛斯检验合格，证明品质无误，代表该公司签字。乔纳森在收据上签了字，同时也在那张表单签下姓名的首字母。他将写字板递给罗珀，罗珀再拿给莫兰蒂看，然后又交回兰伯恩手中。兰伯恩则把它再交还给佩佩。佩佩拿起门外架上的无线电话，看着罗珀手上的纸拨电话。莫兰蒂离他们不远地站着，双手撑腰挺肚，活像站在纪念碑旁的俄国人。佩佩将电话递给罗珀。他们听到那位银行家在电话里跟他们打招呼。

“是皮特吗？”罗珀问道，“我朋友有个非常重要的信息要告诉你。”

罗珀将电话递给乔纳森，同时从口袋里掏出另一张纸条，一起递给他。

乔纳森瞄了眼那张纸条，大声念道：“我是你的朋友乔治，谢谢你撑着没睡，等到这时。”

“德里克，可以请佩佩跟我讲话吗？”电话另一头的银行家说，“我有些好消息想向他证实。”

乔纳森把话筒交给佩佩，佩佩边听边笑。他挂断电话，拍了拍乔纳森的肩。

“你真是慷慨。”

兰伯恩从公文包里抽出一张打好字的纸时，佩佩不笑了。“收据。”他简洁地说。

佩佩拿了乔纳森的钢笔，在所有人的注视下签下收据给商道有限公司，确认收到该公司支付的两千五百万美元货款。这是针对双方协议中的涡轮机、拖拉机零件和重型机械等货品的第三次付款——只要再付一次就结束了。依据双方合约，货品运至库拉索后，会再由“伦巴第号”货轮继续转运至他处。

凌晨四点，她打电话来。

“我们明天就要上帕莎号。”她说，“我和科基。”

乔纳森什么也没说。

“他说我应该逃走，不要再去管什么海上巡航。他要我趁着还有机会赶快逃。”

“他说得对。”乔纳森低声说。

“这逃走的时机很差，乔纳森，根本没用。我们都很清楚。无论逃到哪里，都逃避不了自己。”

“不管逃到哪儿，可以逃出去就好。好吗？”

他们在各自的床上躺下，却仿佛肩并着肩，听着彼此的呼吸。

“乔纳森，”她轻声呼喊，“乔纳森。”

23

帽贝计划进行得非常顺利。坐在迈阿密办公室里那张阴沉灰色办公桌前的伯尔这么说，隔壁房间的斯特雷斯基也这么讲。一天从伦敦打两次安全线路来的古德休对此也深信不疑，“那些执政掌权的都凑过来了，伦纳德，我们现在需要的就是总结这件事。”

“执政掌权的谁？”伯尔说，一如往常充满疑心。

“其中之一就是我老板。”

“你老板？”

“他的想法正在改变。他这么说，我必须得给他怀疑的理由。如果他全力支持我，我又怎么能爬到他头上？昨天他非常认真地把我的意见听进心里了。”

“他竟然还有心。真让人欣慰。”

然而古德休没有心情听这种玩笑话，“他说，我们应该保持更密切的联系。我也同意。我们周围有太多既得利益者。他说，就连空气中都有一股腐臭味。真是说到我心底了。他非常愿意公开表示自己有彻查的决心，绝不会像以往那些缩头乌龟。我也相信他绝对能做到。他没说出‘旗舰’，我也没有。有时谨慎一点比较好。但说实在话，他看了你呈上来的那份名单后深受震撼。那份名单是关键。它把真相完全呈现出来，没有掩饰，没有妥协，没有任何讨价还价的余地。”

“我的名单？”

“那份名单啊，伦纳德。我们那位朋友拍到的名单，里面都是赞助人、投资者——操盘者及跑街者——你说的。”古德休的语调里隐约透着乞求，伯尔倒是有点希望自己没听出来，“老天，就是还冒着烟的枪啊！你说以前从来没人找到过，现在终于被我们的朋友找出来了。伦纳德，你真迟钝。”

但古德休误解了伯尔在电话里一头雾水的原因。他讲到那张名单时，伯尔一听就知道他在讲哪张名单，只是不明白古德休拿那张名单做什么。

“你不是要告诉我，你把赞助者名单给你那位部长见过了吧？”

“老天！我当然没给他看原件——怎么可能？只是让他知道这些人的名字和号码——当然是经过了适当的编撰的。这些名字有些是从电话截听到的，有的可能是麦克风录下来的，也可能来自任何一个来源，或是我们从邮筒中偷来的。”

“罗珀没有口述过这份名单或在电话里念过，雷克斯，他没有把它放在信箱，他写在一本黄色的法律用信笺上。这份名单世上就这么一份，而且只有一个人拍到过。”

“你不用说得这么详细，伦纳德。总之我老板吓得说不出话来了，我的重点就在这里。他意识到这个计划接近尾声，风暴即将来袭。他感觉到了，也把他的感觉告诉了我，我也相信他——除非未来有人证明我搞错了。他也有自尊，伦纳德，他跟我们一样，会采取一些方式避开不愉快的真相，直到某天不得不去面对。他觉得现在应该痛下决心，跟我们并肩作战了。”他尝试讲了个大胆的玩笑，“你也知道他是怎么使用比喻的。我比较讶异的是他怎么从来都想不出什么新招。”

如果古德休以为伯尔听了会哈哈大笑，那就错了。

于是古德休激动起来，“伦纳德，我别无选择。我是大英帝国的公仆，服务的是大英帝国的一位部长，我有责任向我的老板报告案子的进展。如果我的老板说他看到一线曙光，我的职责也不该是跟他说：‘你骗人。’我也是有忠心的，伦纳德。我忠于我的原则，对他也对你们忠诚。星期四，在他和内阁部长会谈后，我们会共进午餐。我想到时会有一些重大消息。我希望你听了会高兴一点，而非愁眉苦脸。”

“雷克斯，还有谁见过那张赞助人名单？”

“除了我的老板外还没有人见过。我提醒他这份名单是最高机密。你不可能一直叫别人不要泄密，说太多次‘不要泄密’最后就没用了。很明显，他和内阁部长星期四开会时会告诉他有这样一份名单存在，最多就这样。”

伯尔的沉默让他难受。

“伦纳德，你恐怕是忘了那几项基本原则。过去这几个月我做的努力，都是为了让新时代公开公正。遇事总遮遮掩掩是我们英国制度长久以来的问题。我不会叫我的老板或英国政府的任何部长在女王的裙子底下躲躲藏藏。你只要看现在的情况就会知道，这种遮遮掩掩他们已经做得够多了。我不会听你的，伦纳德，我不会再让你回头搞河府的那些老把戏。”

伯尔深吸了口气，“明白了，雷克斯，我懂了。从现在起，我会遵守那些基本原则。”

“听你这么说我很高兴，伦纳德。”

伯尔挂上电话后又打给鲁克，“雷克斯·古德休再也不能从我们这里拿到未经筛检的帽贝计划报告，罗布，该决定立即生效。明天我会以书面形式寄出这一变更，再跟你确认一次。”

即便如此，其余一切仍顺利运转。尽管伯尔持续因古德休的失误烦躁不安，他和斯特雷斯基对于即将来临的厄运仍毫无警觉。古德休所谓的“总结”等同伯尔和斯特雷斯基的“重击”，而一次重击正是他们可遇不可求的好机会。此时此刻，毒品、军火和玩家全聚于一处，金钱流向也无所遁形，如果联合指导委员会拥有他们所需的权利和许可，小组人员就可以从藏身的树上跳下，大喊：“把手举起来！”也许，那些恶棍会露出苦笑，说：“诸位警官，干得好。”如果他们是美国人，则会说：“斯特雷斯基，狗娘养的，我一定要你付出代价。”

他们会这样取笑着对方、相互嘲弄。

“我们就放手让他们去玩，”斯特雷斯基始终这么坚持——无论是在会议中、电话里、喝咖啡时，或是在海滩上漫步，他都说，“他们走得愈远，能躲的地方就愈少，我们就愈接近上帝。”

伯尔也同意他的看法。抓贼和抓间谍差不了多少。他说，只要有个光线充足的街角、相机定位，一个心中已有周全计划的雨衣男，外加一个提着装满旧钞票的行李箱的圆顶礼帽男。如果你运气不错，这案子就结了。但帽贝行动的问题在于：街道谁管？城市谁管？谁的海域？管辖权是谁的？只有一件事非常清楚：不管是理查德·翁斯洛·罗珀或他哥伦比亚的商人同伙，都完全没有要在美国领土上完成交易的意思。

另一个支持者就是奉命处理此案的新任联邦检察官（而且他们对他非常满意）。他叫普雷斯科特，地位比普通的联邦检察官高。他是副助理检察长，而斯特雷斯基问过的每个人也都说埃德·普雷斯科特是最杰出的副助理检察长。他的确非常杰出，乔，相信我。没错，这位普雷斯科特一家是耶鲁大学校友，他们家不少人在政府部门都有门路——怎么可能没有？而且有谣言说埃德跟乔治·布什的父亲老普雷斯科特·布什有“亲戚关系”——他自己从来没有特意否认过。但埃德——埃德没有把这件事放在心上，而且他希望你知道这件事。在华盛顿的政治圈里，他一向按照自己的程序和准则行事。一旦说到工作，他就是六亲不认。

“我们雇的那个人上星期的状况如何？”伯尔问道。

“大概是等得不耐烦了，”斯特雷斯基回答，“这些人耐不住等待。”

伯尔从来没搞懂过美国人聘用和解雇的节奏，就没多说。后来才知道他和斯特雷斯基有相同感受，只是出于对彼此的尊重，都没说出来——但都为时已晚。而这个时候的伯尔和斯特雷斯基和所有人一样，全心投入一项不可能完成的任务：游说华盛顿批准在公海进行封锁行动，封锁对象就是“伦巴第号”货船。“伦巴第号”是一艘在巴拿马注册的货船，出发地为库拉索，目的地是科隆[1]的自由贸易区。据了解，这艘货船载有价值五千万美元的精密武器设备，船货清单上记录的货物却是涡轮机、拖拉机零件和农业机械。很多时候，只要一出状况伯尔都会开始责怪自己。现在，他又因为这件事责怪自己不该花太多时间待在埃德·普雷斯科特位于市区的豪华办公室，被普雷斯科的成熟魅力和耶鲁校友彬彬有礼的姿态压得死死的，而没有多花时间在联合指导委员会的指挥室里尽专案主管的职责。

但他又能做什么？迈阿密和华盛顿之间的秘密电报不分昼夜地传送着。法律专家和“自诩”的专家已经组成了一个小组，不久后，那些熟悉的英国面孔就要出现在他们面前。这些人包括：华盛顿大使馆“亲爱的凯蒂”、海军联络处的曼德森、信号情报处的哈德克雷，还有

---

[1] Colón，这里指位于巴拿马共和国的一座海滨城市。

一位河府的律师。据传，这位律师正在接受训练，准备接替帕尔弗里担任采购研究小组的法律顾问。

有一阵子，华盛顿的人似乎全涌向了迈阿密；过一阵子，那位检察官办公室里的人手被精简到只剩下两名打字员、一名接线生，副助理检察长普雷斯科特和他的手下则全数撤离，前进国会山大展身手。伯尔打定主意不过问美国政治圈的风风雨雨。他从忙碌的公务获得慰藉，就像杰德宠爱的小狗那样，他坚信愈是动静大的地方，愈是可能有点进展。

所以，其实所谓的重大征兆一直没出现过，只有秘密行动的一些部分和片段引发的小型警报：举例来说，有些重要资讯的提醒隔三岔五冒出来，颇为烦人。像是筛选过的截听内容、侦察照片，以及从兰利传来的区域情报报告等。不知为何，在送往斯特雷斯基办公室的管道中都卡住了。此外，伯尔和斯特雷斯基都有一种怪异的感觉，但也都没有告诉对方。他们都觉得在帽贝行动进行期间还有一个虽感觉得到却看不到的行动，正亦步亦趋地同步进行着。

其他方面，唯一让他们头疼的依旧是那位阿波斯托尔。他失踪了。而且打从他开始帮弗林打探消息，已经不是第一次上演失踪记。但此时此刻，这个令人头疼的小毛病格外棘手，因为弗林为了方便联络他还特地飞到库拉索，等在一家昂贵的酒店，像个在舞会上受冷落的女孩。

即便如此，伯尔还是不觉得有必须提高警觉。实际上，如果伯尔愿意更诚实地面对自己，就会发现阿波的确出状况了。负责他的人逼他逼得很紧——甚至可以说过了头。阿波抱怨了好几个星期，还威胁说他不干了，直至他的大赦令签发下来。形势逐渐升温之际，如果他希望跟他们保持距离，不肯冒着可能被判六次无期徒刑的危险蹚浑水，也不想在这次可能是近代史上规模最大的毒品军火交易中成为帮凶，完全是情有可原的。

“帕特才打过电话给卢肯神父。”斯特雷斯基向伯尔报告，“卢肯连他的影子都没见到，帕特也没见到。”

“也许他是要给帕特一个教训吧。”伯尔说。

当晚，监听人员交来一份意外的截听报告，是他们随机窃听库拉索打来的电话时截到的内容。

其中一通是兰伯恩勋爵打给哥伦比亚卡利市的“曼尼兹及加西亚律师事务所”。两位律师都是阿波斯托尔博士的工作伙伴，并且证实同为卡利市的军事组织代表。接听电话的是胡安·曼尼兹博士。

“胡安·尼托吗？我是桑迪。我们那位博士朋友是怎么回事？他没露面。”

沉寂了十八秒，“去问上帝吧。”

“你他妈的这是什么意思？”

“我们这位朋友很虔敬，桑迪，或许他找了个地方修行去了。”

伯尔和斯特雷斯基一致同意莫兰蒂博士将会顶替这个位置，因为加拉加斯与库拉索彼此接邻。

但是，事后他们也都承认，在这件事上他们再次隐藏了自己真实的想法，没让对方知道。

从其他的截听资料中听得出来，安东尼·乔伊斯敦·布拉德肖爵士从散布在伯克郡乡间的好几个公用电话亭打电话给罗珀时，语调相当歇斯底里。起先，他用他的美国电信公司的卡试了几次，但系统语音告诉他那张卡片已经失效；他询问了电话公司的主管，还搬出了自己的头衔，假扮醉汉口音，还是被对方礼貌而坚决地挂断电话。拿骚的铁牌公司办公室也没伸出援手。打第一通电话时，接线生拒绝接受接听付费的要求；第二通时麦克丹比的一个人接了，但也只是要让他知难而退；最后，他用蛮横的手段接通目前停泊于安提瓜的“钢铁帕莎号”的船长的电话。

“他现在到底在哪里？我问了水晶宫，他不在；我又打到铁牌公司，结果有个混账家伙告诉我他出去卖农场。现在你又告诉我说他‘可能’会出现——我不管，我现在就要找他！我是安东尼·乔伊斯敦·布拉德肖爵士。我有紧急事件找他。‘紧急事件’是什么意思你不知道吗？”

船长建议他试着拨科尔克兰在拿骚的私人电话，但布拉德肖早就试过了，没通。

不过布拉德肖还是找到了他要找的人——方法不明，找到的地点也不明——并且在未受监听的状况下和他通上话。后来发生的一切充分证实了这点。

黎明时，值班人员冷静地打电话来，仿佛有架火箭就要自爆，将一切炸成碎片。

“伯尔先生，能否请你马上过来一趟？斯特雷斯基先生也在路上。出了点问题。”

斯特雷斯基只身出发。他本想带着弗林一起，但弗林仍在库拉索满心悔恨，而阿玛多在帮他，所以斯特雷斯基就代表他们两人前来。伯尔本来也打算过来，但是斯特雷斯基似乎有难言之隐，不想让英方在这件事上插手。不过，那可不是因为伯尔的关系。伦纳德是他的好伙伴，即便如此，也罩不住所有问题——至少现在不能。

因此，斯特雷斯基把伯尔留在总部，独自面对那几台闪烁的屏幕，以及惊魂未定的夜班人员。斯特雷斯基严令查明此事，打电话回来之前，不准任何人采取任何形式、任何方向的行动，也不许去找帕特·弗林或检察官。不准找任何人。

“是不是，伦纳德？你听到了吗？”

“听到了。”

“那就好。”

他的司机在停车场等他——司机叫威尔伯，人很好，但基本上也已经等得不耐烦了。他把车上的旋转警示灯和警笛打开，在空荡荡的市中心街道呼啸奔驰。斯特雷斯基觉得这种招摇的开车方式实在太愚蠢了。有必要急成这样吗？有必要把所有人都吵醒吗？但他什么也没对威尔伯说，因为他很清楚，如果换他来驾驶，他可能也会这么做。有时候你做一件事是出于尊敬，有时则是因为没有其他选择。

更何况，他们的确很急，而且十万火急。当重要的证人快要出事时，你可以理直气壮地说自己非常急迫。当每件事都错得有点离谱而且拖得太久，当你愈来愈边缘化，众人却对你逢迎拍马，要你相信自己仍处于权力核心——我的天，乔，没有你我们该怎么办？——当你不经意在走廊上听到某个有点奇怪的政治观点——跟“旗舰”有关，不仅仅是一个代号，而是一项行动；关于“稍微移动一下门柱”或“把我们自己的后院给稳住”——当太多人对你露出微笑，太多看起来有用的情报消息涌入——但其实这些信息一点用都没有；当你周围的事物都没有改变，但你发现自己悄悄融进的那个世界却不知不觉愈来愈远，觉得自己像是被独自一人丢在一只木筏上，在鳄鱼出没、水流缓慢的河中漂流，默默地漂往错误的方向——噢，乔，老天，你真是执法小组史上最优秀的干员——如果是这样，你完全可以说你处于危急状态，必须快点找出到底是谁对什么人干出了什么该死的事。

有时你会眼睁睁看着自己败下阵来，斯特雷斯基想。他爱看网球，而且特别喜欢看球员中场休息时喝可乐的特写镜头。你可以从球员的表情上看出哪一方准备迎接胜利，哪一方则将吞下失败的苦果。输球者脸上刻画的就是他目前的心境。他们使出浑身解数，打到心力交瘁，但到头来一切都取决于分数。而在这全新的一天，破晓时分，他们的成绩着实不太好看。对于大西洋两岸情报处的上流人士而言，这不过就是场网球赛局。

他们经过那家豪湾大饭店。当他需要相信这个世界还有优雅与平静时，他最常去的就是这里。他们往小山的方向开去，离开海滨、小艇码头和公园，再穿过一扇对开的精美电动铁门，进入一个住宅区。斯特雷斯基从未来过这里。它叫“阳光林地”，是个金玉其外、败絮其中的高级住宅区。靠贩毒致富的人在这里纵情酒色，过他们纸醉金迷的生活；黑人保镖、黑人搬运工，白色桌子、白色电梯。它给人一种感觉——一旦你通过那道本该保护你安全的门，就会发现里面的世界比外头危险得太多。因为在这座城市里身为有钱人是非常危险的事，这里的人竟没有在自己的豪华大床上死于非命，不得不令人啧啧称奇。

但是在这个破晓时分，住宅区的前院却挤满了警车、电视转播车、救护车，以及本该将失控的场面控制住、现在却助长了混乱情势的设备。人群的吵闹和车子亮起的灯光让斯特雷斯基感到混乱。那个声音沙哑的警察打电话给他时，他就已经很恍惚了，警察说：“我们知道您很注意这个人。”现场情况只是让这症状更严重。我不在这里。他想着。我已经梦到过这个场景了。

他认出两个从凶案组来的人，草草跟他们打了招呼。嗯咳，格勒布。嗯咳，洛克汉。幸会。乔，你怎么现在才来？问得好，杰夫，说不定这是故意的呢。他还认出了自己部门过来的人——跟他上过床的玛丽乔。那是一次公司聚会，他们对于那之后发生的一夜情都有些意外。除了她，还有个一本正经、叫梅茨格的男人。他露出很需要透个气的表情，但你怎么可能在迈阿密找到地方透气？

“梅茨格，那里有谁？”

“先生，警方把他们认识的每个人都叫来了。先生，状况糟透了。整整五天都在没有冷气的情况下，还有太阳曝晒，真的是恶心透顶。他们为什么关掉冷气？这未免太野蛮了。”

“谁叫你来这儿的，梅茨格？”

“凶案组，先生。”

“多久之前？”

“一个钟头前。”

“梅茨格，你为什么不打给我？”

“先生，他们说你当时正在指挥办，走不开，但马上就会来。”

他们，斯特雷斯基想着。他们还传达了别的信息。乔·斯特雷斯基：你努力又认真，但处理起案子已经有些力不从心。乔·斯特雷斯基：你动作太慢了，来不及搭上“旗舰”。

中央电梯一路把他送上顶楼，没有任何停留。这座电梯可以直达顶层公寓。建筑师的构想大概是这样：你来到这个有星光照耀的玻璃顶楼座（它同时也是一间安全室）；你站在顶楼的小屋里，思忖着不知他们会拿你去喂狗，还是端上一份香喷喷的晚餐，外加一位年轻妓女陪你共度良宵。同时，你还可以观赏一下一个普通的毒枭律师过的是怎样的生活——他有游泳池、按摩浴缸、屋顶花园、日光浴等等基本的设备。

某个戴着白口罩的年轻警察表示要检视斯特雷斯基的证件。斯特雷斯基懒得跟他多说，直接把证件拿给他看。年轻警察将白口罩递上，仿佛斯特雷斯基正式加入了他们的行列。进去后便看到摄影灯及身着工作服的人员被引导到各自的岗位。透过口罩，房里的恶臭似乎更加刺鼻了。有人对情报处来的斯克兰顿打了个招呼，或对检察官办公室的鲁科夫斯基问好。有人暗自感到纳闷，不知为何那个该死的情报人员会先一步来到这儿。凡是有人挡到路，就会听到“嘿”的招呼声，直到你努力从人群中挤到这个活像拍卖现场的房间最亮的一角。所谓“拥挤的公寓”大概就是这个意思，只不过公寓里不应该有尸臭味：在场的人都盯着那两尊艺术品，边写笔记边计算着价格，无心注意周遭的人事物。

当你终于来到目的地，你可以看到——那不是画像，不是蜡像，而是保罗·阿波斯托尔博士和他那位现任（或者说“已故”）情妇的样貌。他们都赤身裸体——虽然阿波用来打发时间做的事情通常也跟光着身子有关，不是跪着，就是趴着做——两人的皮肤都严重褪色，面对面跪着，双手双脚紧紧绑住，咽喉被割断，舌头拉出来穿过喉咙的伤口，呈现出所谓的哥伦比亚式领带的样子。

斯特雷斯基接到消息时，伯尔已先一步知道了。光是看到斯特雷斯基故作轻松的模样，就知道这对他的震撼有多大。斯特雷斯基本能地盯着伯尔，随即又避开目光，在听接下来的消息时，他决定专注在别的事情上。他的注视和眼神的闪避道尽一切。那是责难，也有道别的意味，两者皆有。都是在说：你们这些人，这是你们对我做的好事。还有：自此以后，我连跟你共处一室都觉得厌恶。

斯特雷斯基边听边草草写了几条笔记，之后便问起是谁做的鉴定，然后心不在焉地又写了些东西。写完后，他把那张纸从笔记本上撕了下来，塞进口袋。伯尔猜那应该是地址，从斯特雷斯基站起来时那张毫无表情的脸判断，他接下来应该就要动身过去，那里一定发生了惨绝人寰的命案。之后，当斯特雷斯基背上枪套，伯尔也只能看，不能说什么。同时他也想起，如果在以前，他一定会问斯特雷斯基看个尸体为什么要带枪，而斯特雷斯基会找些令英国人止步的理由搪塞他，他们就继续和平相处。

伯尔在事后想起这一刻才领悟，他被通知的不是一起，而是两起死亡事件：一是阿波斯托尔，二是他们两人的合伙关系。

“警察说发现有人死在椰子林迈克尔老兄的公寓里。情况很可疑，我要去看看。”

接着他就对伯尔以外的所有人发出警告——却完全是冲着伯尔来的：

“谁都有可能。可能是他的厨子、司机、兄弟，或随便哪个该死的家伙。没有得到我的允许以前谁也不许动。听到了吗？”

他们都听到了，但他们也都跟伯尔想的一样，知道死者不是他的厨子，也不是他的司机，更不是他的兄弟。此时此刻，斯特雷斯基从命案现场打电话回来，确认死者是阿波斯托尔。伯尔一收到确认的消息就立刻按照预定计划去做他该做的事，而且是按他预定的顺序。他的第一通电话打给了鲁克，告诉他帽贝行动已经走漏风声，必须发紧急信号给乔纳森，通知他进行第一阶段的撤退计划，离开罗珀的公司和他那伙人，躲起来——最好躲进最近的英国领事馆。如果没办法，就以通缉犯派因的身份找一家警局自首，等着被遣送回国。

但这通电话终究还是晚了一步。伯尔好不容易跟坐在阿玛多侦防车里的鲁克通上电话，两人却只能眼睁睁望着罗珀的喷气式飞机起飞，朝东升的旭日直冲云霄，飞往目的地巴拿马。罗珀完全忠于自己的习惯，天一亮就起飞。

“罗布，巴拿马哪个机场？”伯尔拿着一支铅笔问。

“他们报告给塔台的目的地只说巴拿马，没有详细的地点。最好去问负责空中监视的单位。”

伯尔早就同步以另一线电话询问。

随后他又打给英国驻巴拿马大使馆，和负责经济事务的秘书通了话，对方正好是伯尔情报单位的代理，和巴拿马的警方也有直线电话。

最后，他和古德休通电话，向他解释从阿波斯托尔尸体上的痕迹可看出他死前遭受虐待。而为了行动的下一步做考虑，乔纳森身份暴露的可能性应被视作百分之百。

“噢，是，嗯，我知道了。”古德休心烦意乱。他到底是无动于衷还是吓掉了魂？

“但这不表示我们就不能去抓罗珀。”伯尔坚持。但他也知道，借着把还有希望的想法灌到古德休心里，同时也能增加自己的勇气。

“我同意。你绝对不可以放手。一定要抓紧，重点就在这里！你最擅长的就是这个，我很清楚。”

以前这种话通常说的都是我们。伯尔想。

“阿波会有今天的下场完全是咎由自取，雷克斯，他专打小报告。他多活的这些时间都是借来的。这种游戏本质就是如此。就算联邦调查局不干掉你，那些恶棍也会。这些他一清二楚。我们现在该做的就是把我们的人撤出来。我们至少可以做到这点，而且可以做得很成功。现在只是因为有太多事情挤在一起，害我们有些手忙脚乱——雷克斯，你在听吗？

“我在听。”

伯尔努力控制自己的内心翻腾，同时对古德休涌起无限同情。雷克斯不应该轻易屈服！他从来没有想要保护自己，他太把这种事放在心上！伯尔想起现在伦敦时间刚过中午，古德休应该在跟老板吃午餐。

“吃得如何？你所谓的重要消息是什么？”伯尔问，仍试图从他嘴里听到一点正面乐观的字眼，“内阁部长终于决定要跟我们站同一边了吗？”

“是，谢了，真的，吃得非常愉快。”古德休的语调太过客气，“俱乐部的午餐，我们加入俱乐部不就是为了他们的食物吗？”他大概打麻药了，伯尔心想，他在胡说八道，“要成立一个新部门，你听到这个消息一定会很高兴。这是白厅的一个监察委员会。就我所知，以前还没有设立过，这可是史无前例。它代表了我们长久以来努力的结果，由我负责掌管。委员会的上司是内阁部长，这是最棒的一项。大家都乐见其成，连白厅都保证将全力支持。我要深入调查那个不为人知的高层中的每一个方面：包括人员招募、组织精简和效率提升，还有成本效益的计算、工作分配和责任归属。这都是我以前就做过的事，只是这次我要重新来过，还要做得比以前更好。而且我立刻就要开始。我自然得把手边的工作放下。但他非常明确地暗示之后会给我封爵，这对赫斯特来说应该算是很不错的。”

另一条线路回传空中的监视报告。罗珀的喷气式飞机在接近巴拿马时降低了飞行高度，雷达侦测不到。目前最可靠的猜测就是：这架飞机已转向西北，飞往蚊子海岸。

“所以它现在到底在哪里？”伯尔绝望地大喊。

“伯尔先生，”一个叫汉克的小伙子说，“它不见了。”

伯尔一个人站在迈阿密的监听室里，他在那里待了那么久，监听人员都不再注意他了。他们背对着他，坐在监听器前面，操心着成百上千件杂事。耳机的好处在于：你不用顾虑别人、不需跟人分享、不必和人窃窃私语。只有你，还有那个声音——有时，连那个声音都不存在。

“这部给你用，伯尔先生。”有个女监听员轻快地告诉他，还解释了如何使用机器上的各种开关，“你好像为自己找了个麻烦啊。”

她的同情就只到这里为止了。倒不是说她毫无同情心，不是这样，但她是专业的监听人员，还有别的事情得操心。

他把录音带播放了一遍。他压力真的太大了，脑袋太混乱，所以决定什么也不去理解。就连录音带上的标题也使他困惑。拿骚的马歇尔打电话给库拉索的托玛斯。这个“拿骚的马歇尔”是何方神圣？还有，他大半夜打电话给我在库拉索的情报员——而且挑在行动即将展开的时间点——想做什么？

又有谁会在有那么多事要操心的当儿，第一反应是去猜测这个马歇尔是否是名女性？而且不是什么普通女人，是那位杰迈玛——别名杰德，又名杰兹。她甚至是从罗珀位于拿骚的宅邸打来的。

十四通。

午夜到凌晨四点间。

每通相隔十到十八分钟。

最初的十三通，她还礼貌地要求总机为她转接“托玛斯先生”，而总机尝试了很多次之后，告诉她托玛斯先生拒绝接听。但试到第十四次，她的努力终于获得回报——精确地说，是在凌晨三点五十七分的时候，拿骚的马歇尔和库拉索的托玛斯终于通上电话。这次一共用了罗珀家的线路二十七分钟。起初，乔纳森大发雷霆，也难怪。但后来他就不那么气了，最后，如果伯尔的感觉没错，乔纳森后来完全不气了。在那二十七分钟的最后一个段落，电话里除了乔纳森……乔纳森……乔纳森……以及彼此的呼吸吐息外，再无其他。

整整二十七分钟。该死的一对恋人的真空状况。罗珀的女人杰德，以及我的情报人员乔纳森。

24

当乔纳森问罗珀飞机要飞去哪儿，罗珀说：“法贝热。”

“法贝热。”兰伯恩也从嘴角挤出这个地名。

“是法贝热。托玛斯。”弗里斯基露出不怀好意的笑容。他们都把安全带扣上，坐在自己的座位，“你听过大名鼎鼎的珠宝圣地法贝热吗？我们就是要去那里，对吧？总算可以乐一乐了。”

乔纳森再次退回自己的思绪中。他一直很清楚自己必须同时思考许多事，而非逐一进行思考。举例来说，此时他正在比较丛林植物和爱尔兰植物的不同，并且可以断定丛林植物占绝对上风。他也想起以前坐直升机的时候都得坐在钢盔上，以免底下的王八蛋决定射掉你的睾丸。现在他虽然在飞机上，却没有钢盔，只有牛仔裤、运动鞋，和失去了一切保护的睾丸。他还想起即将正面迎敌引发的一阵刺痛：那时他挥别伊莎贝尔，将步枪紧贴着脸颊。他又感到那种痛了。因为直升机令他恐惧，这个空间总能带出他对于过往的哲思。他不时会有这种感觉：我正在生命的旅途中，虽然还在母胎里，却将要步向死亡。又或是这种感觉：上帝啊，如果你能让我幸存下来，我就把……把我的一生奉献给你。又或是：和平是一种枷锁，战争反倒是自由。每当他被这种想法说服，总会自觉羞愧，非得立刻找个人来当出气筒——例如迪基·罗珀，这个诱惑了他的人。他还想到，无论他为了什么来到这里，目的都快要达成了，在那之前，他不能争取杰德，或者说不值得争取，苏菲的灵魂也还无法获得慰藉。他的追寻是因为她俩，也是为了她俩。

他偷偷瞄了坐在罗珀身后的兰伯恩。他正专心地读着一份冗长的合约，一如乔纳森在库拉索时那样，他对兰伯恩一嗅到无烟火药的气味便生龙活虎而印象尤深。但乔纳森不认为这样的兰伯恩就更讨人喜欢，只是看到这个世上除了女人以外还有其他事物能让兰伯恩从懒散的状态中苏醒，他觉得心情大好——即便那是用来屠杀人类的先进科技。

“托玛斯，你可不能害罗珀先生交上坏朋友啊。”众人快速将行李移到直升机上时，梅格丝站在她那边的飞机手扶梯上警告他，“你知道大家都怎么说巴拿马的吗？他们说它像是没有英雄的卡萨布兰卡。是吧，罗珀先生？你们不如充当一下这里的英雄如何？尽管没有人会感激你们。兰伯恩勋爵，祝你们旅途愉快。托玛斯，有你在我们的机上真是荣幸。罗珀先生，我们的拥抱感觉好像不太一样啊。”

他们渐渐爬升。锯齿形的山脊跟着往上，直到他们飞进凹凸不平的云层里。直升机本就不适合在云中或这种高度飞行。引擎喘个不停，像头坏脾气的老马发出刺耳的喘息。乔纳森戴上塑料耳罩，震耳欲聋的引擎声转成牙医替病人钻牙的声音。机舱里的气温从接近零度的低温下降到令人难以忍受的酷寒。好不容易，他们摇摇晃晃飞过一片鸡冠花状的山顶积雪，飞机又像一棵枫树种子一样朝下飘降，飞越一群小岛。每座小岛都有六间简陋的小木屋和红色小径。过了这个小岛就是大海，接着是另一座小岛。当直升机时以低空高速掠过岛屿时，乔纳森几乎认为岛上一簇簇的渔船桅杆必定会将直升机戳个粉碎，或让它翻转三百六十度、坠落在沙滩上。

地上的景色一分为二：一边是海，一边是丛林。丛林之上是蓝色的山丘，再上是团团白色硝烟；之下是一块块长满植物的绿色土地，白浪井然有序地缓慢滚动于其间。仿佛要避开凶猛的烈火，直升机倾斜着绕圈飞行。一块块四方的香蕉林犹如散布于阿玛潮湿沼泽地带的水田。直升机飞行员沿着一条黄色的沙路飞驰，路的尽头是一座破落的农舍。在那里，这位近身观察者曾与两个人拳脚相向，把他们打得鼻青脸肿，成为众人崇拜的对象。他们飞进一个丛林茂盛的山谷，两边的绿墙将他们夹在中央，然而乔纳森再也禁不住疲倦，昏昏欲睡。他们沿着山坡往上飞，越过一块块突出的岩石，飞过农庄、马匹、村庄、人群。回去吧，已经够高了。可是他们没有回去，他们继续飞，直到往下看时再也看不到人或动物。即使是乘坐大型飞机，如果在此处坠落，落地前还得先通过层层叠叠的浓密丛林。

“他们似乎比较喜欢靠太平洋的那边。”八小时前（但感觉像是上辈子）鲁克在库拉索的酒店二十二号房打给他说明过了，“加勒比海那边非常容易被雷达操作员追踪，但只要进入丛林就没区别了，因为你根本就会被丛林淹没，变得完全不存在。领头的训练人员自称伊曼纽尔。”

“这地方小到地图上也没有标记出。”鲁克跟他说过，“这里叫法布里加山[1]，但罗珀比较喜欢叫它法贝热。”

罗珀已经把睡眠用的眼罩摘下来，盯着手表像在核对班机时间。飞机开始下降，在黑色的森林中，直升机的停机坪位于一片有些下陷的土地。停机坪上红白相间的柱子引领他们缓缓下降，停机坪四周的人全副武装，注视着他们的到来。

[1] Cerro Fábrega，巴拿马西部的一座山，发音近似法贝热（Fabergé）。

如果他们带你同行，是因为他们不敢放你离开视线范围外。鲁克曾如此预言。

登上“伦巴第号”货船之前，罗珀也的确这么说了。在我以这只负责签名的手开除我自己之前，即便我是身在一个空无一物的保险箱中，他也不会放心。

直升机驾驶关掉引擎。身穿野战制服、身材矮胖的西班牙人快步上前迎接。乔纳森看到他身后分布着六个掩蔽得很巧妙的碉堡，每个碉堡有两人看守，他们都奉命不准从树荫里出来。

“你好，曼尼。”罗珀高兴地跳到停机坪的柏油地面，一边高声喊道，“我饿死了。你记得桑迪吧？我们午餐吃什么？”

他们在罗珀的带领下小心翼翼地走在丛林小径上，矮胖的上校与他边走边聊。只要罗珀发表完他对某件事情的观点，上校都会立刻将他肥胖的身子转过来，举起微微握起的双手抓住他。紧跟在后的是兰伯恩，他采取在丛林中前进的屈膝姿势缓步行走。再来是训练人员。乔纳森认出其中两个矫健的英国人，他在迈斯特皇宫饭店里见过，福布斯和卢伯克，罗珀喊他们“布鲁塞尔小伙子”。他们之后跟着两个长得很像的红发美国人，正聚精会神地与另外一个叫欧拉夫的人谈话。接着是弗里斯基和两个他一见如故的法国人。乔纳森、塔比和一个叫费尔南德斯的年轻人则跟在弗里斯基身后。这个年轻人脸上都是疤，一只手只剩两根手指。要是在爱尔兰，我会认为你应该是拆弹的，乔纳森想。这一路上的鸟鸣震耳欲聋，每次曝露在阳光底下，热气就像要把他们给烤焦似的。

“请各位注意，我们现在处于巴拿马最陡峭的山区。”费尔南德斯以柔和又充满热忱的语气说，“没有人能够步行来到这里。我们现在距地面三千米，这是非常陡峭的一座山岭，丛林遍布，没有道路——连小径都没有。特里比诺的农民来过，他们烧掉树林来种芭蕉，后来又离开了，因为没有堵壤。”

“非常好。”乔纳森礼貌地回答。

众人一头雾水，塔比难得一次在乔纳森领悟之前抢上话。“是土壤，费尔南德斯。”他好心纠正他，“他刚刚是说西班牙语，没土壤，因为土地太贫瘠。”

“特里比诺的农夫真是不幸，托玛斯先生。他们曾经把所有人挡在门外，现在却迫不得已，跟自己不喜欢的部落联姻。”

乔纳森发出同情的叹息。

“我们说我们是勘探的人，托玛斯先生，说我们来是为了找石油、找金矿。为了寻找金蛙、金鹰和金老虎。我们都是爱好和平的人，托玛斯先生。”他纵声大笑，乔纳森也不得不跟着笑。

此时，他突然听到丛林的障壁后方传来一阵机关枪的声响，伴随单独一颗手榴弹炸开的干巴巴的爆炸声。所有人都静了下来，但丛林很快又恢复先前闹哄哄的景象。他想起来了，过去在爱尔兰也是如此：爆炸之后，原有的声响会一瞬间停滞，等到发现没有危险，就会再次开始交谈。那些厚实的丛林植物密密地覆盖在他们上方，走在里头，乔纳森总觉得自己好像又回到水晶宫里的林荫隧道。形状像喇叭的白花、许许多多的蜻蜓和黄色蝴蝶不时擦过他们身边。他又想起某天早晨，杰德穿着黄色衬衫，看了他一眼。眼神勾动着他。

霎时间，他的注意力又被拉回现实，一支小分队以轻装甲兵部队的速度从他身旁跑了过去，直冲往下坡。这些人扛着火箭发射器、火箭和弯刀，汗流浃背。领头的是个戴着游击队员帽、蓝色眼睛中没有光彩的年轻人。然而，他带领的这支西班牙印第安人的队伍却怀着愤怒与痛苦一路往前冲。当他们匆忙经过乔纳森面前，他只能勉强闻到他们身上的汗臭，飞速瞥到他们涂着迷彩的脸、脖子上挂的十字架，以及被泥泞浸湿的军装。

他们渐渐感受到高山的凉爽气温。乔纳森仿佛回到瑞士米伦村上方的森林，朝勒伯峰的山脚走去，准备开始为时一天的登山路程。他感到强烈的愉悦。丛林对他而言是另一种类型的回归。这条小径顺着一条烟气氤氲的急流弯弯曲曲，天上满是乌云。当他们经过一处干涸的河床，这位经历过多次战役的退伍军人看见了粗绳、绊索、弹壳、罩网、烧成焦黑的草地，以及树干上被炸过的痕迹。他们顺着草地和岩石间的一道斜坡向上爬，来到峭壁顶端，从那里往下俯视。乍看脚下以为是无人居住的营地，随着哀愁的西班牙歌曲旋律渐渐传来，厨房的烟囱里冒着炊烟，身强体健的男人都去丛林工作了。只剩下厨子、军营的干部和病人留在营中。

“诺列加当政时，许多准军事部队都在这儿受训。”乔纳森转过身去，望着费尔南德斯，他有条不紊地向他解释，“巴拿马人、尼加拉瓜人、危地马拉人、美国人、哥伦比亚人和西班牙人、印第安人等，都在这里接受扎实的训练。”

等他们走下斜坡、步入军营，乔纳森才意识到，原来法贝热根本是个疯人院。

营内最显眼的地方有个司令台，后方由一块三角形的白色砖墙撑着，墙上涂满标语，底下则有一圈煤屑块砌成的房子，房门上漆了淫秽的图画，显示出该处的功能。譬如说厨房门上画了一个未穿上装的女厨师，浴室门上画着浑身光裸的沐浴者，看诊室门上则是流血的身体，还有教授技术和政治思想的学院——虎学院、蛇学院、猴学院与鸟学院。在一小块高起的地面上还有座小教堂。灯光照在教堂墙壁上，可以看到圆润的圣母和圣子画像，由一群拿着卡拉什尼可夫枪的丛林勇士守卫。这几间房子的墙上还画着好几幅人像，高度大约及腰，好像全都一脸凶狠地瞪一条条水泥铺成的小径：一个大腹便便，戴着三角海盗帽、身穿蓝色燕尾服和轮状皱领的商人；披着头纱，脸涂胭脂，面貌姣好的马德里女郎；裸露双乳的印第安农家女恐惧得转头张望，双眼大睁，嘴巴也大开，同时疯狂地转动某个神秘水井的打水开关。从窗户和房子的假烟囱上突出的是肉色的石膏手臂和双脚，一张张疯狂的脸庞。那些面孔染满鲜血，仿佛企图脱逃的受害者被抓回来大卸八块。

不过，法贝热最疯狂的地方既非墙上的壁画，也不是那些伏都教雕像，更不是在西班牙语标语之间穿插的神奇印第安方言，或是里头装设了吧台高脚凳和点唱机但屋顶非常破烂的“疯马酒吧”，当然也不是画在墙上的那些嬉戏的裸女——这地方根本是活生生的动物园。眼前仿佛有一只发了疯的山老虎勉强被关在一个过小的笼子里，狼吞虎咽地吃腐肉；又像是一头被拴起来的雄鹿，或一只关在板条箱里的山猫；也像是鹦鹉、老鹰、鹤、鸢或秃鹰，它们被关在污秽的鸟舍中，在渐渐昏暗的光线里愤怒地拍打被剪残的翅膀；也像是被关在笼中、绝望到再也不发出任何声音的猴子；又或是那一排排覆盖了铁丝网的弹药箱，每箱都有一条品种不同的蛇，只为了让丛林中的战士分辨哪种有害、哪种无害。

“埃曼努埃尔少校非常喜欢动物。”费尔南德斯带着客人参观营房，一边向他们解释，“托玛斯先生，为了打仗，我们得先让自己成为丛林之子。”

就连他们住的小屋窗上也钉着一根根木条。

今晚是一场盛宴，像具体而微的旧时宴席，座上宾是理查德·翁斯洛·罗珀先生，我们的赞助人，我们的总司令，我们的同志，我们敬爱的人。众人都转头看他，也看着他身旁那位不再垂头丧气的小贵族。

用餐人数多达三十，他们大口吃着鸡肉、米饭，大喝可口可乐。蜡烛放在广口瓶里，装在名贵的烛台上，照亮席间的一张张面孔。这感觉就像是二十世纪将垃圾筒中那些剩余的战士和再也不需要的战争导火线一口气清空，倒进一个叫作法贝热的军营：起先是受够了战争，后来是对和平也失去兴趣的美国退伍军人；原先受的训练是为了保卫国家，但一转身，国家就没了的苏联特种部队；至今仍痛恨戴高乐将北非拱手让人的法国人；除了战争之外一无所知的以色列年轻人，以及除了和平以外一无所知的瑞士青年。最后剩下的就是追求战争荣光的英国人。他们之所以想要以武服人，是因为他们那一代的英国人无论如何都忘不了以武服人的乐趣——要是我们能把越南夺过来当属地，那该多好！——还有那群相当有自省能力的德国人，在战争的巨大罪恶和诱人魅力之间来回摆荡、身心俱疲。除此之外，还有塔比说的那位埃曼努埃尔少校——为了讨好可恨的美国佬，从古巴打到萨尔瓦多，再打到危地马拉、尼加拉瓜，并在这些国家又转战他处，打了无数次见不得人的战役。现在埃曼努埃尔总算可以让比分稍微平衡一点了。

再来就是罗珀——他集合了这支神出鬼没的军队来此赴宴——他高高在上，仿佛掌控一切的天才，同时也是总指挥、经纪人、无神论者——也可以是神仙教父一般的人物。

“游击队员？”罗珀边笑边问，接下兰伯恩说的有关刺针导弹在阿富汗彪炳的战功，“那些游击队员吗？他们勇猛得像狮子，疯得像精神病患。”罗珀谈战争时，语气向来是前所未有的冷静，常说的代词又回到嘴边，“他们直接从苏联坦克前面冒出来，拿用了十年的阿玛莱特步枪对着战车扫射，看着子弹像冰雹一样从枪口疯狂射出。虽然这根本是拿玩具枪对付高科技激光武器，可他们一点也不在乎。美国人只看了他们一眼就说：‘这些武装分子需要的是刺针导弹。’华盛顿就骗到刺针导弹给他们使用。这些人一拿到就意气风发起来，拿它们摧毁了苏联坦克、打下了他们的直升机。然后呢？我告诉你然后！苏联军队打不过他们，只好撤军，现在那里再也看不到苏联军队了，武装分子有了刺针导弹，亟欲大展身手。而别人看到他们有刺针导弹，也跟着想要刺针导弹。当我们只有弓和箭的时候，充其量就是拥有弓和箭的猩猩，但现在我们是拥有多弹头导弹的猩猩！你知道布什为什么非要跟萨达姆打吗？”

这个问题是打算直接问他朋友曼尼的，但一个美国老兵抢着回答。

“当然是为了石油。”

罗珀对他的答案并不满意。接着又有一位法国人试着回复。

“为了钱！是为了掌控科威特的黄金！”

“是为了获取经验，”罗珀说，“布什想要那种经验。”他边说边伸出一根手指，指着在座的俄国人，“在阿富汗，你们投入八万名骁勇善战的军人，打了一场灵活的现代化战争。那些飞行员都实际经手过轰炸任务，军队都在枪林弹雨下作战，相较之下，布什有什么经验？他手下的不过就是些打过越战的老兵，或某个从格林纳达凯旋的少年英雄——那地方有多少人？三个人加一只羊！布什要开战的原因就在这里。他想体验战争，他要让他们去打打看当初伊朗跟美国开战时他卖给萨达姆的武器，而且选民也爱得不得了。我说的对吗？桑迪？”

“对，老大。”

“你说政府吗？他们比我们还糟。买卖是他们在做，后果是我们承受。这种事情我看得太多了。”他停了一下，或许是认为自己说得够多了，但其他人并不这么想。

“老大，跟他们说说乌干达吧。你过去在乌干达呼风唤雨，没有人能动你。就连伊迪·阿明也要靠你养呢。”说话的是弗里斯基。他坐在餐桌另一头，跟他那群老友在一块儿。

罗珀接受众人的鼓掌，好似一个正犹豫着该不该再演奏一曲的音乐家，他最后还是顺了大家的意。

“伊迪向来不受管束，这点毋庸置疑。但他想要的却是稳定的力量。除了我，任何人都可能把他带入歧途，把一些他想要却得不到的东西塞给他——而且还会多卖他一点点。我不会干这种事。我会给他一双他可以穿的鞋。如果他有核武器，搞不好会拿来杀鸡。那时你不也在吗，麦克弗森？”

“老大，伊迪这种人碰一次就够了。”开口的是坐在弗里斯基身旁、一个几乎没说半句话的苏格兰人，“要不是你，我们可能早就完了。”

“乌干达是挺麻烦的，是不是，桑迪？”

“我从没在其他地方见过有人可以在被吊死的尸体底下吃三明治。”兰伯恩勋爵回答，大家哈哈大笑。

罗珀装出地道的非洲黑人腔调，说：“‘来嘛，迪基，瞧瞧你那些个枪要怎么用？’可我不愿意去，我拒绝了，‘别找我，总统大人，多谢您了。您想怎么处置我都行，但像我这种善良的人真的很少见。’

假如我是他的手下，大概当场就没命了。那家伙瞪大了眼睛对着我大吼大叫：‘你本来就要跟我一起走！’可是我说：‘不对，我没必要跟您走。如果我今天卖给您的是香烟，不是这些小玩具，您是不会把我带到医院，待在那些快要死于肺癌的人的病榻前的，不是吗？’然后他放声大笑。伊迪就是这样一个人。但他笑的时候我从来都不信。笑里都会藏刀，笑会扭曲真相。我绝对不相信爱开玩笑的人。我会跟着他一起笑，但我不会相信他。米基以前很爱开玩笑。你还记得米基吗，桑迪？”

“开什么玩笑，我记得一清二楚。”兰伯恩慢条斯理地回答，再次引起满座笑声。碰上这些英国大佬，你就是得把场子交给他们。他们都异于常人啊！

一直等到笑声平息，罗珀才又开口：“米基以前常讲打仗的笑话，不都让人忍不住大笑吗？什么外籍佣兵会在脖子和随身物品挂上一串串人耳的笑话，你们都还记得吧？”

“这些笑话也没给他多大的帮助，不是吗？”兰伯恩又补了一句，令那些崇拜他的人更开心了。

罗珀转过身对埃曼努埃尔上校说：“我跟他说：‘米基，你这是在碰运气。’我上次见到他是在大马士革。那些叙利亚人实在太爱他了，把他当成某种神通广大的巫医，有求必应。就算他们想摘天上的月亮，米基也能找到工具来给他们摘月亮。他们给了他市区的那栋豪华公寓，公寓里挂着天鹅绒窗帘，完全不透光。记得吗，桑迪？”

“看起来活像是建给摩洛哥同性恋的客厅。”兰伯恩说，所有人又捧腹大笑，罗珀再次等待笑声静下。

“如果你从阳光普照的大街走进那间办公室，眼前会瞬间一片黑，就像瞎了似的。接待室里会有几个满脸横肉的恶棍，六到八个不等。”

他朝餐桌挥挥手，“如果你愿意相信我的话，那他们是长得比这些家伙还要丑。”

埃曼努埃尔真心大笑。兰伯恩耸起一边眉毛，假装是那个人。罗珀继续说下去。

“米基就坐在他的办公桌后面，前面有三台电话，他讲着，愚蠢的秘书把他的话听写下来。‘米基，别再自欺欺人。’我警告他，‘今天你是他们的座上宾，但如果你让他们失望，你就是个死了的座上宾。’那年代有个金科玉律——不要设什么办公室。一旦你有办公室，你就是显眼的目标。他们会来窃听你的电话，查看你的文件，挖你的底细。如果他们不再喜欢你，也很清楚能在什么地方找到你。所以和市场打交道的那阵，从来不设什么办公室。我们住三流酒店——你还记得吗，桑迪？布拉格、贝鲁特、的黎波里、哈瓦那、西贡、台北，还有该死的摩加迪沙？记得吧，沃利？”

“老大，当然记得。”某个声音回答。

“只有窝在这种地方，我才捺得住性子好好读完一本书。我就是没办法乖乖守规矩。我读书读不到十分钟就觉得该站起来做些什么。但一个人出门在外，跑到这些烂城市里一边消磨时间，一边等待交易完成，除了干些有文化的事之外就没什么好干的了。之前有人问我是如何赚到人生的第一个一百万的。你那时也在，桑迪，你知道我说的是谁。‘坐在鸡不生蛋、鸟不拉屎的地方赚来的。’我这样告诉他，‘钱不是交易赚来的，是浪费时间等来的。’”

“米基后来怎么了？”乔纳森坐在自己的座位上问。

罗珀瞄了一下天花板，好像在说：“就在那儿。”

最后，只剩兰伯恩能为众人解谜。“怎么说呢，我从没见过被搞成这样的尸体。”他的语气相当无辜且困惑，“他们一定折磨了他好几天。当然，这人一直都在玩弄两边，坐收渔利。他太迷那个特拉维夫的年轻女孩了。有人会说他自作自受，不过我还是觉得他们做得过头了。”

罗珀站了起来，伸伸懒腰。“这完全就是一场狩猎游戏。”他满足地说，“你跋山涉水、精疲力尽，一堆事情拖累着你、把你绊倒，但你还是奋力不懈。然后某天，也许你终于偷瞄到一眼你追寻的目标到底长什么样——要是运气够好，搞不好还能出手——正确的地点、正确的女人——正确的队友！其余那些家伙会撒谎、会手忙脚乱、会骗人、伪造收支、到处鬼混。我们也是！——但那又怎样？各位晚安，谢啦，大厨。大厨去哪儿了？他去睡了？聪明的小伙子。”

“托玛斯？可以听我讲一件非常非常有趣的事情吗？”那晚，他们躺在卧铺准备就寝时，塔比这么问乔纳森，“你一定会觉得很有意思。”

“说。”乔纳森客气地回答。

“你知道吗，美国人为了抓那些毒贩，特地在巴拿马城郊外的霍华德空军基地配置了空中预警机？他们的做法是这样的：飞得很高很高，监视那些在哥伦比亚古柯种植园附近飞来飞去的小飞机。那哥伦比亚人怎么对付他们？他们非常狡猾，他们找了个家伙，一直待在飞机场对面的小餐馆喝咖啡。每次一有美国的空中预警机升空，他就立即打电话去哥伦比亚打小报告。这招漂亮。”

他们飞到丛林的另一区，降落后，地勤用绞车将直升机拉进树林中，那里停了几架被网子罩住的老旧运输机。小型机场的跑道沿着河岸开辟，十分狭窄。乔纳森直到飞机完全停下来的最后一刻都非常确定它会一头栽进急流中。不过，那条碎石铺成的跑道其实够长，足够让一架喷气式飞机起降了。一辆军用运兵车来接他们。他们通过一个检查哨，看到有个用英语写着“爆炸”的牌子——不过谁会看这个？谁又会理解它的意思？这些都不得而知。晨曦照在叶片上，发出珠宝般晶莹闪烁的光芒。他们驶过一座工兵搭的桥，两旁都是高达六十英尺的巨石。众人一路前进，来到一处仿佛剧场的天然盆地，充满丛林回声和潺潺水流；弧线的山坡正好形成某种看台。往下望可以看到底下是个盆状的草原，几块森林和蜿蜒的河流分布其间，中央地带点缀着跟电影布景很像的一排排房屋；路边停着好几辆应该是全新的轿车：一辆黄色的阿尔法、一辆绿色的奔驰、一辆白色的凯迪拉克。旗帜在公寓屋顶上飞扬，当微风吹拂时，乔纳森认出来了，它们都是致力于打击毒品买卖的国家的国旗。包括美国的星条旗、英国国旗、德国黑红金三色旗，诡异的是居然有瑞士的白色十字旗。其他旗子很明显是来充数的。一面旗子上写着 DELTA，另一面则写着 DEA，插在一座小小的白色尖塔上，塔上写“美国陆军司令部”。

距离这个模拟城镇中心约半英里、靠近河边小径的蒲苇中，还有一座假的军用机场和一条铺得很随便的跑道。有黄色的飞向袋，漆着绿色斑纹的以胶合板搭建的塔台。跑道上凌乱散置着后备旧飞机。乔纳森认出 DC-3、F-85 和 F-94 等。河边还放置了各种机场防护设施，譬如漆成黄褐色、带有美国白星标帜的老坦克和装甲运兵车。

乔纳森手遮在双眼上方，望着马蹄形地带北侧的山脊。管制小队已开始集结，数个戴白色臂章和钢盔的人有的对着手里的对讲机说话，有的拿着望远镜眺望远方，有的研究地图。乔纳森发现扎着马尾、身穿防弹背心和牛仔裤的兰伯恩夹在他们中间。

一架轻型飞机低掠过山脊，准备降落。机身上没有标志。好东西就要到了。

今天是交接的日子，乔纳森想。

今天是军队被罗珀接收之前举办的阅兵仪式。

今天是射火鸡比赛，小托。弗里斯基说。他最近养成了这种过分亲近的说话方式。

今天是展示火力的日子，塔比也说。这都是为了向那些年轻的哥伦比亚人展示一下他们手上的东西有什么威力。

握手也有特定意义。乔纳森站在看台一边，可以清楚看见仪式如何进行。有人摆上一张桌子，桌上放了各种饮料及放冰块的冰罐。当贵宾抵达，罗珀亲自迎接，将他们带到桌前。接着，埃曼努埃尔和罗珀站在他们当中，把这些贵宾介绍给资深教官，众人又是一阵握手寒暄。之后，两人陪着他们到树荫底下的一排土黄色折叠椅前坐下。主客各坐成一个半圆，有些不自然地谈话，就像政治人物在拍照的场合中总得开开玩笑那样。

不过，引起这位近身观察者注意的不是这些人，而是远离瞩目中心的躲在阴影里的几个人。他们的老大是个肥胖的男子，腿分得很开，像农夫一样粗糙的手握拳搁在粗壮的大腿上。他身旁坐着结实的老斗牛士，此人极瘦，而另一人极胖。瘦子的侧脸上有块白色的疤，像是以前被牛角抵伤。第二排则坐着几个摩拳擦掌的年轻人，自信满满，抹了过多发蜡，脚蹬水洗皮靴，身穿古驰牌飞行夹克和丝质衬衫。他们戴了太多金饰，夹克底下的身体又太过粗壮，半印第安血统的脸上杀气也太重，一看就知道并非善类。

但乔纳森现在没时间仔细打量他们了。一架双引擎运输机出现在北边山脊，机身标有黑色十字。乔纳森立刻意识到，此时此刻，黑色十字代表好人，而白色星星代表坏人。飞机的侧门打开，降落伞在暗沉的天空中一朵朵打开。随着他们在空中翻滚、旋转，乔纳森的脑海也上演了一出盛大的戏码，重现儿时至今的回忆，以及军旅生涯中的种种。他仿佛又回到阿宾登伞兵营，初次尝试从热气球跳伞，想到死亡和与伊莎贝尔离婚其实可以当成两件不同的事。他又回到初次横穿阿玛那野外进行野外巡逻的场景。他穿着防弹背心，把枪紧抱在胸前，终于确信自己不负父亲之名。

我们的伞兵成功降落，第二批、第三批也分别着陆。一支队伍在伞与伞之间来回奔跑，忙着收回设备和补给，另一支队伍则以火力掩护，因为敌方的火力也出现了。机场边缘的一辆坦克瞄准伞兵开炮，也就是说它的炮管正喷出熊熊火焰。就在伞兵急匆匆钻进蒲苇丛里找掩护之际，埋藏在地下的炸药也在四周炸开。

突然间坦克不再开火，而且是再也开不了火。伞兵已经将它歼灭。炮塔扭曲变形，车内冒出浓浓黑烟，一条履带像坏掉的表链那样整个断裂。转眼间，其余的坦克也跟着出事。在坦克之后，跑道上停放的飞机不是打滑就是倾斜，最后不知被什么给钩住，再也动不了了。

这是轻型反坦克武器的威力，乔纳森想。两百到三百米的有效射程，是持枪巡逻兵最爱的武器。

当防守方好不容易从建筑物中拿机枪向外扫射，对敌方展开迟缓的反击时，山谷中再度出现双方对峙的局面。黄色的阿尔法狼狈逃命，并在远距遥控的帮助下顺着道路撤退。懦夫！胆小鬼！混账！为什么不待在原地继续作战？但黑十字一行人已经有了答案。他们从蒲苇丛中以火神机枪每组十至二十枚的发射模式将重型曳光弹射向敌方所在位置，打入他们藏身的钢筋水泥大厦，将建筑物射出一个又一个大洞，变成巨大的芝士磨碎器。四连发机枪更以一轮五十发的频率猛烈扫射，将阿尔法轰出道路，赶进干枯的杂树林中并起火爆炸，枯树着火燃烧。

一波未平，一波又起，我们的英雄再次遭到围攻！先是地面炸开，接着是天空中一片混战。不过别担心，我们的战士当然有备而来！作为空中标靶的无人机就是那些恶人。火神机关枪的六支枪管最多可达到八十度的射击仰角，现正调到这个角度，火神雷达测距仪装在同一底座，可装载两千发子弹。它们一次可射击一百发，炸出震耳欲聋的声响，乔纳森不得不捂住耳朵，露出痛苦的表情。

靶机吐出浓烟，在空中四分五裂，并像无数张燃烧的纸片那样飘落到丛林深处。看台上，白鲟鱼子酱都从冰桶里端了出来，还有冰椰汁、巴拿马朗姆酒和苏格兰威士忌，全都放在岩石上供众人享用——但还不到喝香槟的时候。老大的场子一向没那么短。

休战时间结束，午餐时间也结束。这个小镇可能终于要被攻下了。一整排勇士从蒲苇丛中一跃而出，朝可憎的殖民者的建筑正面发动攻击，扫射、纵火；其他士兵则利用机会声东击西，悄悄展开突袭。脸全部涂黑的水上部队乘坐充气艇溯流而上，藏身在芦苇中，几乎看不见身影；其他穿着特种部队战斗服的士兵则秘密沿着美国陆军总部的外墙攀爬——突然间，就在某个秘密信号发出后，两队人马正面交锋：从窗户投出手榴弹后跳入熊熊烈焰之中，手上的自动机枪子弹打得一发不剩。不过数秒间，还停在地面上的车辆若非无法动弹就是遭对方攻占。屋顶上数面压迫者的可恨旗帜降下，换成我们的黑色十字旗。我们赢了！我们胜利了！我们的军部所向披靡！

等等！怎么回事？这一场仗还没打赢。

飞机的隆隆声引起乔纳森的注意，他再次仰望山脊，山上控制小组的成员一个个神情紧绷地查看地图，也有人拿着无线电通信设备在联络。一架白色的民用喷气式飞机掠过山顶，双引擎，机身崭新发亮，没有标志，两名驾驶清晰可见。它俯冲而下，在小镇上低空盘旋。它来这里做什么？这也是演习的一部分吗？还是说，他们是货真价实的缉毒小组，专程来这里看热闹？乔纳森环顾四周想找个人问问，但大家都跟他一样直勾勾瞪着那架飞机，似乎同样不解。

喷气式飞机飞走了，小镇没有改变，但山脊上的管制人员似乎还在等待。乔纳森在蒲苇丛中发现五人一组的射击小组，还从中认出那两个长得一模一样的美国人。

白色喷气式飞机又回过头来。这次它飞越过山脊，没朝这个小镇俯冲，却莫名地往上攀升。接着，蒲苇丛中传来一阵愤怒的长啸，那架喷气式飞机瞬间不见踪影。

没有炸成碎片，或是削断机翼，更没让它歪斜地一头栽进蒲苇丛。只有一阵长啸，一个大爆炸，和一颗稍纵即逝的火球，乔纳森甚至怀疑自己是否真的看到了。那之后就是仿佛金色雨点的机身残骸，化为点点闪亮的余烬从天而降，却在半途消失得无影无踪。刺针炮弹完美地完成了它的职责。

那令人提心吊胆的一瞬，乔纳森差点要相信这场表演的最后一幕真有人牺牲。看台上的罗珀和贵宾相互拥抱，彼此道贺。罗珀打开香槟王的瓶盖，埃曼努埃尔上校从旁帮忙。乔纳森的目光转向山脊，凝视着，看那几名管制小组的成员也欣喜若狂地相互道贺。他们抓着彼此的臂膀，弄乱对方的头发，拍打对方的背。兰伯恩跟他们在一起。在乔纳森抬高视线时，他发现原先那架喷气式飞机的飞行路径约半英里外出现两朵张开的白色降落伞。

“喜欢吗？”罗珀凑在他耳边问。

罗珀就像个神经紧绷的经理，穿梭在观众之间，听取大家的意见，接受众人的道贺。

“他们到底是什么人？”乔纳森问，他的心情依然无法平静，“那两个疯子是谁？还有，那架飞机又是怎么回事？那可是价值数百万美元的玩意儿！”

“几个聪明的俄国小子，亡命之徒。他们溜进卡塔赫纳机场偷了架喷气式飞机，飞回来的时候将飞机设定成自动驾驶，然后跳伞离开。希望可怜的飞机主人不想要回飞机。”

“真是太过分了！”乔纳森的愤怒被大笑取代，“这真是我听过的最卑劣的事了！”

他大笑，发现自己和那两个美国人视线相交。他们刚从山谷中乘着吉普车过来，两人的模样相似到令人毛骨悚然：同样长了雀斑的笑脸，同样的一头红发，甚至连打量乔纳森时双手叉腰的姿势也一模一样。

“先生，你是英国人吗？”其中一人问。

“不太算。”乔纳森语气愉悦地回答。

“先生，你就是托玛斯吗？”另一个人说，“就是那个姓托玛斯的，还是名叫托玛斯，先生？”

“都可以。”乔纳森回答，愈来愈觉得有趣。但在他近旁的塔比听出他声音中的不确定，谨慎地按着他手臂安抚他。塔比这么做就失策了，他的动作给了这位谨慎的观察者机会，偷偷扒走他放在夹克侧口袋的一卷美钞。

尽管这是欢欣鼓舞的一刻，乔纳森看着罗珀一行人中的两名美国人仍心感不安。他们是绝望的退伍军人，还是对山姆大叔心怀怨恨？

他在心里对他们说：如果是这样，那就换个更失望一些的面孔，不要一副得了便宜还卖乖的模样。

他们拦截到一份信息：标着“特急件”的手写传真传到罗珀的喷气式飞机上，是英国伦敦的安东尼·乔伊斯敦·布拉德肖爵士发给停在安提瓜岛的“钢铁帕莎号”的迪基·罗珀的。传真于九时二十八分收到，由帕莎号船长于九时二十八分转呈至喷气式飞机。传真稿的首页还附了一个说明：倘若这么做不得体，他愿为此道歉。安东尼爵士圆滚滚的字迹非常不像出自一个知书达礼的人之手，甚至还有些拼写错误，某几个字加了底线强调，偶尔也夹杂十八世纪的花体字。行文简洁。

亲爱的迪基：

关于两天前的晤谈，一小时前已与泰晤士当局商量，确认这令人不快的消息属实不容置疑。我也因此认为该已故法学博士受到不善人士利用，刻意为了现任签名者排除其前任。泰晤士当局已采取回避行动，我建议你也这么做。

鉴于此事急需援助，请务必立即通过往来银行转交一笔额外费用，以支应更进一步的重要开销。

祝好，托尼

这份一直没有被转给执法小组的资料，是情报局里某个同情弗林的内线暗中提供给他的。阿波斯托尔被杀后，深感懊恼的弗林一直无法抹去打骨子里对英国人产生的不信任感。但在半瓶十年的布什米尔斯威士忌下肚后，他又觉得自己有了足够的勇气，于是把那份文件塞进口袋，在本能的驱使下前往指挥中心，正式将它交给伯尔。

距离上次杰德搭乘民航客机已经过了好几个月，起初，她觉得这种经验无拘无束，就好像搭了很多次枯燥的出租车后，坐上伦敦双层巴士的上层一样。她不禁想：我又回到从前的生活了，我走出了玻璃马车。不过，就在前往迈阿密的途中，她把这件事当笑话讲给坐在她旁边的科尔克兰听，他却对她的屈尊俯就嗤之以鼻。这不只让她大吃一惊，更伤害了她。因为他从未对她如此无礼。

到了迈阿密机场，他还是不高兴，并且坚持在去找行李推车时必须把她的护照收在自己口袋。一到候机室，他又背对着她，和两名等着要搭机前往安提瓜的亚麻色头发的男子攀谈。

“科基，他们到底是谁？”他回来时，杰德问道。

“朋友的朋友，要跟我们一起上帕莎号。”

“谁的朋友的朋友？”

“老大的。”

“科基，这绝对不可能！他们根本是凶神恶煞！”

“如果你真想知道我就告诉你。他们是新请的保镖人员，老大已经决定要把保安人数增加到五人。”

“科基，这到底是为什么？他不是一直都说三个人就够了吗？”

她看到他的眼神，被吓到了，它们充满恶意与胜利。她突然意识到，他不再是她认识的科尔克兰。眼前的科尔克兰是从冷宫被放出来重新得宠的弄臣，那些郁积心中的不满，如今，他要连本带利一并索回。

飞行途中，他没有喝酒。新雇的保镖坐在后座，杰德和科尔克兰则坐在头等舱。他本来可以喝得不省人事，她原先也这么希望。然而他没有。他只叫了一份加了冰块和一片柠檬的矿泉水，一面喜滋滋地望着窗上的倒影，一面大口喝下。

25

乔纳森也是囚犯。

或许苏菲的暗示没有错，他一直都是。又或者他是从被带到水晶宫之后才变成囚犯的。但他一直都有种其实自己很自由的错觉，直到今天。

罗珀一行人即将动身离开法贝热时，第一个警告出现。此时客人都已离去，兰伯恩和莫兰蒂也和他们一道离开。当埃曼努埃尔上校和罗珀在离别前最后又拥抱一次，一名年轻的士兵跑过来，手高举过头，挥舞着一张纸对他们高喊什么。埃曼努埃尔接过纸，瞄了一眼，交给罗珀。罗珀戴上眼镜，往旁边走了一步，独自读着纸上的内容。乔纳森发现他露出一贯的疲倦表情，脸也变得僵硬。接着，他好整以暇地把纸条折好，放进自己的口袋。

“弗里斯基！”

“是！先生！”

“过来一下。”

弗里斯基在崎岖的地面上以滑稽的姿势迈开大步，走向他的主人。然而罗珀却抓住他的胳膊，轻声在他耳边下了一道命令，弗里斯基肯定会希望自己没有那么搞笑。他们上了飞机，弗里斯基故意走在前头，有点唐突地要乔纳森坐在他身边。

“我肚子不太舒服，弗里斯基，”乔纳森说，“可能是在丛林里吃坏了肚子。”

“他妈的我叫你坐哪儿你就坐哪儿。”走在后面的塔比警告他。

飞行途中，乔纳森就这么坐在弗里斯基和塔比中间。而且，只要他去上厕所，塔比就会站在外面。罗珀靠窗坐着，除了梅格谁也不搭理。梅格丝端了新鲜果汁给他。途中，她还拿了一份刚收到的传真给他。乔纳森看见传真上是手写字。罗珀看完后，把它塞进衣服内侧口袋，然后戴上眼罩，似乎打算睡一觉。

到了科隆机场，兰伯恩已在那里等着。两辆配了司机的沃尔沃汽车也随行。乔纳森再一次确认自己的地位已经改变。

“老大，我得跟你谈一下——现在，你跟我。”梅格连飞机门都还没打开，兰伯恩就在跑道上对着飞机大嚷。

大家只好待在机上，等罗珀和兰伯恩在飞机舷梯旁的谈话结束。

当梅格让他们全出了机舱，罗珀立刻下令：“全上第二辆车。”

“他肚子不舒服。”弗里斯基警告站在他身旁的兰伯恩。

“去他妈的肚子不舒服，”兰伯恩回嘴，“叫他自己憋好。”

“憋好。”弗里斯基说。

现在是下午。警察岗哨上一个人也没有，塔台上也没人。就连飞机场上，除了宽大跑道外侧停放的一排排哥伦比亚注册的私人喷气式飞机，见不到一个人。兰伯恩和罗珀上了前面那辆车，乔纳森发现除了他们和驾驶员外，还有一个戴着帽子的人坐在驾驶员旁边。弗里斯基打开第二辆车的后门，乔纳森钻进去，弗里斯基紧跟着上了车。塔比坐在他另一侧，驾驶座旁边的座位空着。没有人说话。

巨大的广告牌上有个穿着做旧热裤的女孩张开大腿，骑在某个最新品牌的香烟上。另一块广告牌上，同样一个女孩以诱人的姿态舔舐电晶体收音机伸出的天线。他们驱车进入市区，一阵来自穷困的恶臭钻进车内。乔纳森忆起开罗和身旁的苏菲，想起那些坐在垃圾堆中的可怜人，在繁华不再的街道上，在厚纸板和波纹铁皮搭盖的简陋小屋间，矗立着几栋摇摇欲坠的老旧木屋。破损不堪的阳台上晒着色彩鲜艳的衣物。孩童在发黑的拱廊里嬉戏，或在敞开式的排水沟里尝试飘浮塑料杯。从殖民时期建的门廊可以看到无业的人们，二十多个，面无表情地看着面前熙熙攘攘的街道；从某家废弃工厂的窗内，可以看到有数百张面孔同样无神地凝视外面。

红灯车停。四个全副武装的警察从路边朝他们走来。弗里斯基将左手伸到驾驶座下方，作势把枪准备好，塔比立刻看懂了。乔纳森感到他往后靠着椅背，动手解开他夹克中间的几颗纽扣。

这些警察全都高大魁梧，笔挺的浅卡其色制服、佩戴颈带和金属饰带，擦得闪亮亮的皮枪套里装了华尔特自动手枪。罗珀的车子就停在一百码外。绿灯亮，但仍有两名警察挡在车前，第三名警察则在跟驾驶员说话，第四名警察则沉着脸扫视车内。车前的一名警察正在查看这辆沃尔沃的轮胎，另一名则检测着悬挂，车身晃了晃。

“这几位仁兄应该是想从我们这里捞点什么。你怎么想，西班牙佬？”弗里斯基问驾驶。

塔比拍拍夹克口袋。警察要二十美元，弗里斯基拿了十美元给驾驶员，驾驶员再将钱交给警察。

“有个王八蛋在营地偷了我的钱。”塔比在轿车开动时说。

“要回去找他算账吗？”弗里斯基问道。

“我要上厕所。”乔纳森说。

“你他妈的是需要塞子。”塔比说道。

他们跟着罗珀的车进入隶属北美的一块飞地，有草坪、白色的教堂、保龄球馆，一大群戴了发卷的军嫂正推着婴儿车散步。他们进到一处滨海地带，建于二十年代的粉红别墅排成一排，还架了巨型的电视天线及带刺的铁丝网和非常高的闸门。前面那辆车里的陌生男子正在找门牌号码。他们绕过转角，继续寻找。现在，两辆车都开进一座长满草的公园里。远远的海面上，集装箱货船、邮轮和油轮正排队等候进入运河。前面那辆轿车在林中一栋旧房子前停了下来，驾驶员按喇叭，房子的门打开，一个肩膀瘦削、身穿白色夹克的人沿着小径轻快地走过来。兰伯恩把他座位旁的车窗降下，叫他搭后面那辆。弗里斯基在座位上屈身向前，打开副驾驶座的车门。乔纳森瞥见一个戴着眼镜、一脸模范生样的阿拉伯年轻人上了车，坐在位置上一语不发。

“肚子怎么样？”弗里斯基问道。

“好点了。”乔纳森说。

“那就继续保持下去吧。”塔比说。

他们开上一条直路。乔纳森去过一所跟这里很像的军校。他们的右侧是一面架设了电缆的高耸石墙。墙顶有一束三股的刺铁丝网。他想起库拉索和那条通往码头的路，左侧巨大的广告牌有东芝、西铁城手表和玩具国。原来罗珀就是在这里买他的玩具啊，乔纳森荒谬地想。但当然不是。这里就是他辛勤工作并投下大笔金钱后领取报酬的地方。那个阿拉伯学生点了根烟，弗里斯基则作势咳了一下。前面那辆车弯进拱门后停住，他们则停在它后方。一名警察出现在驾驶员的车窗旁。

“护照。”驾驶员说。

弗里斯基拿出乔纳森和他的护照，坐在前座的阿拉伯学生抬起头，让警察看清他的脸。警察一一审视过后，挥手示意他们往前开。

他们已经进入科隆自由贸易区。

一家家时髦华丽的珠宝、皮草精品店，不禁令人想起迈斯特皇宫饭店的大厅。放眼望去净是亮眼的世界知名品牌商标，以及银行纯蓝的镜面玻璃。沿街都是崭新的汽车，亮红色的集装箱卡车来来往往，对着人行道上的行人喷出废气。商店尽管禁止贩卖零售商品，但大家还是照卖不误。巴拿马人本来是不可以在这里购物的，街上却满满都是巴拿马人。大多数还是坐出租车来的，因为出租车司机最懂得钻小路。

科尔克兰告诉过乔纳森，自由贸易区的官员每天上班时脖子、手腕和手指上都空空如也，但只要一下班，他们就会戴上闪亮的手镯、项链、戒指，仿佛盛装参加婚宴。他还说，从中美洲各国来的顾客飞进飞出，移民局或海关从不会刁难。这些人有的会在一天之内挥霍上百万美元，并为了下一趟在银行存入数百万美元。

前车开进一条两边都是仓库的黑暗街道，他们紧跟在后。滂沱大雨打在挡风玻璃上，仿佛决堤的泪水。前车上戴着帽子的陌生人正凝神研究名字和号码：

可汗食品、麦克唐纳汽车、海天食品饮料公司、特拉维夫亲善集装箱公司、阿赫巴尔服装公司、希腊农业公司、巴黎大亨餐厅、哥伦比亚调味品、咖啡及食品公司。

接下去是堵一百码的黑墙，墙上的牌子写着“老鹰”。他们在这里下车。

“我们要进去吗？屋里也许有厕所。”乔纳森又说，为了让塔比更清楚他的意思，又补了一句，“我现在又有点急了。”

他们站在没有街灯照明的阴暗小巷，气氛紧张。热带地区的暮色来得很快，尽管天空映着五颜六色的霓虹，在这条高墙和破烂街道构成的大峡谷底部，黑暗却很真实。众人不约而同望着那个戴帽的男人，弗里斯基和塔比分站乔纳森两侧，弗里斯基的手还按在乔纳森的大臂上。小托，我不是要抓住你，我只是怕人走丢。那个阿拉伯学生已经加入前面那一群人了。乔纳森看着那个戴帽男走进门里的黑暗，兰伯恩、罗珀和学生都跟进去。

“走。”弗里斯基低声咕哝。他们往前走。

“能帮我找厕所吗？”乔纳森说。弗里斯基紧紧地抓着他的手臂。

门廊里，反射的光照亮了红砖走廊尽头，两边墙上贴了几张海报，但光线太暗，看不清楚。他们来到了一个T字岔路，左转。那里灯光更亮，带着他们来到一扇装了玻璃的门前，玻璃上半部用大头钉钉着一块夹板，遮住底下的字。沉闷的空气中弥漫着一股仓库气味，混合了绳索、面粉、焦油、咖啡和亚麻子油的味道。门是开的。他们进了一间豪华的前厅。皮椅，丝制假花，玻璃砖一般的烟灰缸。中间的桌上摆着发亮的贸易杂志，谈的是哥伦比亚、委内瑞拉和巴西。角落里，隐秘的绿门上贴着一块牧羊女与绅士一同散步的瓷砖。

“快去快去。”弗里斯基伸手推了乔纳森一把，乔纳森坐在马桶上，膝盖上铺了张纸，潦草地写了点东西，硬生生让他的狱卒怒气冲冲地等了他两分半钟。

他们进入主办公室，这里头很大、漆成白色，没有窗子，帘箱照明，空心砖天花板，以及一张塞着空椅子的会议桌，钢笔、记事簿和水杯摆得像拿来用餐的地方。罗珀、兰伯恩和他们的向导站在房间一端。现在他认出向导了，原来是莫兰蒂。不过他的身体不知怎么了，夹杂着某种急躁或是憎恶的情绪，表情也像万圣节灯笼一样阴森恐怖。房间另一端，在第二扇门旁站着的那位，乔纳森记得他是早上军事演习时看到的农夫，他隔壁的斗牛士旁边是那些打扮得很隆重的年轻人之中的一个，身穿飞行夹克，沉着一张脸。沿墙还站了六个年轻人，一字排开，都穿着牛仔裤和运动鞋，也都因为在法贝热延长的停留的时间，身材练得很好，而且全都小心翼翼地将几把款型不一的乌兹冲锋枪贴在身侧。

身后的门关上，另一扇门打开，这才是通往真正仓库的门：不是“伦巴第号”集装箱船上那个镀了铁皮的黑洞，而是一个装饰得有些做作的地方：地面铺了石板，屋内立了几根铁柱，柱子与天花板连接处像棕榈树一样伞状扩开，大梁上还垂着几只满是灰尘的艺术灯罩。仓库面街道的那侧有几道车库门，全都是关上的。乔纳森数了数，一共十道，每道门上都各自有锁和编码，也有专属的隔间，每个用来存放一个集装箱和一架起重机。仓库中央，数以千计的瓦楞纸箱堆成棕色的小山，各个山脚下都有一辆叉车，将纸箱运往六十米外的邻街装入集装箱。在堆积如山的货品中，偶尔会看到一些日常用品：摆在那里等着特别打包的特大号陶瓷瓮缸、一堆录影机、几瓶次等苏格兰威士忌等。

然而那些叉车就跟这里的一切一样，无人看管：没有人或狗，没有夜班工人在打包间工作，也没有人打扫地板，只有令人感到亲切的杂货气味，还有他们走在石板地上发出的嘎吱声。

在“伦巴第号”集装箱船上，一切都要照程序行事。农夫和莫兰蒂领路，斗牛士和他儿子走在他们身后，接着是罗珀、兰伯恩与阿拉伯人，再来是弗里斯基和塔比，两人夹着乔纳森殿后。

它在那儿。

那是他们的奖赏，彩虹彼端的乐园，那堆物品中最高的一座。在自己的围栏中从地上直堆到屋顶；围栏外手持冲锋枪的战士围成一圈看守。每个箱子都有编号，箱外有色彩鲜艳的标签，上头画着一名咧嘴笑的哥伦比亚少年，拿着稻草编织的大帽子把咖啡豆丢着玩。第三世界快乐少年的模范：一口白牙、笑容灿烂，不沾毒品，热爱生命，就这样一路开开心心走向未来。乔纳森由左至右上上下下迅速计算了一下：共是两千箱——不，三千。他的代数忘得一干二净了。兰伯恩和罗珀一起走向前。头顶的强光将罗珀的五官刻画出凌厉的弧线，一如乔纳森初次见到走入迈斯特皇宫饭店大厅那座吊灯光影中的他，衬出他高大的身躯，还有一眼就能感受到的贵族气息。他挥去肩头的积雪，对埃伯哈特小姐挥手致意。即便现在已经是九十年代，他从头到脚仍一副八十年代极富冒险精神的商人模样：你好，我是迪基·罗珀。我的手下在这里订了几个房间。我们人还不少……

什么变了？过了这么久，经历了漫漫征程，到底什么变了？是头发变得更灰白，还是嘴角海豚似的笑容变得有些僵硬？乔纳森完全看不出他有任何改变。根据每一个他熟知的“罗珀风格”判断：偶尔轻弹手指、抚平耳朵上方翘出的头发，以及，这位大人物假装思考时故意歪着头的沉思模样——乔纳森完全看不出有何变化。

“费萨尔，那边那张桌子；桑迪，去挑个箱子……挑二十个过来吧，位置要不同。你们几个就待在后面。弗里斯基？”

“是。”

“他妈的，莫兰蒂跑哪里去了？——啊，在这里。莫兰蒂先生，来把这玩意儿运出去吧。”

这群人就这么散开，学生模样的阿拉伯人背对众人坐着，在等待的同时将夹克里的东西掏出来放在桌上。四个年轻战士守着那道门，其中一人拿了移动电话贴在耳边，其他人则快步朝纸箱堆跑去，穿过了那圈仿佛狩猎队一样全部脸朝外、手持冲锋枪的守卫。

兰伯恩指着那堆物品中央的某个箱子，两个年轻人把它使劲拉了出来、抬到学生身旁重重一放，再把原本就没有密封的箱盖拉起来。学生在箱子里摸索，掏出一件四方形、用粗麻布和塑料袋包起来的包裹。上面也贴着那个哥伦比亚快活少年。他把包裹放在面前的桌上，用身体挡住它。他的身体压得很低，时间仿佛暂停。乔纳森想起领圣餐时，神父会先背过身拿取圣体与圣酒，再分发给众人。那个学生的身子弯得更低了，仿佛进入某种全心投入的状态。过一会儿，他坐回原位，向罗珀点点头，表示认可。兰伯恩又从同一堆纸箱的另一个角落挑出一个箱子，两名年轻人又把它从纸箱堆中拖出来。那堆东西倾斜了一下，又恢复原状。然后他们重复了刚刚的仪式。如此这般，约有三十个箱子被他们一一地拉出来检查。无人动枪，也无人吭声。守在门旁的战士一动也不动。在偌大的空间中，只能听见箱子被搬动的声音。学生瞄了罗珀一眼，点点头。

"莫兰蒂先生。"罗珀开口。

莫兰蒂向前迈出一小步，但没作声。他眼神中的怨毒像是诅咒。他到底恨什么？是白人殖民者对他家园的强取豪夺，还是自己不该卑躬屈膝，相助这次交易？

"我想差不多了，品质没问题。现在来谈数量，如何？"

在兰伯恩的监督下，那些战士随意挑了二十个箱子装到叉车，再运到地秤上。兰伯恩从背光的刻度盘看重量，再从口袋里拿出一只计算器计算，把数字拿给罗珀看。罗珀似乎是同意了，因为他又肯定地大声对莫兰蒂说了些什么。莫兰蒂转身和站在他旁边的农夫一起带队回到会议室。乔纳森还盯着那辆叉卡车看，车子正将货物运到八号和九号室中间，然后把货物装入两个开口朝上的集装箱的第一个里面。

"我又想去厕所了。"乔纳森告诉塔比。

“我现在就宰了你。”塔比说。

“不用你，我来。”弗里斯基说道。

剩下的都是文书工作。所有人都知道，库拉索商道有限公司负责人唯一的责任就是在法律顾问的协助下做好文书工作。乔纳森签了三份文件，兰伯恩站在乔纳森身旁，莫兰蒂带着与他们签订合约的人站在他对面，签字时，他得以分辨出的内容：确认已收下五十吨高级哥伦比亚预烤咖啡豆的收据，证明上述货品的提货单和报关单正确无误——货物将由商道有限公司包租的货轮“奥拉西奥·恩里克号”，从科隆的自由贸易区载运到波兰的格但斯克；货物装载于第一七九及一八〇号集装箱。同时，还指示目前停泊于巴拿马市的“伦巴第号”船长必须接收几名新的哥伦比亚船员，并立即开往哥伦比亚西海岸的布埃纳文图拉港，不得延迟。

乔纳森按照需求，在所有需要签名的地方签名，然后放下笔，看了罗珀一眼，像是在说：“就这样。”

但不久前还很亲切的罗珀却对他视若无睹。并且，在他们走回那两辆车时，罗珀迈着大步走在所有人前面，仿佛表示接下来还有正事要办——至少乔纳森是这么认为的。因为这位近身观察者已经完全进入严阵以待的状态，更甚以往。他坐在两个押着他的人中间，望着路灯一路往后退。他被某种秘密的使命感掳获，仿佛在身上新发现了一个天赋。他有塔比的现钞——总共一百一十四美元——还有他坐在马桶上准备的那两个信封。他还记得集装箱及运货清单的号码，甚至那堆纸箱的号码——有个看来很像军校板球记分板的破旧黑色板条挂在纸箱堆上方，上头写着“托运货物五十四号”，就在“老鹰”标志底下的仓库中。

他们来到岸边，轿车停下，让那位阿拉伯学生下车。他一声不响地消失在黑暗里。

“很不幸的，现在情况紧急。”乔纳森冷静地说，“只要再三十秒，后果会如何我就无法预料了。”

“你真他妈的该死！”弗里斯基呵斥。

“快不行了，弗里斯基，你自己看着办。”

“你这恶心的家伙。”塔比说。

弗里斯基一边打手势，一边喊着“西班牙佬”，叫那位司机对着前车闪头灯，前车再次停下。兰伯恩把头伸出窗，对着后面高喊“他妈的又是什么事？”马路对面有座亮着灯的加油站。

“小托又要拉肚子。”弗里斯基说。

兰伯恩把头缩回车里，和罗珀商量了一阵，又把头伸出窗外，“跟他一起去，弗里斯基。不要让他离开视线。去吧。”

加油站是新建的，水管设备却没有别的加油站那么好，厕所狭小脏臭，不分男女，而且不是坐的，只能蹲着方便。弗里斯基等在外头，乔纳森在里面使劲装出痛苦呻吟，一边用膝盖当垫子写下最后一则信息。

巴拿马市里安德欧陆饭店的沃利策酒吧逼仄阴暗，周日夜晚由一位稳重的圆脸妇人主持。当鲁克在昏暗的空间中逐渐看清她的脸，惊觉她与他的妻子出奇地相似。她发现他是那种不需要别人陪着聊天的人，因此又端了一盘核桃给他，让他独自坐在那里喝矿泉水，她便自顾自地继续占星。

疲倦的美国士兵在大厅里三五成群地闲晃，沉溺在巴拿马多姿多彩的夜色中。一截短短的阶梯通往酒店赌场门口，客气的告示规定客人不得携带枪支进场。鲁克看到几个幽灵似的身影在玩百家乐纸牌和老虎机。距离他不到六英尺处摆了一架白色的沃利策风琴，令他想起小时候的电影。电影里的风琴师身穿闪亮的西装，坐在白色的梦幻之船里从地牢而来，坐到风琴前，弹出观众耳熟能详的曲子。

其实鲁克对这些事情没有太大兴趣，但对于一个处于绝望状态、枯坐等待的人而言，不找些事情分散注意力，实在有碍健康。

起初，他坐在自己房里，靠电话很近，因为怕空调哗啦啦的声响会盖掉电话铃声。后来他干脆把冷气关了，直接打开那两扇通往阳台的落地窗，结果西班牙大道上的喧嚣吵闹吓了他一跳，只好赶紧把落地窗关上，躺回床上，闷在房里足足一个钟头之久。他阳台的窗户和空调都关着，不流通的空气令他昏昏欲睡，打起盹来。于是他又打电话给总机，说他现在要去一下游泳池，如果有人打电话找他，请他们别挂，等他到池边再转接给他。他一到达池边就给了那位侍者十美元，请他转告饭店经理、电话总机及门房，提醒他们说，如果有任何来找四〇九号房罗宾森先生的人，就说他正在泳池边的六号桌吃晚餐。

他坐下，凝视被灯光照得碧蓝的空荡泳池以及同样空荡的桌子，抬头看那些高耸建筑的窗户，对面池边酒吧的内线电话，望了望正在烤他的那块牛排的少年，以及为他一人演奏伦巴舞曲的乐队。

牛排端来了，他配着气泡矿泉水囫囵吞下肚，就算他认为自己和别人一样清醒，但如果现在喝了酒，还是很可能在等电话的时候睡着。尽管那名身份曝光的士兵捎来信息的概率微乎其微，也不能轻易错过。

到了十点钟，桌子逐渐坐满，他开始担心十块美元的效力是否也逐渐失效。于是他转到酒吧里——也就是他此刻坐的地方。在这里，那位貌似他妻子的女侍放下电话，对他苦笑了一下，说：

“你是四〇九房的罗宾森先生吗？”

他的确是。

“亲爱的，你有个访客。他说要亲自见你，是急事。不过是个男的。”

对方确实是位男士。巴拿马人，矮个子，细皮嫩肉，一副亚洲人面孔。他眼皮厚重，穿着黑色西装，散发一股神圣的气质。他身上那套西装熨烫过，挺得像军服一样，很有政府派来的信使或企业家的架势。他有着波浪发型，衬衫洁白无瑕，名片设计成便利贴的形式，可以贴在电话旁。上头以西班牙文和英文写着：“桑切斯·赫苏斯-马里亚·罗马瑞兹二世，二十四小时服务，高级轿车司机。能讲英文。”但是——唉，还没有讲得很好。他说，他的英文可以日常对话，但没有那些教授学者那么好。他露出无可奈何的笑容。他主要是从美国和英国客人那儿学来的，尽管小时候在学校里学过一些，但是——唉，学得还是不够。因为父亲和他自己都不富裕，只能望书兴叹。

说完这段悲伤的开场白，桑切斯盯着鲁克，言归正传。

“我的朋友，罗宾森先生，请原谅我。”桑切斯那双粗短的手伸进黑色西装的口袋，“我来这里，是为了向您收取五百美元。先生，谢谢。”

鲁克突然有些担心，难道他被设计了吗？成了某起精心策划的骗局的冤大头，最后可能得付出大笔金钱买一张前哥伦布时期的手工艺品，或是跟这个恶棍的姐妹度过一晚？但事情不是他想象的这样。桑切斯交给他一个厚重的信封，封口上有个像是钻石的图样，印着凸起的“水晶宫”字样。鲁克打开信封，取出了乔纳森用西班牙文手写的信，希望送信人对随信附上的一百美元感到满意，并且承诺送信人，如果他能亲手把信交给巴拿马城里安德欧陆饭店的罗宾森先生，还能额外获得五百美元的酬劳。

鲁克屏住了呼吸。

他虽暗自高兴，新的恐惧却又笼罩了他——很明显，桑切斯为了贪得更多酬金，挖空心思拟定了一个蠢计划要引他上钩：他很可能先把信收在保险箱中，或是交给他的女友，让她把信藏在床垫底下，以防这个英国佬强行从他手中把信抢走。

“第二封信呢？”

驾驶员摸了摸胸口，“先生，就在这里，在我的口袋里。我是个诚实的司机，先生，当我一发现这封信留在沃尔沃车的后座上，我立刻火速开往机场，不管什么交通规则，赶紧把信交给那位不小心把它落在车上的无名贵客。我这样做不是为了什么报酬……先生，我就直说了，我没有侮辱你朋友的意思，因为我车上的乘客跟前一辆车的客人实在不是同个层次的——前面那车的司机是我同事多明格斯。我车上的乘客还无礼地叫我什么‘西班牙佬’……但先生，后来我一看到信封上的字就知道，我应该维护的人不是他们……”

桑切斯·赫苏斯-马里亚非常顺从地暂停了这些赘述，因为鲁克来到柜台前，兑换了五百美元的旅行支票。

26

希斯罗机场，湿气厚重的英格兰冬日早晨八点。伯尔身上是他在迈阿密一向穿的衣服，古德休则穿着雨衣，戴着他骑自行车时会戴的鸭舌帽，在旅客抵达的闸门附近走来走去。伯尔注意到他神色坚毅，但眼神太明亮，右眼轻轻地抽搐。

“有什么消息？”两人还未握手，伯尔就先开口问道。

“什么消息？谁的消息？他们什么也不会告诉我。”

“喷气式飞机啊！他们追踪到它了吗？”

“他们什么都不会告诉我，”古德休又说，“就算你手下的人穿着闪亮的盔甲、大摇大摆跑到华盛顿的英国大使馆，我也不会收到任何通知。不论什么事，都由固定的渠道传达出去。外交部、国防部、河府，甚至内阁也不例外。每个人都是别人的资讯中转站。”

“不过两天而已，他们就两度跟丢那架飞机。”伯尔说。他一脚把一部行李推车给踢开，费劲地拿出自己的行李朝机场门口的出租车候客处走去，“一次可以说是大意，两次就是故意了。那架飞机在晚上九时二十分飞离科隆，我的人在上头，罗珀、兰伯恩也是。他们有空中预警机在该区上空盘旋，每个环礁都有雷达扫描——什么玩意儿他们都有。怎么可能跟丢一架十三人座的飞机？”

“伦纳德，我被踢出来了。我想紧盯他们，但他们防我防得很紧，让我忙到没有时间。你知道他们怎么喊我吗？——情报大统领！这是什么古代的说法？达克尔居然有幽默感，我实在很意外。”

“他们把错都推到斯特雷斯基身上，”伯尔说道，“说什么没有对线人尽到应尽的职责、逾越权限、对英国人太友善等。只差没指控他谋杀阿波斯托尔了。”

“旗舰。”古德休压低声音为他加上注解。

伯尔发现他脸色变了，脸颊非常红，双眼周围却白得令人费解。

“鲁克呢？”他问，“罗布在哪儿？这时候也该回来了。”

“听说在路上。所有人都在路上。当然是啦。”

他们也加入等出租车的队伍。一辆黑色的出租车开过来，一名女警叫古德休上前一步。两个黎巴嫩人想要插队，伯尔挡住他们，打开车门。古德休一坐定就开始发话。语气冷淡，可能正重新感受那次差点害他送命的交通事故。

“我老板在吃熏鳗鱼时告诉我说：中央政府权力下放已经过时了。然后他在享用烤牛排时又对我说：私家军队充其量只能算散置甲板上的大炮，发挥不了什么作用。虽然小的情报机构应该保持自主权，但从今以后，他们必须接受河府的家长指导。新的白厅已经诞生，联合指导委员已死——‘家长指导’万岁！喝葡萄酒时我们谈到如何使组织简化，而他向我道贺，要我来负责简化的程序。我会进行简化，但得在家长指导的条件下进行，也就是说必须迎合达克尔那不羁的作为。不过——”他突然往前倾，转头看着伯尔说：“我依旧是‘联合指导委员会’的秘书，而且一直会是，除非我英明的老板心中另有人选，又或是我自己提出辞呈。还是有脑子正常的人，我一直在注意。我们不能因为少数几个坏苹果就一竿子打翻一船人。我的老板是可以说服的，这里是英国，我们都是好人。无论何时何地，事情都可能出差错，但最终光明与正义的一方会获胜。我是如此相信的。”

“‘伦巴第号’上的武器跟我们的预测一样，是美国的武器。”伯尔说，“他们现在采购的是西方最好的武器，如果英国的武器好，他们也会买一些，还会用来进行训练，还会到法贝热去向客户展示他们能提供的武器。”

古德休僵硬地转头面对车窗。不知怎么，他好像没办法自在地活动。“原产国提供不了什么线索，”他言之凿凿、夸张地反驳，仿佛就算知道自己的立场薄弱，也得极力捍卫，“我们能动手脚的只有中间的传话人，这你比谁都清楚。”

“根据乔纳森的字条，那个营地有两名美国训练人员。他提到的还只是军官。他怀疑那里也有美国军士。两个同卵双胞胎很强势，问到乔纳森从事什么行业时非常无礼。斯特雷斯基说他们一定是兰利去的约克兄弟，过去在迈阿密工作，为桑地诺政权招兵买马；三个月前，阿玛多在阿鲁巴看到他们和罗珀一起喝香槟王——还声称在那儿卖农场。整整一星期后，那位与众不同的安东尼·乔伊斯敦·布拉德肖爵士放弃东欧和俄国造的武器，开始拿罗珀的钱改买美国货。罗珀从未雇用过美国的训练人员，他不信任他们。那他为什么还招揽他们到那儿去？他们在为谁工作、向谁汇报？为何美国情报机构突然破绽百出？雷达真扫描了所有地方？他们的卫星为什么没有揭露哥斯达黎加边界的军事活动？战斗直升机、军用货车和轻型坦克呢？是谁跟军事组织谈判、谁告诉他们阿波斯托尔的事，谁批准那些组织折磨他、在执法小组快要抓到他们的时候除掉这个超级内线？”

古德休仍看着窗外，不愿再听下去。“一次只处理一件危机，伦纳德。”他咬紧了牙要求道，“现在，你眼前有一整船的武器，先不管武器从哪儿来，总之它们要运到哥伦比亚去，还有一整船的毒品，要运到欧洲大陆来。一个大恶棍逍遥法外，一个情报员得营救。盯紧目标，不要被其他事物分散注意力。我以前就是栽在这些地方。达克尔……支持者名单……政府的关系……那些大银行……金融机构……又是达克尔……情报局的人……不要因为这些细枝末节分心，因为你永远也抓不到他们，他们也永远不会让你碰触到，到头来你只会发疯。把能处理的事情处理好。专注在事件上、真相上，一次处理一件危机。我是不是见过那辆车？”

“现在是高峰，雷克斯。”伯尔温和地说，“这些车你都见过。”然后，伯尔又用温和的语气开口，仿佛在安慰一个受到打击的人，“我的人把它偷出来了，雷克斯。他偷到了王冠上的珠宝。货船和集装箱的名称和号码、科隆仓库的地点、运货单号码，甚至他们用哪些箱子存放毒品。”他拍了拍胸膛的口袋，“我没有用密码传给你。我谁也没讲，连斯特雷斯基都不晓得。知道的人只有鲁克、我、你，还有我的人。就我们四个。这不是旗舰行动，雷克斯，这仍然是帽贝行动。”

“他们把我的档案拿走了，”古德休自顾自地说，又不听伯尔讲话了，“我把这些档案放在办公室的保险箱，它们全都不翼而飞。”

伯尔看了看手表。在办公室里刮胡子吧，没时间回家了。

伯尔应约前来。步行拜访。他周旋于伦敦上流社会的秘密金三角——白厅、威斯敏斯特和维多利亚街。他穿着向大楼管理员借来的蓝色雨衣，里面是一套好像他穿着上床睡觉的驼色薄西装。事实也的确如此。

伯尔还在河府工作的时候，与黛比·马伦结下友谊。他们念同一所文法小学，在同样的考试中获得同样优异的成绩。她的办公室在他楼下一层的地方，藏在某道蓝色钢门后面，上面标着“禁止进入”。

伯尔透过玻璃墙看见许多职员，有男有女，辛勤地在屏幕前工作或打电话。

“好像有人休假没事做哦。”黛比看着他的西装，“有何贵干，伦纳德？听说他们要扯下你们的黄铜门牌然后把你们送过河去。”

“黛比，有一艘叫‘奥拉西奥 · 恩里克号’的集装箱船，在巴拿马注册，”为了跟她拉关系，他说话时还特别加重了约克郡口音，“四十八小时之前，她停在科隆港的自由贸易区，目的地是波兰格但斯克。根据我的推测，她现在已经在驶往大西洋的公海上。我们得到情报，船上有可疑物资，我希望能追踪并监听她，但不希望你发出搜索请示。”他像以往那样对她笑了笑，“黛比，我想保护我的消息来源。事情非常敏感，绝对保密，私下进行。能看在我们是老朋友的分上帮一个忙吗？”

黛比 · 马伦很漂亮，想事情的时候习惯用右手食指的关节抵住牙齿。可能是为了掩饰心中感受，眼神却无法藏住。她先是瞪大了双眼，然后盯着伯尔寒酸的西装最上方的一颗纽扣。

“你说船叫恩里可什么，伦纳德？”

“是‘奥拉西奥 · 恩里克号’。黛比，总而言之，那是一艘巴拿马籍的船。”

“我想我听到的也是这样。”她把目光从伯尔的西装移开，在一个标了红色条纹的档案里翻找，终于找到了她要的档案，递给伯尔。档案夹里有张压印且盖有印章的蓝纸，一看就知道是部长专用信纸。标题是“奥拉西奥 · 恩里克号”，上面有一段用特大字体写下的话。

上述船只为一高度敏感行动的关注对象，如在无明显原因下改变航向，或于海上或港口进行其他非正常活动，很可能引起贵单位注意。由贵单位收集到一切有关该船活动的情报，无论来源属于公开或机密，不可延迟，仅能交由河府采购研究小组处理。

文件上盖了“最高机密，旗舰，警戒”的戳记。

伯尔将档案还给黛比·马伦，露出悲哀的苦笑。

“我们好像有点越界了，”他承认道，“到头来，所有东西都落到同一个人的口袋里。黛比，我在追踪‘伦巴第号’，你有没有跟她有关的消息？她是不是还在那一带水域航行，就是运河的另一端？”

她的眼神又回到他脸上，没有移开，“你是水手吗，伦纳德？”

“如果我说是，你会做什么？”

“如果是，我就得打给杰弗里·达克尔，查清楚你是不是在鬼扯。”

伯尔认真施展他的个人魅力，“黛比，你应该很清楚我。诚实是我的中间名。如果连这些你都不能讲，那么我就请教你别的：那艘名叫‘钢铁帕莎号’的海上豪华酒吧，船主是位英国人，四天前从安提瓜出发，往西航行。你们有没有人在监听她？我需要她的情报，黛比。我有急需。”

“伦纳德，你之前就这么对我说过一次，当时我也有急需，就把情报给你了。可是，当时这么做对你我都不会带来什么坏处，但现在已经不一样了。不是我打电话给杰弗里，就是你马上离开。你自己选。”

黛比仍面带微笑，伯尔也是。他走过一排工作中的员工，僵着笑脸走到街上。伦敦的潮湿扑面而来，仿佛笨重的一拳打在身上，让他压抑的情绪爆发成满腔愤怒。

三艘船！往三个不同方向！明明是我的人、我的军火、我的毒品、我的案子——却告诉我不关我的事？

不过，当他来到德纳姆富丽堂皇的办公室时，他又恢复了先前的阴郁严肃，也是德纳姆最喜欢他的样子。

德纳姆是个律师，和哈里·帕尔弗里完全不是一路人，却在过去做着帕尔弗里的工作，在采购小组沦为达克尔那伙人的天下之前，他是小组的法律咨询顾问。当伯尔对那些不法之徒发动激烈攻势，德纳姆不时会激励他奋勇前进；当他遭遇挫折，德纳姆又鼓励他振作起来；当达克尔夺权成功、帕尔弗里鸠占鹊巢，德纳姆戴上帽子，一声不响地过了河，回到这里。但他一直都是伯尔的拥护者。如果要说伯尔还对谁有把握，希冀着白厅的法务官员中仍有人与他志同道合，德纳姆绝对是他最忠实的盟友。

“嘿，伦纳德，真高兴接到你的电话。冻坏了吧？不过恐怕我们这儿没有毛毯，虽然我有时会觉得我们应该要准备几条。”

德纳姆看着像个纨绔子弟。他个子高瘦，看起来难以捉摸。像学生一样利落的头发已经有些灰白；宽条纹西装里面是夸张的背心和双色衬衫。但他真正的个性其实跟古德休一样相当节制。按照他的身份，他的办公室其实可以布置得相当奢华。这间办公室层高高，角线高雅，家具也体面，却给人一种教室的感觉。壁炉里塞满红色玻璃纸，盖了薄薄一层灰尘。某张十一个月前寄来的圣诞卡，卡片上的景色是雪中的诺里奇大教堂。

“我们见过。我是盖伊·埃克尔斯。”说话的是个身材矮胖、下巴突出的人。他正坐在办公室中央那张桌前读电报。

我们的确见过，伯尔默默在心里想道，并回应了他的招呼：你是通讯部门的单身汉埃克尔斯，我从来都不喜欢你。你打高尔夫球，开捷豹。你到这里来做什么？不请自来、搅乱我的会议？没人请他坐，他自己坐下来了。德纳姆正在设法打开那个克里米亚战争时期的暖气装置，但不是旋钮卡住，就是他转错了方向。

“我心里积了一些牢骚，不吐不快。德纳姆，你是不是也一样？”伯尔故意不睬埃克尔斯，直接对着德纳姆开口，“时间快不够了。”

“如果你讲的是帽贝计划，”德纳姆最后又试了一次，用力转动那颗旋钮，“有盖伊在也好。”他似乎不是很想坐在自己的办公桌前，于是在扶手椅上坐下，“这几个月，盖伊一直往返于巴拿马和这里，”他解释道，“是不是啊，盖伊？”

“去做什么？”伯尔说。

“只是去观光一下。”盖伊说。

“我要强制令，尼基，我需要你帮我扭转情势。我们做情报工作的目的就是这个，你忘了吗？我们彻夜不眠，不就是为了这一刻？”

“是，是，的确如此。”德纳姆表示同意，仿佛伯尔讲得很有道理。

埃克尔斯对着他在电报里读到的内容微笑。他面前有三个托盘，他从其中一个托盘里拿起电报，读完后又把它扔到另一个托盘上。他今天的工作内容大概就是这个吧。

“不过，还是要看看可行性的，不是吗？”德纳姆说。他靠着椅子的扶手，伸直了长腿，细长的手臂插在口袋里。

“我的报告就是关于可行性的，古德休呈给内阁的仲裁协议书——如果他那份真的送到的话——说的也是这个。还记得这句话吧，尼基？有志者什么？我们不会躲在背后议论。你还记得吧，我们要所有相关的国家都坐下来、开诚布公地谈一谈。跟他们正面对决、逼他们直接说出‘不’。国际的强硬作风。你以前说过，我们都说过。”

德纳姆站起来，大步走向他办公桌后面的那堵墙，从厚重的平纹细布窗帘中拉了拉一条细绳，露出一大张塑封的中美洲地图。

“我们一直在思考你的事呢，伦纳德。”他狡猾地说。

“这正是我想做的呢，尼基，我自己也思考了很多。”

一艘正在离开科隆港的红色船只被特别标出来，其余还有六艘灰色的离港船只。巴拿马运河南端也分别以不同颜色的线条画出向东与向西的航线。

“我向你保证，你勤奋工作的时候我们也没闲着。船啊，啊嗬。那艘‘伦巴第号’，甲板上装满军火——希望是这样没错，因为如果不是，我们就真的死定了；不过那又是另外一码事。”

“这是这艘船的最新位置吗？”伯尔说。

“我想是。”德纳姆说。

“这是我们得到的最新位置，毋庸置疑。”埃克尔斯又将一张绿色电报扔进中间的文件托盘。他的口音是苏格兰低地，不过伯尔之前忘了，现在他又想起来了。如果问他哪种口音听在他耳中活像是指甲刮黑板，那绝对是苏格兰低地腔。

“这阵子美国表亲的脑袋转得真是慢，”埃克尔斯先吸了一下门牙才说，“那个什么万顿的女人搞出来的——什么芭芭拉的，每样东西都要给她一式三份。”他又吸了一下门牙，表示不屑。

不过伯尔还是只对着德纳姆说话，因为怕自己会按捺不住发脾气，“一共有两种速度，尼基，‘帽贝’的速度与其他速度。美国表亲一直在敷衍他们的执法小组。”

埃克尔斯没有抬头，依旧在读电报。“中美洲在美国表亲的职权范围里，”他又用他特有的口音说，“所以由美国表亲监视、窃听，我们则接收他们的情报。这就像是放两条狗去追一只野兔，根本没有意义，一点都不符成本效益——特别是现在这种时候，”他又把一份电报扔进托盘里，“事实上这真他妈的浪费钱。”

德纳姆没等埃克尔斯说完就插话，似乎急着要把事情说清楚。

“就假设这艘船在她上次被标出的位置上，”他用瘦如树枝的食指指着“伦巴第号”的船尾，语气积极，“她有哥伦比亚船员——尽管未经证实，但我们就先这么假设。船朝巴拿马运河和布埃纳文图拉航行，和你那份惊人的情报来源完全吻合。这家伙太厉害了——是男的干的？还是女的？还是一个东西？若一切正常，也假设这船会尽其所能地表现得正常一点，那么，她就会在今天的某个时刻到达巴拿马运河，是吧？”

但没有人应声表示认同。

“这运河是条单行道。早上往下走，下午往上走，还是我讲反了？”

一个一头褐色长发、身材高挑的女子走进来，没对任何人打招呼，裙摆一扫就坐到电脑前面，像是准备开始演奏古键琴那样。

“要看情况。”埃克尔斯说。

“没有什么事能阻止她掉转航向驶往加拉加斯。”德纳姆用手指将“伦巴第号”推进巴拿马运河，“不好意思，普丽西拉——或者一路往上到哥斯达黎加，还是别的地方。又或者，只要那些卡特尔能保证港口的安全无虞，他们也有可能往下走，从西边去哥伦比亚。那些卡特尔神通广大，几乎什么都能办到。不过，我们仍认为他们会去布埃纳文图拉——因为是你让我们这么判断的。我就是因为你的信息才会在我这张大地图上画这么多线。”

“有一整队的军用卡车排在布埃纳文图拉等着迎接他们。”伯尔说。

“这个消息还未经证实。”埃克尔斯说。

“已经证实了。”伯尔说，但声调完全没有拉高，“是斯特雷斯基那位已故的消息来源从莫兰蒂那里得到的情报。此外，我们还从卫星上拍到卡车行驶在那条路上的证据。”

“那条路上随时都会有卡车往返，”埃克尔斯举起两只手，交叉叠在头上，仿佛光是看到伯尔就让他精疲力尽，“不管怎么说，斯特雷斯基已故的消息来源没有什么可信度，甚至有为数不少的一派认为他一开始就在胡搞，什么密报都是捏造的。他们以为这样做就可以得到多一点宽恕。”

“德纳姆。”伯尔对背朝他的德纳姆说。

此时德纳姆正将“伦巴第号”移向巴拿马湾。

“伦纳德。”他回应。

“我们要不要登船检查？要逼她靠岸吗？”

“你说的‘我们’，是指‘美国人’吗？”

“谁都行。总之要还是不要？”

埃克尔斯为伯尔的顽固摇了摇头，又将电报扔进托盘里。坐在电脑前的女孩将头发拨到耳后，继续敲键盘。伯尔看不到她的屏幕。她的舌尖从两排牙齿之间伸了一点出来。

“当然要，但这事麻烦透顶啊！你懂吧，伦纳德？”德纳姆激动地说，“抱歉，普丽西拉——如果‘伦巴第号’靠了岸，就真的得感谢上帝——我是说美国人哦，不是我们。”他那只套在条纹衬衫里的手臂像掷保龄球一样画了个大弧，最后指向那些沿着巴拿马湾和布埃纳文图拉之间曲曲折折海岸线行驶的路径，“如果真是那样，就我们所见，从字面上的意义来说，她真的把美国人逼到死角了。‘伦巴第号’直接由巴拿马领海驶进哥伦比亚领海……懂了吧？那些可怜的美国人完全没机会登船。”

“为什么不干脆在巴拿马水域把它扣住？美国人完全掌控了巴拿马，他们是那里的王者——至少他们是这样想的。”

“恐怕完全不是这样。如果他们要大张旗鼓地以武力攻下‘伦巴第号’，前面就非得有巴拿马海军开道。喂，不要笑。”

“笑的是埃克尔斯，不是我。”

“而且，为了让巴拿马人加入，跟我们一起行动，他们得先证明‘伦巴第号’触犯了巴拿马法律——事实上她并没有——她充其量只是从库拉索过境巴拿马领海，驶往哥伦比亚罢了。”

“可它装了满满一船的非法枪炮啊！”

“只有你——或者说你那个消息来源这么说。当然，我们都非常希望你，又或者你手下的小伙子？小女生？还是那玩意儿？说得没错。可是‘伦巴第号’没有做对不起巴拿马人的事，何况她还是巴拿马注册的船。巴拿马人可是非常不愿意被人发现自己先给人方便，一转身就把美国人找来毁了这个方便的。如果我们就事论事，此时此刻想叫巴拿马人采取任何行动都难如登天。这恐怕叫诺列加忧郁症吧。啊，再次抱歉，普丽西拉。这更像是把恨意都压在心里，试图先安抚受到重创的民族自尊心。”

伯尔站了起来，埃克尔斯戒备地看着他，仿佛一名发现状况不对的警察。德纳姆一定也听到他站起来了，却仍看着地图，拿它当挡箭牌。叫普丽西拉的女孩没继续敲键盘。

“好吧，那就在哥伦比亚水域采取行动！”伯尔几乎是吼道，戳着布埃纳文图拉以北的海岸线，“就靠哥伦比亚政府了。我们这是在帮他们清理门户，不是吗？我们是在帮他们摆脱可卡因集团带来的伤害，替他们端掉毒品实验室，不是吗，尼基？”他的声音变小了一些。也许不止一些，但他自己觉得只有一些，“哥伦比亚政府一定不会乐见大量武器输入布埃纳文图拉，让那些新的贩毒集团武装自己。德纳姆，我是说，我们是不是把先前谈过的事情都忘得一干二净了？不过是昨天的事而已，现在就突然变成最高机密了吗？麻烦你给我一个合理的解释。”

“如果你以为哥伦比亚政府可以跟那些非法集团切割得干干净净，就是异想天开。”德纳姆反驳，语气似乎比之前更斩钉截铁，“如果你认为拉丁美洲的经济可以跟可卡因完全分开，就是在说大话。”

“不如说只是自慰。”埃克尔斯纠正，但对普丽西拉没有显露丝毫歉意。

“很多人把古柯树当成上帝赐予的双重祝福，”德纳姆继续说，用一堆听起来非常悦耳的借口为自己开脱，“不只山姆大叔刻意用它毒害自己，还在享受的时候用这玩意儿让受到压迫的拉丁美洲人得以致富。还有比这更愉快的事吗？可想而知，哥伦比亚人一定会非常乐见美国人从事这类投资。他们来不及集结到人手去拦下这批货物。我们恐怕得花上好几周的时间进行外交斡旋，然而在这个时节，很多人正在度假，光是要找到人都成问题。再说了，他们还会要求有人支付拖船进港的费用——卸货啊、加班啊，还有被占用的社交时间等。”他这场演说的力道很能安定人心，一面厉声谴责，一面注意他人发言真不是件容易的事，“而且他们会要求合法补偿，以免‘伦巴第号’货轮真的未装运违法货品。这也无可厚非。如果她的确运载了违法货品——我非常愿意相信她有——那么，一旦将违禁武器没收，大家又会针对货主的身份争得面红耳赤。还有，全部事情了结后，由谁保管违禁的军火？之后又要回销给哪些组织？还有，谁会被关起来？关在哪里？关多久？他在牢里的时候，要提供多少妓女让他开开心心坐牢？究竟要允许多少暴徒来照料他？要给他多少条电话线路，供他经营事业，下达暗杀命令，跟他手下的五十家银行经理交谈？然后六个星期过去，当他觉得他已经坐牢够久，不愿再待在里面，谁会领钱走路？谁会颜面尽失？谁会得到升迁？又是谁会在他越狱潜逃的时候获颁英勇奖章？与此同时，你的军火依旧会安全地保存在那些受过训练、知道如何使用的人手中。这就是哥伦比亚，欢迎你啊。”

伯尔集合他仅存的自制力。他在伦敦。他在一块由幻想的力量创造出来的土地上。他就站在它神圣的总部中。他已经把最明显的解决方案留到最后，因为他知道，在德纳姆的世界里，最明显的方向就是最不可能成功的方向。

“那好吧，”他反手敲着地图上的巴拿马中央地带，“我们就在‘伦巴第号’货轮进巴拿马运河的时候抓她。这条运河是美国人管的，当初也是美国人挖的。我们还有十个更好的理由对这件事坐视不管吗？”

德纳姆惊讶得几乎说不出话。

“老兄啊！如果我们这么做，就会违反这条运河协定中最神圣不可侵犯的条款——无论美国人，还是巴拿马人，任何人都无权对任何船只进行搜索，除非他们能证明该船会对运河造成实质上的危害。我想，假如船上装满即将引爆的炸弹，搜索的理由就可以成立。不过这些炸弹必须是老式的炸弹，而不是新式的。如果你能证明它们会爆炸，还得有十足的把握。如果这些炸弹都经过适当的包装，那你就死定了。你能证明到那个程度吗？无论如何，总之此事必须完全交由美国人来处理。谢天谢地我们现在都还只是旁观，情况若有利就靠近一点；情况若不利，就算是要采取行动也得离它远一点。如果有人要求，我们或许会对巴拿马人采取外交照会——当然，还是得跟美国人一起，助他们一臂之力。如果美国逼我们，我们也许就会对哥伦比亚采取行动。我们这边也没什么好损失的，至少现在如此。”

“什么时候？”

“什么‘什么时候’？”

“你什么时候会设法动员那些巴拿马人？”

“大概明天吧，也有可能再拖一天。”他看了一下手表，“今天星期几？”对他来说，不知道这件事好像很严重似的——“要看两国大使忙到什么程度。普丽西拉，狂欢节是什么时候，我忘了。噢，这位是普丽西拉，没有早点介绍，实在抱歉。”

普丽西拉轻轻敲着键盘，一边表示：不用介绍，大家都知道。埃克尔斯还有更多电报。

“德纳姆你可是全程参与了这件案子啊！”最后一次，伯尔恳求他以为他了解的那个德纳姆，“是什么变了？联合指导委员会开过多少有关政策的会议？每谈到一种偶发状况，你就提出三种可能结果！如果罗珀走这一步，我们就走那一步——不然这么做，再不然就那么做——没忘吧？我见过会议纪要，你和古德休早就跟美国人说好了。A 计划，B 计划。这些方案到底出了什么问题？”

德纳姆完全不受影响，“伦纳德，要针对假设性的事件进行磋商非常困难，尤其是和你那位拉丁部长。你应该来我的位置待几个星期看看。你必须拿出事实给他，要是拿不出具体证据，你那位部长不可能让步。”

“就算拿出事实他也不会让步。”埃克尔斯低声表示。

“我提醒你，”德纳姆说，“从目前我们听到的消息，美国表亲正使尽一切手段让这家伙就范，我们这点微不足道的力量根本起不了任何作用——毋庸置疑，亲爱的凯蒂会在华盛顿尽数排除一切障碍。”

“凯蒂真是太了不起了。”埃克尔斯表示同意。

伯尔只剩下最后一个错得离谱的招数。一如他偶尔犯下的鲁莽之举，通常他话一出口就立刻感到后悔。

“‘奥拉西奥 · 恩里克号’呢？”他不客气地问，“我只要强调一点，德纳姆，这艘船目前正驶往波兰，船上的可卡因足以让全东欧整整六个月都飘飘欲仙。”

“我想你找错边了，”德纳姆说，“去北方部门问，它就在楼下。或是去问海关。”

“你怎么这么确定她就是你要找的船？”埃克尔斯问道，又笑了。

“我的消息来源。”

“她的甲板装了一千两百个集装箱。你要一一打开检查吗？”

“我知道号码。”伯尔回答，但自己都不相信自己说的。

“你是说你的消息来源知道？”

“我是说我知道。”

“知道集装箱的号码？”

“对。”

“算你狠。”

伯尔心中的无名火尚未消退，大楼管理员又从门边递给他一张纸条。这次是他在国防部的另一个朋友写给他的，由于某个意料之外的危机，很遗憾，中午无法如期与他会面。

经过鲁克的门口，伯尔闻到润肤露的味道。鲁克挺直了腰杆坐在办公桌前。刚旅行回来，他换了衣服，弄得整整齐齐，袖套里有条干净的手帕。他桌上待处理的文件托盘中放着当日的《每日电讯报》。搞不好他从来没离开这附近过。

“五分钟前我才打电话给斯特雷斯基，罗珀那架飞机仍不见踪影，”鲁克说，伯尔连发问的机会都没有，“空中监测单位编了个什么雷达黑洞的荒谬说法。要我说，我会说那是一派胡言。”

“所有事情都按照他们的计划进行。”伯尔说，“毒品、武器、金钱，全部畅行无阻地驶往目的地。鬼使神差，完美的犯罪。罗布，正确的事都违法，卑劣的行为却合乎法制——还真是白厅万岁万万岁。”

鲁克在一份文件上签字，“今天下班前古德休要一份帽贝行动的摘要。三千字，不要多余的形容词。”

“他们把他带到哪里去了，罗布？在我们计较形容词的时候，他们正在对他做什么？”

鲁克握着钢笔，继续研究放在他面前的文件。“你那位布拉德肖一直在窜改账本，”他说，语气仿佛只是俱乐部会员在相互谴责，“他帮罗珀采购的同时也在敲诈他。”

伯尔从鲁克肩后看到他办公桌上有一份安东尼·乔伊斯敦·布拉德肖爵士的文件，是他以罗珀代理人的名义违法采购英美各项武器的摘要。旁边则是乔纳森拍下的一大堆照片——罗珀办公室文件收纳架上写有铅笔数字的文件——两份资料间的差距高达数十万美元，全都成了布拉德肖的囊中物。

“还有谁见过这份资料？”

“只有你和我。”

“那就别告诉其他人。”

伯尔叫来秘书，怒气冲冲地迅速口述了一份精彩的帽贝行动摘要——没加任何形容词。他留了命令给下属，要他们随时通知他形势发展，然后回到妻子身边，趁着孩子在楼下吵闹跟妻子做了爱。之后，他和孩子玩耍，妻子则去忙她的事。他回办公室，独自检查鲁克的数据，调阅从罗珀和伯克郡纽伯里的安东尼·乔伊斯敦·布拉德肖爵士那里截听到的传真和电话内容。接着他又抽出多份布拉德肖的个人资料，从六十年代开始。那时，他还只是非法贩卖军火的新手、赌场兼职庄家、富有老女人的伴游，顺便担任英国情报局麾下一名充满热诚但不受宠爱的线人。

在这晚剩下的时间里，伯尔坐在他的办公桌前，那几路电话从未响起过。古德休打过三次电话来询问最新进展，其中两次伯尔说："没有消息。"但第三次他却改变了两人的角色：

"你的手下帕尔弗里似乎销声匿迹了，是不是，雷克斯？"

"伦纳德，我们要讨论的不是这个。"

但伯尔再也不想理会那些为了保护消息来源制定的繁文缛节。

"告诉我，哈里·帕尔弗里仍负责签署河府的授权令吗？"

"授权令？什么授权令？你是说授权监听电话、拆信和窃听的授权令吗？授权令必须要由一位部长签署才能生效，伦纳德，这个你非常清楚。"

伯尔压下不耐，继续说："我的意思是：他是不是还是那里的法律顾问？是否还为他们准备仲裁协议书，确保他们不逾越既定的原则？"

"这是他的分内工作啊。"

"除此之外，他偶尔也会签署他们的授权令。比方说，当内务部长的车堵在路上、动弹不得，或是世界末日来临，诸如此类。当情况紧迫，你这位哈里有权自主决定、事后再与部长磋商，统一意见对吗？现在还是如此吗？"

"伦纳德，你发疯了吗？"

"大概吧。"

"什么都没变，一切如常。"古德休说，听起来正压抑着心中的绝望。

"那就好。"伯尔说，"我太高兴了，雷克斯，谢谢你告诉我这件事。"接着他又回去看乔伊斯敦·布拉德肖那冗长的犯罪记录。

27

联合指导委员会全体紧急会议订于翌日上午十点三十分举行，但古德休提早到位于地下层的会议室，确保一切准备妥当，并分发议程表和前次会议的会议纪要。根据经验，如果把这些事交给别人，他就得负担出错的风险。

古德休像是正面临一生中最关键战役的将军：经过一夜浅眠，次日清晨，他清楚地看见了眼前的目标。他相信自己的手下多、能力强。他算过人数，游说过他们，并每人发了一份他呈递给指导委员会的原始文件，标题为“全新时代”，以此打磨他们的忠诚。在这份文件里，他以精彩的论述证实大英帝国过去施行的秘密统治比其他西方民主国家更为严厉，设立的压制信息的法律也更多，采用阴险手段隐瞒政府行为的动作……也更多。他警告过他们，他曾随伯尔的某份报告附上一份说明，告诉委员会他们正在面对一次典型的权力考验。

在古德休之后到达会议室的，先是他那位讨厌的同学帕德斯托。他曾经表示，跳舞的时候要找相貌最平庸的女孩，这样可以帮助她们建立信心。

“我说雷克斯，你还记得那事吗？你的手下伯尔在英格兰西南角玩耍的时候，你寄给我的一些为了给我打掩护的机密私人信件什么的？就是那些指定给我的信？”一如往常，帕德斯托说起话总像

P. G. 沃德豪斯[1]脑袋不太清楚时写出的句子。

“我当然记得，斯坦利。”

“你有没有留复印件？有吗？我找了很久都找不到，我可以发誓我把它放在保险柜里了。”

“我记得那信是手写的。”古德休回答。

“那你寄出之前复印留底了吗？”

两位内阁办公室的助理秘书出现，打断他们的谈话。其中一人对古德休露出鼓励的笑容，另一个叫洛安明，正忙着用手帕拍掉椅子上的灰尘。帕尔弗里说过，*洛安明跟他们是一伙的。对于这世上下层阶级的需求，他有一套理论——不过大家都觉得他是在开玩笑*。在他们之后进来的是三军情报部门的几名官员，之后又分别来了通信部和国防部的两位高官。随后到的是外交部北方部门的梅里德，陪着他一起来的是位神情严肃，名叫道恩的女子。古德休获得新任命的消息已经传遍各处，到场的人士中有的跟他握手道贺，有的则以笨拙的方式鼓励他。古德休在牛津大学当橄榄球赛组织后锋时，梅里德是剑桥大学的边锋。他上前拍了拍古德休的手臂，后者夸张地假装吓了一跳，大声嚷嚷：“噢噢噢！托尼！我的手一定被你打断了！”

但他勉强挤出来的笑立刻被杰弗里·达克尔和他的心腹尼尔·马乔兰的到来硬生生打断。

帕尔弗里曾说，*那些人来暗的，雷克斯，他们满口谎言……图谋不轨……英国对他们来说太小了……欧洲是一座巴尔干巴别塔……华盛顿才是他们唯一的罗马……*

[1] Pelham Grenville Wodehouse（1881—1975），英国幽默小说家，公认的英文散文大家。

会议开始。

"部长，帽贝行动。"古德休尽可能以最不带情绪的语气说。古德休和往常一样担任会议秘书，这次也是，而他的老板则是主席，"恐怕有几个非常急迫的问题必须处理，今天就要做决定。伯尔的摘要报告里已经说明了我们的情况。就我们所知，一个小时前形势都没有改变。此外，还有相关部门彼此权限的问题得解决。"

他的老板显然已经陷入某种愠怒的情绪。"那个执法小组到底他妈的去哪儿了？"他嘟囔道，"这不是很怪吗？明明是执法小组的案子，为什么没看到执法小组的人到场？"

"部长，虽然很遗憾，但我必须这么说：即便我们有人努力想提升它的地位，但截至目前，执法小组仍只是个增选单位，只有获得特许的机构，或是部门首长指派的人才能参加联合指导委员会的全体会议。"

"是吗？我认为应该让你的下属伯尔与会。如果他是这场戏的导演，对它了若指掌，我们却没有请他来谈谈目前的情况，岂不愚蠢？不是吗？不是吗？"——他四下看了看。

古德休没料到竟会有这样千载难逢的机会。他知道伯尔就坐在离这里五百码外的地方。"部长，如果您这么想，能否允许我将伦纳德·伯尔叫来开会？同时我也想请您允许我将这次案例正式记录下来：在增补单位正式升级前，若涉及委员会所审议的核心事务，可自动获得特权？"

"我反对，"达克尔厉声说道，"一旦对执法小组开了先例、让伯尔与会，最后我们就得处理白厅里每一个小儿科的局处。大家都知道这些小单位只想抢资源。他们挑起事端，却没有本事解决。我们都看过伯尔的行动背景说明，大部分人是从其他角度得知了这个案子的。会议议程上明明写了我们要谈的是指挥和控管问题，现在最不该做的就是放着待讨论的议题不顾。”

“杰弗里，”古德休轻声说，“你才是我们一直讨论的议题。”

部长好像嘀咕了句什么“噢，好吧，那暂时先这样”。第一回合平分秋色，然而双方都元气大伤。

趁着播放室内乐的短暂时间，空军和海军情报部门的首长分别讲述他们在追踪“奥拉西奥·恩里克号”货船时获得的成果。报告完毕后，他们拿出一大堆照片给众人传阅。

“在我看来，它不过就是艘普通的油轮。”部长说。

对间谍向来没什么好感的梅里德也附和：“应该就是吧。”

突然传来咳嗽声，椅子发出嘎嘎响的声音。古德休听到驴叫似的鼻音，还出人意料地响亮。同时他也认出这声音属于一位资深英国政客，是他打算吵架的先声。

“雷克斯，这怎么会变成我们的案子？”部长似乎想问明白，“船往波兰去——巴拿马的船、库拉索的公司。根本不关我们的事。你要求我把这件事汇报到唐宁街十号，我只想知道我们到底为了什么坐在这里谈这件事。”

“部长，铁牌是英国的公司。”

“不是。它是巴哈马的公司，难道不是吗？”在商言商。部长刻意学上一辈人的动作，装模作样地翻读伯尔那份三千字的摘要，然后说：“对，是巴哈马的公司。这里说了。”

“这家公司的主管都是英国人，违法的也是英国人，而那些不利于他们的证据，也是部长您管辖的英国机构收集来的。”

“既然如此，那就把收集到的证据交给波兰人，我们就可以回家了，”部长扬扬得意地说，“如果你问我，我会说这步棋下得漂亮！”

对于部长的英明睿智，达克尔径自露出有些冷淡的奉承笑容，不过他更想挑个前所未有的挖苦言词纠正古德休的语病，“雷克斯，在大家太激动之前，我们是否可以调整一下？这应该只是证词，不是证据吧？”

“我没有激动，杰弗里，之后我也不会激动，除非我快死了。”古德休回嘴回得太大声，连支持他的人都有些不自在，“至于将我们的证据交给波兰当局……执法小组自会审慎处理，而且在大家对于如何处置罗珀和他的党羽达成共识之前，他们都不会这么做。查扣这批军火的责任已经转给了美国人，我不建议把余下的责任再转给波兰人——除非部长命令我这么做。我们现在谈论的是一个极度贫穷的国家中一个富到冒油且组织井然的犯罪辛迪加。那些违法乱纪的人选择格但斯克是因为他们认为自己可以控制它。如果他们想得没错，那么无论我们怎么告诉波兰政府都无关紧要，因为那批货迟早会上岸，我们除了让伯尔的线人暴露身份之外，最多也只能逞这么一点小威风，告诉罗珀我们有能力跟在他身后。”

“搞不好伯尔的线人已经暴露了。”达克尔表示。

“永远都会有这种可能，杰弗里。执法小组树敌不少，有些就在河对岸。”

这是第一次，乔纳森朦胧的身影仿佛笼罩了整张会议桌。古德休完全不了解乔纳森，但一直以来都非常清楚伯尔的付出，此刻也不例外。也许就是这个认知加剧了他的愤怒，他再度开口辩论时，脸色再度转变，声调也比平常高一些。

他说，在联合指导委员会一致通过的章程下，一个机构无论规模多小，只要是在其掌管的领域中都有权独立自主。

同时，无论一个机构的规模大到什么程度，都有义务尊重其他机构的权利与自主权，提供支援与协助。

他接着说，在帽贝计划中，该原则不断受到河府的猛烈攻击与批判，他们要求掌控该项行动，理由是，这是他们在美国的对口单位要求的——

达克尔打断他的话。直来直往一向是他的强项。他闷不吭声，但在绝境中，他有能力在看似必败无疑的战役中扭转自己的劣势。他反击了，这就是他的策略。

"'他们在美国的对口单位要求'这话是什么意思？"他厉声打断对方，"帽贝行动已经交给美国表亲主导，负责这个计划的是美国表亲，不是河府。有何不可？这就叫对等付出，雷克斯，你自己订出的迂腐规则，你自己起草的，你就得好好遵守。如果表亲在那里管'帽贝'，那河府就应该在这里管。"

发动完攻击，达克尔坐回去，等待下次攻击机会。马乔兰则和他一起等待。古德休装出没听到他说什么的模样，但达克尔的这一轮猛攻还是刺痛了他。古德休舔了一下嘴唇。他瞥了一眼战友梅里德，希望他能够说点什么，但梅里德一声不吭。于是古德休重回火线，不过他犯了个致命的错误：他跳离了预先为自己定好的路线，临场发挥。

"我们何时能请情报局，"古德休接着说，用太过头的反讽语气强调，"解释为何要将帽贝行动从执法小组手中抽走。"他怒视周遭，看到他老板一脸厌烦地盯着白色砖墙，"我们被要求在一团谜中分享情报。所谓的旗舰行动，如此机密，牵涉面如此广，对行政机构工作几乎任意一种践踏。这就叫作地缘政治化，这是……"他有点希望自己别忍不住跟着这些修辞的语尾押韵，但话已出口，他没办法把它收回来。达克尔怎么敢这样瞪他？那个笑里藏刀的马乔兰，那群无赖！“——这就叫合理化，这就叫复杂到不知道该怎么形容的连锁现象化，这就叫不可告人的关系利益化！”他听到自己的声音在颤抖，但无论如何就是压不下来。他还记得自己曾要伯尔别沦落至此，此时此刻，他自己却先崩溃了，“还有人告诉我们，有些更核心的部分我们无权知道，因为我们层级太低。换句话说，情报局一定要侵吞帽贝行动，见鬼了！”古德休觉得自己的耳朵好像灌满了水，眼前也一片模糊，他必须停一停、喘口气。

“好吧，雷克斯，”他的老板说，“真高兴听到你状态这么好。现在我们就摊开来说吧。杰弗里，你给过我一份纪要，说整个执法小组所谓的帽贝计划都是胡说八道，为什么？”

古德休愚蠢地插话：“为什么我没见过这份纪要？”

“‘旗舰’，”一片死寂中，马乔兰回答，“‘旗舰’没有批准你，雷克斯。”

达克尔则提供了更详细的解释，不但没有减轻古德休的痛苦，反而火上加油，“雷克斯，‘旗舰’是美国方面给行动取的代号。他们给了我们非常严格的行事准则作为条件，才愿意让我们半途加入。关于这点，我很抱歉。”

达克尔取得了发言权。马乔兰递给他一个档案夹，他打开来，舔舔手指，翻了一页。时间也站在达克尔这边，他知道大家都盯着他。他仿佛是个居心叵测的传教士。他懂得惺惺作态，也知道怎么摆好姿态，翘臀傲人，“雷克斯，介意我问你几个问题吗？”

“杰弗里，我知道贵部门有个座右铭：答案才是最危险的东西。”古德休反击。然而逞口舌之快不是他的长项，他听起来不但没有修养，而且很蠢。

“把毒品的事报告给伯尔的线人，是不是也告诉他军火运往布埃纳文图拉？”

“是。”

“这人是不是从一开始报告了整件事的那个？我指的是铁牌公司拿毒品换军火——这个无中生有编出来的交易？”

“那个情报来源已经死了。”

“是吗？”达克尔听起来与其说是关切，不如说是感到有趣，“这么说来，这些情报都是从阿波斯托尔那里传过来的，是吗？就是那位为了不坐牢而八面玲珑的贩毒律师？”

“我拒绝以这种态度指名道姓地谈论线人。”

“我倒是认为，反正他们都死了，把名字说出来有什么关系。如果你不想用真名就用假名好了。”

达克尔研究着马乔兰的文件时，另一次中场休息开始了。这两人对彼此有种诡异的惺惺相惜。

“那么，伯尔的情报来源是那个拿出诸多令人寒毛直竖的所谓证据、声称多家金融机构也牵涉其中的人吗？”达克尔问。

“那项情报由单一消息来源提供，而且他还给了我们很多其他资料。我认为我们不应该再继续讨论伯尔的情报来源。”古德休说。

“多个情报来源？还是一个情报来源？”

“我拒绝回答。”

“这位来源还活着？”

“无可奉告。对，还活着。”

“男的还是女的？”

“下一个问题。部长，我抗议。”

“所以，你是说有一个还活着的情报来源——不管是男是女——把这项交易、贩毒的事、运军火的事透露给伯尔，包含那几艘货船、洗钱和英国金融机构参与其中的事，是吗？”

“你没有抓到重点　　我怀疑你是故意的——每一次许多技术渠道都会提供间接情报给我们，而这些情报都证实了伯尔那位还活着的情报来源资讯准确无误。不幸的是，近来我们有许多技术产品都无法取得。等会儿我想正式提出这个问题。”

“你说的‘我们’是‘执法小组’吗？”

“就这件事情而言，对。”

“你知道吗，把棘手的任务交给自己偏爱的小部门的问题就是很难判断他们到底可不可靠。”

“我倒认为就是因为这些部门小，比起那些来源可疑的大部门才更安全可靠。”

马乔兰接过话头，但大家都觉得仿佛仍是达克尔在发言，因为达克尔仍死死盯着古德休，而马乔兰的声音虽然不那么粗野，依旧是责难的语调。

“不过，总有没有间接情报的时候。”马乔兰说话时露出某种深切同情的笑容，环视着在座所有人，“那位情报来源——如你们所说，当他单打独斗的时候，能够提供的实际上是无法核查的情报，而且性质往往不是照单全收，就是全盘否认——伯尔是照单全收。你也完全买账了，对吗？”

“既然你们近期有这么多间接情报都不让我们碰，我们也只好学着在没有它们的前提下勉力为之。部长，任何提供原始情报的来源，其情报在本质上，难道不是本来就无法逐一证实的吗？”

“你搞得太学术了。”部长埋怨，“杰弗里，我们能不能为这件事下个结论？如果我要把这件事情往上报，就必须在首相问答之前先与内阁秘书通气才行。”

马乔兰虽然笑了笑表示同意，但完全没打算改变策略，“雷克斯，我一定得说，你这位消息来源非常了不起，然而，如果这位先生真是那么放肆地牵着你的鼻子走，那就真的太调皮了——抱歉，还是说我该讲‘这位小姐’？如果由我向首相提出建议，我实在不知道该不该把筹码压在他身上——至少在我对这位先生或小姐没有一点认识之前，绝对不可能。干我们这行的，对自己的情报人员无条件信任固然很好，但伯尔有时信任得过了头，特别是过去他在河府工作的时候。因此我们只好严格地约束他。”

“尽管我对这个消息来源的了解不算多，但已足够让我完全信任他。”古德休反驳，将自己拉入更深的泥沼，“这位消息来源不但忠诚，还为国家做出了巨大牺牲。我极力主张各位听取并相信他提供的情报，即刻按此采取行动。”

达克尔重新拿回主导权。他先看了看古德休的脸，又看了看他摆在桌上的双手。此时，神经愈发紧绷的古德休突然冒出一个反胃的念头——达克尔现在可能正在想：如果把他的指甲拔掉一定会非常有趣。

“嗯，这么做不管对谁都很公平，”达克尔说，瞥了部长一眼，以确定他清楚听见这位人证让自己陷入不利的状态，“很久没听到有人如此强烈地表达对消息来源的盲目宠爱了。那是在谁之后……”他转向马乔兰，“那人叫什么名字？那个逃犯？他的名字太多，我实在记不清哪个才是他的真名。”

“派因，”马乔兰说。“乔纳森·派因，这应该就是全名。通缉他的国际逮捕令已经发布了好几个月。”

达克尔又说：“你不会是要告诉我，伯尔一直以来听的都是这位派因的报告？是这样吗，雷克斯？不可能吧，谁会信他？你还不如相信街角的酒鬼说自己连买回家车票的钱都没有。”

马乔兰和达克尔竟一同失笑，好像被这荒谬的形势逗乐了，他们没想到像雷克斯·古德休这样精明的人居然会犯下这么严重的错误。

古德休觉得到自己像是置身于一个空旷的大厅，正在等待延后执行的公开处决。他听见达克尔在远处试图帮他解围，去向与会人员解释，在最高层领导正在考虑是否要为行动开绿灯时，情报部门如实汇报线人的情况乃标准程序。

“我的意思是，从他们的角度看一下，雷克斯。你难道不想知道伯尔买到的究竟是王冠上的珠宝，还是专卖假货的骗子做的假古董？他也不太可能有一大堆消息来源，你说是吧？搞不好他把一整年的预算都拨给了那家伙，一次花了个精光。”他转向部长，“这个叫派因的家伙花招不少，其中之一就是伪造护照。大约一年半前，他跑来找我们，编了个故事，说什么有一批高科技的武器要运去给伊拉克人。我们查证后认为他的故事没有价值，请他走了。老实说，我们当时认为他可能是神经病。几个月前，他又摇身一变，以总管之类的身份出现在迪基·罗珀位于拿骚的家，还兼做罗珀一家的家庭教师，教他那个难搞的儿子。只要有空，他就会在情报市场上兜售不利于罗珀的消息。”

他瞥了一眼那份打开的文件，表示自己已尽可能地公开公正：

“他有一堆前科：谋杀、多次盗窃、贩毒、持有多种不法护照。我希望他不会在坐上证人席后，突然表示自己都是为了英国情报局才干下这些勾当。”

马乔兰伸手相助，指出页面较下方处的一项记录。达克尔点了点头，感谢他的提醒。

“对了，还有一个跟他有关的小故事，挺怪的。据说派因在开罗时跟一个叫弗雷迪·哈米德的人有过节。哈米德是那个恶名昭彰的哈米德家族的一员，派因当时就在他的饭店工作。除了饭店的工作外，他可能还替哈米德打理贩毒勾当。我们派驻在那儿的眼线奥格尔维告诉我们，非常可靠的证据显示派因杀了哈米德的情妇——活活把她打死。他先带她到卢克索度周末，不知怎的妒火中烧，就杀了她。”达克尔耸耸肩，合上档案，“部长，我们现在面对的是一个状况极度不稳定的人。我认为我们不该仅凭派因杜撰的情报，就要求首相授权，采取偏激的行动，而且我认为你也不该授权。”

大家看向古德休，不过大部分人立刻将目光移往别处，免得让他尴尬。马乔兰似乎特别同情他的处境。部长开口了，但古德休累了，他想，也许这就是恶的把戏：它会令人疲倦不已。

“雷克斯，关于这件事，你得拿得出更实打实的证明，”部长抱怨，“伯尔有没有跟这人做什么交易？我希望他与这人的不法勾当没有丝毫瓜葛。你们给过他什么允诺？雷克斯，我强烈希望你留在这里。最近有这样的案子太多了，都是英国情报部门讲好条件、雇用罪犯来效劳。我绝对不允许你让他回到国内。伯尔告诉过这人他是为谁工作吗？那家伙搞不好已经在谈事情的时候把我的电话号码也给了他。雷克斯，你给我回来。”门怎么会这么遥远？“杰弗里说他曾经在爱尔兰参加过特种部队。真是要什么有什么。爱尔兰人一定衷心感激我们。老天，雷克斯，今天的议程几乎都还没开始，有很多重要的决定得做啊！雷克斯，这真的太不专业了，你平时可不是这样的啊。我哪一边也不站。雷克斯，再会。”

外面楼梯间的空气是让人觉得舒适的凉爽。古德休靠着墙。搞不好在微笑。

“您一定很期待周末到来吧，先生？”大楼管理员毕恭毕敬地问道。

古德休被他善良的模样感动，绞尽脑汁想挤出一句好话来回答。

伯尔正在忙。他的生物钟还是大西洋中部时间，心神则与目前不知受到何种折磨的乔纳森同在。但他的脑子、意志和创造力都专注在面前的任务上。

当伯尔打电话给梅里德，打听联合指导委员会到底有何进展与结论，梅里德这样回答：“被你们自己的人搞砸了。杰弗里压倒性胜利。”

“那是因为杰弗里 · 达克尔满嘴谎话。”伯尔认真地跟梅里德解释，以免他搞不清状况。讲完后，他回到眼前的任务。

他又回到河府模式。

他又回到间谍的身份。不顾原则，绝不后悔。真相是他唯一的救赎。

他派他的秘书去白厅搜索。约两点钟，她一脸平静，但有点上气不接下气地回来了，带回伯尔要她搜集的官方信笺。

“我们走。”他说，她抓起速记本。

他口述的信件大多是寄给自己的。有些寄给古德休，一两封寄给古德休的老板。开头的称呼各异：亲爱的伯尔、我亲爱的伦纳德、致执法小组主任、尊敬的部长等。在比较高规格的信件中，他会在信纸最上方亲手写下“亲爱的某某”，并在信末随兴加上：敬上、挚友敬上、敬祝如意等。

他的笔迹也不断在变，斜度与风格时有不同，墨水和书写工具也会视不同的信件而异。

他使用的官方信笺也有等级之分。他去信给白厅的对象官阶愈高，使用的信笺就愈硬挺。寄给部长级的，他就偏爱用抬头有官方印章的淡蓝色信笺。

“我们有几台打字机？”他问秘书。

“五台。”

“每位收信人的信件各用一台，给我们自己的用一台。”他下令，“同一位收信对象用同一台打字机。”

她早已逐字记下他的指令。

秘书离开，只剩他一个人。他打了电话给河府的哈里·帕尔弗里。电话中，他的语调有些神秘。

“但我至少得有个理由啊。”帕尔弗里抗议道。

“你来，我就给你理由。”伯尔回答。

然后他打给纽伯里的安东尼·乔伊斯敦·布拉德肖爵士。

“我他妈的为什么要听你命令？”布拉德肖傲慢地回呛，说起话来有点罗珀的怪腔怪调，“没有会干活的人，太多在边上看热闹的蠢蛋。”

“你来就是了。”伯尔说。

赫斯特·古德休从肯地奇镇打电话给他，告诉他她先生要在家休息几天。她说他每到冬天身体都会感到不适。在她之后，古德休自己把电话接过去，听起来像个事先演练过讲稿的人质，“伦纳德，到今年年底你都可以保住你的预算，不会有人动它。”然后，他的声音突然变得非常沙哑，“可怜的孩子。他们会怎么对他？我无时无刻不在担心他。”

伯尔又何尝不是？但他还有工作要做。

国防部长的接待室很宽敞，白色的，有监狱般的照明和监狱般的一尘不染。这是个砖砌的箱子，有看不出去的窗户和一打开就会闻到焦灰味的电暖器。没有涂鸦的墙面干净得瘆人。等待的时间里，你会想前一任主人被处决前留在墙上的话是不是被抹掉了。伯尔故意比预定的时间晚到。他进来时，帕尔弗里从手中颤抖的报纸上缘轻蔑地看着他，不自然地笑着。

“好吧，我来了。”他说，口气很冲。他起身，开始折那份报纸。

伯尔关上身后的门，小心翼翼地把它锁了起来。他放下公文包，将大衣挂在钩子上，突然狠狠打了帕尔弗里一巴掌。但他并不激动，甚至可说是不太情愿，就像是为了避免癫痫患者发作而动手打人，或是为了让自己的孩子在危机之中冷静下来。

帕尔弗里一屁股坐在原来那张椅子上，按着被打的那边脸颊。

“禽兽。”他小声地说。

某种意义上，帕尔弗里没说错，不过伯尔再怎么野蛮都有强大的自制力和约束力。伯尔对此人完全是深恶痛绝，他的挚友和妻子都没见过他如此充满恨意，就连伯尔也很少见到这样的自己，他没坐下，反而弯下腰，在帕尔弗里身旁蹲下，好让他俩的头紧靠着对方的。为了要让帕尔弗里听清楚他说的话，他双手揪住这个可悲家伙沾满酒渍的领带结。领带立刻变成一条可怕的绞索。

“哈里·帕尔弗里，一直到目前为止，我都对你非常友善。”他说话完全不拖泥带水，即便他没有事先准备过，“我没有拖你后腿，也没有告发你。你鬼鬼祟祟地在白厅与河府之间游走，先装成古德休的好友，再把他出卖给达克尔，让他们鹬蚌相争，你坐收渔翁之利，跟过去没有两样，我都睁一只眼闭一只眼了。你现在还是跟每个乱搞的女孩说你一定会离婚吗？说中了吧！然后你是不是马上回家对妻子再说一次结婚誓词？说中了吧！哈里·帕尔弗里就是这种人。良心只在周末时出现。”伯尔像个执行绞刑的刽子手，把他的领带结拉紧到喉结处，“‘米尔德丽德，为了英国，我不得不这么做！’”伯尔学起帕尔弗里，抗议道，“‘为了正义，我必须付出这个代价，你要是知道我做了什么——就算只是十分之一，你都会无法入睡——当然啦，除非你待在我身边。我需要你，米尔德丽德。我需要你的温存、你的抚慰。米尔德丽德，我爱你！……但不要告诉我的妻子，她不会了解的。’”他又用力扯了领带结一下，“你还在散布那些鬼话吗，哈里？一天六次，来回穿梭于两厅之间？你去告密，再告密，一而再、再而三，告到你那獐头鼠目的脸因为挖墙脚而肮脏不堪？被我说中了吧！”

然而帕尔弗里很难给他的问题一个合理答案，因为伯尔始终用双手紧抓住他的丝绸领带，没有放松分毫。这是条丝质的灰领带，上面的污渍显得更加明显。也许，在帕尔弗里数次婚姻中的某次就是戴着它，它好像怎么也扯不断。

伯尔换成一个略带遗憾的语调说：“你告密的日子结束了，哈里。船沉了。你只要再告密一次，你就死定了。”他抓住领带的手没有松开，凑近帕尔弗里的耳朵，说道，“你知道这是什么吗，哈里？”他拾起领带宽边的那端，“这是阿波斯托尔的舌头，从他的嘴里拔出来的——哥伦比亚风格。真是感谢哈里·帕尔弗里跑去告密啊——你把阿波斯托尔卖给了达克尔，忘了吗？不仅如此，还把我的情报人员乔纳森·派因也卖给了达克尔。”他每说一次“卖”，就把手中的领带收得更紧一些，“你把杰弗里·达克尔也卖给古德休——但只是表面上如此，是不是？你假装这么做，但其实你是双面人，你真正做的是把古德休出卖给达克尔。你可以从中得到什么好处，哈里？一条生路吗？我看未必吧！如果我是这故事的作者，我会这样写：你拿到一百二十块不义之财，接下来就会像犹大一样吊在树上自杀！因为我现在知道了一些你还不知道的事，无论如何，到最后你再也没有任何事情可以拿去告密了。”他突然松开手，迅速站起身，“你还有办法看东西吗？你的眼睛红得活像罂粟花，是因为恐惧还是懊悔？”他转身朝门走去，一把抓起黑色公文包。那是古德休的，上面有刮擦的痕迹，是古德休二十五年间每天上下班把它放在自行车篮子里留下的。公文包上头还有公司徽章，不过也几乎磨平了，“还是因为你沉溺于酒精，才让你视力变得不灵光？坐那儿吧！不，这里！这里光线比较好。”

伯尔撑着他的腋窝让他站起来，一下叫他坐“那里”，一下又叫他坐“这里”，像摆弄布娃娃一样把他推来扔去，又重重放手。“我今天心情不太好，哈里，”他满怀歉意地解释，“稍微体谅我一下吧。我会这样一定是因为想到那个年轻的派因，不知道此时他是否正被迪基·罗珀手下的小甜心拷问。我太老了，快要做不来这份工作了。”他拿出一个档案夹摔在桌上，上头盖了“旗舰”的红字，“哈里，我要你把这些文件仔细读过，因为你和你们所有人都被耍了！雷克斯·古德休并不是你们以为的跳梁小丑，他那顶帽子底下比你们想得还要高深莫测。读吧。”

帕尔弗里读起来，但要读这份文件可不容易，这也是伯尔煞费苦心揭下他道貌岸然的面具的目的。帕尔弗里还没读完就开始哭，泪水滴到伪造的信件上，把首尾的称谓和签名都弄湿了。

帕尔弗里还在啜泣之际，伯尔又拿出一张内政部发放的监听令。其实这张监听令并没有任何人的签名，事实上也还不能算一份正式的监听令，只是一份授权监听人员在三条电话线上动手脚、制造技术故障的命令。这三部电话有两部在伦敦，一部在英国东部的萨福克郡。这种假造的故障会令所有打到这三个号码的电话被转接到第四部电话上，按照所在位置，也会制造出适当的间隔。帕尔弗里看了看授权状摇着头，因为嘴被堵着，只能费力地发出表示抗拒的怪声。

“这几个都是达克尔的号码，”最终，他还是挤出了反驳，“国家、城市、办公室都是。我不能签，他会杀了我。”

“你不签，哈里，我会杀了你。如果你按照正常渠道做这件事，把监听令呈给某个有权签发的部长，这位部长一定会跑去找他的杰弗里大叔。哈里，我们不干这种事。你要‘很乐意’地亲自签署这份授权令，这是在特殊情况下你获准使用的权力，而我会‘很乐意’地派一位可靠的信使将授权令送到监听人员手中。然后你会‘很乐意’地安静待在我朋友罗布·鲁克的办公室里，跟他一起过一晚，这样你才不会‘很乐意’地偷偷跑去告密。你要是还不安分，那么我的好友鲁克可能就会把你五花大绑捆在电暖器上，直到你为自己犯下的各种罪行悔过、跪地求饶。不要心存侥幸，他可不是个温柔的人。签这里——用我的笔签。就这么办。一式三份。你应该知道这些公务员都是什么德行吧。最近你都跟哪个监听人员八卦？”

“没别人。梅西·沃茨。”

“梅西是谁，哈里？这些日子我跟他们都没有联系。”

“是蜂后。他们都听梅茜的。”

“要是梅茜跟杰弗里大叔一起吃午饭时，话太多怎么办？”

“那就盖茨吧，我们管他叫小白，”他勉强笑了一下，“小白有点孩子气。”

伯尔扶帕尔弗里站起来，狠狠把他推到一部绿色的电话前坐下。

“打给梅茜。你在情况紧急的时候就是这么做的吧？”

帕尔弗里小声发出一个像是同意的声音。

“告诉她有个非常紧急的授权令，正由一位特别的信使送去给她。她必须亲自处理，不然就交给盖茨。不要委托秘书，不要交给下属，不要回复，眉毛都不要动一下。你的指令不准质疑、要绝对服从。告诉她，这份授权令由你亲自签发，会很快得到上层确认——你摇什么头？”伯尔又甩了他一个耳光，“我不喜欢你摇头，不准再摇。”

帕尔弗里勉强挤出一个带泪的微笑，用手捂住嘴，“我会被他们当笑话的，伦纳德，一定会。尤其是这么大的一件事。梅茜最喜欢这种八卦，盖茨也是。‘嘿！梅茜！你快来听这个！你一定会笑掉大牙！’她很机灵，心思活络，也讨厌我们这些人。她只关心下一个上断头台的人是谁。”

“你不也是？”伯尔说，友善地搭着帕尔弗里的肩，“别想耍我，哈里，否则下一个上断头台的就是你。”

帕尔弗里顺从地拿起那个拨打白厅内线的绿色电话，在伯尔的注视下拨了河府中每个告密者都心知肚明的五位数字。

28

副助理检察长埃德·普雷斯科特一如他那一代的耶鲁毕业生，是个出类拔萃的人物。那天，当乔·斯特雷斯基在接待室等了半小时后，终于走进他位于迈阿密市中心的宽敞白色办公室时，埃德直截了当地把消息透露给他。所有人，包括埃德这种新英格兰长大的，或斯特雷斯基这样平实的肯塔基乡下人，都喜欢他的直截了当——没有废话，没有过多铺陈。因为说白了，乔，那些家伙连我也骗：他们把我从华盛顿拖到这儿来办事，还要我把一个非常吸引人的工作给推掉。不管是谁，真的，甚至包括“上头的人”都非常想要那工作。乔，我一定要告诉你，这些人对我们不老实。所以我要你知道，我们现在是同一阵线，患难与共。这件事花了你一整年，等我把自己的问题解决后，也耗掉了一整年。我这年纪的人还有多少年可以浪费？

“埃德，我替你感到不值。”斯特雷斯基说。

埃德·普雷斯科特就算听懂他的言下之意，也会假装没听见，借此让两人可以合作无间，共同解决目前进退两难的局面。

“乔，关于这个卧底，那些英国佬之前到底告诉你多少？就那个生前拥有一堆名字，本名叫派因的家伙？”

斯特雷斯基没有忽略他说了“生前”两个字。

“不太多。”斯特雷斯基说。

“所以是多少？”普雷斯科特直接问，不拐弯抹角。

“这人并非专业情报人员，比较像是自告奋勇。”

“自己投报来的？我从来不相信自愿者，乔，在冷战时期——天啊，那简直是一个世纪之前的事了——情报局时常来咨询我，对我毕恭毕敬；我告诫他们要小心那些时常表态想背叛苏联、把他们的东西当礼物双手奉上的人。乔，他们还跟你说过什么关于他的事？还是说，他们一直都把他藏在华丽的谜团里？”

斯特雷斯基故意装得不动声色。要跟普雷斯科特这种人周旋，唯一的办法就是在弄清楚他要你说什么之前能避就避。接下来，或是可以表示自己有沉默的权力，或是可以叫他自己去琢磨。

“那些人告诉我，他们曾替他做了些安排。”他回答，“他们为他捏造过一些额外的背景，让他更能吸引到目标。”

“这是谁告诉你的，乔？”

“伯尔。”

“伯尔有没有告诉你，这些背景资料的性质是什么？”

“没有。”

“伯尔有没有告诉你，这些背景资料有多少是他自己的，又有多少是捏造的？”

“没有。”

“记忆很吊诡呀，乔，回想一下。他有没有告诉你这人犯下杀人罪？也许还不让一桩。”

“没有。”

“走私毒品呢？在开罗和英国？可能在瑞士也有？我们正在查这件事。”

“他没有说得很详细。他只说他会为这个人安排适合的背景，等他的背景准备妥当，我们就让阿波斯托尔去说罗珀某个手下的坏话，预设罗珀会让这个新来的当签字人——罗珀总会找签字人，他们就给他一个签字人；他喜欢变态的手下，他们就给他一个变态的手下。”

“所以英国人知道阿波斯托尔是棋子。我可不知道。”

“他们当然知道。我们和他见过一面——伯尔、弗林探员和我。”

“这样做正确吗，乔？”

“这样叫作合作联手。”斯特雷斯基的声线紧绷，“我们那时在合作，记得吗？现在这个结盟关系已经有点散了，不过那时候我们的确曾经联手。”

埃德·普雷斯科特绕着他那间偌大的办公室踱步，时间仿佛停滞。这间办公室的每扇窗户都使用一英寸厚的深色防弹玻璃，将阳光耀眼的上午变得仿佛是下午。双开门是强化钢板，为了防止外人闯入而紧闭。斯特雷斯基想起，迈阿密目前正苦于盗贼擅闯民宅。戴面罩的盗匪团伙会架住屋主，见什么拿什么。斯特雷斯基思忖着下午是否要去参加阿波斯托尔的葬礼，但目前天色还早，先看看吧。接着他又想，不知道要不要回妻子身边。每次事情糟到一个地步，他都会这么想。有时离她远些感觉就像获得假释：不算重获自由，有时甚至会叫人怀疑，搞不好比被判无期徒刑还糟。他想到帕特·弗林，不由得希望自己能像他那么镇定。别人都汲汲于功名利禄，帕特却视之如草芥。当他们告诉帕特，在事件厘清头绪前都不用再来办公室上班，他谢过他们、跟每个人握手，洗了个澡，然后喝掉一瓶布什米尔威士忌。今天早上，他酒还没醒就打电话给斯特雷斯基，警告他说一种新的耳疾正在迈阿密肆虐，叫作“听你放屁”症候群，病因是听了太多华盛顿的屁话。当斯特雷斯基问他有没有听到跟“伦巴第号”有关的消息——比方说有人拦截了她、击沉她，或与她狼狈为奸之类的，弗林便极尽全力地模仿东海岸常春藤联校那些男同志的语气，回答他："噢，小乔，你这个小坏蛋，竟然利用你职务上的特权套人家的秘密。"帕特这该死的家伙到底是从哪里学来的？他忍不住想。但假使我一天喝光一瓶爱尔兰酒，搞不好也可以模仿得惟妙惟肖。副助理检察长普雷斯科特似乎还有话要说，他似乎应该留神注意听。

"乔，很显然，如果伯尔要找他那位派因，可能不会像你要找你那位阿波斯托尔博士容易。"他说，刺人的声音里带着足够的责备意味。

"派因和阿波斯托尔是不同的情报来源。不论从哪方面看，两者都不能相提并论。"斯特雷斯基嘴上反驳，却因为听到自己的语气有所放松而暗自高兴。大概是因为刚刚那个"听你放屁"症候群造成的。

"可以再解释得清楚一点吗，乔？"

"阿波斯托尔是个堕落的卑鄙小人，派因则是——派因是个为了正义，以身犯险的正直绅士。伯尔坚信自己并未看走眼，派因是间谍，是我们的同僚，我们的家人。但没有人会把阿波斯托尔当成家人，连他的女儿都不会。"

"派因就是那个差点拆了你手下的人吗？"

"他那时承受了很大的压力，才会做过头；他也许是反应过度，把指示看得太认真。"

"这是伯尔告诉你的吗？"

"我们是这样解读他的行为的。"

"乔，你真大方，你雇的人挨了一顿揍，花了两万美元医药费，外加三个月的病假，还有一桩到现在都悬在那里的诉讼，你却告诉我他只是有点反应过度？这些牛津读书的英国人在跟人争论的时候都很有说服力，你难道没发现伦纳德·伯尔是个伪君子吗？"

我们都活在过去的记忆中，斯特雷斯基想，就连我也不例外。“我不知道你这话是什么意思？”他撒谎。

“不够坦承？不够诚恳？道德上有某种瑕疵？”

“没有。”

“真的‘没有’？”

“伯尔是个优秀的情报人员，是个好人。”

普雷斯科特又在他的办公室里走了一圈。他也是好人，但他似乎不太擅长处理真实人生中那些更为严苛的事实真相。

“乔，我们和那些英国人之间存在几个问题——我站在执法小组的立场说。你那位伯尔和他的同事向我们承诺证人清清白白——那证人大概是派因吧——这个行动非常复杂，几个大人物负责操盘。因此我们同意这项行动，对他寄予厚望。然而现在我必须告诉你，站在执法小组的立场上看，这些英国人没有信守诺言。在跟我们交涉的过程中，他们对我们说一套做一套。我们之中可能有些人没有料到他们会这样，但如果是那些记性比较好的人，可能就不那么意外了。”

斯特雷斯基觉得自己似乎应该和普雷斯科特口径一致，一同谴责这些英国人，但他并不想这么做。他喜欢伯尔，伯尔是那种可以跟他一起去偷东西的好伙伴；鲁克虽然有点不讲情面，不过他也渐渐喜欢他了。他们两个都是好人，执行任务也得心应手。

“乔，你说的这个小鬼——啊，抱歉——伯尔这位正直诚实的手下——派因先生，他身上有几年前的刑事前科。伦敦的芭芭拉·万顿和她在兰利的朋友挖出了些跟派因先生有关的相当令人不安的背景。他应该是个压抑型的精神病患者。很不幸，那些英国人都顺着他的心意。他过去在爱尔兰用半自动武器犯下了一件残忍的杀人案。我们查不到这件事情的始末，因为他们掩盖了真相。”普雷斯科特叹了口气，像他这种老狐狸很爱装模作样，“派因有能力杀人，乔。他杀人、行窃、贩毒，但最让我百思不得其解的是，他从来没用过那把拿来对付你的人的刀。派因先生同时也是一名厨师，一个夜猫子，近身格斗专家，也是位画家。乔，这都是妄想型精神病患的典型症状。我不喜欢派因，无论如何都不会把自己的女儿交到他手中。派因先生在开罗的时候跟一名毒贩的情妇有病态的情感纠葛，后来甚至把她给打死了。我不会让他作为我的证人站上证人席。而且，对于他目前为止所提供的情报，我抱持极大——我是认真的——极大的保留态度。我见过他提供的情报，也研究过其中多项独立存在、未经证实，但对我们的案子又不可或缺的部分。像派因先生这种人是藏在社会里的骗子，他们连自己的母亲都能卖，把自己当成救世主。你朋友伯尔很能干，但他的野心也不小，为了让他的装备能启用，他可以万死不辞、跟那些大头杠到底。那种人自然会变成骗子的猎物。我不相信伯尔先生和派因先生在工作上是合作无间的伙伴。我不是说他们有意搞鬼，但凡身处机密中枢的人总是会相互洗脑，告诉对方其实可以无视真相。如果阿波斯托尔还跟我们有联系——毕竟他是个律师，虽然有点疯癫，我仍认为他能在证人席表现得很稳当。那些回到上帝怀抱的人，陪审团一向会在心里留个位置给他。不过现在讲这些都没用，阿波斯托尔再也没办法作证了。”

斯特雷斯基试着帮普雷斯科特解套，“埃德，那从来没发生过，好吗？我们可不可以把这整个案子当成一堆马粪？什么毒品、武器，都是子虚乌有。翁斯洛·罗珀从来没跟那些非法组织分赃，弄错人了——你想用什么理由都行。”

普雷斯科特露出苦笑，仿佛在说他没想过要做得那么绝，“乔，我们现在是在讨论哪些东西是可论证的，这就是律师的工作。我这么说吧：老百姓只要认准真相就好，律师则必须心甘情愿接受可供论证的事情。”

“这是当然。”斯特雷斯基也露出微笑，“埃德，我可以提一些事吗？”斯特雷斯基在皮椅上向前倾，宽宏大量似的张开双手。

“乔，请说。”

“埃德，你放轻松，拜托，别把自己绷得这么紧。帽贝行动玩完了，是兰利把它给毙了，你只不过是来收尸的，我都明白。然而旗舰行动还健在，只是我没有获准参与。根据我的猜想，你有权参与。埃德，你想整我吗？埃德，告诉你，我确实被你整过，如果你想整我，不需要先带我去吃晚饭。我被别人以各式各样的花招整过这么多次，已经算是久经沙场的老兵。这回是兰利和几个不肖的英国人——更不用说还有那些哥伦比亚人。上回整我的是兰利和其他王八蛋，可能是巴西人——不对，他妈的，是古巴人——这些人在过去我们困难时期还帮过我们一些忙呢。更早一点，是兰利和某些委内瑞拉的有钱人，不过我认为当时还有以色列人。但其实我想不太起来了，那些档案也遗失了。我印象中那时候还有一个叫‘必胜’的行动，我也未获准参与。”

他既觉得愤怒又感到不可思议的舒爽。普雷斯科特办公室里这张宽大舒服的皮椅就像一场梦，让他能这样慵懒地躺在上面不起来，待在这座豪华的楼顶办公室呼吸干净的空气，不会有许多人跟他过不去，也不会有一个打小报告的家伙裸身跪在床上，舌头垂到胸口。

“埃德，你要跟我讲的另一件事大概是我想跟谁相好都可以，但不能说出去，”斯特雷斯基接着说，“因为如果我说出去，就会有人抓住我的把柄、取消我的退休金。又或者，如果我真讲了，就会有人轰掉我的脑袋——尽管他们可能不情愿。这些我都知道，埃德，规矩我都懂。埃德，就不能帮帮我吗？”

普雷斯科特不习惯只听话不插嘴，而且，除非他认为对方会回报他，否则绝对不会帮任何人的忙。但是他若看见一个正在发火的人，他会很清楚对方生气了。而且他也知道，不论是人或动物，怒气是会随着时间过去而平息的。所以当下他只要耐心等待、继续维持脸上的笑容，理性回应，就像是面对一个正在胡言乱语的疯子。他也知道目前最重要的就是不要让对方感觉到他起了戒心——他的办公桌内侧一直有个红色的按钮。

“乔，只要是我能力范围内，任何忙我都愿意帮。”他爽快答应。

“不要改变，埃德，美国需要的是本来的那个你。不要放弃那些居高位的朋友以及与情报单位的联系，或是你妻子在某些公司唾手可得的利益和影响力。继续帮我们解决难题、帮我们搞定不利的局面。我们至高无上的公民已经知道得太多，要是再多知道一些，恐怕会严重影响到他的身心健康。你想想电视，不管是哪一种主题，讲个五秒对任何人就已足够。埃德，人人都要过正常的生活，不想过动荡不安的日子。若想达到这个目标就得靠你了。”

斯特雷斯基小心翼翼地在冬日阳光中开车回家。怒气自有它的发泄方式。河边是一栋栋漂亮的白色住宅，如茵的草地尽头是一艘艘白色帆船。邮差忙着送中午的这趟信，一辆红色福特野马停在他家的车道，他认出是阿玛多的车子。他坐在露台上，戴了一条参加葬礼时才戴的黑色领带，喝着从冰桶里拿出来的可乐。帕特·弗林在他旁边，伸展了四肢坐在藤沙发椅上。他穿着整套的伯格赛德黑西装、背心和黑色窄边圆顶礼帽，胸前紧紧抱着一瓶喝得一滴不剩的十年陈布什米尔威士忌，醉得不省人事。

“帕特又在跟他的前任老板应酬了，”阿玛多解释，瞥了斜倚在旁的同伴一眼，“他们好像很早就吃了早餐。伦纳德的人上了‘钢铁帕莎号’，在安提瓜有两个人扶他走下罗珀的飞机，另外又来了两个人扶他登上一架水上飞机。帕特的朋友现在引用的资料是情报处内部核心人员汇编的。这些人员获准了解旗舰行动的动向。帕特说，你可能会想把他们讲的话传达给你的朋友莱尼·伯尔。帕特还说，请你代他向伯尔致上最诚挚的敬意。尽管后来出了一些问题，他还是非常享受与伯尔共事。就这么告诉他吧。”

斯特雷斯基瞄了手表一眼，迅速走进屋内。用这台电话并不安全。电话另一端的伯尔立即接起，像是一直在等这通电话。

“你那小伙子跟他的有钱朋友去开船了。”斯特雷斯基说。

伯尔极为感谢这场又急又猛的大雨。有无数次，他把车子开到草地边缘，坐在车里听着倾泻的雨水轰炸车顶，等待雨势趋缓。多亏这场豪雨，他得以暂时避开外界的纷扰。雨势把这位手摇纺织机工人带回了旧时的阁楼。

他比原定时间稍晚上路。当他把可怜又难堪的帕尔弗里交给鲁克时，随口说一声“你照顾一下”。也许，他想的是照顾一下帕尔弗里，又或者，他想的是：亲爱的上帝，照顾一下乔纳森吧。

他边开车子边想：他现在在帕莎号上。虽然此时应该是生不如死，但他确实还活着。有一阵子，伯尔的思绪翻来覆去，满脑子只想着：乔纳森还活着，正在受苦，他们现在正对他严刑拷打。当伯尔艰难地度过这一段必要的难熬时光后，他开始运用强大的推理能力，努力找出一些可让他获得些许慰藉的细小线索。

他还活着。这一定是因为罗珀要他活着。若非如此，在乔纳森签署最后一份文件后，罗珀一定会马上找人把他杀了，无非就是巴拿马路边多添一具无名尸，谁会在意？

他还活着。倘若罗珀这种恶人带人上游艇，绝不只是为了灭口。他带他上船是因为有事情要问，等问完了，他需要杀他，那他会在距离船一段适当的距离处下手。他得考虑周遭的卫生及船上宾客的感受。

如果他的推论正确，那么究竟有什么事是罗珀不知道，还需要问乔纳森的？

也许是：乔纳森走漏了多少这次行动的细节？

也许是：对于罗珀而言，目前最迫切的危险到底是什么？被起诉？他伟大的生意受挫？还是暴露行踪或丑闻？他人的强烈抗议？

也许是：我还能从保护我的人那里得到多少庇护？当真正的警报响起，他们会不会一个接一个开溜？

也许是：你算老几？居然敢混进我的宫殿，趁我不注意偷走我的女人？

车子穿过林荫隧道，伯尔突然想起，他们送乔纳森上战场的那晚，乔纳森坐在兰尼恩的小屋中，凑在油灯下读完手中古德休给他的信，告诉他：伦纳德，本人乔纳森心意已决。而且，明天早上我的想法也仍旧不会改变。现在我要签什么名字？

你签太多了，伯尔没好气地在心里回答。而且还是我鼓动你签的。

招供吧，他在心里恳求乔纳森。出卖我，把我们全都卖了，因为我们出卖了你，不是吗？反咬我们一口，救救你自己。敌人不在你那方，敌人在我们中间。出卖我们吧。

他离纽伯里只有十英里，离伦敦也只有四十英里，但这已经是英国的乡间深处。他爬上山丘，进入两旁矗立着光秃秃的山毛榉的大道，旁边的田地都是新近才犁过的。他闻到青贮饲料，想起在约克郡老家，母亲厨房中壁炉搁架前在冬天总有热茶。我们都是诚实正直的人，他想着，想起了古德休。我们是懂得自嘲又可敬高贵的英国人，是心地善良也接地气的人。我们到底哪里做错了？

眼前破旧的公车雨棚使他想起路易斯安那州的铁皮屋。在那栋小屋里，他见到被哈里·帕尔弗里卖给达克尔的阿波斯托尔——接着被达克尔卖给美国表亲，再被美国表亲卖给——天知道卖给了谁。如果是斯特雷斯基，他一定会带手枪，他想。弗林则一定会抱着机关枪，步履维艰地走在我们前面。我们习惯与枪同在，有枪就有安全感。

但枪不是一切的答案，他想。枪是用来虚张声势的，我就是虚张声势。我没有得到许可，子弹也没有上膛，彻彻底底就是虚张声势。我能够用来引诱安东尼·乔伊斯敦·布拉德肖的只有我自己。

他又想到帕尔弗里和鲁克一起静静地坐在他的办公室里，隔着一部电话相对无言。想到这里，绷了这么久，他差点笑出来。

他看到路标，向左拐，驶进一条尚未完工的车道，不知为何突然有种自己来过这儿的感觉。这或许就是意识与无意识碰撞的瞬间。他曾在一本前卫的杂志上读过：当你碰到这种交汇的瞬间，似曾相识感就出现了。他不信这种鬼话。这种论述总会令他抓狂，只是想想都让人无法忍受。

他停下车。

他觉得自己太激动了，于是等待着激动的心绪平复。全能的上帝啊，我究竟变成了什么人？我差点把帕尔弗里给勒死了。他放下车窗，头往后仰，大口呼吸乡间的空气，同时闭起眼睛，觉得自己仿佛变成了乔纳森——正在痛苦中煎熬的乔纳森，向后仰，没办法出声。

乔纳森被钉在十字架上，奄奄一息，罗珀的女人深爱着他。

眼前隐约出现一对石头门柱，却看不到表示已来到兰尼恩的路牌。伯尔停好车，拿起电话，拨了杰弗里·达克尔在河府的专线，听到鲁克说：“喂？”

“只是检查一下。”伯尔说。他又拨了达克尔在切尔西家中的电话，又听到鲁克的声音。他嘀咕几声，然后就挂断了。

他拨了达克尔在乡下的电话，结果一样。这次的干预令挺有效的。

伯尔把车开进大门，进入一个乏人打理、野草丛生的公园。一头鹿站在损坏严重的栅栏后面呆呆地瞪着他，车道上长满浓密的杂草，某块污秽的牌子上写着“乔伊斯敦·布拉德肖合伙公司，伯明翰”其中“伯明翰”三字被划掉，底下被人胡乱写了“调查所”，还加上一个箭头。伯尔经过一个小湖。湖的另一端，天色迅速地变化着，映衬出一栋颇大的屋子。黑暗中可见屋后一间间破旧的温室及乏人照料的马厩。有些马厩曾是办公室，屋外装了铁制的楼梯和过道，通往一扇扇上了挂锁的门；主楼里只有走廊和一楼的两扇窗户透出灯光。他关掉引擎，从副驾驶座拿起古德休的黑色公文包，反手关上车门，踏上铁梯，拾级而上。一个铁门把从石雕中突出，他先是拉了拉，然后又推了一下，但它不动如山。他抓起门环敲了敲门，引来若干条狗的狂吠，淹没了敲门的回音。某个男子用沙哑的嗓子放声大喊：

“惠斯波！不要叫！你这该死的狗，下去！好了，韦罗妮卡，我来开门。是你吗，伯尔？”

“是。”

“就你一个人？”

“对。”

传来铁链从滑槽中滑下的声音，沉重的铁锁被扭开。

“站着别动，让它们闻闻你的气味。”那个声音命令道。

门开了，两条高大的獒犬嗅了嗅伯尔的鞋子，口水滴在他裤管，又舔了舔他的双手。接着他步入一条宽敞但黑暗的通道，空气中弥漫湿气和木屑的气味。墙上有一个个褪了色的长方形，标记出挂过画的位置；大吊灯里只点了一颗灯泡。靠着它发出的光芒，伯尔认出一脸落魄的安东尼·乔伊斯敦·布拉德肖爵士。他穿着一件边缘磨损的外套和无领衬衫。

一个叫韦罗妮卡的女子和他隔着一段距离站在拱门旁。女子一头灰白头发，看不出年纪。是他的太太、保姆还是情妇？或者只是孩子的母亲？伯尔不清楚。她身旁站着一个小女孩，年约九岁，身上是深蓝色的睡袍，领口有金色绣花，穿着一双脚尖绣了金兔子的卧室拖鞋。女孩的长发披在背后，仿佛即将走上断头台的法国贵族的子嗣。

“嗨，”伯尔对她说，“我是伦纳德。”

“金妮，上床去。”布拉德肖说，“韦罗妮卡，带她去睡觉。亲爱的，我们有很重要的事情要谈，不能被打扰——谈钱的，知道吗？来，亲一下。”

他那句“亲爱的”指的是韦罗妮卡还是小女孩？金妮亲她父亲的时候，韦罗妮卡就站在拱门那儿看着。伯尔跟着布拉德肖穿过昏暗的走廊来到客厅。他已经忘了，大宅里的一切动作可以多么迟缓。不过是走向客厅，却远得像在过马路。壁炉前放了两把扶手椅，潮湿造成的污渍蔓延在客厅四周的墙上，那两条獒犬小心翼翼地在壁炉前找了个地方趴下。它们跟伯尔一样，两眼直瞪着布拉德肖。

“来点苏格兰威士忌？”布拉德肖问道。

“杰弗里·达克尔被捕了。”伯尔说。

布拉德肖就像个经验老到的拳击手，接下他这一拳，连缩也没缩一下。他依然稳稳站着，肿起的眼睛半睁着，可以看出他正在计算自己的损失大概有多少。他瞄了伯尔一眼，仿佛等待他再度出手，伯尔却没有这么做。于是他上前一步，发动一连串七零八落的反击。

“胡说八道，一派胡言，这种鬼话谁会信？谁逮捕达克尔？你吗？你连个喝得不省人事的妓女都逮捕不了，还抓杰弗里？你没这个胆！我很了解你，也很了解法律是怎么写的。你不过是个拍马屁的，甚至连警察都不是。凭你也想逮捕杰弗里？你连——”他一时想不出该怎么说——“连一只苍蝇都逮不到。”他虎头蛇尾地结束，似乎想笑一笑，“这算什么蠢计谋？”他转过身对着一整托盘的饮料说，“我的老天！”一面坚定地摇摇头，拿起一只极为精致的玻璃瓶（大概是忘了卖出去的好东西），为自己斟一杯苏格兰威士忌。

伯尔依然站着。他已经把公文包放在身旁的地上。“他们还没逮到帕尔弗里，但他也是瓮中鳖了，”他的语气极度沉着，“达克尔和马乔兰已经关进去了，等待判决，明天早上很可能就会有消息。但我们搞不好能避开媒体，改在明天下午宣布也说不定。除非我下禁令，否则一个钟头内制服警察就会开着闪闪发光、警笛震天响的警车来到这栋房子前，当着你女儿和所有人的面为你上铐，带到纽伯里的警局拘禁。你会作为个案处理，我们会起诉你诈骗额外的费用：你用两本账本，刻意并且有系统地逃避关税及货物税——更别提你还跟政府中的不法官员勾结。而在你乖乖蹲在牢里受苦、日渐衰弱的时候，为了避免你把罪责都推给迪基·罗珀、科尔克兰、桑迪·兰伯恩、达克尔、帕尔弗里等你可以推卸责任的人身上，以换取减刑，我们还会再帮你编织一些罪名，让你能好好蹲上七年的苦牢。而且，其实我们并不需要你做污点证人，因为连罗珀都已成为了我们的囊中物。西半球的每一个港口都有个彪形大汉拿着引渡文件、在码头边等着逮捕你们，唯一的问题是：那些美国人会趁帕莎号还在海上时就逮捕她，还是会让大家先愉快地度个假，因为他们可能会有很长的一段日子再也没有机会开心度假。”他露出报复成功开朗的笑容，“安东尼爵士，这次决战，看来将是光明的一方胜出——如果你还没搞清楚我所谓的‘光明的一方’是什么，我可以告诉你：那就是我、雷克斯·古德休还有几位精明的美国人。兰利一步步将他们的兄弟达克尔诱入陷阱——我想他们把这称为‘刺针行动’。你应该不认识古德休吧？等他上了证人席你就会认识他了。这点我深信不疑。雷克斯真是天生戏精，去演戏的话肯定名利双收。”

伯尔看着布拉德肖拨电话。起初，他注视着布拉德肖在做工精细的大桌上东摸西找。他急躁地把账单和信件扔到一旁，然后拿着一本填得满满的高级笔记本，凑近一盏普通台灯看了起来。布拉德肖舔了舔拇指，一页页翻到了“D”开头的部分。

伯尔看着他僵直了身子，在盛怒下不可一世地对着话筒大吼。

“请替我接达克尔先生。杰弗里·达克尔先生！说安东尼·乔伊斯敦·布拉德肖爵士有紧急的事要跟他谈。你快一点行吗？”

伯尔看着他不可一世的神情渐渐失去血色，绷紧的双唇也渐渐打开，合不起来。

“你是谁？什么警官？出了什么事？请接达克尔。非常紧急——什么？”

此时，伯尔听到话筒里传来鲁克自信满满、略带点地方腔调的声音，眼前立即出现这个场景：鲁克在他的办公室里，站在电话旁（他接电话时就喜欢站着），左手臂垂下，缩着下颌，仿佛在练兵场看阅兵。

脸色惨白、唯唯诺诺的矮子哈里·帕尔弗里在一旁等待，看何时轮到他来接听电话。

布拉德肖挂断了，还装出一副非常有自信的模样。“房屋遭窃贼闯入。”他表示，“警察来了。只是正常程序，没什么好大惊小怪的。都这么晚了，达克尔先生还在办公室里办公。我已经联络上他，一切正常。他都告诉我了。”

伯尔笑了，“他们不都是这么说的吗，安东尼爵士？你总不会以为他们真的会让你赶快卷铺盖逃跑吧？”

布拉德肖瞪了他一眼。“胡说。”他低声嘟囔，又回台灯旁边去看他的笔记本，“这整件事从头到尾都是屁，愚蠢至极的烂把戏。”

这次他拨了达克尔办公室，伯尔再度看到相同的场景：帕尔弗里拿起话筒，在这无上光荣的时刻，成为鲁克最忠实的情报员——鲁克站在他身后以分机窃听，大手按在帕尔弗里的手臂上，并用清澈单纯的眼神鼓励帕尔弗里念出他该说的台词。

“哈里，我要找达克尔。”布拉德肖说，“我现在就要跟他讲话，是性命攸关的大事，他到底在哪里？……你不知道？你这话是什么意思？……他妈的，哈里，你到底是怎么回事？……他的房子遭窃，警察在那儿，他们找过他，也跟他谈过，他到底在哪里？不要跟我讲什么行动不行动，我要谈的就是行动，这通电话就跟行动有关。给我找到他！”

对伯尔而言，这段沉默非常漫长。布拉德肖话筒紧贴着耳朵，脸色先是苍白，继而转为恐惧。帕尔弗里正在念诵他那极为关键的台词。他照着伯尔和鲁克事先跟他排练好的，轻声细语地说出来。打心眼里，字字真心。因为对帕尔弗里来说，他说的的确都是真的。

“托尼，看在老天的分上，快挂电话！”帕尔弗里劝他，语气鬼祟，还一面用另一手的指节抹了抹鼻子，“东窗事发了，杰弗里和尼尔自身难保，伯尔和他的同伙对我们穷追猛打，走廊上兵荒马乱，你别再打电话来了。别打给任何人，警察到大厅了。”

最棒的是，帕尔弗里挂了电话——又或是鲁克替他挂的。布拉德肖愣在那儿一动也不动，已经没声音的话筒还贴在他耳朵上，他却张着嘴还想听清楚一点。

“我把文件都带来了，如果你要看的话，”布拉德肖转身瞪了伯尔一眼，伯尔则露出一副悠然自在的表情，“虽然我不该这么做，不过这还是给了我某种乐趣。我刚刚是说关七年，但我想那是因为我毕竟是约克郡人，不爱夸张。其实我认为就算在牢里关上十年也很有可能。”

他提高音量，但说话速度不改。他把公文包打开。他的动作很慢，仿佛故弄玄虚的魔术师。他一次只拿出一个皱巴巴的卷宗，他时而打开，停下来仔细研究某封特别的信件后才放下卷宗，他时而笑一笑再摇摇头，好像在说：怎么会这样？你敢相信吗？

“这种案子只需要一个下午的时间就能逆转，真是太可笑了。”他边笑边缓慢地翻页，“我们白费力气——我，还有我手下的那些小伙子和小姑娘，但没有任何一个人想知道结果。我们每次都碰壁，可是我们一直想把达克尔绳之以法，啊，”他刻意停下来，笑了笑，“至少我印象中是如此。至于你——安东尼爵士，我想想……从我还是个连根胡子都没有的小学生时起，你就是我们的观察对象。你知道吗，我真的非常恨你。我想把很多人关进牢里，但始终无法如愿——我没开玩笑。但你非常独特，一直都是。你应该非常清楚，不是吗？”另一个卷宗引起他的注意，他暂停片刻，一页一页翻着看，“然后，电话突然响起——是不是午餐时间了？但我在节食——结果是一个我几乎没听过的人打来的。‘喂？伦纳德，我建议你偷溜到苏格兰场，带上几个有野心的警察把杰弗里·达克尔抓起来如何？伦纳德，是时候了——我们该来清理白厅，将贪赃枉法的官员，以及安东尼·乔伊斯敦·布拉德肖这种在外头跟他们私通的人清理掉，杀一儆百。美国人都这么做了，我们为什么不能？我们总是说绝对不会让未来的敌人变得愈来愈强，该是证明这件事的时候了——诸如此类的废话。’”他又抽出另一个标志“最高机密，监视管理，仅供阅览”的卷宗，还疼爱地轻拍它的边缘，“达克尔目前的状况——套句我们的话来说，叫作‘自愿被捕’。总之就是招供了，只是我们没这么说。我们在对付同行时总是喜欢曲解人身保护令。你必须不时篡改法律，否则什么事都办不成。”

虚张声势的手法各式各样，但有一点是一致的——欺骗者与受骗者之间的串通勾结，对立需求之间的神秘交错。对法外之徒来说，也许是他们总下意识地想回到合法世界；对于孤身一人的罪犯，也许是想要回归人群的秘密渴望——只要能回去，不管是什么类型的族群都无所谓。像布拉德肖这种身败名裂的花花公子兼恶棍，总是不惜一切代价，追求所谓的特权，所谓最高档的交易，对比他更飞黄腾达的人进行报复。因为这种心理，他自愿成为伯尔圈套中的牺牲品。至少在这名织布工注视布拉德肖阅读资料时——他一下往前翻，一下向后翻，一下拿另一个卷宗比对——暗自祈求他的对手是这种人。

“看在老天的分上，”布拉德肖还是开口了。他低喃着，把卷宗递回去，仿佛这些卷宗让他感到不适，“不用反应过度，一定有折中的办法，一定有的。我是个讲理的人，一直都是。”

伯尔没有那么乐观，“我不认为我会称之为‘折中办法’，安东尼爵士。”他把卷宗拿回来，放回公文包，先前满肚子的怒气又升起来，“我会把它叫作‘缓兵之计’。你现在要做的是：替我打电话给‘钢铁帕莎号’，心平气和地跟我们那位共同的朋友讲几句话。”

“讲什么？”

“你告诉他：大事不妙。把我对你说过的话、你看到、做过、听到的一切都告诉他。”他扫视那扇拉开了窗帘的窗外，“你从这里看得到马路吗？”

“看不到。”

“可惜。因为他们已经到了。我想从这里应该可以看到湖那边有一点蓝色光芒在闪烁——楼上也看不到吗？”

“看不到。”

“告诉他，我们已经对你展开彻底搜查，你行事不慎，让我们得以从你那些假的终端用户那儿追溯到来源。而且我们对‘伦巴第号’和‘奥拉西奥·恩里克号’的路线非常感兴趣，正在追踪这两艘船——除非接受别的条件。你告诉他，说那些美国人帮他在马里恩准备了一间牢房，打算亲自指控他，除非接受别的条件。你告诉他，他那些在法院高层的朋友已经不再是朋友了。”他把电话递给布拉德肖，“告诉他你怕得要死，如果能哭就哭出来；告诉他你承受不了监狱，让他恨你太软弱；告诉他我差点徒手勒死帕尔弗里，因为我把他当成了罗珀。”

布拉德肖舔了舔嘴唇，静静等待。伯尔穿过房间，站在稍远的窗户旁边。

“除非接受别的什么条件？”布拉德肖紧张地问。

“你这样告诉他们，”伯尔说，露出不太情愿的表情，“我愿意放弃所有指控——对你和对他的——就这一次。我可以放行他的船。达克尔、马乔兰、帕尔弗里会去该去的地方，但他和你还有那些货物不需要，”他提高音量，“你告诉他，我会一直紧咬着他和他那班为非作歹的同伙，我不会放过。告诉他我这辈子都要呼吸新鲜的空气。”一时间，他忘了自己要说什么，但很快又恢复过来，“他船上有个叫派因的人，你可能听说过。科尔克兰曾经从拿骚打电话给你问他的事，河府的那些鼠辈也把他的过去挖给你。如果罗珀在你放下电话后的一个小时内放了他——”他又稍微动摇，“我就埋了这个案子。我保证。”

布拉德肖直瞪着他，眼神中掺杂着惊讶和如释重负。“老天，伯尔，那个派因有这么了不起？”他突然冒出一个兴奋的想法来，“老兄，你不会也参与了这次行动吧？”他问。但当伯尔与他四目相接，他心里刚燃起的希望又顿时烟消云散。

“还有，告诉他我也要那个女孩。”伯尔说，很明显是后来才想到的。

“什么女孩？”

“不关你的事。我要的是派因和那个女孩。活的，毫发无伤。”

伯尔痛恨自己扭扭捏捏、不够果断，才大声念出帕莎号的卫星通信电话。

当天深夜，帕尔弗里走着，完全没注意到在下雨。鲁克为他叫了出租车，但帕尔弗里得自己付车钱。他在贝克街附近，伦敦对他而言已经成了某个阿拉伯城镇。小旅馆霓虹灯映照着一扇扇窗户，窗里那些有黑眼圈的男人三三两两地交头接耳、指手画脚，小孩玩着他们最新的模型火车，戴面纱的女子聚在一起谈天说地。旅馆之间有几家私人诊所，帕尔弗里走到其中一家的台阶上停了下来，似乎在犹豫要不要进去，然后又决定不进去，继续走。

他没穿大衣，没戴帽子，连伞都没有。一辆出租车经过他身边时慢了下来，焦躁不安的帕尔弗里实在没有余力注意它。他好像忘了这趟出来最重要的目的到底是什么。也许是他的车——他到底把车停在哪条街了？——他的妻子？或是他的女人——他们到底约好要在哪里见面？他一度拍了拍被雨水浸湿的上衣口袋——他是要找钥匙还是香烟？还是钱？他走进一家快要打烊的酒吧，拿出一张五英镑放在吧台上，喝了杯不加水的双份威士忌，然后直接转身离开，连店家找的钱都忘了拿，只是喃喃地说着“阿波斯托尔”这个名字——后来为此事作证的目击者是个念神学的学生，还以为帕尔弗里在说自己是个变节者[1]。接着他又走到街上继续他的旅程，张望着什么又一一否认——不对，不是这里，我要找的不是这里，不是这里。一个染了金发的老妓女笑嘻嘻地站在妓院门口跟他打招呼，但是他摇摇头。不，也不是你。他进了另一家酒吧，酒保正在喊顾客方才点的饮料。

“有个人叫派因，”帕尔弗里心不在焉地举杯跟某人敬酒，“深深爱上了某个人。”那人只是安静地陪他喝酒，觉得帕尔弗里看上去伤心极了。他想，一定是有人抢了他的女人。他这么矮，不意外。

帕尔弗里最后挑了安全岛。那是一个高出来的三角形人行道，周围用栅栏围起，实在搞不懂它是想把行人围在里面还是挡在外面。但这里依旧不是他要找的地方。很明显，他想找的是一个制高点，或者众人熟悉的标志性建筑。

他没有进入栏杆中间接受它的保护。另一个目击者说，他像操场上的小孩那样，脚跟顶在安全岛外缘、两手向后勾住栏杆。有好一阵

[1] apostate，与阿波斯托尔（Apostoll）发音接近。

子，他好像挂在一个正在转动的旋转木马外缘——差别只在那个东西没有转动——注视着一辆辆车上无人的双层巴士在深夜里从他身旁疾驶而过。

最后，他好像终于弄清楚自己身在何处，挺起身体，扳直瘦削的双肩，直到姿势一如参加阵亡烈士纪念日的老兵一样坚挺。他挑选了一辆往这里开来的车速特别快的巴士，一头栽进车轮底下。严格说来，在这条特别的路段，又是深夜，雨天的马路又滑得像是溜冰场，那位可怜的司机无论如何都无力阻止悲剧发生，而帕尔弗里当然也不会怪罪他。

人们在帕尔弗里口袋里发现了一份破破烂烂的手写遗嘱，措辞皆为法律术语。遗嘱免除他人亏欠其的一切债务，指定古德休为其遗嘱执行人。

29

“钢铁帕莎号”，一千五百吨重，两百五十英尺长。一九八七年，荷兰斐帝星造船公司按照现任船主要求的规格，船体为钢铁，船身内装由罗马的拉文奇负责。船上有两具两千马力的曼海姆机械有限公司柴油引擎，配沃斯斯珀稳定器，带防撞装置与雷达监视器的国际海事卫星组织卫星电信系统雷达——传真机、电传机、十几箱的香槟王，装在花缸里用来迎接圣诞节的翠绿圣诞树就更不用提了。她从安的列斯群岛安提瓜岛英国港的尼尔森造船厂出发，趁着早潮开始这趟前往向风岛和格林纳丁岛的冬季巡航，取道布兰基亚岛、奥奇拉岛和博奈尔岛，最后回到库拉索岛。

安提瓜岛上少数几位热爱时尚的圣詹姆斯俱乐部的知名人士，都聚集在码头为她送行。国际知名企业家迪基·翁斯洛·罗珀先生，以及他那些光鲜亮丽的宾客都站在即将起航的帕莎号船尾，当岸上高喊着“一路顺风”“迪基，祝旅途愉快”时，他们挥手致意。岸上响亮的号角与船上的汽笛同时响起。罗珀先生的三角旗帜上镶了耀眼的水晶，在船的主桅上拍动。因为能够见到平时总搭飞机四处玩乐的名流，社会观察家感到相当兴奋，例如致力于击破婚姻危机传闻的兰伯恩勋爵（也就是大家所知道的桑迪），他挽着妻子卡罗琳；美丽动人的杰迈玛·马歇尔小姐（她的朋友喊她杰德），这一年多都跟罗珀出双人对，也是他那个世外桃源相当知名的女主人。

船上其余十六名宾客都经过筛选：国际知名企业家、股票经纪人，以及其他社交界的重量级人物，比如最近想向希腊政府购买斯派采岛的彼得罗斯·卡洛门罗斯（又名佩蒂）、美国女继承人邦妮·索尔特雷克、英国赛车手格里·桑当和他的法国妻子，以及美国制片人马塞尔·海斯特，他的游艇“玛塞利娜号”还在建造，目前停在不来梅港。这群宾客里没有孩童。从未上过帕莎号的宾客都为她的豪华设备与摆设感到惊讶。船上有八间特等舱房，每间都备有特大号的床铺、音响、电话、彩色电视、雷杜德作品复制品，以及历史悠久的镶板；交谊厅灯光柔和，设计仿照爱德华时代，全部铺上红色厚绒布，还摆了古色古香的赌桌和十八世纪的青铜头像，一尊尊安置在以坚固的胡桃木构成的圆顶凹室中。餐厅使用的是枫木，搭配仿华托[1]的森林主题油画。此外，游泳池、按摩浴缸和日光浴等设备一应俱全，简餐就在散发意大利气息的后甲板上举行。

八卦专栏作家对来自新西兰的德里克·托马斯却只字未提。由铁牌公司发布的公关新闻稿中也不见他的踪影。他没和众人一同在甲板上对着岸上送行的朋友挥手，没出现在晚餐桌上，以犀利的言谈娱乐宾客。他被关在帕莎号某处，一个与迈斯特皇宫饭店酒窖相去不远的地方。他身上绑了锁链，嘴被塞住，躺在黑暗中。除了科尔克兰上校和他的助理偶尔会来探望，他孤单一人，完全与外界隔绝。

帕莎号上的船员和职员加起来共二十名，包括船长、大副、轮机长和助理轮机长，及两名厨师——一位为宾客料理食物，一位为船

[1] Jean-Antoine Watteau（1684—1721），法国洛可可时期的代表画家。

上工作人员下厨。还有一位领班兼勤杂主管的女士，四名水手和一位事务长。整组人马中还包括一个直升机驾驶员和水上飞机驾驶员。安保小组中，新增了两位与杰德和科尔克兰一起从迈阿密飞回来的德裔阿根廷人。这组保镖和他们所保护的船一样，都配了精良的武器。由于这地区一直以来都有海盗出没，因此船上的军火库相当充裕，足以应付长时间的海上交火，可吓退妄图攫食的飞机，击沉大胆进犯的船只。军火都储存在前舱，与安保小组驻扎的舱房为邻，在一道防水钢门之后——还有一道防护网保护着。乔纳森是不是被关在那里？在海上航行了三天后，坐立难安的杰德认为自己的猜测没错，但当她询问罗珀时，他却对她的问题充耳不闻。于是她又去问科尔克兰，他下巴一抬，严肃地皱起眉。

“海风很大，亲爱的，”科尔克兰冷冷地说，“别多问，这是我的忠告。乖乖睡觉、吃饭，低调点。对大家都好——别告诉别人是我说的。”

此时，科尔克兰在她眼中的形象有了一百八十度大转变。以往总是懒懒散散的他，现在却变得跟老鼠一样机警。他很少笑，与船上的男性员工相处时一律颐指气使，无论对方相貌平凡还是英俊好看。他给身上那件发霉的晚礼服别上一排挂有勋章的绶带，只要罗珀没在现场制止他，他会对这世上各种议题高谈阔论。

抵达安提瓜的那天是杰德这辈子最艰难的一天。目前为止，她经历过许多次跌到谷底的时刻——她的天主教负罪感就占了很大一部分。有一次，修道院院长大步走进宿舍要她收拾行李，说出租车已经在门口等她。同一天，她父亲命令她回到卧房，然后去请教神父该如何处置一位十六岁的年轻荡妇，她被人发现和村里的男孩在温室里，两人全身赤裸。那个男孩试图玷污她，尽管未能得逞。后来，在哈默史密斯，她拒绝跟两个男孩发生关系，但男孩当时都喝醉了，决定一人压她就范，另一个强暴她，两人轮流。在她走出那些倒在地上的醉汉的阴影、投入迪基·罗珀的怀抱之前，她在巴黎也有过一段轻狂的日子。然而，在安提瓜的英国港登上帕莎号，才是她这一生最难熬的一天。

在飞机上，为了忽略科尔克兰有意无意的侮辱，她全程都在读杂志。到了安提瓜机场，他夸张地将手伸到她手臂下，她用力想挣脱，他的手却像钳子一样紧紧把她扣住，那两名金发男子也紧贴在她身后。上车后，科尔克兰坐前座，两个男人则分坐两旁，靠她很近。当她爬上帕莎号的舷梯，三人则排成方阵，将她围在当中。这无疑是在向罗珀展示——如果他真的在看——让他知道他们唯罗珀是从。在三人的挟持下，杰德被押往某个豪华舱房的门口。科尔克兰敲门前，她只能干等。

“谁？”罗珀从里面问。

“马歇尔小姐，老大。完整无缺地带来了。”

“带她进来，科尔克兰。”

“连行李一起吗？”

“连行李一起。”

她进到舱房，罗珀背对着她坐在桌旁。他就这么坐在那儿，背对她。服务生把她的行李放进卧室，退出来。他正在看文件，一面拿着钢笔检查。是合约？算了，无所谓。她等他看完，等他把手里的东西放下，转身面对她，又或者他会站起身……然而他什么也没做。他一直看，直到看到那页的最后一行，然后在末尾草草写下一些什么——应该是他名字的首字母吧。他翻到下一页继续看。那是一沓厚厚的打印稿，蓝色纸，用红色丝带串起，页边有红色的线条……他还有好几页没看呢。大概是在写遗嘱吧，她暗想。我的前任情妇杰德，我什么都不会留给她……

他穿着有翻领和深红色绲边的深蓝色丝质睡袍，通常，那往往表示他们将要上床做爱，或是刚刚做完。他不时动着睡袍里的肩膀，仿佛感觉到她正在欣赏他的双肩。他一直很喜欢自己的肩膀。然而，她仍站在离他六英尺远的地方，穿着牛仔裤，一件套头背心，戴了几条金项链。他喜欢她戴金饰。这条深褐色地毯是全新的，非常贵，也非常厚。那时他们一起在水晶宫的壁炉前看了许多样品，挑了这个颜色。乔纳森也发表了意见。这是她头一次看到地毯好好地铺在这房间的地板上。

“我打扰到你了吗？”她看他仍然没有转头，于是问道。

“没有。”他答道，还是埋首在文件里。她挨着椅子边缘坐下，在大腿上抓紧刺绣袋子。他的姿态僵硬而不自然，声音里有种压抑的紧绷，她推测他可能随时都会站起来打她。也许只要一个动作——跳起来，反手一挥，就能把她打昏在地，然后等她醒来已是一个星期之后。她交过一个意大利男友，因为她经常耍小聪明，他便这样揍她，当作惩罚。他只需要一拳就能把她从房间这头打到另一头。其实她本来应该摔倒在地，但她在马背上练就的平衡感多少有所帮助，只要她能尽快从卧房抓好自己的东西，就能随着那一拳顺势离开房间。

“我叫他们准备龙虾，”罗珀说，拿笔在那份文件上写字，“科尔克兰上次在那家餐馆没吃到龙虾，这次想弥补一下。吃龙虾好吗？”

她没作声。

“有人告诉我你跟托玛斯那小子有一腿。你喜欢他吗？对了，他其实姓派因，你是叫他乔纳森对吧？”

"他在哪里？"

"我就知道你会问，"他翻了一页，抬起一只手，刻意地摘下那副阅读用的眼镜。"你们搞在一起很久了，对吧？在凉亭里速速干一回？在树林里脱掉裤子？我得说你们两个都很懂啊。大家都在旁边盯着，我可不笨，只是没看到。"

"他们跟你说我跟乔纳森上床吗？我没有。"

"没人提过什么上床。"

"我们没在一起。"

她记得自己也告诉修道院院长同样的话，但似乎没什么用。罗珀没在读文件了，但仍然没有转过头。

"那你们又是什么关系？"他问道，"如果没在一起，那算什么？"

我们是在一起，她愚蠢地在心里承认了。不管他们是因为贪图肉体的欢愉而结合，还是出于其他原因，都没有差别。她对乔纳森的爱和对罗珀的背叛都是既定事实。其余的就如同在那个温室里发生的一切，只是叙述上的问题。

"他到底在哪里？"她追问。

罗珀忙着看文件，没有搭腔。他动了一下肩膀，仿佛要拿一支有六英尺长的万宝龙钢笔做修改似的。

"他在船上吗？"

此时氛围死寂得如无生命的雕像，也像她父亲忧伤时的静默。但她父亲怕的是这世界将跟着恶魔一同沉沦，手足无措找不到阻止的方式。然而罗珀把世界往地狱推去。

"他说一切都是他自己一个人做的。"罗珀说，"真的吗？杰德完全没参与，派因是大坏蛋，都是派因做的，杰德就像白雪公主，活在自己的世界，不知道他干了什么。总而言之一句话：一切都是他做的。”

“他做了什么？”

罗珀把笔往旁边一推，站了起来，依然刻意不看她。他穿过房间，走到镶了饰板的那面墙按下一个钮。放饮料的壁橱的电动门向后翻。他打开冰箱，取出一瓶香槟王，打开瓶塞，为自己斟了一杯，然后——他似乎在看着她与不看她之间选了个折中的办法——对着映在壁橱上的酒瓶和苦艾酒与金巴利中间的倒影说话。

“要来点吗？”他对着杰德的倒影举起那瓶香槟王，语气可以说相当温柔。

“他做了什么？你们到底认为他做了什么事？”

“他不肯说。问过了，但他就是不肯说。他到底干了什么、替谁工作、同伙是谁、目的是什么、从何时开始、谁付钱给他这么做，他什么都不肯讲。如果他讲就可以省去很多顿痛打。这个人有骨气，你选对了。恭喜你。”

“你凭什么认为他做了什么？你到底怎么折磨他了？放了他。”

他终于转身朝她走来，疲倦地看着她。这次她非常确定他会对她动手，因为他的笑容轻松，太不自然，又刻意装出冷淡无感的模样。这一切让人确信，此刻他心中一定是不一样的光景。他仍戴着那副阅读用的眼镜，因此必须低下头、从镜片上缘看着她。他露出赌徒的微笑，离她非常近。

“你以为你那个情人很单纯吗？无辜得像白百合？手脚绝对干净？亲爱的，那全是屁。我让他加入的唯一原因就是有个拿钱办事的笨蛋用枪抵住我孩子的头——你是不是想告诉我那次抢劫不关他的事？坦白说，我的小甜心，我才不信。要是你能找到一个真正的圣人，我就帮他出买蜡烛的钱。但如果找不到，钱只会留在我自己的口袋里。”她挑的那张椅子太低，让她的处境显得更危险。因为当他俯身跟她讲话，膝盖正好到她下巴，“杰兹，我一直都在观察你，猜想着你是否真的跟我想的一样愚钝，还有你和派因是否真的有一腿。那次马匹拍卖会上到底是谁先勾引谁，你说说？”他拧着她的耳朵，恶意地开她玩笑，“女人都很机灵、聪明啊，聪明得装出一副什么都没听见的模样。她们让你以为是自己在挑选她们，事实上却是她们在挑选你。杰兹，你是间谍吗？你看起来不像，比较像个绝色美女。桑迪认为你是间谍，还眼巴巴地想拜在你的石榴裙下。就算你真的是间谍，科基也不会感到意外。”他发出一声阴柔的傻笑，“而你那位漂亮的情人却一个字都不肯说。”他每次加重语气，就拧一下她的耳朵。他拧得并不重，仿佛只是闹着玩，“杰兹，稍微公平一点如何？亲爱的，你也开开玩笑？有点风度。说，你是间谍对不对？你是个漂亮火辣的间谍，是不是？”

他的手移向她的下巴，用拇指和食指捏着，让她仰起头，凝视着她。她见到他眼中的愉悦，从前她把它当作善良。她再次思考，也许这个她一直爱着的男人只是她拼凑出来的，她从他身上找出她喜爱并愿意信任的部分，拼凑成面前的他，不想相信的，就予以忽略。

“我不知道你在说什么，”她说，“是你找上我的。我那时很怕，你就像天使。你从来没有亏待过我，到现在都没有，我也尽心尽力地报答你。你很清楚我说的都是实话。他到底在哪里？”她直视他的双眼。

他放开她的下巴，走到房间另一边，拿起香槟。

“小妞，这招不错，”他赞许道，“干得好，放了他，放了你的爱人。在他的法国面包里塞一把锉刀，趁探视的时候偷偷塞给他。可惜你没带萨拉一起，不然你们就可以骑着它奔向夕阳了。”他的语调完全没变，“杰兹，你应该不认识某个叫伯尔的人吧？有没有这么巧呢？伦纳德？北方乡巴佬？有狐臭？受过传教士训练？这人来找过你吗？你跟他也有一腿吗？搞不好他说自己叫史密斯呢。可惜，我想你们大概也有一腿吧。”

“我不认识你说的这个人。”

“有意思，派因也不认识。”

他们盛装打扮，准备用餐。一人先换，然后另一人，小心翼翼地挑选自己的衣服。他们在帕莎号上通宵达旦的狂欢已经开始了。

菜单。服务人员和两位厨师讨论的结果。桑当太太是法国人，她对各项大小事的意见都被厨房人员奉为真理——尽管她只吃沙拉，而且曾说自己对烹饪一窍不通。

洗涤。客人不是在吃东西就是在换衣服、洗澡和做爱。这就表示他们每天都要有干净的床单、毛巾、衣服和桌布。一艘游艇能航行多久，就看它载了多少食品和衣物。整块甲板上有好几台洗衣机、烘干机和蒸汽熨斗，两名服务人员从早到晚负责。

发型。海风会把大家的头发吹乱。每晚五点，乘客甲板上都能听到吹风机的嗡嗡声，当宾客去上洗手间再回来，刚吹好的头发肯定又会乱一次。因此，在五点五十分时，杰德必定会看到某个手忙脚乱、衣衫不整的女乘客——乱发像厕所刷那样竖起——在舷门挥舞一个坏掉的吹风机对她说：“亲爱的杰德，你可不可以……”会找杰德是因为女管家们早就离开，在开餐前做最后一次检查。

鲜花。水上飞机每天都会飞到距离他们最近的岛屿，运回鲜花、新鲜鱼类、海产、蛋、报纸和信纸，不过罗珀最在意的还是花。帕莎号上的鲜花一向受到好评。如果让罗珀看到鲜花枯萎，或是插得不够雅致，甲板底下的服务人员就有罪受了。

娱乐。应该在何处消遣？游泳？浮潜？要去拜访什么人？要不要到外头吃饭、换换口味？要不要派直升机或水上飞机去接某些宾客，然后把其他宾客送上岸？帕莎号上的宾客绝不是一成不变。他们从一个岛到另一个岛，宾客依照事先约好的停留时间，来来去去，带来新成员，新的陈词滥调，新的对圣诞的要求：亲爱的，要把事情准备周全真不容易，我还没想出要送什么礼物呢。话说，你跟迪基也该结婚了吧？你们两个在一起看起来真的很般配！

在这种疯狂的气氛中，杰德也从善如流，等待机会。关于罗珀说的把锉刀塞进面包，其实也是一个办法。如果能够依偎在乔纳森身边，她会非常乐意色诱五个警卫，加上兰伯恩，甚至是科尔克兰（如果他想要的话）。

她等待时机，童年和修道院给她的严格规矩与教条却不断地纠缠她——像是微笑时不可咧嘴露齿之类的。当她全心遵守这些教条，一切都变得很不真实，而且一切也都失去了目的。她对这两种状况都心怀感激，而那个时机也还是存在。卡罗琳·兰伯恩安心地找了杰德与她分享跟桑迪结婚时的美好过往，因为勾引她丈夫的风骚保姆已经回伦敦去了。杰德心不在焉地听着，露出微笑，“噢，亲爱的卡罗琳，我真是为你们感到高兴，当然我也为孩子高兴。”卡罗琳接着说，她以前可能说过一些愚蠢至极的话，就是迪基和桑迪从事的那些交易，而她也跟桑迪谈清楚了。她必须承认自己把那些事看得太严重。更何况，这年头人若想要赚点钱，怎么可能手上一点脏活都不沾？杰德也很高兴，认真地向卡罗琳保证，她早就把之前卡罗琳说过的那些事情忘得一干二净，要操心的事那么多，难免前听后忘，真是感谢上帝……

到了夜里，她仍与罗珀同床共枕，等待时机。

……在他的床上。

她在他面前穿衣脱衣，戴着他为她买的珠宝首饰，为他的宾客献殷勤。

通常在天将亮时，他会向她索求。那是她意志力最薄弱的时刻，犹如将死之人。他把手伸向她，她立刻在令人畏惧的渴望中回应了。她在心里告诉自己，这是为了拔去迫害乔纳森的人的利牙；她要驯服他、贿赂他，与他和解，好得到拯救乔纳森及等待时机的力量。

因为在两人初次争执后，在他们共享的疯狂沉寂里，这就是她一直想从罗珀身上换取的信任：一次令他放松警戒的机会。再一次一同大笑，哪怕只是为了一颗坏掉的橄榄。然而，即使在翻云覆雨之际，他们也不再提起那个与他们紧紧相连的话题：乔纳森。

罗珀是否也在等待什么？等待中的杰德认为他也一定在等。不然，科尔克兰为什么不时跑来敲舱门、探头探脑，然后又摇摇头离开？在她的梦魇中，科尔克兰是执行乔纳森死刑的刽子手。

她知道他在哪里了。罗珀没告诉她，看杰德探寻种种线索，再把它们拼凑起来，对他来说是个有趣的游戏。而现在，她知道了。

首先，她注意到这艘船的船首，在宾客舱房之后的下层甲板上不寻常地聚集了一堆人，有种意外的气氛。她毫无头绪，而且永远搞不清楚船的那个部分到底有什么作用。在她还对这艘船一无所知时就听别人说过，那部分是船上负责安全的区域。但又有一次，她听人家说那里是船上的医护室。这是一个客人勿近、船员勿入的地方。乔纳森既非客人，亦非船员，杰德猜想，医院应该是安置他的好地方。当她别有意图地逗留在厨房里时，发现了不属于她规划的菜单：病号饭。他们端出去时是满的，回来时是空的。

“有人病了吗？”她看到弗里斯基在走道上，拦下他。

弗里斯基再也不像以前那样有礼貌——如果以前也算有礼貌的话。“为什么一定是有人生病了？”他一手高举餐盘，无礼地回答。

“那是谁要吃这些流质食物？酸奶、鸡汤？是给谁吃的？”

弗里斯基假装现在才发现手里的餐盘装了什么。“是塔比，是他要吃的，小姐。”他这辈子从来没叫过她“小姐”，“有点犯牙疼，就是塔比。他在安提瓜的时候拔了颗智齿，流了不少血，现在得吃止痛药。就是这样。”

她想知道谁会去探视他，什么时候去。过去那些深深影响她的教条带来的优势就是：但凡任何风吹草动，她都会注意到。她知道那个漂亮的菲律宾女服务员和船长上了床，跟水手长有一腿，还与兰伯恩偷过情——那是卡罗琳在后甲板做日光浴的某个下午，在非常短的一段时间内发生的。她早就发现罗珀最信任的三个人（弗里斯基、塔比和高斯）住的舱房底下有一道秘密楼梯，通往一间囚房，她认为那就是乔纳森被囚禁的地方。住在楼梯两侧的两个德裔阿根廷人可能起了疑心，但还不知道这个秘密。而科尔克兰——那个改头换面、自以为是、什么都管的科尔克兰——一天至少会去那儿两次。每次过去前都好像要干什么大事，回来时却总是一肚子气。

“科基，”她恳求他，试图用过去的交情拉近关系，“亲爱的科基，我拜托你，看在老天分上，他还好吗？他病了吗？他知不知道我在这里？”

可是科尔克兰一脸阴郁，一如他刚去探视过的黑暗地牢。“我警告过你，杰德。我给过你很多机会。”他在盛怒中反驳，“你不听我，偏要闹脾气。”然后就像个被激怒的法警般头也不回地离去。

桑迪·兰伯恩偶尔也会去。他选的时间是在晚饭后。一面在甲板上寻找除了妻子以外的陪睡，也顺便去那儿晃一晃。

“桑迪，你这混账。”当他悠闲地走过她身旁，她轻声对他说，“你这人满嘴屁话。”

对于她的辱骂，兰伯恩无动于衷。他最近过得太舒坦，懒得理她。

她知道还有一个人会去探视乔纳森，那就是罗珀。因为每当罗珀从船首那地方回来，总是一脸心事。即使她没有亲眼看他去那个地方，也可以从他再次出现时的态度看出端倪。他跟兰伯恩一样，都喜欢挑夜晚时分去。首先，他会在甲板上溜达，跟船长闲聊，或打电话给散居在世界各地的股票经纪人、货币买卖人、银行家：比尔，冒个险买些德国马克如何？那瑞士法郎呢，杰克？日元、英镑、葡萄牙币、马来西亚的橡胶、俄国的钻石、加拿大的黄金？然后，在这些装模作样的表演之后，他会一步一步，慢慢往船首走去，仿佛有一股磁力吸引着他，然后消失无踪。然而，等他再次现身，脸上的表情总很阴沉。

杰德知道，绝不能去求罗珀，哭也没用，大吵大闹无济于事。罗珀会为许多事抓狂，丢脸就是其中之一。这损害了他的自尊，后果会怎样，无人能预料。他最厌恶的，就是在他脚边哭闹的女人。

她很清楚，也许她很清楚乔纳森就像过去在爱尔兰时一样。他正一点一点，慢慢用勇气害死自己。

这间囚室比迈斯特先生的酒窖好，但也可以说糟很多。在这里，他不需要弯来绕去，在一面面黑墙上摸索。但这也是因为他被链条拴在墙边、寸步难移。他并未被冷落，那些来探视他的人都知道他就在这儿，不过他们都拿羚羊皮塞住他的嘴，再用胶带封住。而且，虽然他知道只要他表态要说话，他们就会把这些拘束他、使他感到不便的东西统统拿掉——他们已经清楚表明过，只要给个动作，就可以获得善意的回应。可是，就是从那时起，他拟定一个坚定的策略：他一个字都不说，哪怕只是“早安”或“你好”，因为他就害怕这个：既然他是偶尔需要对人吐露心声的人，哪怕只是出于他酒店从业人员这方面的性格——这种倾向可能会成了他的弱点，一句“你好”可能会演变为“我把那些集装箱的数目和船名都传给了鲁克”；又或者在受不了酷刑逼供时，脑海里出现的零星自白脱口而出。

可是他们到底要他招什么？还有多少东西是他们不知道但迫切想知道的？他们知道他是眼线，也知道那些和他有关的故事大多是杜撰出来的。即使他们不知道他出卖了他们多少，他们知道的部分都足够趁着还来得及，赶紧改变计划或立刻喊停。所以为什么还紧咬着不放？为什么那样感到挫败？审问愈来愈不留情，乔纳森终于明白：因为他们认为自己有权得到他的口供。他是他们抓到的间谍，他们撕下了他的一切伪装。为了尊严，无论如何都要从绞刑台上的他口中得到悔罪的声明。

他们还不知道苏菲。他们不知道跟他分享秘密的人是谁，不知道苏菲经历过他所经历的事。她现在也在这儿，正端着咖啡对他微笑。麻烦你，我要埃及咖啡。她原谅他，取悦他，稍稍诱惑他，鼓励他撑到天明。他们打他脸时（调整过力道的长时间殴打，还是把他打得很惨），他苦中作乐地拿自己的脸与她相比。为了让自己分心，他把爱尔兰男孩和黑克勒手枪的事告诉她。但禁止感伤，因为她最不喜欢感伤。他们从来没有自怨自艾，也从未失去幽默感。你杀了这个女人吗？她取笑他的时候扬起修过的黑色眉毛，像个男孩子一样豪爽地笑着。不，他没有杀这个女人。他们已经很久不再提这件事了。她听他谈论对付奥格尔维的方式，听得很专心，有时发笑，有时蹙眉，露出不屑的神色。“我认为你已经尽了本分，派因先生。”当他说完，她这么告诉他，“不幸的是，忠诚有许多种形式，我们无法全部兼顾。你跟我丈夫一样，自认为是爱国者。下次你会做出更好的选择——也许可以我们两个一起来。”当塔比和弗里斯基摧残他的身体——多半是用铁链狠狠将他拴住，令他长时间处于极度痛苦的姿势。苏菲也会提醒他自己的身体遭受了何种伤害：她被棍棒殴打至死。当他情绪低落、半昏半醒，不知该如何脱离痛苦深渊，他告诉她自己当年登上伯恩高地的故事，在少女峰北面犯下大错：他在时速一百英里的强风中露宿。就算苏菲觉得无趣，也绝对不会表现出来。她褐色的大眼总是一动不动地注视着他，流露对他的爱与激励。她会告诉他：*派因先生，我相信你绝对不会这么轻易被降服。有时谦和的举止会掩盖我们的勇气。回埃及有没有什么可以在路上读的东西？我想我得读点东西，阅读能帮我不要忘了自己。*随后，他讶异地发现自己又回到卢克索那间公寓中，看着她打包她的衣箱，一次一件，小心谨慎，不慌不忙，仿佛在挑选一个能陪她去比埃及更远的地方的同伴。

当然，鼓励他保持沉默的也是苏菲。然而，她也不是在不出卖他的情况下丢了性命吗？

当他们撕掉他的胶布，拿走他口中的羚羊皮，他按照苏菲的建议，要求跟罗珀私下谈谈。“这就对了，小托。”塔比松了口气，“你跟老大聊一下，我们就可以像过去那样一起喝啤酒了。”

而罗珀做好心理准备后便走下甲板看乔纳森。他穿着航海时的行头，包括乔纳森在水晶宫更衣室见到的那双绉布鞋底的白色鹿皮鞋。他到房间另一头的椅子坐下，正好能面对他，乔纳森突然想起，这是罗珀第二次在他脸上伤痕累累时来看他，而罗珀脸上的表情完全一样：皱了皱鼻子，估量着乔纳森的伤势，以及他存活的概率。乔纳森心中不免纳闷，苏菲被他们殴打至死时，要是罗珀人在现场，会用什么眼神看着苏菲。

“如何，派因？”他愉悦地问，“没有什么要抱怨的？他们对你的照顾还算周到吧？”

“床铺不是很平整。”

罗珀笑了，似乎觉得有趣，“不可能十全十美吧。杰德很惦记你呢。”

“那就叫她来。”

“这里恐怕不是她该来的地方。她是在修道院念书的女孩，喜欢安全无虞的生活。”于是乔纳森解释给罗珀听，说兰伯恩、科尔克兰还有其他人审问他时不断放出风声，说杰德曾以某种形式参与乔纳森的行动，此时，他想解释清楚，不管他做了什么，都是他一人所为，杰德从来没有给他任何帮助。那时杰德被卡罗琳·兰伯恩骚扰，跑到伍迪小屋拜访同样感到寂寞的他，被拿来大作文章是不是太夸张了？随后，他表示自己讲完了，不再回答任何问题。一向不拖泥带水的罗珀一时语塞，不知该如何回应。

“你们的人绑架我儿子，”终于，他还是开口了，“你走旁门左道进入我家，偷我的女人，坏我的交易。你开不开口都无所谓，总之你死定了。”

当他们重新把他的嘴巴塞住，乔纳森想，所以这不只是认罪，也是惩罚。他和苏菲之间的联系变得更强大——如果他们之间真有联系的话。我没有背叛杰德，他告诉她，以后也不会，我发誓。我将坚定不移，一如卡斯帕先生和他的假发。

卡斯帕先生戴假发吗?

我没告诉你吗?老天!卡斯帕先生是瑞士的救世主!他为了不愧对自己,情愿放弃一年两万法郎的免税收入呢。

苏菲专心听完他要告诉她的每一件事,随后非常慎重地对他说,你是对的,派因先生。你绝对不能出卖杰德。你一定要像卡斯帕先生一样坚强——而且你也不能愧对自己的心。现在,请把头靠在我肩上,就像靠在杰德肩上那样。我们一起睡吧。

接下来的日子,他们的问题始终得不到答案。罗珀偶尔会只身前来,有时则声势浩大;他会坐上那张椅子——但是不再穿白色鹿皮鞋。苏菲总会站在他身后。不是为了报复,而是要提醒乔纳森,他们现在面对的是世上最可怕的人。

"派因,他们会宰了你。"罗珀这么警告他好几次,"科基常常控制不住自己,这些怪里怪气的家伙从来不知节制。听话,趁还没有太迟。"说完,罗珀会往后一坐,露出那种无力帮助朋友时的挫败表情。

接着科尔克兰会再次现身,坐在同一张椅子上,迫不及待地向前倾、下令般发出一连串质问,然后倒数三声,弗里斯基和塔比再度对他动刑,直到科尔克兰厌烦或放弃。

"亲爱的,如果你允许,我要换件闪闪发亮的莎丽,肚脐放颗红宝石,再塞几条孔雀舌头。"然后他会一边假笑,假意鞠躬作揖地往门口退去,"抱歉,但这种乐趣没你的份儿。如果你自己不肯合作,我们又能拿你怎么办?"

没有人会在这里待太久,包括科尔克兰。如果一个人死也不开口,审问终归有结束的时候。此时此刻,只有与苏菲一同飘浮在内心世界的乔纳森拥有最大优势。他不想要的事物都不在身边。他的人生重新回到轨道上，他自由自在。他恭贺自己总算卸下了对社会的责任。无论是他父亲、母亲、收容他的孤儿院，以及那个会唱歌的安妮阿姨，乃至他的国家、他的过去以及伯尔，他都用尽全力报答了他们，没有一丝亏欠。至于他所亏欠的那些女子，也无法再用任何方式控诉他了。

至于杰德……其实，对一件他尚未犯下的罪行先付出代价也不算太糟。当然，他欺骗过她。他在玛玛·罗那里想方设法，改头换面混进了罗珀的堡垒——不过他觉得自己连她也一起拯救了——但这完全是苏菲的想法。

“这岂不是太肤浅了吗？”他问苏菲，语气就像个正在向聪明女人请教爱情的年轻男子。

她装出生他气的模样，“派因先生，我认为你似乎想要调情。你是个花花公子，不是考古学家。你这位杰德心中仍有未被毁坏的特质。她很美，因此习惯接受他人的奉承与爱慕，有时则被错待。这都很正常。”

“我没有错待她。”乔纳森答道。

“你也没有奉承她。她对你没有信心。她来找你，因为希望得到你的认可。可是你从来不说。这是为什么？”

“但苏菲夫人，关于她对我的方式，你又怎么想？”

“你们是因为同样满心怨怒才会相互吸引。其实这也很正常。这是吸引力阴暗的一面。你们都得到了想要的东西，现在得想清楚该拿它们怎么办。”

“我只是还没准备好接受她。她很庸俗。”

“她不庸俗，派因先生。而我认为你永远不会准备好接受任何人。然而，你陷入了爱河，只是这样。好了，睡一会儿吧。你还有工作要做。如果我们想走完这趟旅程，就得把每一分力量积聚起来。那个气泡饮料真的像塔比说的那么可怕吗？”

“有过之而无不及。”

他好像又死了一次。当他醒来，便见罗珀对他露出兴味盎然的笑容。但罗珀不爬山，所以无法了解乔纳森的心志有多坚定。他对苏菲解释，如果爬不到山顶，我为什么要爬？另一方面，他心中的酒店经理对这种逃避一切感受的人寄予极大同情。乔纳森好想对着罗珀伸出手，装出友好的姿态，将他也拉进这个地狱，叫这个呼风唤雨的黑帮老大试试那是什么感觉：你什么也不信，而且为此沾沾自喜；我有坚强的信念，身陷囹圄但无人能动摇。

他昏睡了一小会儿，醒来时已经身在兰尼恩，和杰德一起走在山崖上，不再怀疑会有人在转角等待他，对现在的自己和身边的人感到心满意足。

不过他还是拒绝跟罗珀说话。

不仅仅是他发过誓。因为这是一项资产，一种资源。

坚决抗拒的这个举动让他得以重生。

他未说出口的话、每每使他失去意识的拳打脚踢、不断新添在身上的痛楚，都成为前所未见的养分，不断注入他的体内、渐渐积聚，预备用来应付日后所需。

当痛苦到达难以忍受的程度，他产生幻觉，觉得自己正起身迎向痛苦，接收、储存它赋予他的巨大能量。

这很有效。在痛苦的掩护下，乔纳森心中的近身观察者将采取行动所需的情报搜集整理好，精心准备一个计划，分配他体内的秘密能量。

他们都没带枪。他想，他们遵循优良监狱的传统。狱卒不带枪。

30

发生了一件惊人的事。

可能很好，也可能很糟。但不论好坏，它都是决定性的，是最终结果，就杰德目前所知，也是她生命的终点。

他们傍晚就被电话铃声叫醒。船长小心翼翼地说：“老大，指定要你接，说是机密——老大，是安东尼爵士打来的。请问我是否该把电话接过去给你？”罗珀咆哮，翻过身拿起电话。他又穿上那件睡袍。他们刚做完爱，躺在床上——说是做爱，不如说是相互泄愤。他喜欢在下午做爱的习惯又回来了，她也是。他们之间的情感虽然逐渐褪去，对彼此的性趣却更为炽烈。她开始怀疑，性爱与感情之间真的有关系吗？“干我挺爽的吧？”完事后，她瞪着天花板对他说。“的确。”他表示赞同，“不管问谁他们应该都会这么讲。”然后电话就来了。他背对着她接起：噢，去他的，好，给我。然后他挺直了背，丝质睡衣内的背肌也变得僵硬，臀部不安地挪动了一下，腿贴着腿，似乎想寻求一点安全感。

“托尼，你出法庭了吗？又惹麻烦了？……到底是谁？嗯，把他接过来给我。为什么不……好，如果你想讲就讲，我在听。这和我无关，不过听听我倒不介意……不要跟我哭哭啼啼，我不喜欢这种……”但没过多久，愈来愈少听他粗鲁地插嘴，沉默的时间也逐渐拉长，直到最后，罗珀只是一语不发，身体则变得紧张而僵硬。

“等等，托尼，”他突然命令道，“别挂断。”他转身望着她，完全懒得用手遮住话筒了，“你去洗澡。”他对她说，“去浴室里，关上门，把水龙头打开。现在就去。”

她走进浴室，打开水龙头，拿起了分机。不过他当然透过话筒听见水流声，便大喊着要她把电话挂上。她把水龙头关小，再把耳朵贴在钥匙孔上偷听，后来那扇门瞬间被踢开，她跟着摔到他们最近装修的荷兰瓷砖地板上。而后她就听到罗珀喊：“托尼，你继续讲。这边只是有点小问题。”

之后她听着他听电话，就这样。她走进浴池，想起罗珀以前是多么喜欢躺在浴缸的另一头，一边读《金融时报》，一边把脚伸到她两腿之间，而她则会以脚趾逗弄他，令他勃起。有时他会把她拖回床上再做一次，任由洗澡水弄湿床单。

不过这次他只是站在门口。

他穿着浴袍，瞪着她，思考着该如何处置她——或是乔纳森，或他自己。

他板起脸，紧蹙双眉，一副“离我远点”的样子。他很少摆出这种表情，尤其是在丹尼尔面前。这是在告诉别人，为了自保，他什么手段都使得出来。

“你最好把衣服穿起来，”他说，“科尔克兰两分钟之后就过来。”

“他来干什么？”

“去穿衣服。”

然后他回到电话前开始拨号，不过立刻又改变主意。他砰的一声把话筒搁回去。她知道他恨不得砸烂话筒，连船一起砸得稀烂。他手撑着臀部，看她穿衣服，一脸不喜欢她身上那些衣服的模样。

“最好穿双舒服的鞋子。”他说。

就是这一刻她感觉心跳停止。船上没有人穿鞋，顶多穿双船鞋。而到了夜晚，女士可以穿高跟浅帮鞋，但为了安全起见，不能穿细跟高跟鞋。

所以她穿好衣服，换上一双橡胶鞋底的小山羊皮鞋，是某次她和罗珀去纽约玩的时候在波道夫百货公司买的。科尔克兰敲了敲门，罗珀把他带到客厅，单独和他谈了约十分钟，留下杰德坐在床边，等待着她至今没有等到的时机，还有那个可以拯救乔纳森和她自己的魔法。但她没那个运气。

她想过用前舱储存的军火炸船，就像电影《非洲皇后号》的情节那样，将船上每个人——包括乔纳森和自己—— 一并炸死、同归于尽。她也想过毒死守卫，或是在一同用餐的众宾客面前一一揭露罗珀的罪行，再煽动众人去寻找那个被藏起来的人犯，又或者不必大费周章，直接拿切肉刀要挟罗珀。她想起来，有好几种电影里的手法感觉都相当有用，但事实上，船上的人持续监视着她的一举一动，好几位宾客都觉得她精神紧张，还有人谣传她怀孕了。所以不会有任何一个人相信她讲的话，或是帮她一把。又或者，就算她真的能说服他们，也没人会想插手。

罗珀和科尔克兰从客厅出来。罗珀在两人面前脱光衣服，径自换装。这种事他屡试不爽，甚至可说很喜欢这么做。她惊惶了一秒，担心他会因为某种原因留她与科尔克兰独处，可是她又想不出他有什么非这么做的理由。幸好科尔克兰和他一起走向门口。

“待在这里等。”他们离开时，罗珀对她说。不过他转念一想，又决定把她锁在屋内。他从没这样对待她过。

一开始，她坐在床上，接着躺下来，觉得自己像个战犯，不知究竟是友方还是敌方会攻进这座战俘营，但她相当确定目前一定有一方正在进攻。即使被锁在这个豪华舱房里，她还是能感觉到紧张的气息，有人在屋外低声发号施令，还有走道上既快又轻的脚步声。她感觉到引擎颤动，船身稍稍倾斜。罗珀换了个新的方向。她从舷窗向外望，看见地平线正在转弯。她站起身，讶异地发现自己竟然穿了一条蓝色的牛仔裤，而不是罗珀坚持要她在船上穿的百万名牌货。她还记得，在学生时代的最后一天，她终于可以脱下令人厌恶的灰色修道院制服、换上棉布连衣裙这样用色更大胆的衣着，等着双亲开车驶过安吉拉院长设在地上的减速垄，接她回家。

不过除了她自己之外，没有人告诉她可以离开。只有她自己这么想。她只能努力让想象变成现实。

她打算整理出一套逃亡用物品。如果她需要好走的鞋子，一定也会需要其他实用的东西。因此，她从衣柜最上层的架子把肩袋抓下来，将盥洗用具袋、牙刷以及几件干净的内衣裤放进去。她拉开书桌抽屉，吓了一跳——她居然发现了自己的护照——一定是科尔克兰拿来给他的。拿她的珠宝首饰时，她决定要展现自己的高尚情操。罗珀一向喜欢送她珠宝，作为收到馈赠的人，他是在什么时候送什么珠宝，出于礼貌必须铭记在心：那条粉红钻石项链是纪念他们在巴黎共度的第一夜，那只翡翠手镯是他在摩纳哥送给她的生日礼物，那些红宝石则是在维也纳的圣诞节他买给她的。快忘掉，她颤抖着对自己说，把那些回忆都留在抽屉里。但后来她又想，管他呢，不就是钱吗？于是她随手抓起三四件，就当作未来共同生活所需的资金吧。但是她刚把它们放进肩袋，立刻又倒回罗珀的梳妆台上。不，我再也不要当你的珠宝女孩。

她还拿了几件罗珀的手工高级衬衫与丝质内裤，作为乔纳森用完换洗衣物时的替换，这么做她倒是毫不犹豫。她还拿了一双罗珀很喜欢的古驰布面平底鞋，它似乎是乔纳森的尺寸。

最后她的勇气耗尽，又一头倒回床上。这是陷阱。我哪儿也去不了。他们早就杀掉他了。

乔纳森很早就知道此事何时会结束——不管他们决定怎么收尾。无论如何，必定会是两人前来。他根据所受的训练猜测：他们会是弗里斯基和塔比。即使是打手也跟所有人一样，彼此有种默契：这件事我来做、那件事你负责；最重要的任务，由最重要的人执行。一直以来，高斯都是副手。他们总是两人一同拉他上厕所、一同用海绵来替他擦身。但他们会这么做，似乎是因为他们自己的洁癖，与他无关。也许，他们一直对于乔纳森在科隆时威胁可能会拉在裤子上耿耿于怀。每当他们发怒，总要提起他是个多么肮脏的杂种，光想到他这个人就让他们觉得恶心。

弗里斯基和塔比一同狠狠将门推开，打开乔纳森头顶上的拷问灯。左撇子的弗里斯基站在乔纳森右侧，腾出左手，应付可能发生的紧急状况，塔比则在乔纳森的头左侧俯身，一如往常胡乱摸索钥匙。他从来不先把要用的那把准备好。这一切的一切都跟这位近身观察者预测相符——不过他没料到他们会如此直接地把来见他的目的说出来。

“小托，恐怕我们真的是受够你了，尤其是老大。”塔比说，“所以我们要来送你上路，抱歉了，小托，我们给了你机会，是你太固执。”

塔比说完，没用上劲地踢了一下乔纳森的肚子，警告他别轻举妄动。

但其实他们很清楚，如今的乔纳森再也无力惹是生非。事实上，弗里斯基和塔比似乎有些纳闷，不知道这家伙是不是已经撑不下去了，因为乔纳森的身体前倾，头歪斜着，张着嘴。弗里斯基跪下来，用拇指撑开乔纳森的眼皮，看着他的眼珠。

“小托？你少装了。我们怎么可以让你错过自己的葬礼？”

然后他们做了件美妙的事：让他躺在地上，解开他的锁链，将塞在他嘴里的东西取出来。弗里斯基用海绵擦他的脸，再用一块新的胶布贴住他的嘴，没往嘴里塞东西。塔比则把他身上那件破衬衫脱下来，又拉着他的手臂为他换上一件干净的衣服。

即使乔纳森正在扮演一个破烂的布娃娃，默默存在体内的力量仍渐渐扩散到身体各部。他的肌肉尽管瘀肿疼痛，并且因为长时间被绑住而几近瘫痪，但它们仍不断呼唤着他，希望能舒展行动。他那双被打烂的手和无力站立的双腿阵阵灼热。弗里斯基替他擦拭眼睛时，他模糊的视线也逐渐清晰。

他在等待。他还记得争取到的每一刻拖延都会带来好处。

当他们拖着他站起身，他想着：让他们放松警惕。

当他们拖他到走廊，他的两臂分别搭在他们肩上，让他们撑着他全身的重量。他想着：让他们放松警惕。

当弗里斯基在他面前摇摇摆摆地登上螺旋梯，塔比从下面推着他上去，他想着：让他们放松警惕。

上帝啊，他想他望见满天星斗闪烁，一轮红月漂浮在水面……他想，上帝啊，在这最后的一刻，帮我一把。

他们三个站在甲板上，仿佛一家三口。乔纳森可以听到船尾小酒吧传来罗珀那张三十年代唱片的曲子，乐声在苍茫的暮色中回荡，他听到众人愉快的交谈，意识到傍晚的娱乐时间已经开始了。船的前方没亮灯，乔纳森不禁怀疑他们是否打算枪杀他。在乐声大作时开枪，谁会听见？

这艘船已经改变了航向。几英里外是绵延不断的海岸。岸上有一条路，他看到一排街灯在星空下闪烁，看起来比较像大陆，而非岛屿，又或者那是一排岛屿？谁能分辨出来？苏菲，这件事我们一起做。该向世上最可怕的恶人愉快地道别了。

他的两名守卫停下脚步，似乎在等待什么。被夹在中间的乔纳森手仍搭在他们肩上，也在等待。他发现被封在胶布里的嘴又开始流血，不禁有点高兴，这会有两个好处：能使胶布松开，还能使他的伤势看起来比实际严重。

接着他看见罗珀。也许他一直都在。只是因为他穿着白色的礼服，站在白色的船桥前方，乔纳森一瞬间没发现。科尔克兰也在，不过没有桑迪·兰伯恩。可能去找另一位女侍上床了吧。

在科尔克兰和罗珀中间，他看到了杰德——又或者，就算他看不清，上帝也把她放在了那儿。不过他真的看见了杰德，她也能看见他，而且眼中只有他，但罗珀一定告诉她不准作声。他看见她穿着朴实的牛仔裤，没戴珠宝，莫名地觉得很高兴。他非常痛恨罗珀拿钱装点她。她看着他，只是他的脸被打烂成这样，她不可能知道他也在望着她。也许，他不住的呻吟与衰弱无力的模样已经破坏了这浪漫的氛围。

乔纳森的身体不断从押着他的手臂中倒落，他们顺势弯腰，牢牢抓住他的腹腰处。

“我想他要走了。”弗里斯基轻声说。

“去哪？”塔比问道。

这就是乔纳森在等的信号：他拉住两人的头狠狠撞在一起，这辈子没这么用力过。他像是从被禁锢的黑洞中一跃而起，霎时涌生一股力量。乔纳森张开双臂，力量从他肩膀泻出，然后双臂一合，让两人太阳穴撞太阳穴、脸撞脸、耳撞耳、脑袋撞脑袋。那道力量贯穿他全身，让他顺势将两人往外推倒在甲板上，再用右脚用力踢两人的头，接着又往喉头补上一脚。他上前一步，撕下封住嘴的胶布，逼近罗珀，但他仍像在迈斯特皇宫饭店那样颐指气使。

“派因，不必这么做。不准再靠近。科基，给他看你的枪。我会把你们丢到岸上。你们两个。最终还是一败涂地。整个局蠢到极点，完全是浪费时间。”

乔纳森找到船上的栏杆，双手握住。他只是在休息。不是虚弱乏力，只是要争取时间，让体内其余的力量凝聚起来。

“东西都送到了，派因。我丢给他们一两艘小船，让他们逮捕几个人——有什么大不了？不会吧，你以为我是一个人做全部这些事的吗？”然后他把对杰德说过的话又重复一遍，“这不叫犯罪。这叫政治。高高在上、不可一世是没什么好处的。世道就是如此。”

乔纳森又开始逼近他，但他步履蹒跚一深一浅。科尔克兰让枪口向上。

“你可以回家，派因。不对，你没办法回去了。伦敦不再是你的后盾，伦敦之外的地区也在通缉你。科尔克兰，开枪，现在就开，瞄准头。”

“乔纳森，停下来！”

是杰德还是苏菲？简单的走路对他来说都变得不再容易。他希望自己能回栏杆那儿，但他走到甲板中央了。乔纳森走得很吃力。甲板在摇晃。他的双膝就要撑不住。可是他的意志力不肯罢休。他决心要抓住这个抓不住的家伙，在罗珀美丽的白色礼服上留下鲜血，打烂他那海豚似的笑容，让他尖叫：我杀了人，我做错了，世上有好人和坏人，我是坏人！

罗珀在倒数，跟科尔克兰喜欢的倒数方式一样。但不是他数得太慢，就是乔纳森已经失去了时间感。他听到罗珀数一，也听到他数二，但没有听到他数三。他忍不住想，这是否是另一种死亡的方式：他们对你开枪，而你一如既往继续活着——只不过没人知道你还在。然后他听到杰德的声音，那不由分说的提醒永远都能惹恼他：

“乔纳森，看在上帝的分上，看啊！”

罗珀的声音又回来了，就像某个不小心调到的外地电台。“对，看啊，”他表示同意，“看这里，派因。看我抓着什么。她就像丹尼尔，派因，不过这次可不是闹着玩的。”

他努力想看清楚，但眼前开始模糊。接着，他看到罗珀像个优秀的指挥官一样走到他的副官面前，一身帅气的白色礼服，挺拔地站在那里，一手拽着杰德的栗色秀发，另一手握住科尔克兰的手枪——军队配发的九厘米勃朗宁手枪，很有他的风格——对准她的太阳穴。下一刻，乔纳森便躺下了——还是倒下呢？这次，他听见苏菲和杰德一起呼唤，叫他别昏过去。

他们为他找了条毯子。杰德和科尔克兰拉着他站起来，杰德就像在水晶宫看护他时那样把毯子裹在他肩上。杰德和科尔克兰抱着他，罗珀拿着枪，以免乔纳森再度发动攻击。他们经过甲板上不成形的弗里斯基和塔比，把他拖到船边。

科尔克兰让杰德走在前面，与她一起扶乔纳森走下舷梯。此时，工作艇里的高斯伸出手，乔纳森却拒绝了，差点掉进水里。杰德突然想起，每当有人要帮他，他就会固执起来。科尔克兰发表意见，说什么这个岛屿属于委内瑞拉之类的，杰德叫他住口，他也真的住口了。高斯试着提醒她下船时应当注意什么，但杰德对于怎么上下船可不输他，说自己知道如何安全下船。乔纳森裹着毯子，像个修道士那样蜷在汽艇中央，下意识地想要维持平衡。他抬起肿得几乎看不见的双眼看向帕莎号。她就像摩天大楼，高高耸立在他们头顶上。

杰德抬头看了看那艘船，看到一身白的罗珀。他低头注视着水面，看着他已经失去的东西。有一瞬间，他就像她初次在巴黎见到的模样：仪表整洁、风趣幽默的英国绅士，就他那个年代的人而言，相当完美。他从她的目光中消失，似乎回去跳舞了。她不禁幻想船后方甲板有音乐响起，越过水面传来。

31

先看到他的是霍斯肯兄弟。当时他们正在兰尼恩外海捕龙虾。皮特看到，却什么也没讲。皮特出海时向来话不多，话说回来，即使在陆地上他也一样少言寡语。他们那天运气好，捕到四只漂亮的大龙虾，称起来足足有十磅。

皮特和他的兄弟雷德弗斯开着旧的邮局小货车去了一趟纽林拿现金，因为他们一向以现金交易。在开车回波斯格瓦拉途中，皮特转身对雷德弗斯说："你今天早上有没有看到兰尼恩的那栋小屋里有灯光？"

结果雷德弗斯也看见了，他也什么都没说。他觉得大概是几个嬉皮士跑进那间屋子，或是什么新时代教派的人。不过就是搭巴士去圣贾斯特的营地途中，在此逗留的混混罢了。

"也可能是什么雅痞之类的，从内地过来买下那房子。"他们开车时，雷德弗斯想到了这个可能性，"房子空在那里好久了，差不多有一年了吧。这里没人拿得出那么大一笔钱买下它。"

皮特并不买账。这让他心里某个角落非常不舒服。"如果找不到屋主，你要怎么买房子？"他反问他的兄弟，"那是杰克·林登的房子。如果找不到杰克·林登，谁有办法买那栋房子。"

"照你这么说，那可能是杰克·林登又回来了。"雷德弗斯说。皮特本来也是这么想的，只是没说出来罢了。于是皮特嘲笑雷德弗斯脑子不灵光。

之后几天，因为两人找不出针对这个话题能说些什么，于是兄弟之间不谈，对外人也没提。天气大好，鲭鱼都游到海水上层来了，如果你熟悉鱼群的分布，搞不好连鲷鱼也捕得到。所以，谁要去管杰克·林登卧室灯亮了这种闲事？

直到一星期后的某个晚上，他们去了那块皮特一直很喜欢的浅滩，位于兰尼恩东南方几英里处。他们闻到海风中带着烧木柴的烟味，不约而同决定沿着那条小路走，想去看看到底是什么人住在那儿。最有可能的大概是那个臭兮兮又讨人厌的“慢条斯理的拉克先生”，还有他那条杂种狗。若真是他，那就太不应该了。他不该住在杰克·林登的房子里。这样做很不恰当。

离房子前门还很远，他们就知道绝对不是拉克先生之辈。他才不会在住进来的时候修剪掉门前小路上的杂草，或是把黄铜的门把给擦亮，他不会在自家草坪养一匹漂亮的栗色母马——瞧，那母马好漂亮，就像在对着你笑。还有，即使拉克先生是有些怪异的性癖好，也不会把女人的衣物挂在晒衣绳上，更不会动也不动地像只鸢一样站在客厅窗前——那不像人，倒像一个影子——即便它消瘦许多，依旧是道两人非常熟悉的影子，它会挑衅你、叫你走小路上来，然后把你的双腿打断。这影子上回差点把皮特·彭杰利打残，因为他想在这里点灯抓兔子。

在他们转身沿着小路开溜前，发现他蓄起了胡子——康沃尔人留的那种又脏又密的大胡子。说它是胡子，还不如说是面具。上帝保佑！杰克·林登居然蓄起了基督的胡子！

雷德弗斯最近正好在追求玛丽莲。当他鼓起勇气告诉未来的岳母特雷休伊太太说，杰克·林登回到了兰尼恩——不是魂魄，而是活生生的人——她立刻对他大吼：

“那不可能是杰克·林登，我死也不信。你别傻了，雷德弗斯·霍斯金。那是从爱尔兰来的一位绅士和他的夫人，他们要在这里养马、画画。他们买下房子、还清了债务，想要在这里展开一段新的人生。趁着机会，你也该这么做了。”

“我觉得他很像杰克。”雷德弗斯鼓起不存在的勇气。

特雷休伊太太沉默了一会儿，琢磨着到底该对这个见识浅薄的年轻人透露到什么程度。

“你听好了，雷德弗斯，”她说，“前阵子来这里的杰克·林登已经去了很远的地方，现在住在兰尼恩的人——我承认，他可能是杰克的某个亲戚，而且对我们这些不那么熟悉杰克的人来说，也许他们的确有相似处。不过，警方来过我这儿，雷德弗斯，是个约克郡人，相当有说服力的一位绅士，非常有魅力。他大老远从伦敦过来，跟几个人谈话。也许我们之中有些人觉得他长得很像杰克·林登，但对有些脑子的人而言，他不过是个清白的陌生人。所以，我希望你不要再说这种冒失话，因为你会伤害到两个高贵的灵魂。”

致 谢

感谢对我写作本书给予热心帮助的友人：《迈阿密先驱报》的杰夫·利恩，韦伯斯特公司的鲁迪·马克萨、罗宾·斯万和吉姆·韦伯斯特，诺威尔古董店的爱德华·诺埃尔，安隆公司的比利·科伊，ABS 公司的阿比·雷德黑德，彭赞斯哈里斯餐厅的罗杰与安妮·哈里斯夫妇，圣伯扬公司的比利·查普尔，以及美国禁毒执法局和美国财政部的诸位——我不方便在此透露他们的大名，原因不言自明。同样，不宜在此指名道姓的包括：对我敞开大门的军火交易商，虽然有些军火商对我避之不及，以及一位曾驻爱尔兰的英国军人，他让我一窥他的记忆深处。苏黎世一家远近闻名的酒店延续其优良传统，对于他们一位常客的种种古怪要求都一一满足。在加拿大，斯科特·格里芬为我引路，皮特·多尔曼与其同事在卢克索的芝加哥小屋殷勤招待了我，并让我对古埃及的壮丽景致大开眼界。弗兰克·威斯纳带我见识到埃及首都开罗之风貌，令我永志难忘。穆纳辛一家让我住进他们美如仙境的家。凯文·巴克利给我宝贵指点，让我一窥法贝热的秘密。耶拉西莫斯·卡内罗珀洛斯让我尽情在他的书店遨游。路易·马丁斯带我见识巴拿马的魔力。豪尔赫·里特尔带我游历科隆和其他风景名胜。芭芭拉·戴斯豪特斯引领我游历库拉索。各位的热忱招待我铭感五内，给予的睿智建言使我获益匪浅。我感激的诸多朋友中，约翰·卡利和桑迪·里恩是我的知交，我对他们的谢意非三言两语可以道尽。没有他们的协助，“钢铁帕莎号”游艇可能永远也无法扬帆出航。

约翰·勒卡雷作品年表

1961	《召唤死者》	Call for the Dead
1962	《优质杀手》	A Murder of Quality
1963	《柏林谍影》	The Spy Who Came in from the Cold
1965	《镜子战争》	The Looking Glass War
1968	《德国小镇》	A Small Town in Germany
1971	《天真善感的爱人》	The Naïve and Sentimental Lover
1974	《锅匠，裁缝，士兵，间谍》	Tinker Tailor Soldier Spy
1977	《荣誉学生》	The Honourable Schoolboy
1979	《史迈利的人马》	Smiley's People
1983	《小鼓女》	The Little Drummer Girl
1986	《完美的间谍》	A Perfect Spy
1989	《莫斯科情人》	The Russia House
1990	《史迈利的告别》	The Secret Pilgrim
1993	《夜班经理》	The Night Manager
1995	《变调的游戏》	Our Game
1996	《谎言定制店》	The Tailor of Panama
1999	《辛格公司》	Single & Single
2002	《永恒的园丁》	The Constant Gardener
2004	《挚友》	Absolute Friends
2006	《伦敦口译员》	The Mission Song
2008	《头号罪犯》	A Most Wanted Man
2010	《我们这种叛徒》	Our Kind of Traitor
2013	《微妙的真相》	A Delicate Truth
2016	《鸽子隧道》	The Pigeon Tunnel: Stories from My Life
2017	《间谍的遗产》	A Legacy of Spies

文
景

Horizon

社科新知 文艺新潮

夜班经理

[英]约翰·勒卡雷 著 何湾岚 译

出品人：姚映然
责任编辑：沈 敏
营销编辑：陈 茜
装帧设计：高 熹
版式设计：安克晨

出 品：北京世纪文景文化传播有限责任公司
(北京朝阳区东土城路8号林达大厦A座4A 100013)
出版发行：上海人民出版社
印 刷：山东临沂新华印刷物流集团有限责任公司
制 版：南京展望文化发展有限公司

开本：890mm×1240mm 1/32
印张：18 字数：429,000 插页：2
2018年8月第1版 2019年1月第2次印刷
定价：69.00元
ISBN：978-7-208-15128-4/I·1711

图书在版编目（CIP）数据

夜班经理/（英）约翰·勒卡雷著；何湾岚译.—上海：上海人民出版社，2018

书名原文：The Night Manager

ISBN 978-7-208-15128-4

Ⅰ.①夜… Ⅱ.①约…②何… Ⅲ.①长篇小说-英国-现代 Ⅳ.①I561.45

中国版本图书馆CIP数据核字（2018）第082900号